U0115649

重启黎明

付晓飞 著

湖南文艺出版社
HUNAN LITERATURE AND ART PUBLISHING HOUSE
博集天卷
CS-BOOKY

我不相信人格化的神。我从不否认，并清楚地表达了这一点。假如在我内心有什么能被称为宗教的话，那便是我对科学所能揭示的这个世界的结构，怀着无限的敬仰。

——阿尔伯特·爱因斯坦

序 章

2030 年 11 月 30 日是一个星期六。

入夜时分，李子航和杨棠终于把望远镜在小区楼顶上架起来了。

这两个高中生是在网上认识的，都是天文爱好者，住在广州的李子航一直苦于找不到合适的地点进行天文观测，杨棠很爽快地表示自己这里条件还可以，十六七岁的小伙子正是不缺勇气和行动力的阶段，于是李子航也很爽快，直接趁周末坐飞机过来和杨棠会合。

杨棠的家位于海南省屯昌县的一个小镇上，旁边就是国家森林公园。天气晴朗，空气清新，加上今天是农历初六，月光影响较弱，观星质量没的说。李子航仰头看着从前只能在电脑上看到的漫天星斗，眼睛都亮了，和每一个被星空所震撼的人一样，他一瞬间甚至觉得自己可以奔赴视线所及的宇宙尽头。

不过这种感触下一秒钟就被打破了。

"各位老铁，各位亲人，各位老乡，我们今天的观星马上就要开始了啊，喜欢的家人们记得投币点赞啊！"他旁边的杨棠不但架起了望远镜，还架起了手机支架，屏幕上弹幕还不少。"大家先看看周围，你们看，这环境，这星空！我们海南这嘎瘩的环境就是好！……啊？主播是海南人怎么带着东北腔？那当然是因为海南的东北老乡多啊，这就是东北话的魔力啊！"

"老杨，别捣鼓你那手机了，"李子航是见识过这位网友的直播风格的，无奈地叹了口气，"快过来帮我对一下镜头……"

就在这时候，他的余光中突然闪起一片光亮，让他本能地望向光亮闪烁的方向，但是除了如常挂在天际的上弦月，他什么都没看到。

那光亮持续时间不到一秒钟，没留下丝毫痕迹。

"你刚才看到什么东西在闪吗？"他迟疑地问同伴，而杨棠一脸茫然地从手机上收回视线："啊？"

"……哦，没事。"李子航挠挠头，大概是错觉，或者是哪盏路灯刚才出了故障？

接下来的观测没有出现任何问题，两人在楼顶上就这么痴痴地望着星空，直到天亮——李子航拍下的照片甚至还在 QQ 空间里收获了二十多个赞。

但李子航和杨棠都不知道的是，根据事后统计，就在同一时间，中国、日本、韩国、新加坡、马来西亚等地有多个天文台和观测小组记录下了这次闪光，并清楚地定位到了闪光爆发点在月球方向。

在天文论坛上，获得支持最多的观点认为这是一次罕见的陨石撞击月球事件，具体情况则需要进一步的天文观测证实。

当他们意识到这究竟意味着什么的时候，历史洪流已经因为突然转折而掀起了滔天巨浪。

全人类无处可逃。

第一章

2030 年 12 月 24 日，星期二。

美国马萨诸塞州的天黑得很早，叶冬雪裹紧身上的毯子，心不在焉地缩在客厅的沙发上看着电视，主持人正一脸严肃地读着新闻："世卫组织表示现在还不能证明这是一种新的全球性传染病，需要专业人士进行更多的调查，但建议公众注意卫生，出门佩戴口罩，尽量不要聚集，以防 2020 年疫情悲剧重演……"

叶冬雪完全没在意电视里在说什么，她的注意力有一大半放在身边的平板电脑上，不过现在电脑屏幕是关着的。

走廊里隐隐传来一个年轻男人的声音："对的，就是这样！三杀！我刚才就说了我会打爆上路这个废物，怎么样！我说到做到！好的伙计们，我们去找下一个！"

很快另一个苍老的男人的声音响了起来："乔治先生，你如果再这样制造噪声，我会拉掉你房间的电闸！"

那个年轻男人的声音陡然小了下去："我只是在做游戏直播，房东先生……"

叶冬雪耸耸肩，这差不多是这座公寓每天的固定节目了，那位游戏主播邻居在晚饭后的直播时间里总会亢奋一会儿，直到被房东骂下去。

七点半，身边那个平板电脑准时亮了起来。叶冬雪挑起眉毛，露出微笑。随即屏幕上便出现了一个可爱小女孩的影像，欢快的叫声瞬间充满了整个房间："妈妈，妈妈圣诞节快乐！"

叶冬雪觉得自己整个人都被暖洋洋的空气包围起来，笑得整张脸都舒展了："莎莎乖，莎莎早上好！"

"妈妈，我今天，我自己穿的衣服！"小女孩举起袖子骄傲地宣布，"我没有要爸爸帮忙！"

"莎莎最棒了！"

这时屏幕对面出现了一个中年男子："你怎么样了？烧退了吗？"

"已经退下去了。"叶冬雪微笑道，"力气也恢复了，放心吧，没事。"

"还是再休息两天，美国人都知道过节，你那么辛苦干什么？"十二个小时的时差没能挡住男子唠唠叨叨，"记得再吃点药，出门记得戴口罩……要不你就别出门了！"

"明天确实不打算出门。"叶冬雪同意道，"我要在家睡一天。"

"妈妈妈妈，你什么时候回来呀？"小女孩再次占据了摄像头，"爸爸说你过年的时候会回来，对吗？"

"嗯，过年的时候我就回去了。"

"什么时候才过年呀？"

"还有一个月。"叶冬雪认真想了想，"还有一个月，妈妈就回去看你们。"

"好啦，莎莎快过来吃饭，我们还得去幼儿园呢。"丈夫的声音传来。

叶冬雪笑道："辛苦你了。"

"辛不辛苦的在其次，你赶紧结束外派吧，就一个美国小城市，人口不到二十万，将员工外派两年？哪有那么大的工作量？你们集团也是折腾……"丈夫还是忍不住抱怨起来，"这次回来，不走了吧？"

"嗯，"叶冬雪认真保证，"我今年春节一定回去过年，然后就不走了！"

"那就好，莎莎一直说……"

房间里突然一片黑暗，电视和灯都黑了，只有平板电脑还有光亮，但画面也定格在对面两人望向摄像头的一幕，随即一个小窗口弹了出来：您的网络连接已中断。

这种事情可不多见。叶冬雪愣了一会儿，站起来看向窗外，发现街道上也一片漆黑，只有一些小的光点晃来晃去——那是街上的行人正在用手机。

整个城市都陷入了黑暗之中。

"叶姐，叶姐在吗？"没过多久有人敲门，叶冬雪听出是住在隔壁的同事，两个小女生吓得声音都发抖了，"叶姐，怎么回事啊？怎么全城断电断网了？是不是出什么事了？"

叶冬雪打开门好奇地看着她们："能出什么事？"

"什么恐怖袭击啊，丧尸病毒啊……"一个女孩子紧张地说，"电影里都是这么演的！"

叶冬雪哑然失笑："多大的人了，还信这个！"

这两个女生都是去年才毕业的，毫无社会经验，在异国他乡本能地将叶冬雪视为可信赖的大姐姐。叶冬雪知道自己这时候不能让她们再继续紧张下去，于是让她俩进屋，安抚了好一会儿，她们的情绪才稳定下来。但她们的紧张感丝毫没有消退。

"这还美国的网络呢，我正在看一个游戏攻略解说的视频，网络说断就断。"戴着眼镜的肖雨晴抱怨，"叶姐，要是真的出事，集团会不会管啊？"

叶冬雪没法反驳，随着黑暗持续的时间越来越长，街道上的不安气氛也越来越浓，刚才她们甚至听到了枪响。

"邱总他们呢？"另一个女生周楠突然问道，"不会还在商场吧？"

叶冬雪终于皱起眉头："可能还真是。"

集团与林恩市签订投资协议后，就派了他们这个团队过来管理一个大商场。团队一共六人，三男三女，主管叫邱如山，典型的魔鬼上级，是每天上十二个小时班还要坚持跑五千米和做两百个俯卧撑的那种人，对自己和对别人都狠，身上的"狼性"精神浓郁到好像是在野外被狼群养大的一样。在他手下高压工作两年，几乎每个人都有了心理阴影。

今晚是平安夜，大部分美国人都不会上夜班，所以按照惯例……使唤不动美国人的邱总现在应该领着两个中国男员工在商场坚守岗位。

"你们下班的时候看到邱总他们都在吗？"叶冬雪问，"我这两天发烧没去，邱总也没和我联系。"

"小苏……大概已经下班了吧。"肖雨晴想了想，"他妹妹不是今天过来玩嘛，小苏请了两天假。"

周楠大惊："邱总能批啊?!"

"小苏说，要么按请假扣钱，要么开除，随便。"肖雨晴叹气，"也就小苏敢跟邱总这么说话。"

"……不愧是我们05后里面的翘楚。"

叶冬雪开始头疼。

她是团队副主管，邱如山管不到她，但今晚她不能装死。眼下团队六个人分成了三组，三个人在公寓，两个人在商场，还有一个员工领着自己的妹妹现在不知道被困在什么地方了。今晚状况突发，如果员工出事，虽然是由邱总去背这口锅，但自己也没法坐视不理。

"已经一个小时了，电力和网络还没恢复。"叶冬雪皱眉，"你们有没有觉得房间里越来越冷？"

两个女生都点头。公寓是中央空调供暖，没有电当然会歇菜，十二月底的马萨诸塞州夜晚气温已经在零摄氏度以下，鉴于这所公寓的老旧程度，大概再过两小时就会陷入和室外差不多的寒冷中。

"不能就这么干等着。"叶冬雪站起来，"我要去商场看一下，你们在这里等我……"

肖雨晴和周楠几乎同时跳了起来："叶姐，你别去！"

"怎么？"

"这么晚，太危险了，路上连灯都没有！"周楠带着哭腔说，"这儿不是国内，太危险了！"

叶冬雪已经借着手机灯光在柜子里翻出了一罐防狼喷雾和一个强光手电筒，听到这话头都没抬："所以你们不用跟我去，我是副主管，我有责任……"

窗外突然传来一声爆炸的轰鸣。

三个人都停下动作，望向窗口方向。爆炸声距离非常近，就好像是在楼下炸响的一样。

还没等叶冬雪说点什么，一团火光突然在窗户边缘爆开，在女孩子们的尖叫声中，玻璃碴和窗棂碎片炸得房间里到处都是。

最先反应过来的还是叶冬雪自己，她一把抓住离自己最近的周楠，将她拽了起来："走！快出去！"

第一次是意外，第二次绝不会是意外。有什么东西要攻击她们，或者至少是要攻击这座公寓，不管做什么都比留在这里强。

三个人跌跌撞撞地冲到走廊上，走廊上也是一片漆黑，但已经有住户被刚才的爆炸惊动。一个男子打开房门，愣头愣脑地问："出什么事了吗……叶女士？"

手机灯光照过去，映出一张戴着高度近视眼镜的脸。这是来自日本的一家邻居，丈夫带着妻子在这边工作。叶冬雪望了望左右，耐心劝告："小林先生，我们也不知道，但我们觉得可能有危险。我建议你还是先找个避难的场所。"

那人点了点头，但脸上依然挂着茫然的表情。

这所公寓显然不是什么合适的避难场所。

三个人继续往前走还不到五米，她们前方的地板突然爆开，在一片火光中，只见一团黑影撞破地板飞出，又重重地撞垮了一面墙壁，然后撞破屋顶，不知道飞到哪里去了。

叶冬雪和两个同伴面面相觑，那位小林先生则是吓得直接把门关上了。

刚才那一幕已经魔幻得可以当作惊悚电影了。

"那是……什么东西？"周楠小声问，但是没人能回答她。

"恐怖电影的开头都是这么演的。"肖雨晴哭丧着脸说。

叶冬雪没有作声，只是将手里的防狼喷雾捏紧了一些。希望有用……

没用的话再想别的招。

有什么东西在她心里慢慢苏醒。

在公司里，她被同事们称为"叶姐"，因为她可靠又亲切。但很少有人知道，十几年前她也被称为"叶姐"，那时候的叶姐所向无敌，跟流氓动过手，为朋友出过头，见义勇为的视频上过热搜。而那段人生里她最辉煌的战绩莫过于大学毕业后的暑期旅行：当时景区突发7级地震，她作为旅行团里唯一还保持冷静的人，以一己之力把旅行团完好无恙地带到了安全地带，导游差点给她跪下。

后来她遇到了自己喜欢的人，慢慢告别了以前的生活，有了新的人生，她的锋芒逐渐藏起来，一般人看不到了。她一点都不后悔，因为新的生活也同样美好。

但这绝不意味着过去被彻底埋葬。

叶冬雪深呼吸一口，寒冷的空气沁入肺部，心里久违的悸动更明显了一些。

来吧，不管是什么。

天空中不断传来爆炸的轰鸣声，走廊两头的房间里也不时传出尖叫声，却始终没人再出来观望，只有叶冬雪和两个小女生借着手电筒照明跌跌撞撞摸到一楼，然后叶冬雪一脚踹开公寓大门，抢先冲了出去。

街道上已经有了几处光亮，倒不是电力设施恢复了，而是几个流浪汉熟门熟路地点燃了垃圾桶当篝火。这些平日里让叶冬雪等人绕路走的流浪汉此刻看上去居然有几分亲切，只是他们也没留意叶冬雪，一个个抬头张大了嘴往天上看。

叶冬雪等人也跟着向上望去，今天天色阴沉，连一颗星星都看不到，但黑暗的夜空中不时有火光亮起，还有宛若雷声一般的轰鸣传来。要不是之前看到的景象，叶冬雪觉得自己多半会把这误认为普通的雷电。

虽然大冬天打雷这件事本来也挺罕见的。

雷电之战并没有持续太长时间，很快就有一个黑影掉了下来，准确无比地砸中路边一辆汽车，把车顶砸得凹下去一大块，玻璃碎了一地。汽车的警报器响个不停，但躺在车顶上的那个黑影一点动静都没有。叶冬雪不敢掉以轻心，只是远远看着。虽然按常理，一个人摔得这么脆应该是已经完蛋了，但今晚的事情好像没法按常理推测，更何况……谁能保证那家伙真的是个"人"？

"呼哧……呼哧……那个人……死了没有啊？"一个虚弱无力，甚至有点尖锐的男子声音传来，但那个声音中途变了语调，"要是没死……咦，叶女士？"

叶冬雪转身看向声音来处，只见一个庞大的影子从天而降，火光映出了他的脸，这次就连周楠都一脸震惊地叫出了声："乔治?!"

"啊，周女士你也在。"庞大的影子挥了挥手，语气里充满惊喜。

这是个身高大约一米八，体重至少有三百斤的白人大胖子，长相还很年轻，戴着一副眼镜，正在一边喘气一边擦汗，就差把"人畜无害"写到脸上了。

美国的胖子很多，但在人口不过十几万的林恩市，和叶冬雪他们相熟的胖子就只有这个同住在一所公寓里的乔治。他是典型的阿宅，一个星期只出一次门，还是去超市购物，职业据说是游戏视频主播——每天晚上被房东教训的那位就是他。只看外表，完全想象不到他在打游戏的时候会大呼小叫，变成网瘾青年。

鉴于乔治众所周知的无害性，周楠胆子大了一点："乔治，刚才是你在天上战斗吗？"

"战斗"这个词显然挠到了乔治这宅男的痒处，乔治顿时憨厚地笑了起来："也不叫战斗……事实上我也不知道刚才到底发生了什么，只是好像身体里有一股力量，而我能很自然地掌握它……大概是我们的世界终于触发什么特殊剧情了吧。"

"力量？"

"嗯，力量。"乔治说着又飘了起来，本来他站在地上好像一大块面包，现在浮在空中则是一个大气球，轻飘飘的，连最后一点威慑力都没有了，"能让我飞起来的力量……对了，你们觉得卢卡斯怎么样？"

"卢卡斯？"叶冬雪茫然，"哪个卢卡斯？"

"老兵卢卡斯，就是说自己参加过越战的那个疯老头，牙齿掉了一半，经常在街边举标语骂尼克松的。"乔治示范完毕落回地面，抬手指着那辆警报器还在尖叫的汽车，"跟我打的就是他。"

"上帝呀。"旁边一个正在灌酒的流浪汉在胸口画起了十字，"那个恐怖分子是卢卡斯？他怎么能做出这种事，是嗑粉嗑太多了吗？"

乔治一脸无奈地看着流浪汉："谁都知道他没钱买毒品……而且他本来就已经够疯了。"

叶冬雪叹了口气："我更想知道卢卡斯是怎么搞到这多炸弹的，他看上去也没钱买炸弹。"

"炸弹？不，叶女士，那不是炸弹。"乔治认真地说，"那是他的力量，就像我这样……只是以操纵爆炸的形式表现出来。"

周楠看看那辆汽车，又看看乔治："所以，你们都'觉醒'了特殊的力量？"

"对对，就是觉醒！"乔治兴奋起来，"就好像《X战警》《超能英雄》《超感猎杀》《星球大战》……"

"好了乔治，我知道你要表达的意思了，"叶冬雪无可奈何地打断他，不然他报名单大概能报五分钟，"所以，你也不知道为什么会这样，对吧？"

"……确实不知道。"乔治老老实实地承认，"今天下午我在睡觉的时候，似乎做了一个什么梦，在梦里我能飞……我醒来的时候，就发现自己悬浮在离床一英尺 ① 的上方！哎呀，吓死我了！还好我很快就熟悉了这个能力，只有最开始因过于紧张，重重地摔回了床上……"

乔治摔这么一下，那张床大概不能用了——不知道为什么，叶冬雪突然走神想到了这个。

但无论如何，有一件事可以确定：疯子卢卡斯已经死了，和其他从高处摔下来的七十多岁的老人下场一样。跟大家一起聊天的那个流浪汉喝得有点上头，兴冲冲地跑过去看了一眼，宣布了这个结果，看来觉醒成炸弹魔并没能让卢卡斯体质变强。

但是这个诡异的夜晚并未因为死了一个疯老头就变得安全，垃圾桶的火光并不能映照得太远，四周依然一片漆黑，偶尔从远处传来几声枪响或尖叫。

"我的感觉很不好。"乔治苦着脸说，"我们就好像是在什么恐怖游戏的存盘点苟延残喘，只要离开这里，就会面对从黑暗里冲出来的一群丧尸或者吸血鬼……"

"但是也不能傻站在这里。"叶冬雪提醒，"这里又不是真的存盘点，反而可能因为火光把危险的东西吸引过来……你们有什么好的建议吗？"

本来她只是随口问问，没想到乔治还真的应声了："我建议你们去学校那边，刚才我在天上看到体育馆那边有光亮，而且是电灯。"

---

① 英美制长度单位，1 英尺合 0.3048 米。

肖雨晴吃了一惊："那边没有断电？"

"更可能是有人用发电机发电。"叶冬雪马上反应过来，"应该是市政府或者警局采取了行动……我认为在那边会比较安全，你们觉得呢？"

肖雨晴和周楠这种时候是放弃思考的："叶姐，我们跟你走。"

流浪汉则是一脸看开的表情，又给自己灌了一口酒："我不去，我就是太相信这些政府的王八蛋才会变成这样……我宁可和我的杰西卡一起死在这里。"

大家看了看被他命名为"杰西卡"的酒壶，欲言又止。

乔治也出人意料地拒绝了同行，这个和善的胖子取下眼镜擦了擦雾气，重新戴回脸上，表情居然现出几分坚毅来："我能获得这样的力量，一定有更重要的事情等着我去做。"

"你冷静一点，现在我们根本不知道发生了什么！"叶冬雪皱眉提醒道，"你也是刚刚获得这个力量，使用还不娴熟，不要贸然行动——就算是英雄，等级低的时候也会死在新手村外面的！"

乔治愣了愣，脸上一瞬间露出紧张神色，但很快就平复了："如果我连这一关都无法自己闯过，又怎么能面对之后的挑战呢？叶女士，感谢你的关心，但你也知道我过去二十几年的人生过得有多糟，如果我放弃了这个机会，一定会后悔终生的！"

叶冬雪一时没法反驳他，这个青年的生活确实谈不上多顺利。

"诸位，如果命运有所指引，我们以后会再见。"见众人沉默，乔治露出一丝羞涩来，"希望那时候我已经成为一个英雄了。"

说完，他以和体形不相称的速度冲天而起，迅速消失在黑暗中。

"上帝和杰西卡保佑你！"流浪汉举起酒壶大声为他送行。

叶冬雪叹了口气，回头招呼两个小妹妹："走吧，该我们上路了。"

前往高中体育馆的途中倒没有遇到什么阻碍，突如其来的未知黑暗对民众颇有震慑力，大部分人都躲在家里，而有胆子摸黑搞事的人也没兴趣把目标放在行人身上——叶冬雪一行在路上看到两处商店已经烧起来了，往外搬东西的狂欢的人群被火光映照，身影扭曲宛如恶魔。

直到看见中学门口停着一辆警车时，三个人才齐齐松了口气。

"哦，叶女士。"警车旁边站着两个警察，其中一个黑人警察看到叶冬雪后也如释重负的样子，示意同事放下枪，"很高兴看到你们没事。"

"汤姆警官，谢天谢地，看到你真好！"叶冬雪娴熟地展现自己的社交技巧，与那警察拥抱了一下，"到底出了什么事？"

黑人警察汤姆摇了摇头："不知道，停电在全城同时发生，我们人手不够，没法分出去……"

"只有林恩市吗？"叶冬雪突然问。

汤姆这次盯着她看了好半天，最后还是露出苦笑："什么都瞒不过你，叶女士。"

"我还有几个同事在外面，我不知道他们现在是什么状况。"叶冬雪压抑住内心的焦躁，语气变得越发平静，"警官，我想知道现在的真实情况……到底有多严重？"

"我只能回答你，我们也什么都不知道。"汤姆压低了声音，"电力中断了，通信和网络也中断了……手机信号和互联网全都断了，现在我们不知道是有外星人占领了华盛顿，还是第三次世界大战开始了。"

"我明白了。"情况比预想中还严重，叶冬雪皱起眉头，"那么能请你们派两个人去商场吗？我的同事恐怕还在那边。"

"没有多余的人了，叶女士，警局的人几乎都派出去了，今晚不少浑蛋在趁火打劫，我们这辆车是唯一一辆能调过来保护体育馆的。"汤姆无奈地摇摇头，"好了，你们快进去吧，市长也在里面，或许你可以找他要几个人。"

想起林恩市长那标准的政客样子，叶冬雪是一点信心都没有。

体育馆里的人也没有预想中多，只有五六百人，在发电机点亮的灯光下聚成一团一团的。叶冬雪一开始有点意外，但马上反应过来是怎么回事：今晚是平安夜，大部分人都早早回家与家人团聚了，天黑了还在街上晃的人、知道体育馆可以避难的人，以及敢于出门穿过黑暗的人都很少，现在在体育馆的民众几乎都是刚好在附近的。

很快就有人注意到新人，过来跟他们打招呼，不过他们几乎全都是冲着叶冬雪来的，毕竟她这两年几乎是全权负责团队在林恩市的对外交流，认识团队其他人的市民加起来也没认识她的人多。于是肖雨晴和周楠索性摆出天真的"萌新"姿态，老老实实缩在一边，看着叶姐挡在前面应酬："威廉太太，能看到你真好……哦老杰克，我就知道你会没事……伯恩斯先生，您的家人还好吗？……"

"叶姐真是名不虚传。"肖雨晴跟周楠咬耳朵，"我在集团实习时的经理，听说我是跟叶姐走，都说我运气不错，跟了集团里最靠谱的中层……小楠，你没听说过叶姐的事吗？"

周楠一脸懵懂："我没听说啊，你知道我舅舅是集团后勤部的吧？他就说跟着叶姐不会吃亏……"

"行吧,只有我是真正的打工人……"

这时候叶冬雪已经结束了营业性的寒暄转过身来:"我问过了,停电之前大约十五分钟,还有人看到邱总他们在商场……可惜现在网络不通,很多事都做不了。"

"叶姐,我怕。"周楠小声说,"今天晚上的事情太怪了,会不会真的像那个警察说的,出大事了?"

"我也不知道,但是你们放心,我还在。"叶冬雪揽住两个小姑娘的肩膀,就像十几年前她鼓励旅游团的同伴一样,"我向你们保证,只要我还在,你们就不会有事。"

她的个子并不高,身形甚至有些瘦削,但是她的语言和动作仿佛有一种魔力,让肖雨晴和周楠都平静下来。肖雨晴抽了抽鼻子:"嗯,叶姐,我们听你的。"

"别紧张,这里很安全。"叶冬雪拍拍肖雨晴的头,望向体育馆内,"你们也听到了,警方正在试图恢复秩序……我们在这里逗留一晚,如果天亮的时候邱总他们还没消息,我们再想办法。"

"外面的天真的还会亮吗?"周楠怯生生地抬杠,"很多故事里都……"

"少看网络小说!"叶冬雪有点好笑地拍拍她的头,"一天到晚瞎琢磨啥!"

周楠也知道自己这话太荒谬,有点不好意思地跟着笑起来,叶冬雪却是在笑容里竭力压制着自己的不安。

"天不会再亮了"确实很荒谬,但今晚的异常到底是因为什么?这异常真的只限于小小的林恩市吗?如果……如果国内也出现了这种情况,家人会平安度过吗?不过中国现在正是白天,想必混乱也会减轻很多吧?

看着这两个小姑娘掩饰不住的惊恐,她感觉自己又回到了十几年前的那个景区,当时也是突然山崩地裂,与外界失联,周围的人慌作一团,靠得住的人只有自己。仔细想想,那时候自己不过是个二十岁出头的大学生罢了,当时的表现也没有特别好,只不过比起同伴显得比较突出……但今天,同伴们能依靠的只有她,她必须表现得比十几年前的自己强。

身体不知为何在微微颤抖。

叶冬雪知道那不是恐惧。

不知不觉间,体育馆里的人多了起来,说话的人却不多,今晚的黑暗和隔绝来得过于突然,大家都没什么新情报可供交流,只有几个老人的声音没停过——他们正跪在角落里虔诚地祈祷。

突然传来一声巨响，大门像是遭到什么重物撞击一样，猛地弹开了。

众人都吓了一跳，肖雨晴和周楠尖叫着躲到叶冬雪身后，叶冬雪循声望去，只见一个人昂首挺胸，大踏步地走进了体育馆。体育馆内的灯光尚算明亮，所有人都把这人看得清清楚楚。对方的形象有点糟糕，骨瘦如柴，头发、胡子蓬乱，穿着一件破旧外套，满身都写着穷困潦倒，搞不好还是个瘾君子。

但这个人一脸亢奋，向人群张开双臂，大声吼了起来："罪人们，跪下忏悔吧！这是你们最后的机会了！"

人们像看神经病一样看着他——当然他也确实和神经病差不多。终于，有个中年人走了出来："托马斯，你在做什么？"

"还真是托马斯。"肖雨晴小声说。

叶冬雪也认识这个人，这人曾经是商场的员工，但是因为多次迟到、早退、旷工以及盗窃商品，对美国员工容忍度极高的邱如山最后也忍无可忍，只能将他开除。那是今年夏天的事情，之后就没人见过托马斯，叶冬雪听说他去了一个酒吧打工，但看他现在这样子，也不知道哪家酒吧会雇用他。

至少几个月之前的托马斯没有这么狼狈。

托马斯看着质问他的中年人，咧嘴露出一口黄牙："忏悔，罪人，你需要忏悔。"

"你在胡说什么？听着，这里是大家临时避难的地方，你别想……"

托马斯手中突然亮起一道白色弧光。

弧光准确击中了两米外的中年人，把他整个人都掀起来，往后飞出好几米，重重地砸在地上。

人群中一片惊呼，显然都没反应过来发生了什么，但托马斯的声音再次响起，压过了其他声音："安静！罪人们，安静！我说过了，要忏悔！"

人们安静下来，都盯着这个诡异的人。

托马斯得意地走到中年人身边，中年人已经一动不动，但托马斯还是朝他吐了口唾沫："这是给你的惩罚，罪人。"

"末日马上就要到来，我主将会给予所有人公平的审判！"托马斯大声吼叫的同时挥舞着手臂，"但是在这之前，始终不肯忏悔的罪人，就由我来审判！"

"你没有资格——"一个老神父愤怒地站出来，但他的驳斥也就到此为止了，因为一道闪电从托马斯的手指尖迸发出来，穿过了老神父的身体，老人顿时好像挨了一发子弹一样直挺挺地倒在了地上。

"上帝啊……"人群中惊呼声此起彼伏。

"我有资格，神父。"托马斯望着老人的尸体露出狞笑，"我已经得了神谕，神命我来宣告，他将要降临，而我便是使者！你们必须忏悔、服从，或者……死亡！"

人们安静下来。

这样一个"神的使者"固然毫无说服力，但加上地上的两具尸体，可就有说服力得多了。

托马斯对人们的反应很满意，他左右看了看，突然精神一振："哦，你们也在这里！该死的中国人！"

叶冬雪将两个女孩护到身后，不动声色地望着这个怪人："托马斯，没想到会在这里看到你。"

她表情冷静，声音中也没表现出畏惧情绪，这显然让托马斯很不满，他瞪着叶冬雪，面部忍不住变得扭曲狞狰："叶女士，你还是这个样子……我被你们开除的那天，你就是这个样子，你一丝怜悯之心都没有，一点机会都不肯给我！"

"我们给过你机会。"叶冬雪平静地回答，"你忘记自己违反员工条例多少次了吗？"

托马斯整张脸都涨红起来，他大踏步走向叶冬雪："你这个婊子，母猪！你不许这样和我说话！"

肖雨晴和周楠几乎要哭出声来，叶冬雪依然护在她们前方："托马斯，你要做什么？"

"我要做什么？"托马斯已经走到叶冬雪面前，喷出的热气几乎要喷到叶冬雪脸上，叶冬雪能清楚地看到他眼中的血丝，"我要……对，我要惩罚你们这些罪人！我不会轻易让你死，我要先杀死其他中国人，让你后悔用这种态度对待我！"

他举起手臂，越过叶冬雪的肩膀看向后方的肖雨晴和周楠，但就在这个时候，叶冬雪突然也扬起手臂，将小半罐防狼喷雾一口气喷了出去。

所有人都没料到她这时候还敢动手，托马斯刚才气势汹汹地冲过来，现在与叶冬雪近在咫尺，更是来不及反应，直接被喷雾滋了满头，顿时哀号一声捂住脸，眼泪鼻涕一起涌出来，本能地往后退去，嘴里则是大叫："××！婊子……"

叶冬雪微微眯起眼睛，这家伙果然和那个卢卡斯一样，虽然有奇怪的力量，但本身的抵抗力依然只是普通人水准……不，以托马斯的身子骨，可能还不如普通人！

想到这里，她手腕一抖，已经将强光手电筒抓了出来，然后用力挥起，重重地砸在了托马斯头上，整个体育馆里的人都听到"砰"的一声巨响，她又对准托马斯的脑袋连续砸了好几下，砸得托马斯头破血流，一个字都骂不出来了。

"难怪舅舅说跟着叶姐不会吃亏……"周楠小声说。

沾染鲜血的手电筒一端已经变形了，玻璃和灯泡碎片撒落一地，叶冬雪不满地看了它一眼：质量不行，下次得换个牌子。

她身体的战栗已经消失了，有一股热流在体内奔涌。现在即使面对诡异的恶徒，她也没有丝毫恐惧，就好像十几年前一样。

但托马斯也不是那么容易被打倒的，他捂着头摇摇晃晃地又站了起来："婊子，我要杀了你！我发誓我要杀了你……"

叶冬雪没有回答，只是将手电筒换了一头握在手里。

此时枪声响起。

托马斯的身子猛地一晃，似乎还想努力做点什么，但他随即倒在了地上，除了弥留之际的一点抽搐，什么都做不了了。

叶冬雪愕然地望向托马斯身后的体育馆大门口，黑人警察汤姆还保持着举枪射击的姿势站在那里："我也发过誓要干掉你，杂碎。"

"警官！"已经有人反应过来，连忙赶过去，"天哪，你还好吗？"

汤姆的样子当然不好，甚至算得上凄惨：他的帽子没了，脸上和衣服上都是血，只能斜倚在门口勉强支撑住自己。在这个状态下能够开枪命中十几米外的犯人，叶冬雪还蛮佩服他的。

"该死的，我当然不好。"汤姆被一个中年人扶着艰难地坐到地上，那是本市的一个外科医生，"托马斯这个杂种，杀了艾迪，打晕了我……我昏过去之前，发誓要杀了他，还好上帝保佑，他还在这里！"

"艾迪死了？天哪……"

艾迪就是和汤姆搭档的另一个警察。叶冬雪还记得那个刚穿上警服没几个月的年轻人，脸上总是洋溢着轻松快活的神情，他喜欢吃中国菜，喜欢和叶冬雪他们打招呼，还说将来要去中国看大熊猫，甚至还在学中文——现在这一切都没有了。

"叶女士，你真了不起，你救了我们。"有人过来激动地握住叶冬雪的手，拥抱她，叶冬雪一边机械地回应，一边出神地盯着地上的尸体。

今晚到底怎么了？

天真的还会亮吗？

第二章

天终于还是亮了。

并没有第二个托马斯闯进体育馆，这让所有人都松了口气。有救护车赶过来把托马斯的尸体和经过简单处理的汤姆送往医院，不过随车医生表示，医院的状况也不乐观，电力系统依然没有恢复，只能靠发电机撑着，而天亮后陆续送来的伤者正在增加，显然昨晚林恩市经历了一个不眠之夜。

"女士们、先生们，是时候让我们的城市恢复正常运作了。"叶冬雪和同伴在体育馆角落迷迷糊糊地打着盹，突然听到一个声音，是整晚都不见人影的市长不知道从哪里跳出来了，"我希望每个人都各司其职……"

市长先生似乎想展示一下自己的领袖魅力，但经历了惊魂一夜的众人并没有耐心听下去，很快人们陆陆续续散掉，就在叶冬雪犹豫自己要不要继续听演讲的时候，从旁边路过的威廉太太凑过来小声说："别管这政客胖子，就算面前只有一个人，他也能说足三小时——上次市长竞选他就是靠这个熬走了所有竞争者的。"

叶冬雪顿时心中大定，拉着肖雨晴和周楠慢慢退后，没多久就顺利消失在体育馆门外了。

街上没什么人，也没什么破坏痕迹，这让三个女性都松了口气，城市小有小的好处，至少短时间内大家依然习惯原有的生活轨迹，毕竟周围熟人太多。

但再次看到公寓的时候，叶冬雪心里还是沉了一沉。

这时候头顶的乌云还未散去，不过天已经非常明亮，她们可以清楚地看到昨晚公寓遭遇了什么。在这座二层公寓的外墙上至少有五个大洞，就好像被炮弹轰过似的，其中一个大洞就开在叶冬雪她们房间外面，墙壁和窗户塌了半边，看得叶冬雪一阵后怕：要是位置再偏一点，房间里的人可能就没那么容易脱身了。

"赵先生在那边。"肖雨晴小声说。

叶冬雪微微一愣，这才注意到站在马路上的一个老人，老人正背着双手，面无表情地望着公寓一动不动。

老人叫赵明诚，听上去像易安居士的仰慕者，但其实这位赵老先生是个不折不扣的韩裔，他父母七十年前从韩国移民过来，他出生在这片土地上，这辈子都没离开过美国国土，不会写韩文，韩语也只能说很有限的几句。但这些都不妨碍他和家族中人一起兢兢业业工作，终于在二十年前买下了这座公寓，开始了收租养老的生活——这已经是很多移民梦寐以求的生活了。

"哦，叶女士，非常高兴看到你们都平安。"赵明诚扭过头来看了看叶冬雪，表情却没有一点高兴的样子，"看来今晚你们要换个房间了。"

叶冬雪倒是理解这个老人的心情，辛苦一辈子的成果变成眼前这副样子，任谁也开心不起来，所以她只能尽量配合地点头："那就劳烦赵先生了。"

换房间倒不是问题，林恩市近年来经济不振，这座公寓现在只有五家住户：六个中国人占了三户，胖子主播乔治占了一户，还有一户就是昨晚躲在房间里不出来的日本人小林夫妇。公寓有一大半是空的，按理说每个人一套房间也不是不行，但邱如山坚决不肯批这么多钱——想必即使经历了昨晚的变故，他也不会改主意。

但就在叶冬雪领着两个小妹妹要迈进大门时，一声沉闷的爆炸声从远处传来。

经历过昨晚的混乱，三个人听到这一声顿时都心中一紧，同时转身看向爆炸声传来的方向，果然看到一股漆黑的烟柱在大约两个街区外冉冉升起。

"我们先回去，收拾一下房间里的东西。"叶冬雪皱起眉头，"看来城里的骚乱还没有结束……赵先生，外面太危险了，您也进来避一避吧！"

赵明诚依然抬头望着那几个破洞发呆，没有理会叶冬雪的建议，只是摆摆手示意自己听到了。

公寓里依然没有电，显得有些昏暗，但仍可看到四下里一片狼藉，砖瓦和木头碎片撒得到处都是，但居然比叶冬雪想的要整洁一点，很明显有人动手做过清理，至少开出了一条去二楼的路。

"是小林先生做的吗？"周楠上楼时也注意到了这番景象，"这可不是一个小工程……"

还没等叶冬雪回答，答案就已经揭晓。大约是听到了几个人说话和上楼的声音，二楼走廊也传来了脚步声，接着便有一道身影出现在楼梯上方，声音带着惊喜："叶姐！雨晴，周楠！"

肖雨晴先认出了对方，也兴奋地冲过去："穆宁！"

两个女生再加上跟着反应过来的周楠，三人在走廊上抱成一团，叽叽喳喳地像三只小麻雀。叶冬雪跟在后面，却没有加入她们的行列，而是将目光投向走廊另一侧，笑道："小苏，夜不归宿啊。"

被她点名的年轻人长着一张娃娃脸，但是身高很高，所以看上去像个保留着天真的大孩子。听到叶冬雪这话，他也咧嘴笑了起来："哎呀，叶姐，我请了假的……"

这个年轻人自然就是团队里唯一敢对邱如山提出异议的员工——当然，担任团队副主管的叶冬雪不算在内——大家叫他小苏，全名苏牧云，仗恃自己将近一米九的身高，他在商场开业初期狠狠震慑了几个想来占便宜的流浪汉和瘾君子。不过大家都觉得他的性格其实还蛮好的（虽然邱总可能不这么认为）。

正在和肖雨晴她们又哭又笑的女生则是苏牧云的妹妹苏穆宁。小丫头今年才十九岁，刚刚考上大学，从国内飞过来看哥哥，顺带跨年，两天时间就和比自己大几岁的肖雨晴她们成了好姐妹。叶冬雪私下里估算，苏穆宁的性格比苏牧云的爽朗大概三倍，只看昨晚发生这么大的事情之后她的情绪还没怎么被影响，就接近自己大学时的水平了。不过苏穆宁这一头鲜艳的蓝发倒是比自己当年显眼得多，如果是邱如山当她的老师，恐怕要心脏病发作……

想到这里，叶冬雪突然察觉到什么："邱总和沈晗呢？"

苏牧云也是一愣："他们两个昨晚没有回来？"

"昨晚太乱，公寓都被炸了，我带着雨晴她们出去避难……"叶冬雪意识到问题严重了，这可是两个大活人，"小苏，你在这里陪着妹子们，我去商场看一下！"

苏牧云一愣："那怎么行？叶姐，我去吧！"

"我是副经理，邱总不在就是我说了算。小苏，听好，你现在是这里唯一的男员工，"叶冬雪正色道，"我把三个女生交给你，不管遇到什么情况，你必须保证她们的安全！"

苏牧云的表情终于严肃起来，显然意识到叶冬雪是来真的，但他看着面前这位平日里和蔼可亲的大姐姐，还是一时适应不了："但是叶姐……你自己一个人去，太危险了！现在城里这么乱！"

仿佛是为了增强这句话的说服力，窗外很及时地响起了两声枪声以及配套的尖叫声。

叶冬雪点了点头："是有点乱，但是我能应付。"

"您能怎么应付……"

"小苏，我和你最大的不同就是我比你早出生十几年。"叶冬雪越过他，向自己的房间走去，"我像你这么大的时候，世界还不是这个样子的。"

那时候的世界还不像现在这么封闭，叶冬雪有机会在各个国家旅行，其中还有几次事后回想起来后怕不已的经历。而现在，满怀戒惧的是全世界。即使是曾经号称世界第一强国的美国都显得分外神经质，以致叶冬雪他们在林恩市这种小地方也要颇费周折才能打开局面，而这一切仅仅是因为他们来自中国。

保守、退缩、偏执——放在二十年前，美国人大概没法相信这些词居然是用来形容自己的。

就连叶冬雪也在心中生出古怪的感觉，自己走在街上时需要满怀警惕的这种状态，好像上一次还是十几年前，她在某个不发达国家旅行的时候……

不过事情还不算太糟，最坏的情况没有发生。

几分钟后，叶冬雪一个人踏上了林恩市的街道。得益于已经入冬的天气，穿上厚厚的羽绒服并不显得突兀，还能无形中让自己显得更加强壮，加上她一米七的身高，走在街上很容易被分为"不大好惹"的那一类。

除此之外，旁人还可以很轻易地发现她衣服口袋隐隐有什么异物的轮廓，看上去并不大，但是很坚硬，这让叶冬雪直接进入了"最好不要惹"的行列，毕竟眼下这个混乱局面，谁也不愿意去赌那是不是一把手枪。

叶冬雪就这样在衣兜里攥着一只小号哑铃到了商场。哑铃是周楠的，小姑娘买来以后只坚持运动了一个星期。

商场大门敞开，露出黑漆漆的门店内部。虽然已经有了心理准备，叶冬雪心里依然一惊。她几步走进大门，只见满地狼藉，地上散落着各种包装袋和器皿碎片，货架上空空荡荡，连玻璃柜都碎了好几个，是标准被洗劫过的场面，但她还是略微松了口气。

不算太糟，至少没有看到邱总他们血肉模糊地躺在这里……

由于没有照明，再往深处走就看不大清了，叶冬雪犹豫片刻还是掏出手机，打开了手电功能，手机电量已经不足百分之五十，从昨晚开始她就秉着能省则省的原则，但现在并不是心疼电量的时候。

于是她迈步向前，手中的光芒驱散了商场更深处的黑暗。

这束光芒只能照亮极有限的区域，四周依然笼罩在一片漆黑之中，偶尔会从视线难及之处传来窸窸窣窣的声音,也不知道是流浪汉还是什么小动物,反正在林恩市这两种生物都不缺。

空气越发沉重安静,逐渐只剩下叶冬雪自己的脚步声。叶冬雪恍然间觉得自己是在玩什么恐怖游戏,还是戴了 VR 眼镜的第一视角,下一秒从暗处扑出一具丧尸或者别的玩意也毫不奇怪。

刚想到这里,前方突然映出一团摇晃的白色,叶冬雪本能地呼吸一顿,但随即就辨认出这是一团花白的头发。

不算太糟。这头白发的主人还会动,还在用惊恐紧张的眼神盯着自己。

"班森太太,你怎么在这儿……"叶冬雪说到一半,注意到对方手里抱着的东西,于是默默叹口气转移了话题,"好吧,你没大碍吧,需要帮助吗?"

"我很抱歉。叶女士,我很抱歉。"头发花白的老太太小声说着,"但是孩子们需要吃的……叶女士,你是个好人,我知道……你们这些中国人一向遵纪守法,我知道我不该这么做,不该这么对待好人,但是……"

"没关系的,班森太太。"叶冬雪看了看四周,终于把这口气叹了出来,"就算是我给你的圣诞礼物。"

反正这里也几乎什么都没剩了。

"哦,你真是个善良的人……"班森太太忙不迭地往购物车里放东西,叶冬雪就守在旁边用手机给她照明,同时忍不住提醒:"你可以在那边拿点给人吃的东西。"

没错,班森太太往小车里堆的全是猫粮——她所说的"孩子们",其实是家里的十多只猫,这个老太太虽然只能靠失业救济金过日子,但对家里的"孩子们"的照顾可一点也没少。

"食品柜那边已经什么都没剩啦。"班森太太小声回答,"愿上帝宽恕他们,他们把什么都抢走了……唉,我是没资格这么说的。"

叶冬雪耸耸肩:"好啦,就当是一个特殊的圣诞节。"

集团在林恩开的这家商场只能算是试水,规模并不大,在陪着班森太太的过程中叶冬雪抓紧时间把商场走了一遍,什么也没发现。没有电,没有什么有价值的残留商品,也没有邱如山和沈晗——活的死的都没有,真的还不算太糟。

"唉,二十年前,真的不是这样的,林恩是一个很和平的城市,大家都互相认识,没什么坏人,那些绑架、杀人、校园枪击……都不是我们这里的……"班森太太攒了半车猫粮,一边往外走一边抱怨,"现在的人都没有耐心了,也没有人指引他们,日子越来越不好过……愿上帝宽恕我们……"

她的声音突然停下来了，老太太站在商场入口，呆呆地望着外面，就好像化成了石像。

"怎么了？"正拿着一个手提袋给自己进行补给的叶冬雪几步赶过去，看到外面的街道上一片混乱，有人在尖叫着狂奔，有人跪下祈祷，更多的人则像班森太太那样站在原地一动不动，视线望向天空，脸上露出仿佛看到了外星人的难以置信的表情。

叶冬雪顺着众人的视线望向天空的那一瞬间，同样全身动弹不得。

那是看到"完全超出预想的带来巨大压迫感的事物"时，身体本能地做出的僵硬应激反应。

北方的天空中挂着一个硕大的十字架，准确地说，是呈现出十字架形态的一个巨大发光体。它就这么高悬天空，穿透云层，散发着让人难以忽视的白色光芒。如果没有什么视觉误差，那这个大十字架应该是飘浮在离地大约一千米的高空，自身的长度估计也达到了一千米，宽度则在四百米左右——它就像一柄散发光芒的巨剑一样压在所有人头顶，压根就不像是人类能搞出来的东西，也难怪街上一片混乱。

"是审判日！"一个人突然大声喊起来，"审判日来了，世界末日来了！忏悔吧，祈祷吧！唯有信主才能获得救赎！"

确实又有几个人加入了下跪祈祷的行列，更多的人则是扭头以更快的速度狂奔逃走，显然没多少人有信心让自己的人生接受审判。

叶冬雪没有下跪，也没有逃走，只是突然想起了昨晚托马斯的话："罪人们，跪下忏悔吧！这是你们最后的机会了！"

难道那个浑蛋真的是神之使者？如果是这样的话……

"那这个'主'的品位还真不怎么样啊。"叶冬雪终于摆脱了身体的僵直状态，喃喃自语地做出评价。

班森太太已经不能指望了，老太太望着那个大十字架，口中念念有词，要不是扶着手推车，她一定已经跪了下去。但叶冬雪并不打算做类似的动作，而是敷衍地对班森太太打了个招呼，自己转身向公寓的方向奔去。

她隐隐生出预感，从昨晚开始的这一系列混乱并不会轻易停止，恰恰相反，这可能只是更大混乱的开端。她并不是本能地讨厌一切混乱，但她讨厌混乱破坏自己珍视的事物。作为一个三十多岁的已婚职业女性，她所珍视的事物已经累积到了一个可观的量，其中当然也包括在异国他乡信任和支持自己的一群朋友。无论如何，在更危险的旋涡将大家卷入之前，她必须把他们带出去。

但叶冬雪的行动还是稍微慢了一点。她刚刚跑过一条街道，前方就传来了爆炸声，出现在街道上的则是一群看上去很危险的怪人。

老实说，他们的衣着和长相本身并不古怪或危险，但不管是什么人，如果在脸上涂着红色颜料，一只手拿着十字架，另一只手拿着火把，然后十几个这样的人聚到一起，那真的是又古怪又危险。

唯一令人感到欣慰的是，这些人似乎没带枪械之类的武器，看来只是普通的示威人群，虽然不知道他们的诉求是什么……叶冬雪刚想到这里，就有人迎了上去。

叶冬雪也认识迎上去的那人，他是个小工厂的老板，因为健硕的体格得到一个外号"水牛康利"。他身上汇聚了大部分令人讨厌的特质：固执，小气，多疑，排外，守旧，暴躁……在林恩市开商场的这两年，团队可没少被这头水牛找麻烦，现在这麻烦是那群怪人的了。

由于隔了将近一百米，水牛康利和怪人们的交涉内容叶冬雪听得并不是很清楚，只能看到康利似乎很愤怒地挥舞手臂，隐隐有咆哮声传来，似乎交涉并不愉快，看样子还会发生冲突……接着叶冬雪视野里有什么东西闪了一下，随即她便看到康利全身化作了一根明亮的火柱，熊熊烈焰转瞬就在他身上蔓延开来，仅仅几秒钟时间，这根火柱已经不成人形，坍塌于地，世界上再也没有水牛康利。

叶冬雪甚至不能确定，康利临死前有没有来得及惨叫。

怪人们发出欢呼声，高举火把继续前进。

叶冬雪很谨慎地把本已踏出的半只脚收回来，转身躲入了旁边的一座小楼中。不管这群怪人要做什么，以他们的人手应该没办法把沿途的每座建筑都搜一遍。

但事态的发展很快就出乎她的意料，怪人们确实没有来搜查她藏身的小楼，却开始在街道上发疯：他们拦下每个路人，要他们忏悔祈祷，路人稍有反抗就会变成另一个水牛康利，不过几分钟时间已经有好几人被害，街道上逐渐混乱起来。

更恶劣的是，他们似乎对女性有着极大的恶意。男性跪下屈服还能逃出一命，女性却连这样的机会都没有，叶冬雪亲眼看到，几个怪人拦住路人女子后，连基本的交流都没有，对面的女性就燃烧起来。

"这是什么疯子邪教？"就躲在十几米外的门后的叶冬雪心跳加速，"他们……又是怎么做到的？"

离得这么近，她看得很清楚，可以确定怪人们没有往受害者身上泼洒汽油或别的什么可燃物，但他们确实只是在一瞬间就完成了这个恶劣的行径。那些怪人总不能是从什么疯子马戏团逃出来的魔术师吧？

就在她谨慎地将自己的身形隐藏得更深时，有个怪人冲进了她藏身的这条街道。倒不是冲着来的，怪人们显然对刚才这一轮袭击的效果很满意，开始分头行动，而其中一个怪人就追着一个少女到了小楼外面。

追逐者是一个棕色头发的青年，此刻他脸上的颜料也遮挡不住扭曲的表情，他喘着粗气看向对面的少女："我说了，跪下，忏悔……你这女人！我代表我主审判你！"

那少女只有十五六岁，在巨大的恐惧之下连腿都在不停地发抖，没法再迈出一步继续逃走，只是绝望地看着棕发青年，眼眶里噙着的泪水都滴下来了，哪里还有力气回答对方的话？

"看来你不打算认罪。"棕发青年的语气里却没有愤怒，反而透出一股兴奋，"没关系，我来审判，这是吾主给予我的光荣使命……我不会让任何罪人逃脱！"

少女呆呆地看着棕发青年的手上跳起一缕火苗。

"这是审判之火，这是地狱之火，这是焚烧罪人之火！如果这火将你焚净，那你是有罪的！如果你没有燃烧——"棕发青年原本高亢的声音突然一顿，换作更加低沉的声音，露出了危险的微笑，"逃避吾主的审判，也是有罪的！"

少女惊恐的神色让他更加愉悦，他往前踏了两步，向少女伸出手去，手指间闪烁着火花。但就在此时，他的余光瞥到身侧有黑影一晃而过，随即后脑一阵剧痛，是有什么东西砸到头上的感觉。

他踉跄两步，还没反应过来发生了什么，头上又传来一阵剧痛，这次他认出了袭击自己的人是一个亚裔女性。"如果你的主存在却不阻止我，那代表他同意我揍你，如果你的主不存在……那我更应该揍你！"

连续挨了两击的棕发青年头痛欲裂，还没等他理清这些话，第三击已经砸到了头上，他眼前一黑，身体本能地支撑着自己晃了两下，终于倒在地上失去了意识。

少女依然呆愣在那里，直到打倒棕发青年的亚裔女性冲过来拽她的衣服："走啊，还愣着做什么！"

少女终于醒悟过来，和叶冬雪一起拔腿往街道另一头狂奔。

叶冬雪一边跑，一边把手上的小哑铃重新揣回口袋里。尽管刚才这小东西建了奇功，但她还是颇不满意地撇了撇嘴。

果然这种玩具似的小哑铃杀伤力还是差了点，放在以前哪儿用得了第三下……也不对，可能是自己缺乏锻炼，战斗力下降？要考虑增加每天的运动量吗？

她一边脑子里想着各种有的没的，一边注意观察周围，情况不算太糟，至少那群怪人还没扩散到这边的街区。跑出这条街道后，少女似乎也恢复了一些状态，与叶冬雪告别后匆匆离开，叶冬雪则重新把手揣回口袋，望着天边那个离谱的大十字架叹了口气。

这到底是什么鬼东西啊？

"叶姐，叶姐！"刻意压低的声音突然从街角响起，叶冬雪一瞬间以为自己幻听了，不过她马上就辨认出了肖雨晴的声音："雨晴，你们怎么过来了？"

"有一群人要冲进公寓，我们不敢正面抵抗，只能先从二楼的消防梯逃出来了。"肖雨晴从角落蹑手蹑脚地走出来，身后跟着的是周楠和苏牧云兄妹，一个都没少。叶冬雪松了口气，拍拍肖雨晴的头："逃出来是对的。那是一群暴徒……"

她话还没说完，就看到了另外两个人跟在周楠他们后面，顿时心头一块大石落地："哟，邱总，小沈，你们没事啊，太好了！"

跟在苏牧云后面的两个男子有气无力地举起手跟她打了个招呼。这两人自然就是昨晚应该在商场的两名男员工。邱如山现在的样子颇为狼狈——他的羽绒服被划了几道口子，领带也不见了，头发散乱，眼角有一块瘀青，整个人看上去像被十几个人围起来打了一顿。

"其实他们的经历也差不多。"已经听过一遍两人遭遇的肖雨晴跟叶冬雪咬耳朵，"邱总昨晚想阻止那些人进来抢东西……然后……"

叶冬雪对邱如山顿时生出了几分敬意，虽然他平时装模作样，但混乱时刻还想着恪守职责，证明那个一本正经的样子不是装的……至少不全是装的。

"就象征性地拦了两下，有个人给了他一拳，他就趴了……"没过多久，沈晗提起当时的情况时又给邱总追加了一点细节，看来邱总果然不被任何人喜欢。

这时候众人已经找了一家快餐店坐下，店里没有电，也没有店员，只有被砸破两扇的玻璃橱窗和室内七倒八歪的桌椅，一起无言地控诉它们昨晚遭遇了什么。大家就是从这两扇破掉的橱窗进来，躲进店里的。

"行了，命比东西重要。"叶冬雪举起一根手指竖在唇前，示意沈晗停止这个话题。沈晗有点不甘心，但还是老实地闭嘴了。

"你们在说什么？"邱如山和苏牧云从黑暗深处走回来，苏牧云一脸失望地摊手："什么都没有了，连面粉都没剩下，简直是蝗虫过境……不知道的还以为美国在闹饥荒呢。"

邱如山拉了一把椅子过来坐下，语气凝重，和每次开例会的时候一样："现在情况很严重，大家也都看到了，接下来有没有什么建议？"

大家互相看了一眼，并没有动作，这也是理所当然的，昨天还生活在和平环境里，今天混乱与暴力就突如其来，没人做好心理准备。

"既然大家暂时没有想法，我就说一下我的意见。"邱如山咳了一声，"过去的就过去了，我们要尽快恢复状态，女同志清点一下库存，确认损失，小沈你去联系保险公司，小苏去看看市里那几家装修公司……"

"停，停！等一会儿邱总！"苏牧云忍不住举起手，一脸的不可思议，"都这时候了，您还打算尽快复工？"

邱如山的表情比他更不可思议："不然呢？"

苏牧云指指窗外："现在到处都是暴徒在流窜，您忘了我们为什么逃出公寓吗？邱总，我都不说物资配给什么的，现在复工，咱们是等着被再抢一遍？"

邱如山被噎得脸色非常难看："我们总不能什么都不做吧？困难是暂时的，我相信情况很快就会得到控制……"

苏牧云再次打断了他："您是怎么看出情况很快会被控制的？"

"发生这么大的事情，政府当局绝不会不管……"

"您没听周楠她们说吗？昨晚市长还跟她们躲在一起呢！"苏牧云毫不客气地指出，"邱总，现在没有电，没有网络，对外通信完全中断，我觉得我们还是做最坏的打算比较好！"

邱如山皱起眉毛："最坏的打算是什么？"

苏牧云再次指向窗外，这次他指的方向是天上："世界末日。"

距叶冬雪看到那个诡异的大十字架已经过去了差不多半小时，它依然飘在高空，没有要消失或变化的迹象。

一时所有人都沉默下来，这不是普通的灾难，眼前的情况已超出了常识。

"那到底是什么？"周楠望着那十字架，一脸茫然，"还有那些人喊的什么神谕、吾主……"

"可能是ETO[①]的降临派。"苏牧云说了个冷笑话，但没人有心情接茬，他

[①] 即地球三体组织（Earth-Trisolaris Organization），是刘慈欣的科幻小说《三体》及其衍生作品中写到的组织。

只能耸耸肩，"好吧，开个玩笑……但我觉得这事真乐观不起来。"

邱如山板着脸，小声问沈晗："什么是ETO的降临派？"

"是一个中国作家写的科幻小说……"沈晗说到一半，看了看邱如山的表情，索性直接说结论，"总之就是勾结外星人准备毁灭地球文明的一群神经病啦。"

"我认为小苏说得有道理，必须按最坏的打算准备。"叶冬雪终于开口，"邱总，这里是美国，他们国家的组织架构本来就相对松散，加上通信中断，不能指望像国内那样政府会以最快速度组织救援……而且，我们也不知道这次灾难是不是只发生在林恩，如果不是的话，我们就只能依靠自己的力量自救，因为美国政府肯定不会优先考虑林恩这样的小城市。"

邱如山又沉默了片刻，才开口道："那你认为应该怎么办？"

"撤退。"叶冬雪马上回答，"邱总你忘了吗，我们做过紧急预案。"

"你说的……"邱如山盯着叶冬雪，"那可是撤侨方案啊，叶总，这是把集团，还有我们团队这两年的心血全部放弃啊！"

"或许还没到最糟的地步，但我认为不能留在林恩市，至少要撤退到波士顿这样的大城市。"叶冬雪说，"到了那边我们再关注后续的发展，如果只是林恩市出现问题，那相信政府很快会恢复当地秩序，我们随时可以返回，如果连波士顿也出事了……"

她没有说下去，苏牧云心领神会地补充完这句话："至少那边交通便利，我们可以有更多渠道离开。"

邱如山依然很不开心地望着众人："你们都这么想？"

肖雨晴和周楠互相看看，周楠先把脖子缩起来了："我不知道，我跟大家走。"

大家再度沉默。不过这次沉默没有持续十秒钟，就被玻璃掉在地上的叮叮当当声打破了。七个人一起扭头看向发出声音的方向，只见一个庞大到有点臃肿的黑影正吃力地试图穿过那扇破碎的橱窗，但窗户破洞对他来说还是太狭窄了，以至不断有新的玻璃碎片被挤碎掉到地上。

"乔治？"叶冬雪很快辨认出了这团巨大的影子，影子闻声也愣了一下，揉了揉眼睛，有点迟疑地问："叶女士？"

"是我。"叶冬雪站起来挥手打招呼，"乔治，你的状态……不大好。"

几个女生也先后看清了乔治的样子，惊呼出声。乔治现在的样子比邱如山狼狈得多，眼镜早就不翼而飞，口鼻的淤血还没清理干净，外套也没了，里面的一件毛线背心只剩下三分之二……就算自称刚刚从战乱地区逃出来的灾民，也相当有说服力。

"本来想来找点吃的，正好见到你们，太好了……"乔治坐在一把椅子上呼呼喘气，"叶女士，情况比想象中麻烦，我建议你们马上离开，猎巫开始了！"

"猎巫？"叶冬雪重复了一遍这个有点陌生的词，"你的意思是……"

"你们见到那群疯子了吗？那群号称末日来临，要审判罪人的疯子。"乔治在脸上比画一下，"脸上还涂着红色颜料。"

"就是他们在……猎巫？"

"对，他们是塞勒姆来的……"乔治看着众人的表情，无奈地打住，转而问道："你们知道塞勒姆猎巫事件吧？"

"我，我知道！"肖雨晴这时候居然插话了，"是……1692年那次吧？"

乔治连忙点头，肖雨晴松了口气，对依旧茫然的其他人简略地讲了一下三百多年前的往事：那时候还没有美国，北美东部只是英国的殖民地，塞勒姆镇就是其中一个定居点。定居在这里的人以逃离英国本土的清教徒居多，是以宗教氛围浓厚，1692年初，镇上两名年轻女性自称产生幻觉后，牧师和法官很快便认为她们受到巫术诱惑，让她们指控使用巫术的巫师，并对其进行审判。这场荒谬的指控很快席卷全镇，被列为巫师的人越来越多，整整半年后，殖民地总督才意识到问题的严重性，下令停止审判并大赦所有嫌疑人，而这时候已经有十九个人被吊死了。

"就是……呃，北边那个塞勒姆？"沈晗问，"离林恩只有十千米的那个塞勒姆？"

"对，就是那个。"肖雨晴回答，"万圣节的时候我们不是还去玩过吗，那边的旅游卖点就是女巫文化啊。"

沈晗干笑两声："我以为他们全国都喜欢这个呢……"

"但那已经是三百多年前的事情了。"叶冬雪皱眉问乔治，"今天这群人是怎么回事？难道他们突然想起要继承祖先的遗志？"

"跟祖先没关系，他们号称接收到了神谕，要重新展开审判。"乔治苦笑，"我也不知道是怎么回事，但这次比当年严重多了！他们要审判的是所有人！"

邱如山一脸怀疑："一群平民要审判所有人？他们怎么可能做到？"

"在看到天上那个大十字架之前，我也是这么想的。"苏牧云说。

"所以你们快走。"乔治擦了把汗，"谁也不知道接下来会发生什么！"

苏穆宁好奇地看向他："你为什么要帮我们？天上可是挂着那么大一个十

字架，街上到处都是跪下来祈祷的人，要不就是自暴自弃的暴徒……你不信上帝吗？"

乔治哈哈一笑："不，女士，我们圈子对'上帝'这个概念讨论过很多次了，最后的结论是：与其信《圣经》里那位造物主，我不如信飞天意面大神，至少它的教义更宽容一点。"

邱如山很明显想问"什么是飞天意面大神"，但他忍住了。

"还有什么比人命重要？集团把员工交给我们带到异国他乡，我们是有义务把他们安全带回去的……"叶冬雪见邱如山还在纠结，不得不把重点给他挑明，"邱总，如果因为耽误撤离时间，导致员工出事，你和我都负不起这个责任！"

这句话似乎说动了邱如山，他清了清嗓子想要表达点什么，却没有得到这个机会。因为一个燃烧的酒瓶此时突然从砸破的橱窗飞进来，顿时在地上点燃了一大片，叶冬雪愕然地往外望去，发现几个小混混正在一边大声呼喝一边投掷燃烧瓶，而且明显脸上带着兴奋的表情，向这边比着中指——他们不是在无谓地破坏，他们很清楚店里有人！

"走！"她一下子反应过来，顺手提起一把椅子砸碎了另一扇橱窗。邱如山吓了一跳，然后才和其他人一起慌慌张张地从叶冬雪砸出来的那个洞冲出去。

小混混们也有点发愣，显然是没想到这几个亚裔居然如此生猛果决。苏牧云本来拉着妹妹趁机要往另一个方向跑，但只跑了几步就停了下来，叶冬雪扭头望去，同样是心头一沉。

几个脸上抹着红色颜料的人正向这边跑来。

"别靠近他们！"乔治比叶冬雪先发出警告，"他们能让别人烧起来，变成火柱！这就是他们自称为神之使者的底气！"

苏牧云毫不犹豫地把苏穆宁拖到了身后，还不忘喊了一声："叶姐！"

就好像早就约好了一样，叶冬雪也没有丝毫停顿，顺势直接拽住了苏穆宁的袖子："这边来！"

两人就这样完成了一次交接，而苏牧云紧接着就冲向了那群本来只是为了发泄暴力欲望，现在正不知所措的小混混。他身材高大，跑起来极有威慑力，身高最多一米七的小混混就这样呆呆地望他，然后被他一把抢过了燃烧瓶。

"滚蛋！"苏牧云凶神恶煞地冲小混混喊，小混混抱头鼠窜。

其他几个小混混本来还想做点什么，但乔治出现在他们面前——以飞在空中的方式："放下你们的武器，离开这里。这是最后一次警告。"

这几个人逃得比他们刚才跑掉的同伴还快。

没见过乔治浮空的邱如山他们都有点发愣，叶冬雪则是诧异："你这样子比平时帅气多了啊，乔治。"

乔治这时才露出了她熟悉的羞涩笑容："昨天晚上一直在做这些事，习惯了。"

"看来……"

一声爆响打断了他们的交谈，苏牧云扔出两个燃烧瓶，暂时挡住从另一侧奔来的纵火变态们，但路已经被完全封死了。小混混们逃跑的方向传来了惨叫，在几根新燃起的人形火柱旁边，更多的"神之使者"正在赶来。

"是不是我打晕那个臭小子的事情被发现了？"叶冬雪一瞬间在脑子里冒出这个想法。

"叶姐——"苏牧云的叫声把她拉回现实，只见苏牧云指着快餐店旁边的一条小巷，"你们从这里走！我来拦住他们！"

"还有我！"一直没什么存在感的沈晗接话道。

苏穆宁顿时急了："哥，你说什么呢！"

"别啰唆！"苏牧云只吼了妹妹一句，就看向叶冬雪，"叶姐，我把女生都安全带出来了，现在交给你了！"

叶冬雪心脏重重地跳动了几下。

她深呼吸一口，迅速点头："我会带着女生先回公寓……如果你们回来时没看到人，就去波士顿！记住我们以前做过的紧急预案！"

"明白！"

苏穆宁还想留下来，但周楠和肖雨晴已经反应过来，一起拉着她向小巷跑去。

"叶女士，你们也要小心。"乔治认真地说，"林恩市……正在变成地狱，别再逗留了！"

说完这话，他转身与苏牧云站到了一起，接着站过去的是沈晗，他把掉在地上的一根铁棍捡起来交给苏牧云："你手比较长。"

只剩下邱如山在一边黑着脸。最后他还是加入了他们。

叶冬雪不再停留，转身奔向肖雨晴她们的方向。

苏牧云又丢出一个燃烧瓶，拖慢对方前进的速度，然后扭头看看乔治："我真没想到除了和你联机打游戏，还有这种并肩战斗的时候……怎么样，体力跟得上吗？"

乔治耸耸肩："这大概是我平时一年的运动量……不过无所谓了，我从没觉得自己这么有用过。"

"是啊，有纪念意义的一天。"苏牧云将最后一个燃烧瓶丢了出去，然后向天上的大十字架比出中指，"这时候我只想说……去你妈的，圣诞快乐！"

叶冬雪没有往天上看。

她拉着三个女生一路狂奔，翻过低矮的围墙，穿过汽车熊熊燃烧的马路，避过又一拨喊着口号，打扮得更奇怪的人。她的心脏在激烈跳动，但她的情绪冷静无比，周围的一切状况尽收眼底，并且能第一时间做出判断，就好像有一个陌生的自己突然附体，代替这个已经习惯办公室白领生活的中年女性披荆斩棘。

"上一次这样是什么时候？"直到安全带着苏穆宁她们返回公寓，踏上通往二楼的阶梯，叶冬雪才突然想到这个问题，"是在四川遇到地震那次，在里约热内卢遇到枪战那次，还是在新德里遇到冲突那次？也或许是在圭亚那……"

这些都是她曾经历过的惊心动魄的冒险，不管哪次，都能达到"光是作为谈资就可以让听众色变"的程度。但即使是最后一次冒险，也已经过去将近十年了。

她曾以为这些都已成为回忆，只会在年老时偶尔在脑海中浮现出一些片段，那时候的她甚至可能都无法将这些片段组合成完整的故事。然而现在她知道，经历了那些冒险的自己从未消失，从未"变成另一个人"，"她"一直都在，"她"一直充满勇气，斗志昂扬，准备再次上场。

"她"一直就是自己。

"叶姐？"旁边的声音打断了她的回忆，是苏穆宁在说话，本来性格跳脱的女孩现在语气里居然有点怯怯的感觉，"你还好吗？"

叶冬雪一愣："怎么？"

"你刚才的表情好沉重。"

叶冬雪挑了挑眉，眉头随即舒展，眼睛略弯，嘴角上扬，于是女生们都松了口气：那个温柔可亲又无所不能的叶姐回来了。

"叶姐，我们现在该怎么办？"肖雨晴看看依旧一片狼藉的二楼走廊，"就在这里等邱总他们回来对吗？"

"不等。"叶冬雪迅速做出了决定，"你们马上回自己房间，开始收拾东西，做好随时离开的准备！"

"这就要走？"

"总不能等要走了才开始收拾！"叶冬雪语气威严，就好像布置作业的班主任，"别耽误时间，该带的都带上，衣服、充电器，你们的卫生用品、药品、打火机……想想你们平时去野外露营都带了什么！"

"我没有去露过营怎么办……"周楠苦着脸，但马上被肖雨晴拖走了，"别紧张，我也没露营过，但我看过动画……"

走廊里暂时安静下来，叶冬雪满意地点点头，转身走向自己的房间，就在她走到一半的时候，一扇房门打开了，有一个小心翼翼的声音传出来："那个，叶女士……"

这声音来自一张毫无特色的脸，可以说这整张脸上最有标志性的是那副深度近视眼镜，但叶冬雪还是马上喊出了对方的名字："小林先生，你还好吗？"

"还好还好，暴徒们没停留太久。你们这是……"戴着深度近视眼镜，看上去毫无战斗力的瘦削男人紧张地打量了一下走廊，试探着问，"你们要离开林恩了吗？"

这位小林先生全名小林悠太，和妻子一起住在这里，是传说中的那种人畜无害居家型日本人，过去两年与大家相处和睦，今年夏天的时候小林太太怀孕，整座公寓的住客还一起庆祝了一番，所以叶冬雪对小林悠太的态度也颇为客气："我们是有这个打算。林恩现在不大安全，我们准备先撤到波士顿再看看情况……您有什么计划呢？"

小林悠太迟疑了一下，向叶冬雪鞠了一躬："拜托了，能不能带上我和我妻子一起呢？"

"一起？"叶冬雪吃了一惊，"你们也不打算留下来吗？"

"电和网络都断了，外面的超市也被抢得差不多了，这一切不知道要多久才能恢复。"小林悠太苦笑，"本来还想着大家一起商议一下怎么渡过难关……如果诸位邻居全都离开，那我和妻子实在不敢留在这里了！"

叶冬雪恍然大悟，以现在林恩市的情形，一对夫妻单独留在随时可能被攻击的公寓里确实不够安全，尤其还有一位是孕妇。她毫不犹豫地点头："明白了，我们出发的时候会叫上你们，你先收拾东西吧！"

"已经收拾好了！"小林悠太当即回答。见叶冬雪面露意外之色，他连忙解释："我妻子这几天就到预产期了，随时可能去医院，所以一直都准备着……"

叶冬雪微微一笑："做得好，小林先生。"

收拾行李其实并没有耗费太多时间，叶冬雪挑选放入背包的物品非常熟练，她收拾完之后还有闲暇坐下来，一边等其他女生，一边发个呆。

但是不能发呆。一旦闲下来，各种杂乱思绪就不可遏止地涌上心头。

林恩的混乱会持续多久？波士顿会更安全吗？那些拥有奇怪力量的怪人是怎么回事？天上诡异的十字架又是怎么回事？苏牧云他们能安全脱险吗？……

还有一件事她不敢去想。

远在一万多千米之外的故乡，现在又是什么样子？家中的亲人、熟识的亲友现在在做什么？

她脑海里不禁浮现出一个情景：丈夫满脸焦虑，牵着女儿行走在街道上，周围像林恩一样混乱，不时有人怪叫着跑过……

这画面只持续不到两秒钟，她就强行停止了想象。光是想到女儿在混乱中要遭受的辛酸磨难，她便完全无法忍受，倒不如相信在中国不会发生这种混乱。

但这种混乱到底来自何处？没有那些自称获得神谕的疯子，没有那个加深人恐惧心理的巨型十字架，说不定林恩的情况就不会这么快崩溃到如此地步……

到底发生了什么？

时间一分一秒过去，肖雨晴等人也已经收拾好行李，叶冬雪让她们抓紧时间休息一下，但每个人都闭不上眼。

街上不时传来骚乱声响，涂着红颜料的那群怪人也有两次路过这条街道，但或许是因为这座公寓的外观足够凄惨，怪人们并没有进来看看的打算。

一个骑着机车的光头吹着口哨向公寓丢出一个燃烧瓶，但是火势并没有蔓延开来，很快就熄灭了。光头颇为失望地吐出一口唾沫，却没有做进一步尝试，发动机车开走了。

叶冬雪摇摇头，站起来："准备出发吧。"

女孩们身子一震，苏穆宁带着哭腔说："我哥他们还没回来……"

"天快要黑了，到时候这里更危险。"叶冬雪尽量让自己的声音听起来冷静些，"我们留下来做什么？遇到危险的时候喊他们救命吗？我们中还有个随时可能临盆的孕妇，要让她一起等吗？"

或许是被叶冬雪说服了，也或许是没想到平时笑眯眯的叶姐突然这么严厉，苏穆宁一时说不出话来。

"走吧，我们去波士顿等他们。"叶冬雪说。

女孩们小声应和，背上背包，叶冬雪让周楠去叫小林夫妇，自己想了想，用眉笔在墙上写了一排汉字："我们安全，已前往波士顿，大家按计划会合。叶。"

希望赵明诚不会因此扣房租。

一行人走下楼梯的时候，叶冬雪看到了房东。

老人孤孤单单地坐在大堂里，周围堆着还没清理的建筑垃圾，看上去要多凄凉有多凄凉。

"赵先生，我们准备去波士顿避一避。"叶冬雪小声说，"您要不和我们一起走吧。"

赵明诚看她一眼："如果波士顿也这样呢？"

"那我们就去纽约。"叶冬雪回答，"如果纽约也有麻烦了，我们就回国……总有地方可去的。"

"我知道你的意思，叶女士，我感谢你的好意，但我和你们不同。"赵明诚看着自己的房客们，"我没有地方可去……叶女士，你们还有祖国，有一个等着你们回去的家，而我没有，我是美国人，这里已经是我的家了。"

叶冬雪一时无语。

赵明诚摇摇头，指指门外："快走吧，祝你们顺利……哦，房租还是按合同扣的，不管你们住不住。"

叶冬雪哑然失笑，向这个老人微微鞠躬行礼："也祝您平安。"

小林悠太也有一辆自己的车，就停在公寓后面的停车场，现在和叶冬雪她们的车一样被泼了油漆，好在车辆本身没有遭到什么破坏，很快两辆车就顺利发动起来。

"小林先生，麻烦你开在前面，如果你太太有什么情况就减速停车，我们在后面看到了就会过来帮忙。"叶冬雪说着又示意身边的人，"周楠，你心细一些，跟小林先生他们坐一辆车，随时关注小林太太的情况。"

小林悠太的妻子真纪是个身材娇小的女性，闻言习惯性地想要鞠躬道谢，叶冬雪连忙把她拦住，招呼众人："走吧，别耽误时间了！"

波士顿离林恩也很近，开车只需要十几分钟便可到达，按理说这是一段不会有什么风险的路程。当汽车驶出林恩市区时，叶冬雪终于轻吁一口气，但就在这时候，她听到了路边行人的惊呼声。

后视镜里毫无异样，叶冬雪颇为疑惑，忍不住放慢车速往后方看去，但除了夕阳的余晖，她什么也没看到。

随即她反应过来——天上那个离谱的大十字架不见了。

第三章

　　波士顿作为近在咫尺的马萨诸塞州首府，叶冬雪对它并不陌生，但关于波士顿，她印象最深的是邱总初到此地时的表情。

　　"这里就是美国最古老的城市之一啊！"当时邱如山眺望了一会儿面前的城市，心满意足地闭上双眼，张开双臂。叶冬雪一度怀疑他下一句台词是"我是世界之王"，好在他接下来就放低了语气："宪法号、自由之路、列克星敦、哈佛、麻省理工……这些都是足以在世界历史上刻下印记的名字啊！"

　　"我本来以为总部选他当主管单纯是因为他英语好。"苏牧云嘀咕，"我不知道他这是回老家了。"

　　"最多是精神上的老家。"沈晗以同样低的声音回答。

　　"……就你们话多！"叶冬雪记得最后是自己打断了两人的吐槽。

　　前面小林悠太驾驶的汽车缓缓减速停到了 107 号公路旁边，叶冬雪也不例外，两辆车里的人纷纷走出来，望着前方的城市。

　　这座城市已经不是邱总初到时所感慨的模样了。

　　波士顿是一座港口城市，现在半座城市都在冒着黑烟，濒临水域的数座高楼正熊熊燃烧，火光倒映在水面上，显得分外明亮。

　　黄昏暮光中，波士顿以格外凄惨而又醒目的方式迎接着外人的到来，就差举出大告示牌，上面写着"这里危险"了。

　　"叶姐，我们……还要继续往前走吗？"肖雨晴有点胆怯地问。

　　叶冬雪皱起眉头，波士顿作为全美教育程度最高的城市之一，居然这么快就陷入严重混乱，这确实是她始料不及的，但她也没用太久就做出了决定。

　　"还是要进城。"叶冬雪转身走向汽车，同时向同伴们解释，"我们已经给邱总和小苏他们留言了说要去波士顿，如果放弃，在通信中断的情况下很可能与他们就此失散。而且即使同样陷入混乱，作为马萨诸塞州的首府，波士顿也一定比林恩更先得到救援！"

"如果……如果没有救援呢？"苏穆宁小声说，"波士顿也这样了，不知道还有多少地方也会是这样……又没有通信，美国政府真的救得过来吗？"

"如果没有救援，我们就继续南下，去纽约。"叶冬雪回答，"如果美国人连纽约都不救……我们至少还可以找中国大使馆，自己人总是靠得住的！"

这句话说服了两个女孩，她们安静下来，任凭汽车驶向已经浓烟滚滚的城市。

其实叶冬雪的话还没有说完，随着离市区越来越近，她发现肖雨晴和苏穆宁的脸色也越来越差，显然她们已经意识到了这件事：要想前往纽约获得"自己人"的救援，先得顺利离开波士顿才行。

而从目前的状况来看，要达成这个目标并不容易。

波士顿由中心市区和周围一系列城镇组成，按叶冬雪最初的计划，应该穿过这些城镇前往南区，在那边有他们公司和其他几个公司的驻外部门组成的联合办事处，总里程不到十千米，然而从现在来看，视线所及的道路上已经处处是火焰与浓烟，甚至偶尔还能听到枪声。

"跟以前看的美国末日类电影的景象一模一样。"肖雨晴表情复杂地嘀咕。

叶冬雪摇摇头："最好别。"

这很不正常。即使是美国，仅仅因为通信和电力中断，就在这么短的时间内陷入如此程度的混乱，也实在太快了一些。

当事情以超出常态的状况发展时，一切都很容易失控……不，或许已经失控了。

前面小林悠太的汽车再次减速，因为一辆被烧得只剩骨架的大巴正横亘在道路中间。叶冬雪走到这辆大巴残骸面前的时候，所有人都不由自主地看向她，默认她是这支队伍的领队。

"完全堵死了，靠我们不可能挪开。"叶冬雪很快就做出判断，转身看向众人，"我们得另外找条路过去。"

"如果我是你，我就不会这么做。"一个沙哑的男人声音突然响起，"我会开车离开这里，跑得越远越好。"

这声音出现得非常突兀，大家都吓了一跳。只见路边的灌木丛里突然站起一个人，这人之前与环境的融合简直天衣无缝，就好像是从地下钻出来的。

"波士顿现在非常混乱。"男子穿着一身非常专业的迷彩服，戴着一顶杂色的毛绒帽，半张脸都被花白的大胡子遮住，裸露的皮肤呈现出饱经风霜的粗糙，再加上他手中的双管猎枪，很容易让人认为他的职业是猎人，而且是专门猎熊那种。"我们堆了一辆大巴在这里，就是为了不让人再进去添乱。"

叶冬雪打量着这个大胡子："您是……警察？军人？国民警卫队？"

"VFW——海外战争退伍军人协会（Veterans of Foreign Wars）。"大胡子一看叶冬雪的表情就知道她是门外汉，额外解释了一句，"军队不知道在哪儿，警察也疲于奔命，所以我们几个还能联系上的 VFW 会员商量了一下，决定站出来干我们觉得应该干的活。我在中东吃了五年沙子，可不是为了让自己的家也变成那边那种鬼样子。"

见这人还算好说话，叶冬雪索性追问道："这里到底发生了什么？"

"没人知道，见鬼。昨天晚上突然全城停电，通信中断，本来秩序还算好，有点小骚乱，但不严重，直到下半夜，"大胡子说到这里顿了一下，显然回忆这些事情并不愉快，"突然冲出来一群疯子，攻击他们看到的所有人，奇怪的是没人能阻止他们，于是骚乱从一个街区扩散到另一个街区……最后就是你们看到的这样了。"

"那群疯子……"肖雨晴突然想起，"是不是喊着'我是神的使者''我接到了神谕'之类的话？"

大胡子摇摇头："我不知道是不是你说的那伙人，现在城里号称接受了神谕的邪教至少有二十个，他们自相矛盾，互相攻击，我们只能离他们远点。也许昨晚最先引发骚乱的人就在他们里面，谁知道呢？"

叶冬雪一愣："这么多不同的邪教？都是从哪里冒出来的？"

那些在脸上涂红颜料的怪人居然还分类别？他们和其他邪教的区别是什么，脸上颜料的颜色吗？

"有几个蠢货我认识，但更多的人不是本地人，从西边和北边来的人比较多……对，就是你们来的方向。"大胡子指着他们身后，"所以我们才尝试阻断道路。"

"我们不是可疑人物！"肖雨晴抗议道，"我们也是为了躲避那些怪人才想着来这里的！"

"我知道，姑娘，我知道你和你的同伴都是好人，但好人在波士顿才危险。"大胡子叹了口气，"相信我，不放你们进去是为你们好，这里对你们来说太危险了，你们就好像在黑夜里举着火把，独自走在森林里的小孩。森林里所有的猛兽都会发现你们。"

叶冬雪想了想自己队伍的人员构成，觉得这话实在没法反驳。但是现在他们也真的没法再选择去别处，她只好把最有说服力的人拉出来："但我们必须进城……这位孕妇已经到预产期了，随时可能生下孩子，我们必须找到医生。"

大胡子望着小林真纪，沉默了好一会儿，终于开口："不要尝试跨越那辆大巴，我在后面设置了机关，如果有人硬闯，那么等着他的是两颗拉开保险销的手榴弹。"

叶冬雪清楚地听到身后的小林悠太吞了一口唾沫。

"那我们应该怎么办呢，先生？"肖雨晴很配合地问。

大胡子转过身："跟我来，我会告诉你们一些事情。"

大家当然没有选择，只能跟在大胡子身后。只不过谁都没想到，大胡子所说的"告诉你们一些事情"，不只是简单介绍了波士顿的现状，大家还知道了这位大胡子名字叫乔尔，二十多年前入伍，在伊拉克驻扎了五年，得过紫星勋章，妻子在十年前去世，现在女儿和她的爱人住在内华达，虽然联系不上，但她的爱人也是退伍军人，所以应该很安全，但两个人到底能坚持到什么时候也实在令人担心……说到动情处，这个全身贴满硬汉标签的大胡子声音都哽咽起来，大家只能干巴巴地安慰他，同时觉得眼前的情景充满违和感，就好像一位成名多年的动作片肌肉男星突然出演了青春校园偶像剧的男主角一样——可以，但是真的没有必要。

絮絮叨叨十几分钟后，乔尔终于停下了脚步，面前是一片以独栋房屋为主的街区，显示出这一带居民的生活水准还不错，而乔尔也是这么介绍的。"至少到目前为止，这里还是安全的……但是前面的街区就不好说了。"

"我们应该去……"

"去芬威球场，你们知道那里吧？"

小林悠太这时终于能说上话了："波士顿红袜队的主场！我之前经常去看他们的比赛！"

乔尔满意地点了点头："市政府在那边设立了紧急避难点，你们去那边应该能找到医生。"

"非常感谢您的帮助！"小林悠太感激地鞠了一躬，抬起头却看到面前多出一把手枪来，"这个是……"

"M9手枪，弹匣没有装满，现在里面有十发子弹。"乔尔说，"这老家伙从伊拉克那时候起就陪着我，你拿去用吧，我才不信任那些军火商的新品广告，只有自己用过的东西最可靠。"

小林悠太苦着脸道："我没有持枪证。"

乔尔像看垃圾一样看他："你知道吗，我真想用它轰掉你的头。"

小林悠太最后还是把枪接过来了，乔尔耐着性子教了他使用方法，然后就把他推到了女性们那边："你们这队人里只有你是男人，像个男子汉一点，保护好她们！"

"谢谢，祝您好运，乔尔先生。"叶冬雪这番话说得真心实意，在这种混乱的时候，不是每个人都会慷慨地为他们指路，还给了他们一把可靠的防身武器。

"是啊，运气，我们都需要运气。"乔尔耸耸肩，转身向来路走去。如果只看背影，这时候他身上的硬汉气质又回来了，这个老兵将要回到属于自己的战场。

叶冬雪心里的感慨还没结束，就看到一个黑乎乎的东西凑到了自己面前。小林悠太满脸为难地将那把手枪捧了过来："叶女士，我没有使用的经验，要不还是你拿着？"

叶冬雪无奈地摇摇头，把手枪推了回去："我们都没有经验……小林先生，记住，你的妻子和你马上要出世的孩子，他们的安全都寄托在这把手枪上了。他们只能靠你，明白吗？"

小林悠太这辈子拿过的最有杀伤力的武器大概就是水果刀。他表情严肃地望着手中的枪，最后终于像下定了什么决心似的，长长地呼出一口气："我明白了。"

叶冬雪松了口气，招呼其他人："方向有了，目的地有了，武器也有了，接下来，我们就只差运气了，试试看吧！出发！"

虽然算是已经进入了市区，但这显然并不是一段让人放松的路程。整条街道安静到死寂，几辆车横七竖八地停放在街头，建筑墙壁明显有被火焰炙烤过的黑色烟熏痕迹，再加上那些破碎的门窗玻璃，实在让人对乔尔所说的"安全"产生怀疑。望着眼前标准的好莱坞灾难片场景，每个人都自觉地保持沉默，好像稍微发出声音，就会有一群丧尸从街角冲出来一样。

冬天的夜晚降临得很早，头顶铅灰色的云层比预计中更早变暗，而街道两边的路灯统共只亮起了两盏——叶冬雪倒是挺惊讶的，居然还有两盏路灯能亮。至于街边的房屋则死气沉沉，别说灯光了，蜡烛都没亮起一根。叶冬雪刚想说点什么来缓解气氛，就见一只黄棕色的家猫突然跃出，以敏捷的速度冲过街道，消失在另一头。

所有人都本能地倒吸了一口气，周楠甚至小声叫了出来："妈呀！"

"是一只猫。"叶冬雪让自己的声音平静下来，"大家冷静一点，按乔尔的说法，这里是安全的。"

"按恐怖片的发展套路，这里就不可能安全。"肖雨晴的声音有点发颤，"我们还是走快点吧，天知道过会儿这里会钻出什么来……"

"……少看点奇怪的电影！"叶冬雪只能无奈地重复这一句。

但他们不可能走得太快，由于要照顾孕妇小林真纪，他们的前进速度始终没能提起来，以致走出街区时街道上只剩下勉强可以视物的可见度，这可见度还有一部分是附近的火光贡献的，而他们的运气只持续到走出这片街区为止。

几辆残破不堪的汽车横七竖八地堆叠在路口，就好像刚刚被一辆重型坦克撞过，连车身都已完全变形。要不是它们恰好把路口完全堵死，还真的有点像一场交通事故。然而现在在暮色中，这堆废铁看上去更像是坟茔。

叶冬雪望着这堆明显是人为堆叠起来的路障，心不禁微微一沉。乔尔已经告知过他们市区里面的情况，以几个退伍老兵的力量还不足以在这个地区设置这么多的路障，所以这处障碍必定是其他人所设。这些人的目的是什么？是和乔尔他们一样，想要阻止危险的外来人员，还是……

她刚刚想到这里，路边的阴影中突然跳出两个人，抓住了走在队伍最边上的肖雨晴和周楠，两个女生发出一声短促的惊呼声，随即便被拽进了黑暗中。

叶冬雪全身的汗毛都竖起来，她几乎是条件反射地冲出去抓住了离自己最近的周楠的一只袖子，然后用全身力气把女孩往回拉，整个队伍一下子混乱不堪，她听见女孩在尖叫，陌生的声音在咆哮，她甚至没有多余的精力去分辨面前多了几个人，只能一边竭尽全力与黑暗里的人拉扯，一边挣扎着从衣兜里掏出自己的武器——那个不知道为什么一直带在身边的小哑铃，随即握紧它用力挥了出去。

她的挥击动作很明显打中了什么东西，从黑暗里传来一声咒骂。叶冬雪马上感觉到自己手上传来的拉扯力量变弱了，她趁机用力把周楠拽了回来，两人因为巨大的惯性一起倒在地上，随即一只脚踩上她的手，巨大的痛感让她差点把哑铃丢掉。

这时候叶冬雪才稍微有点余力抬头看向四周。路上多出了好几个人，她看不清对方的面容，那些人正在与苏穆宁他们撕扯，咆哮声和尖叫声依然充斥四周，让她晕头转向。但她还是迅速爬了起来，把周楠拖起来护在身后，然后用力冲向正拽住小林真纪的一个男子，照例是一记哑铃爆头，打得那男子连惨叫声都没发出来就仰天倒地，周楠趁机连忙把小林真纪扶开。这一连串行动都在极短的时间内完成，叶冬雪终于喘了口气，再度回头看向其他人，却只看到一个向自己冲过来的拳头。

拳头在视野范围内迅速变大，叶冬雪只来得及侧过脸躲避正对面门的这一击，她的颧骨被指骨擦到，顿时一阵火燎般的疼痛传来。她勉强看清了袭击者，是一个身材高大的白人，他的头秃了一半，脸上同样涂着油彩，但和林恩市的疯子们不同，他是用一片深色油彩糊满了上半张脸，只露出两只眼睛，看上去好像戴了半张面具，如果是在漫展上见到，多半会被人误解为在模仿什么漫画角色。

漫画男这一拳没有打实，也是稍微愣了一下，但他马上就抓住叶冬雪的衣领，猛地将她拽了过去，叶冬雪被拽得往前冲出好几米，跟跟跄跄，几乎摔倒在地。她勉强保持住平衡，又侧身避过了另一个要过来拽她的人，狠狠用哑铃砸了对方的后脑。

现在她已经能够确定，这并不是什么趁火打劫的犯罪团伙，而是和林恩市的那群怪人一样的危险分子——对方有统一的面部涂饰，而且明显是针对"人"而不是"财物"来的。不过幸好没有出现像林恩的怪人那样的诡异纵火犯。

叶冬雪剧烈喘气，视线所及之处，看到至少有五个人正在攻击他们这支可以说毫无战斗力的队伍。苏穆宁又一次被人从后面勒住脖子，在不甘地伸腿想要踢前面的敌人，但她的挣扎并没有什么用，她依然被越拖越远，眼看就要被黑暗完全吞没了。

叶冬雪咬了咬牙，准备再次冲过去救人，身后却有另外一个人扑了过来，她不得不闪避，毕竟对方是一个明显不正常的成年男性。就在这时，突然有什么爆裂的声音响了起来，一开始没有人注意，但这声音接连不断地响起，终于让所有人都停止了动作，现场一时安静下来。

那是枪声。

所有人的目光都聚到一处，望着那把举起的手枪。

小林悠太的头发已经全乱了，眼镜也不知道去了哪里，鼻子还在流血，很明显是一副刚刚被痛揍过的落魄倒霉蛋形象，但只要他手里还握着那把手枪，就没有人敢轻举妄动。

"都给我停下，停下！"小林悠太声音嘶哑地吼着，"我的妻子呢？你们带她去了哪里？把她还给我！"

叶冬雪这才注意到，小林真纪不见了。那是个随时可能临盆的孕妇，没理由在这么危险的情况下离开丈夫的保护，但袭击者们显然不打算回答小林悠太的问题，刚才攻击叶冬雪的那个壮汉哼了一声，大步向小林悠太走过去。

"你不许过来！"小林悠太嘶声道，"我会开枪的，我会开枪！"

壮汉没有理睬他，依旧片刻不停地走向他，步伐和表情同样毫无动摇的迹象。

小林悠太终于忍不住大叫起来，同时扣动了扳机。

枪声响起，壮汉终于停了下来。但他显然没有中弹，只是发出一声冷笑，无所谓地耸耸肩，随即又向小林悠太走去，这次步伐更快，小林悠太忍不住又开了几枪，依然没有命中目标，直到最后传来了令人绝望的空响。

子弹打光了。

"菜鸟，我如果是你，就会等敌人走得更近再开枪。"壮汉终于开口说话了，语气里充满不屑，"门外汉想在这个距离打中目标，几乎是不可能的。"

小林悠太不知道如何回答他，举着手枪的手依然没有放下，但现在这个动作已经没有任何威胁，反而看上去有点可怜和可笑了。壮汉猛地伸手捏住小林悠太的脖子，竟然将他整个人都提了起来，然后用力往下一掼，小林悠太的身体撞在地面上发出巨大声响，随即他便像一只垂死的昆虫一样，仰面朝天，动弹不得。

叶冬雪知道这种撞击带给人的感觉，当年她学防身术的时候可没少被教练摔过，那是仿佛五脏六腑都一起移位的震动，是比单纯的痛觉更猛烈的冲击，一般人挨了这一摔后，没有半分钟是缓不过来的。而现在她也没信心能跟壮汉过上几招，双方的体格差距远不是格斗技巧能弥补的，更何况对方看上去本身也很能打。

"不要违逆神谕。"壮汉终于说出了叶冬雪不想听到的那句话，"等待神的审判，或者现在就迎接死亡。"

所有人都安静下来，看着壮汉转过身，以叶冬雪熟悉的那种疯狂而自信的表情环顾四周，然后挥了挥手："全部带走。"

现在对方也没剩几个人了，其中还有一个刚才被叶冬雪敲晕，至今倒地不醒的，于是只有一个人迎向叶冬雪。

没有任何侥幸的余地。

叶冬雪一声不吭，举起哑铃。她凛然的姿态震慑住了面前的对手，那对手显然只是个普通人，就算脸上画了油彩也能看出明显松弛的皮肤，加上与锻炼无缘的臃肿体态，搞不好二十四小时之前他只是个普通的白领职员，还是要被上司和同事甩锅的那种。

这样一个普通人，看上去也没有获得什么神奇的力量，为什么会突然变成邪教分子？

叶冬雪压住心中的疑惑，只是冷冷地盯着对方。苏穆宁等人已经被抓走，呼喊的声音她几乎要听不到了，她的同伴只剩一个迟迟无法起身的小林悠太，但她知道自己绝不能表现出慌乱的样子，周围群狼环伺，她必须先解决离自己最近的一头。

对手终于忍不住冲了上来，叶冬雪后撤一步，右手一扬击向对方胸口，对面的中年白领反应也不慢，马上抬手格挡，但是叶冬雪手里的哑铃狠狠敲在他的手背上，中年白领惨叫一声，仍然试图抓住她，但被叶冬雪敏捷地躲开了。

"应该能制服这个人……"叶冬雪在心里迅速做出判断，这家伙的体力还能撑一会儿，可能需要费一番功夫，但自己确实能解决他，然而问题不在这里。她迅疾地再次观察四周，那个最有威胁的壮汉已经离开，现场除了面前这个中年人，还有两个敌人，很显然如果她真的干掉面前的对手，那两个绝不会袖手旁观。

她的思维没发散太多，中年人已经又全无章法地冲了过来，叶冬雪再次敏捷地跳开，一直没出手的两人中有一个发出哄笑："米勒，对付一个女人罢了，你到底行不行？难怪你老婆要离婚！"

那个叫米勒的中年人做完这几个大动作已经气喘吁吁了，但是听到同伴的嘲笑后又陡然爆发出一股力气，猛地抓住了叶冬雪的手臂，用力将她扯向自己这边。叶冬雪这次被抓住的正是握着哑铃的那只手，但她反应很快，反而借着中年男人这一拉的势头向对方冲去，同时抬起另一只手挥向中年人的脸。

她很清楚这是孤注一掷的一击，如果无法先把面前这人迅速击倒，再加上那两个帮手，自己更是毫无胜算，所以这一拳也加了点料——这是当年防身术教练私底下传授她的技巧，她在不止一个国家的贫民窟遇到匪徒时都使用过，效果拔群。

手上传来抵住硬物的触感，但是没有如愿更深入，而是只持续了不到一秒钟就滑开了。不过这已经足以令中年人胆战心惊，他松开叶冬雪的手，捂住自己的右眼惨叫："她弄瞎了我的眼睛！她弄瞎了我的眼睛！"

并没有，只是划破了你的眼皮和眉骨，蠢材。叶冬雪想着，把左手指缝间透出的钥匙藏在掌心，然后看向另外两人。中年人捂住右眼的手指间不住涌出鲜血，血流满面，在阴暗的光线下显得格外惊悚，那两人也忍不住后退了两步。

叶冬雪轻轻呼出一口气。这很好，对方心生怯意，了解到她不是可以轻易对付的人，那么或许就会因此放弃，毕竟她不是对方刻意针对的目标……

"我的耐心用完了，米勒。"对面的一个青年突然叹了口气，开口说道。接着他走上前来，轻轻拍了拍中年人的肩膀。现场陡然明亮起来，中年人惨号着变成了一根火柱，就和林恩市的水牛康利一样，不过火焰烈度明显不如林恩市版本，火光要暗淡一些。名叫米勒的中年人足足哀号了半分钟才颓然倒地，空气中弥漫着不能细想的肉味。

那年轻人一直盯着米勒燃烧的身体，直到他不能动了才满意地抬头看向叶冬雪。但他并没有看到自己所期待的惊恐表情，对面的亚裔女性依然冷峻地盯着他。

"看来你见过类似的事情。"年轻人的脖子上有一大片文身，一直蔓延到耳后，"我不知道你是怎么幸免的，但你现在逃不掉了！"

"跟我们走，你或许还能多活一段时间。"他的同伴在远处开口，"不然你今天就会死在这里。"

"凯斯勒，闭上你的嘴！"年轻人有点暴躁地打断同伴，"现在不是你展露你那廉价的同情心的时候，她干掉了米勒，我们不能让她活着！"

凯斯勒撇了撇嘴，显然对这个杀人指控不以为然，而年轻人已经狞笑着向叶冬雪大步走去。

一对二，对面是两个壮年男子，其中一个还有那种诡异的能力。看上去完全没有获胜或者逃脱的希望，叶冬雪此刻却心如止水。

既然不能逃，那当然就不逃。

既然不能获胜，那……也不会放弃。

"我的字典里从来没有坐以待毙这个词。"不知为何，她脑海里突然想起这句话。这是大约二十年前，还是中学生的自己发出的稚气宣言。那次是因为什么事情说这话她已经不记得了，只依稀记得有点可笑；那次有哪些人听到她也不记得了，只依稀记得同学们也没怎么笑。

因为从那时候起，所有熟悉她的人就知道她绝不会放弃。

年轻人当然不熟悉叶冬雪，他只是对叶冬雪的反应很不满意，所以决心好好收拾一下这个女人。他在心里已经做好计划，要让对方的惨叫声持续至少五分钟，最后宁可求他让自己死——就像他之前做过好几次的那样。

所以年轻人只是向叶冬雪伸出手去。他和身为普通人的米勒不一样，他有信心打断敌人的反抗，不管这个女人用哪个部位抵挡，都注定只能化为一团焦炭……他刚想到这里，眼前就一黑，紧接着鼻梁处一股剧痛传来，痛到他只能捂住脸，本能地弯下腰去。

"真丢准了啊！"叶冬雪也有点意外，她刚才甩出去的是手里唯一一件武器，那个从林恩一直陪她到这里的哑铃，本来只打算干扰一下对方，但可能是天色太暗或者距离太近的缘故，那年轻人完全没反应过来，就这么被直接砸中了面门。

叶冬雪的意外只持续了不到半秒钟，随即她便冲过去打算再补两下。但她只跑出去两步，就被人从旁边抓住了手臂，她悚然一惊，正要本能地反击，一个熟悉的声音响了起来："叶姐，别过去！"

她难以置信地扭头看过去，又惊又喜："小苏！"

苏牧云松开她的手，笑道："叶姐，这里交给我！"

"对对，小苏你再加把劲！"后方传来更嘈杂的响动，这种时候，就连邱如山的声音也显得格外亲切，"大家小心一点，不要靠得太近，跟在小苏后面就好！"

叶冬雪回头望向自己身后，不禁松了一口气。她身后站了一群人，除开苏牧云、邱如山、沈晗也都在场，不过沈晗的一只手上胡乱缠着纱布，还有血渗出来，看样子伤得不轻。此外还有十几个陌生面孔，这些人虽然看上去有些狼狈，但只要是站在自己这边的，那就足够了。

在如今的状况下，再没有比失散的同伴及时赶到更让人安心的事情了。

而这些人里最令人安心的还是苏牧云，他大步向前，一直走到对面那个年轻人前方才停下，那年轻人这时候已经缓了过来，抬起头露出一张被鲜血糊了半边的脸，面目狰狞扭曲："我要你们所有人都死……"

苏牧云没等这年轻人冲上前来，只伸出一只手往前，握拳。

黑暗中似乎有什么光芒一闪而过，那年轻人全身都震了一下，猛然前倾扑倒在地，抽搐了两下便不动了。

叶冬雪眨了眨眼睛，很确定自己没有产生幻觉，然后她反应过来："小苏……你也跟他们一样了？"

"那怎么能一样呢？"苏牧云回过头来，露出得意的笑容，同时炫耀般地晃晃拳头，一丝蓝白色的电弧从指缝间溢出，"我比他们帅多了好吧！"

"好了小苏，前面还有一个！"邱如山指着对面，"不要放松警惕，一鼓作气解决掉！"

那个落在最后面，叫作凯斯勒的人显然听不懂中文，但是自己的同伴被一击放倒，他看得清清楚楚，眼见这群人一起朝他看过来，他马上举起了双手：

"我什么都没做！我也是被逼的！"

邱如山犹豫了一下，对左右说："先把他捆起来再说。"

有两个人拿出绳子走向凯斯勒，凯斯勒一脸苦笑，不过很配合，苏牧云则跑回来对叶冬雪嘘寒问暖："叶姐，可算找到你们了……其他人呢？"

叶冬雪却顾不上理他，她疾步冲到小林悠太身边，这个日本人被壮汉重重摔到地上后就没爬起来，这让她生出不祥的预感。小林悠太依然躺在地上，不像是能动的样子，身后有人举起手电筒照明，大家这才看清他的状况，顿时所有人都倒吸一口凉气，发出"哎哟"的声音。

那壮汉把小林悠太摔在了一堆汽车残骸的旁边，一段狭窄而锋利的钢板有如一把利刃，从小林悠太的右腹部穿透出来，鲜血已经将他大半边身子的衣服都浸透了，他身边的地上还有一小摊暗红色的血。

"这个出血量……"有人小声叹息，"大概没救了……"

或许是手电筒的光刺激到了小林悠太，他原本已经闭上的眼睛又努力睁开，但这几乎是他能做的最大动作了。叶冬雪注意到他嘴唇翕动，似乎想说什么，她蹲下来握住小林悠太的手："小林先生，你坚持住，你的妻子还在等着你！"

小林悠太没有说话，只是直直地看着叶冬雪，叶冬雪咬咬牙，扭头看向后方的人："谁是医生？谁带了急救包？"

人群一片沉默，好一会儿才有人开口："没有……我们都是逃出来的，走得很匆忙。"

这时候叶冬雪握着的手突然传来一股微弱的力量，她赶紧回头，只见小林悠太的嘴唇抖动得越来越厉害，终于迸出几个音节，叶冬雪凝神听去，说的只有一个词："请……请……"

她心中黯然。没有医生，没有医疗用品，大出血，伤口堵不住……在如今的条件下，谁也救不了这个人了。

但她知道自己该做什么。她望着小林悠太苍白的脸，一字一顿地道："小林先生，我向你保证，我会救出你的妻子和你的孩子，一定。"

听到这句话，小林悠太手上的力量突然消失，随后他轻轻呼出一口气，嘴唇再也不动了，但他的眼睛还是望着叶冬雪。过了大概半分钟，有人低声说："他已经死了。"

叶冬雪轻轻点头，伸手将小林依旧睁大的双眼合上。

"叶姐，出什么事了？"苏牧云紧张地问，"怎么会搞成这样？我妹妹她们呢？还有小林先生的妻子……"

"小苏，你冷静地听我说完。"叶冬雪站起来，试图让自己的声音听起来镇定一些，"我们遇到了麻烦。"

她尽量把整件事讲得平缓一些，但苏牧云听到自己的妹妹被掳走的时候还是跳了起来："他们往哪里去了？我们得马上去救人！"

"当然要救！"叶冬雪回答，"我不知道他们接下来要做什么，但他们不把人命当回事，我们必须尽快行动！"

苏牧云闻言却有点犹豫："叶姐，你也去啊？"

"我去有什么问题吗？"

"那群人抓的都是女性吧，你去的话……"苏牧云欲言又止，就差把"羊入虎口"说出来了。

"正因为抓的都是女性，我才要去，因为我们不知道现场会有什么意外发生，有我在场方便一点。"叶冬雪回答，"还有，小林先生的妻子马上就要生产了，最坏的情况下我得帮忙。还是说你觉得自己能行？"

苏牧云就像重新认识了叶冬雪一样打量她："叶姐，帮人接生你也会啊？"

"反正比你这个连女朋友都没有的人懂。"叶冬雪打出致命一击，苏牧云只能举手投降："行……那你到时候注意安全啊……"

"你们等一下！"邱如山忍不住插嘴，"你们怎么去救？你们连对方是什么人都不知道！而且我们眼下就这十几个人，能救得出来吗？"

"你的意思是就这么不管了？"苏牧云盯着邱如山，"邱总，那是我妹妹，你这话什么意思？"

邱如山顿时气短："我也没有这么说……"

"救人是必须要救的，但对方有特殊能力的人不止一个，我们必须先做好准备。"叶冬雪打断两人的对峙，语气坚定，"小苏你跟我走，剩下的人……"

她没说下去，因为她突然意识到跟着苏牧云他们来的人里绝大部分都是陌生面孔，他们是谁？为什么会和苏牧云他们一起行动？他们愿不愿意帮忙？这一切都是未知的，但只靠自己和苏牧云两人就能把人都救出来吗？那希望更是渺茫。

"他们都是我们在离开林恩市的路上遇到的，愿意和我们一起走。"苏牧云注意到叶冬雪的犹豫，主动开口解释，"都是一路上同甘共苦的战友，没什么好隐瞒的。"

"你们是有亲友被那些恐怖分子抓住了对吧？"一个男子说，"那都是些疯子，所以……算我一个。"

见叶冬雪有些发愣，他又补充了一句："我兄弟被他们烧死了。"

有这人带头，又有几个人站出来表示愿意去，剩下的六七个人很明显都是以家庭为单位的，有所犹豫也正常。叶冬雪不再犹豫，向苏牧云点点头："路上我们再互相熟悉，现在准备出发吧！"

"你们真的要去？"邱如山是没有报名的人之一，但这不妨碍他提出异议，"你们知道上哪里找那些恐怖分子吗？"

叶冬雪问苏牧云："你们是怎么找到我的？"

苏牧云老老实实交代："其实我们也是无头苍蝇，进了波士顿市区以后一步一顿，但是突然看到了这边的火柱，还听到了惨叫声，就先过来看看……还好遇到了叶姐你。"

叶冬雪皱眉道："你们路上有没有看到一辆挡在路中间的大巴，或者遇到什么人？"

"大巴有一辆，但是没挡在路中间，翻在路边。人就完全没看到……"苏牧云好奇地道，"叶姐你是认识什么人吗？"

看来那位乔尔也出了什么事……叶冬雪摇摇头，指向不远处一直没吭声的凯斯勒："我们要救人的话，这里有个可以带路的。"

凯斯勒一脸茫然。

叶冬雪改成英语发问："我们要把自己的朋友救回来，你应该知道她们都去了什么地方吧？"

"你们要救人？"凯斯勒的表情马上变得和邱如山的一样精彩，"你们疯了吗？说真的，我可不想去，我是和平主义者，我只想活命，但是带着你们过去我就死定了！"

"哦，那你为什么会觉得不带路就不会死呢？"苏牧云现在的情绪就好像随时会喷发的火山，"我直说吧，被带走的人里有我妹妹，我现在没有耐心说服你，所以你还有最后一次机会，在被我打成残废之前老实带路。"

凯斯勒望了望苏牧云的拳头，苦笑道："那我要求在到达目的地以后先把我放走。"

"找到人就放你。"叶冬雪说。

"你们不要胡闹了！"邱如山有点气急败坏地把叶冬雪拉到一边，"你真的要带这么多人去冒险？真的出事了怎么办？"

"你好像还没搞清楚状况，邱总，不是'真的出事了怎么办'，而是已经出事了。"叶冬雪的声音在这冬夜里显得分外冷厉，"我们的员工肖雨晴和周楠都被身份不明的人抓走了，你认为我们现在应该怎么做？报警吗？现在在这里根本指望不上警察！还是要不管她们，继续逃走？"

邱如山望着自己这个女副手的严肃表情，一时不知道该怎么回答："不，不是，但……"

"邱总，我以集团驻美国分部行政主管的身份对员工的个人状况负责，这是我的职责。"叶冬雪缓和了一下语气，"邱总，你可以履行你的职责——小沈受了伤，你应该带着他尽快离开危险区域。"

邱如山完全被叶冬雪自若的气场压制住了："离开……我们去哪儿？"

"南下，去纽约。我们之前不是商量好的吗？波士顿如果也失控，就去纽约找我们国家的领事馆。"叶冬雪耐心地提醒他，"你，小沈，还有其他几个不方便与我们一起行动的朋友，应该结伴去纽约……邱总，他们的安危就交给你了，这同样是个艰巨的任务，只有你能完成。带上小沈，你就算是重新联络集团也理直气壮。"

这番话说服了邱如山，他重重地喘了几口粗气，像是自言自语一样地回答："你说得对……我们要尽快找到组织，我们要请求援助……"

"那就去吧，路上千万小心！"叶冬雪拍拍他的手臂，"我们分头出发，顺利的话会在纽约的中国领事馆会合——我可就指望你打前站了！"

邱如山如释重负一般，象征性地与众人打过招呼，便带着沈晗和其他几个人匆匆离开，消失在了已经变得一片黑暗的街道上。叶冬雪目送他们远去，心中也微微有些不安，毕竟谁都不知道自己选择的路上会遇到什么，但想来邱如山他们总比自己刚才的队伍有战斗力一些。她想着这些，转过身来看到苏牧云满脸古怪的样子，忍不住问道："你这是什么表情？"

"没有，就是觉得叶姐很牛。"苏牧云真诚地说，"直接把邱总忽悠走了……"

"什么叫忽悠！"叶冬雪没好气地给他肩膀一拳，"本来就应该及时与后方取得联系，不然靠我们几个瞎折腾能有什么用？"

这时候凯斯勒也被带了过来，他倒是一点不隐瞒，直接卖掉了自家的计划——按照他们那个首领的说法，需要进行一场献祭来获得更强的力量，而这场献祭需要特定的人数，在特定的时间、地点举行。

"地点是伯克希尔山东侧的一处林地，靠近阿巴拉契亚国家步道，离我们有九十多英里^①。"一个白人男子说，"我们需要汽车。"

"周围都是！"苏牧云指指四周，"我们选几辆车况好点的！"

那白人男子有点犹豫："如果车主或者警察来了……"

"不会有警察来的。"凯斯勒插嘴道，"波士顿的秩序已经崩溃了，每个街区都在求救，每个街区都有枪声，但是警察一直没有出现。"

叶冬雪怀疑地问："你怎么知道的？"

"无线电啊，女士。"凯斯勒回答，"如果你有一部电台，那么你就知道，今天每个频道里传出的都是这些声音……说真的，听着跟游戏里的世界末日似的。"

苏牧云冷冷地道："所以你就跟着那些人，想要逃离世界末日？"

凯斯勒无奈地耸耸肩："谁会想死呢？"

叶冬雪走向街边的车辆，脚突然踢到了什么，她低头看去，依稀认出了周楠的背包，看来劫掠者也嫌这些背包碍事，把它们丢在了路边。叶冬雪轻轻叹气，弯腰把背包提起来。

最后他们一共找到了五辆车。作为一支只有八人的队伍，这显然是多了一些。但叶冬雪认为对方或许不止掳掠了周楠这几个女性，有可能的话应该全部救出来，因此必须在车上留有足够的位置，于是才有了这支"庞大"的车队。

太阳早已下山，黑暗笼罩了大地，但这片土地上并非一片漆黑。五辆车组成的车队驶离波士顿市区，车队后方是还在熊熊燃烧的城市，甚至起火的范围比下午还扩大了一些。

道路上没有什么阻碍，握着方向盘的叶冬雪看了一眼后视镜，微微摇头：这么大的城市，秩序崩溃的速度实在快得令人不安。

队伍中一半的人现在都挤在这辆车上，苏牧云和另外一个黑人坐在后座，把凯斯勒夹在中间，凯斯勒老老实实地缩着身子，似乎没有任何反抗的念头。最后还是苏牧云打破了沉默："你叫凯斯勒，是吧？趁着路上还有时间，说说你们的事情。"

"我知道的也很少……"凯斯勒把自己撇得干干净净，按他的说法，自己只是个在波士顿念书的普通大学生，每天缩在宿舍里打游戏的那种，倒是他的两个室友一个月前突然对神秘学产生了兴趣。凯斯勒本来不以为意，不料就在昨天，室友突然宣布自己加入了一个他听都没听过的小宗教，并且热情邀请他加

---

① 英美制长度单位，1英里合1.6093千米。

入。然而这宗教不但听着不靠谱，还很有邪性，容易让人想起大卫教派或者太阳圣殿教之类的鬼东西，所以凯斯勒一开始当然是拒绝的。直到今天，室友在他面前开始表演火烧活人……

"听上去不是更像邪教了吗？"苏牧云忍不住说，"那你现在倒是加入了？"

"我和他们两个在过去的两年里关系不错，所以他们愿意再给我这个机会——这是他们说的。"凯斯勒理直气壮地回答，"如果我依旧不妥协，不抓住这个机会……苏先生，你觉得我现在还能在这里和你说话吗？"

苏牧云想了想那些疯子动不动就把人点着的疯劲，也只能承认凯斯勒说得对，如果凯斯勒依旧不从，现在他很可能已经变成一具焦尸了。

"说说你们这个教派。"在前排开车的叶冬雪提醒，"虽然你今天才加入，但你的室友应该向你宣传了很多内容吧？"

凯斯勒苦笑起来："但……我不知道他们说的是真的还是疯话。"

这个小宗教的名字听着就不正经，叫"英仙座的阿尔戈尔①"，教主自称"珀尔修斯"，就是那个砍掉墨杜萨脑袋的希腊英雄。在希腊神话里珀尔修斯死后成为英仙座，倒是很符合教派名字，但这个听上去有点像中二动漫社团的教派的理念是：如今世间充满了像墨杜萨那样的恶魔，神谕要求他们用神圣的火焰净化恶魔，就像珀尔修斯铲除墨杜萨那样。

"这是精神病人臆想出来的教义吧？"苏牧云评论说，"你们怎么会信这种东西？"

"因为他们用来烧人的火可不是臆想出来的……"凯斯勒低声回答。

"这是最奇怪的地方……"叶冬雪略微放慢车速，让自己的脑筋也转起来，"凯斯勒，你听过那个神谕吗？"

"完全没有。"

"还有小苏，我一直忘了问你，你这个雷电的力量是怎么来的？"

"就是在林恩和那些邪教徒拼命的时候，突然迸发出来的，我自己都吓了一跳。"苏牧云说，"一开始还很难操纵，但很快就熟练了，可能是生死关头的……潜力？"

叶冬雪从后视镜看了他一眼："所以你也没听到什么神谕？"

"当然没有！"苏牧云果断回答，"要是听到了，我可能会当场骂街！"

突然出现的力量，毫无线索的神谕，灭绝人性的教派。叶冬雪觉得太阳穴

---

① 阿尔戈尔，即英仙座 β 星，中名"大陵五"，西名 Algol，亦称"魔星"。

隐隐作痛，一堆线索摆在面前，她却无法将它们有效联系起来，就像是有人刻意恶作剧。她突然想起凯斯勒提到的无线电，于是抬手打开了车载电台。

收音机沙沙作响，自动调整着频率，而各种各样的声音也随之在车内响起。

"有人吗？有人吗？这座楼里的人都不见了，都死了，上帝啊，我到底在什么地方？"

"我老实告诉你们吧，世界末日到了，我已经听到了神谕……"

"伙计们，如果我是你们，我现在就马上离开城市……我已经这么做了，祝你们好运！"

"颤抖吧，恐惧吧，我要来猎杀你们了，这是——神谕！"

"我刚刚和英国的朋友联系上了，都一样，我的朋友们，都一样，全世界都完了……"

"救命啊，谁来救救我和妈妈……"

"你慈悲为怀，从不拒绝向你呼求的人。你知道我们的有限和软弱，面对生命的终结，我们都怀有恐惧、不舍……"

最后一个声音是基督徒常用的临终祈祷，凯斯勒和那个黑人忍不住开始小声跟着念诵，叶冬雪与苏牧云沉默不语，但叶冬雪也没有把收音机关掉。

漆黑如墨的道路上，五辆车疾驰向西。车内的人都默然无声，只有信徒临终祈祷的声音回荡在耳边，好似在送他们踏入未知的地狱。

第四章

　　阿巴拉契亚国家步道，其历史要追溯到一百年前，全长超过三千五百千米，蜿蜒于美国东部的阿巴拉契亚山脉群山之间，是徒步旅行爱好者最青睐的野外步道系统之一。为了方便旅行者休息，管理者在步道沿途修建了不少棚屋供他们夜间住宿，不过绝大部分徒步爱好者依然会选择就地露营。

　　然而在今晚，其中一处棚屋旁边格外喧闹。

　　时间已近半夜，仍有一大群人聚在棚屋外，他们燃起了好几堆篝火，熊熊火焰照亮他们兴奋得有点扭曲的面容，他们的影子则在火光下更加扭曲地跳动。一个留着黑褐色鬈发的男子站在人群中间，听着周围众人狂呼乱喝，表情却异乎寻常地平静。

　　"同胞们，今晚将是我们蜕变的第一步，我们成为世界救世主的第一步——"鬈发男子缓缓开口，周围为之一静，"神谕已经明晰，度过今晚，我们都将获得吾主赐予的力量！还有十分钟，让我们期待那神圣时刻！"

　　人们一起欢呼起来。

　　"至少有一百二十人。"在这群人外围的林间，有两人小心地趴在一块岩石后面。其中身材矮小的中年人轻声开口："三点钟方向有两个岗哨，持有武器，应该是 AR15 和 AK74。"

　　"沙利文，你看清楚了吗？就这些？"他身边是一个身形瘦削的男子，男子额头上有一大块瘀青，显然是才受创不久，"要是漏看一个，我们就完蛋了。"

　　"闭嘴赫里斯，我在阿富汗待了十年，就算他们伪装成石头我也能看穿！"沙利文回答，又问道，"你那边呢？"

　　"当然已经找到了，人质在十一点钟方向，都被捆住手脚坐在地上，至少有九个……果然被叶女士说中了，这群疯子抓了不止一拨人。"赫里斯声音沙哑，"你听到那个浑蛋的话了吧，只有不到十分钟时间，我们得赶紧回去通知其他人！"

这是叶冬雪带来的人里除苏牧云外战斗力最强的两位，一个是被人点了房子的退伍老兵，一个是被人把车炸翻，差点逃不出来的州警。

"我们只有八个人，没有武器，对面一百多人，还有枪……这怎么救？"听到前哨的报告，小队里马上就有人犯愁，"靠苏先生一个人的力量能行吗？"

"克里姆先生，你愿意来我已经很感激了，如果你现在不愿意参与，可以离开，不暴露我们就行。"叶冬雪说，"但我们是一定要留下来的。"

那个犯愁的人叹了口气："不，我既然到了这里，就一定会留到最后。"

"那我可以走了吗？"凯斯勒举手。

众人都看向他。苏牧云想了想，摇摇头："我们可以放了你，但你不能开走我们的车。"

凯斯勒顿时苦起脸来，这么冷的夜晚让他一个人摸黑穿过山林步行离开，也太难为人了。

"凯斯勒先生，我建议你先留在原地，等我们行动之后再看。"最后叶冬雪提出了方案，"如果我们成功了，当然会带你一起逃走，如果我们失败……他们应该也不知道你帮助了我们，你还是可以装作若无其事地回到他们那边去。"

这次凯斯勒没有表示异议，老兵沙利文则迅速给其他人分配了任务："我和赫里斯会去对付岗哨，试图夺下他们的武器。即使失败，我们也会尽可能吸引他们的注意，那时候就由苏先生这边进行突袭。"

他和赫里斯领的是最危险的任务，大家看向两人的目光都充满了敬意，苏牧云神色严肃地点头："我会以最快的速度控制那个珀尔修斯。"

给他们讨论的时间并不多，很快沙利文和赫里斯就弯腰往岗哨那边摸过去，其他人则小心地向另一个方向移动，只有叶冬雪被留下来断后——苏牧云的理由是，只要叶姐还在后方压阵，大家就会感到安心。

目送苏牧云他们的身影消失在森林深处后不久，叶冬雪轻轻活动了一下身子，正准备回头找留下来的人说点什么，突然一只手从她脑后伸来，紧紧地箍住了她的脖子。

"别动，叶女士，我也不想伤害你……"和叶冬雪一起留下来的只有凯斯勒，身后传来的也是凯斯勒嘶哑低沉的声音，"但我真的不想陪你们去送死。"

叶冬雪几乎要被他勒着脖子提起来，只觉得呼吸困难，眼前发黑。她用力抓着对方的手臂，但是凯斯勒一直死死地勒着她。冬天的衣服很厚，这让她的反击显得毫无力度，有那么一瞬间，叶冬雪在后悔一件事：那个小哑铃丢在波士顿那边忘记带来了。

但她没有放弃，她把右脚用力往下一甩，凯斯勒只穿了一条牛仔裤，正好被叶冬雪皮鞋的后跟磕到小腿骨，顿时痛得闷哼一声，他没有减弱压制她的力量，但本能地往后退了一步。叶冬雪在心里低低叹息一声，猛地抬起一只手，那只手里攥着一把钥匙，毫不留情地扎向凯斯勒的眼睛！

这一击并没有命中，凯斯勒在最后关头偏了一下脑袋，钥匙擦着他的眼眶划过，撕下一片皮肉。但是脸颊传来的剧痛还是让凯斯勒惊慌起来，他放开叶冬雪，捂着自己的脸，有点恼羞成怒地低声抱怨："你们不会成功的，你们救不了任何人！该死，如果一开始就让我走，怎么会搞成这样！"

叶冬雪没有答话，她扯开衣领，让自己迅速恢复顺畅呼吸。现在可不是和对方争辩谁有道理的时候，前方的同伴正处于险境，她必须马上掐灭这个不稳定因素……可能有点困难，但总要试一试。

从凯斯勒刚才攻击的力度和方式来看，至少在他就是个天天打游戏的宅男这方面，他没有说谎，攻击方式完全是门外汉，还有显然无法持久的肌肉力量。如果换成当年的散打教练来这么一次突袭，叶冬雪都不确定自己还能不能保持清醒的意识。

"好吧，叶女士，我们商量一下。"凯斯勒抹掉脸上的血，"我们就此罢战，我现在就离开，你们尽管去送死，我不会管你们。"

叶冬雪这次终于开口了，她的声音轻柔但是坚决："但我现在没法信任你。"

"……有道理。"树林里光线昏暗，只有远处的火光映射过来，叶冬雪看不清凯斯勒的表情，但听得出他语气里的焦躁，"你就是这么固执，对吗？就是这么固执，我早该知道！之前你就是宁可一对三也不退缩！见鬼，我说了你们不会成功的，你们救不到人，你们全都会死在这里！"

他的声音逐渐大了起来，叶冬雪不禁皱眉，若是被篝火边的人群听到，那会有大麻烦。必须采取行动了。

但凯斯勒的话就在这里戛然而止。伴随着一声闷响，他的脑袋突然偏到一边，然后整个人直挺挺地倒在地上。

叶冬雪努力分辨，终于看清凯斯勒背后的位置站着一个人。

"别紧张……别紧张，女士。"那人点亮手里的打火机，把自己的面容映现出来，"我不是坏人。"

火光映出的是一张似乎有点混血特征的东亚男性面孔，他的头发扎到脑后，鼻梁有点高，留着凌乱的山羊胡，看年纪三十多岁，穿着破旧的大衣。如果是在街道上遇到这个人，叶冬雪一定会认为他是个流浪汉，但是在这个场合，她也不敢妄下结论，只看到他另一只手上拿着一块石头，显然是放倒凯斯勒的工具。

"你是谁？"

"我叫约瑟夫。"男子犹豫着回答，"我听到你们的对话了，你要救人是吗？我们是一伙的。"

"你也要去救人？"叶冬雪微微松了口气，"我的同伴们已经开始行动了。"

自称约瑟夫的男子指着前方："我们也是。"

"你们？"

"这个邪教伤害了很多人，包括我的朋友。"约瑟夫似乎不善言辞，说话有点木讷，"还有一些朋友被抓了，所以我们组织了一支队伍，一直跟踪到这里。"

"那我们的目标是一样的，我们也是来救朋友的。"叶冬雪伸出手，"我叫叶冬雪。"

约瑟夫微微一愣："中国人？"

"是的，你呢？"

"我父亲是中国人，但我出生在英国。"约瑟夫耐心地解释道，"我会说中文，但我应该算是英国人。"

叶冬雪点了点头，又问："你的同伴在哪里？"

"他们应该马上就要行动了。"

似乎是为了证明这句话，篝火处突然出现了骚动。

沙利文刚刚摸到离岗哨还有几米的地方，苏牧云离人群还有十几米的距离。这时，突然从另一个方向传来了嘈杂声，原来有十几个人冲入了人群中，这些人都手持棍棒，一阵乱敲把人群驱散后便冲向了人质所在地，试图尽快将绳索解开。

教徒们一开始不知所措，在短暂的混乱后，他们发出怒喝声，转而包围了这十几名闯入者，场面迅速变成混战，约瑟夫顾不上再和叶冬雪说话，一头冲向人群。

现在场面完全失控了，叶冬雪望着前方喧嚷的人们：沙利文趁乱抢到了枪，但没有开火，只是在用枪托砸人；另一边的苏牧云倒是进展顺利，被他打倒的人几乎没有能再站起来的，眼看着也要杀到人质所在区域了；最先闯进来的那群人则围成了一个半圆，将人质护在里面，但这个保护圈在敌人占有绝对优势的冲击下很快便摇摇欲坠，显然支撑不了太久。突然有一个人猛地飞上天空，重重地摔在篝火堆里，顿时半边身子都着了火，他惨叫着要爬起来往外跑，但是另一个人冲上来用木棍重重地给了他脑袋一下，于是他倒在地上不动了。

叶冬雪眼神冷峻，俯身摸了一下倒地的凯斯勒的脉搏，确认他还活着，然后不再顾忌，顺手从地上捡起一块石头，大步上前。既然这里已经不是道德与法律能约束的地方，那就只能指望用最直接的方式来解决问题。她从来不觉得自己性格温和，但不知道从什么时候开始，带着笑容与周围的人交流成了她的习惯，现在想来，或许只是自己刚好进入了一个可以轻松面对的环境而已。

然而现在不是了。不到四十八小时，她的舒适圈已经破得一干二净。有那么一瞬间，她再次回忆起那种感觉，当年不畏一切的热血在身体里沸腾，比在林恩市时回忆起的更加强烈。确实，现在她身处异国他乡，在寒冷冬夜，在荒郊野岭，在一群陷入狂乱的邪教徒面前孤身而立——不算太糟，也就和十几年前遇到的情况差不多。

叶冬雪毫不迟疑地将石头砸到从对面冲过来的男人脸上，那个男人惨叫一声，捂着脸蹲了下去。

还有两个人试图冲过来，但是在叶冬雪捡起地上的一支金属球棒之后，他们停住脚步，犹豫几秒钟之后跑开了。

终究只是一群乌合之众。

保护人质的防御圈这时已经崩溃了，但是有几个女性被救出来，正在苏牧云他们的掩护下往林中逃去，突然林地边缘升起一道火墙，封住了他们的去路。

"异端的无谓挣扎，只会让吾主更喜悦罢了。"在猛然安静下来的人群里，那个珀尔修斯缓缓开口，"神圣时刻即将到来，你们谁都无法抵挡——忏悔吧，然后成为开启新世界大门的基石。"

"我不跟疯子讨论！"苏牧云比了一个中指，将自己的妹妹护在身后。

珀尔修斯简短地做了一个手势："抓住他们。"

信徒们蜂拥而至，有如黑色潮水，但苏牧云是这潮水前的堤坝。他握紧双拳，以惊人的速度连续出拳，将对面冲过来的人一拳一个全部放倒在地。很快对方便意识到了情况不对，在躺下十几人后停了下来。

苏牧云微微喘气，但身子纹丝不动，依然保持拳击姿势盯着前方，齿缝间迸出声音："来啊，还有谁?!"

"原来你也有这种力量。"珀尔修斯悠然道，"吾主也曾提过你这样的异教徒，获得了其他邪神的神谕……"

"去你妈的神谕！"苏牧云不耐烦地打断他，"放我们离开，不然我只能把你们全部解决了！"

"异教徒是更好的祭品。"珀尔修斯指着苏牧云，"拉维奇，他是你的了。"

叶冬雪看到那个半张脸涂满油彩的半秃壮汉大步走出，冲向苏牧云。他和苏牧云差不多高，但块头比苏牧云大出三分之一，就像一头灰熊，苏牧云不敢轻敌，就连远处的叶冬雪都能看到他拳头上闪烁的电光，随即两人的拳头就重重地撞到了一起。

这一次对撞只持续了不到一秒钟，苏牧云后退两步，龇牙咧嘴地甩着手，但马上他就停下来，惊讶地看着自己的对手。那个叫拉维奇的壮汉只后退了一步，恍若无觉般冷笑着，重新攥紧拳头。

在火光映照下，那拳头竟然呈现出金属色泽。

"合着还有走终结者路线的？"苏牧云抱怨起来，"那也不见你导电啊！"

拉维奇显然没有领会苏牧云抱怨的重点，又一次挥拳，这次苏牧云只能往后跳开，身后的苏穆宁惊呼一声。听到妹妹的声音，苏牧云脸色微微一变，抬头望向拉维奇，骂道："×，不退就不退！"

既然不退，那便只能正面迎击。苏牧云双手抬起挡住拉维奇那一拳，巨大的冲击力让他脸上的表情微微扭曲，但总算是把这拳头挡住了。拉维奇身形巨大，在灵活性方面还是差了点，苏牧云微微躬身，冲到拉维奇身前，伸手就要去抓对方的肩膀，拉维奇发出嗤笑声，脖颈处突然涌现一片金属反光，苏牧云只感觉自己的手指好似戳到铁板一样，而拉维奇就在这时候窥准机会，朝他的腹部狠狠来了两拳，苏牧云痛得整个人都缩了起来。

战斗似乎就要在这里结束了，拉维奇正要追击，突然身后响起了枪声。他本能地弯腰躲避，却发现身边没有子弹飞过。

"都给我停下！"人群的另一侧，沙利文举着刚刚缴获的自动步枪大吼，"今天已经够荒唐的了，到此为止！放他们离开！"

所有人都盯着他，几个信徒虽然对着枪口，却毫无惧色，反而大步向他走去。

"见鬼，你们疯了吗?!"沙利文射出几发子弹，打得前方地上的石块碎片乱飞，"最后警告一次！"

然而没有人停步。

沙利文脸色铁青，但是手上的枪依然端得很稳。他拿到的是那把 AK74，光凭手感就知道三十发子弹的弹匣装得很满。刚才威慑众人的那个点射只消耗了几发子弹，剩下的子弹足够多，这些信徒应该也很清楚这件事，但他们都没有要停下来的意思。

沙利文听天由命地叹了口气，说："好吧，反正大家都要下地狱的。"

下一秒钟，枪口喷出了灼热的火舌。

象征死亡的枪声连续响起，不断有人被打倒在地，人群终于发出了尖叫声。美国人都很清楚枪械的威力，而且这些信徒尚未获得他们向往的力量，在子弹面前也只是脆弱的普通人而已，他们开始惊叫着四散逃开，而这时沙利文面前已经倒下了七八个人。

就连苏牧云和叶冬雪他们都被沙利文的举动惊呆了，但现场还有一个人依然保持冷静。拉维奇丢下明显已经受伤的苏牧云，毫不迟疑地转身向沙利文冲来，这个壮汉的体格是如此鲜明醒目，沙利文一样没有犹豫，掉转枪口就向拉维奇射击。

然而这一次没有起到作用，子弹打在拉维奇身上发出沉闷的声音，留下几个白点，就和打在一座花岗岩雕成的石像上一样，甚至没能让对方减缓前进的步伐。

"×，我恨终结者。"沙利文忍不住爆出 F 开头的单词。他的手很稳，他的射击一直没有停，而且每一颗子弹都没有打空，但直到他打出最后一颗子弹，也没能阻止拉维奇一路冲到他的面前。

接着拉维奇挥拳，一拳重重地砸在沙利文的脸上，沙利文顿时飞出去好几米，重重地摔倒在地。但这个老兵没有放弃，他满脸是血，丢掉打空的步枪，又挣扎着坐起来，掏出腰间的手枪继续向拉维奇射击，拉维奇不在意地用手掌将子弹挡下，然后用全身力气打出一拳，把这个顽固老头的半边脑袋打得塌了下去。

四周一片寂静，就连信徒们也很少看到拉维奇这样暴虐的表现，而叶冬雪感觉到的更多是绝望。就连子弹也打不倒这个壮汉，那要怎么才能救出人？现在恐怕就连来救人的这个小队都自身难保了！

就在这时，一个声音响了起来："男的断后，让女的先走！"

叶冬雪抬头望去，只见刚才冲进来救人的那群人已经又顽强地组成了人墙，正在让被劫掠来的女性躲在他们后方，他们的状态也不好，好几个人都是血流满面。拉维奇发出不屑的嗤笑声，将手上的血迹在裤子上随意擦掉，然后大踏步走向这群营救者。

场地上还站着的营救者并不多，加上叶冬雪这边的人，一共也只剩下十来人。叶冬雪眼尖，看到两个女性正小步跑向自己这边，她连忙迎上去，借着火光认出其中一个正是肖雨晴，肖雨晴也认出了她，当时就哭出了声："叶姐！"

"别怕别怕，我在这里，别怕。"叶冬雪把肖雨晴抱在怀里，轻轻拍打肖雨晴的后背。

而她的眼睛一直盯着拉维奇，这个壮汉像一台战车一样冲到人群里，每挥出一拳都会有一个人飞出去。这时枪声又响了，她看到一个青年捡起沙利文那把手枪，正在徒劳但坚决地射击，他半边脸上也糊满了血，看不清长相，但应该不是跟自己一起来的人。

拉维奇被连续击中几枪后摇了摇头，扭头打算把这个青年也解决掉，他对"自己在神谕之下是无敌的"这一点充满信心。但他刚走出两步，突然一块铁板飞了过来，重重地砸在他的脸上。

拉维奇瞪向铁板飞来的方向，却发现那边空无一人。

这时又一块铁板飞来，从另一个方向砸中他的后脑。拉维奇终于有点恼火了，但他还是什么都没看到。在第三块铁板——一扇锈迹斑斑的破旧车门——飞起来的时候，叶冬雪先看清了——没有任何人举起那扇车门，它是自己飘到空中的！

车门狠狠地砸在拉维奇脸上，以拉维奇的体格也忍不住晃了晃。这扇车门继续无视物理定律，死死地贴在拉维奇头上，丝毫没有要掉下来的意思，而且还在众人惊惧的目光下开始变形，最后弯曲成一个头罩，把拉维奇的头牢牢包裹在里面！

拉维奇愤怒地伸手撕扯着这扇车门，轻易地将它撕出一条裂缝，但这时又有几块很明显是各种废弃零件的金属碎片飞来，迅速把裂缝填死，而这一次金属碎片明显增加了贴合的强度，以拉维奇的力量竟然再也撕扯不开。

"去帮他！"珀尔修斯终于忍不住怒吼。不少人也反应过来，这个密不透风的金属头罩明摆着是要把拉维奇闷死！

但他们中间没有第二个拉维奇。

"谁都别过来！"苏牧云冲上前去，双拳间电光闪烁，将好几个信徒打倒在地。拉维奇则陷入了绝望和狂乱，他无法拆开这个金属头罩，只能徒劳地挥舞手臂，将他碰到的一切东西打飞，其中就包括几个倒霉的信徒。

终于没人敢再接近这个壮汉，所有人都只能目视他的步伐和动作越来越慢，他绝望地抓挠着那个头罩，指甲与金属摩擦发出刺耳的声音，但一切都没有用，那个头罩冷漠地套在他的头上，隔绝了光线、声音和空气。

这场恐怖的处刑持续了好几分钟，拉维奇坚持得足够久，但他终于还是颓然倒下了。

叶冬雪终于松了口气，但她随即感觉到自己身边的女孩身体依然紧绷，她略感意外地扭头望去，发现那个和肖雨晴一起跑过来的女孩一直以隐蔽的姿势半举着双手。

"是你干的？"她惊愕地问。

"还不能确定他死了。"穿着白色羽绒服的女孩细声细气地说。这无疑坐实了她就是刚才现场表演万磁王绝技的那个人。

她也有那些奇怪的能力？

叶冬雪来不及细想，因为突然有一道火光冲天而起，有几十米高，吸引了所有人的目光。

那是珀尔修斯。

这个人现在飘浮在空中，双手平举，看样子是在模仿耶稣，而那冲天火光就是从他身上爆发出来的，但这火光似乎并不是真正的火焰，因为他的衣服并没有跟着燃烧。

"神谕已至——"珀尔修斯以一种怪异的腔调大声说，"我们将探知这世间的真理，并将它献给吾主！"

现场突然又亮起上百道火光，正是那些信徒。肖雨晴发出惊呼："叶姐，你的后面！"

叶冬雪回过头，只见不远处的林间也一样跳动着火光，她马上想起来那是被自己打晕的凯斯勒——这个"神谕"的福利确实分润到了每个信徒，不管他虔诚与否。

拉维奇身上没有火光，看来他确实死了。

"来吧，我已经感受到那力量，我们即将成为……"

珀尔修斯的话没有说完，他和其他信徒突然全数化作巨大的火球，这些火球升上空中，汇聚成一个直径超过五十米的巨大火球，宛若小小的太阳，即使隔着好远的距离也能感受到它散发出的热量。

叶冬雪望着这巨大的火球，满心都是绝望。

这是什么东西？要怎么打？要怎么逃？

不过火球没有给她思考和选择的机会，这个巨大的发光体没有理会现场任何人，自顾自地越升越高，越飞越快，只用了不到一分钟就彻底消失在夜空中，再也没有任何痕迹。

现场只剩下一些篝火残存的微小火光，幸存的人们在这微弱的光线下面面相觑。

这就结束了？到底发生了什么？

黑暗中有人在哭，那是苏穆宁死里逃生，抱着哥哥在哇哇大哭，而苏牧云带着求助的表情看向叶冬雪这边，疑惑地问道："他们这到底是搞什么玩意？"

叶冬雪也跟着一摊手，完全搞不懂这个小邪教到底触发了什么剧情，他们的献祭被搅和成这样，难道还成功了？

"或许就是因为没有成功，"肖雨晴认真地说，"所以刚才他们变成了火球，就是他们的神降下的惩罚，然后他们的身体和灵魂就被那个神收走了……"

叶冬雪想了想，在没有其他证据反驳的情况下，这个猜想居然还很有说服力的样子。

这时幸存者们都慢慢地聚了过来，大家刚刚同仇敌忾过，虽然彼此间还有点戒心，但都努力表现出没有敌意的样子。等看到大着肚子的小林真纪以后，对方彻底松懈下来——不管怀着什么心思，这个即将临盆的孕妇都不可能构成威胁。

"小林太太，你小心一点。"叶冬雪和肖雨晴小心地扶着小林真纪坐到一块石头上，"你还好吧？"

"我……我还好……"小林真纪用虚弱的声音说。她没有看叶冬雪，视线始终在人群中搜寻："请……请问……我先生他……"

叶冬雪低低地叹息一声，握紧她的手，低声说："小林先生受了伤，状况不是很好……所以他不能来救你，我们留了人照顾他。"

小林真纪点点头，放下心来。"叶女士，真的多谢你们……"

"别说话，先休息。"叶冬雪拍拍她的手背，"等天亮了我们就下山。"

冬夜的山间气温很低，他们上来的时候道路已经开始结冰，摸黑下山对小林真纪来说实在难了点。但另一拨人一刻都不想在这里多待，很快就来打招呼说自己这边已经救到人，要撤了，叶冬雪也没有理由阻拦他们，但就在双方交流时，对面有一句普通话传过来："你们是中国人？"

叶冬雪愣了一下，从衣服认出这是之前拿手枪射拉维奇的那个青年，现在他已经把脸上的血擦掉了，伤势比想象中要轻，只有额头上一条很长的伤口还在渗血。叶冬雪注意到对方的东亚人特征，马上换成了中文："对，中国人，我们是在林恩工作的驻外员工。"

"老乡老乡！"青年过来热情地与叶冬雪握手，"余志远，余生的余，志存高远——我河南的！"

"那真是老乡。"叶冬雪对这种场面再熟悉不过了，她熟练地指指自己，"叶冬雪，口十叶，冬天的雪，咱们挨着，我老家湖北！"

"可太巧了，这兵荒马乱的，还能遇到一群老乡！"余志远看看叶冬雪身后的一群人，"你们接下来有什么打算？"

"到处都已经乱了，波士顿这里看来也没好多少，我们不准备等了。"叶冬雪回答，"我们准备去纽约找大使馆，你们呢？"

余志远闻言精神一振："那我和你们一起去！"

叶冬雪当然不会反对再多一个同胞，周楠这时也找了过来，闻言好奇地问道："跟你一起过来的那些人呢？是你朋友吧？你不跟他们走？"

"我跟他们本来就不是一路的。我有个哥们儿在这边定居了，准备圣诞节结婚，请我过来玩，顺便当伴郎——没想到婚礼还没办完，新娘子就被抓走了！现在人救回来了，那我肯定也得琢磨着怎么回国了啊，这不正好遇到你们，总比一个人瞎转强，我英语还烂……"余志远还真就像他乡遇故知一样，唠唠叨叨地倾诉起来。说到这里，他果断地回头向另一伙人招手："大春，那你们保重，我跟老乡们走啦！"

那边一个有点胖的亚洲人也不含糊："好嘞，谢谢了啊兄弟，等事情完了，我回国找你喝酒！"

"你和嫂子路上小心，千万保重！"

"志远你也是，注意安全！回头网络恢复了报个平安！"

叶冬雪看看那群逐渐走远的人，又看看余志远："所以你们这一大群人都是婚礼的亲友？"

"那哪能啊，大部分是在波士顿读书的学生。"余志远解释说，"新娘子还在读大学，她的同学来了不少，结果在婚礼后的舞会上这群邪教徒闯进来，女生被掳走不少，剩下的男生可不就炸了？我是跟着他们一起来的，还好赶上了。"

"是啊，多亏你们赶来，不然只靠我们这边的人也会很头疼。"叶冬雪一边清点自己这边的人数，一边顺嘴问："新娘是哪个大学的啊？"

"没问。"余志远爽快地回答，"波士顿这边全是名牌大学，我一个学渣哪敢开口？"

"是MIT。"突然一个有点陌生的声音响起来，"凯瑟琳他们都是MIT的。"

"MIT……"周楠愣了一下，反应过来，"麻省理工?!"

叶冬雪认出说话的人正是刚才和肖雨晴一起过来的那个女孩，没想到她居然也留了下来。"你是——？"

"我叫唐怜，唐朝的唐，怜香惜玉的怜。"女孩个子不高，身材即使穿着羽绒服看着也有些瘦弱，头发也有点乱，只看外表很像那种家里条件不好，在学校里尽量缩在角落，还会被霸凌的边缘学生，谁也想不到刚才就是她出手把那个拉维奇活活闷死在当场的。

"麻省理工啊……"苏牧云喃喃自语，"邱总一个星期要念叨五回的圣地啊。"

肖雨晴看向唐怜的目光已经生出了敬仰之情，那是学渣对学霸本能的膜拜："所以……你……你也是……"

"我不是。"唐怜这句话让大家松了口气，但她还没说完，"我读的国内学校跟 MIT 有交换生项目，我是以交换生的身份过来学习一年。"

叶冬雪已经觉察到不妙，但肖雨晴还是傻乎乎地问了下去："那你读的国内学校是哪个？"

"清华。"

学霸气息扑面而来，肖雨晴吐吐舌头不说话了。

"你看，哪怕她是中国人，我也从一开始就没敢问。"余志远在旁边呵呵地笑，"我哥们儿牛，泡到了一个 MIT 的妹子，我知道这个就够了，其他的，不该说的不说，不该问的不问！"

叶冬雪问："小余——我95年的，叫你小余不过分吧？你是做什么工作的？"

"没问题，叶姐，我 00 后。"余志远叫姐叫得挺爽快，"我当了几年兵，现在跟两个战友在河北那边跑出租。本来我还以为有服役经历要被拒签呢，结果大春那个洋媳妇找家里出了个什么证明，签证就给过了，老美这人情关系也挺了不得。"

叶冬雪看出来了，这余志远是个话痨，不过她还是更关心唐怜那边。"小唐，你不跟同学们回学校？"

"不想回，我刚才听他们说，学校里也是一片混乱，死了很多人。而且……"唐怜低声说，"我想家了。"

众人一时沉默。

"谁不想家呢？"叶冬雪摸摸唐怜的头，"跟我们一起走吧，别的不用管，只要到了家，一切都会好起来的。"

苏牧云收集了一些柴火，把篝火点得更旺一些，余志远则在附近的小木屋里找到了小火炉，加点煤油就能点燃，看来至少大家撑过今晚没有问题。他们带的行李都在车上，现在谁也没力气下山去搬。叶冬雪又仔细清点了一下这支队伍的人数，来的八个人少了三个，其中包括被拉维奇杀害的沙利文和之前犯愁的克里姆，但是又救回来肖雨晴、周楠、苏穆宁、小林真纪，还多了两个新人余志远和唐怜……

"约瑟夫？"叶冬雪目光扫到远离人群坐在一边的那个人，有点惊讶，"你也打算跟我们走吗？"

"我原本就打算去纽约。"

"你的朋友们呢？"

"人救回来就行了。"

看约瑟夫一脸不想说的样子，叶冬雪也不好寻根究底，只是与肖雨晴一起扶着小林真纪往小屋走去，一边说道："真纪是孕妇，不能吹风，我就先替她定一个小屋的名额了啊。"

"叶姐，瞧你说的！"苏牧云找回了妹妹，这会儿心情非常好，"你们女生都进小屋去，外面有我们一群男的轮流守夜，不会有问题的！"

其他男性也纷纷附和。叶冬雪松了口气，但还是在路过苏牧云身边的时候轻轻拍了拍他的肩膀，小声警告："在外面的其他人都不熟，你当心一点。"

苏牧云点了点头，示意收到。

小木屋里又冷又潮，好在煤油炉子点起来后有点暖意，叶冬雪找了一张勉强还算干净的毯子铺在地上，小心地扶小林真纪坐下，然后才长长地呼出一口气。"今天发生的事情太多了，大家都辛苦了，早点休息。今晚男生在外面守夜，明天出发的时候得换我们开车。"

女孩们纷纷应和，她们都惊魂未定，现在终于放松下来，挤在一起说小话，只有唐怜孤零零地在角落里坐着，看上去更像被班里的人霸凌的可怜小姑娘了。

"小唐，过来坐。"叶冬雪当然不会放任这种尴尬的情况继续下去，更何况这小姑娘发起飙来超恐怖，"别一个人在角落里蹲着，那边可冷了。"

"我就在这里好了。"唐怜还是细声细气、人畜无害的样子，"不想动。"

"别这样，你看你这也没穿多少衣服。"叶冬雪走过去拉着她的手想把她拉起来，却敏锐地发现唐怜的眉头微微皱了起来，"你怎么了？"

"我没事。"唐怜闷闷地说。

肖雨晴也凑过来，问道："身体不舒服？'亲戚'来了？"

"不是——"

叶冬雪突然意识到什么，用力一拽，把唐怜拽到自己怀里。房间里光线微弱，但肖雨晴和叶冬雪还是看到了，低低地惊呼了一声。

唐怜的羽绒服背上有一条大口子，在白色面料上显得分外醒目。

"你受伤了？"叶冬雪严肃地问，"什么时候的事情？"

"两三个小时之前吧。"唐怜小声回答，"我想跑，被他们发现了，有人手里拿着刀，冲着我划了一下。"

她说得轻描淡写，但叶冬雪看她这无精打采的样子也不敢掉以轻心，扭头让苏穆宁和周楠在小屋里翻了一下，还真的翻出一个急救包，这下她算是有点底气了，对唐怜说："到炉子这边来，把衣服脱了，让姐看看。"

唐怜噘着嘴，一脸不乐意的样子，但还是老老实实地脱掉了羽绒服，羽绒服里面是一件浅色的薄毛衣，这下大家都看清楚了，血迹已经在她背上扩散了好大一片。在叶冬雪威严的注视下，唐怜又乖乖地脱掉毛衣，女孩雪白的肌肤暴露在空气中，炉子里的火苗不安地跳动，映得她背部的那道伤口更加触目惊心。

"这么大的口子怎么能乱动？还瞒着我们！"叶冬雪忍不住摇摇头，"雨晴，把急救包拿过来！"

她为唐怜擦掉伤口周围的污垢，把酒精抹在伤口上，女孩的身体微微颤抖了一下，但是没有发出声音。

"挺勇敢的呀。"叶冬雪夸赞了一句，"伤口已经不怎么流血了，给你消消毒，免得感染，然后要包扎一下……这个急救包里也就这点东西了，等我们到纽约，再想办法找个医生。"

唐怜细声细气地答应，等叶冬雪给她的伤口贴好纱布胶带，她又老老实实地把衣服穿回去，全程都显得很乖巧。叶冬雪忍不住再次提醒自己：这姑娘可是刚刚干掉一个壮汉呢……

夜已经深了，纵使刚经历了一次惊心动魄的行动，叶冬雪也不禁感觉到了一丝困意，按她的经验，现在至少凌晨三点了，不睡不行。她坐在离炉火稍微远点的地方，将身上的羽绒服裹得再紧一点，倚着木屋的墙壁闭上了眼睛。

她不知道自己是什么时候睡过去的。

突然，一个模模糊糊的声音让她清醒过来。

"……神谕……此乃……神谕……此乃——神谕！"

叶冬雪几乎是本能地惊醒，却发现自己身处一片看不到边的荒原，木屋和周围的人都不见踪影。荒原上只有灰黑的碎石，天空也暗淡无光，堆积着暴雨将至前的乌云。在这一片暗淡中，一个悬浮在空中的光球分外显眼，而那个声音也是从那里传出来的。随着叶冬雪的意识恢复，那个声音显得更加庄严："此乃神谕。"

"什么神谕？"叶冬雪问。

"邪恶将要降临。邪恶将要降临。"那个声音说，"必须铲除邪恶。"

"是什么邪恶？"

"汝等看到，自然便知。"

这可不是什么好答案。叶冬雪皱眉，又问："你又是谁？"

"吾乃至高者。汝可呼吾为神，可认吾为主。"

叶冬雪眉头皱得更紧了一些。这该不会又是什么邪教的把戏吧？既然今天已经见识到了那么多离谱的事情，那这件事或许也不是幻觉？

"邪恶将要降临，汝须毫不留情，铲除邪恶。"那声音再度重复，"汝将成为新世界之人。"

叶冬雪还想再问点什么，突然从另外一个方向传来了嘈杂的声音，而且声音越来越大，越来越清晰，她能听到其中有熟悉的声音在惊呼……

然后她就真正地醒了过来。

眼前仍是那座小木屋，窗外已经微微发白，而屋内现在乱成一团，女孩子们乱糟糟地叫嚷，她撑起身，很快分辨出大家围着的是小林真纪。

"怎么了？出了什么事？"

见叶冬雪醒过来，周楠大大地松了口气，回答道："叶姐！小林太太……她好像要生了！"

叶冬雪顿时觉得头皮都炸了一下，现在？在这里？生孩子？也太要命了吧？

但她已经顾不得别的了，她挤到小林真纪面前粗略地查看了一下，羊水已经破了，看情况确实已经进入临盆期，除了接受现实外，没有别的出路。她是在场的人里唯一有生产经验的，所有人都看着她。

"雨晴，昨晚的急救包呢？给我拿过来！"叶冬雪努力平复自己的情绪，给女孩们下着指令，"找一点干净的布……算了，用我自己的！"

她脱下外套，顾不得血水弄脏衣服，紧张而小心地把衣服铺在小林真纪身下，而这时唐怜先反应过来，冲出小屋，对外面已经被嘈杂声惊动却不敢进屋的男人们喊："孕妇要生了！你们有没有什么医疗工具能帮忙？"

男人们面面相觑，昨晚大家都是仓促赶来，要说枪和子弹倒是还有，医疗用品什么的，怕是连一片创可贴都找不出来。

"我能帮忙吗？"在男人们尴尬的沉默中，那个叫约瑟夫的人犹豫着举起手，"我是医生……但我是呼吸内科……"

"是个医生就不错了！"跟着跑出来的苏穆宁打断他，"快点进来帮忙吧！"

看到约瑟夫急匆匆地走进屋子，用酒精给自己的手消毒，这个场面让叶冬雪有点不能接受，这个像流浪汉的家伙居然是医生？一个医生为什么会把自己搞得这么落魄？该不会是什么黑诊所的吧？

"我读的是伦敦大学学院医学院。"约瑟夫解释说，"有毕业证书。"

叶冬雪更怀疑了："伦敦大学学院？那是个名牌大学吧？"

"UCL 的临床医学专业排名世界前十。"同样来自名牌大学的唐怜说。

叶冬雪上下打量约瑟夫："所以你——你这哪里像是名校毕业的医生？"

约瑟夫专注地观察着小林真纪的状态："非法行医，被吊销执业证了。"

"……你一个名校出来的，非法行医做什么?！"

"年轻的时候不懂事，以为帮了别人就行，不会被告发。"约瑟夫死气沉沉的脸上露出一丝讥讽，"都过去了……叶女士，劳烦你安抚一下产妇，她太紧张了。"

叶冬雪握住小林真纪的手，那只手冰凉潮湿，像极了小林悠太最后的时刻。她咬咬嘴唇，把这不吉利的想象驱除出脑海。

她能体会到小林真纪的感受，明明在一天前还和丈夫幸福地憧憬未来，转眼间却在陌生的荒郊野岭被一群陌生人围着，孩子即将在毫无保障的环境下降生，自己的丈夫还生死未知……这种无助而绝望的感觉，即使是自己也不愿意去想象。

小屋里的空气寒冷而潮湿，人们以最低的声音交谈，随即又被产妇痛苦的喊声和呻吟盖过去。时间不知道过去了多久，小林真纪的宫缩越来越明显，一个新生命即将诞生。就在叶冬雪试图将全部的注意力放在这边的时候，屋外的嘈杂声越来越大，终于还是不可避免地吸引了她的注意力："雨晴，外面怎么回事？"

肖雨晴带着哭腔说："叶姐，他们疯了，他们要杀死小林太太！"

"他们？谁？"

"跟你一起来的人！"

叶冬雪难以置信地回头望向屋外，房门没关，她能清楚地看到几个人正在对峙。守在门口的是苏牧云和余志远，而他们对面有三个人，其中一个声音沙哑的人举着枪在大吼大叫，正是之前与沙利文一起行动的赫里斯。

"让开，小子，这是神谕！"赫里斯咬着牙，"你们也都听到了对不对？你们也都做了那个梦！神要我们铲除即将到来的邪恶！现在即将到来的就只有那个孩子！"

"赫里斯你疯了！"苏牧云吼回去，"什么神会让人去杀一个刚出生的婴儿?!你让那个神出来跟我们对质！"

"我们是神的使徒，神的意志依靠我们执行！"

"狗屁！你打算怎么执行？"苏牧云厉声问，"孩子都没生下来，你打算进去把孕妇一枪打死吗？"

"苏，我不是疯子，我也不想杀女人和孩子，但那是邪恶！这个世界已经乱套了，你看到了那些被魔鬼蛊惑的人，我们好不容易才获得了指引……我们不能丢掉这个机会！"赫里斯表情扭曲，大胡子一抖一抖的，"苏，让开，如果错了，错误由我承担！"

"人都死了你还能承担什么？你就是疯了！"苏牧云举起自己的手，"看见这个没有？做这个梦之前我就有这个力量了，狗屁神谕，那个声音跟我们没关系！"

"那是你！你的使命与我们不同！"

"别鬼扯了，你怎么知道让我们做那个梦的是神，而不是什么魔鬼？杀刚出生的孩子，这是魔鬼才干的事！你才是被魔鬼蛊惑的那个！"

"叶女士，叶女士！"约瑟夫的喊声让叶冬雪回过神来，她注意到约瑟夫的脸色也很难看，她问道："怎么了？"

"产妇情况不妙！"约瑟夫擦了一把额头上的汗，"她太虚弱了，恐怕没法顺利生下孩子！"

"那要怎么办？"叶冬雪追问，"你是医生！你得想办法！"

"正常情况下这时候要考虑剖宫产了，但现在这种情况下怎么剖宫？我连一把手术刀都没有！"

叶冬雪用力捏住约瑟夫的肩膀，盯着他的眼睛："冷静下来！我们能帮到什么？"

"我们现在什么都做不到！"约瑟夫徒劳地摊开手，一脸无奈，"产妇已经开始大量出血了，不能剖宫产的话，只能强行接生，但风险太大，我没办法保证母子都平安！要么不顾婴儿，尽快把他拖出来；要么不顾大人，保证婴儿安全！"

"两边都要顾呢？"

"做不到，叶女士，我也希望两个都平安，我是医生！但现在这个情况下我做不到！"约瑟夫脸色铁青，"两边都要顾，只能……两边都保不住！"

突然一只冰凉的手抓住了叶冬雪的衣袖。

叶冬雪扭头看到小林真纪苍白的脸，突然意识到她是懂中文的，住在同一座公寓里的时候她闲暇无事学了不少，刚才自己和约瑟夫交谈虽然是用的中文，但她应该都听懂了。

"叶女士……"小林真纪的声音颤抖而嘶哑。

"别担心，小林太太。"叶冬雪反手握住她，"我们会有办法的，交给我们！"

小林真纪满脸是汗，小声说："保住孩子，求你们了，保住孩子……这是我和他父亲……在世上的共同证明……"

叶冬雪心里一颤，意识到小林真纪可能早就识破了自己的谎言，知道丈夫已经凶多吉少，但她一直没有表露出来，直到此时此刻。

"保住孩子，拜托你们了……"小林真纪的声音越来越小，"可怜的孩子，他没法看到自己的父亲……还有母亲……他出生在这个糟糕的地方……只能全靠你们了，叶女士……"

"我……"叶冬雪一时不知道该说什么。

肖雨晴一直在旁边抹眼泪，这时候却插了一句："小林太太，孩子应该叫什么名字？"

"啊……名字，名字……"小林真纪脸上露出一丝微笑，"本来我们打算，如果是男孩，就叫阳斗；女孩的话，就叫阳葵……但是……现在……不管男孩女孩，就叫望美吧……我希望……这孩子能生活在美好的世界里啊……"

"最后一次警告，苏。"赫里斯说，"你是个好小伙子，我不想伤害你，但我真的会开枪。"

"我也不想伤害你，赫里斯，你虽然是个浑蛋，但我们毕竟并肩作战过。"苏牧云回答，"不过我绝不会让你过去。"

"见鬼——"

突然一声婴儿的啼哭从屋内传出。

所有人表情都是一僵，随即赫里斯咬牙切齿地把枪口对准了苏牧云，吼道："滚开，苏，最后一次警告你！"

"想都别想。"

"×！"赫里斯骂了一声，毫不犹豫地扣动了扳机。

枪声让所有人的身子都震了一下，但这一枪没有打中任何东西，赫里斯的手在最后时刻突然抬高，那颗子弹飞到了九天之外。苏牧云还没反应过来，余志远已经冲了上去，一拳砸在赫里斯脸上，然后一个熟练的擒拿把他的手枪卸了下来。

苏牧云看向另一边："美女，谢啦。"

站在门边的唐怜保持着一手向前举起的姿势："不客气。"

"好了，可以了！"余志远用枪指着赫里斯，并且警觉地跟他拉开安全距离，"别再废话，你们现在就给我滚蛋！"

余志远的英语并不是很好，有几个单词明显没用对，但意思表达得非常清楚。赫里斯捂着脸瞪了他一会儿，扭头看向苏牧云，撂下最后一句狠话："苏，希望你们不要后悔。"

叶冬雪用尽可能轻的动作抱住婴儿，刚刚离开母体的小家伙并不知道发生了什么事，只是自顾自地哭泣，声音非常响亮。

"小林太太，是个女孩……"叶冬雪把婴儿轻轻抱到小林真纪身边，但小林真纪已经连扭头都非常困难了，刚才的生产不但耗尽了她的力气，也造成了大量出血，而约瑟夫只能沉着脸表示自己爱莫能助。

但是听到孩子的哭声，小林真纪还是努力睁开眼睛，想要让视线聚焦在那个刚刚诞生的小生命身上。

"我的……女儿……我们的……女儿……"小林真纪以几乎听不到的声音呢喃，然后她挣扎起来，似乎想要使点力气做什么，但是体力完全支持不了她的动作，最后叶冬雪反应过来，握住她的手，轻轻放在婴儿脸上。

婴儿哭得更厉害了，似乎是想要更多母亲的爱。

"可怜的……孩子呀……"小林真纪用日语轻轻地说。

然后她的手低低地落了下去，眼帘低垂，再也没有看自己的孩子一眼。

约瑟夫伸手探了一下小林真纪的呼吸和脉搏，向叶冬雪摇摇头。聚在周围的女孩们终于抑制不住地哭出声来，那个婴儿却不哭了，可能是累了，闭上眼睛不再理会这些吵闹的大人。

"我们……"叶冬雪艰难地开口，却发现自己的声音也一样干涩沙哑，"我们没时间耽搁了，这么小的孩子，必须尽快把她送到能得到妥善照顾的地方……收拾一下，我们出发！"

苏牧云和余志远在小屋外面对视了一眼，余志远点点头说："我精力还够，我来开车。"

"我来开车吧。"苏牧云苦笑着说，"我不会用枪，这把手枪交给你比较合适。"

余志远熟练地卸下弹匣看了看子弹的数量，撇嘴道："还剩几发而已，区别不大。"

叶冬雪面无表情地走出屋门，苏穆宁小心翼翼地抱着熟睡的婴儿紧跟其后。这时天色已经完全亮了，可以清晰地看到混乱的现场，还有几具尸体在昨晚已经被守夜的男人们丢到了树林里。

"我们……是不是要把小林太太的遗体掩埋一下？"苏牧云问。

"如果是平时，我们肯定会这么做，但现在我们还带着一个新生儿，没有时间可以浪费。就让她在小屋里休息吧。"叶冬雪叹了口气，望向手中的一个小口袋，那是从小林真纪身上取下来的一个日式护身符，她把小林真纪的一缕头发装了进去。随即她抬起头看向自己身边的同伴，或许是巧合，现在聚在一起的全是中国人——再加一个中英混血的医生。

那么大家的目标就是一致的了。

眼前是一大片树林，再远一些是被枯败的植物覆盖的丘陵，更远处便越过了伯克希尔山脉的范围，进入了平原。而在地平线尽头，他们还要越过陆地，越过大洋，越过半个地球，才能到达他们的目的地。

"所以别耽搁了。"叶冬雪说，"出发吧，我们回家。"

第五章

天空中飘起了鹅毛大雪。

这不是今年的第一场雪，却是目前为止最大的一场，只用了不到十分钟就把视野所及之处都铺上了一层白色。

叶冬雪打开了雨刷器，但前面的道路能见度依然很低，几十米外就什么都看不清了，她只能将车速降下来，心中暗暗焦急。以这样的速度，是很难按计划赶到纽约的。

她瞟了一眼后视镜，只能依稀看到一辆车跟在后面，这也让她隐隐不安。赫里斯等人走的时候开走了一辆车，现在他们只有四辆车上路，好在队伍人数也没那么多，完全坐得下。现在就是叶冬雪在前面开路，约瑟夫与周楠坐在后座上照顾那个刚出生的小婴儿，其他人则分别开车跟在后面，唯一和大家不熟的余志远一个人开了一辆车走在最后。

所有的一切都不能让人放下心来。

叶冬雪微不可察地叹了口气，顺手打开了车载广播。经过一晚上的发展，那些个人电台频道少了很多，但她真正想听的消息仍然一点都没有。

"NPR（美国国家公共电台）没有信号，WGBH（波士顿公共电视台）、WBUR（波士顿公共广播电台）也没有信号，就连WEZE（基督教广播电台）也消失了。"叶冬雪摇摇头，"这些官方广播电台全都瘫痪了吗？美国政府就连一个电台都控制不到？"

"试试WBIX，1260AM。"约瑟夫在后座说，"至少昨天他们还在播。"

"……那是个什么电台？"叶冬雪一边调频一边问。

"巴西葡萄牙语电台，带点宗教性质。"约瑟夫说，"我懂点葡萄牙语，到这边以后偶尔会听。"

“宗教性质……那他们要是做了神谕的梦，岂不是更不得了？”叶冬雪调到了对应频道，果然听到了一串话，但她一个单词也听不懂，“这是在说什么？”

约瑟夫静静地听了一会儿：“是祷告。他们在祈祷。”

“果然没用。”叶冬雪撇嘴，“你怎么会葡萄牙语的？”

“我有个前女友是巴西人。”

叶冬雪忍不住从后视镜里看了约瑟夫一眼——怎么看都是个流浪汉，和什么名校毕业、有外国女友之类的设定也差太多了。

周楠也起了兴趣，她看怀里的婴儿睡得正熟，小声问出了叶冬雪也关心的问题：“你叫约瑟夫是吧？伦敦大学学院……怎么会变成这个样子啊？”

约瑟夫叹气叹得很像沧桑的中年男人：“都是过去的事了。”

“哎呀，说说嘛，昨晚大家好歹也是并肩作战的战友嘛。”

约瑟夫没理她，目光转向前方：“叶女士，把车内空调打开一下吧，现在气温这么低，婴儿容易感冒。”

叶冬雪诧异地看向空调开关：“空调我开了……上车我就开了！”

“那为什么还这么冷？”周楠也愣了，“从上车开始我就觉得冷，我还以为是窗户没关紧……”

“我这里温度正常。”叶冬雪伸手在空调送风口探了一下，“空调功能也是正常的，老实说我没感觉到冷，所以你们后座的位置不对劲？”

“非常……不对劲。”周楠终于注意到了前方的座椅靠背上凝结的水珠，“我这里真的很冷……”

“孩子怎么样了？”

约瑟夫伸手去摸婴儿的脸：“奇怪，她似乎没受到影响，体温也正常。”

周楠也跟着摸了一把：“这孩子比我还热乎呢！真怪，明明她周围冷得不行，我的手都冻僵了，为什么她还跟没事人一样？”

车里的人突然沉默下来。

大雪依然不止，道路开始湿滑起来，叶冬雪却突然踩了刹车。

“怎么了，叶姐？”后面的几辆车纷纷跟着停下，车上的人诧异地从车窗里探出头来，苏牧云更是跳下车，手里拿着枪，问道：“叶姐，需要帮忙不？”

“可能需要帮忙，但你先把枪收起来。”叶冬雪也下了车，眉头紧皱着，裹紧羽绒服。昨天晚上这件衣服被用来做了小林真纪的垫子，现在看上去又脏又破，但她现在根本顾不上想这个：“虽然时间紧迫，但我们需要马上开个小会。”

所有人都下了车，往领头的车辆后座望去。

现在已经换了约瑟夫在抱着名为小林望美的婴儿，他的脸色也不是很好看："我能确认，她确实是在吸收周围的热量，不管是人的还是空气里的……而且力量还很强。"

"人形制冷器啊。"肖雨晴挠着头，"我怎么总觉得我在什么漫画里看到过类似的超能力？"

"别闹，现在的问题是，就连汽车空调也满足不了这孩子的热量需求。"叶冬雪说，"我们现在连一袋奶粉都没有，如果她现在要靠吸收热量生存，我们只能轮流抱着她，一直到一个可以检查她的问题的地方。"

"波士顿显然不行了吧。"苏穆宁望了望被风雪覆盖的地平线，"我们得一路把她送到纽约……如果大使馆还在的话。"

"是的，至少要送到纽约的领事馆。"大家平时说话也不怎么区分"大使馆"和"领事馆"，叶冬雪没在意，只是环视众人，"怎么样，做好准备了吗？路上每个人都要辛苦受冻一会儿。"

"我可能不行。"余志远苦笑，"我这辆车上就我一个人，实在腾不出手来。"

"没问题，我们也要留一个后备军防备意外情况。"叶冬雪爽快地答应了，"其他人还有问题吗？"

"那个……"肖雨晴有点犹豫地举手，"这孩子……真的没问题吗？"

"你指哪方面？"

"就是那个啊，那个……神谕。"肖雨晴小声说，"虽然我们都当它是胡说，但……万一是真的呢？万一这个孩子真的就是所谓的'邪恶'呢？"

周楠瞪大眼睛："雨晴你想啥呢，网络小说看多了吗？出生不到一天的婴儿，能是什么邪恶啊？"

"但那个'神谕'为什么要专门提这事啊？"

"你不当它是神谕不就得啦？"

"好了好了，雨晴，我知道你在担心什么。"叶冬雪打断她们，"你们说的都有道理，但我们现在没有更多的证据来判断这件事，神谕不一定真的是神谕，邪恶指的也不一定是这个孩子，我们不可能为了一个猜测，就把一个新生儿定性，你理解吧，雨晴？"

肖雨晴连忙摆手："我懂我懂，我就是想起以前看的那些故事，顺口一说。我们能对这孩子干什么？总不能把她遗弃在路边吧。"

"当然不能。"叶冬雪挥了挥手，"小林先生他们把这孩子托付给我们了，我们无论如何都要把她平安带出去！"

车队重新上路了。

虽然暂时解决了小林望美的问题，但叶冬雪心里依然越来越沉重。没有通信，没有网络，更没有卫星导航，现在他们只能沿着道路行驶，来的路上还有路牌可以看，现在这漫天大雪，就连路牌都很难看清了。

一旦走错了路……后果不堪设想。

"如果真的有什么神就好了。"叶冬雪情不自禁地浮现出这个念头，"至少有个对象可以祈祷。"

"叶姐，你说邱总他们现在怎么样了，有没有到纽约？"现在坐在后座上给小林望美当人肉暖炉的是苏穆宁，"邱总应该能找到大使馆吧？"

"邱总又不是笨蛋……"叶冬雪虽然这么说，但其实内心也没什么把握，"不过，首先还是要看纽约现在是什么情况，如果和波士顿一样混乱，那就不好说了……"

"唉，这到底算什么事呀。"苏穆宁苦着脸，"大家正好好地过圣诞节呢，突然就天翻地覆了。要是有人在四十八小时以前跟我说，现在我和我哥，还有大家正在逃往纽约的路上，小林先生他们一家都死了……我肯定当这人是个神经病，我会让他马上滚蛋！"

"是我的话，我不但要他滚蛋，我还会报警。"叶冬雪补充说。

"唉——"苏穆宁长长地叹了一口气，"叶姐……你说我们到了纽约，找到大使馆，是不是就没事了？"

"我肯定没法跟你打包票。"叶冬雪回答，"但这是我们目前能做的唯一选择。"

"嗯，我知道……我就是还有点接受不了。"苏穆宁精心染的蓝色头发现在也没什么光泽，和它的主人一样有气无力地耷拉着，"也不知道国内现在怎么样了，我妈每天都要跟我视频的，现在她一定急得要死……"

叶冬雪情不自禁地想起了自己的家人。

丈夫和女儿现在怎么样了？家里的父母现在怎么样了？他们还安全吗？他们在担心我吗？他们现在在做什么？

"叶姐，当心——"苏穆宁的尖叫声把叶冬雪的思绪拉了回来，她这才发现前方出现了一个巨大的阴影，因为风雪阻挡视线，直到双方距离不到十米她才反应过来，连忙将方向盘猛地打向一边。伴随着轮胎摩擦地面的刺耳声音，汽车在湿滑的路面上猛烈旋转了好几圈，撞上路边一块石头，终于停了下来。

"穆宁，你怎么样？"叶冬雪惊魂未定，"是我的问题，我走神了……你和望美还好吧？"

"没事没事，我和望美都还好……"苏穆宁被甩到后座一角，脸都贴到窗户上了，但她还记得牢牢地抱住婴儿，小家伙不满地咂咂嘴，居然没有醒。

"刚才那是什么？我去看看，你和孩子留在车里。"叶冬雪解开安全带，跳下车去。

后面的三辆车也停了下来，余志远与苏牧云远远地冒着雪跑过来，问道："叶姐——你怎么样了？"

"我还好，没问题。"叶冬雪走向风雪中的那团黑影，发现那是一辆房车，车身上还有几个枪眼，很明显有一个轮胎爆掉了。车抛锚在路边的时间也不短，积雪已经漫过了小半个轮胎。

"所以这辆车是出了事故？"叶冬雪和两个小伙子小心翼翼地进一步靠近。余志远摸了摸车身："还热乎着，发动机还在转……车里有人！"

"小心一点。"叶冬雪试探着拍打驾驶室的车窗，"有人吗？你们需要帮助吗？"

没有人回答。

"雪越来越大了！"叶冬雪大声喊，"你们如果继续停在这里，会很危险！"

房车里依然一片死寂。

"算了，我们走吧，叶姐。"苏牧云说，"就算车里有人，很显然他们也不想搭理我们。"

"我担心的是他们没有余力理我们，毕竟这很明显是一起交通意外……"叶冬雪继续敲车窗，"如果你们没事的话，劳烦说一声！"

突然一张脸猛地贴到了车窗上，把叶冬雪吓了一大跳，旁边的余志远也本能地举起枪来，但他们马上发现对方是一个满脸皱纹的白人老头，老头满脸不开心地放下车窗："别多管闲事，我们不需要帮忙！"

"哦，好的，我知道了先生。"叶冬雪举起双手，"我们只是想确认这一点……你们不是车胎爆了吗？真的没问题？"

"没问题。"老头冷冰冰地回答。

叶冬雪耸耸肩，既然对方是这个态度，她也没必要继续热脸贴冷屁股："好的先生，我们这就离开。"

"别去波士顿。"老头突然说，"那里现在已经一团糟了。"

"我们不去那边，我们准备去纽约。"

老头翻着白眼看向他们。

叶冬雪没来由地有点心虚："有什么问题吗，先生？"

"如果你们要去纽约，就不该出现在这个地方，小姑娘！"老头指着他们来的方向，"你们应该掉头，上190号公路，过了伍斯特市上395号公路，向南开一直开到海边，然后顺着95号公路沿着海向西，才能到该死的曼哈顿！"

"……已经走错路了吗？"叶冬雪忍不住回头去看来路，但是风雪茫茫，什么也看不清，"先生……我们要在什么地方转呢？"

"那是你的事情，我只能说你走错了。"老头继续翻白眼，正要把车窗重新关回去，这时一个胖乎乎的白人老太太突然从后面探出头来："萨姆，你就不能告诉他们吗？"

"回座位上去缝你的手套！"老头没好气地说，"不要节外生枝，我说了很多次，不要节外生枝！"

"我们已经在这里被困了三个小时，还不够节外生枝吗？"老太太把老头扒拉到一边，笑眯眯地凑到车窗前，"热心的女士，我都听到了，我知道你们不是坏人。"

"你怎么知道？"老头气哼哼地说。

老太太没理他，继续看向叶冬雪："我们在这里等朋友的救援，所以暂时不会离开，但他们可能不乐意看到你们，所以你们恐怕要早点走。"

"你们的朋友在这种天气里来救援吗？"叶冬雪有点吃惊，"他们没问题吗？"

"放心吧，他们准备了各种预案。"

"苏珊，别什么事都往外说！丢人！"老头在车里嚷嚷。

苏珊老太太哼了一声："够了，萨姆，你准备这些事情好多年了，最后我们却因为爆胎停在这里，这才叫丢人呢！"

苏牧云却听出了别的意思："准备了好多年？准备什么？"

"我们是末日准备者。"

叶冬雪有点意外："哇哦——"

这时雪开始慢慢小了，其他车里的同伴也陆续下车过来看情况，只有苏穆宁和约瑟夫还在车里照顾孩子。老头萨姆有点紧张地伸手去驾驶座抽屉里握住一把手枪，却被老太太苏珊按了回去："都是女孩，你在怕什么？"

苏牧云和余志远决定不说话。

"什么是末日准备者？"周楠好奇地问。

"美国有一群人，成天担心世界末日会来，不管是核战争，还是小行星坠落或者别的什么，总之他们随时在做准备，一直准备着面对最坏的结局。他们挖避难所，囤积物资——食物、水、药品、卫生纸、汽油、蜡烛、发电机……什么都囤。这就是末日准备者，doomsday prepper。当然了，大部分时候他们被当成杞人忧天的怪人。"唐怜解释道，"不过我想现在他们一定在狂欢。"

"这不就像是灾难故事开头的那种疯疯癫癫警告别人的先知吗？"肖雨晴总结说。

"那也不一样，先知警告的是别人，他们保全的是自己。"唐怜纠正道。

老头一脸怀疑地看着他们："你们在说什么？别以为我听不懂中文……"

"你本来就听不懂。"苏珊说，"我觉得他们陪着我们挺好的，反正现在我们两个孤零零地被抛在野外，罗尔斯还不知道什么时候会来，万一他一直不来呢？"

"你们的同伴什么时候到？"叶冬雪好奇地问，"我们也在赶时间，我们要尽快去纽约。"

"你们是有什么急事吗？"

"逃难，波士顿已经完蛋了，您也知道。我们是中国人，我们只能找自己国家的大使馆帮忙，但现在通信中断，我们只能自己过去。"

"大使馆。"萨姆撇着嘴摇头，"别信政府，那群政客只会喊口号，告诉我们什么事都没发生，一切都会好起来的，但其实他们什么事都不做，只能靠我们自己，最后他们再把所有的功劳揽到自己头上。"

"我觉得我们两个国家的政府……还是有区别的。"叶冬雪谨慎地措辞。

"我不和你争论，或许你那边不一样，但是至少我不信我们的政府，我见识的可多了。"萨姆回答，"我很快就会去避难所待着，直到事件平息——永远平息不了也没关系，反正我们的物资够用。"

"你们这是按年囤的啊。"苏牧云惊叹道。

萨姆有点得意地抬头看他："小子，我们的避难所可以撑至少二十年。"

"二十年以后呢？"苏牧云不识趣地追问。

萨姆倒也没避讳："我今年七十岁了，能不能活到二十年后都是个问题。"

"如果你们的物资够的话……我有个请求。"叶冬雪试探着问，"你们有婴儿奶粉吗？或许还有保温杯和热水？"

老头在听到"请求"的时候脸上明显浮现出了怀疑的神色，但在听到"婴儿奶粉"后表情转为诧异："婴儿奶粉？你们要这个做什么？"

"我们的车里有一个刚出生的孩子。"叶冬雪如实相告，"她的父母已经在路上去世了，我们没有办法……"

"噢，上帝啊，你们怎么不早说呢？"苏珊嚷嚷着打开车门，跳下车来，"孩子在哪里？"

叶冬雪指了一下方向，老太太几步跑了过去，一眼就看到车里被苏穆宁抱着的望美，顿时捂着脸："上帝，上帝，你们就这么抱着她？没有吃的？天哪，这么脏的毯子！"

那毯子其实也不怎么脏，它是叶冬雪平时用的，只是这次还没洗就匆匆塞进了背包。叶冬雪听到这句话有点尴尬："所以我们才要尽快赶到纽约。"

老太太连连摇头："你们会害死这个孩子……萨姆！我们车上还有奶粉对吧？婴儿应该也能喝那个！"

萨姆的脸色并不好看："老太婆，你迟早会害死我们。"

"那你想先害死一个婴儿吗?!"苏珊气势汹汹地冲回来，"我们少一桶奶粉又不会怎么样！"

眼看着老太太去冲兑奶粉，大家反而尴尬起来，余志远挠挠头问苏牧云："要不，你问问他有没有备胎，我帮他们把那个爆了的轮胎换了吧……"

"我自己会换。"萨姆嘴硬，"只是刚才雪太大了，我在等雪停！"

余志远哈哈一笑，伸出手来："交给我吧，我不会抱着轮胎跑掉的！"

这时雪已经完全停了，天上的太阳厚着脸皮洒下一点温度，就像在强调刚才的严寒风雪与自己无关似的。

余志远和苏牧云蹲在车边吭哧吭哧地换轮胎，苏珊老太太拿着一个奶瓶和一条新毯子钻进车里，满脸慈祥地接过小林望美，给她喂奶。小家伙闭着眼睛，似乎很不满意有人打扰她睡觉，但很快流入嘴里的液体就让她平静下来，她像一个普通婴儿那样嘬着奶嘴。

"我们曾经有一个孩子，一个可爱的女儿，她叫伊丽莎白。"既然现在已经是一派和睦景象，萨姆也不好再端着。他跳下车来倚在车门边，也不知道是自言自语还是说给叶冬雪听："但是她死了，她和她丈夫都死在我们前面，该死的新冠肺炎……她留下了一个儿子，和她一样可爱，我曾经想着要把他培养成一个强壮的小伙子，他应该会很喜欢我那个避难所，我会在他十二岁那年带他去参观，但是……他再也没有机会了，一个疯子端着枪进了学校……上帝啊，我的阿列克斯，他才六岁，那是他开始上学的第一个学期……"

"我……很抱歉。"叶冬雪也不知道该说什么。

"不，不关你的事，是这个世界的问题。"萨姆摇摇头，"我的女儿死了，我

079

的外孙也死了，他们都是没做过坏事的好人。你说，上帝在想什么呢？为什么要单单把我们两个没用的老家伙留下来呢？"

叶冬雪不知道怎么回答他，其他女孩也都保持沉默。

"最近有一些邪教的家伙找上门来，说什么神谕，说我的女儿和外孙是被神提前带走了，只要我信奉他们的神，就可以在死后与女儿相见。"萨姆啐了一口，"见鬼去吧，如果那个神真的是个好家伙，那他就不应该让这个世界变成这样，就不会带走我的伊丽莎白和阿列克斯。我告诉你吧，女士，如果真的有这个神，我宁可在我的避难所里变成白骨也不会对他祈祷！"

看来这番话已经在老头心里憋了很久，几乎就是他一个人在说，等他说完，余志远已经把扳手在手里一抛一抛地走过来了。"换完了！随时可以发动！"

"你动作挺快的啊。"

"在部队时我就是汽车兵，这算基本功。"余志远咧嘴一笑。

说话间突然从公路远方传来了喇叭声，所有人都把视线转过去，只见一辆卡车开了过来——与其说是卡车，还不如说是一辆装甲车，它没有轮胎，在底盘位置的是一对负重履带，宽大的驾驶室上方还架了一挺机枪，有个戴着风镜的大胡子端坐在位置上，满头满脸都是雪，而驾驶室里的另外一个老头正在向他们招手。

"这是从哪儿淘到的 M548 货车？"余志远都震惊了，"这是军车吧？"

"老罗尔斯，你来得太晚了！"萨姆大声回应对方，"是出门的时候在找轮椅吗?!"

"是啊，没找着，老萨姆，你只能靠自己的两条腿走了！"那个老头也大着嗓门回应，"怎么回事，这么多人？"

"一群路过的热心年轻人，我说了不要理，但你也知道苏珊是什么性格。"

罗尔斯打开车门跳下来："咦，你的轮胎换好了？"

"他们帮我换的。"

"那看来苏珊的选择是对的。"罗尔斯打量着叶冬雪等人，显然一群东亚面孔在他看来并不是什么威胁，"姑娘们，小伙子们，非常感谢，像你们这样的热心人可不多了。"

"谢谢您的称赞，先生。"叶冬雪回答，"我们只是互相帮助。"

"互相？"

这时苏珊从车里出来，满不在乎地说："罗尔斯，要不你考虑一下，让他们也进入避难所？物资应该够吧？"

这句话说出来，叶冬雪都能感觉到现场的空气一下子冷了下去，是小林望美又要发功了的程度。

　　"苏珊——"萨姆拖长声音表示不满，"避难所的人员早就定下来了，他们这里有近十个人，我们可没做这种准备。"

　　"但是他们还带着一个婴儿。"苏珊不满地说，"这样上路太危险了。"

　　"苏珊，我知道你是个热心肠，但我们真的没有做这样的准备。"罗尔斯说，"我们花了快二十年造这个避难所，现在终于派上了用场。这个避难所的每个设施、每件物品，都已经在计划里。我没有对这群年轻人不满的意思，但是让他们去避难所，其他人也不会同意的，这会占用很多计划外的资源。"

　　"拉尔森一家不是没有来嘛。"苏珊也察觉到自己刚才的建议有点不合适，改成了嘀咕，"他们一家就有六个人呢……我们再多准备两三个人的物资不就好了吗……"

　　"不，苏珊太太，非常感谢您的好意，但我们必须赶路。"叶冬雪已经看出罗尔斯和萨姆的脸色非常难看了，"我们也有家人，我们要去找他们。"

　　"哦，好吧……"苏珊不甘地叹了口气，把手里的奶粉桶塞到叶冬雪手里，"拿好这个，女士，愿上帝保佑你们，你们不知道路上会发生什么。"

　　"在这一点上我就不客气了，非常感谢您的慷慨。"叶冬雪接过那个桶，"也祝你们平安。"

　　"路上小心。"罗尔斯说。

　　就在叶冬雪这边众人扭头纷纷上车的时候，萨姆突然在叶冬雪身后开口："喂，中国人。"

　　叶冬雪好奇地转身看他。

　　"别相信陌生人。"萨姆严肃地说，"你不知道人类在绝望和混乱的时刻能做出什么。"

　　"但我们也遇到了你们，不是吗？"

　　"就连我们也不要相信。"萨姆回答，"这是例外，今天这是唯一的例外……叶女士，我就明白一点告诉你吧，我们对末日来临以后做出过各种计划，其中的共同点就是不要相信陌生人，末日里的人和平时不一样，人类在这种时候只相信利益，不相信人性，因为只有利益是靠得住的。"

　　"说得再难听一点，我们已经准备抛弃人性了。"罗尔斯接话说，"即将到来的未来，必然冷酷无情，只有准备充分的人才能活下去。像你们这样要帮助别人，不肯放弃弱者的人……我希望你们能平安，但我并不乐观。"

叶冬雪苦笑道："但至少现在你们还有人性。"

"我说过，这是例外。"萨姆耸耸肩，"或许是我们还没有正式进入避难所吧。我们需要一个仪式来告别这虚幻的和平生活，当迈进避难所大门的那一刻，我们会变成另一个人群，另一个物种，在末日里不择手段活下去的那种……所以如果下次还能遇到，请不要相信我们。"

叶冬雪想了想说："我尽量，但我还是要祝你们平安。"

萨姆翻了个白眼，露出"我刚才都白说了"的表情。

叶冬雪开的那辆车虽然撞上了石头，但除了保险杠有点破损外没有大碍，很快就转回大路上，掉转方向领着其他车向刚才萨姆指的方向驶去。

萨姆和罗尔斯就站在原地看着他们，直到他们消失在视野里。

"他们一直很警惕。"后座上的约瑟夫突然开口，"如果我们答应去避难所，他们或许真的会翻脸。"

苏穆宁瞪大眼睛："是吗？我完全没注意到！"

"那个罗尔斯开来的履带车上不是还有一个人吗？那人可一直没离开车上的机枪。"

"……你连这个都注意到了？"

"不，余志远刚才说的。"

叶冬雪摇摇头："人家订了一桌席，总不能因为预约的宾客没到，就在酒店里随便拉一桌客人凑数吧？"

"要是我们随礼呢？"苏穆宁问。

叶冬雪从后视镜里瞪她一眼："我们有什么礼可以随？把你随出去算了！"

苏穆宁哈哈一笑，随即又低头看怀里的婴儿："真的呢，望美喝了奶以后，她身体周围都温暖多了……所以她吸收热量只是在本能地自救吧。"

"是吧，所以说她是个好孩子。"叶冬雪也不禁露出微笑，"小林先生一家都是好人，他们刚出生的孩子为什么就非得是个恶魔呢？"

"约瑟夫，说说你的故事嘛。"苏穆宁把注意力转向旁边，"余志远是因为他朋友结婚，你呢？你是怎么跟到伯克希尔山那边去的？"

约瑟夫露出烦恼的表情，但大概也觉得这段旅途过于枯燥，还是简略地回应了一句："前女友在当伴娘。"

"所以你和自己的前女友关系还不错？……咦，你前女友不是巴西人吗？她考上了 MIT 啊？"

"那是另一个前女友，巴西那个是模特。"

叶冬雪忍不住又看了一次后视镜——确实是个潦倒落魄的流浪汉啊！

"哎，说说，详细说说！"苏穆宁不停地用胳膊肘捅约瑟夫，但约瑟夫显然没有继续说自己私生活的兴趣，只是望着窗外发呆。现在阳光已经非常刺眼了，公路和周围的原野上白雪皑皑，没有任何人类或动物活动的痕迹，这让叶冬雪有一种错觉：世界已经毁灭了，现在只有自己带领的这支小小车队在雪白的大地上缓缓前行，就像是几只无足轻重的小虫凭着本能聚在一起。

"叶女士！"约瑟夫突然开口，"快看那边，看我们右边的天上！"

叶冬雪扭头看向约瑟夫说的方向，心脏顿时重重地跳了两拍。

一个巨大的十字架正挂在天上。它离地面可能并不远，目测也就一千来米，大约有十个足球场那么大，散发出耀眼的白色光芒——刚才叶冬雪感受到的不是阳光，而是这个大十字架发出的光芒！

"也难怪那群老美要发疯……"苏穆宁望着这壮观而诡异的奇景，不禁感慨，"他们平时就拜这个，现在来个这么夸张的，那可不得一个个对着磕头啊！"

"所以我们现在还能保持镇定，是因为我们平时不拜十字架？"叶冬雪问。

"那当然了，我们最多会说一声'我×'，然后拿出手机一通狂拍，可惜现在我的手机已经没电了。"苏穆宁说着又扭头看约瑟夫，"哎，约瑟夫，你是英国人吧，你看到这个十字架不紧张？"

"我家信佛。"天就这么被约瑟夫聊死了。

不过叶冬雪也没有给苏穆宁继续八卦的时间，她提醒道："穆宁，约瑟夫，系好安全带，坐好！"

"怎么了，叶姐？"

"我们应该马上就到伍斯特市了。"叶冬雪沉声道，"但是那边好像也不大妙。"

所有人都看到了道路远方升起的黑烟，与波士顿毫无二致。

伍斯特市的市区人口不足二十万，但已经是马萨诸塞州的第二大城市。既然波士顿也没能幸免，那伍斯特同样陷入混乱也在情理之中，叶冬雪本来打算不进城，直接从旁边的公路上离开，但她很快发现自己想得太简单了。

从波士顿向南逃的人可真不少——或许不只波士顿，也不只马萨诸塞，更北方的缅因、新罕布什尔和佛蒙特应该也有不少人南下，人群浩浩荡荡，在几条主要公路干道上汇成车流，然后就理所当然地堵上了。

叶冬雪远远地就看到地平线上黑压压一片全是堵得死死的车辆，只能提前踩下刹车。

"好家伙！"苏牧云跳上车顶做远眺状，"这得堵了好几千辆啊，都堵出春运的时候高速收费站的感觉了，美国人就是车多！"

"叶姐，我们现在应该怎么办？"周楠问。

叶冬雪皱着眉说："这一带我没怎么来过，但应该有别的路可以走……跟这群人堵在这里并不安全，如果再来个有奇怪能力的邪教团伙，那逃都没地方逃。"

"可不是嘛……"肖雨晴心有余悸地看着天上的那个大十字架，"绕路吧，我们赶紧绕路！"

"大家检查一下自己的车的油量。"叶冬雪吩咐，"离纽约还有将近三百千米——都打起精神来！大家可能要做好最后一段距离只能步行的准备！"

"听到这话才没法打起精神啊，叶姐……"苏牧云有气无力地说。

不过大家马上就打起了精神。

因为前方突然传来了一声爆炸声，随即一道黑烟伴随着火光冲天而起，而此时离苏牧云说完话还不到十秒钟，大家甚至都还没回到车里，就见远处那些车辆乱成一团，隐隐有尖叫声传来，接着是枪声、爆炸声。大家眼睁睁地看着那支原本堵得水泄不通的车队转眼间就四散开来，哪怕是用水浇了蚂蚁窝都不能散得这么快。

"好——家——伙！"苏牧云吓得声音都变了，"快走快走！"

叶冬雪连忙把抱着孩子的苏穆宁塞回车里，喊道："大家跟着我的车，千万不要走散！"

"我们去哪儿？"

"不知道，总之先离开这里！"

幸好他们的车离事发现场还有一段距离，在混乱的蚁群车队冲过来之前就及时掉头驶上了一条旁边的小道，这条路也不知道通往哪里，但没有别的车撞过来就好……几分钟后叶冬雪把愿望改成了"没有太多车撞过来就好"，天知道那些从伍斯特方向逃过来的车辆是怎么挤到他们前面的！也没过多长时间，她前后左右就全是陌生车辆，根本看不到其他同伴的车，虽然是大冬天，叶冬雪依然出了一头汗：如果与其他人失散，以眼下通信全断的状况，几乎就等同于完全失联了！

一片混乱中，叶冬雪终于做出了决定，她选了前面一处稍微开阔的地带，打方向盘把车开到路边上，然后下车站在路边，这样任何开过来的车辆都能清楚地看到她。直到把后面三辆车都找齐，叶冬雪才心有余悸地拍拍胸口："太危险了，差一点就走散了，到时候根本没地儿找你们！"

"叶姐，没关系，就算走散了我们也可以在纽约大使馆会合。"苏牧云大大咧咧地回答，随即就被他妹妹跳起来用力敲脑袋："你是没事！雨晴和唐怜单独开一辆车的，她们怎么办？路上不危险吗？"

"……哦，哦。"苏牧云有点尴尬地跟肖雨晴道歉，"雨晴，不好意思啊，没想到这一茬……"

"行了，我们做了这么多年同事了，我还不知道你的性子啊？"现在换成肖雨晴抱着小婴儿，她倒是没在意，但叶冬雪不这么想："穆宁说得对，失散的话太危险了……我们整合一下，轻装上阵！望美不算在内，我们现在有八个人，开两辆车就够了，大家选状况最好的两辆，四人一组，这样即使真的失散，四个人也比两个人甚至一个人更安全！"

"所以我们现在在哪儿？"周楠问。

没人能回答她。直到余志远走到更远处的一处草坪，把一个路牌上的积雪都擦掉，大家才看清了一行字："Welcome to Ware。"

"这里叫韦尔镇啊，"苏牧云挠挠头，"没印象，但我们肯定还在马萨诸塞。"

"废话，我们才开了几十千米。"苏穆宁说，"反正看上去这个镇子不大，我们不如看看有没有还开着门的商店？"

"我觉得不会有。"余志远指指路上依然络绎不绝地驶过的车辆，"就算这个小镇没什么人，风平浪静，这么多车开过去，他们也会发现不对劲了吧？"

但情况比他们想的还要糟。

不管韦尔镇应该是什么样，它至少应该是一个普通的美国人居住的地方——而不是地狱。

路边有个塌了半边的加油站，深色的汽油流得满地都是，在雪地上淌出几条不规则的浅沟。苏穆宁随意扫了一眼，嘀咕道："这边也闹了啊……"

这时在第一辆车里担任驾驶员的是余志远，他本来开得也不快，但是在路过这个加油站的时候，他猛地踩了一脚油门："大家抓紧！"

副驾驶座上的叶冬雪吓了一跳："怎么了？"

"地面上的不是汽油。"余志远阴沉着脸说。

"是血。"后座上的约瑟夫补充。

坐在他旁边的肖雨晴吓得脸都白了："你们两个别吓人啊！怎么会有那么多血?!"

"雨晴，害怕的话就闭上眼睛，别往窗外看。"叶冬雪看着前方，努力抑制住自己的声音不要颤抖，"这里不对劲。"

"已经不是'不对劲'的级别了，叶姐。"余志远闪了几下尾灯，这是他们约定的信号，要后车提高警惕，"这里……是发生了大屠杀吗？"

顺着公路前进，陆续出现了房屋，有那种两层的小商场，也有民宅。每座建筑外面都画着暗红色的图案，还有大大的字样："神谕已至！"

叶冬雪怀疑这些图案和字都是用血画上去的，就算之前余志远没有提醒，现在大家也都觉察到不对劲了，因为浓郁的血腥味扑面而来，车窗都挡不住。

肖雨晴尖叫了一声，因为她看到路边一座民宅的大门外躺着几具沾满鲜血的尸体，由于距离过近，她甚至能清楚地看到尸体已经被翻出了内脏。

约瑟夫握住她的手："深呼吸，别想太多。"

肖雨晴依旧呼吸急促："不行，太恐怖了，我以前看的都是打码的……"

"我第一次上解剖课的时候也和你差不多。"约瑟夫轻声道，"不要紧张，不要害怕，死人不会对你造成任何威胁。"

就在这个时候，黑暗突然降临了。外面的光线在一瞬间消失，车就像开进了不可视物的深渊，即使以余志远的心性也本能地一脚踩了刹车。

"什么鬼东西?!"余志远愕然地望着四周，"刚才不还是白天吗？"

"其实……不是白天。"过了好几秒，叶冬雪反应过来，"今天因为下雪，我们开车的速度很慢，又在那对老夫妻那边耗了一些时间，现在其实已经是晚上了……"

"那刚才……"余志远这时才发现不对，他抬头望望车窗外的天空，"那个十字架没了是吧？"

"对，刚才是它一直在发光，因为光过于强烈，给了我们还是白天的错觉。"叶冬雪望着前方，现在整个韦尔镇漆黑一片，鸦雀无声，恍若鬼城，只有汽车的车前灯照亮前方有限的距离。

"这太像恐怖游戏了！"肖雨晴声音颤抖着说，"我们赶紧离开这个鬼地方！"

"我也想，但现在我根本开不快，而且……"余志远无奈地摊手，"老实说我不知道走哪条路才是出去的正确方向。"

又是一阵沉默。

"这样下去不行！"叶冬雪在僵了十几秒后解开了自己的安全带，"我们必须出去探路！"

"探路？在这儿？"余志远惊诧地看着她，"你打算怎么探？"

"你看那块路牌。"叶冬雪指着路边，"镇政府就在五百米外，那里一定有地图，拿到地图我们就能知道自己的方位和要走的方向！"

余志远有点烦躁地抓抓头："你说得对……但是太危险了！小肖说得对，这里跟恐怖游戏里的场景似的，我们就这么出去，鬼知道会遇到什么东西！"

"那就这么摸黑瞎转悠？一样是鬼知道会遇到什么东西。"

余志远望着叶冬雪沉稳的面容，最后认命似的耸耸肩："行，我陪你去。"

"我也陪你去。"这个决定传达到后车，还多了一个意料之外的报名者，唐怜举起手，"不知道镇政府的地图是什么样的，如果是那种贴在墙上的大地图，根本没法带走——但我的记忆力很好。"

"但是你这小身板，万一遇到危险……"余志远还要拒绝，却看到唐怜手指一动，车里的一个扳手就飞出来乖乖地落到了她手上，于是闭上了嘴。就连叶冬雪也不打算劝阻了，这女生搞不好是队伍里战斗力最强的一个……

"小怜真厉害啊，这是女版万磁王吧！"肖雨晴兴奋地说。

苏牧云看叶冬雪这边准备出发，连忙跟上："那我也去！"

"不行，有特殊能力的人至少要留一个在这里保护大家。"叶冬雪一口回绝，"你们留意观察情况，不要被坏人偷袭！"

周楠心有余悸地看看四周："确实……这里太诡异了，之前开过来的那么多辆车全都没见着……"

苏牧云左右看了看，看到自己的妹妹和小婴儿后终于叹了口气："叶姐，注意安全，早去早回。"

叶冬雪从未想到自己有一天会在这种环境下出门。

刺鼻的血腥味弥漫四周，除了自己这个三人小队的脚步声外没有丝毫声音，而他们唯一可依靠的光源是余志远的手机手电筒。

"当外卖员时的心得。"余志远有点得意地对另外两人介绍，"什么高清摄像头，什么内存大，什么游戏不卡，都是虚的，关键是要电量持久，充满电能造上一天一夜！"

"你不是开出租车的吗？"

"外卖快递都跑过，开出租车是更往后的事了。"

叶冬雪能明显觉到余志远说话是为了驱散紧张情绪，她也不排斥这种举动，但还是忍不住扭头看跟在后面的唐怜："小唐，你也说点什么吧，这么悄无声息的，我都怕你丢了。"

唐怜摇摇头："我不知道该说什么，我没有在这种环境里走路的经历。"

"说得跟谁有似的！"余志远忍不住吐槽。

灯光掠过眼前的道路和建筑。

那个怪异的符号和"神谕已至"的口号依然到处都是，偶尔会看到几具尸体蜷缩在路边，余志远摇头："如果这些鬼画符都是用人血画的，那尸体稍微少了一点……该不会又是什么邪教团伙搞的，来了一次献祭吧？"

叶冬雪神色古怪地看他一眼："我觉得搞不好你是对的。"

五百米并不是一个特别遥远的距离，只拐过两个街角，他们便看到了镇政府。那是一座有着英国工艺美术运动时期红屋特征的建筑，只不过原本暗红色的砖墙现在溅满鲜血，叶冬雪不禁皱起眉头：这里的血腥气比刚才一路上闻到的都要浓厚。

"大门开着。"余志远小声示意，"我走前面，你们跟着。"

手机光亮划破了屋内的黑暗，叶冬雪明显感觉到唐怜抓紧了自己的手。

桌椅全部散落翻倒在地，地面上遍布血迹，还有拖拽什么物体的痕迹——看上去是有人被强行拖走了。

余志远将手机塞给叶冬雪，自己则掏出手枪，打开了保险。

前方突然传来什么东西被撞到的声音，余志远迅速举起手枪，就看到一个满身是血的中年人从走廊那头冲了出来，手里拿着一把同样血迹斑斑的消防斧。面对这边的灯光，中年人大吼一声，举起斧子就打算发动攻击。

"冷静，先生！我们不想伤害你，放下你的武器！"叶冬雪大声喊，但是没有用，走廊很短，眼看对方已经举着斧头扑过来了，"停下，我们要开枪了——"

枪声没响，因为那人的斧头突然就像自己有了思想一样飞了出去，重重地砸在墙上。

那人的所有动作一下子全部停止，表情呆滞地扭过头，看着那把落在地上的斧头。

唐怜搓了搓手："太冷了，影响发挥……本来打算把斧头抢过来的。"

"好了先生，我们都冷静一点。"叶冬雪把灯光往余志远这边偏了偏，亮出他的手枪，"我们只是路过，这里发生了什么事？"

这时中年人呆滞的表情才发生了一点变化："发生了什么事……见鬼，我怎么知道发生了什么事……所有人都疯了……"

这个名叫斯米切尔的中年人是韦尔镇政府的一个办事员，这是一份兼职，他同时还有一份园丁的工作。平安夜当天他驱车前往波士顿采购一些种子，这让他幸运地错过了发生在韦尔镇的惨剧。当天上出现那个大十字架的时候，一群纪律严明的邪教徒冲进了小镇，宣布要进行一场献祭，为神祇降临做好准备，镇警察局的微弱抵抗只持续了不到两个小时。随后屠杀开始了，包括老人、小孩、妇女在内的镇民无一幸免，所有进入镇子的车辆上的乘客也会成为祭品，斯米切尔一直到今天中午才摆脱混乱回到镇上，目睹了这场恐怖祭典的后半段，从几名幸存的居民口中得知了这一切。

而邪教徒的献祭并未结束，他们一遍又一遍地搜寻着幸存者，最后只剩下斯米切尔杀出一条血路，躲进了镇政府内的一个杂物间。这里是他平时用来存放园丁工具的地方，知道的人很少，于是他就在这里躲到现在。

"这是噩梦，你们相信我，这是噩梦，是地狱降临的噩梦……"斯米切尔脸色苍白，颓然地坐在地上，不住地咕哝，"为什么这群魔鬼要这么做？为什么会选在韦尔镇？我们做错了什么？上帝啊，怎么会发生这种事？"

"斯米切尔先生，那些邪教徒杀死的人……他们的尸体在哪里？"叶冬雪问出了自己一直在意的问题，"韦尔镇有差不多一万人，但是我们看到的尸体连一百具都不到。"

"你们看到的尸体都是拼命反抗，被他们当场杀死的。"斯米切尔声音干涩地回答，"他们有一个恐怖的仪式，被献祭的牺牲者会……见鬼……会突然爆炸开来……鲜血溅得到处都是！但是没有尸体，除了爆炸时喷出来的鲜血，死者会变成一个小光球，飞上天去……哦，够了，不要再让我回忆了！"

"我很抱歉。"叶冬雪试图安慰他，"但是你活下来了，噩梦结束了。"

"结束？不，没有结束，女士……"斯米切尔露出一个难看的笑容，对叶冬雪摇摇头，"怎么可能结束？我在这个小镇生活了三十多年，镇上的每一个人我都认识，但现在，他们全都消失了，我认识的所有人都变成了一团爆炸的血球！女士，你看看这里，你看看这个噩梦！它不会结束的！"

他越说越激动，突然冲过去，一把抢过了余志远手里的手枪，喊道："没有结束！"

"冷静！斯米切尔先生！"叶冬雪不得不再次提高音量，"我们不会伤害你！你现在是安全的！"

"不会的，没有安全，没有安全的地方了。"斯米切尔笑得比哭还难看，"我一直期待我能醒过来，这一切只是我的噩梦，它不存在于真实世界……但你们来了，你们这几个外人来到了韦尔镇。"

余志远无辜地摊开手："我们也不想。"

"不是你们的错，你们只是证明了这场噩梦真实存在。"斯米切尔看着自己手中的枪，"是我的错，我早该知道——这场噩梦是醒不过来的。"

下一秒钟，他对准自己的下巴扣动了扳机。

枪声划破夜空，在寂静的黑暗中传得很远。

叶冬雪呆呆地望着眼前轰然倒地的中年人，说不出话来。

在这完全超出现实逻辑的黑暗噩梦面前，任何安慰都显得苍白无力。

"但是我们还有必须要做的事情。"余志远提醒她。

叶冬雪苦笑一声："前路漫漫啊。"

前面是不是还有更多的邪教徒？他们到底要做什么？一路上还会遇到什么状况？

她没有丝毫把握。

"哦，对了叶姐，我有个事情要说。"余志远突然说。

叶冬雪和唐怜一起看着他。

"刚才这个人抢我的枪的时候，我是真的吓了一大跳。然后……"余志远举起自己的手，摊开手掌，"然后就出现了这玩意。"

一簇小小的暖黄色火苗在他的掌心跳动，叶冬雪甚至能感觉到火苗的温度。

"你也拥有了这种特殊能力？"叶冬雪诧异地问，"就这么没有预兆地出现了？你能控制它？"

"非常微妙，按理说我压根没有什么控制火焰的经验，但是这个火……"余志远思考着措辞，"怎么说呢，就好像……它本来就是我身体的一部分，只是我以前一直没有发现而已。"

叶冬雪轻轻点头，注视着这簇火苗："至少……这是个好消息。我们现在太需要好消息了。"

第六章

从韦尔镇到纽约分几步?

第一步,沿公路开车到达西南方向的斯普林菲尔德。

第二步,经 91 号公路南下到达纽黑文。

第三步,走 95 号公路,顺着海岸线一路向西南方向前进,进入纽约。

最后便是前往位于曼哈顿岛的中国驻纽约总领事馆。

这是在看过韦尔镇的地图后,叶冬雪与大家商议的计划。

不过俗话说得好,计划从来都没有变化快。

这天夜里他们逃出韦尔镇以后,没敢再继续前进,就近找了一块空地过夜,万幸当晚无事发生。第二天当大家赶到斯普林菲尔德时,这座曾经以春田兵工厂[①]闻名,被康涅狄格河分成两半的城市倒是没有和波士顿一样,而是更惨——不知道是什么东西在城市中心爆炸了,康涅狄格河西有一个在河对岸也能清楚看到的大坑,直径至少有两百米,周围幸存的建筑也都布满裂缝,连一块完整的玻璃都没有剩下。叶冬雪和她的同伴们一边扭头行"注目礼",一边情不自禁地把车速又加快了一点。

"什么情况?"苏牧云看得嘴都合不拢,"这里爆了一颗原子弹吗?"

"别管闲事,这种事我们管不了。"叶冬雪注意到路边的建筑和车辆几乎没有完整的,看上去和战场没有区别。但城市里还有人,她看到不止一个人从废墟或近似废墟的建筑物里露出身形,警惕地握着手里的枪。他们盯着这两辆外来的汽车,一直到车离开他们的视线为止。

但至少叶冬雪最担心的事情没有发生,比如与当地人发生纠纷,被纠缠在

---

① 即"斯普林菲尔德兵工厂"。

这里，甚至更糟。她的小队里只有三名男性，还有一个婴儿，任何导致冲突的事件都会提高这次旅程的危险度。

四十多千米外的哈特福德市则还在战斗，老远就能听到枪声和爆炸声，他们不敢乱闯，直接从康涅狄格河东岸的城区绕了过去。

有鉴于此，他们根本没敢走纽黑文，而是提前换了条路绕开沿途的主要城市，这下路上看上去安全多了，直到抵达布里奇波特市郊才算把他们的好运用完。

两辆车的油量终于见底，没法再动弹了。

"好吧，至少我们马上就要到纽约了。"苏牧云给大家，也给自己打气，指着路边的指示牌，"你们看，离纽约市区只有不到一百千米啦！"

大家都一脸沮丧，没人搭茬，只有余志远在捧哏："对对，我在部队里拉练的时候，这也就两天的路程……"

"好近哟。"苏穆宁翻着白眼说。

"我听说有的部队不但要一天跑五十千米，还要负重五十公斤！"余志远摆手做挥斥方遒状，"我们现在也没有这个负重嘛！"

"你是哪里来的魔鬼军训教官啊！那要不你背我们中间的一个吧！"肖雨晴狠狠地说，"除了我，所有女生都不到五十公斤！"

余志远看了看姑娘们，干咳一声："这个，我们都是用绳子把负重物绑在身上的……"

"行了，别闹了。"叶冬雪打断他们，"马上天就要黑了，没有车，晚上只靠步行前进太危险了，我们还是先到市区去看看有没有地方落脚，明天再出发。"

布里奇波特市里能落脚的地方不少，但看样子都不大好落脚。

这个康涅狄格州最大的城市和其他城市一样正在冒着滚滚黑烟。

"千万当心！注意那些邪教徒！"叶冬雪嘱咐着，"小余、小苏，你们开路；雨晴和小楠把小唐保护在中间，注意孩子；穆宁和约瑟夫，你们两个断后没问题吧？"

"收到——那叶姐你呢？"

"我当然是跟你们走在最前面。"叶冬雪走到苏牧云旁边，与他并肩而行，"队伍里多一个女性，至少看上去威胁没有那么大。"

"那要是多几个女性呢？"苏牧云好奇地说道。

叶冬雪看他一眼："那可能就会有不长眼的家伙觉得我们好欺负。"

"哦，那我倒是不怕——"

苏牧云的话卡在喉咙里，因为他的余光瞥到路边的二楼已经有人出现了。

那是一个留着小胡子的黑人男子，即使裹着冬装看上去也很瘦小，单论外表没什么威胁，他手里的那支自动步枪另当别论。

"别动，别动！对，说你们呢！"小胡子黑人嚷嚷，"放下你们的武器！"

苏牧云一脸无辜地举起手，说："我们没有武器。"

"别耍花样，你们这样的我见多了。——哈维！去看看他们有什么值钱的东西！"

楼道里又闪出两个黑人，比二楼这位高大一些，手里拿着手枪，其中一个绑着头巾的吹了一声口哨："好多女的！他们团队里好多女的！有意思！"

"女的？看来我们的朋友很受女性欢迎。"小胡子看了余志远一眼，显然把前面的两个男性当成了领头的，"老实说，我最讨厌这种人。"

"不要激动，朋友。"苏牧云看那两人越走越近，脸上挤出笑容来，"我们是从马萨诸塞逃过来的，我们只想去纽约，不会在这里久留，也不会给你们添什么麻烦。"

"哥们儿，会不会添麻烦不是你说了算的。"戴头巾的黑人回答，"总之先交出你们身上所有的东西，现金、手机、信用卡，最好不要有什么遗漏的。"

"要信用卡做什么？"他的同伴长得最魁梧，但看面相就很憨，"现在根本没法刷卡，网络全断了！"

"蠢货，难道网络不会恢复吗？"

"今天已经 27 号了！三天了！我都没看到网络公司的人在干活！"

眼看两个活宝要吵起来，苏牧云忍不住插嘴："你们确定这个城市里的网络公司还有人在上班？"

"闭嘴，中国人！"高大的黑人说，"是不是你们搞的鬼？是中国的导弹打过来了对不对？这一切都是你们干的对不对？"

所有听懂了他质问的人都以看白痴的表情看着他。

"呃，为什么不是俄罗斯或者日本？"苏牧云诚恳地问。

高大的黑人愣了一愣，扭头问他的同伴："日本不是我们的盟友吗？"

"行了，闭嘴吧，康恩特！"楼上的小胡子黑人不耐烦地打断他，"想学历史就去图书馆！给我把他们身上的东西都搜干净！包括女人！"

戴头巾的黑人向同伴点点头，说："我去搜身，你看好他们，他们敢有什么异动就开枪。"

叶冬雪望着对面的枪口，距离很近，她能清晰地看到黑洞洞的枪口。如果是以前，她或许会双腿抑制不住地颤抖，紧张到说不出话，毕竟没多少人真的有被枪口指着的经验。但现在她的心情异常平静。在经历了这三天旅程，看到了堪称地狱的景象以后，她甚至觉得对面那把小手枪有点可笑。

当然，这都是幻觉。即使是那些号称获得了神谕的邪教徒，即使是真的觉醒了神奇力量的超人，依然是血肉之躯，这一点她很清楚。

自己更是。

但她没有畏惧，还有一个很重要的原因。

戴头巾的男人首先走到苏牧云身边，伸手往他身上的口袋摸去，摸出一个打火机、一个关机的手机、一串钥匙、一包纸巾……

"嘿，哥们儿，别乱摸！"苏牧云嚷嚷，"虽然我不歧视特殊群体，但我也不喜欢别人占我便宜！"

"闭嘴！"头巾男不耐烦地说，"再说一个词我就打掉你的牙齿！你的钱包呢？"

苏牧云翻着白眼不说话。

"我在问你！"头巾男把战利品揣进自己的口袋里，直起身来盯着苏牧云，声色俱厉，"你的钱包呢？"

"刚才你说过，他再说一个词你就打掉他的牙。"旁边的余志远好心提醒。

"×，你觉得自己很聪明吗？当我是傻瓜吗？"头巾男咆哮起来，举起枪顶上了余志远的头，"我这两天已经杀掉了十个自作聪明的人……"

最后几个词的发音含混不清，因为余志远以迅雷不及掩耳之势抓住他的手腕，用一个标准的擒拿术把头巾男掀翻在地。几乎是与此同时，苏牧云疾步冲向前，抓住了高大黑人的手枪，电光闪烁间，那黑人惨叫一声跪倒在地，直到他开始抽搐，二楼的小胡子才反应过来，举起枪就要开火，但那把自动步枪在空中转了个圈，毫不犹豫地飞到了地上，被苏牧云一把捡了起来。

所有这一切都是在三秒钟内发生的。

现在个子最高大的黑人还在地上抽搐，戴头巾的黑人一只手被卸掉了关节，只会惨叫，而二楼上的小胡子黑人转眼就被两把枪指着，只能乖乖举起双手。

"别开枪，我没有恶意，我没打算杀你们！"小胡子非常熟练地跪下了，"你们也是被神祝福过的人吧？我看出来了！我绝对没有伤害你们的意思！"

"行了，鬼话说给别人听吧。"苏牧云撇嘴说。

叶冬雪则向刚才参与行动的三个战斗力竖起大拇指点了个赞，然后才看向小胡子，说："先生，我们也没有恶意——本来是没有的，但现在要视你的表现而定。"

"好的女士，你说了算！"小胡子毫无尊严地回答，"一切都听你的吩咐！"

叶冬雪都忍不住想翻白眼了，但她最后只是无奈地叹了口气："首先，给我从楼上滚下来！现在！"

十几分钟以后，大家总算基本摸清了这里的情况。

这三个黑人都是城里一个小帮派的成员，小胡子叫马丁内斯，和另外两人自幼一起长大，关系很好，而康恩特和哈维因为脑子不大灵光，便默认马丁内斯是他们这个小团体的头儿。

本来三个人只是在城里过着小偷小摸的生活，但平安夜的变故改变了一切。一群邪教徒冲进了城里的桥港大学，赶走了学校里的师生后不知道在做什么，总之过去处理的警察都被他们干掉了。现在这群邪教分子还在学校里，把这个大学搞得活像传说中大魔王的城堡。

而城里的帮派这时也反应过来：没有人可以阻止他们了。

从 24 日晚上到现在，只有第一个晚上的损失是邪教徒造成的，其他的破坏和混乱全都要"归功"于普通人。

"统共不到二十万人的城市，打起来倒是热闹。"苏牧云望着城市中的火光，忍不住嘀咕了一句。

现在他们身处马丁内斯他们的帮派窝点，这是一座烂尾楼，在经历了三天的混乱后，这个帮派的人员少了一半，他们的老大也在昨天被人爆了头，目前整个帮派和解散了没什么区别，三个黑人拍着胸脯保证肯定安全。

黑夜已至，马丁内斯承诺明天为他们找汽车，所以叶冬雪也不是特别急，还顺便勒索了一把，逼着马丁内斯他们交出自己在"零元购"里珍藏的泡面和饮料。大家整整一天没什么食物下肚，正需要补充能量。

叶冬雪站在楼顶，默不作声地与苏牧云一起望着这座城市。供电仍未恢复，光点全都来自各处燃烧的火光。

"叶姐，你说，这些地方，平时看起来都好好的，怎么一下子就乱成这样？"苏牧云挠挠头，"我记得咱们国内，就算是地震之类的突发天灾搞得交通断绝、通信不畅，灾区最多也就是小偷小摸吧？他们这儿，好家伙，直接日子都不过了！"

叶冬雪想了想："你还记得那个叫萨姆的老大爷吧？"

"就是在公路上遇到的，脾气特别臭的那个？"

"对，你还记得他说过什么吗？他说他根本不相信政府，不相信政府能制止这一切。"叶冬雪低声说，"这或许就是区别吧！——我在国内也经历过地震，交通和通信中断，但是所有人想的都是'再坚持一下，救援就来了，解放军就来了'，大家是有盼头的。"

"美国人就这么没信心啊？"

"如果是平时或许还好。"叶冬雪指了指头顶，"但这不是还有个在天上装神弄鬼的十字架吗？"

"哦，也对，和他们平时拜的东西比起来，政府算什么？这可是信仰啊……"苏牧云顿了一下，突然想起什么似的，语气变得迟疑起来，"叶姐，你说我们国家现在是什么样啊？会不会也有这么个十字架在天上挂着？大家会不会恐慌啊？"

这次换成叶冬雪长久地沉默。

"……叶姐，你别吓我，说句话啊。"

"老实说，我不知道国内现在是什么样子。"叶冬雪扭头看苏牧云，今天晚上没有月亮，星星也很少，只有远处跳动的火光映在她的眸子里，就好像她的眼神也在微微流动，"小苏，我只问你——美国人看到这个十字架都纷纷下跪祈祷，但假如你在国内，看到这个十字架会是什么反应？"

"我啊，"苏牧云想了想，"我会拿出手机拍照录像，然后QQ空间、微博、朋友圈、抖音什么的全都发一遍……"

叶冬雪摊手："这不就得了？"

"啊？"

"我觉得这就是大部分中国人会干的事。"叶冬雪微微一笑，拍拍他的肩，"我们是不会跪下去的。"

苏牧云想了想，觉得好有道理的样子。

"晚上外面冷，别停留太久，早点回去休息。"叶冬雪嘱咐一句，扭头下楼去了。

楼道里很黑，她拿着马丁内斯"上供"的手电筒，勉强能看清前方的路。一直走过两个楼梯拐角，她才停下脚步，扶住墙壁慢慢地坐了下来。

苏牧云担心的又何尝不是她担心的？但她一点也不敢表达出来。

女儿怎么样了？丈夫怎么样了？父母怎么样了？国内的其他亲友怎么样了？……目睹美国这边的混乱与血腥，她甚至不敢仔细去想这些事。她只能用力抓着自己的手臂，希望疼痛能减轻一点心头的压力。

四周黑暗而寂静。她孤零零地坐在楼梯上，感觉自己仿佛被抛弃在辽阔无垠的宇宙空间，家人、朋友乃至地球都离自己无数光年，任何呼救都是徒劳，任何想回到日常生活的想法都是奢求，她将永远孤独一人，漂流在黑暗中。

从平安夜以来，叶冬雪第一次有这么长的独处时间，绝望与恐惧无情地将她包裹着。

但她还是很快从强烈的负面情绪中抽身而出，用力做了个深呼吸，寒冷空气与霉臭味一并进入了鼻腔，提醒她这里仍是已经天翻地覆的现实世界。

路还长。

她蹑手蹑脚地回到位于三楼的休息室，大部分人已经睡了，但窗前还有一点火星忽明忽灭。

"小余，还没睡？"她借着微弱的光线认出了那个在抽烟的轮廓。

"我守上半夜，约瑟夫守下半夜。"余志远小声回答，"那三个小混混不能全信。"

"有道理。"叶冬雪走到窗边，"不过约瑟夫撑得住吗？我看他一直很没精神的样子。"

余志远嘿嘿一笑："那小子不是一直那样？"

"他到底……什么来历？跟我们说自己是伦敦大学学院毕业的，但——"叶冬雪想起约瑟夫给自己立的人设，忍不住好奇，"你懂的，对吧，那个形象没啥说服力啊。"

"老实说，我也就认识他几天。"余志远吐出一口烟，"他跟我一样是去参加朋友婚礼的，不过是跟着新娘那边来的，是一个伴娘的朋友。"

"所以他还真有一个 MIT 的女友？"

"嗯，他前女友。据说后来姑娘发现自己其实喜欢的是女性，于是把他踹了。"余志远摇摇头，"但两人还是保持朋友关系……唉，这哥们儿的人生好像挺丰富的，搞不懂。"

"那你呢？"叶冬雪问，"你女朋友在国内吧？"

余志远又吐出一口烟，说："哪有女朋友？我上次谈对象还是高中呢……叶姐，等回国以后给我介绍一个啊？"

"行，包在我身上，我还没当过媒人呢。"叶冬雪笑道，"小伙子喜欢啥类型的？"

"我还没想好，要不先给我找个好看的，有钱的，工作稳定的，学历高的……"余志远说着自己都在笑，"我开玩笑呢，叶姐，真有这种姑娘也轮不着我啊，追她的人排队早就排到北京了。"

"那你把自己变得更优秀一些。"叶冬雪说，"回去想想自己在哪些方面还能进步！"

余志远认真想了想："要不我先把烟戒了吧，这个容易。"

"容易？一个星期戒七回那种？"

"没有没有，我就是压力大的时候才想抽点，上次抽烟还是几个月前呢！我也是看那个叫哈维的在抽，顺了两根。"余志远说着把烟掐了，"这几天确实太疯狂了，有点不适应……不过没事，叶姐你放心吧，咱好歹是当过兵的人，能扛。"

"我记得你是汽车兵。"

"汽车兵也是兵！"

就在这时，窗外突然传来一阵沉闷的轰鸣声，余志远猛然望向窗外："天哪，不是吧？"

叶冬雪好奇："怎么了？"

余志远艰难地回过头来，说："这个声音，我没听错的话，是坦克火炮！"

两分钟后，余志远和叶冬雪冲到了天台上。

苏牧云正呆呆地望着远方。

布里奇波特是一个邻海的港口城市，现在连绵不断的火光将海水映得通红明亮，在临海的位置有什么建筑正在熊熊燃烧，几千米外能把火光看得清清楚楚！

"是……桥港大学。"身材高大的康恩特也被惊醒，跑了上来，看到这一幕后也被吓到说话结结巴巴，"那个方向是桥港大学……上帝啊，桥港大学完了……上帝啊!!!"

他最后那个"god"的单词声调猛然飙升，因为所有人都看到那团火光里突然出现了一只巨大的火龙——西方的带翅膀大蜥蜴款，这东西张嘴喷出一口火焰，顿时又一次在那个方向引发了连续不断的爆炸。

"弹药殉爆。"余志远低声说，"应该是一支成建制的部队在攻打那里，但不管是什么部队，挨了这一下都够呛。"

"那玩意是啥啊，火龙？认真的？"苏牧云张着嘴，指着那只还在空中飘荡的大蜥蜴，"现在到底是什么世界观啊？我本来以为是变种人什么的，怎么还加入奇幻元素了呢?!"

没人能回答他，只有余志远低头看了看自己手上冒出的小火苗，干笑一声："咋区别就这么大呢？"

那只火龙在夜空中停留了足有一分钟之久，在这一分钟里它就是今晚最亮的崽——字面意义的最亮。按苏牧云回过神后的形容，倒是挺像国内的无人机表演……

这一夜就在众人的惴惴不安中过去了，战火没有蔓延，火光也逐渐暗淡。只是第二天天亮以后地平线上依然升起的黑烟提醒着大家昨晚发生的不是梦。

余志远和马丁内斯出去探察了一下，回来的时候脸色都很难看。

"昨晚攻击桥港大学的是一支成建制的军队，我看到了M1坦克和M1117装甲车，还有MQ9无人机，可能是哪支国民警卫队，但是分辨不出来，已经被烧得一塌糊涂了，只剩残骸。"余志远说，"现场没有活人，尸体也很惨烈……我建议大家不要从那边过。"

马丁内斯捂住嘴，发出含混不清的声音："我要去厕所吐一会儿……"

马丁内斯也不是什么善茬，按他的自述，这几天他手里至少有十条人命，但看他仓皇离开的背影，就像是一个刚刚目睹校园霸凌的纯良少女。

"我还以为美军都死绝了呢，看来也没有。"苏牧云叹了口气，"但好像他们的用处也不大啊。"

余志远若有所思："但是桥港大学里也没有动静，如果那些邪教徒都是血肉之躯，我不信坦克的炮弹打过去他们能一点事都没有！"

"那你还能去看看？"

余志远的表情一点也不像在开玩笑："要不是马丁内斯掉链子，我还真的想去学校里看看。"

"你疯了？"

"我们的最终目的地是纽约，从这个位置出城有两条主要通道。"余志远指着窗外的一个方向，"按马丁内斯他们的说法，西面那条路已经被堵死了，只剩下南边的路，但这条路要从桥港大学旁边过，我们是绕不开的。"

叶冬雪明白过来："你想去探路？"

"大家也不想我们路过那边的时候，突然跳出来一群邪教徒把我们献祭了吧？"余志远说，"我好歹学过一点侦察技能，争取混进去调查一下。"

"如果确实还有邪教徒怎么办？"叶冬雪摇摇头，"太危险了！"

"那我们一直被堵在这里又能怎么办？坦克都被烧成废铁了！"余志远顿了顿，又安慰众人，"不过也不必太担心，我今天过去的时候，离大学已经很近了，但没听到任何动静……如果他们昨晚的那只喷火龙就是最后的挣扎，那我们自己吓自己就很可笑啦。"

叶冬雪仍然犹豫不决，这一路上并非没有死伤，小林夫妇先后去世让她变得有点瞻前顾后，目睹那些邪教徒的疯狂后她更是犹豫不决。不过她的同伴们却很坚决，苏牧云没考虑多久就站了出来："那叶姐，我和志远一起去。就算打不过，我们逃应该还是逃得掉的。"

"那我也去。"唐怜说，"我觉得我的能力比你们的都有用。"

"我……我也试试？"肖雨晴居然也跃跃欲试，"既然他们都搞出火龙来了——这方面的知识我还是很丰富的。"

"打游戏看动漫的经验丰富是吧？"叶冬雪没好气地说，"行了，我知道了。如果一定要去那个大学里看一看，就让我和小余去。"

苏牧云第一个跳起来："啊，叶姐？你是普通人，你去干啥？这儿还有我呢！"

"小余已经说过了，我们的最终目的地是纽约。"叶冬雪回答，"我们不能把所有力量都用来冒险。如果我们没有回来——小苏，你就是队长，你要负责把他们带到纽约去。"

苏牧云瞪大眼睛："叶姐，我……"

"世界已经改变了，小苏，你要担起最适合自己的责任来。"叶冬雪柔声道，"记住昨晚我说过的话，不管遇到什么，别跪着。"

直到她和余志远一起下楼，余志远才好奇地问："昨天晚上你跟他说什么了？"

"一点心灵鸡汤。"叶冬雪没隐瞒，"在这种情况下，大家总要有点东西撑着。"

余志远笑道："那叶姐你不用？"

叶冬雪叹了口气："谁出事我都不能接受，那就只能我上了嘛。"

"咦，叶姐你这话什么意思？我还跟着你呢。"

"当过兵的人有点觉悟行不行？"

"我觉悟可高了，你看我打头阵呢。"

两人就这么有一句没一句地聊着，尽量靠着街道边缘行走。路边的建筑里不时闪过几个人影，大部分是在畏畏缩缩地打探，偶尔有两个露出了似乎想冲出来的欲望，但看到余志远手里还沾着血迹的金属球棍，以及叶冬雪紧握在手里的手枪后，还是选择了退缩。

这两个亚洲人看上去不大好惹，搞不好还会功夫。

"叶姐，你的手再放低一点，大拇指放在保险上……对，这样看上去专业多了。"余志远小声进行现场指导，"不过枪里只有五发子弹，不行就还是交给我来开枪……"

"你给学生军训的时候也这么唠叨？"

"我还真没去当过军训教官，我们部队的驻地挺偏的。"

"那你少了点人生乐趣，我大学军训那会儿，班上好几个女生都给教官写情书。"

"后来呢，那教官没受处分吗？"

"确实被他们领导批评了，因为教官不但没接受，还把情书当众念出来，那女生都气哭了。"

"我去，这老兄是个硬核狠人……"

前面就是桥港大学了，不过现在将其称为大学废墟可能更合适，昨晚美军那顿火力覆盖也不是白费的，这片街区已几乎没有一座完整的建筑，绝大部分建筑连天花板都给掀了，露出原本被混凝土包裹的歪歪扭扭的钢筋。

"看来……好像真的没有幸存者？"余志远穿过一个围墙上的破洞，前面的一栋木屋被炸塌了一半，另一半还在冒着青烟。叶冬雪紧跟其后，注意到的却是木屋边的草坪，现在这片草坪已经不剩什么植被了，好几个弹坑把草皮全掀起来，露出下面的土壤。

叶冬雪多走了两步，来到最大的那个弹坑边，这弹坑直径足足有三米，深度到叶冬雪大腿根部。

"这应该是M1坦克火炮轰出来的，别说被正面击中，离得近了都会被震成重伤。"余志远在她身后解说，"我觉得这学校里确实没有活口了……"

但叶冬雪听不清他后面还说了些什么。

这弹坑底部似乎闪烁着妖异的红光，而余志远一无所觉。

叶冬雪死死地盯着那一亮一灭的红光，感觉身体里的血液冲向头顶，心脏正在加速狂跳，让她连站都站不稳，更没法出声说话。

"看来我们可以……叶姐？"余志远终于注意到了叶冬雪的不正常，就在他冲上来的同时，叶冬雪眼前一黑，倒了下去。

但她没有失去意识。

她能感觉到肢体无力，眼皮低垂，呼吸困难。她能听到余志远惊慌的叫声，能感觉到余志远在摸她的脉搏，掐她的人中，最后把她背起来向什么地方跑去。

她的脑子里有什么奇怪的声音在回响，这声音似乎是一种奇怪的生物传出来的，带着一定的节奏，还伴随着类似牙齿上下磕碰的"咔嗒"声。她很确定自己完全听不懂这种声音，但能领会到这声音表达的意思。

那是两个存在正在"交谈"。

一片黑暗中，只有这两个存在咕哝着奇怪的话。

追踪到微小级能量波动。

确认为 4 级灾害。

本地智慧族群太弱小了，无法承受这样的灾害，文明进程就此终止的概率超过 95%。

本舰申请启动 11 号协议进行救济。

不行，时间不够，时间不够。他们太弱小，坚持不到那时候。

是的，没有时间了，他们和我们都是。

或许我们还可以……

叶冬雪从头晕目眩中勉强清醒过来，发现自己正躺在一张破旧的沙发上，身上层层叠叠地盖了好几件衣服，而周楠正坐在自己旁边的椅子上，望着窗外，眼神放空。看来闲暇时间不能玩手机果然很无聊。

外面天色暗沉，叶冬雪也不知道自己昏迷了多久，她的头还很重，呼吸不是很顺畅，太阳穴一跳一跳地发胀，像极了感冒发烧的样子。但她上一次感冒发烧到卧床不起已经是好几年前的事了，就连一周前的那次突然发烧她也只请了半天假。

"小楠。"她开口的时候感觉自己的嗓子也哑了，周楠则像受惊的小兔子一样跳了起来："叶姐，你醒了！"

"我……昏过去多久了？"

"好几个小时了。余志远中午把你背回来的，现在天都快黑了，至少五个小时吧。"周楠掰着指头算，"约瑟夫给你看过病了，他怀疑是最近全球各地流行的那种不明高热，叶姐你别担心，到目前为止这种高热致死率不到十万分之一。"

叶冬雪虚弱地苦笑："嗯，我看到新闻了，就是最近这一个月才暴发的，现在还没查出病因是吧？"

"对呀对呀，我在网上看到了一大堆阴谋论，什么实验室病毒又泄漏了，什么生化武器实验失控了……不过约瑟夫说都是瞎扯。"周楠安慰她，"没事的，叶姐，你好好休息，我们去药房给你拿了一些退烧药。"

"其他人……怎么样了？"

"都挺好的。马丁内斯他们也很老实。"

"那个孩子呢？"

"哦，你说望美啊，也挺好的，马丁内斯搞到了一些婴儿奶粉和尿不湿，小朋友吃了睡睡了吃，可乖了。"

"他们还真是什么都抢……是抢的吧？"

"肯定没花钱，我还看到他们从博物馆里抢回来的几个标本，真是什么都不挑……"周楠叹了口气，"所以咱也没跟他们客气，反正都不是好人！"

"哟，叶姐醒了！"苏穆宁走进房间，发出惊喜的喊声，"正好，我们熬了一点粥，叶姐你吃了好好睡一觉！"

"不能耽搁太久了。"叶冬雪叹道，"多耽搁一天，情况就可能有更多变化。"

"但叶姐你这样也没法上路啊！"

"我能坚持。"叶冬雪给自己鼓劲，"休息一晚就好……我能坚持。"

这一晚并不好过，叶冬雪又昏昏沉沉地陷入了之前的那种幻听里，这次那两个"交谈"的声音依然在交谈，叶冬雪大致能理解他们是在进行什么工程，但那些词已经在她的知识范畴外了。

"那个什么神谕发现装神弄鬼打动不了我，所以又开始讲科学了？"她脑子里不禁冒出这个想法。

到了第二天，她的体力稍微恢复了一点，但也就是勉强能走路的程度，约瑟夫建议她至少再静养一天，但是叶冬雪拒绝了。

"我们在这里第三天了，什么转变都没有，什么消息都没有。通信、网络、电力、交通，全都没有恢复，也没有看到任何来自联邦政府的力量介入——除了被歼灭的那支国民警卫队。甚至它可能都不是联邦政府派的，只是州政府派来的。"叶冬雪打起精神说，"我们留在这里没有意义，是在情况完全不明朗的前提下让出了主动权。现在我们离纽约只有不到一百千米，开车也就一两个小时，没必要空耗时间。"

"但是，留在这里会不会比较安全？"余志远说，"毕竟邪教徒已经没了。"

"治安力量也没有了，警察全都死了，现在这里是没有法律、没有补给、没有通信的法外之地，就连超市都被抢得差不多了，我可不觉得就凭我们几个人能在这里顺利生存下去……这两天你们也看到了，不断有车辆逃离这个城市。"叶冬雪指出，"更何况，谁知道下一个小时会不会又钻出一群邪教徒？到那时可未必有美军来支援。"

余志远这次被叶冬雪说服了，说："你说得对，我们继续留下来没有意义……小苏，叫上马丁内斯，我们去找两辆车，准备出发！"

叶冬雪点点头："那我就……"

"没你的事，叶姐。"苏牧云笑嘻嘻地打断她，"你现在这状况，就好好当个病人吧。"

"但是……"

"但是啥呀，我和志远都是成年人好不好？还是有超能力的那种。信我们啦！"

叶冬雪最终还是没能拗过同伴，她被塞进了一辆车的后座，目视同伴们把一些补给品搬进后备厢。三个黑人只能在旁边看着这群中国人忙活，不过看他们脸上的表情，大概是觉得用这些物品就能把瘟神送走比较划算，至于说没了什么东西倒无所谓，只要手里有枪，去抢回来就行了……

道路并不平坦，车子时不时会颠簸起来。昨天晚上又下了一场雪，领头的余志远不得不把车速降下来。布里奇波特的市区逐渐被抛在车后，叶冬雪病恹恹地靠着车窗，望着窗外的风景。窗外实在没什么好看的，只有被白雪覆盖的道路和山地，偶尔可见几辆废弃的汽车，冬日下午的阳光透过车窗照在她脸上，让她忍不住又昏睡过去。

这一次不知道睡了多久，她重新睁眼时天色已经黑了下来，汽车停在路边，车上的同伴们正小声商量着什么。

"怎么了？"叶冬雪开口，发现自己的声音恢复了不少，果然睡觉加上喝热水是对付感冒的利器，"我们到哪里了？"

"叶姐你继续休息，我们已经到纽约北部的城区了。"坐在旁边的肖雨晴小声回答，"现在有一点点小问题，小苏他们在讨论怎么解决。"

叶冬雪这才发现余志远不在座位上，而是在车外和苏牧云、周楠、唐怜商量着什么。

"什么问题？"

"纽约的情况不对，他们在讨论要不要等天亮再进城。"

"纽约也不对劲？"叶冬雪挣扎着坐起来，打开车门走下车去。

车外的几个人一起扭头看向她，声音整齐划一："叶姐！"

"行了，别叫了，你们搞得我好像黑社会老大一样。"叶冬雪苦笑一声摆摆手，"所以纽约出了什么事？"

苏牧云抬手指指一个方向："叶姐你看——"

叶冬雪已经做好了一切心理准备，但往那边看的时候她还是忍不住愣在那里。

那是一座闪烁着无尽灯火的城市，星星点点的光亮错落有致地装点着黑夜。她之前因为业务和购物，每个月都要来纽约几次，这正是她再熟悉不过的不夜之城纽约，她甚至认出了几个标志性街区的建筑轮廓。

"所以——纽约一切正常？"她难以置信地发问，"他们还有电力？！"

"所以我们心里没底啊，不知道这是什么情况。"苏牧云说，"搞得就好像我们经历的都只是一场恶作剧一样，我们没命地从马萨诸塞州逃出来，路上还死了人，结果他们这儿歌舞升平?!"

纽约看上去一切正常，这就是最大的不正常。

所以当几声爆炸声从市区传来，并且燃起火光的时候，大家心里居然松了口气。

"还行，他们这边也在打，虽然我没想通他们是怎么保证电力供应的。"余志远说，"那我们马上出发!"

"夜里进城? 要不再等等?"

"我知道晚上进入战区很危险，但是留在这里也未必好多少。"余志远解释，"你们注意到附近还有别的车辆停下来了吗? 他们分成了好几个团体，我能辨认出其中两个还布置了很专业的岗哨。"

叶冬雪好奇地看向四周，几百米范围内零零散散地停了近百辆汽车，不少汽车开着大灯来照亮周围环境，偶尔可见人影出没，却出奇地安静。

就像一个汽车墓场。

"他们还有枪，我看到了。"周楠小声说，"那他们在干什么?"

"他们在等，在观望，看我们是哪边的，毕竟我们这里也有六七个人。"余志远眯起眼睛，"等他们看清楚我们的底细——只有两个男的，只有一把枪，那接下来就不好说了。"

叶冬雪没法反驳这个猜测，他们这一路上遇到的人大部分都很糟心，而且危险。但她随即注意到了另一件事:"两个男的? 约瑟夫去哪儿了?"

"他说他本来就是顺路跟我们一起到纽约来找人，现在既然到纽约了，他就做自己的事情去了。"苏牧云回答，"我们开到北边的新罗谢尔时，他就下车离开了。"

"哼，找人。"余志远哼哼道，"他不会在纽约也有一个前女友吧?"

"我虽然很想说不可能，但我没有这个底气。"苏牧云叹了口气，"总之，叶姐你怎么想?"

叶冬雪看了看四周，又看了看远处还在不断发生爆炸的纽约市区，捏了捏自己的眉心:"只能赌一把了，我同意志远的意见，留在这里风险更大。"

苏牧云打了个响指:"那就上车! 走! 到市区说不定还能找到地方给手机充电!"

这句话真是说到了大家心坎里，叶冬雪觉得车辆的行进速度都快了几分。

现在的纽约市区很像好莱坞电影里常见的灾难片开端，市区里的建筑大多遭到了损坏，不时能看到被砸毁的车辆和燃烧的垃圾桶，但大城市的基本功能还没有被完全摧毁，空无一人的商业街上不但亮着路灯，甚至还有几块 LED 广告屏不看场合地推销着商品。

"老实说，我觉得这儿比波士顿更瘆人。"苏牧云评价。

他们进入市区不久就发现前面被由燃烧的车辆和砖石组成的路障封死了，最后只能下车步行，但在灯火通明的街上走了足足十分钟，居然没看到一个人。

"刚才的爆炸是怎么回事？谁在和谁打？"

没人能回答肖雨晴的问题，但是很快叶冬雪就找到了答案。"至少有一方肯定是我们的敌人。"

前方一座建筑物的墙壁上喷涂着熟悉的图案，叶冬雪在韦尔镇见过这个图案，但那个镇上的图案是用血涂抹的，而纽约的这个明显是用的颜料。

"该说纽约这边的邪教徒更温和吗？"余志远嘀咕一句。

叶冬雪摇摇头："也可能只是还没找到机会。"

"要不我们先找个地方充电？"肖雨晴提议。

这次大家都没意见，反正这条街上的商店大多被砸破了门窗，东西也被抢光了，进去看看有没有电源插座总不犯法。最后他们选了一家中餐馆，并且顺利地在柜台后面找到了想要的东西。

"苍天啊——"肖雨晴感动不已地看着自己的手机上显示的充电符号，"我从没这么感激过现代文明，我觉得我活过来了！"

"冷静一点，雨晴，你只活了一半。"周楠打击她，"还是没有网络！"

"那就不是我的责任了！"

叶冬雪给自己找了一瓶可乐，坐在柜台前的一张桌子边望着情绪逐渐恢复的同伴们，禁不住嘴角含笑。

真有意思。世界天翻地覆，大家仓皇出逃，一路上目睹种种超出常识的现象，历经波折，好几次都在生死关头，还失去了朋友。现在他们跨越了好几个州，奇迹般地来到了纽约，毫无疑问已经精疲力竭。

但现在大家围在一个小小的充电插座旁边，笑得就像一群刚放假的孩子。

希望他们能坚持下去，至少坚持到目的地。

余志远突然举起食指，做了个嘘声的手势，大家一下子安静下来。

"怎么啦？"苏穆宁紧张地问。

"后厨有动静。"余志远压低声音，"可能是老鼠，也可能不是。"

苏牧云跟着拔出手枪来："那我跟你去看看。"

"你留下！"余志远说，"唐怜，我们两个去！"

一路上几乎没有存在感的唐怜点头："好。"

苏牧云一脸不服气："你叫她做什么？"

"她比你有用得多！"

"嗯?!"

"我同意。"叶冬雪这次站在余志远这边，"小唐超猛。"

苏牧云露出备受打击的表情，余志远和唐怜则一前一后，蹑手蹑脚地进了后厨。一分钟后，后厨传来呵斥声、碗碟摔碎声、叫声、撞击墙壁声。但在苏牧云再次站起来，准备去支援的时候，所有声音都停止了。

接着余志远和唐怜带着一个鼻子还在流血的中年大叔走了出来。

中年人腆着肚子，发际线堪忧，一看就是承受了巨大的生活压力又缺乏运动。他看了看外面这一圈人，愣了愣，迸出字正腔圆的普通话："还真的都是自己人啊？"

"都跟你说了，你还不信。"余志远没好气地说。

"唉，误会误会，都是误会。"中年人的情绪恢复得很快，"主要是这几天……你们也看到了，来这里的没一个善茬，能抢的都被抢得差不多了，我又哪儿都不敢去，只能躲在厨房里。"

"你在厨房里躲了好几天？"

"我住在阁楼上。"

叶冬雪好奇地伸出手说："我叫叶冬雪，冬天的雪。这些人是我的同事和路上认识的同伴，我们是从波士顿那边逃过来的。不知道您怎么称呼？"

"嘿，我姓李，李圭璋——上下两个土的圭，王字旁的璋，"中年大叔跟她握手，"《诗经》里有句'颙颙卬卬，如圭如璋'，我家里人就是从这里选的名字。"

叶冬雪努力回忆，没想起来原句，但既然对方都说是《诗经》了，那当然也得赶紧恭维两句："名字挺雅的啊！"

"别提了，名字和外形不符，这点我心里有数。"李圭璋很坦诚，"我到美国也就两年，在这家餐馆当厨子，老板是我表哥的朋友，平时对我不错，但平安夜那天晚上不是出事了吗？老板说要出去看看，然后就再也没回来……我看挺悬了。"

"纽约也是平安夜出的事啊。"叶冬雪若有所思，"李哥，我正想问你呢——叫你李哥可以吧？"

"那不一定。"李圭璋露出尴尬神色，"我05年的……"

这次连余志远都不淡定了："你跟我一年的?!"

"好的——小李。"叶冬雪望着外表比余志远至少老十岁的李圭璋，"我们一路上只顾着逃命，对很多事情都不了解，你一直在纽约，能不能跟我们说一下纽约的情况？"

"也没啥好说的。"李圭璋为难地挠挠头，"我大部分时间都躲在餐厅里，然后听一下广播，知道的不一定有你们多，而且前天收音机就没电了……"

"我们连广播都没时间听。"

"……那行吧。"

但正如李圭璋所说，他对纽约的情况所知实在有限。他只知道平安夜当晚突然全城停电，一开始纽约还只是小规模的混乱，不断有商店遭到抢劫，还出现了几起枪击案。到这时为止，并没有脱离正常范畴，历史上纽约的几次大停电闹出的事更多。但是到了第二天，人们发现电力和通信依旧没有恢复后，混乱开始蔓延开来。

李圭璋一开始还敢离开餐馆到外面看看情况，后来看外面开始有帮派和警察枪战了，吓得根本不敢露面。这期间有几拨人来到餐厅，陆陆续续抢光了所有能带走的东西，李圭璋从昨天开始就已经断顿了。

"难啊……"李圭璋说到这里，长叹一口气。

但他总算提供了一点有用的信息：纽约的黑帮平时没有这么大胆子公然对抗警方，但从几个到餐馆里"零元购"的小混混的交谈中，他隐隐听到帮派首领得到了神谕什么的，由此获得了强大的能力，也有了更大的野心，问题是纽约市里获得了神谕的帮派首领好像不止一家……

"慢着——这神谕还挑人的？"苏牧云诧异地问，"只有那些帮派首领获得了这种力量？"

"我也不知道，但听他们的话里是这个意思，把警察驱逐以后，帮派之间就要开战了。"

"这也太扯了……"苏牧云摇着头，"这绝对是个邪神！"

"但是打了两天，所有人都受不了了。"李圭璋继续说，"电力、通信、交通、供暖……什么都没有！前天还下了大雪！"

神谕的执行也是可以变通的，经过一晚上的紧张交涉，参战各方同意让有关部门先把电力和供暖系统恢复了再说。

"你们来得算是时候，电力是今天早上才恢复的，供暖是今天下午恢复的。"李圭璋撇嘴，"消停了不到二十四小时，又打起来了！啥玩意啊，我是在美国，不是在非洲！咋这么乱呢！"

"非洲有些地方指不定还没现在的美国乱。"肖雨晴指出，"那里本来就没有电，没有网，没有公路，也不需要供暖……"

"先担心我们自己吧。"叶冬雪咳了一声，"小李，我们也不会在这里停留太久，最多到天亮我们就要出发，去中国领事馆寻求帮助，你要不要一起去？"

"那当然要！"李圭璋激动得拍桌子，"还是同胞好啊！妈的，到了领事馆我马上申请回国，谁再说美国好，我打掉他的牙！"

叶冬雪没有接这话茬。她不知道国内现在是什么样子，也不知道领事馆现在是什么状态。她下意识地回避这些问题，给自己保留一个还能追逐的目标。

门外突然传来一阵奇怪的嗡嗡声，就好像有人唱 K 时话筒没拿好发出的尖啸。

"纽约市民们，纽约市民们，这里是市长办公室。"嗡嗡声切换成了一个男人的声音，这声音非常洪亮，整条街都听得非常清楚，"纽约的市民们，你们的市长就在这里。"

"啥玩意？"苏牧云看向同伴们，叶冬雪挑眉："出去看看。"

叶冬雪等人走到大街上，一眼就看到了对面商场外墙的电子广告大屏幕上正呈现着这个人的半身像。这是一个满头白发、戴着眼镜的老人，老人背后是一排书架，面前的桌上很刻意地插着一面美国国旗。

"嘿，还真是纽约市长。"李圭璋说，"我在电视新闻里见过他。"

"我是市长卡尔·桑德斯。"老人说，"过去的几天里，我们的城市遭受了前所未有的威胁，这不只是纽约面临的威胁，也是全美国乃至全世界面临的威胁。但是苦难终会过去，希望就在前方！我非常高兴地告诉大家，我们终于成功地与华盛顿取得了联系，最多再过十二个小时，驻扎在特洛伊的第 42 步兵师就将抵达纽约进行增援，他们装备精良，训练有素，我坚信他们可以……"

画面猛然剧烈抖动起来，市长的脸被扭曲成一个可笑的弧形，随后便从屏幕上消失，取而代之的是一个四五十岁的中年男人。他穿着一件灰色西服，有一头淡棕色的鬈发，脸形瘦削，颧骨很高，眼窝很深，不像是容易打交道的外表。

"各位纽约市民，很高兴与大家见面。现在是 2030 年 12 月 30 日 0 点，我在这里向所有人提前说一声新年快乐。"男人满脸笑容，一口白牙，但依然透出一股诡异的阴森气息，"先容我介绍一下自己，我叫山姆·范布伦，来自新泽西州，希望能与大家一起共度接下来的美好时光。"

"嚯，这台词听着就特别反派。"苏牧云忍不住吐槽。

叶冬雪从未听过这个名字，也没有见过这个人，但她感觉有些谜团可能马上就要解开了。

"我赶来与大家见面，是为了宣布一个重要事项——"范布伦脸上的笑容突然消失，声音也变得低沉，"神谕降临了。神谕给了我们力量，神谕要我们改变世界。"

肖雨晴咕哝："又一个。"

"我知道你们有人不信，还有人觉得自己才是最特殊的那一个，没关系，都没关系。真正的神谕必将以正确的方式得到执行。"范布伦扫视着屏幕外的人，就好像他真的能看见一样，"请大家接受这个事实：新时代已经来临了，只有被神认可的人才能在新时代生存。神选择了我和我的同伴们来创造这个新时代，没有被神选中的人可以选择服从或者死亡。说得更具体一点，我与其他的觉醒者将接管这座城市，请大家配合。"

"他是认真的？"余志远喃喃自语，"这里可是纽约啊，几百万人啊，他说他要接管这个城市……他有几个师啊？"

"我知道，大家很难立即接受我这番话，但是没有关系，我们有的是时间。"范布伦面带微笑，镜头拉远，慢慢地现出他的全身，然后视角逐渐升高，变成俯视角度，而范布伦全程保持微笑，目视镜头，侧举双手，仿佛要拥抱什么似的。

"这是无人机拍的吧？这长镜头真是……"苏牧云的声音戛然而止，换成了简短扼要的两个字，"我，去！"

镜头已经拉得足够远，已经看不见山姆·范布伦了，却可以看清他此刻所处的环境。他并非在任何一个已知的场所，而是在空中，从画面里可以清晰地看到下方的万家灯火。而叶冬雪等人也发现了他的交通工具。

他和一群人站在一个巨大的十字架上。

和之前叶冬雪他们在路上看到的那个十字架一模一样。

所有人都本能地抬头望向天空，今晚阴云密布，无星无月，却有光亮隐隐从云层中透出。

"不会吧？"肖雨晴吞了口唾沫说，"不会搞得这么夸张吧？"

在众目睽睽之下，一个硕大无比、光芒万丈的十字架穿透云层，以天崩地裂般的气势出现在纽约市上空。

简直就是正统得不能再正统的末日审判。

第七章

　　平心而论，头顶的云层中冒出一个大放光芒的巨型十字架，这一幕着实令人震撼，是在再大的电影院里都欣赏不到的。但叶冬雪当然不会对这十字架所象征的意义有什么感触："大家还是先回屋去，这十字架不对劲。"

　　"确实不对劲，跟外星飞船似的！"肖雨晴说，"你们有没有看过一个老科幻片叫《独立日》？那里面外星人的飞船来毁灭地球时，出场画面跟这个差不多！"

　　"别提你的外星人了！"李圭璋拔腿就往回跑，"地球人就够凶残了！"

　　这时十字架上突然迸出一团火光，这团火光在夜空中分散成了几十个小火星，缓缓地向地面落下来。但几秒钟后，叶冬雪猛然发现情况不对，"小"火星只是因为那个十字架太大而产生的错觉，这分明是几十个火球，每个火球直径都有好几米！

　　"快走！"叶冬雪猛地扭头要跑，却发现身后的苏穆宁还抱着正在睡觉的小林望美，没反应过来。叶冬雪一把抓住她的肩膀，几乎是半推着她跑，就在两人前后脚进屋的时候，窗外传来了震耳欲聋的爆炸声，一阵气浪扫过街道，餐馆剩余的几块窗玻璃全都哗哗地碎了一地。

　　小林望美被这巨大的声响吵醒了，很不满意地开始哭，苏穆宁打了个寒噤："要坏要坏……谁有电暖炉啊?!"

　　余志远赶紧接过孩子，就这一转眼的工夫，苏穆宁的衣袖上结了一层薄霜。

　　"天将降大任于是人也，必先苦其心志，劳其筋骨……"余志远小心翼翼地在手掌上燃起一簇小火苗，就看见这小火苗晃晃悠悠地要被小林望美吸过去，他好不容易才保持住火苗不灭，然后把刚才那句话说完，"这孩子才出生几天啊，人生经历就已经波澜壮阔到别人一辈子都赶不上了，你们说她将来得有多大成就?"

"余哥，波澜壮阔的是我们才对。"周楠纠正他，"望美最多算是跟着赵云七进七出的阿斗啦。"

小林望美得到了新的热源补充，满意地翻了个身，脑袋抵着余志远的胸膛又睡过去了。余志远这才抬起头笑道："你还知道阿斗呢？"

"我不是文盲好吗！"

看大家还有精神斗嘴，叶冬雪稍稍松了口气。她谨慎地走出餐馆大门，马上就看到了刚才爆炸的源头：之前那个挂着室外大电子屏的商场消失了三分之一，仿佛是被什么炸弹轰过，正在寒风中燃烧，火星随风冲上黑暗的夜空，消散在十字架的光芒中。

"他们说要接管纽约……就这么接管？"跟出来的苏牧云咋舌不已，"该不会又是那种'你们全都有罪，全都要死'的反派套路吧？"

商场废墟里有什么光亮在动。

叶冬雪警觉地将苏牧云拖回屋内，两人躲在窗后偷瞄，只见那光亮逐渐从商场上层的大洞处升起，然后停留在那里不动，正是刚才从天而降的火球模样，但是小了很多，火焰也收敛很多，能看出大概的轮廓。

是一个人。

高大的火人缓缓转动脑袋，仿佛在巡视四周，然而这条街上空空荡荡，寂静无声。于是火人缓缓飞起。就在叶冬雪以为他要离开的时候，他却突然抛出了一团火球，这火球重重地砸在街对面的一座建筑上，伴随着巨响，那建筑的上半部分顿时在烈焰中化为乌有，炽热的气浪冲入中餐馆大堂，把天花板上吊着的中式灯笼吹得满屋乱飞。

小林望美又被吵醒了，她对这种不规律的作息显然很不满意，嘴巴一撇又开始哭，但她的声音被淹没在爆炸的轰鸣声中，因为火人显然不满足于那一次爆炸，又连续抛出了好几个火球，大有把街道炸平之势。

在震耳欲聋的轰鸣声中，叶冬雪用力抓住李圭璋，大声问："餐馆有没有后门？"

李圭璋眨了眨眼，显然是回过神来了，他用同样大的声音回答："有，有，跟我来！"

一群人抱头鼠窜，丝毫没有要和那个火人对阵的念头。中餐馆的后门就在厨房旁边，连着一条小巷，就在断后的苏牧云一只脚踏出后门的同时，爆炸席卷了中餐馆的厨房。

"煤气管道被他炸了！"李圭璋尖叫，"快跑快跑！"

"趁他还在炸这条街，快去安全一点的地方！"叶冬雪大声说，"小李你有没有去处？"

"我能有啥去处……哦，对了，地铁！前面有个地铁站！"

但他说晚了，因为前面又有一座楼被火球击中，整整两层楼带着火焰倾塌下来，把前面的道路挡得严严实实。

"这群疯子是打算就这么毁掉纽约城吗？"大家换了一个方向逃命，肖雨晴一边跑一边大声尖叫，"没有人管管吗?!"

"你指望谁啊，蜘蛛侠还是超人？"苏牧云还有力气吐槽。

"这里是纽约啊，纽约！不管是什么人，总不能全都眼睁睁地看着吧？"

余志远突然停步，警觉地看向四周。

"怎……怎么了？"肖雨晴跑得上气不接下气，"怎么停了？"

"有枪声！"余志远说，"自动步枪，不止一支！"

也不用他说，很快所有人都听到了密集的枪声。枪响的地方并不远，叶冬雪想了想说："绕过去！小李，你带个路！"

"其实我平时很少来这些地方……"李圭璋嗫嚅着，不过还是乖乖地走在前面，"我记得这前面有个……"

"别动！"前面突然闪出几个人，用标准的持枪姿势对着他们，把所有人都吓了一大跳，但随即大家又松了口气：这几个人都穿着警察制服，戴着警徽。

为首的中年警察看了他们一眼，朝旁边喊道："平民！安全！"

"快过来！"另外一个年轻警察招手，"真是活见鬼，这个街区居然还有活着的平民……啊，不是说你们不好的意思，我们得到的情报是这里的人都撤完了。"

叶冬雪回答："我们是今晚才从城外逃进来的。"

年轻警察更诧异了："你们进城干什么？这里已经够危险的了。"

"别处也没好到哪里去，我们是从马萨诸塞州一路逃过来的。"叶冬雪苦笑着摊手，"波士顿，斯普林菲尔德，哈特福德，布里奇波特……相信我，纽约不是最糟的，至少纽约现在还有警察。"

中年警察烦躁地抓了抓头发："好吧，真是个'好消息'……特莉丝，你带他们离开这里，去安全一点的地方……哦，见鬼，他们居然还带了一个婴儿！这孩子来得真不是时候！"

一个黑人女警急匆匆地过来，打量了叶冬雪等人一番，点头道："你们跟我走！"

在叶冬雪他们身后，中年警察吼道："第一组，分散队形接近目标！那狗杂种是一定可以杀死的！"

"女士，现在这里到底是怎么回事？"跟着这个叫特莉丝的女警跑出一段路，叶冬雪心头总算踏实了一点。

特莉丝叹了口气："一开始可能和你们在马萨诸塞州遇到的情况差不多：大停电，通信中断，一群人突然变成了怪胎——然后那些帮派就开始和维持秩序的警方打起来了。"

与其他城市相比，纽约有一个显而易见的优势：他们有接近四万名警察，而且几乎人人配枪。虽然这次突如其来的混乱给警方造成了不少麻烦，但见多识广的纽约警局还是很快就组织起了武装力量，试图恢复城市秩序，在这个过程中还得到了其他执法部门的协助：联邦调查局、缉毒局、特勤局、海关与边境保护局、食品药品管理局、国税局、烟酒枪炮及爆炸物管理局……

"纽约能拿枪的执法部门实在太多了，不知道为什么有点羡慕呢。"苏牧云真心实意地感慨。

有火力就能执行正义，在一众执法人员的齐心协力下，那些帮派团伙就算是真的出了超能力者也没占到太多便宜，毕竟不管什么能力，被子弹打到还是会死。虽然在这个过程中警方也遭受了重大损失，但局面仍得以维持，甚至这部分街区的警员还有余力组织一次反击，他们联系上了一支紧急勤务小组联合行动，刚才叶冬雪他们看到的那批人就是准备执行反击计划的队伍。

只是在范布伦的表演之后，这支队伍的目标就临时变成了干掉那个火人，因为这家伙造成的破坏实在是比城里的黑帮大多了。

"市长说援军明天就能到。"特莉丝安慰叶冬雪，"会好起来的……你们打算去哪里？"

"曼哈顿那边的中国领事馆。"叶冬雪回答，"你也看到了，这里还有一个婴儿，我们不能冒险带着她在这么混乱的地方乱跑，如果能得到官方援助是最好的。"

"哦，中国领事馆，我知道。"特莉丝说，"他们一直在收容逃难的中国人，你们路上没听到广播吗？"

"……真没顾得上。"叶冬雪扭头看李圭璋，"你不是听了那么久的广播吗，你也不知道？"

"我不知道领事馆的频道嘛。"李圭璋委委屈屈地说，"而且收音机信号不好……"

"你们去领事馆是个好主意，他们从外面调了船，从昨天起开始向外疏散难民。"特莉丝说了一个好消息，"希望你们赶得上。"

"所以你要把我们送到……"

"哦，不是我，这里是布朗克斯区，离曼哈顿有一段距离，我马上就要回去支援同事，不能陪你们到底。"特莉丝纠正，"不过别担心，接下来会有另外的人带路的。"

"另外的人？"

特莉丝取下挂在肩膀上的通话器说："这里是鹰盾，呼叫布里吉斯，我们需要派送员，这里有八名亚裔，三男五女，还有一名婴儿，他们希望去曼哈顿的中国领事馆。我们的位置是詹宁街和维斯街的交界处，这里有一家勤杂工公司。"

"收到，派送员将在十分钟内赶来。"

"好了，你们就在这里安心等待，来护送你们的派送员都是 VFW 的成员，具有相当的专业军事素质。"特莉丝看了众人一圈，"你们还有什么疑问吗？"

叶冬雪好奇地道："你们的通信恢复了？"

特莉丝歪了歪头说："哦，对，你们一路上经过的地方都还无法通信对吧？纽约这边稍微好点，虽然没查到原因，但广播电台在第二天早上就恢复了，无线对讲机这种短频设备大概是在 27 日恢复的，其他的我不是很清楚，但据说至少到昨天为止，市长还没有联系上白宫。"

肖雨晴想了想，还是没忍住，问道："来护送我们的人为什么叫布里吉斯？还有派送员……这名字是谁起的啊？"

"是他们那边的一个成员，据说是从什么游戏里选的名字，我不玩游戏，所以也不清楚。"特莉丝回答，"怎么了？"

"算了，没什么。"肖雨晴垂头丧气地说，"希望来的是山姆那种王牌派送员吧。"

"山姆·范布伦？"显然也不怎么玩游戏的余志远问。

"不是！请当我没说！"

就在这时，又是一阵剧烈的爆炸声传来，他们来的方向有一座楼轰然倒塌，虽然隔了好几百米，但尘土烟雾滚滚而来，在黑夜中好似一面灰白色的墙。而他们所处的这个路口的路灯也在闪了一闪后果断熄灭，周围顿时暗淡了不少。

"见鬼。"特莉丝骂了一声，扭头看向叶冬雪，"我必须回去支援了，你们在这里等吧，你们这一群人很显眼，派送员可以轻松发现你们。"

叶冬雪没立场阻止她，只能点头："你要小心，女士。"

"你们也是，这个夜晚可不好熬。"

特莉丝将警帽的帽檐往下拉了拉，从口袋里取出一个口罩戴上，然后就这样冲进了前方的尘土之墙。十几米外的路灯还在工作，大家看到尘雾闪了闪，瞬间就把她吞没了。

现在又只剩下叶冬雪和她的同伴们了。

"这可是纽约啊。"苏牧云望着四周的景象，语气复杂地说。

"这就是纽约。"叶冬雪回答。

这是一座辉煌的城市，也是一座疯狂的城市。现在它的疯狂与辉煌正融为一体。从四处传来的枪声、爆炸声、尖叫声和警笛声，让人恍若置身一部超现实的动作电影里。

"我之前没来过美国，这次也是直接从北京飞到波士顿，纽约我是第一次来。"余志远说，"说真的，我出发之前真的没想到，纽约是这样的。"

"它以前不是这样的——至少今年平安夜之前不是这样。"李圭璋强调说。

"我当然知道，但它现在已经是这样了。"余志远话音未落，远处的一条街道上有一辆皮卡车狂飙而过，车上有人举着机枪正对着天空狂扫，但随即就有一个火球落下来把这辆车吞没了。

众人不禁往阴影处又多走了几步。

这里曾是世界上最繁荣的城市，是这个星球上最强大的国家的象征，但现在它似乎正不可逆转地陷入炼狱，虽然还有一部分人在试着挽救它。

"最可怕的，不是它现在面临的情况。"叶冬雪低声说，"而是……我们所有人都不知道它为什么会变成这样。"

肖雨晴好奇地问道："不是因为那个神谕，还有那些……嗯，超能力者吗？"

"是的，但神谕到底是什么？超能力到底为什么会诞生？"叶冬雪指了指队伍，"我们这里就有三个——加上望美是四个超能力者，他们可一点也不信神谕，对吧？甚至那些邪教彼此之间也不像是一路的，那么神谕到底是什么，由什么人，或者什么东西发出来，有什么目的呢？"

没人能回答她。

"总会查清楚的……大概吧。"苏牧云没什么信心地说。

这时街对面出现了两个人影，用手电筒照向叶冬雪他们身后的勤杂工公司，一个男人喊道："我们是派送员，过来取货！"

"我们在这里。"叶冬雪谨慎地从阴影里走出，"你们只有两个人？"

"今晚大家都很忙，女士。"对面的男子走过来与她握手，是个蓄着大胡子的白人壮汉，"托尼·莱恩，叫我小托就可以了。"

"小托，你看上去比这位女士老二十岁。"他的黑人同伴说。

"闭嘴，詹姆斯，我三个月前才满三十。"壮汉回身比了一个中指，然后殷勤地看向叶冬雪，"你们是要去曼哈顿对吧？那可是很长的一段路，但我会竭诚为你们效劳。"

叶冬雪挑起眉毛，觉得这趟旅途可能不会很顺利。

很快她的预感就被证实了。这个自称"小托"的白人壮汉和他的同伴一路上喋喋不休，托尼负责抱怨路上遇到的所有东西：被掀开的下水道盖子、被折断的路灯杆、被烧毁的商店、被砸扁的车辆、被锁死的地铁站，当然还有一路上都能看到的天上的火人。而那个叫詹姆斯的瘦小黑人几乎对托尼说的每一句话做出嘲讽，提醒他的抱怨无济于事，他对现在的局势也无能为力。老实说，叶冬雪还蛮惊讶于这两人居然没打起来。

"他们的感情还挺好的。"肖雨晴说。

苏牧云震惊地看着她："你怎么看出来的？"

"你没听出来吗？这两人知道对方的每一件事，所以才能这么精确地对上。既然都是退伍军人，说不定两人在什么地方生死与共过，结下了非同寻常的深厚情谊！"肖雨晴说，"相信我，我这方面的雷达很灵的！"

苏牧云无助地看向余志远，问道："你觉得呢？"

"我的那点英语词汇量还不足以让我考虑这些。"余志远有气无力地道，"我就当是练英语听力了……"

"那我来问。"苏穆宁扭头去找托尼，"小托！你和詹姆斯先生以前是战友吗？"

托尼诧异地反问："你能看出来？"

"我们一起在叙利亚服役三年。"詹姆斯说，"他救了我两次，我救了他四次。"

"三次！"托尼纠正，"在哈达德那次我是自己跑出来的！你没找着我！"

"那撒扎巴克那次也不能算在你头上，是伯格中士找到我的。"

叶冬雪拍拍肖雨晴的肩说："你说对了，他们的感情真的很好。"

这是一段枯燥、漫长而又危险的路，队伍在纽约的废墟与阴影中小心翼翼地穿行，中途遇到不止一个武装团体，但幸运的是这些团体大部分由结群自保的武装市民组成，此外还有几个警察和 FBI 的联合行动小队，在确认了叶冬雪等人的身份后便挥挥手示意他们尽快通过。

但是叶冬雪很清楚这些人并不像表面看起来那么好说话，对方在交涉时始终手握武器，大有一言不合就开枪之势，他们始终没有放松过警惕。

"他们已经很温和了。"托尼说，"混乱的最初两天，大家都神经过敏，不少人看到人影就开枪。"

"武德充沛啊。"苏牧云也不知道是不是在夸赞。

"现在也差不多。"詹姆斯纠正道，"今天白天的时候，洋基体育场那边还发生了一起枪战，死了十几个人，据说起因只是一个蠢货非要和自己的兄弟穿过一个商店，而那个商店就在一个街区互助小组旁边——那蠢货有三个兄弟，在居民看来太不安全了。"

"就因为他们人太多了，所以不让过？"肖雨晴呆呆地问，"那我们这里有十个人呢！"

这次是詹姆斯带着复杂的表情回头指着这支队伍，说："上帝啊，没有比你们这群人看上去更安全的队伍了——全是亚裔，女性占多数，还带着一个婴儿！女士，如果是在平时，就算你们要去拦运钞车，警察都不一定会开枪！"

肖雨晴脸上似笑非笑："也不知道该不该高兴……"

"对，如果是詹姆斯这样的黑……凑齐了十个要通过别人的地盘，一定会被乱枪打死。"托尼补充说。

詹姆斯怀疑地看向他，问："你刚才是不是说了一个 N 开头的单词？"

"你忘记你的耳朵在叙利亚被震坏了？我早就说过你要换个助听器。"

前方一块大型电子广告牌突然闪烁起来。

众人停下脚步，望向那块屏幕。

"纽约的市民们，我是市长卡尔·桑德斯。现在我们的城市正遭到一群恶魔的进攻。"那个戴眼镜的白发老头换了一件厚外套，背景也变成了一间办公室，可以清楚地看到他身后的门口守着两个警察，"我呼吁大家保持冷静，绝不要向邪恶屈服，他们代表的绝对不是神，恶魔常常会假借神之名蛊惑凡人，这一点我们都知道！"

"那恶魔干这事的时候，神在忙啥呢？"苏牧云吐槽道。

市长换上了更严肃的表情："我们要齐心协力，一起度过这个寒冷的夜晚，我相信我们一定能看到胜利的曙光！我们并不孤独，支援力量就在路上，天亮的时候，我们能看到星条旗在纽约上空重新升起……"

"全是废话。"托尼说，"我下次绝不会投他的票。"

"你本来就没投过他。"詹姆斯说。

画面突然抖动起来，然后桑德斯市长那张脸扭曲成熟悉的角度消失了，取而代之的是山姆·范布伦的脸。

"晚上好，纽约市民们。不，不能说晚上好，毕竟再过几个小时就要天亮了。"范布伦的脸上挂着微笑说，"在零点之后的几个小时里，我很遗憾地看到还有很多人不愿意服从神的意志，仍然试图进行无谓的反抗……不过没关系，我不在意你们的抵抗，我只是提醒你们，谁也救不了纽约，这座城市必将属于我们，属于已经觉醒，并发誓效忠神的人。然后，神的意志将以这座城市为起点，传达到全世界。接受命运吧，人类！"

托尼摇了摇头："我不想评价他能不能做得到，但我也不会给他投票，太蠢了……尤其是最后一句，太蠢了。"

"醒醒吧小托，人家不需要你的投票。"

但桑德斯市长和范布伦似乎杠上了，真要在市民面前争一下选票似的，街道上的显示屏不断切换画面，一会儿是桑德斯在给市民们鼓劲，要他们坚持下去，不要被恶魔蛊惑；一会儿是范布伦重申神谕的无上权威，宣布这是注定的命运，是神的选择……

总之没有一个让人放心。

叶冬雪看了一眼手机，现在时间已经指向凌晨四点，离日出大约还有三个小时。这是一段漫长的路程，从前一天早上开始，几乎所有人都没休息，她自己倒是一路昏睡到了纽约城外，但现在体力也几乎到了极限，完全是凭着本能在坚持。

"小托，"她轻声问，"我们现在到哪里了？"

"再过一个街区就到圣玛丽公园了，然后再走一英里多一点就是威利斯大道桥，过了桥就到曼哈顿了。"托尼说着往后看了一眼，突然醒悟过来，"哦，你们已经没有体力了对吧，没关系，我们可以休息一下。——詹姆斯，我们的货物累了！"

"哦，他们终于累了！"詹姆斯仿佛松了一大口气，"我这两天走了这辈子最长的路，确实需要休息一下！谁能想到在纽约没法开车呢？"

托尼左右看了看，然后毫不犹豫地踹开了一家比萨店的大门，熟练地直奔厨房，很快又满脸晦气地出来，说："什么都没有！"

"你早该想到的，布朗克斯是纽约治安最差的区，这餐厅里还有完整的椅子已经很幸运了。"詹姆斯一屁股坐在门口的一把椅子上，从背包里掏出一瓶水递到叶冬雪手边，"喝一点水吧，女士，路还很长。"

众人纷纷找个地方坐下喘气，叶冬雪试着找个话题："市长说第 42 步兵师在路上，对吧？他们能在天亮的时候赶到吗？"

"第 42 步兵师的驻地在特洛伊，离纽约差不多有一百五十英里。"托尼坐在另一张桌子旁检查自己的手枪，"我觉得别太指望他们，他们要到早该到了……而且来了又怎么样？我们又不是不知道国民警卫队是什么德行。"

詹姆斯耸耸肩说："你不能指望他们救人，但是杀一群恐怖分子应该还是可以的吧？"

"但愿如此。"托尼叹了口气，"希望那群疯子没有别的花招了……昨天一天，这个街区已经损失了三十多名警察，这个范布伦带来的疯子破坏力比之前的邪教徒更大。"

"叶姐，叶姐，你看我找到了什么？"苏穆宁突然乐颠颠地跑了过来，手里拿着一个小收音机，"你看还有电！"

叶冬雪麻木地看了一眼："哦，还是国产货……"

"不是！"苏穆宁把收音机的声音调到最大，"我刚才无意间调到的频道！你听！"

叶冬雪突然觉得心跳加速，身子里的血在往大脑里涌。所有人都安静下来，听着收音机里的声音，那是字正腔圆的普通话："这里是中华人民共和国驻美国大使馆，现在播送紧急通知，鉴于美国已进入紧急状态，请所有听到通知的中国公民、中资机构中国员工、在美华人华侨、留学生按如下布置进行疏散避险。重复，请所有听到通知的中国公民……"

通知很长，足足念了三分钟，但是没有人说话，大家静静地听到了第三遍，苏牧云才打破沉默："我们应该还没有来迟，对吧？"

"应该没有，但我们得抓紧时间了。"叶冬雪说。

按照通知内容，中国大使馆在美国十一个临海的州都配置了紧急撤侨点，位于美国中部，暂时赶不到临海州的人也有好几个内陆去处，而本来离叶冬雪他们最近的撤侨点应该是位于林恩以北的波特兰。

"所以我们本来往北跑一百多千米就能得救，结果我们往南跑了三百多千米来到纽约。"周楠有点丧气地趴在桌上，"这就是南辕北辙啊——"

托尼和詹姆斯不懂中文，跟苏牧云低声打探了几句，忍不住笑起来："嘿，这也不怪你们，好多中国人出事以后都往纽约跑，你们不是第一批，应该也不是最后一批。"

"叶姐，怎么办？"苏牧云问，"虽然通知里没有明说，但听得出意思，纽约这边的撤侨运力应该已经到极限了，即使我们去领事馆，大概也很难及时得到援助。"

"我没记错的话，纽约有一百万华人，中国留学生和在这儿工作的中国公民也有好几万吧？"肖雨晴苦笑，"要在这几天里全部撤离，是不可能的事情吧？"

"应该不是所有人都会选择离开，尤其是华人。想想我们的房东赵明诚。"周楠提醒。

"还是去领事馆看看嘛……"李圭璋也附和，"我们都走到这儿了，也没几步路了，至少可以去听听他们有什么建议。"

"李圭璋最后这句话我同意。"余志远沉声道，"国家不会不管我们的，就算领事馆帮不上忙，至少可以告诉我们下一步怎么走。"

叶冬雪知道他们在想什么，大家一路奔波，就是为了这个希望，现在突然发现这个希望变得渺茫，谁都会有点不甘心。不过她也不打算唱反调，因为先去曼哈顿确实是目前的最佳选择。"我们也没的选，我们已经到了纽约，如果不去领事馆，那就要再往南，去里士满……路程更长，更危险。"

大家纷纷赞同，气氛突然轻松起来。"对啊对啊，特莉丝不是说领事馆一直在组织撤离吗？那我们还是有机会的。""只要领事馆还在工作，那我们就还有救嘛。""就算先撤退到海上，也比在这里强……"

"我们是不是忘了什么？"周楠突然说。

大家一起看她。

叶冬雪拍了拍脑门："哦，对——邱总他们！忘得一干二净！是得去领事馆找他们！"

门外突然传来巨大的轰鸣声，托尼跳了起来："战斗机！航空战斗旅来了！"

所有人都冲出门去，仰头注视从头顶掠过的战机，两架战机在夜空中喷出明亮的尾焰，以极快的速度俯冲而过。詹姆斯吹了一声口哨："好样的，去干掉那群王八蛋！"

然后一架战机就在大家的注视下爆炸了。

托尼骂了一句脏话。

更多战机从头顶掠过，剧烈的轰鸣声在远处不断响起，就像一串永无止境的炸雷。

"啥敌人啊，要让美军的战机编队打这么久？"余志远喃喃自语。

显然托尼和詹姆斯也有同样的想法，两人一起冲向街对面的楼房，那栋楼房有十几层，视野开阔，叶冬雪想了想，也跟着钻进楼道，然后发现这栋楼的电梯居然还能用，而那两个退伍大兵真的就大大咧咧地要坐电梯上去。

"危险？比起爬楼梯，我选择危险。"托尼如此回答。

叶冬雪很想驳斥，但她的体力让她最终做出了同样的选择。

"如果我们在这里死了，那就是一个笑话。"叶冬雪对同样挤进电梯的苏牧云、余志远说。

他们两个人一起傻笑。

还好这电梯很懂事，一路顺利地带大家到了顶楼，于是叶冬雪看到了一幅壮丽的画面。

远处的夜空中悬浮着那个大大的十字架，而战机编队发射的导弹和机炮划出明亮的轨迹，从四面八方扑向这个显眼的目标。

然而所有的攻击都在空中被一道透明屏障挡住，十字架外围不断腾起爆炸的火球，但十字架本身丝毫无损，甚至看上去更亮了一些。

"那个十字架……是什么黑科技啊？"余志远已经看呆了，"几十发空空导弹炸不动它？！"

苏牧云也呆呆地张着嘴："说不定真的不是科技呢……"

这时地面突然也有大片火力腾空而起，组成一片密集的火网向十字架攻去，十字架离地并不高，这些火力完全可以打击得到。

"坦克、装甲车、高射机枪……"托尼走到楼房边缘向下望去，"国民警卫队第42步兵师到了！"

美国国民警卫队——虽然是民兵，但也是火力完全不逊于正规美军的武装力量，可以算是美国国内最强的武装部队之一——现在终于抵达纽约市区。与在布里奇波特的小股警卫队力量不同，这一个警卫队整编师人数接近两万，拉出去欺负地球上超过一半的国家都很轻松。

但这样一支灭国级力量也没法立刻解决十字架，所有人都看到火网连绵不断，十字架周围爆炸连连，偏偏十字架本身屹立不动，宛如永远无法攻陷的神国。

"这不科学。"余志远反复念叨。

叶冬雪没有说话，只是不自觉地紧紧握拳。她不懂军事，不能理解这样的火力到底有多强大，也不知道十字架为什么稳如泰山。但她知道，如果连纽约市寄予厚望的军队也无法取得优势，那整个纽约市的人心可能都会崩离，人们太容易屈服于未知而强大的力量，为此失去理智也在所不惜。她脑子里突然冒出一句话："大部分人无法掌控自己的命运，他们需要一个向导告诉自己该往哪个方向走，而且没有分辨向导对错的能力。"

这话是什么人说的她已经忘了，但这一路上的经历让她觉得这句话很有道理。尤其是在这样一个有着各种信仰的国度，一个神秘、强大的存在将会满足人们对神祇的一切幻想。在他们的文化里，神的意志本来就是不可捉摸、不容置疑的，每一个灾难都可能是一次考验，唯有连续不断地通过考验才能踏上最终的坦途。

如果人们接受了这个概念，接受了山姆·范布伦给自己的"神的代言人"的身份，那将是最坏的情况——一个漠视生命的邪教头目成了先知。

时间在一分一秒地过去，诸多战机的炮弹和导弹早已射空，不得不脱离战场，只有地面的火力还在持续射击，但火力也明显变弱了。

就在这时，一团火光爆裂开来。

它是在十字架上爆开的！

在经历了至少十分钟的狂轰滥炸以后，这个仿佛不可攻破的十字架终于破功！

叶冬雪甚至能听到远处的军人们传来的欢呼声，地面的火力好像吃了兴奋剂一样又铺展开来，同时又有一队武装直升机机群加入战斗，更多火球在十字架上密集升起，最后十字架终于支撑不住了，所有人都看到了这个巨大的十字架在空中爆炸解体，变成无数细小的火球散落下来，宛如冬夜绽放的绚丽烟火。

托尼却尖叫起来："该死！"

余志远也马上反应过来，抓住叶冬雪的手就往回跑："怎么这么多！"

叶冬雪匆忙间回头望了一眼，只见满天火球越来越大，和几个小时前从十字架上散落的火球一模一样——那个版本的火球可是一个个巨型炸弹！

惊天动地的爆炸声在各处响起，但幸好只有小部分火球落到与叶冬雪等人临近的区域。震耳欲聋的爆炸声过后，詹姆斯大着胆子回到天台想一探究竟，然后他就站在原地不动了。

叶冬雪也好奇地走过去，于是她理解了詹姆斯的感受：视野所及范围内，大约四分之一的面积都升腾着爆炸过后的火光，这是一场来自地狱的末日烟花秀。

"那边是皇后区，看来皇后区完蛋了……至少完蛋了一半。不知道第42步兵师现在怎么样了。"托尼低声说。

"但是十字架也完了。"苏牧云没什么把握地说，"优势应该还是在美军这边吧？"

托尼摇摇头说："但愿如此。"

叶冬雪回到楼下，肖雨晴等人迎上来。"吓死我了！叶姐，刚才的爆炸好可怕！"

"别怕别怕。"叶冬雪摸摸肖雨晴的头，"那个邪教的大十字架被美军打下来了。"

"我们现在怎么办？"周楠问。

"如果你们还要去曼哈顿，我建议你们现在就动身。"詹姆斯这时恢复了平静，站在众人身后，"我刚才看了一下，南边的沃兹岛方向也受损严重，它旁边的威利斯大道桥大概受了波及，我们现在只能改走第三大道桥去曼哈顿岛。我的建议是动作要快，通往曼哈顿的桥就那么几座，炸一座少一座。当然我们也可以走海底隧道，但老实说最好别这么做。"

"至少有十个帮派在里面划了地盘。"托尼解释，"没人考虑万一隧道塌陷怎么办。"

叶冬雪看看同伴们，问道："你们还有力气走吗？"

"没力气也得挤出力气啊。"李圭璋苦着脸说。

最终让大家下定决心的是一列路过这里的美军，这是一支由轮式装甲车和悍马车组成的车队，看着就很能给人信心。在得知叶冬雪他们要前往曼哈顿后，带头的中尉答应让他们同行，但是也有前提："我们有自己的战斗任务，没法一直保护平民安全，不介意的话就跟着来吧。"

李圭璋倒是一点都不介意："没事，跟着军队走，谁都不敢动手！"

苏牧云呵呵两声："美国军队在民众心目中的形象，好像还是和我们国家有区别的……"

"不，我的意思是说，在'不敢对他们动手'这方面还是有信心的。"

"……你这个角度我竟然不好反驳。"

但这一路走得并不顺畅。

情况比詹姆斯预计的更为严重。那个大十字架虽然被击毁了，但火球溅落的范围比预计的更广，虽然第三大道桥还能使用，装甲车却无法通行，于是他们只能再绕到更北端的麦迪逊大道桥，在这途中还遭遇了两次火人的袭击。

"原来这些火人还活着啊？"坐在悍马车里的苏穆宁惊叹地看着一个火人被车载机枪扫成两截，落入了哈莱姆河中。还好火人身上的火焰一直没有熄灭，避免了场面过于血腥。

"你以为是打游戏呢？刷完了关底 boss（头目），周围的小怪自动消灭？"苏牧云吐槽了妹妹一句，"不过我是真没想到还剩这么多！"

"这就是那个山姆·范布伦的手下？"美军中尉的脸色不大好看，他们已经在刚才的袭击中损失了一半的车辆和人手，现在只剩下不足二十人，"给我要'厨房'，他们对'客人'的情况判断严重不足！我们需要更多的食材！"

然后他与通话器那边联络了好几分钟，才从副驾驶位置扭过头看后座的叶冬雪，问道："我们要等二十分钟，更多的支援部队在路上，没问题吧？"

"没问题。"叶冬雪虽然也有点紧张，刚才有一发火球只差两三米就能把这台悍马车做成烧烤，但还好直到现在自己这一行人都没事。

此时天色开始微微发亮，叶冬雪这一晚上奔波得精疲力竭，现在困意涌上来，她把头倚在窗边，打起了盹。

主网已经提出了警告，我们可能会对本地智慧族群的后续成长造成严重干预。

总比让这个族群灭绝要好。

但是如果无视主网警告，我们可能会被切断资源，在这个区域很难重新连接。

好了，继续吧。

你主动切断了主网连接？我们的时间可不够了。

主网的时间也不多。这个星球与它的卫星是截面同步，我建议在卫星上设置控制枢纽，这样能节约一些时间。

主网不会开心的。

你还不清楚主网的逻辑吗？别管他。

叶冬雪猛然惊醒过来，她又听到了那两个"对话"的古怪声音，这已经是第三次了，无论如何都没法再用"幻觉"解释。

随即她注意到车里没什么人，大家都挤在车外看什么东西，她生出强烈的既视感："怎么觉得这种事发生了不止一次……"

不过等下了车，她就发现大家都在看的一块电子显示屏已经切换了画面，只在美国国旗背景上显示了一个大大的句子："GOD BLESS AMERICA（上帝保佑美国）!!!!"

"上帝保佑美国……现在这上帝是站哪边的还不知道呢。"苏穆宁扭头招呼，"叶姐，你刚才睡着了，我就没叫你。"

"发生了什么事？"

"是美国总统的全国直播，他刚发表了讲话，表示完全赞同并支持纽约州采取的行动，并且承诺会派来更多的军队。"苏穆宁简短地解释道，"然后就是请纽约市民们坚持住，美国即将发动反攻，夺回自己的城市什么的。"

"更多的军队，反攻？"叶冬雪重复了一遍，"其他地方的问题都解决了？只剩下纽约了？"

"显然没有。"余志远接过话茬，"我听那老头的意思，是把纽约作为优先目标，毕竟纽约太大、太重要了，而且邪教头子已经宣布了要攻占纽约，正好擒贼先擒王，把最棘手的目标解决掉。"

"好吧，祝他们成功。"叶冬雪说，"所以我们什么时候可以过桥？"

曼哈顿就在哈莱姆河对岸，只隔着一条五百多米长的大桥。

"恐怕现在不行，女士。"中尉说，"我们接到的新指令是清剿布朗克斯区的敌人，所以你们只能自己过桥了……幸好现在这座桥看上去很安全。"

托尼和詹姆斯已经习惯了这样的长途跋涉，对此没什么意见，但叶冬雪这边的人一个个表情都比较痛苦，也就余志远和苏牧云看上去好点。李圭璋直接开始叫苦："啊？走过去？走到领事馆？"

"知足吧老李，昨晚你怎么不喊？"苏牧云说，"要不是遇到这个车队，我们本来就得一路走过去啊。"

"唉，我是没想到这么赶嘛……"李圭璋愁眉苦脸地说，"我都一天多没吃东西了。"

"大家都差不多，再坚持一下。"叶冬雪拍拍手，把大家的注意力吸引过来，"我们都走到这儿了，总不能半途而废吧？"

李圭璋小声道："说不定跟着这群大兵比较安全。"

余志远一把揽住他的脖子："快醒醒，哥们儿！没听他们说吗？他们还要去清剿敌人呢！你也看到了一路上打的都是什么怪物，人家也是脑袋别在裤腰带上在玩命，你跟着去干啥？"

这句话说服了李圭璋，他加入了过桥队伍，但还是有点不舍的样子，一直小声嘟囔："这座桥我之前也来过，没这么恐怖啊……你们看这些车！你看还有血！"

平心而论，确实不能怪李圭璋胆小，麦迪逊大道桥上现在一片狼藉，被遗弃的车辆横七竖八地停在桥面上，有几辆车不知道是油箱爆炸还是被人纵火，已经烧得看不出外形，还有几辆车里隐隐约约看得到坐在座椅上一动不动的人形……

丧尸类灾难片里的大城市什么样，现在这座桥上就是什么样。

"看来平安夜之后的最初几天，这里是真够乱的啊。"一群人沿着桥边的人行道走，但不止一辆车把碎片抛了过来，余志远抬脚跨过一根破碎的保险杠，"我就没搞懂，你们的社会秩序怎么就这么容易……完蛋呢？"

"我不知道你们那边出现这种状况以后，是对谁还抱有期待。"詹姆斯说，"反正在这里，如果你发现维持秩序的基本条件——通信、交通、网络都中断以后，那你就得知道，只能靠自己啦。"

托尼在一边补充："当然了，在这种情况下，或许还会有一些保持清醒的人……但是你又发现，有个不知道什么来头的鬼声音在煽动你，更离谱的是听了这个声音的人真就能拥有奇怪的力量！"

"于是大家面临两个选择，承认这个声音来自神，或者不承认。但是承认的可能有奖励，然后就是你们看到的这个样子了。"詹姆斯补充。

叶冬雪向苏牧云挑挑眉："我之前没说错吧？"

"叶姐英明。"

"那么——你们怎么没选择相信那个神谕呢？"肖雨晴好奇地问。

"差不多是八年前吧，那时我还在叙利亚服役。"托尼突然说起了往事，"我和两个兄弟在基地里实在闲得无聊，就偷偷开车出去，想找个当地人的城镇乐和乐和……然后我们在途中遇到了伏击，同车的两个人都死了。当时是中午，野外气温超过一百华氏度，我躲在悍马车后面，大腿上有两个枪眼一直在流血，对面还有至少十个拿着 AK 准备干掉我的人。我觉得我死定了，基地根本不知道我们偷跑出来，等他们发现，我应该已经断气很久了，尸体上还会聚着一堆苍蝇。"

大家都好奇地听着，没有打断他。

"这时我开始祈祷……说实话，我之前没有一次祈祷是诚心的，所以我在心里对上帝说，请你救救我，我保证痛改前非，我会听你的话，你说什么就是什么。"托尼说到这里，叹了口气，"但是十分钟后，在我的意识开始模糊的时候，基地找到了我。"

"让我猜一下，是詹姆斯先生找到你的。"肖雨晴说。

"对，就是他，他发现我不在基地里，又想起我在一天前说过自己要憋疯了，打算出去找乐子，于是说服了连长派两辆车出来找我们，最后跟着悍马车的定位找到了我。"托尼指了指自己的同伴，"我到现在还记得，他骂骂咧咧地把我拽到车上，给我止血，并且一直唠叨说自己都不知道为什么会来找我这个蠢货……但是我知道，我知道是上帝让他来救我的，如果我的人生里真有一个上帝的使者，那就是我面前的这个浑蛋。"

"托尼，你记得我说过很多次，我当时没听到什么主的声音吧？"詹姆斯表情古怪地问。

"所以这更证明上帝的伟大。"托尼一本正经地回答，"你往哪里去，我也往哪里去。你在哪里住宿，我也在哪里住宿。你的国就是我的国，你的神就是我的神。——伙计，我只相信你。"

詹姆斯耸耸肩，对叶冬雪他们说："你们看到了，跟这家伙说不通。"

"我明白，你们确实不能算心意相通。"肖雨晴说，"但是我嗑到了。"

最后这句话是用中文说的，好几个中国人一起剧烈咳嗽起来。叶冬雪努力控制自己的表情，提醒说："雨晴，差不多就行了，注意场合！"

托尼一脸怀疑地看着他们："这位女士刚才说了什么？"

这时他们身后传来了密集的枪炮声，大家一起转身看过去，只见桥那头的街区里又升起好几团黑烟，同时有密集的火力直扑天空，在空中炸出一团又一团火光。

"看他这个火力，是后续支援部队到了。"詹姆斯说，"希望他们早点把布朗克斯的问题解决，不然今天晚上我就无家可归了。"

"放心吧，这火力配置可以解决至少两个昨晚的那种大十字架，"托尼挖挖耳朵，"比起这个，你可能更需要担心的是你住的地方还在不在。"

在这种乐观情绪的鼓动下，他们通过了这座大桥，看到桥头还有不少市民在观望河对面的战况，其中有几个年轻人正举着手机拍摄。大家都不由得吐出一口气："曼哈顿岛……终于到了！"

"就让国民警卫队解决桥那边的事情吧，虽然不能指望他们帮忙救灾，但至少可以指望他们解决敌人。"托尼得意地说，"这才是军队的正确用法。"

"美国陆军，美国海军，美国空军，美国海军陆战队，美国国民警卫队，美国海岸警卫队……啊，我知道的，这是你们引以为豪的武装力量，只要他们还在，你们就会觉得无所畏惧。"突然一个阴沉沉的声音响起来，把所有人都吓了一跳，原来是路边的一块广告牌上又出现了山姆·范布伦的身影，"我明白你们的心情，毕竟我也曾经是个美国人。"

"这王八蛋没死吗？我还以为他跟着那个大十字架一起变成烟花了呢。"苏牧云喘了口气，"这人现在跳出来又要干啥，继续嘲讽？"

"别管他，我们先赶路。"余志远不敢放松地往前走，"废话用耳朵听就行了。"

苏牧云笑着追上去开玩笑："你就是打算练听力对吧？"

范布伦正继续说下去："美国人就是这样的，地球人就是这样的，我们的固执与生俱来，我们怀疑一切，哪怕神迹已在眼前也会怀疑，直到自己坚持的东西被残酷的现实打得粉碎，才可能改变思路，但那时已经晚了。同胞们，我们没有时间讨论信仰和真实了，我们的时间不够了。"

叶冬雪瞳孔微微一缩。

"我们的时间不够了。"

这是她在昏迷时听到的对话中反复强调的一件事，她不知道那意味着什么，但现在这个邪教头子为什么会说一样的话？是巧合吗？

"所以同胞们，你们应该不介意我催促你们一下吧？"范布伦露出微笑，"只有打碎你们自以为稳固的摇篮，才能让你们面对现实，才能让你们认识到神的意志不容违背。"

"这浑蛋在说什么？"一个脖子上满是刺青的拉丁裔年轻人问。他的同伴们当然没法回答他，但屏幕里马上给出了答案："纽约市民们，抬起你们的头，看向天空，看向神迹显现的地方，然后祈祷吧，因为你们心中那面由偏见筑成的墙就要被敲开了。"

虽然依然觉得他神神道道，但所有人都本能地抬头望着天空。

今天依然不是好天气，多云，纽约市区白天气温零下三摄氏度，西北风三级。阳光并不刺眼，但有明亮得多的光芒正在透过云层，并且越来越亮。

托尼最先反应过来，脱口而出骂了一句脏话，不过也不用他解释为什么了，马上所有人都看到一个大大的十字架从云层里穿出来，这十字架与昨天那个放了烟花的大十字架几乎一模一样：一样巨大，一样花样繁复，一样光芒万丈。云层被它刺透，阳光从它造成的云层空洞里洒下来，形成明显的丁铎尔现象，给它笼罩了一层让人敬畏的色彩。

但它是竖着的，就像一把巨剑直直地向着纽约市刺下来——它确实在下降，速度看上去不快，然而肉眼可见，只需要十几秒钟就能碰到地面。

美军当然也注意到了这把剑，不少火力迅速掉转方向，朝这个新的目标喷射弹药。这目标是如此醒目，几乎不存在打不中的可能性，但炮火虽然在十字架上炸出了数不清的火花，却丝毫没能阻止它下降。

"今天这个十字架不一样，炮火能直接打中它！"余志远低声说，"但是……一样没什么用啊！"

十字架之剑已经降到离地面不足两百米，几乎触手可及，依然没有什么减速或被阻止的迹象，但就在所有人都以为它会轰然坠地时，这个大十字架却毫无征兆地突然爆炸解体，化作无数绚丽的火球，向四面八方喷射而去！

叶冬雪几乎是本能地抓住了身边的肖雨晴，喊道："跑！快跑！"

目睹了昨晚那一幕的众人都毫不犹豫地拔腿就往曼哈顿市区的方向跑去，但站在桥头的其他市民显然没有这方面的经验，一个个好奇地看着这群中国人突然亡命狂奔。有两个人隐隐约约觉得不大对劲，也想跟着跑，但看周围的人一个个都没有动，又觉得这样太不矜持，有失身份，便停下了脚步。

几秒钟后，他们再也没机会跑了。

十字架爆炸后溅射出的火球有几个飞了过来，其中的两个击中了麦迪逊大道桥，这座有着四车道、宽度超过二十米的大桥被轰出两个巨大的缺口，虽然没有完全断裂，但直接丧失了基本的交通功能，只剩下人行道上不足一米的宽度幸存。

更多火球落到了曼哈顿岛这边的桥头，炸掉了桥头的一个停车场，顺便把毗邻的138街和公园大道轰成了月球表面。刚才还在桥头观望的人在一瞬间就被烈焰和气流吞噬，强大的冲击波将汽车像纸糊玩具一样掀起，跟它们一起飞起来的还有路面的各种杂物，以及一部分倒霉的人。

叶冬雪不在飞起来的人之列，幸亏刚才大家都没有停下脚步，十字架爆炸时队伍已经走到桥下，她有足够的时间一手抓住肖雨晴，一手抓住唐怜，冲进了路边一座看上去还算坚固的楼。这座楼外形有一个大大的凹陷，刚好可以帮她们避过后方席卷而来的冲击波，但是还有好几个火球越过她们落到更前方，准确击中前方的几座建筑，她们眼睁睁地望着这些建筑一座接一座在烈焰中坍塌，紧随而来的炽热气流吹得她们睁不开眼。

连续不断的剧烈爆炸在十几秒后陆续停止了。

叶冬雪放下遮挡面部的手臂，呈现在面前的是一片废墟，天空被黑色烟雾遮蔽，到处都是火光，到处都是烟尘，到处都是残垣断壁和彻底变形的汽车，有人在跑，有人在尖叫，有人在哭号，还有人倒卧在地上一动不动，但是没人顾得上关心他人。

"小唐，雨晴，你们还好吧？"她惊魂未定地看向身边的两个女生，见两人看上去没什么事的样子，稍微放心了一点，但也就是一点点，"其他人呢？你们看到其他人没有？"

唐怜怜摇摇头："我看到余志远好像带着几个人跑进了街对面的楼……但接下

来就全是灰尘，看不清了。"

"爆炸好像结束了。"叶冬雪吞了口唾沫，"我们去找他们！"

三个女性穿过烟尘弥漫的大街，走向对面的建筑。这座建筑塌了一半，让叶冬雪的心提得高高的，但是她们很快就听见了一个声音——婴儿的哭声。

"望美，肯定是望美！"肖雨晴激动地道，"那肯定有人和她在一起！"

叶冬雪已经循声冲进了大门，门厅的天花板塌了一半，把前台的桌子砸得粉碎，但哭声正是从还幸存的另一边传来的。

"有人没有？"叶冬雪顶着呛人的烟尘大喊，"小苏！周楠！穆宁！你们在不在这儿？"

肖雨晴和唐怜也冲了进来，跟着一起找人，终于她们听到角落里传来了回答："叶姐，我们在这儿……"

那是周楠的声音。

三个人赶过去，只见周楠半蹲在一个铁质脚手架旁边，一脸惊慌失措，余志远则蜷成一团，缩在脚手架下面。叶冬雪随即便明白过来他为什么要这么做：望美的声音正是从他怀里传来的，这个脚手架倒下来的时候他用全身护住了望美。

"小余，你怎么样？"叶冬雪连忙赶过去，但是那个脚手架太大、太沉了，根本没法挪动，"坚持住，我们想办法！"

"我还行……"余志远说，"就是这脚手架有点沉……而且望美又醒了！"

叶冬雪心里一紧，小林望美这一醒，那就是又需要吸取热量了，亏得余志远还能自己发光发热，换个人抱着她更麻烦。

"雨晴，小唐，我们去找点工具……"叶冬雪话音未落，就见这几百公斤的脚手架突然抖了一下，然后自己很懂事地"站"起来，在空中飘出好几米，落到大厅另一端去了。

唐怜在她身后一脸平静地放下双手。

"她当初是怎么被邪教徒掳走的？"叶冬雪忍不住开始思考这个问题。不过她也就是随便想想，随即她和周楠把余志远搀扶起来，肖雨晴则赶紧接过他怀里的孩子。小林望美哭得很有精神，看来完全没有大碍，倒是余志远的额头被砸破了，鲜血流了半张脸。

"没事，"余志远满不在乎地用袖子把血擦掉，"小口子罢了。"

"这里灰尘这么大，肯定有各种细菌病毒，回头你得找个地方打破伤风针。"叶冬雪不放心地嘱咐一句，然后看向周楠，"其他人呢？"

"我不知道！"周楠带着哭腔说，"余志远只来得及招呼我……"

"叶姐，别担心。"唐怜的声音好像始终没什么波动，"苏牧云他们是走在最前面的，应该比我们更容易脱险。"

"希望如此吧……"叶冬雪稍微平静了一点，默数了一遍人数，除了两位派送员，还有苏牧云兄妹和李圭璋不在这里，"我们先回大街上，试着找一下人，但是大家彼此不要离太远……"

大厅里那台奇迹般幸免于难的电视突然亮了起来，山姆·范布伦在屏幕里看着他们微笑。

"纽约市民们，同胞们，我很高兴地在这里宣布，觉醒者已经接管了纽约，请大家面对现实，以避免不必要的伤亡。"范布伦的画面切换成了一个航拍镜头，或许是用无人机拍的，叶冬雪一眼认出这正是哈莱姆河上空，河两岸一片狼藉，不少建筑被完全摧毁，黑色烟柱从各处直冲云霄，镜头所到之处还可以看到不少人在街上乱跑。

肖雨晴擦了擦眼镜说："这画面感也太像世界末日了吧……"

"我理解你们的心情，所以接下来我会给你们四个小时整理心情。"画面切回到范布伦，"四个小时以后，也就是美国东部时间下午四点三十分，觉醒者将会正式接管这座城市，那时还没有服从神之意志的人，将不会得到宽恕。现在——祈祷吧。"

画面消失了，电视屏幕重新暗下去。

"他说的那个神到底是什么玩意？"余志远问，"就是在我们梦里反复唠叨的那个吗？"

叶冬雪摇摇头说："不知道，这个山姆·范布伦是突然钻出来的。"

截至目前，他们已经遇到了好几个截然不同的邪教团伙，每个人都喊着"神谕已至"，并且都不惮于伤害他人，但除此之外似乎没有什么共同点：林恩市的疯子们会把人化为火柱，波士顿的珀尔修斯及他手下的信徒最后全都变成了火球，布里奇波特的邪教徒们攒出了一头火龙，而这个山姆·范布伦有一个非常炫酷的大十字架。

他们的"神"到底是什么，到底要什么？

到现在为止，谁都没有答案，只是眼下山姆·范布伦的这个版本最引人注目。如果网络和通信恢复了的话，"纽约被攻占"一定会成为最大的话题，那么范布伦真的准备好了吗？他面对的将是世界最强国家的怒火，他真的打算在纽约面对美国的反击吗？

叶冬雪和其他人一起走出建筑，这时火球爆炸造成的烟尘已经慢慢散去，大街上也陆续出现了人影，有不少人在刚才的爆炸中受伤，倒在地上呻吟，偶尔有人过去搀扶，但更多的人是把伤者的钱包拿走。

"这里是东哈莱姆，曼哈顿治安最差的地方，现在这个样子很快就会更乱，我建议你们赶紧离开这里。"托尼的声音突然从街道拐角处传来，他身后跟着的正是苏牧云兄妹和李圭璋，大家看上去没什么事的样子，叶冬雪松了一口气："你们都没事吧？"

"不大好。"苏牧云说，"詹姆斯先生被碎石砸伤了，动不了。"

"所以你们只能自己前进了，"托尼把自己一直背着的枪摘下来交给苏牧云，"我得去给那浑蛋找个诊所……我不会丢下他的。"

"谢谢你们，至少我们已经到了曼哈顿。"叶冬雪真心实意地说，"祝你和詹姆斯先生好运。"

"也祝你们好运！"托尼回答，"别大意，中国人，离你们的目标还有好几英里，这一路不会那么容易的。"

接下来又是叶冬雪他们自己的旅途了。

叶冬雪来过纽约的中国总领事馆几次，但都是乘坐公共交通工具或出租车前往，这样步行前往还是第一次。没走多远她就敏锐地察觉到队伍的速度已经明显变慢了，她也很清楚原因：这一路大家几乎是以把肾上腺素榨干的过分紧张状态逃过来的，从昨天到现在更是连轴转了三十几个小时，就算狼性如邱总也不敢这么压榨身体潜能。

这个以女性成员为主的小队现在已经快到极限了，出发时可以轻松背在身上的背包现在沉重无比，背带勒得肩膀生疼。

"不行了，必须休息一下！"路过一家汉堡店的时候，叶冬雪一把推开店门，"大家休息两个小时，然后再赶路！"

女孩子们纷纷发出得以解脱般的欢快声音，几个男性也没有任何坚持，大家一起进店，各自找了一把椅子，顺手把背包往地上一丢，然后一屁股坐下来就瘫着不想动了。

店里当然没有店员，但电力系统还在正常运转，叶冬雪觉得自己的脚都快不是自己的了，但还是坚持着走到柜台那边给自己倒了一杯水。先这样吧，先这样吧，大家都尽力了，休息一下是正确的——她不停地告诉自己，但心中还是有一团阴影盘旋。

范布伦只给了纽约市四个小时，四个小时之后会发生什么？那时是下午四点半，天已经开始黑了……他该不会再变出一个金灿灿的大十字架，放个大烟花吧？天黑以后大烟花更醒目？

"叶姐！"李圭璋兴冲冲地从后厨跑出来，"我发现了一些材料！"

叶冬雪没反应过来："材料？"

"面包片、生菜、鸡肉、番茄酱！"李圭璋说着忍不住自己舔舔嘴唇，"我给大家做点汉堡吃！"

所有人都欢呼起来。

大地上依然覆盖着白雪。但是天气晴朗，天空碧蓝如洗，阳光明媚，已经看得到远处有冰雪融化，露出黑色的山石。

这是一片荒芜的原野。

叶冬雪眨了眨眼，不是很明白自己为什么在这里。

她最后的记忆停留在自己吃了两个汉堡，嘱咐大家轮流值守后，靠着墙壁想打个盹。

所以这是个梦？

那也很奇怪，一般来说，意识到"我在做梦"的时候，这个梦境就会不稳定了，但叶冬雪看看自己身边的景象，用力跺跺脚，触感还挺真实，没有任何要离开梦境的样子。

她环顾四周，突然发现荒原上有什么在动，她努力看过去，辨认出那好像是几个人形物体，但距离太远了，她认不出这是一群什么人。

"要不要去打个招呼？"她这么想着。

梦里的身体似乎没有什么疲劳感，可以方便行动，但也没有如她所愿的"心念一动，瞬息即至"，这个梦可真不体贴，简直不像是自己做的梦。

叶冬雪抬步向前，尝试着走出几步。

地面传给脚底的触感坚硬结实，雪并不厚，想必再过一两个月就是春回大地，万物始生。

就在这时，她突然觉得太阳变亮了。

她抬起头，目瞪口呆地看着那个光源——那不是太阳，太阳在另一个位置。那个物体拖着长长的浓烟尾巴出现在天际，而且以极快的速度逼近这个地区。

这是一个巨大的火球，或者更形象一点说，这是一块巨大的陨石，正在砸向地面，砸向叶冬雪所处的位置！

巨大的恐惧感攫住了叶冬雪的所有反应，她全身都无法动弹，发不出任何声音，连眼球都无法移动，只能眼睁睁地看着这可怕的物体越来越大，天空中回荡着巨大的隆隆声，似乎在宣告着这个世界的灭亡。

但这块陨石没有就此撞击过来，在离地面几千米的高度，它崩解成无数更小的火球，如天女散花一般撒落地面，每一个火球都在地面上彻底摧毁一片区域，白色的雪层和黑色的泥土、灰色的岩石一起飞溅在空中，将阳光遮蔽。

叶冬雪突然想起，这就和纽约市上空那个大十字架爆裂后的效果一样，只是这陨石爆开以后造成的破坏要大上千百倍，如果是它在纽约上空爆炸，那应该就没自己什么事了——可能也没美国什么事了……

她的思绪没有发散太多，因为一个火球就落在她前方不到一百米的地方，黑暗瞬间把她吞没了。

我们的时间不够了。我们没有时间一直跟踪这个族群的未来。

但是至少最凶险的部分已经过去。

不，他们接下来要被迫改变自己的生存方式，这才是最凶险的部分。

我们已经留下了足够的支持，我们不能做到更多了。

这才是我最担心的地方。但是我们的时间不够了，我们必须马上连接主网。

那就祈祷他们好运吧，像他们所祈祷的那样。

但是有什么用呢，他们所祈祷的对象是我们。我们就是他们的神，但我们并非万能的，而且我们没有时间了。

叶冬雪从黑暗中猛然惊醒。

刚才在梦境里看到的是什么？

经历了这么多事，她不敢再把自己所耳闻目睹的事情当作一场单纯的梦境，但这个梦境到底想说明什么？那块陨石会是预言吗？那些对话也是神谕吗？为什么他们的时间不够了？

怀着各种疑惑，她支起身子。餐厅外一片漆黑，显然窗外夜色已经降临。餐厅里没有开灯，只有一个亮度微弱的光源在晃，叶冬雪认出那是苏穆宁在玩手机。

"穆宁，"她小声招呼，"手机有网络了？"

苏穆宁吓了一跳，有点尴尬，回答："啊，叶姐……没有，手机还是没信号，但……你懂吧，手机在手上，不随时刷一下就觉得不自在……"

"我懂……"叶冬雪苦笑，"所以现在是什么情况？几点了？"

"快晚上七点了。"苏穆宁收起手机走过来，"本来余志远的意思是天黑前出发，但大家都太累了，叶姐你也一直没有醒，所以……"

"所以大家就一直拖到现在是吧？"叶冬雪不认为这个决定是错的，她现在还两腿酸痛，全身无力，其他女生身体素质只会更差。但入夜之后就更危险了。

"那个山姆·范布伦，他说的四个小时已经过了吧？现在是什么状况？"

"他又发表了一个演说，表示觉醒者——他给自己的信徒取的名字——开始接管纽约，不遵从神谕的都会被肃清。"苏穆宁回答，"半小时前，附近的街道上有很激烈的开枪交火的声音，所以余志远把餐厅的灯都灭了，现在他和我哥正在外面观察情况，如果有什么不对会马上通知我们。"

几分钟后，苏牧云突然冲了进来，没管自己的妹妹，直接冲到前台的柜台旁边打开了电视机。睡在餐厅里的其他人都被惊醒了，纷纷揉着眼睛，露出大脑转动不灵的懵懂神情。

电视里有一个脸色严肃的人正在讲话，叶冬雪认出他是美国副总统，现在似乎正说到最紧要的阶段："我们绝不会屈服，美利坚合众国不会屈服于任何威胁，我已经下令全国进入最紧急状态，我们的政府机构，我们的军队，我们的救援队伍都将动员起来，我们要向这些邪恶的恐怖分子发起反击，夺回我们的城市，夺回纽约……"

叶冬雪明显感觉到副总统的情绪不对，这种愤怒到咬牙切齿的状态，不像是一个政客会表现出来的。她问："出了什么事？"

"他们击落了空军一号。"苏牧云回答，"华盛顿今天中午遭到突袭，总统登上空军一号撤退……但是没能逃出他们的攻击范围。"

"副总统没事？"

"根据他们的规定，这种场合下总统和副总统不会在一起。"苏牧云解释，"副总统应该是先被疏散到了什么军事基地里，因此逃过一劫……总统都没了，美国不会善罢甘休，我担心美军很快会发起更大规模的攻击，我们最好不要再耽误下去。"

苏穆宁忍不住问："美军打得过吗？"

"就算范布伦他们还能再玩那个十字架，我依然不认为他们有胜算。"跟着走进来的余志远说，"我不知道为什么他们非要占着纽约，但如果他们认为自己能赢，那只能说是太小看现代武器了。"

大家对这方面都不了解，但对接下来要尽快行动倒是没什么意见，周围街道上的交火一直没断过，而且有越来越近的趋势，再停留在这个汉堡店里确实不是好主意。

但要继续前进并非易事。曼哈顿是一个长条形的岛屿，他们正位于最北端的哈莱姆区，而他们要去的领事馆在西南方向的中城西区，中间有好几千米要走，这可是陷入混乱的几千米。

"我和志远开路，大家跟在后面！"作为队内的少数特殊人员之一，苏牧云当仁不让地站在了排头位置，叶冬雪也不得不承认由两个拿着枪的男士开路比较合适，至少有两拨持枪团体选择了退却。但是当他们遇到第三批武装人员时，冲突还是爆发了。

一排子弹突然扫了过来，把大家都吓了一跳，但是这次射击没有击中任何人，苏牧云很快就发现了敌人："我去，是觉醒者！"

对面的敌人躲在一座楼里，他们的火力直接封锁了街道，而且他们每个人都在手臂上缠着两根布条，这正是山姆·范布伦所宣布的愿意投靠觉醒者的标志——他们未必真的觉醒并拥有了奇异能力，但在立场上已经选择了投向对方，为此正努力证明自己的虔诚，而方式就是攻击那些没有缠布条的人。

"他们有三把枪！"余志远喊，"持枪的人楼下两个，楼上一个！楼下的躲在花坛后面，大家小心不要被打到！"

苏牧云躲在一根柱子后面喊："怎么解决？"

"老办法，我们两个牵制，让他们暴露火力点，然后交给后面的人动手！"余志远说着举枪朝对面开了两枪，这是托尼给他的枪，一把 M16A2，有三十发子弹，但只有一个弹匣，所以只能装装样子，不过这也足够了。对面沉不住气地将枪口对准了他这边，显然子弹的威力还不足以打穿余志远用作掩护的大理石雕像，而他们所期待的"后面的人"便在这时开始行动，方式干净利落：花坛后面的两把枪一起飞了出去，打着旋消失在夜色中。

对面传来惊呼声，执行缴枪计划的唐怜却皱皱眉："看来楼上的距离还是太远了，够不着。"

"已经可以了！"余志远又朝楼上开了几枪，然后大声交涉，"放我们过去，我们没有敌意，只是要离开这里！"

对面没有回答。

"我们也没有与觉醒者对抗的打算，你们都知道现在纽约多混乱，我们只是想离开！"叶冬雪跟着大声说，"我想你们并没有接到杀光所有人的命令吧？"

楼上终于有个人说话了："主要我们展示自己的虔诚。"

"神谕是要你们服从，而不是杀戮。"叶冬雪谨慎地回答，"你们确定要相信，自己所信奉的神以无差别杀戮为虔诚标准吗？"

"我不知道！"那人烦躁地道，"但你们要是错了怎么办？"

"说实话，我也不知道。"叶冬雪回答，"但是你们的领导者也给了纽约四个小时。为什么要把你们的神想象成一个……爱好暴力血腥的存在？"

这次对面又陷入了沉默。

"要不我们将就着信一下算了？先混过去再说呗？"李圭璋小声提议。

肖雨晴很熟练地扶了一下眼镜，说："既然这个'神'已经存在于现实了，我建议你不要轻易尝试。"

"……哦，好吧。"

就在这时，苏牧云已经偷偷带着大家开始绕行，正好有夜色掩护，对面也很难看清他们的行动，叶冬雪唯一担心的是望美突然哭起来，但万幸的是没有。

"听着，朋友，我们可以好好处理这件事。"叶冬雪说，"我们也有武器，但我们不希望主动使用它，我们要的只是离开这里，而且不会再回来。我想在今天之前你也只是个普通人，对吗？你有自己的生活，自己的家庭，自己的工作……我们都是为了生活奔波的普通人，没有习惯夺取别人的生命，我们都是只想活下去而已……在这方面，我们是一致的！"

余志远扭过头看向叶冬雪，伸出大拇指："叶姐，口才牛！"

叶冬雪还以苦笑："只能以诚服人了！"

又过了一会儿，楼上的人终于重新打破沉默："今晚所有人都很难熬。"

"我同意。"

"愿神宽恕我。"那人说，"你们走吧，希望你们遵守诺言。"

叶冬雪大大地松了口气："我们会的，我们现在就离开，祝你好运！"

苏牧云已经在街道尽头等着接应他们了，听到对话也是长长地吁出一口气，但还是不敢放松警惕，催促道："快，叶姐，志远，我们快点！"

这时，街边的一个广告屏突然亮了。

"晚上好，纽约市民们。我很希望你们都认清了自己的立场，但现在看来并没有。"山姆·范布伦说，"那么我不妨说得直白一点，神谕已至，主的意思非常明确——不是我们的同伴，就是我们的敌人。"

叶冬雪脸色变了："见鬼！"

这个指示再明确不过了，两个缠着布条的人从黑暗里冲出来，大叫着冲向正在赶路的队伍，还好苏牧云拦住了他们。苏牧云的拳头上泛起电光，一拳便把冲在最前面的那人打得飞出去，然后躲过另一人的匕首，又是一拳打在他的肚子上，让这个人马上进入倒地抽搐状态。

"雷电属性"就是好，自带麻痹效果。

叶冬雪和余志远疾步赶过来。"这下投靠觉醒者的人都要疯了，我们赶紧走！"

"好——"

苏牧云的声音和一声枪响几乎同时响起，他的身子晃了晃，和所有人一起以无法相信的目光看向自己的胸口，那里有一大团血正在渗出来。

叶冬雪的大脑一瞬间停止了思考，她呆呆地看着苏牧云，苏牧云也抬头看向她，似乎想要说点什么，但他最后能做到的只是重重地向后倒了下去。

"哥！！！"直到这时，苏穆宁才反应过来，她大叫着冲向已经倒在地上的至亲兄长，叶冬雪也急忙赶过去，试图把苏牧云扶起来。苏穆宁发疯一样跑过来以后，却畏惧着不敢接近，只能捂住嘴看着苏牧云胸口那团血迹迅速扩大。

苏牧云缓缓移动视线看向自己的妹妹，然后又缓缓看向叶冬雪。

叶冬雪全身都在颤抖，但还有最后的理智支撑着她。她看着这个和自己同事两年，一直精力充沛的小伙子，哽咽着说："都交给我……小苏，以后的事情都交给我！"

苏牧云似乎是轻轻呼出了一口气，他的双眼依然盯着叶冬雪，但再也没有任何动静。

在他的身后，广告屏里的山姆·范布伦笑容满面："哦，已经零点了，那么我还要说最后一句——新年快乐！现在是 2031 年 1 月 1 日了，非常有意义的一天，不是吗？"

有些商店似乎是设置了自动倒计时，现在街道上虽然冷清凄凉，但还是有不少装饰灯泡亮起，它们组成"Happy New Year"的字样，空洞地庆祝着这个新年。

在这些欢快的灯饰下，有一具正在逐渐冰冷的年轻躯体。

第八章

叶冬雪再次用力掐了自己一把，但是作用不大。

冬夜的严寒让感觉变得迟钝，就算已经把手背掐得破皮，也很难感受到剧烈痛楚。

她无奈地抬起头望着前方，前方的街道和之前经过的没有什么不同，路灯灭了大半，半条街笼罩在阴影里，连一个人影都见不着，很难让人相信这是新年第一天的纽约。

她努力让自己的身子站得更直，她知道自己现在不能垮，不能表现出过于沮丧的情绪，因为整个队伍的士气都已经垮了。

一个小时以前，他们失去了苏牧云。

他被黑暗里的一颗子弹击中，而大家甚至找不到凶手在哪里，只能和这个一路上不知疲倦地为同伴奔走的青年告别——他们实在没有力气再带上一具尸体。

苏牧云的妹妹苏穆宁一直没有接受这个事实，她被大家推着离开现场，之后便失魂落魄地跟在队中，肖雨晴不得不紧紧抓住她的手，怕她走丢了。而队伍里的其他人其实也和苏穆宁差不多，只是凭本能跟在同伴身后而已。队伍里只有余志远还保持着足够的精神，但他对队友们的现状也无能为力，毕竟他只加入这支队伍几天，而刚刚离开的那个人与队里的大多数人朝夕相处了两年。

走在最前面的叶冬雪知道自己不能浑浑噩噩的。纽约市现在处于空前混乱的状态，山姆·范布伦自己没有出任何力气，只凭一段充满恶意的新年问候就让纽约市民自相残杀起来。躲在暗处的枪手觊觎着每个路过的人，任何立场都是危险的，任何人类都是危险的，因为谁都不知道对方站的是哪一边。

这一个小时里，他们目睹了好几起枪战现场，选择投靠觉醒者的一方和不相信觉醒者的一方肆无忌惮地在街头以重火力对射，人性中为了生存而不择手段的一面开始逐渐暴露出来。但这些交火都很短暂，往往没有分出胜负就结束了，两边各自消失在黑暗里寻找下一个目标，就好像是纯粹为了表达立场而开枪似的。

"警察还是没有来。"余志远望着前方拿着手枪射击的几个人低声说，"看来之前那个十字架确实让美军和警方元气大伤，他们没有更多的人手了。"

"我知道，而且哈莱姆河上的桥断了好几座，恐怕曼哈顿岛短期内很难得到支援。"叶冬雪同样低声回答，"只能靠我们自己了，小余。"

这一次对面的觉醒者派明显占了优势，他们的对手连开枪还击都没有，似乎只是普通市民。那些市民虽然一直在尝试后退，但是并不成功，很快就有一人中弹倒地，而他们的同伴还在试着拖拽。

"叶姐，我们怎么做？"余志远小声问。

"我们应该躲在这里，他们打完了自然会走。"叶冬雪用很飘忽的语气回答，过了几秒钟，她接着说下去，"我本来是很想这么说的。"

余志远点点头，拉响枪栓，接话："但心里就是有一股邪火出不去！"

他两步冲出去，以一座路边的花坛为依托，对准街对面的觉醒者派连续开枪，而叶冬雪也紧跟其后，虽然她手里的手枪基本就是装装样子，但突然加入的两支枪显然把觉醒者派吓了一跳。他们本来还想尝试迎击一下新敌人，不过其中一个人腿上中了一枪后，他们马上放弃了这个打算，拖着伤者跑得无影无踪。

"你们怎么样？"叶冬雪走过街道，余志远端着枪跟在后面，并没有放松警惕。但是这几个市民心倒是很大："谢谢上帝！哦，天哪，谢谢你们！我以为我肯定要死了！"

另一个戴着眼镜的黑人看着他们："你们不是觉醒者那边的，对吧？"

"觉醒者让我们失去了一个朋友。"叶冬雪回答。

黑人反应过来："哦，我很遗憾……不过也要谢谢你们，不然我们可能也会失去朋友。"

这边还能站着的有三个人，躺着的有两个，叶冬雪扫了一眼：两个黑人，三个白人，其中包括一个女性，平均年龄五十岁以上，看上去全都是缺乏运动的死宅样子。她忍不住问："你们怎么会和他们发生冲突？"

"我们是中学老师。"黑人沮丧地回答，"跟我们交火的是学校以前的学生……因为违反校规，被我们多次批评过，其中有两个被勒令退学了。"

"以前他们不敢这样的，最多在学校外面勒索一下学生，我也骂过他们，他们一般都会逃走。后来我听说他们混了本地帮派……真该死！这些孩子高中毕业以后，就没人能教他们干点正事吗?!"一个中年白人胖子坐在地上喘气，他的小腿被打伤了，另一个人正在给他包扎，"加入觉醒者的一般都是这种孩子，二十多岁，精力充沛，又无事可做，在所有人眼里都是废物人渣……他们还有枪！"

"然后这个突然出现的'神'，对他们来说就是第二次机会，他们不择手段也要抓住。"黑人补充道，"然后他们决定把我们干掉，来作为宣誓效忠新神的证明。"

"那不可能是神！"白人胖子愤愤地用手拍地。

"行了，贝斯勒，省点力气吧，你宣扬无神论都被投诉好几次了。"他的同伴给他包扎完毕，站起身来，"试试能不能走，我们还得赶路呢。"

黑人向叶冬雪伸出一只手："我看得出你已经很疲惫了，要一起吗？我们正准备去中学的体育馆，大部分教师和学生都躲在那里，应该比较安全。"

叶冬雪摇摇头说："谢谢你们的好意，但我们打算去中国领事馆，刚才只是看你们比较危险，帮你们一下。"

黑人讶然："那还有很长一段路，你们知道怎么走吗？"

"老实说……不是很清楚，但也得一步步走。"

黑人看看叶冬雪，又看看叶冬雪身后的队伍，他耸耸肩，把自己的眼镜摘下来擦了擦，说："贝斯勒，苏西……你们去体育馆吧，我带他们去找中国领事馆。"

"彼德森，你疯了吗？"贝斯勒吃惊地瞪着双眼，"你要和他们一起走？你们认识还不到五分钟！"

"他们帮了我们。"黑人微微一笑，"而且你看他们这群人，一群可怜的孩子，其中还有一个婴儿……你知道的，我没法不管。"

"我当然知道你……但就算你能送他们到达，一个人又要怎么回来？"

黑人想了想："我不知道，但总会有办法的，我可是在曼哈顿长大的。"

贝斯勒摇了摇头，但他最后还是放弃了阻止，只是盯着黑人："一定要回来，你发誓。"

"我发誓。"

目送贝斯勒一行人走远以后，黑人再次向叶冬雪伸出手："维克托·彼德森，中央公园东高中物理教师。"

这次叶冬雪握了握他的手："叶冬雪，林恩市的一个中国职员。"

彼德森已经转身和她并行，听到这个词还是有点诧异："林恩？"

"在马萨诸塞州。"

"你们是从马萨诸塞州过来的?!"

叶冬雪不由得苦笑："所以对曼哈顿不是很熟。"

"我知道，因为你们如果要去中国领事馆，那这个方向根本就不对，应该走那边。"彼德森向另一个路口走去，同时摊开手，"不过我能理解，今晚没多少路能走通。"

叶冬雪走在他旁边，突然想起一件事："彼德森先生，你这样帮助我们，我很感激，但您的家人怎么办？"

"我没有家人。"彼德森耸耸肩，看到其他人略微诧异的目光，他倒是很坦然，"我是个弃婴，东哈莱姆的一对老夫妻把我养大，在我上初中的时候，养父因为车祸去世了，而养母去世是十五年前。"

"哦，我很遗憾……"

"没什么，她走得很安详，我一直陪她到最后。"彼德森表情淡然，"过去这么久了，我的心早就平静下来了，你们不必介意。"

余志远好奇地问道："所以你也没有妻子和孩子？"

"有过一个女朋友，不过后来我发现自己不需要这些。"彼德森说着突然停下脚步，"大家注意——"

其实也不用他提醒，街道拐角那边传来了密集的枪声。

"我知道美国允许持枪，但他们有这么多重火力也太离谱了吧……"余志远忍不住咕哝道。

前面的路眼看着暂时不能走了，彼德森前后打量一圈，最后提出建议："你们如果赶时间的话，愿不愿意……从地下走？"

"地下？"

"纽约的地铁和排水道系统覆盖整个城市，理论上可以通往全市任何一个路口。"彼德森解释说，"既然地面走不通，我们或许可以考虑一下这条路线。"

叶冬雪望着他指的那座地铁站，那里漆黑一片，鸦雀无声，她本能地迟疑起来："安全吗？"

"如果是夏天的话会有点危险，雨水比较多，有时候会积水。"彼德森自信地说，"但现在是冬天，不会出现这种问题，很多流浪汉这个季节就住在地下通道里，我和同事会在周末做义工，比较了解他们的情况。"

余志远咳了一声，把话说得直白一点："我们担心的就是地下的那些人。"

彼德森这才明白，然后换了更自信的表情："我认为是安全的，而且你们不是有枪吗？"

"……你的意思是可以开枪打他们？"

"不，那些人看到你们有枪会自己避开的，不会冒险来袭击你们……嗯，一般情况下不会，但是如果毒瘾犯了就很难说。"

叶冬雪和余志远对视一眼，余志远拿过叶冬雪的手枪看了一下："叶姐你还有两发子弹，接下来你就不要开枪了，我这里还有差不多十发，应该能再吓吓人。"

叶冬雪从来没想过，自己会在新年元旦这天凌晨钻进停运的纽约地铁站。

地铁站里连一盏亮着的路灯都没有，空气冰冷而沉寂。

队伍里的人纷纷掏出手机照明，灯柱在黑暗中纷乱交错，照亮通道和墙壁上的涂鸦。除了队伍里的呼吸声和脚步声，四周再没有任何响动，即使是再颓废的人，在这种环境里也忍不住要打起精神来。肖雨晴把苏穆宁的手抓得更紧了一些，说："这氛围也太像恐怖游戏了……"

就在他们走下通往站台的楼梯时，一道光柱突然照到了一个会动的东西上，周楠吓得尖叫了一声，但大家随即发现那是一条金毛大狗，正在冲着大家摇尾巴。

"吓死我了，吓死我了！大宝贝你从哪儿来的？"周楠蹲下去挠挠大狗的脑袋，大狗伸着舌头一脸憨相，彼德森却皱起了眉头："我认得这个颈圈，这条狗叫多萝西，它是有主人的。"

"那它的主人在哪儿？"

大狗咬着周楠的衣袖，把她拖到一把椅子旁边，有个头发花白的老人正躺在长椅上一动不动。

"身子都已经凉了。"余志远摸了一下老人的颈动脉，"至少去世十二个小时了。"

"他叫安德烈，一辈子没离开过纽约，是我小时候的邻居。"彼德森望着这个老人，语气低缓，"雷曼公司破产的时候，他损失了所有财产，妻子带着孩子走了，从此他就成了流浪汉……他的身体这几年一直不好，但我没想到他是这么离开的。"

"一个人孤零零地死在新年到来的前夜吗？"叶冬雪轻声说。

彼德森在胸口画了个十字，为老人默默祷告了两句，然后牵起那条大狗的绳子说："多萝西，你只能暂时跟我走了。等天亮以后，我找人来处理安德烈的遗体。"

大狗不知道听懂没有，乖巧地摇着尾巴，但它发现自己要被带离主人的时候，表现出了极大的抗拒，呜呜地叫着不肯动，彼德森尝试了好几次都没有用，只能无奈地松开绳子："好吧，多萝西，你得在这里等我。"

大狗呜呜两声，冲他们摇尾巴，但是最后一部手机的灯光也从它身上移开了，大狗和它的主人都消失在黑暗中。

"看来我们得加快脚步，我要早一点回来。"彼德森毫不犹豫地跳下站台，"如果被同事们知道安德烈死了，而我又弄丢了多萝西，贝斯勒会第一个杀了我！"

地铁轨道里也是一样黑暗冰冷，叶冬雪总算理解了彼德森所说的"安全"是怎么回事——正常人是忍受不了这种黑暗死寂的，所以除了一条大狗外，没人会愿意停留在这种地方。

但是地铁站台可就不一样了。不是每个站台都像他们刚才进入的站台那样漆黑一片的，走了一会儿，叶冬雪便看见前面隐隐约约有光亮闪烁。

余志远举起枪，自觉地走到了最前面。

站台上点着一盏应急灯，映出周遭的五六个人，他们衣着、肤色、性别各异，共同点是表情茫然，横七竖八地躺在站台的地板和椅子上。有一个女性觉察到动静，抬起头看看这群举着枪从黑暗里走出来的人，见他们没有上站台的意思，于是又躺了回去，连多看一眼的意思都没有。

"他们在干什么？"周楠小声问。

彼德森叹了口气："应该是刚刚用了药品……毕竟离这里两条街就是一个'用药过量预防中心'，现在那个中心没人，我猜他们一定趁乱去抢了不少。"

叶冬雪早有耳闻，纽约有好几个专门让瘾君子爽的"用药过量预防中心"，预不预防的不知道，反正用药过量是经常的事情。他们平时到纽约都绕着这些地方走，眼下也是如此，既然这些瘾君子连思考能力都没有，大家也乐得不和他们打交道。

就在他们打算继续前进的时候，站台上的一个中年人却招呼起来："嘿，维克托。"

彼德森扶了扶眼镜，眯起眼睛努力辨认，总算认出了对方："凯恩斯？是你在那边吗？"

"你们要去哪里？"凯恩斯看来劲还没完全上来，保留了一点清醒，"最好别再往前走了，96街车站那里聚了不少人，我不知道是哪一边的，但我觉得你需要小心。"

彼德森问："那你呢，你是哪一边的？"

"我哪边都不是。"凯恩斯慢慢躺了回去，"我要去找属于我自己的神了，维克托，祝你好运。"

彼德森沉默片刻，还是对叶冬雪他们解释："凯恩斯其实是个好人，他性格很好，从来不发脾气。"

"我看得出来。"叶冬雪敷衍说。

她没说的是，可能这人只剩下脾气好这一个优点了吧。

有了凯恩斯的提醒，大家接下来的行动更加小心，如果双方都能装作互相看不见自然是最好，不过叶冬雪看到横亘在轨道上的那一堆碎石路障时，就知道这只是自己的一厢情愿罢了。

"别动，别动，伙计。"一个头发和胡子都白了的男人在站台上举着一支双管猎枪，"哟，人还挺多……"

"我们不想惹事！"彼德森大声说，"我们只是路过！"

"这句话我听得够多了，"白发男人虽然没有在手臂上绑布条，却依然敌意满满，"把手都举起来，放下武器！"

余志远没听他的："我们在赶路呢，朋友，可以不玩这个游戏吗？"

"那可能由不得你们。"又有一个人走过来，这人身材高大，大冬天的只穿着一件薄外套，里面是一件不怎么合身的白T恤，勾勒出两块发达的胸肌——叶冬雪怀疑他是故意的。

伴随着这个肌肉男的出现，站台上一下子出现了好几个人，全都举着各种各样的枪，枪口对着站台下的这支队伍。余志远忍不住皱眉："他们火力太猛，我们不占优势……唐怜，你能不能解决？"

"不能。"唐怜在队伍尽头远远地用中文回答，"距离太远了。"

彼德森抬头问站台上的人："你们想怎么样？"

"我们要保护自己。"白发男回答，"但这几天发生了太多莫名其妙的事情，所以我们决定建立自己的安全基地——就是这个地铁站。"

"你们有两个选择，第一个是放下武器，表明自己的诚意，然后加入我们。"肌肉男补充道，"并不会很难，这里有一半的人都是这么做的。"

"表明诚意是什么意思？"

肌肉男看了一眼发话的叶冬雪，露出微笑："消灭威胁到我们的东西，取得能帮助我们的东西。不服从我们的，就是能威胁到我们的东西；别人手里有用的东西，就是能帮助我们的东西。"

肖雨晴听明白了："就是当你们的马前卒，去对付别人，抢别人的东西吧？"

"你要这么理解也没错，小姐。"肌肉男看了她一眼，"纽约已经没有秩序，没有法律，所以我们只能先建立我们自己的秩序。"

"弱肉强食的秩序？"

"能活下去的秩序——对，确实有弱肉强食的成分，而且我们认为这是必须的。"肌肉男很有耐心地解释，"原有成员都已经证明过他们的价值和诚意了，新成员也要这么做，很合理吧？"

"听着，朋友，我理解你的想法，我也不想质疑你这么做是对还是错。"彼德森举起双手，"但我们只是路过而已，我们不想加入，也不想妨碍你们！"

"所有人一开始都是这么说的！但是他们一转过身，就会换一副面孔！"白发男喷着口水，"别废话，也别耍花招！按我们说的做！"

"或者你们想选择另外一种？"肌肉男问。

眼看那几个人都把手指放到扳机上，彼德森连忙提高声音："等一下，等一下！我们还有的商量！我们不打算造成任何威胁！"

"任何人都可能是威胁。"

"这群人彻底魔怔了，说不通啊！"余志远小声说，"一群疑心病，要怎么才能证明我们不打算害他？有没有什么能读心的超能力啊？"

李圭璋跟着嘀咕："可能他觉得我们人太多，所以是威胁？"

"可别扯了，现在就剩我们两个大老爷们儿……哦，还有那个老师，剩下的就是妇孺，这也算威胁？那个人用胸肌都能夹死一个！"

叶冬雪听余志远话这么多，就知道他正处于又焦躁又无可奈何的情绪里，不过她自己也没有别的办法，只能继续等彼德森和对方交涉，不过显然交涉并不顺利，肌肉男根本不信他们："对，你们的队伍里有很多女性，但现在已经不是凭外表判断威胁的时候了，昨天早上我们就有个朋友被一个小学生冻成了冰块。——明白我的意思吗？那个还没有我肩膀高的小鬼，只是握住我朋友的手，就把他冻僵了！所以我没法判断你们中间是不是有那种怪物，就连婴儿我们也不能相信！"

"……他倒是没说错。"余志远嘀咕。

"够了，我们不想这样浪费时间！"白发男厉声道，"你们选哪一个？"

彼德森在这种环境下都开始流汗了，他摘下眼镜使劲擦了擦，然后重新戴上，想要再组织一下语言。突然他愣了一下，用古怪的语气开口："先生，你的意思是，现在站台上的都是你信任的同伴了？"

"有什么问题吗？"

"所以——保罗！"彼德森瞪着那群人里的一员，"帕斯卡尔·保罗！你也觉得我可疑吗？是个威胁吗？"

一个青年露出不好意思的笑容："彼德森老师……"

肌肉男怀疑地看过去："保罗，你认识他？"

"他叫维克托·彼德森，是我的高中物理老师。"这青年个子不高，一头微卷的短发，皮肤偏黑，是典型的拉丁裔面孔，"嗯……他确实不是个坏人，如果没有他的督促，我可能没法从高中毕业。"

"你已经毕业两年了。"

"是的老大，不过我想两年时间他不会有什么变化吧？"保罗小声辩解，"而且他经常做义工什么的，所以我觉得……"

"那是以前。现在不一样了，保罗。"肌肉男打断他，"从平安夜那一天起，一切都不一样了。你也亲眼看到，有些人前一天还在亲切地和你打招呼，第二天就变成了疯子——只因为他突然获得了神奇的能力。"

"啊，那个……"

"保罗，我不奢望你完全相信我。"彼德森说，"但是看在上帝的分上，你们不要把女人和婴儿也当作怀疑对象！他们只是想去更安全的地方！"

"上帝已经不存在了，彼德森老师。"肌肉男举起手里的手枪，"这里只有想要活下去的人。"

"没别的办法了……小余，通知唐怜，准备还击！"叶冬雪低声说。

"保罗！"彼德森说，"相信我们！我们只是路过这里，我们没有恶意！"

"老大，要不这样，"保罗拼命挠头，把自己的手枪交到肌肉男手里，"我去把他们送到安全的地方，我保证一路监视他们，怎么样？"

肌肉男看着自己这个手下，缓缓摇头："你什么也保证不了，没有人能做保证，除非他们证明自己，但他们已经放弃了最后的证明自己的机会。"

保罗瞪大双眼，看着肌肉男将枪口对准了站台下的彼德森。

"记住，时代不一样了，不要随意相信别人。"肌肉男说，"这是在新时代活下去的第一原则——"

"砰"的一声巨响传出，声音传遍了整个站台，扩散到地铁隧道深处，传来回音。这是肌肉男对彼德森扣动了扳机，但子弹并未击中彼德森，因为保罗在千钧一发之际伸手拨开了手枪枪管。趁着肌肉男愕然的一刹那,保罗纵身跳下站台,喊道:"老师,快跑!往86街方向跑!"

站台上的枪手们反应过来,纷纷要对近在咫尺的叶冬雪等人开火,这时候余志远抢先开枪,他一口气把剩下的子弹全部倾泻而出,打倒了两个人,这让其他人都犹豫了片刻,一时不知道该继续射击还是先找地方做掩护。

几秒钟以后,他们意识到余志远已经没子弹了。余志远把枪往站台上一丢,从周楠手里接过婴儿,动作敏捷地翻过轨道上的路障。望美又被吵醒了,大声哭起来,但余志远很快就让她满意地睡过去了。

婴儿的哭声让站台上的人多迟疑了两秒钟,这时候叶冬雪等人也已经先后翻过路障,就连一直不吭气的苏穆宁也翻了过去。而当枪手们试图再度射击时,所有人的枪都在一瞬间不受控制地往旁边一甩,于是他们什么都没打中。

李圭璋把跑在最后的唐怜一把拉过了路障。

"他们有能力者!"肌肉男怒吼,"不能让他们跑掉!等他们做好准备杀回来,我们就完了!"

"这人是不是有被害妄想?"跑在队伍后面的李圭璋听到了肌肉男的话,气喘吁吁地叫起来,"谁稀罕杀回去啊!"

"他就是这样的,老实说他这个性格确实在前几天帮我们渡过了很多难关!"帕斯卡尔·保罗一边跑一边说,"我觉得我们必须再跑快一点!他们中间也有几个厉害的!"

"没法再快了……"肖雨晴上气不接下气,"我们……这么跑了一天了!"

"哦,上帝……我有点后悔了!"保罗哀叹一声,"好吧好吧,我们还有个办法!"

一阵纷乱的脚步声在轨道上响起,没过多久就消失在隧道另一头,于是这片空间又恢复了黑暗与沉寂。

又过了一会儿,一个声音在黑暗里响起:"他们怎么还没回来?"

"老大是很谨慎的,多半是怕我们伏击,所以要回来也会另外绕路。"这是保罗的声音。

余志远长叹:"他这样活得不累吗?他以前是干什么的?"

"好像是……呃,电影院的检票员?"

"怎么会有肌肉这么发达的检票员?你们这里是持枪逃票的吗?"

"保罗,"彼德森说,"你的祖母还好吗?她现在怎么样?"

"她去年回墨西哥探望自己的弟弟,然后就一直没回来。"

"所以你现在一个人住？"

"对，现在我非常感谢上帝，如果祖母还在纽约，一定很危险。"

"哦，这么说起来，遇到这种事她会不停地祈祷吧，我了解她……那你现在在干什么？怎么会和这群人在一起？"

"我上个月刚刚结束消防学院的培训，本来这个月就会进入试用期。我是通过一个同期的同学认识他们的。"保罗的声音沮丧下来，"现在也不知道消防队的试用通知还有没有效。"

叶冬雪一本正经地安慰他："放心吧，就算是中世纪也需要消防员……我说，我们是不是可以考虑动身了？不能一直躲在这里吧？"

"老大应该不知道这条岔道，这是去年我帮忙找一只猫的时候发现的，通往西94街的下水道口。"保罗迟疑道，"如果不放心的话，也可以从下水道口回到地面上。"

"那还是继续走轨道吧，我们就是不想和上面的人发生冲突才下来的。"

于是黑暗里亮起几部手机，照亮了这个地铁轨道旁边的岔路。叶冬雪转过身清点了一下人数，确认都在。"大家只留一前一后两部手机照明，降低被发现的概率，走慢一点，彼此拉着队友不要掉队，知道了吗？"

李圭璋呵呵两声："让人想起当小学生的时候过马路。"

轨道里只有脚步声和呼吸声，最后还是保罗没忍住："彼德森老师，我们是要去哪里？你的这些朋友是什么人？你们又是怎么认识的？"

"哦，抱歉，一直没顾得上自我介绍。"叶冬雪说，"我们是中国人，你的老师愿意带我们去领事馆，至于我们是怎么认识的……如果从头讲，那可能是一个有点长的故事。"

"我不介意听。"保罗说，"旅途中最适合讲故事，何况是这么压抑的旅途。"

"那就要从平安夜说起了。那个晚上，我们都在马萨诸塞州……"

这个故事伴随他们走过了两个站台。第一个站台上空无一人，第二个站台上则倒着几具尸体，余志远检查之后皱起眉："在这个气温里，流出来的血还没完全凝固，应该刚死不久……多半是那个检票员干的。"

保罗脸色不大好，但没否认："这确实是他的作风，他不止一次说过，不要相信陌生人，能相信的只有证明过自己的同志，人类社会的秩序已经崩塌了，要活下去只能不择手段，抛弃原先的常识与道德……"

"这话术相当厉害啊，他要是有那个什么神谕的能力，搞不好几天就能再搞出一个新邪教！"肖雨晴评价，"叶姐，你觉得他们像不像我们之前遇到的那群末日准备者？"

叶冬雪毫不犹豫地否定："萨姆先生和苏珊太太可比他们善良多了。"

"彼德森先生，你认识我的祖母，她一直是虔诚的信徒，在过去的二十年里，她对上帝的祈祷从未停止过，也是她一直教导我要听从主的教诲，做一个好人。"在一片黑暗中，保罗的声音再次响起，"但是为什么会发生这种事呢？我决不会承认这个所谓神谕的声音就是我所信奉的主，但是……彼德森先生，为什么上帝会让这种事发生？为什么会有邪教徒获得力量，把纽约变成炼狱，而上帝无动于衷？"

过了好一会儿，彼德森才回答："不要用我们凡人的标准去判断上帝，更不要以为我们凡人能够要求上帝做什么，他自有深意。保罗，你要相信你走的路是对的，最后你也一定能证明你走的这条路是对的。"

"你还记得芭芭拉吗，老师？芭芭拉·皮雷斯，那个金发的女生。"

"是的，我记得，她是你的同班同学，有一副好嗓子，还说以后想去百老汇。"

"她死了，老师，就在圣诞节当天的骚乱里。"保罗低声说，"她的弟弟找到我，说她被一群暴徒包围，求我去救她。我带着两个消防学院的同学找了三个小时，最后在一条小巷里找到了她。她的衣服被剥光了，全身都是伤，有一只眼睛被人挖了出来……上帝啊，上帝难道不知道她有多虔诚吗？上帝为什么会眼睁睁地看着那些恶魔做这种事？"

这次没有人能回答他，队伍沉默着往前走了很久，空气中逐渐多出潮湿的气息，也不知道是哪里的水管破了，地面有不少积水，鞋子踩上去有明显的响声。不过他们无须担心这踩水声会引来关注，因为前方已经传来了枪声。

大家脚步一顿，余志远先开口："你们谁还有武器？"

"我这儿有一把手枪。"只有叶冬雪回答，"但你也知道的，只有两发子弹。"

余志远叹了口气："叶姐你先把枪收着吧……前面的枪声不是很密集，应该有一边被压制了，我们要不就在暗处等等看再说。"

叶冬雪还没表示赞同或反对，那边的枪声居然逼近了，这时候要回头再找个岔路已经不现实了，大家只能迅速避到轨道一侧，希望交战双方没有注意到自己这边，可惜这个愿望只持续了不到一分钟就破灭了——有两个人仓皇地跑了过来，他们手机上的照明光一下扫到了叶冬雪这边，吓得本能地叫了一声，停下脚步，也就是这一耽搁，后面有更多人追了上来。

"等一下！"彼德森高举双手，"我们没有恶意……"

但那几个人慌不择路，完全没注意到前面的人已经退到路边。其中一人还沉浸在刚才的紧张情绪里，听到人声便本能地举起枪来，枪声在地铁隧道里分外刺耳。

　　两声枪响过去，彼德森晃了一晃，仰天便倒，叶冬雪只觉得心头一紧，连忙把他扶住，只觉得他的身体重得吓人。这时候对方还要继续射击，余志远怀里还抱着一个孩子，一时手足无措，后排的唐怜冒险在往前挤，但有人比她更快。

　　"不——!!!"看到老师倒下，保罗大喊一声，右手本能地伸了出去。就好像要配合他的心思似的，地上的积水突然升起，在空中凝成一只巨大的半透明手掌模样，然后猛地向前"扑"去，那个要开枪的人猝不及防，被冰冷而腥臭的污水泼了个满头满脸，顿时尖叫起来。

　　所有人都看着那个湿淋淋的人，然后扭头去看还保持着那个伸手动作的保罗。

　　保罗不知所措地看着自己的手："我……我不知道……"

　　"别紧张，一开始都是这样的，孩子。"对面响起一个陌生的声音，来自追击这群败兵的人群。追击者的装备明显比肌肉男他们的好得多，有好几个堪比探照灯的强光手电筒照过来，抵得上五十个手机的手电功能。但对方比较收敛，没有直接用手电照人，而是照向四周的墙壁，把这段隧道照得如同白昼——比白昼还亮，因为白天的阳光也照不到地底。

　　说话的人走了过来，他穿着迷彩服和防弹衣，留着大胡子，戴着一顶帽子，有点像叶冬雪他们在波士顿遇到的退伍老兵乔尔，但比乔尔要年轻十几岁。

　　"我早就说过，我们的行动与他们无关，他们就是不听。"大胡子声音沉闷，"我们不得不把宝贵的时间和弹药浪费在一群蠢货身上……呵，丛林法则？我第一次看到遵守丛林法则还要把自己也变成没脑子的野兽的蠢货。"

　　叶冬雪这才看清肌肉男也在被包围的队伍里，他额角流血，比刚才狼狈了不少，面对大胡子的嘲讽也说不出话来。不过这时她也顾不上关心那边，她和保罗一起紧张地看向彼德森，不过彼德森只是剧烈地喘息了几下："别……别担心……我想情况没有那么严重……"

　　"确实没有那么严重。"大胡子过来看了一眼，"打中了肩膀。贝蒂，拿医药包过来!"

　　一个个子娇小的少女跑过来："这儿呢，队长!"

　　"子弹可能还在身体里，你给他打一针麻药，我们试着取出来。"大胡子说，

"现在指望不上医院了。"

"好……"

"不用。"挤在旁边的唐怜突然开口。她的手掌摊开，突然有什么东西从众人眼前一晃而过，然后就有一枚沾着血的子弹弹头出现在她的手心里。

大胡子沉默了两秒，然后说："这倒是很方便，但稍微粗暴了一点，你忘了避开神经和血管。贝蒂，赶紧给这位先生止血包扎，不然他没被子弹打死，也可能被自己的同伴害死。"

唐怜本来自信的表情出现了一丝慌乱："啊，对不起！"

"没关系，我说过，一开始都这样。"大胡子回头看向肌肉男那边，"那边的丛林法则爱好先生，快滚吧，我们没空理你。"

肌肉男带着无法相信的表情，和他的同伴们离开了。

"比被人敌视更难以接受的，大概就是被人无视。"余志远感慨。

余志远这句话是用中文说的，大胡子没听懂，不过他还是友善地向叶冬雪伸手："尼克·罗德里格斯，海豹突击队成员。"

这次连余志远都好奇地看着他，毕竟这支特种部队的名号时髦值还是很高的。不过大家现在关注的重点不是这个，叶冬雪简略地自我介绍之后，试图强调本方的无害性："尼克先生，我们是打算通过地铁隧道前往领事馆，我们没有任何敌对的意思……"

"我知道，我知道你们没有恶意。"尼克回答，"但我要找的就是你们。"

"……什么意思？"

"我的队员注意到了你们。"尼克指了指自己身后的某个人，"你们中间有人是拥有……嗯，特殊能力的，对吧？他看到你们隔空把敌人的枪械缴了。"

他说这话的时候一直看着唐怜，唐怜皱皱眉，没理会他。

"我们的时间不多，所以我说得直接一点。"尼克道，"我们在执行一项紧急的特殊任务，我需要更多拥有能力的队员。"

"军方的任务？"

"不，个人任务，我在休假。"尼克回答，"但是请相信我，这个任务关系到整个纽约，甚至是全世界的存亡。"

他说得郑重其事，大家都有点犹豫起来。叶冬雪皱起眉头问："所以，你是想让我们队伍中拥有能力的成员，加入你们这边去执行那个任务？"

"是的。"

"有危险吗？"

"我无法保证。"

"那我们可以拒绝吗？"叶冬雪知道这个问题有点冒失，对方随时可能翻脸，但她必须说出来，"你也看到我们的状况了，我们需要同伴的力量去目的地，我们的队伍里有女性，有婴儿，现在还有伤员……"

"我们送你们去，只要你们中有能力的人愿意加入我们。"尼克毫不犹豫地回应，"我们的队伍有十个人，每个人都有特殊能力，其中六个接受过专业军事训练，可以熟练使用枪械，而且我们每个人都配有枪支，子弹充足。相信我，现在整个曼哈顿都找不到拥有相同条件，又愿意护送你们的队伍了。"

这次叶冬雪终于意动，但她还是犹豫着摇头："你们要找的人是一个学生，一个没有受过任何训练的女性，让她跟你们去执行任务，太危险了。"

"不只是她。"尼克指了指正在帮忙照顾彼德森的帕斯卡尔·保罗，"还有他。我们都看到他刚才的表现了。"

"他才刚刚获得这力量……"

"平安夜也就过了一周。"尼克不以为然，"没有人敢说自己已经熟练掌握了这力量。"

叶冬雪很想提醒对方，已经有人可以搞出一个十字架大烟花了。但她还没开口，唐怜就抢先点了点头："我明白了，我跟你们走。"

"小唐！"叶冬雪连忙抓住她的手，"你别冲动！你在马萨诸塞州还被抓走过，太危险了！现在纽约比波士顿危险得多！"

唐怜一直都很平静的脸上现出一抹微笑，她说话的声音不大，语气却很坚定："叶姐，我知道你在担心什么，你们把我救出来，一路上也很照顾我，但是现在，只有我能帮得上大家的忙——只要我点头，大家都能平安到达领事馆。"

"即使没有他们，我们也可以……"

"太危险啦，叶姐，你也说过的嘛。"唐怜挑挑眉，"如果只有叶姐你一个人，大概真的没问题。但是你看队伍里，穆宁姐状态很差，望美快一天没进食了，现在还有一个受伤的彼德森老师，而我们唯一的武器是一把只剩两发子弹的手枪。我们要以这个状态，在如今的纽约市再走好几千米。叶姐，太危险了。"

叶冬雪盯着她，有点不能接受一个小妹妹突然宣称自己已经长大，可以独自闯社会这件事。她们交谈用的是中文，尼克没有催促，也没有打断，只是在旁边耐心等待，倒是另一边的保罗找了过来："我可以加入你们，但是要在把彼德森先生送到目的地以后！"

"那是当然的。"尼克回答，"我也不想我的队员在执行任务的时候还要分心。"

彼德森已经被包扎完毕，不过看来还是有点虚弱，只能坐在那边苦笑："保罗，你不必为了我这么做。"

"不，彼德森先生，我觉得这就是上帝的旨意。"保罗举起自己的手，地上的一摊积水随之浮空，"你知道的，我本来想当个消防员，而上帝在这时候才把这能力赐给了我。"

余志远这时走了过来："尼克先生。"

尼克点点头："嗯？"

"我可以代替我的同伴加入吗？她还是个孩子，而我是个退伍军人，接受过正规军事训练。"余志远说着，手里也燃起一团火苗，"而且我也有这种能力，我觉得我比她适合多了。"

尼克凝神望着那团火苗，居然还大起胆子伸手触碰了一下，然后抬头看余志远："这是你最大的力量吗？"

"……有什么问题吗？"

"太弱了。"尼克诚恳地说，"这个女孩虽然看上去弱不禁风，但她的能力非常独特，而且很有价值——比你的有价值得多。"

余志远翻着白眼，一时不知道该怎么回答。

"尼克先生，我觉得我们可以折中一下。"这时出主意的居然是李圭璋，"你们想要的是有强大能力的同伴，而我们要的是平安到达目的地，对吧？那么要不这样——这位叫帕斯卡尔·保罗的小伙子已经同意加入，你们至少不会亏本了，至于这个女孩，不如就等我们到达目的地再说？"

尼克好奇地问："什么叫'到达目的地再说'？"

"呃，是这样的……我们要去的地方是中国领事馆，离这里还有很长一段距离，谁也不知道中途能遇到什么人，说不定你们护送我们过去的路上，还能找到更厉害的同伴？"

尼克瞪着他："所以你的意思是先欠账，说不定路上有人帮你们把账还了？"

"也……可以这么理解。"

尼克沉默地站在那里，就在所有人都以为他要发怒的时候，他却耸耸肩："成交。"

"队长？"名叫贝蒂的少女忍不住开口，"这可不是划算的交易。"

"今晚没有什么划算的交易。"尼克回答，"我们组建队伍已经花了两天时间，留给我们的时间越来越少，但是这一路上愿意加入我们的人有多少，你也看到了。起码今晚我们能再收获至少一个同伴，如果现在重新找人，那下一个要找到什么时候，谁也不知道。贝蒂，我们的时间不够了。"

叶冬雪再次听到了这句话，但前几次她都没有什么问话的机会，这次她终于可以问了："是什么时间不够了？"

可惜尼克不让她如愿："那是整个任务的核心，女士，我不会透露给任务以外的人。"

"谜语人滚出纽约市啦！"肖雨晴忍不住抱怨一句，用中文抱怨的。

地铁隧道中人影憧憧，那是尼克的队友们走了过来，他们每个人都身穿防弹衣，手持枪械，看上去确实非常专业。

"走吧，朋友们，路还很长，我们有充分的时间自我介绍。"尼克说，"再磨蹭下去，天都亮了。"

队伍重新移动起来。多出了十个保镖着实令人安心，这次甚至不需要叶冬雪和余志远走在最前面开路，自然就有两个人端着枪走在了最前面。

"叶女士，我看得出你是这支队伍的领袖。你作为一个没有特殊能力的女性，却能让队友们信任你，跟随你，我对此非常佩服。"尼克·罗德里格斯走在叶冬雪身边说，"所以我希望不要节外生枝，大家都按约定行事，如果有什么变故，最好也能坦诚交流，你说呢？"

"我赞成。"叶冬雪看他一眼，"所以你们那个任务到底是什么，关系到整个纽约甚至全世界的安危，就这么不能说吗？"

这次尼克想了一会儿，终于回答："答案不在我们手中，我们就是要去寻找那个答案的。"

这次换叶冬雪咕哝了一句。尼克没听清："你说什么？"

"谜语人滚出纽约啦。"

第九章

大家是从一个好像战场一样的地铁口出来的。

准确地说，不是"好像"，根本就是战场——楼梯上躺着几具手里还握着枪的尸体，墙壁上弹孔密密麻麻，入口处甚至还有沙袋，路边则是几辆还在燃烧的汽车，周围是死一般沉寂的黑暗街区，气氛营造得很足。唯一值得庆幸的是，现场倒下的死者大多数手臂上都缠着布条。

"我去，要是早来半个小时，我们就赶上了是吗？他们这火力猛得跟正规军一样啊。"余志远紧张地看着四周，"现在怎么样了？"

尼克小队的几个人已经侦察完毕，其中一个人比出大拇指："安全。"

叶冬雪感受着扑面而来的寒风，说："纽约晚上也够冷的。"

尼克就像完全没听到之前的谜语人笑话似的，若无其事地接着："这条路常年海风都很大，证明我们没有偏离方向。"

"这里都变成这样了……"保罗左右看看，认出了火光映照下的街道，"啊，我很喜欢那家比萨店的，现在没了。"

"我最喜欢的蛋糕店也没了。"尼克说，"但是别担心，小伙子，只要这场灾难结束了，一切都会回来的，至少你说的那家比萨店会。"

"你为什么这么肯定？"

"老板是一个少了左腿的秃头胖子，对不对？"

"是的。"

"他是我的战友，那条腿是在阿富汗踩中地雷丢掉的。"尼克回答，"我每次休假都会来他这里吃比萨，所以我知道他早就和家人一起逃到新泽西州去了。放心，他会回来的，他可喜欢这家店了。"

叶冬雪一直守在地铁口，确认队伍里所有人都出来了才放心。

"你真是尽职。"旁边有人用中文说，"要是我的老板跟你一样就好了。"

叶冬雪认出那是尼克小队里唯一的一个亚裔面孔："你是……"

"敝姓张，张腾飞。"那人戴着一副度数不低的近视眼镜，身高有一米八左右，看上去是个老实勤恳的白领，"我就是来美国旅游的，没想到遇到这种事，烦死了。"

"原来你跟我们一样被拉壮丁了啊。"叶冬雪心情放松了一点，"所以你是什么能力？"

"怎么说呢……发气功？"张腾飞伸出手，没多久就有一团橘子大小的火球凭空成形，飞出去十几米远，打在墙壁上形成一团焦痕。

"嗯，很实用。"余志远捏着鼻子夸赞。

大家都用理解且同情的眼神看着他。

"也没有那么实用。"张腾飞叹了口气，"队长给我测试过了，大概每隔十秒才能有这么一发，射程不超过二十米，主要是起个威慑作用。"

"至少能威慑……"余志远酸得牙都快掉了，"哪像我，最多帮人点一下生日蜡烛……"

前面的人突然停止前进，尼克做了一个"安静"的手势，所有人都屏住呼吸。只见远处的街角出现了一团人形火光，正是之前叶冬雪等人遭遇过的火人，他似乎在寻找什么，站在原地左顾右盼。

"你们见了吧？"尼克小声问，"这个怪物是'觉醒者'那边的。"

叶冬雪"嗯"了一声，倒是李圭璋紧张起来："这东西可不好对付，我们亲眼看到，正规的美军收拾他都很费力！"

他言下之意自然是不要随便去招惹这种危险分子。尼克却耸耸肩："但你说的那些军人里，没有特殊能力者吧？"

"你打算对付他？"

"我也想无视这人，但现在已经做不到了。"

随着尼克的话说完，火人身后的街道里又冲出了十几个人，火光把他们照得很亮，能看到他们手臂上缠着布条。

这些人都手持枪械，显然是有备而来，他们开始挨家搜索街道上的店铺，有些店铺里传来了枪声和惨叫声，叶冬雪明显感觉到身边同伴的呼吸都急促起来。

"赶尽杀绝啊……"余志远低声说，"尼克，给我一把枪。"

尼克毫不犹豫地递来自己身上的一把自动步枪，同时向左右嘱咐："没有武器的人在原地不要动，其他人按原战术准备突击——保罗先生，唐小姐，你们也要加入，没问题吧？"

这一战已经无法避免了，所有人都打起精神，小心翼翼，不敢有丝毫放松。两名队员借着夜幕掩护，偷偷潜伏到了街边一座雕像后面，还有一个人动作迅疾地爬上了身边一座小楼的阳台，尼克自己站到队伍最前方，半蹲着举枪瞄准了前方："所有人听我的命令——"

他的命令没来得及发出来，一团火球突然飞出，重重地砸在尼克背上！

叶冬雪难以置信地看着这一幕，火球不是从火人那边飞过来的，而是从侧面飞来的，打出这团火球的，就是刚刚还在和他们套近乎的张腾飞！

这次意外让整支队伍都暴露了，火人挥了挥手，所有觉醒者信徒都掉转方向朝这边冲过来，一时间子弹横飞，压得众人都抬不起头。

"张！"贝蒂尖叫，"你在做什么?！你疯了吗？"

"我才没有疯，是你们傻了！"张腾飞已经跑出去一段路，听到这话忍不住停下来反驳，"觉醒者的力量你们又不是没看到，怎么挡得住？我才不陪你们送死！我加入你们，只是一直在找机会过去！我才不像你们这群傻子！"

好几个队员都忍不住朝他开枪，但仓促之间居然都没打中，眼睁睁地看着这人从衣服口袋里掏出两根布条缠在手臂上，高举双手向觉醒者跑过去了："我是你们这边的，不要开枪！"

觉醒者们果然放过了他。不过大家也顾不上收拾叛徒了，尼克粗哑的声音响起："保持队形，不要慌！"

他身上的火已经被保罗手忙脚乱地用积雪扑灭了，但伤势应该也不轻，亏得他还能继续坚持战斗和发号施令，叶冬雪也真有点佩服他。

"冷静下来！注意弹药！"尼克的小队虽然是临时组建的，但正如尼克所说，大多数成员都受过军事训练，现在少了一个打酱油的，战斗力没受到太大影响，倒是对面的觉醒者更像乌合之众，很快就被打翻好几人。

不过叶冬雪一点都没放松，因为那个火人大步走了过来，他的手一挥，便有好几个火球砸过来，威力堪比炸弹，那两个队员藏身的雕像只挨了一发就被砸碎了。

但是两个队员没事，他们身前突然出现一道透明的墙，把碎石和火光都挡下来了，然后他们才开始往回跑。接着那座雕像的碎片突然在空中转了个方向，朝火人反攻，逼得火人也往旁边让了两步。

叶冬雪总算想起来尼克说过，这支小队里的每个人都是有特殊能力的。

一个队员高高飞起，在空中举枪朝觉醒者们倾泻弹药，地面上的人一时拿他没有办法，但这个队员只在空中飞了不到一分钟就猛地落下来，表情紧张："又有一个冒着火的过来了，就在另一条街，最多一分钟就到！"

"我们退回地铁站怎么样？"有人问。

尼克摇头："不能退，如果他们追下来，我们更没地方逃，现在地铁隧道里的通风系统也停了，他们只要多丢几个火球就能把氧气耗干净——朝旁边的街道撤！"

有一个队员一直没动手，这时双拳用力往前一挥，街道上突兀地刮起一阵狂风，这阵风呼啸着卷向觉醒者那边，风中还夹杂着刚才交战时造成的碎石，即使是觉醒者们也吃不消，只能纷纷避让。只不过这阵妖风刚刮起来，就有另一个队员熟练地冲过去，把那个风系大法师扛起来就跑。

"他用了这招后至少一个小时都是脱力的！"贝蒂百忙之中向叶冬雪解释了一句。

叶冬雪只能报以苦笑。这支队伍猛是很猛，但好像缺陷也很大，难怪尼克凑了十个人，还想再找点同伴……想到这里，她抬头望向前面的尼克，尼克的肩膀被紧急处理过，左臂明显没有力气，左边的脸颊和耳朵都有明显灼伤，连胡子都被燎掉一截，但他的步伐没有表现出任何动摇和虚弱。

虽然尼克说过他很佩服叶冬雪能领导这支队伍，但叶冬雪现在觉得尼克可能才是一个合格的领袖，而她自己并不像表现出来的那样镇定和勇敢。她确实有过天不怕地不怕的时期，但即使是那个时期，她也没想过要成为领袖，她满脑子想的只是要尽自己的力量帮上忙，即使是现在，她也不止一次冒出"如果是我一个人，我会怎么做"的想法。

好像确实会比眼下的局面轻松一些。

可现在她身边已经有了一群相信自己、依靠自己的人，而她是不会也不能把他们抛下的。

后面的追兵很快又追了上来，这条街道再次成为战场，子弹拖着轨迹如流星般来回穿梭，中间夹杂着婴儿的哭声——小林望美又被吵醒了，而且这次怎么都哄不住。

"不要停下来！"尼克大声命令，"边打边退，不要停！那两个玩火的浑蛋追上来就麻烦了！"

"我们要怎么走？"叶冬雪问。

"甩掉他们！纽约这么大，他们不能一直追着！"尼克回答，"所以你们动作要快！我们会在一个合适的地点阻击他们，然后你们继续逃⋯⋯会有两名队员给你们带路！"

"那你们呢？"

"我们可以脱身，前提是你们不要成为敌人的目标！"尼克回答得也很直率，"在邪教徒手里保护平民是一件很麻烦的事情！"

他们又冲过一个街角。李圭璋跑得气喘吁吁，小林望美换成余志远抱着，而队伍中速度最慢的是彼德森，作为一个伤员他很努力，但作为一个同伴他确实跑不动了，基本就是保罗扛着他在跑。"我还可以，彼德森先生，我还可以！我可是见习消防员！"

"这样下去不行⋯⋯"尼克停下脚步，"就在这里设置阻击点！阿尔维斯，变速箱！你们两个带着他们继续跑，把理查德也带上！其他人就地阻击，我们要坚持五分钟！"

"那可不容易，那两个火人就跟火箭炮似的。"一个消瘦的年轻人说，"尽力吧！"

有个队员接了刚才刮风导致脱力的同伴，另一个则跑到叶冬雪面前，说道："走吧，我们没时间耽误！"

他话音刚落，突然一发火球从后方的街角飞了过来，把街对面的楼炸开一个大洞。

"已经来了！"尼克喊，"阻击队员就位——"

又是一发火球。

但这发火球从速度、外形上都和上一发明显不同，而且来自完全相反的方向。所有人都愣了一下，试图判断这意味着什么，不过答案很快就自动出现了——一台美军坦克从那条街道里冲了出来，同时杀出来的还有一群士兵。

"发现目标！"

"攻击！自由射击！"

这支突然出现的美军部队转眼就和觉醒者们打成一片，匆忙成军的觉醒者信徒很快就被驱散，但那两个火人并未退却，而是爆出更多火球，让半条街道都燃烧起来。

"好吧，我们可以继续忙我们的事了。"尼克喃喃自语，"别浪费这个机会，动起来，动起来！"

有正规军参战，众人如释重负，纷纷掉头就跑，余志远却有个问题："尼克，为什么你有个队员叫'变速箱'？"

"他是我在海豹的战友，代号就是'变速箱'！"尼克回答，"而我是'横炮'，有什么问题吗？"

"问题倒是没有，但是我越来越觉得……"

"哦，给我们起代号的上尉，是变形金刚的粉丝。"

"……一下子全都合理起来了呢！"

随着他们往前进，路上又遇到了几支美军小队，这些小队都是之前支援纽约城的国民警卫队成员，山姆·范布伦那石破天惊的一击摧毁了师指挥部，部队不但损失惨重，也陷入了通信断绝的状态，直到午夜后才慢慢组织起了反攻部队。

"这些小队都是由来自不同连队的士兵临时拼凑的，别说配合，连标准配置都配不齐。"尼克一边说一边挑剔地摇头，"第42步兵师的主力应该还在，但至少到天亮前不能指望太多了。"

从他们身边路过的士兵没注意尼克在说什么，只是示意他们尽快离开这片街区。随着美军开始反击，更多觉醒者也被吸引过来，这里即将成为新的战场。叶冬雪的余光瞥到余志远一边走一边望着四周愣神，好奇地问道："小余，你在看什么？"

"我在看这些楼。这是美国啊，是纽约的曼哈顿岛啊。"余志远的声音有点飘忽，"你看这些建筑，我从小在电影、美剧和网上不知道看了多少次，什么外星人、超级英雄、恐怖分子……都能来祸祸一圈，我本来以为我能习惯看到这些建筑陷入火海的样子，但是亲眼看到以后，还是会有非常不真实的感觉。"

"那是因为这些景象……本来就只在不真实的故事里出现过。"叶冬雪叹了口气，呼出的空气在寒夜中化为白色雾气，"几天之前，我也不会想到自己新年第一天会出现在纽约，还是以这种方式。"

还失去了同伴。她在心里补充一句。

"这就是现实，我们只能面对，尽管我们将来的生活可能永远被改变，再也回不到以前，那也只能面对并且坚强地生活下去。'过去'可以怀念，但也只限于怀念。"叶冬雪拍拍余志远的肩，"这是作为前辈给你的鸡汤，凑合喝吧。"

余志远咧嘴笑笑："喀，我就矫情一下，叶姐你别认真啊！"

"你刚才的表情还是很认真的。"

余志远沉默了几秒，最后还是撇撇嘴："管他呢，随机应变，水来土掩！"

"对呀，时代正在改变。"肖雨晴说，"要不要唱鲍勃·迪伦那首歌？"

"别了吧，这都啥时候了还唱歌，省点力气看路不好吗……"

凌晨时分的曼哈顿向来都不沉寂，今夜也是如此，但原因和方式大不一样，枪声和爆炸声成为惊扰此处的主旋律，火光代替了灯光，成为新的夜景。

"动作要快！"一名队员在前面喊，"林肯中心车站那边有交火，我们从旁边的建筑里穿过去！"

这是一家无人的商场，大门早就不知道被什么人砸烂，玻璃碎了一地，里面伸手不见五指，是那种随时可能蹿出丧尸的经典恐怖片场景，但大家现在神经都已经很粗大了，对此毫不在意。走在最前面的队员一脚踹开大门，后面的队员马上配合地用强光手电筒打光，房间里顿时灯火通明，连一只耗子都藏不住。"走走走！从另一边出去！动作要快！"

但这时前面突然出现了一个身材高大的人——叶冬雪无法判断这是什么人，对方穿着破烂的大衣，露出的脸部和手部全是烧伤，连原本的人种都看不出了，唯一可以确定的是，这个手臂上绑着布条的家伙绝对是敌人。

这怪人上来就掐住了一个队员的脖子，其他人在短暂的惊吓后毫不犹豫地扣动了扳机，怪人虽然被打得连连晃动，却始终不倒，口中发出含混不清的咆哮。

"我去，还真的跟丧尸一样！"余志远忍不住抱着望美退了两步，随即皱起眉头，"这人真的挨了这么多枪还能不松手啊！阿尔维斯快被掐死了！"

"他和那个拉维奇可能是一样的类型……"叶冬雪扭头喊，"小唐！"

唐怜本来被保护在队伍后列，现在还要努力往前挤，但这时有人抢在了她前面，尼克大步走上前去，一把抓住了那个怪人的手腕。

叶冬雪闻到了一股焦煳的味道，随即怪人的咆哮变得越发大声，他终于松开了掐着阿尔维斯的手，试图用力挣脱尼克的钳制，但是没有用，尼克的右手像钳子一样牢牢抓住他的手腕，他的手腕开始冒烟和燃烧。叶冬雪总算确定了尼克的能力：他的手能发出高热，即使像拉维奇那样刀枪不入的身体也能熔断——确实是熔断了，在惨叫声中，怪人的整只手腕带着手掌掉到地上，断口处的暗红色光芒过了好几秒才消散。

怪人看来只是狰狞，并没发疯，断腕的剧痛让他忍不住捂住伤口蹲了下去，于是尼克拔出手枪往他头上来了一枪，怪人轰然倒地。贝蒂冲上去检查阿尔维斯，确定他只是窒息晕过去了，没有致命伤。

"就这？这就搞定了？"余志远咋舌，"我们在伯克希尔山遇到一个，折腾了半天都打不死，最后是小唐造了个铁壳子才把他闷死了。"

"这种类型的确实很难对付，比较好用的办法就是让他分心。"尼克把手枪放回枪套，"你们应该发现了吧，所有的'能力'都需要本人的意念才能发动，没有发动的时候，这个人就可以被子弹打穿。"

"我发现了。"叶冬雪和唐怜说。

"我没发现。"保罗和余志远心虚地说。

这条路很难走，这是大家事先都清楚的，但一路跋涉而来依然艰苦万分。他们要绕过到处飞来飞去的火人，要绕过美军与觉醒者交火的现场，还要绕过倒塌的建筑废墟和市民们自己搭建起来的战壕与堡垒，因为他们无论如何都不相信这群手执枪械、人多势众的陌生来客。

叶冬雪也不知道已经走了多远，但她知道自己只能坚持下去。不只是她，队伍里其他人也有同样的想法，是同一个念头、同一个目标支撑着他们。520 12th Avenue，或者说曼哈顿12马路520号——那是中国驻纽约总领事馆的地址，所有人都将这个地址作为终点，到了这里就可以轻松了，就到了家了，一路上的疲惫、紧张、辛酸、痛苦就都可以丢下了……叶冬雪没有问过其他人，但她清楚地知道这就是其他人的想法。

但如果领事馆也出了意外呢？

这个可能性就连她都不敢去想。

天空已经隐隐亮起来，虽然深色云层依然低垂，却挡不住曙光来临，周围的街道、建筑都逐渐显现出轮廓来。

"你们往那个方向看，看到那排高楼了吗？"尼克毫不掩饰的疲惫声音突然响起，"那就是中城西区，你们要去的地方就在那里，毗邻哈得孙河，是两座直角排列的大楼，旁边还有一个用无畏号航母改造的博物馆，应该很好认。"

"只要领事馆外面旗杆上的国旗还在，就一定会很好认。"余志远说。

尼克眉毛一挑："很有道理。"

叶冬雪望着远处那片建筑群，那是在影视剧里无比熟悉的建筑群，现在也和大部分影视作品里一样飘着若隐若现的黑烟。

"理查德，你的体力恢复了吧？"尼克说，"你来带路。"

那个叫理查德的队员是个瘦得有点可疑的青年，叶冬雪一度怀疑这人以前也是个瘾君子，不过既然他一路上没有发作毒瘾，也就不好去质疑他。现在这个青年听到尼克的命令后有点意外："队长？"

"去吧，这里有我们。"

叶冬雪突然察觉到异样："尼克队长，出了什么事？"

"我可能犯了个错误。"尼克一边回答，一边给自己手里的自动步枪换上新弹匣，"但是我答应的事情一定会做到，我们会在这里阻击敌人至少十分钟，你们趁这机会赶路！"

"错误？什么错误？"

"我太自以为是的错误……"身后的街道拐角处已经隐隐传来了枪声，尼克摆摆手，"你们快走吧，叶女士，祝你们一路顺风。"

叶冬雪不知道尼克觉得自己犯了什么错误，但她知道尼克的小队已经只剩六人，除了临阵投敌的张腾飞，还有三个队员永远倒在了路上，这一切只因为尼克答应要送他们到目的地，而现在除了给他们带路的理查德，这小队剩下的五个人还要豁出命来殿后……

"尼克先生，既然是这样的话，我会留下来帮你。"一个不大的声音打断了她的思绪，是唐怜走了过去，"老实说，我觉得只靠你们几个撑不过五分钟。"

尼克一脸郁闷地看着这个中国女生："唐小姐，虽然我确实很希望你加入，但现在不是时候……"

说话间一个大块头出现在拐角，队员们一看到对方手臂上的布条就直接开火，可惜子弹对那家伙没什么效果，他还直接丢了一辆小型轿车过来。

然后这辆小轿车在空中顿住，以同样的速度掉转方向砸回去，把那个大块头砸得飞进了身后的建筑里。

唐怜放下举起的双手，表情平静："我觉得现在正是时候。"

尼克重重地咳了两声："欢迎加入……"

叶冬雪还想说什么，唐怜已经微笑着回头朝她摆摆手："快走啦，叶姐！别浪费时间！"

更多的觉醒者从远处拥来，队员们再顾不上和叶冬雪说话，纷纷投入战场，就连唐怜也在队友的掩护下躲到一个角落里开始隔空丢汽车。一发子弹呼啸着从叶冬雪耳边划过，余志远猛地抓住她的肩膀："叶姐，我们先走！"

现在最明智的选择就是迅速转身离开，和队友们一起继续前进，留下来只能像个电影里的蠢货那样拖后腿，叶冬雪很明白这一点。

——但始终是不甘心。

她和其他人一起向前狂奔，身后是爆炸轰鸣，子弹横飞，有人在为他们豁出性命。

——而我什么都做不了。

"弯腰！弯下腰！"队员理查德大声喊着，"抱住自己的头！抱着婴儿的人在队伍中间，其他人把他围起来！"

——这些同伴直到如今也依然信任我，将我当作领袖，而我已经与三个同伴永别。

不知道从哪里飞来的一发火球掠过头顶，将街边的一座建筑炸碎一个角，火星四散，落到了楼后面的树丛中。

——现在我们别无出路，只能希望运气再好一点，坚持到我们成功为止。

一个火人从天而降，重重地砸在前方的道路上。队伍被迫停下脚步，望着这个危险的敌人一步步逼近。理查德连连开枪，但子弹仿佛被火焰吞噬了，那个敌人无动于衷。

——好吧，运气看来也不行。那我们还剩下什么，我还能做什么？

火人身上的火焰猛然膨胀到两三米高，他们现在的位置位于中央公园的西南角，火焰灼烧到了公园边缘的树木，树枝迅速被点燃，变成一个巨大的火炬。

——我果然还是不甘心。

——我要做什么才能帮到大家？我还能做到什么？

——我就是不甘心！

我们的时间快用完了。

但至少干得不错。

这个族群在此基础上将会有怎样的可能性，我们现在已经无法预估。

但我们看不到了，我们的时间不够了。我们将要离开，只能希望他们好运。

希望他们不要因为我们的影响而步入毁灭。

希望他们能与我们在另一片星海再会。

突如其来的眩晕感让叶冬雪不由自主地半跪于地，熟悉的声音在她的脑海中一闪而过。

周楠试图回过头来扶她，她也看清了周楠的动作，但不知道为什么，她脑海里同时还有另外一幅景象：依然是在一片白雪覆盖的大地上，依稀能看到有绿色草叶钻出积雪。天色微明，但一轮满月依然挂在高空。

——今天应该没有满月。

接着，那轮满月猛地爆出耀眼的光芒。

叶冬雪的意识终于完全回到现实，几乎在同时，中央公园里突然飞出一大片黑影，将对面的火人覆盖起来，就连火焰都被扑灭了！

那是一大片泥土，还带着一些绿色的植被……是中央公园里的草皮，还有草皮下的土壤。

"这又是啥情况？"李圭璋吞了口唾沫，但没人能回答他。

但事情看来还没有结束，火焰很快就从泥土里迸射出来，重新组成人形。只是这次他没有刚才那么威风，火势也明显小了很多，于是当第二拨泥土扑面而来时，火人再次被冲倒在地，这次覆盖他的是至少两米厚的土层，虽然明显看得出土壤在蠕动，他还在挣扎，但一时半会儿也爬不出来。

所有人都看向叶冬雪，因为大家刚才都看清了，是叶冬雪做出一个手势之后，泥土才像突然拥有生命一样动起来。

"叶姐，你也有特殊能力了？"周楠惊喜地问，"还挺厉害！"

叶冬雪看看自己的手，确实有一种新奇的力量在涌动的感觉，但现在不是研究的时候。她抬起头："别愣着，继续走！"

这时他们身后突然传来一声巨响，似乎是什么汽车的油箱被打爆了。叶冬雪停下脚步回身望去，只见来路上一片火海，已经看不到尼克他们的身影。

"叶姐？"周楠有点担心地喊，"走啊！"

叶冬雪叹了口气，伸出右手轻轻一按，原本已经挣扎出半个身子的火人一下子又被泥土吞没了。

接下来的路程里，她没有再说一句话，路上也没有再遇到一个敌人。在理查德的带路下，他们很快便来到了河边，并沿着河边向南行进。在路过河边一个码头的时候，理查德突然兴奋起来，指着前面："你们看！"

"什么？"

"那个挂着耐克广告的大楼！它旁边的码头处就是无畏号航舰博物馆！"理查德说到这里顿了一顿，"再往前大约三百码①，就是中国领事馆！"

保罗眯起眼睛看了看："就是……暖灰色楼后面的那座？"

"对，就是那里！"

叶冬雪怔怔地望着保罗指出的那座楼，距离有点远，天色也还没大亮，只能依稀看出一个轮廓来。但确实已经很近了，他们从马萨诸塞州的林恩市一路奔逃至此，现在终于用眼睛也能看得见目的地了。

"叶姐！"余志远从她身后赶过来，精神明显振奋起来，"快走！胜利就在前面！"

"对，直线距离最多一千米。"叶冬雪却没有挪动脚步，"小余，我把他们交给你了。你当过兵，别说最后一千米都要出岔子啊。"

余志远愣了一下："叶姐你什么意思？你不跟我们走了？"

---

① 英美制长度单位，1 码合 0.9144 米。

叶冬雪点点头："你们到了，我也就放心了，我要去把唐怜也带回来。"

"那我和你一起去……"

"我去就可以了。"叶冬雪打断他，"把所有人平安带到领事馆这个任务，我本来是嘱托给小苏的，但是他……小余，我是真的没法接受再失去一个伙伴了。无论如何，我都要去找唐怜，但是你不要跟来，你还有最后一段路要带他们走！"

余志远还不甘心："那我跟着你也没……"

叶冬雪手指轻挥，水泥路面上突然出现一道裂痕："我去吧。现在的我比你有用，真的。"

"实话很伤人啊，叶姐。"余志远沉默了好几秒，才苦笑起来，"那你千万当心，我们队伍里的所有人，也不能接受再失去同伴。"

"所以我不会死，我还要把唐怜带回来。"叶冬雪把背包取下来丢给余志远，自己转身往回走去，心里却是一片释然。

——我并不是只能逃，现在我有更多可以做的事。

——嗯，没有背包真轻松。

身后的队友们发出一阵轻微的嘈杂声，显然是不能接受叶冬雪这时候离队的消息，但余志远还是把异议的声音压下去了。

只不过没走几步，保罗突然追了上来。"叶女士，我和你一起！"

叶冬雪有点意外："那你的老师呢？"

"难道你的同伴们不值得信赖吗？"保罗振振有词，"我也有我的能力，应该可以帮上忙，而且叶女士，你不觉得你现在需要一个在曼哈顿长大的向导吗？知道怎么抄近路的那种！"

这次叶冬雪终于没再提出反对意见，她微微一笑："看来我必须要雇一个向导了。"

"随时为你效劳，女士。"

曼哈顿的战场范围一直在扩大。叶冬雪记得刚才路过那个小公园时还是风平浪静，现在连它旁边的加油站都炸成了一团火海。不过街上的人倒是多了不少，大部分纽约市民本来从晚上开始就一直躲在家里，现在正趁着天亮争分夺秒地逃离这座城市，于是街道上再次不合时宜地堵成一片，人们只能一边咒骂着一边以双脚奔逃，而伴随着这逃难景象的是四处不断出现的爆炸和枪响。

只有极少数人迎着逃难大军逆流而上，这些人主要包括幸存的警察、消防员、军人，还有一部分自恃有自保之力，打算加入战场的市民。

而叶冬雪和保罗游刃有余地在那些高楼大厦里穿来穿去，这时候楼道里几乎已经没有人了，更不会有人管他们在干什么，而保罗对这些建筑的前后门位置之熟悉，也令叶冬雪好奇起来："这些地方你平时常来？"

　　"在消防学院的时候，看了很多平面图！"保罗回答，"这些高层建筑一旦失火就是大麻烦，所以科尔教官要我们好好记清楚逃生路线……我说过的，叶女士，这就是上帝的旨意！如果还有机会遇到科尔教官，我一定要请他吃顿比萨！"

　　"你会觉得这位教官是上帝派来的使者吗？"

　　"大概吧，谁知道呢……但是这个说法怎么听着有点怪？"

　　叶冬雪深表赞同："其实我也觉得。"

　　他们又穿过一座大楼底层的商场，在后门处刚好看到门外有一个觉醒者正试图抱起路边的花坛，叶冬雪想都没想，手掌往下一压，觉醒者脚下的路面便突然塌陷一个大洞，觉醒者还没反应过来就摔进了洞里，而在他试图爬出来之前，泥土、水泥和碎石掩盖了他。

　　保罗干笑了一声："叶女士，你这个能力有点厉害啊……"

　　"老实说，我还没有完全搞懂。"叶冬雪摊手，"但是管用就行。"

　　门外原本与觉醒者对峙的是几名美军，他们个个灰头土脸，看到叶冬雪和保罗从商场里出来吓了一跳，为首的士兵本能地举起枪："别动！"

　　叶冬雪示意自己的手臂上没有布条："我不是觉醒者那边的。"

　　"浑水摸鱼的人太多了，有些觉醒者故意取下布条标志接近我们！"虽然是冬天，但那个美军士兵脸上满是汗水流过的痕迹，"所以你们别动，我们要确定你们不是可疑人物！"

　　"我觉得现在你们也没法判断。"叶冬雪叹了口气，"我们在找自己的朋友，不是要和你们作对，我想你们应该分得出来。"

　　那士兵还准备说什么，地面突然一阵蠕动，原来那个觉醒者居然没被闷死，依仗着自己的怪力硬生生地从土里爬了出来，几个士兵本能地往后退了两步，但叶冬雪皱皱眉，手掌一压，那觉醒者再次落入了塌陷的大坑里，连句狠话都没来得及说。

　　士兵望着那个重新填埋起来的大坑，吞了口唾沫："你们的朋友……长什么样？"

　　"误会"看上去是解除了。

　　街道上的喧嚷声逐渐减弱。想逃走而且能逃走的市民已经跑得差不多了，叶冬雪和保罗走在街上显得更醒目了一些。

"我第一次知道军队的人也会这么客气。"保罗跟在叶冬雪身边嘀咕着,"我现在还记得,十年前那次总统大选时,国民警卫队在街头维持秩序,我因为好奇想看看装甲车,走近了一些,马上就有个浑蛋拿枪对着我要我离开……上帝啊,我那时候才十岁!我能做什么?抢他的枪吗?"

"那你的运气是真差——"叶冬雪还准备说什么,突然看到了前方的景象,"我看到了,是他们!"

前面的战场距离其实很远,只能看到有人在交火,但当一辆汽车飘到空中转换方向飞出去以后,叶冬雪就知道自己找对地方了。

除了小万磁王唐怜同学,她还没见过第二个人有这种能力的。

"是尼克他们……上帝啊,真是奇迹!"保罗脱口而出。这确实是奇迹,这个小队加上唐怜一共六个人,跟来势汹汹的觉醒者们对轰,现在居然还能看到五个活的。

唐怜的脸色明显苍白了很多,她的头发被汗水浸湿贴在额头和脸上,显得有点狼狈,但手上的动作丝毫没有停顿,准确地将一块金属路牌凭空"摘"下,让它旋转着飞向对面。对面是一群全副武装的觉醒者,面对这个飞过来的武器也只能纷纷避让,不过他们当然也不会就此罢休,马上又做好了冲击的准备。唐怜深吸一口气,准备再丢个什么东西过去,但这时路面突然高高隆起好几米,将街道堵得严严实实,就像一面墙一样把他们与尼克小队隔开来,与此同时,唐怜的手被人轻轻握住了。

"干得漂亮,小唐。"握住唐怜双手的正是叶冬雪,她感到手上传来一片冰冷滑腻,握住的那只手还在微微颤抖,这个小丫头在短短的几十分钟里消耗的体力可不少。叶冬雪手上用了点力,捏了捏唐怜的手掌:"你没事就好,剩下的交给我。"

"叶女士,"尼克转过身来,他脸上多了好几道伤口,胡须和头发也焦了一大片,但语气还是很沉稳,"你们怎么会回来?"

"同伴们已经到达中国领事馆——至少是最后一千米。"叶冬雪说,"我甚至已经看到了领事馆的大楼,我想不会有什么问题。"

"那你们就该好好待在领事馆里。"

"你们已经完成了承诺过的事情,尼克队长。"叶冬雪轻轻挥手,前方那面由碎石和水泥块筑成的高墙的顶端突然又长出几根尖刺,把试图爬过高墙的几个觉醒者捅下去,"现在该我们完成承诺了。"

说出这句话的时候，她突然感到一阵轻松。

最担心的事情已经没有了，伙伴们都到了安全的地方。自己获得了神奇的力量，不必再当一个只能奔逃的可怜虫。既然世界已经改变到了这个地步，那么她不介意再和所谓的命运纠缠一次！

"叶姐，其实你们不用回来的。"唐怜还有点不服气地说，"我觉得我们能逃出去。"

叶冬雪拍拍她的头："或许吧，但我就是不放心啊。"

唐怜望着叶冬雪，突然扭头对其他队员说："你们有没有觉得叶姐有点不一样了？"

贝蒂耸耸肩："大概？或许？我不知道，我才认识她几个小时。"

"这种深奥的问题之后再讨论，我们先离开这个鬼地方，路还很长！"尼克最后看了一眼那面墙，确认觉醒者们一时半会儿过不来，"叶女士，唐小姐，还有这位保罗先生，是时候让你们知道整件事了。"

"我一直等着听呢。"叶冬雪回答，"既然路还长，那正是听故事的好时候。"

现在他们要从曼哈顿岛的西侧走到东侧前往上东区，这一路上要穿过一大片建筑群，有些建筑看上去很眼熟，但叶冬雪没想起这到底是哪儿；有些建筑听名字很耳熟，但她也没认出来。尼克的故事也不复杂，实在占不了那么多时间。

一切都好像电影剧本那样巧合。尼克·罗德里格斯中尉，海豹突击队的精英，在军队里服役了十八年，至今单身，没有特别亲近的亲人。于是在新年将至时，他回到老家纽约，打算找几个朋友一起消磨假期。

就在平安夜当天，他接到了朋友布拉德·哈里斯的电话，对方语气很急，说希望尽快与他见面，有一件非常重要的事情要跟他说，他前往约定的地点却没有见到布拉德，只见到了几个脸上涂着油彩的疯子。

"啊，自称获得神谕的家伙。"叶冬雪略感意外，"我以为这些邪教徒都是平安夜大停电以后才出现的呢。"

"叶姐你忘了吗？伯克希尔山上的那个组织，他们至少在一个月前就出现了。"唐怜也补充了一句，"只是我们正常人不知道而已。"

"哦，有道理。——中尉，请继续。"

于是尼克中尉当然把这群疯子都揍了一顿，但他没能问出布拉德的消息，邪教徒们也不知道布拉德在哪里，目标在他们赶到之前就逃掉了。之后布拉德给尼克中尉发来信息，说自己获得了确实的证据，证明有人在筹划一场大阴谋，这甚至会影响到全世界，可惜他的上司完全不信，他只能寄希望于自己的好友能帮忙揭露这件事。

"呃，他的上司？这位布拉德·哈里斯是做什么工作的？"

"FBI探员。"

"那可能确实是真的……不过也不好说，毕竟他们的工作还包括调查外星人呢。"保罗说，"电影里都这么演。"

总之，布拉德表示只能当面详谈，网络或电话都不安全，同时他正被敌人追得很急，所以只能躲在之前的一个线人家里，希望尼克中尉能马上去找他。尼克中尉当然不会丢下自己的朋友，当即就要向指定地点出发。

然后夜幕降临了。

"全市一片黑暗，而且在通信中断的情况下，不管要去纽约的哪个地方，确实都很有难度。"保罗赞同道。

"然后就是大家都知道的事情了，出现了诡异的邪教徒，出现了奇怪的神谕。"尼克说，"当我发现这些有特殊能力的邪教徒，和当初要找布拉德的人是同一类的以后，我便知道这事只靠我一个人是做不到的了。"

"布拉德说的那个地址是一个帮派据点。""变速箱"也还活着，这时跟着补充，"他们的首领似乎也获得了能力，而且在与警方对着干，根本不可能和平进入，也没法让他们相信……我们只能找尽量多的同伴，集中力量暴力闯入。"

"所以你到处找有特殊能力的人加入小队……"叶冬雪想了想，"但布拉德真的在那里吗？如果他不在，或者已经死了该怎么办？"

"我没有得到更多的消息，那是布拉德发给我的最后地址。"尼克老实承认，"所以我只能先排除这个选项再说。他是我的朋友，我答应了他，那么我一定要做到。"

"那么你说你可能犯了错是指……"

"我没有必要找这么多同伴一起行动。"尼克摇了摇头，"我能猜到，邪教徒要找他，是因为他掌握了重要的情报，但邪教徒还没发现他在什么地方。"

然而一支完全由异能者组成的小队，会比布拉德更吸引觉醒者的注意力——如果说，坚持不信神谕的普通人还只是异教徒，那觉醒了能力还不信神谕的就是异端了。异端永远比异教徒更可恨。

唐怜也赞同这个说法："根据交战的频率和敌人的数量来看，觉醒者们确实在朝我们的方向集结，所以如果叶姐你再晚来几分钟，我们就要再换个地方了。"

一架战斗机冒着黑烟，呼啸着冲过众人头顶，然后一头撞上了远处的一座大楼，顿时爆成一团巨大的火球。

"那架飞机好像撞上了……希尔顿酒店？"保罗揉揉眼睛，"上帝啊，我都还没去那里住过一晚，就这么完了？"

"没什么可惜的，我也没去住过。"尼克闷声说，"但是我住过的公寓也被炸了，从这一点来说我比你更不开心。"

"我们应该到地方了，队长！"贝蒂突然在前面说，"是前面教堂旁边的那座小楼，对吗？"

尼克停止闲聊，小心地往前面看了一眼，说："对，就是这里……一个人都看不到，有点奇怪，大家小心一点！"

叶冬雪倒不觉得街上没人是什么奇怪的事情，刚才大街上就像是被惊扰到的蚁穴，逃走了一大堆市民，虽然这些市民现在大概率还堵在路上，但至少上东区应该不会剩下什么人，如果有，那要么很好对付，要么很不好对付。

两名队员举着枪，以标准战术队形谨慎地接近数十米外的小楼，然后做出"安全"的手势。尼克略微松了口气，带着叶冬雪这群平民跟过去，嘴里还在不停地嘱咐："如果遇到枪击，你们首先蹲下来寻找掩体，记得抱住头。你们没有用枪的经历，给你们武器用处也不大，先保命最重要……别这么不以为意，我见过太多新兵，不听话的人上战场第一年就死了一半。"

被他说"不以为意"的正是帕斯卡尔·保罗，保罗听到这话忍不住好奇起来："剩下的那一半成了经验丰富的老兵？"

"不，剩下的那一半是残疾和调职。"尼克说，"只有好好听老兵说话的人能幸存下来。他们可以有自己的想法，但子弹不会管他们是什么想法。"

说话间为首的两名队员已经小心翼翼地推开了小楼的门，这座楼有点像叶冬雪他们在林恩租的那座公寓，唯一不同的是，那座公寓里不会有几把枪等着。

门厅里临时堆了一堆家具，堆成一座简易战壕，有几个人在"战壕"后面守着。门被打开两秒钟后他们便反应过来，直接端枪就朝门外扫，要不是开门的队员早就侧身躲开，这一轮扫射还真能造成伤亡。

"何塞，上！"

一名队员顺手捡起一块石头丢进了屋里，这块石头最多有鸽子蛋大小，谁都不会把它误看成手雷之类的威胁，所以屋子里的人只是瞟了它一眼便放下心来。

然后他们就什么都看不见了。

那块石头瞬间爆发出亮得惊人的光芒，将整个门厅照得一片雪白，叶冬雪就算早有心理准备，藏在门外捂住眼根本不敢看里面的情况，也能清楚地感觉到眼前有什么明亮的东西闪烁了一下，心里不禁开始估算这个闪光弹到底有多亮。

反正效果足够好，屋里的人一边惨叫，一边本能地对屋外疯狂开火，也不管子弹打到哪里去了，显然是视力完全没有恢复。只是没过多久，尼克就皱起了眉："他们的子弹还没打完？"

"他们准备了很多武器，而且盲换弹匣很熟练！"队员"变速箱"喊，"大概只能强攻了！"

"那就得让我们的新朋友出场了！"尼克扭头看看叶冬雪他们，"叶女士，你们做得到吧？"

叶冬雪想了想："试试。"

叶冬雪和唐怜对视一眼，唐怜双手一挥，枪手们的武器纷纷脱手而出，还没等他们发出第二轮尖叫，叶冬雪的手就往下虚按一把，地板上出现一个大洞，枪手们有一个算一个，全都摔了下去。

短短几秒钟时间，门厅里便安静下来。

尼克张了张嘴，似乎是想赞叹一下，又丢不开面子，最后只能化作两个字："哇哦！"

队员们小心地鱼贯而入，刚才的枪声足够热闹，如果屋里还有同伙的话，现在也该冲出来了，然而除了那群摔到地下室的枪手还在呻吟，整座小楼里竟然鸦雀无声，显然这就是唯一的武装力量。

"有点不对劲。"贝蒂看看周围，面带忧色，"我们要找的人在哪里？"

"我也没看到这个帮派的其他人，以这座楼的规模，怎么也得有二十个枪手吧？""变速箱"表示同感，"结果就只有守在门口的这五个人？我记得你说过，布拉德是躲在一个线人家里？"

尼克皱皱眉："我去问问。"

他们绕了一条路，找到去地下室的门，把几个枪手都拖了出来。这几个人视力依然没有恢复，正处于惊慌失措的状态，尼克很轻松地就盘问出了细节：整件事没有那么复杂，无非就是这个帮派的头目也投靠了觉醒者，于是布拉德依靠的那位线人被一枪打死，布拉德的身份也随之曝光，他没能跑掉，被头目抓起来作为向觉醒者邀功的工具，可惜在通信没有恢复的情况下，头目无法直接联系到觉醒者，只能自己带着几个亲信亲自去跑一趟……

"而这几个人就是留下来看守布拉德的人？""变速箱"的脸垮下来，"所以，觉醒者们随时可能找到这里来?!"

"你说得对。"尼克说着打开手枪保险，让枪手听见子弹上膛的声音，"伙计们，我做过实验，你们的视力至少还要三个小时才能勉强恢复，所以不要浪费彼此的时间，我只想知道我的朋友在哪里——他叫布拉德·哈里斯，是个黑人，身高大概有六英尺，有点胖……"

"在下面，在地下二层！"他还没说完，有个枪手就招了，因为尼克的枪就抵在他的额头上，"地下二层，有一个被伪装成工具柜的门，里面有两个人看守着！"

"多谢配合。"尼克收回枪，"'变速箱'，你看着他们，其他人跟我走！"

接下来的事情比较顺利，负责看守人质的只是两个毫无紧张感的小喽啰，尼克踹开门的时候这两人正瘫在沙发上像一堆烂泥，很显然是嗑了粉，现在连自己亲妈是谁都不一定记得。尼克只看了这两个废物一眼就放弃了浪费子弹的念头，把目光投向房间深处那个被手铐锁在水管上的黑人："嘿，布拉德。"

"嘿，尼克。"那个黑人有气无力地道，"你来得太慢了，我们都在赶时间呢。"

"别抱怨，我翻遍了半个纽约城才找到你，浑球。"尼克走过去用钳子给他剪断手铐。虽然房间里灯光很暗，叶冬雪依然清楚地看到布拉德身上草草缠了几圈绷带，有一团血正渗出来。尼克也注意到了，喊道："贝蒂，过来帮个忙……怎么受伤的？你可别说你还英勇抵抗了一会儿，你的拳头连个三岁小姑娘都打不死。"

"我当然不能和你这种类人猿比……"布拉德叹了口气，"好吧，就是那个浑蛋打死我线人的时候，枪法也不怎么好，我这是无妄之灾……他也怕我死掉，所以给我包扎了一下，但我觉得子弹可能还在身体里。"

尼克小心地把布拉德扶坐起来："那个头目走多久了？"

"我不知道，两个小时吧，也可能更久。"布拉德龇牙咧嘴，因为贝蒂正在剪开他的绷带查看伤势，"听着，老伙计，我必须把我知道的事情告诉你……"

尼克打断他："我们先离开这里，觉醒者随时会到。"

"都一样……我们耽误太久了……"布拉德低声说，"我差点死在这里，你来之前我一直在祈祷……祈祷你能来得及，我不能犯同样的错误。"

"坏消息，队长。他的腹部依然在出血。"贝蒂神色严肃地抬头，"我怀疑子弹打穿了腹部的大血管……"

布拉德抬头望着尼克："我说了，我们都在赶时间。"

"好吧，我在听。"尼克望着自己这个朋友，表情严肃，"说吧，我们都在听。"

"今天……哦，今天是 1 月 1 日。上个月月初，我接到一个案子，新泽西州的一个中学体育老师，从感恩节后开始就没有去上课，警方在他家里发现了前往纽约的计划表，还有召集信众之类的笔记，怀疑他是个恐怖分子，于是通知了 FBI，最后转到我这里。"布拉德一口气说到这里才停下来喘气，但叶冬雪马上知道了他为什么要停顿这一下，因为下一句实在太刺激了："他的名字叫山姆·范布伦。"

第十章

山姆·范布伦，41岁，男性，独身，是新泽西州泽西市的一个普通中学老师。直到一个月前FBI探员接手他的案子时，他还没有引起任何人的注意，但是现在他必然要荣登"世界头号恐怖分子"宝座。

在追查范布伦的邪教相关线索时，探员们发现了一个信息"黑洞"——所有的线索一旦涉及某个"存在"就会自动断掉，根本追查不下去。一开始探员们还跃跃欲试，觉得自己查到了大目标，但很快情况就发生了变化，原本态度积极的部门主管突然下令结案，态度坚决到令所有人都惊讶的地步，随即他们意识到这或许是政府不能公开的秘密之一。

出现这种事并不奇怪，也不罕见，这个国家类似的"机密"数不胜数。也许是哪个军方秘密部门，也许是什么跨国企业，甚至可能就是几个高级政客的小秘密，但不管是哪个，都不是区区FBI基层探员能管得了的。

立即停手是最稳妥的做法，不然那个"机密"有一百种奇怪的方法让你"自愿"停手，哪怕你自己就是负责保护国家机密的人也一样。所以，所有探员都放弃了，都是自愿的。

除了布拉德·哈里斯，还有他的搭档艾丽西亚·沃克。

"在进入纽约之前，山姆·范布伦和他的信徒已经造成了超过一百名无辜者的死亡，这离他失踪还不到一个月。"布拉德的声音很低，但是房间里很安静，所有人都在听他说话，因为他的时间可能真的不多了，"我和艾丽认为，一旦让他到达纽约会造成更大的伤害，所以即使没有人支持，我们也在坚持调查。"

"太危险了。"尼克忍不住说。

"当然，我和艾丽好几次都被身份不明的人盯上……两个FBI探员，在纽约被人盯梢，很有意思吧？"布拉德苦笑一下，"后来我就和艾丽分头行动，陆续查到了一些东西。在平安夜前一天，她突然联系我，说她终于知道'黑洞'里是什么了。"

大家都等着他继续说，布拉德却在这里又停了下来，保罗忍不住催促："所以，'黑洞'里是什么？"

布拉德露出一个古怪的表情，显然他自己也不知道怎么表述："艾丽说，是一个重症病人。"

叶冬雪和唐怜对视一眼，都看到了对方眼中的疑惑："……病人？"

"政府在拼命掩盖这个病人的存在，而山姆·范布伦——艾丽坚信他也在找这个病人。"布拉德缓缓地说，"觉醒者大举进攻纽约，不惜与军方为敌，就是为了找到这个病人。如果她的情报没有错，那么觉醒者的真正主力正在搜索纽约城，跳出来与军方大战的只是一些小角色。"

"真棒，小角色——那些小角色几乎干掉了一个师！"尼克哼了一声，"所以他们还没找到这个病人……艾丽西亚呢，她知道病人在哪里吗？"

"她正在追查，本来应该在圣诞节当天和我联系……但是你们也知道接下来发生了什么。"

全美的通信和互联网都断了，两人失联自然也不奇怪，不过叶冬雪更在意另一件事："那个'病人'是什么人？为什么这么重要？"

布拉德脸上的苦笑更浓了："尼克，你还记得我联络你的时候，怎么说的吗？"

尼克意识到什么，撇嘴道："你说电话里说不安全。"

"对，艾丽也这么说。"

尼克深呼吸一口气，努力抑制自己的情绪："所以，我和那些发疯的变种人打了好几天，死了好几个朋友，跑了半个纽约城到你这里之后，你留给我的其实只有一句话——'去找艾丽西亚'?!"

"我很抱歉，我的朋友，"布拉德说，"但我一直联系不上你。"

尼克指着布拉德，却一时不知道说什么，叶冬雪看到他气得手指都在颤抖。

短暂而尴尬的沉默之后，尼克转身一拳砸在墙上："我受够了，去你的病人，去你的案子……就这样吧，布拉德，到此为止，我带你去找个地方抢救，这件事到此结束！"

布拉德却只是笑了笑："尼克，别骗自己了。"

"那又怎么样！"尼克喘着粗气冲回布拉德面前，"狗屎！你为什么要留这摊该死的狗屎给我！你是这么高尚的人吗？你看我是这么高尚的人吗？"

"我当然知道……"布拉德耷拉着眼皮，好像很困的样子，"我知道你，尼克，你爱这个城市，比我更爱……"

尼克认命地骂了一句脏话，俯身抓住布拉德的肩膀："艾丽在哪里？"

布拉德正要开口，突然头顶传来一声巨响，盖过了布拉德的声音，就连瘫在沙发上的两个瘾君子也被惊醒，迷迷瞪瞪地左顾右盼，也不知道在望什么。

随即尼克的对讲机响起："队长，觉醒者来了！他们堵住了门口！"

尼克愣了一下，连忙喊："你马上过来，与我们会合！"

"我下不来，队长！""变速箱"是被尼克安排在楼上放哨的，现在对讲机里传来了急促的枪声，"你们走，我来拖住他们！"

"'变速箱'！"

"我会守到最后，祝你们顺利，队长，完毕。"

对讲机那边没有声音了。

尼克猛地扭头看向布拉德："这里有没有别的逃生通道？"

但布拉德已经把头垂了下去。贝蒂伸手摸他的脉搏，对尼克摇摇头。

尼克叹了口气，将手中的枪的保险打开，环顾左右的同伴："我们先离开这个鬼地方！"

这时候头顶的枪声和爆炸声已经停了下来，那个叫何塞的青年脸色大变："'变速箱'这么快就被解决了？！"

"他只有一个人，挡不住觉醒者不奇怪。"尼克大步走到门边，望了一眼外面，"何塞，贝蒂，准备火力掩护，我们得杀出去！"

每个人的脸色都难看得可怕，那些只投靠了觉醒者的普通人还好，如果被真正觉醒了能力的，甚至是火人级别的觉醒者堵住出口，那可就是一场苦战了。

偏偏这座小楼在建造的时候没考虑过多修一个安全出口的事。

叶冬雪望着尼克他们严阵以待的样子，又看看保罗和唐怜严肃的表情，最后将视线转到已经歪倒在地上，一动不动的布拉德·哈里斯身上。

突然她的目光被布拉德身边的东西吸引了，那是墙壁上的一块牌子——"注意地铁噪声"。

"你们谁熟悉这条街道？"叶冬雪出声问。

"我大概算熟悉。"贝蒂说，"我上高中之前，家离这里只有一个街区。"

"这条街的地下有没有地铁？"

一分钟后，几个手臂上缠着布条的人冲进了这间小屋。除了最开始在门口遭到的阻击，他们一路上没有遇到任何抵抗，这让他们颇为意外，但是看清屋里的情形后，这些人的脸都肉眼可见地垮了下来。

"那个黑鬼就在这里，我保证他没有跑掉！"原先的帮派头目擦着汗跟着跑过来，"肯定没有，不然他们不会还有人守着……"

为首的觉醒者看他一眼："他确实没有跑掉，但是已经没用了。"

帮派头目吃了一惊，连忙挤进屋里，但是屋里只有布拉德·哈里斯的尸体和两个依然没有恢复神志的瘾君子。

"怎么会这样？我明明交代过……"帮派头目还没辩解完，为首的觉醒者已经抬起手中的格洛克 17 型手枪，一枪打穿他的脑袋，然后面色阴沉地走到房间尽头，伸手触摸墙壁。

墙壁上遍布裂痕。

他一拳打出，墙壁被他打穿，露出墙后一条黑黢黢的裂缝，有冰冷的风吹过来。但是当他试图扩大这洞口时，却发现周围都是坚硬的岩层，只有这条连拳头都塞不下的裂缝似乎能通往更远的地方。

"通知教长，"他转过身走向房间外面，顺便又开枪打死了沙发上那两个瘾君子，"他们中间有人能操纵'地形'。"

他身后的觉醒者里有个穿夹克的青年站了出来："我去解决他们。"

"留个活口，我们还需要问出'病人'的下落。"

青年摆了摆手，示意自己听到了，然后他便化为被炽热的火焰包围的人形。房间里的温度直线上升，连纸张也烧了起来，他的同伴们纷纷皱眉，离开了这个像火炉一样的房间，而这个火人走到那条裂缝前，伸出一只手。

有一丝火焰钻进了裂缝，接着是更多的火焰，最后整个火人化为细长的火线，消失在这条裂缝深处。

离此数百米的地铁隧道里，一行人正在匆匆急行，手电的光线在黑暗中上下跃动。

"叶女士，布拉德最后告诉你的是什么？"尼克问，"那浑蛋临死前总得说点有用的吧？"

就在刚才尼克与"变速箱"进行最后通话的时候，叶冬雪眼见布拉德的情况非常不妙，便疾步冲过去追问："我们去哪里找艾丽西亚?! 哈里斯先生！"

布拉德确实回答了，但他的声音过于微弱，而且语焉不详，叶冬雪不禁皱起眉头："我不知道我听错没有……他说，'去找 GD'。"

"GD？"

"对，GD，他就是这么发音的。"

"要说的话，确实有这么一个人，乔治·邓迪，我和布拉德都认识。"尼克想了一会儿才说，"但这个 G.D. 已经快八十岁了，找他能做什么？"

"他是做什么的？"

"他年轻的时候是职棒联盟（美国职业棒球大联盟）的球员，退役之后只用了五年时间就把钱花光，然后破产了。"尼克回答，"后来他靠在电台当体育节目主持人挣点生活费，我和布拉德是洋基队球迷，但这老浑蛋是支持大都会的。"

"我也是洋基队球迷！"保罗举手，但是没人理他。

"然后就认识了？不打不相识？"叶冬雪问。

"不，当时只是知道电台里有这么一个嘴臭的老浑蛋。后来布拉德调查一宗毒品案，发现这老头七十多了还在嗑药，把他送进了戒毒中心……但是出来以后他又开始酗酒，布拉德找过我两次，把他送到医院急救。"尼克一边说一边摇头，"也亏得他年轻的时候是运动员，一般人过这样的生活早就死了。"

"有没有一种可能……"保罗挠着头，"他就是那个'病人'？"

尼克皱起眉头："你说的好像有点道理，G.D. 这个年纪，这个身体，确实到了该去预订一块墓地的时候，说他是病人也很合理……但为什么是他？这个老家伙为什么会变成整件事的关键，觉醒者和政府都要抢他？"

保罗本来也是随口说说，当然没有认真去想，但还是勉强圆了一下："山姆·范布伦最初不也只是个普通的体育老师吗？这位 G.D. 可能也就是最近才变得不寻常的？"

大家想了想，还真的没法反驳这个可能。

"总之，如果是 G.D. 的话，那就很简单了。"尼克最后下了结论，"他现在腿脚不便，没人帮忙的话很难离开住处两百码范围，我们直接去找他就行……"

大家的身后突然亮起，叶冬雪回头，只见一团火球从隧道那边迅疾飞来，但是在它即将触及走在最后的贝蒂时，两条地铁钢轨突然立起，把这团火球挡了下来。火星就在众人面前溅开，这时候大家才反应过来，纷纷转身准备迎战，尼克的声音响起："注意，有个会喷火的街头艺人来了！"

几秒钟后，那个火人出现在隧道那边的黑暗里。

"所有人保持距离……"尼克的声音有点嘶哑，"小心他打出来的火球！"

"也不必那么担心。"火人突然开口，声音带着一点沉闷，不知道是不是高温影响了声音在空气中的传播，"那个 FBI 探员跟你们说了什么？如果你们能老实地全部说出来，我可以考虑放过你们——中间的某一个人。"

没有人回答他，于是火人耸耸肩："没关系，一会儿我自己问。"

尼克撇嘴，然后扣动扳机。

地铁隧道里的照明没有恢复，只有手电光、枪口的火光和对面的火焰在黑暗中交替闪烁，在这种环境下火人就显得非常醒目，加上隧道里空间狭窄，大家几乎可以追着火人打。然而连尼克都换了两次弹匣，火人依然若无其事，何塞忍不住叫起来："他到底是不是人类?! 我连大象都能打死了，为什么他没事!"

"你们始终不理解神谕，不接受神谕，有这种疑惑是理所当然的。"火人悠然地说道，"教长给过你们机会了，但你们没有珍惜。"

说着，他再次随手一扬，又是几发火球打出去，其中大多数都被唐怜操纵的铁轨和叶冬雪操纵的地面挡下，但还是有两发越过防御，其中一发擦过尼克的脸，另一发打在尼克身后的墙壁上，尼克只来得及用手护住头部，就被崩塌滚落下来的碎石压到了下面。

"队长!"贝蒂尖叫一声，本能地就想过去救人，但是被叶冬雪按住了："冷静!"

她手臂一抬，那堆碎石下方的地面隆起，把尼克"推"了出来。几乎是被救出来的同时，尼克便对火人发动了攻击，让其他人松了口气：还能战斗，看来问题不至于太糟。

隧道被火球破坏的区域越来越多，头顶的洞壁已经明显有些支撑不住，碎石倾泻而下，但这些碎石似乎只能对尼克小队的人造成威胁，火人却可以随心所欲地变换形状，从乱石缝隙中重新钻出来。不到一分钟时间，几个人就被逼到了一处拐角，一闪而过的光照出他们后方是一个黑灯瞎火的站台，而再往后的路已经被碎石堵死了。

"这样下去不行!"叶冬雪眉头紧皱，她的人生中从未有过这样诡异的经历：和一个"超能力者"正面作战，而且这家伙还棘手得仿佛没有破绽。

……或许也不是完全没有破绽。

她突然注意到一件事，现在隧道里的积水很少，几乎全都被保罗用来当武器了，只是这点水在火人带来的高温下毫无作用，每次都是在还没逼近火人身体的时候就化作一片水蒸气，让隧道里的能见度又下降了许多。

但或许也不是完全没有作用。

借着忽明忽暗的光线，她能够看到，即使保罗打过去的水弹再少，火人也必定会以一发火球应对，绝不会让这些水球沾到自己分毫。

"或许你真的怕水？"叶冬雪咕哝一句，"水克火，倒是很合理！"

但是哪里有更多的水呢？

似乎是注意到了叶冬雪的视线，火人弹出一个火球，将站台的天花板轰塌了一半："今天你们谁也跑不掉。"

天花板上垂下的电缆外皮燃烧起来，把站台上的气氛烘托得更加诡异。

但是叶冬雪看到了站台上的示意牌——下一站：罗斯福岛自由公园。

她脑子里闪过之前看过的地图，马上就决定赌一局，但这一局她自己一个人没法赌，只能"摇人"："我们要想个办法！"

"什么办法？"离她最近的何塞问，"最好是真的有用！"

"我可没法保证，但除非你们有别的主意，不然就只能陪我赌一次了！"

尼克诧异地扭头看她一眼，然后比她还果决地下了决心："那就干吧！"

叶冬雪眉毛一扬："保罗！一会儿你要用全力控制水势！"

保罗一脸茫然："水势？什么水？"

火人也听到了叶冬雪的喊声，但他显然和保罗一样摸不着头脑，而这时候叶冬雪已经喊到了下一个人，用的是中文："小唐，这里靠近河边，我要改变地形把河水引进来，我不信浇不灭他……你要配合我，无论如何也要挡住他几秒钟！"

唐怜点头："明白。"

"下面……何塞！"叶冬雪喊道，"给他闪一个！"

这个要求简单明了，所有人顿时了然，一起转身捂眼，只有火人还没明白要发生什么事，于是在下一秒钟，雪白的光芒覆盖了整条隧道。火人尖叫起来，本能地试图后退，但有什么东西挡住了他，那是唐怜闭着眼，用完全凭记忆操控的钢轨组成了一段栅栏，封死了他移动的路线！

火人咆哮，将火球全无准头地四处乱丢，大家纷纷躲避，只有叶冬雪双手握拳，重重地砸在地上，顿时大地震动，一侧的墙壁上肉眼可见地出现了巨大的裂纹，只不过几秒钟时间，这段墙壁便轰然粉碎，随着碎石、混凝土和管线残渣喷出来的，是混浊而汹涌的洪流！

"保罗！"叶冬雪大叫，而保罗这时候也终于明白过来她要自己做什么，他跟着大喊一声，几乎用尽了所有力气，把那条宛如疯狂巨龙的水流凝到一起，变成两只巨大的手掌，然后狠狠地拍向火人！

在惨叫声中，火人身上的火焰迅速消散殆尽，重新化为一个穿着夹克的普通青年。叶冬雪不等他有下一步动作，再次用已经破皮流血的拳头砸地，地上已经被冲得到处都是的碎石再次轰轰蠕动，重新填回那个大洞，顺便把这个夹克衫青年一起卷了进去。

整个行动从何塞丢闪光弹开始到结束也就十来秒，但刚才几乎掌控了局面的火人已经不见了。如果顺利的话，他会被卷入十米外的伊斯特河，能不能在双目失明的情况下浮出水面捡回一条命全看他的运气；如果不顺利的话……他会被卡在叶冬雪强行改变地形打通的这个洞里，下场应该更惨。

黑暗中传来沉重的呼吸声，所有人都在呼呼喘气。

"我明白了，下次对付这种火球怪我会用高压水枪。"尼克疲惫的声音响起，"叶女士，多谢你帮了大忙。"

"我只是赌一把，反正也不会更糟了。"叶冬雪跪在地上，几乎不想再直起腰来。她的裤子膝盖处传来冰冷的潮湿感，手掌可以清楚地感受到被水浸泡着的波动。隧道里的水位正在升高，那个墙上的大洞依然在源源不断地喷水，她只能勉强堵住漏洞，不让纽约地铁线在今天就被自己一个人毁掉。

尼克拧亮最后一支强光手电，艰难地走过来扶起叶冬雪："先离开这个鬼地方。"

叶冬雪借着光亮看看一片狼藉的四周："美国政府应该不会找我们索赔吧？"

"这笔账当然是算到觉醒者头上。"尼克见怪不怪地回答，"放心吧，那群政客有的是办法平账，沃尔玛里卖几美元的杯子换成我们军队去采购就要每个一千美元，我对他们一点都不担心。"

由于站台下的积水依然在上涨，大家只能以狼狈的姿势爬上站台，火人之前轰塌的天花板没有完全挡住去路，他们可以小心翼翼地侧身通过。这个站里没有人，刚走出地铁站，保罗整个人就像虚脱一般瘫在台阶上："我不行了，我要死了，我已经听到了上帝的感召……"

"你这样也叫消防员吗？"尼克虽然这么说着，自己却也找了个地方坐了下来，"算了，休息十分钟，我们去找 G.D.。"

叶冬雪不觉得尼克的状态能好到哪里去，但当她扭头打算问问对方的状况时，还是结结实实地吓了一跳。现在是将近中午的时间，可见度非常好，她能清晰地看到尼克的小半张脸都已经血肉模糊，高温将他脸上的皮肤烧掉，露出下面的肌肉组织，这些本应被皮肤覆盖的部位呈现不正常的暗红色，就像一具会动的人体标本，足以让任何正常人头皮发麻。其实他的脖子上也有烧伤，衣服也被烧坏不少，但比起脸上的触目惊心来几乎可以忽略不计。

"尼克！！！"贝蒂也看到了自己队长的这个样子，惊呼一声冲过来，开始低头翻自己的急救包，"你别动！你脸上的伤需要处理！"

尼克愣了一下，试图伸手去摸自己的脸，却被贝蒂一巴掌拍下去："你没看见自己的手多脏吗？不能再造成更多感染了！"

"我……现在的情况真的很糟？"尼克望着众人的表情，好奇地问道，"有多糟？"

"你的脸……"叶冬雪试图形容，但又找不到什么词，"有一半严重烧伤……"

"就像蝙蝠侠漫画里的双面人。"保罗说。

尼克挑了挑自己还算正常的另外半边眉毛："那可是真的很糟。"

"你忍着点，我先给你消毒！"贝蒂小心翼翼地用棉签蘸了碘伏擦尼克的伤口，"千万忍住……"

"我……没有感觉到疼。"尼克低声说。

贝蒂的动作顿了一顿，什么都没回答。

"我知道的，贝蒂，这很不妙，我的这部分神经可能已经烧坏了。"尼克努力让自己平静一点，"我在战场上看到过这样的例子，恢复起来会很麻烦，所以我真心请求你们，在找到一家愿意收治我的医院之前，别给我镜子。"

贝蒂花了半个小时给尼克处理伤口，然后把他的脑袋缠上一层又一层纱布，只露出一只右眼和用来呼吸的嘴。

"我现在是不是像《蝙蝠侠：缄默》故事里的杰森·托德了？"尼克诚恳地问。

贝蒂翻了个白眼："别做梦，你只是单纯地像缄默。"

"我还完好的那部分神经现在开始有感觉了……"尼克吃力地站起来，因为绷带缠得过紧导致说话有点含混，"见鬼，在我痛晕过去以前，我们要找到G.D.。"

"队长，你不能再走了！我们必须马上找一家医院！"

尼克就像没听到似的，低头检查自己手枪里的子弹。刚才在地铁里他打光了除这把手枪外的所有手枪里的子弹。

贝蒂呆呆地望着自己的队长，再说不出话，叶冬雪轻轻地握住她的手，低声说："我们劝不住他，但我们还可以帮助他。"

"你说得对，女士。"贝蒂用力拍了拍自己的脸，"我得帮助他，我得跟上他……走吧！"

街道上空无一人，到处可见废弃的汽车和破碎的商店橱窗，如果不是远处不知道什么地方还传来急促的枪声，叶冬雪几乎要疑心自己身处什么灾难片的现场……不对，自己已经置身灾难片里很久了。

尼克走了不到一百米，便有点支撑不住了，何塞和保罗赶上去把他扶住，尼克看了他们一眼，低声道：“听着……G.D住在上东区，东66街……”

“队长，这时候别说话了。”贝蒂在旁边低声说。

尼克沉重地喘了几口气：“听我说完……你们要找到乔治·邓迪，找到艾丽西亚·沃克……我们已经付出了这么大代价，我们已经……走到了这里，我们绝对不能放弃！答应我，即使我没法走到最后，你们也要坚持到底！”

“好的，好的，我知道了队长，但是你给我坚持下去！”贝蒂带着哭腔说，“你自己要先坚持下去，明白吗？”

“当然了，我会坚持到最后……”尼克喃喃自语，“我每次都坚持到最后……他们都死了，只有我坚持到最后……”

叶冬雪摸了摸他的额头，表情严峻起来：“他开始发烧了。”

“他从几天前开始就没有好好休息过，而且受了很多伤。”贝蒂低声说，“我们注意看看街道周围，如果有医院、药店或者诊所……”

“我们就先在那里给他治疗。”叶冬雪会意说。

但是他们没有看到任何一处能治疗的地方。路上唯一一处药店的门窗里都冒着黑烟，不用进去就知道里面什么也没剩下。

他们走过寂静的街道，偶尔有几个市民小心翼翼地跑过，带着戒惧的神情远远地望了他们一眼。他们还遇到了一支美军小队，但这支小队的情况比他们更糟，六个人里有三个伤员，其中有一个连胳膊都断了一只，一看就知道派不上用场，他们还反过来跟贝蒂要了几支麻醉剂。

“我们仍将竭尽全力……”带队的中士耸耸肩，“但这全力应该也没多少了。该死的，后面的事情就交给上帝吧。”

“不会有其他支援了吗？”保罗问，“上百万人的军队，我们世界第一的军队在哪里？”

脸上有一道醒目伤口的中士扭头看他：“总统被击落之前可能也问过同样的问题。伙计，我没法回答你，我现在连自己的上级都联系不到，不过我愿意赌一美元，我们的团长应该已经没了。我还挺伤心的，他本来承诺圣诞节当天办一个晚会，请附近酒吧的脱衣舞女郎过来跳舞呢。——你们谁有烟？”

尼克被贝蒂按着不许抽烟，只能把打火机和一包烟都丢给中士：“最轻松的一天永远是昨天，嗯？"

中士接住打火机和烟盒，打量他一下："海豹？"

"希望他们不会以我是休假途中受伤为理由扣我的退伍金。"尼克说。

"上帝保佑你——他总得保佑什么人吧，不然岂不是骗了我们两千多年的感情？"中士点燃香烟后打算把剩下的烟还给尼克，但是尼克摆摆手："拿着吧。"

中士将烟分给士兵们，大家沉默着把烟抽完，叶冬雪这边也明显感觉到了他们的情绪，忍不住问："重伤员要不就留下吧？"

"我留在这里，看着我的兄弟们奔赴战场？想都别想，女士。"那个断了手的士兵笑着说。

中士一口气将烟抽完，把烟头丢到地上用脚踩灭，然后向尼克敬了个军礼，带着部下们头也不回地奔向街道另一边，尼克在原地还以军礼，直到他们消失在街道尽头。然后他的身子晃了一晃。

"我们也有我们的战场。"他嘶哑着说，"走吧，该出发了。"

贝蒂咬着嘴唇，但是没有反驳他。

远处的交战声突然变得激烈起来，头顶有几架美军战机呼啸飞过，向前方射出机载导弹，但是高楼大厦挡住了视线，叶冬雪并不知道他们在向什么发起攻击。

她只知道尼克快要支撑不住了。

作为一个没得到任何有效治疗的重度烧伤患者，这名老兵已经坚持了足够长的时间，尽管路上他不得不停下来休息好几次，但他终于来到了目的地，这时候他只能把身体倚在何塞和保罗身上，无法完全以自己的力量移动了。

"我的眼睛快看不见了，我的头疼得厉害。"站在那座公寓楼下，尼克低声开口，"G.D.是个疑心病很重的老头……看到我这个样子，或许会怀疑我是被你们胁迫……贝蒂，劳烦你去敲503室的门，但是要小心，他有枪……实在不行你可以先揍他一顿。"

叶冬雪皱眉道："我和唐怜一起去，我们的力量或许也能有用。"

尼克点了点头。

"为什么不是我去？"保罗忍不住问。何塞抢答："至少她们看上去……不是那么有威胁。"

公寓楼的电梯居然还能使用，三个女性坐着这台灯光忽明忽暗的老旧电梯直接上了五楼，扑面而来的是一股血腥味和臭味，叶冬雪还没说什么，贝蒂已经将手枪举了起来。

走廊里有血迹和弹孔，但是没有尸体，这让叶冬雪稍微松了口气。走廊里的灯只剩最远处的一个，还在咔咔咔地闪个不停，叶冬雪忍不住想，如果肖雨晴在这里，会不会又抱怨说太像恐怖游戏？

一扇门虚掩着，叶冬雪瞥了一眼，看到有一只手平放在地上，手臂上的血迹已经干了。她心里小小地跳了一下，看看房门号，还好，不是503。

"你们有没有听到什么声音？"贝蒂突然小声问。

那是若有若无的音乐声，伴随着走廊里的风遥遥传来。

"巴托克的《乐队协奏曲》？"叶冬雪分辨出来，这是邱总平时在房间里做有氧运动时常听的曲子之一——天晓得他为什么要在做运动时听这个。这时候贝蒂已经发现了传出音乐的地方，门口写的房间号正是503。房门没关，三个女性听着那微弱但一直持续的音乐声，互相看了一眼，最后还是叶冬雪伸出手去推开了房门。

目标是死是活总是要去确认的。

房间里有点凌乱，但是是那种对生活不大上心的独居老人式的凌乱。地上倒着几个空的啤酒罐，一台老旧的收音机里放着音乐，而这房间的主人穿着一身睡袍，双手揣在袖子里，闭着眼倚靠在房间角落里打着补丁的沙发上。

叶冬雪忍不住往他身上多扫了几眼，还好，没有看到弹孔，也没有看到血迹，他的身体还在微微起伏，应该只是在闭目养神。

"你们来得太晚了。"沙发上这个头发花白的老人突然开口，"这房间里能拿的东西都已经被拿走了，包括我的手表。那台收音机要不是太老旧，也会被拿走的。所以你们最多能拿走我的鞋，如果你们想要的话。"

贝蒂摇摇头："G.D.？乔治·邓迪？"

这次老人隔了几秒才回答："你们是谁？"

"尼克·罗德里格斯，布拉德·哈里斯，你记得这两个人吗？"叶冬雪说，"我们是他们的朋友，他们让我们来找你。"

老人终于睁开了眼睛："他们怎么没有来？"

"他们的情况不是很好。"

"这几天所有人的情况都不好。"老人望着天花板，"所以，我那两个可爱的朋友说了什么？"

"我们要找一个叫艾丽西亚·沃克的人。"贝蒂回答，"布拉德让我们来找你。"

"哦，小艾丽……"老人的手终于从袖子里拿出来，大家这才看到他手里居然握着一把手枪，"看来确实是布拉德叫你们来的。"

叶冬雪忍不住苦笑，所以如果没有说出艾丽西亚的名字，他会抽冷子开枪是吧?!

"老实说，我不知道他们在搞什么，我也不知道小艾丽现在在哪里。"老人慢慢坐直了身子，"我最后一次见到她是在圣诞节当天，她说，布拉德把我这里设定成最后的紧急联络处，布拉德如果联系不上她，就会来这里找我。"

"所以艾丽西亚给你留下了她的联系方式?"

"大概是吧。"老人从衣服口袋里掏出一张字条，"这是她留在我这里的。"

大家一起看去，字条上只有几个数字，还有几个由字母、数学符号拼起来的类似公式的东西。

贝蒂一脸茫然："什么?"

叶冬雪两眼发直："什么?"

唐怜挑挑眉毛："就这些吗?"

"就这些，她只给了我这个。"老人把字条塞到唐怜手上，然后自己躺回了沙发上，"别问我，我也不知道这字条是什么意思……小艾丽说布拉德能看懂。"

"见鬼，'布拉德能看懂'，那有什么用!"贝蒂低声说，"难道我们现在要去通灵?"

唐怜看着手中的字条，不知道在想什么，很快她又开口："邓迪先生，你家里有纽约的地图吗?"

"我怎么会有那种东西? 你不如去一楼101室，管理员的房间看看，那家伙每年都要参加纽约马拉松比赛。"乔治·邓迪说，"你们知道吗? 我在三十年前也拿过这比赛的前三名……"

窗外突然传来巨响，隔壁街道上升起一大片黑烟，三个人一下子都冲到窗边，只见一个耀眼的光球正缓缓落下去。

"我有不好的预感。"贝蒂喃喃地道。

"那你们去忙吧，女士们。"老人在沙发上伸了个懒腰，"让我再和我的收音机待一会儿。"

"谢谢你，邓迪先生!"叶冬雪向贝蒂和唐怜点了点头，三人先后冲出了房间。

老人坐在沙发上，眼睛半闭，收音机里这时换成了另一首稍微激昂的音乐，接着一阵脆响，临街窗户的玻璃全部粉碎，一道强光照亮了房间。乔治·邓迪艰难地睁开眼，发现窗口悬停着一个巨大的光球，光球里依稀有一个人影。

"乔治·邓迪，"那人影用威严的声音说，"交出艾丽西亚·沃克给你的东西。"

"我不知道你在说什么，大电灯泡。"老人回答，"我也不知道什么艾丽西亚，反正我这里的东西都被拿走了。"

"艾丽西亚·沃克在什么地方？"人影问，"'病人'在什么地方？"

"我已经说了，我不知道你在说什么。"

那光球飘进屋内，光芒逐渐收敛，现出里面穿着西服的人来，那是山姆·范布伦。他盯着邓迪，面无表情："我再问最后一次，艾丽西亚·沃克在什么地方？她曾经给过你什么东西？"

"我不知道你在说什么，"老人咕哝，"我只知道她托我带给你一句话。"

山姆·范布伦眉毛微微挑起："什么？"

"她说……"老人以和年龄不符的迅捷动作猛然举枪，扣动扳机，F开头的单词熟练地脱口而出。

叶冬雪走进管理员办公室的时候，突然整座楼似乎都晃了一下，巨大的爆炸声从头顶传来，震得天花板掉下来不少尘土。

贝蒂紧张地看向门外，但什么都看不到，这时她身上的对讲机突然响了："贝蒂！我是何塞！你们快跑，快！"

"出了什么事？"

"有个光球撞进了公寓楼，然后503室的位置发生了大爆炸！"何塞那边传来沉重的呼吸声，显然正在奔跑，"我们带着尼克去旁边的楼里躲一躲，你们快离开那儿！"

"觉醒者追来了！"叶冬雪马上明白过来，"贝蒂，小唐，我们快走！"

唐怜从刚才开始就一直盯着墙上贴的纽约市大地图，似乎在寻找什么地方，也不知道听到叶冬雪的话没有，叶冬雪只能拉起她的手："快走！"

"哦……"唐怜这才有所反应的样子，但直到冲出门为止，她还在扭头看那张地图。

贝蒂也注意到了唐怜的异常，问道："你在地图上看到什么了吗，唐？"

"我还不确定。"唐怜说。

"那就先离开这里！"

公寓楼有两个侧门，她们选了最近的那一个，叶冬雪一脚踹开门，率先冲进对面的楼里。

"何塞！"贝蒂在身后低声喊，"你们到了吗？你们在哪里？"

190

"地下一层的仓库！B102！我们刚躲进来！"

两分钟以后，叶冬雪等人冲进了地下一层的一个房间。这房间颇为宽敞，但光线昏暗，只有一扇窗户透入有限的光亮。借着这点光亮，叶冬雪看到保罗扶着尼克坐在角落里，何塞则凑在窗前，紧张地看着外面。

"何塞——"

"嘘！"不等贝蒂说完，何塞就将手指竖在嘴边，做出噤声手势。

叶冬雪蹑手蹑脚地走过去，望向窗外。

他们身处地下，这扇窗户只在地面上露出不足五厘米的空隙，也就是外面大路上的行人脚踝的高度，很容易被人忽略。

现在就有三个人站在窗外的路上，一个人穿着西裤和皮鞋，一个穿着牛仔裤和红白色运动鞋，还有一个穿着高帮皮鞋，鞋面上沾着一些血迹。从他们的位置能看到这三个人的脚。

穿着西裤的人一开口，叶冬雪心中便是一紧。"有什么发现吗？"

那是山姆·范布伦的声音。

"还没有。"运动鞋回答。

山姆·范布伦问另一边的高帮皮鞋："我们的猎犬怎么样了？"

"教长，猎犬还要休息一个小时才能继续工作。"

"恢复以后马上让他开始。我们要抓紧时间，所有的线索都指向这两个人，布拉德·哈里斯和艾丽西亚·沃克，现在布拉德已经死了，却没人知道艾丽西亚在什么地方。"范布伦沉吟数秒，"FBI那边也没有消息传回吗？"

"他们的同事说，这两个人十天前就失联了，照现状来看，极有可能是找到了'病人'。"

"冷静一点，文森特，'病人'至今没有消息，说明即使找到了他，他也不能做什么，毕竟他只是病人。"范布伦走了几步，鞋子刚好停在叶冬雪眼前，叶冬雪能清晰地看到有什么光线隐隐从他的袜子里透出来，"齐格勒现在还没恢复联系，我担心他已经被解决了。看来，那个叫张腾飞的中国人提供的消息是准确的，尼克·罗德里格斯召集了一批人，这支队伍将是我们的主要阻碍。虽然现在他身边剩下的人应该已经不多了，但仍然要小心留意。"

"明白，教长，除了'病人'，我们会解决任何想阻止我们的人。"

范布伦似乎又想了一想，转向运动鞋："除了你们，现在有几个门徒到了纽约？"

"只有瑞德没来，其他的都到了。卡洛斯和中田作为后备队员，随时响应你的呼唤，其他人正在纽约各地搜索。"

"非常好。——继续去做你们的事吧，叫卡洛斯和中田来我这里。"

"谨遵你的命令，教长。"

三人向不同的方向分散离去，而何塞和叶冬雪依然屏声静息，不敢发出任何声响。

足足过了三分钟，叶冬雪才轻轻呼出一口气："大概是真的走了。"

她不是没有想过搞一次突袭，就在这里把山姆·范布伦解决了事。但仔细盘算了一下，她实在不认为自己加上地下室里几个同伴的战斗力比得上美军的枪炮，倘若失手，那便万事休矣。

"我应该早点退役的。"尼克突然开口说。

大家都望向他，不知道他为什么突然要说这个。

"我们在纽约做的这些事，都是有意义的。"尼克继续说下去，纱布裹在他的脸上，让他说话有点困难，"我们的奋斗和牺牲，是真正为了拯救大多数人，对吗，贝蒂？"

贝蒂低声回答："是的。"

"十五年前，我还是个什么都不懂的毛头小子，刚刚入伍，和战友们驻扎在坎大哈……我们奉命清剿那里的反政府军，我们认为他们是奴役当地居民的罪魁祸首……"尼克低垂着头，像是在回忆什么，"我还记得有个当地的年轻人，对我们非常热情，给我们带路……在一次行动中，我和两个伙计与大部队失散，只能藏在他家，他花了三天走到附近的基地，叫来了救援……"

"那你们成了很好的朋友？"叶冬雪问。

尼克沉默了几秒钟："过了几个月，他带着游击队炸了我们的巡逻车队。"

"……我不明白，尼克先生。"

"我也不明白，直到后来我才知道，我们的飞机在之后的一次行动里把他的村子炸平了，就因为怀疑那个村子里藏有反政府军。他全家都死在那次轰炸里，而他当时正在山里给我们带路。"尼克一气说到这里，长长地呼出一口气，"又过了几个月，我们的连接到了歼灭那支游击队的任务……他死在那次任务里，身上中了七枪，我不确定这里面有没有我的份。"

地下室里一片寂静。

"贝蒂，你还在吗？"尼克低声问。

贝蒂握住他的手："我在这里，尼克先生！"

"我已经看不见东西了，我也快要听不清了，我脑袋里嗡嗡直响，我的伤口像火烧一样疼，就像……哦，管他呢。"尼克的头始终没有抬起来，"贝蒂，我这十五年来杀了很多人，都是以国家和正义的名义……但是只有这一次，在自己的国家，在纽约……我相信我是真的为正义而战。"

"是的，尼克，我们在为正义而战，我们还需要你！"贝蒂带着哭腔说，"坚持下去，为了爱你的人，好吗？"

"贝蒂……坚持下去，我不在了也要坚持下去……"尼克的声音含混起来，"坚持下去，就当是为了我……我终于在做正确的事了……但是只能依靠你才能完成它，对不起，孩子……对不起……真的对不起……"

他的声音逐渐低下去，终于再也听不到了，房间里只剩下贝蒂的啜泣声。

叶冬雪走过去，轻轻揽住贝蒂的肩膀："我们该走了。"

"我们该去哪里？"贝蒂抽泣着问，"我们现在能去哪里？"

"去找艾丽西亚。邓迪先生留下了线索，我们要试着解开它。"叶冬雪说，"布拉德、邓迪，还有尼克，还有你们队里所有牺牲的人，都是为了这件事献出生命的，我们没理由放弃。"

"可是我们应该怎么做……"

"啊，不好意思，我打断一下。"何塞突然开口说，"贝蒂，我尊重尼克队长，但我不打算与你们同行了。"

贝蒂猛地抬头，惊愕地看着他。

"嘿，冷静点，不要这样！"何塞提高音量，"我完全是因为尼克才加入的，他帮了我很多！但是现在他不在了对吗？就靠我们这几个人？就靠我们这点人，就想把事情办成？觉醒者试图干掉我们，而我们都不知道下一步要去哪里！"

贝蒂盯着他："所以你没有信心了，你想放弃？"

"我……"何塞本来还想辩解两句，但最后他只能翻个白眼，"对，我想放弃！连尼克都死了，我觉得我们这么下去也必死无疑，我不想干了！可以吗？！"

贝蒂低声道："那你要去哪里？"

"我不知道，总之不是去和觉醒者作对！"何塞愤愤地回答，"贝蒂，我知道你现在一定认为我是个懦夫，但并不是每个人都能坚持到最后的！"

"我知道了。"贝蒂以飘忽的语调说，"你走吧，何塞，至少你可以活下去。"

何塞也一时沉默下来。然后他试探着问："你们真的要继续下去吗？贝蒂，你知道的，我们好歹并肩作战了这么久，我不希望你……"

"闭嘴，何塞。"

"好的，好的，我不多嘴，我该离开了。"何塞举起双手，示意自己没有敌意，"贝蒂……叶女士，唐小姐，还有保罗，我是真的希望你们能活下去。我会为你们祈祷的。"

说完这话，他便头也不回地逃出了这个房间。

贝蒂看向叶冬雪："叶女士，你们呢？你们接下来打算怎么办？尼克不在了，我也没理由要求你们必须跟我走。"

叶冬雪看了看唐怜和保罗，问道："你们怎么想？"

保罗为难地挠挠头："我没有什么想法……我本来就只是想能帮上忙。"

唐怜有点走神，不知道在想什么，只回了一句："我跟叶姐你走。"

叶冬雪轻轻呼出一口气，双手把贝蒂的手握住："那么，我们会与你一起继续前进。"

"谢谢……"贝蒂擦掉眼泪，又看了一眼旁边坐着不动的尼克，低声说，"我想和他告个别。"

叶冬雪、唐怜、保罗走到 B102 室门外，轻轻把门关上，只留贝蒂和尼克在房间里。

"这可真是没想到。"保罗这时候才叹起气来，"委托人死在半路了，这就很尴尬。"

叶冬雪微笑着看他："但你还是愿意继续履行承诺，对吧？"

"啊，我祖母经常说，不要以为没人知道你在做什么，上帝在天上看着呢。"保罗耸耸肩，"老实说，我没有她那么虔诚，但信守承诺总不是什么坏事，对吧？"

"确实不是。"叶冬雪说，"谢谢你愿意跟着来。"

保罗好奇地反问："那你呢，叶女士？你甚至都不是美国人，为什么也要继续干下去？"

"因为我也答应了尼克队长。"叶冬雪回答，"遵守诺言是美德，这不分国籍。"

"你说得对……但是我们接下来要怎么做呢？"

这可问倒叶冬雪了，她也一样毫无头绪，那张字条上显然是什么密码，需要有相关知识的人才能解密，但他们唯一知道的一个可能解开密码的人叫布拉德·哈里斯，这个人在几小时前已经死在大家面前了。

房门这时候打开了，贝蒂走了出来，眼睛还是红红的，显然在里面哭过，不过她已经抹掉了眼泪。

"贝蒂，你还好吧？"叶冬雪问。

贝蒂点头："谢谢你们还愿意陪着我去完成尼克的遗愿。"

"谢就不必了，但是贝蒂小姐，我们刚才还在讨论那个最重要的问题呢。"保罗说，"我们接下来要怎么办？去哪里找那个艾丽西亚？"

贝蒂顿时也沮丧起来："我也没有什么头绪。你们都看到了，尼克一样对此不知情，是找到布拉德以后，我们才发现还要去找艾丽西亚的。"

"主要是那个'病人'，'病人'才是觉醒者和我们都要找到的最终目标。"叶冬雪提醒，"现在可以断定的只有 G.D. 不是'病人'。"

"所以那张字条上的信息到底是什么意思呢？"

没人能回答这个问题。大概一分钟后，唐怜突然开口："贝蒂小姐，你能带我们从这里去大中央火车站吗？"

"中央车站？当然没问题，甚至离我们不算特别远，步行的话半小时就足够了。"贝蒂回答，"但我们去那里干什么？"

"当然是去找艾丽西亚。"

所有人都吓了一跳，叶冬雪吃惊地追问："小唐，你知道艾丽西亚在哪里？你怎么知道的？"

唐怜苍白的小脸上第一次浮现出自信的笑容："只是根据那张字条上的题目，代入几个提示的微积分公式罢了，算出来就行。"

"你算出来了?!"叶冬雪恍然大悟，"所以你刚才一直不说话，就是在破解这个信息……用心算?!"

"因为有好几组数字，我担心算错，又验算了两遍，应该不会有问题。"唐怜说，"艾丽西亚的藏身处就在中央车站附近。"

"你说你用心算……"贝蒂的悲伤情绪已经完全被震惊驱散了，"你是哪个大学的高才生吗？"

"清华大学。"

贝蒂和保罗都不大清楚这个学校代表什么，于是叶冬雪在旁边补充了一下："她现在在麻省理工读书。"

果然两个美国人马上停止了所有质疑，转而露出一种见到学霸的敬仰神色来。保罗小心翼翼地看向叶冬雪："叶女士，我跟你确认一件事……即使是中国人，能心算这种题的也是少数，对吧？"

"确实。"叶冬雪尽量让自己严肃一点，"至少我就不行。"

唐怜将手揣进衣兜，向他们偏偏脑袋："那我们可以出发了吗？"

第十一章

叶冬雪并不觉得藏身在纽约的中央车站是个好主意。

诚然，作为世界上最大的火车站之一，这里空间足够大，四十多个站台和近七十条铁轨错综复杂，第一次来的人往往连方向都搞不清楚，在这种环境下藏个几万人一点问题都没有。

但问题就在于，很多人确实就这么干了。

虽然叶冬雪他们没有走正门，但依然在进入中央车站时遭遇了好几拨人的袭击，幸好他们都犯了同一个错误，认为这支小队里女性居多，可以先尝试用暴力制服，然后他们就会"享受"唐怜的磁力缴械、保罗的冷水糊脸和叶冬雪的地形攻击三连套餐，贝蒂甚至都抢不到开枪的机会。

但他们能做到的也仅此而已。在已经失去秩序的人群中，暴力和疯狂正不可遏制地蔓延。抢劫、盗窃、吸毒、强奸以及单纯为发泄压力而爆发的斗殴和枪击，这一路上层出不穷，只有极少数人对自己的团体还有约束力，而这些团体同样对外来者保持着警惕，不给对方任何可乘之机，叶冬雪他们只能选择快速离开。

"这样下去绝对不行。"叶冬雪自言自语，"我们必须尽快结束这种混乱局面。"

"我同意。"保罗摇着头，把地上的那具男子尸体推下站台，"不管是什么神，也不能让全世界发疯啊！"

叶冬雪好奇："包括你信仰的上帝？"

"我信仰的上帝不会做这些事。"

唐怜捡起地上的衣服，给坐在角落里啜泣的少女披上。这就是他们一路上频繁遇到的事情，而他们也只能处理迎头撞上的那部分。就好比一分钟前撞见的这一幕，几乎不用分辨太多，保罗就把这个正要对少女施暴的男子拽了起来，这男子又顺手拔出了手枪，于是贝蒂当然就毫不客气地打爆了他的脑袋。

"别怕，没事了，都过去了。"叶冬雪轻拍少女的肩，从保罗手里接过那男子的枪交给少女，"会用吗？"

少女点点头。

"那就行。"叶冬雪说，"下次遇到这种浑蛋，直接开枪。"

少女抬起头问："你们要走了吗？可以带上我吗？"

"我不认为这是个好的选择，我们还有很重要的事情要做。"叶冬雪轻声说，"我们自己也不知道会遇到什么，所以不能带你去冒险，明白吗？"

"我们要去的地方可能比这里更危险。"保罗也说，"你就找个地方躲起来，实在不行就去地面，老实说我现在觉得地面比车站里还安全一点。"

少女的情绪稍微平复了一些，开始好奇："你们要去做什么？"

保罗笑道："我们要去拯救世界。"

过了十分钟，大家还在吐槽这句话。

"拯救世界这种话你怎么能这么坦然地说出来啊？"贝蒂一边用手电筒照着前面一边抱怨，"我觉得我都没脸再见那个女生了！一下子就显得我们好像是二次元文化中毒的死宅啊！"

他们现在已经远离了喧嚣嘈杂且危险的中央车站枢纽区域，走在一条漆黑的轨道上。反正现在整个纽约市的交通都瘫痪了，不必担心突然杀出一辆列车来。

保罗叹气："别说了好吧，我正在后悔呢，正在后悔！"

"如果真的能拯救世界，其实也没关系，但我们现在自己也没底。"叶冬雪说着突然想起一件事，"贝蒂，尼克的小队成员都各有自己的能力吧？你的能力是什么？"

贝蒂沉默了一会儿才回答："我没有能力，我是唯一的例外。"

"那为什么……"保罗顿了一下，"好吧，你如果不愿意说的话也可以不说。"

"也没什么不能说的，但你们未必乐意听，不是什么美好的故事。"又沉默了一会儿，贝蒂终于开口，"我姐姐是个妓女，尼克是她的客人。"

叶冬雪小心地问："你姐姐呢？"

"死了，两年前就死了。"

这确实不是一个美好的故事。贝蒂和姐姐出生在东哈莱姆区——虽然与繁华的曼哈顿下城区直线距离只有十几千米，环境却是天壤之别。这里是纽约治安最差的街区之一，贝蒂的姐姐还没上完中学就辍学了，在做了两年售货员后终于还是走上了出卖身体的那条路，但她不允许妹妹变成自己那样，一直督促她好好学习，将来能摆脱这个糟糕的家。

她们搬了好几次家，并在三年前遇到了尼克。那时候贝蒂的姐姐吸毒的情况已经很严重，尼克本来兴趣也不大，但是看到在隔壁房间像个书呆子一样努力啃书的贝蒂，他大为惊讶——贝蒂的姐姐以为他要对贝蒂下手，差点把他的眼珠子抠出来。

很难猜测尼克是什么心理，总之这一次之后，他成了这里的常客，每次休假都会过来光顾。但是一年后贝蒂的姐姐去世了，贝蒂搬离了那里，和尼克也断了联系。失去经济来源以后，贝蒂只能学姐姐那样辍学，在一家小超市当营业员。

"然后尼克居然通过自己FBI朋友的关系找到了你。"叶冬雪终于也好奇起来，"他在想什么？"

"谁知道？"贝蒂说，"他说自己做了很多浑蛋的事情，希望自己至少有一点机会做好事。"

"所以他给你找了住处，给你交了学费，要你继续读书……"保罗的语气里有一丝哀怨，"怎么就没人对我这么好呢？"

"闭嘴，保罗……后来怎么样了？"

"后来？一切如常，他会在休假期间来看我几次，但只关心我的生活和学习，其他时间我也不知道他在干什么，他说和自己的朋友在一起玩。"贝蒂叹了口气，"直到这个圣诞节，他突然找到我，让我帮他的忙——我知道，其实是他在帮我。因为那时候街区已经开始乱了，他是想带我离开那里，我跟在他身边更安全。"

"但你确实帮了他的忙。"叶冬雪说，"你是他最信任的，也是跟随他最久的同伴。"

"叶女士，谢谢你的安慰，我现在感觉好一些了。"贝蒂回头看了叶冬雪一眼，"事实上，他也一直在告诉我，要我做好心理准备，如果他死了，不要过于悲伤……我不知道他到底在想什么，把我带在身边，就为了见证他的死吗？"

"或许就像他说的那样，他希望自己做一点好事。"叶冬雪用自己的想法揣测着，"我不知道他经历了什么，但我听说参加过战争的军人或多或少都有不愿意回忆的事情。而你是他拥有善良之心的证明，所以他希望你陪他到最后，证明他到最后还是一个好人……他确实是个好人，至少在现在这个纽约市，他已经很好了。"

贝蒂摇摇头："但愿他满意自己的结局。"

一行人又走了一阵，唐怜突然打断了她们的聊天："贝蒂，劳烦你把手电筒给我，我的手机灯光有点暗。"

贝蒂不明所以，但还是按唐怜说的做了。唐怜举着手电筒，在轨道旁边的墙壁上找着什么，大家都看得一脸茫然，因为墙壁上看不出任何可疑的痕迹。唐怜却胸有成竹，举着手电筒又往前走了十几米，在一堵墙面前停了下来。

"这里有什么东西吗？"保罗问。

手电光移上去，照了一下墙壁上半部，大家看到那里有一盏古老的煤油灯。

"这应该是地铁修建初期用来照明的。"叶冬雪说，"有什么特别的吗？"

如果那盏灯是开工时就在这里的，它能有一百多岁了。

"油灯本身没什么特别的，但它的位置比较特别。"唐怜一边说着，一边走下轨道，向那堵墙走过去，"这条线路上有六盏这样的老旧煤油灯，只有一盏是特别的，如果不是这一盏，那就是下一盏……啊，是这一盏。"

唐怜是个看上去毫无威胁的瘦小女孩，但她的手贴在墙壁上，还没怎么用力，墙砖就哗啦啦地倒了一地，露出墙后的一个洞口。

"这些砖是临时砌上去的，连固定用的水泥都没有抹。"叶冬雪蹲下去打量这些砖块，"平时应该很容易就会被发现吧，但是现在，没有谁会在伸手不见五指的纽约地铁隧道里在意一堵墙壁。"

保罗望着黑洞洞的墙洞，忍不住开始打退堂鼓："我们……我们应该进去吗？"

"艾丽西亚的字条上的信息就是指向这里。"唐怜说，"你现在想回去吗？"

"不，我当然不回去，我好不容易才到了这里！"保罗提高音量，"但我总得知道这是什么地方！地铁隧道里怎么会出现这么一个洞？"

"很简单，这后面应该是一条废弃的地铁线。"唐怜回答，"我记得纽约有不少因为各种原因被废弃的地铁站和火车站，你不用这么惊讶。"

"哦……类似市政厅火车站那种的？"

"类似，但它没有市政厅那么好运，市政厅现在还能作为景点供人参观，这里就直接被废弃了……"唐怜敲了敲还完好的墙壁，"我想，这里本来应该就是被封闭在墙后的，但是那位艾丽西亚小姐强行砸开了一部分，然后又把这个破洞填上了。"

"所以，艾丽西亚和那个'病人'躲在这堵墙后面？"叶冬雪看了看左右，不得不承认这是一步妙棋，如果事先不知道的话，谁又会查到这里来呢？

这次唐怜打着手电筒，走在最前方。

正如她所说，墙壁后面是一条被掘了一半的铁轨，这条铁轨蜿蜒出去，通往更幽深的黑暗。

"我有个朋友曾经提议去洞穴探险……"保罗不由自主地靠近了唐怜一点，"我觉得他都不一定敢来这里！我要……哦，上帝啊！"

大家都被他这一嗓子吓了一跳，贝蒂把枪都举起来了："什么?!"

"哦……没什么……"保罗嗫嚅道，"可能是老鼠……刚才有一只老鼠撞到我的脚上了。"

贝蒂摇了摇头，满脸不屑地将枪重新收好。

然而唐怜居然又发现了一条岔路，这条岔路从一座狭窄的拱门后方延伸出去，斜斜向下，仿佛是去地府的方向。这次就连贝蒂都开始犹豫了："那个艾丽西亚会跑到这么可怕的地方来吗？"

"我不知道她是不是在这里。"唐怜回答，"但这也在字条传达的信息里——这是最后一段路了，答案就在终点。"

"我以后一定要来录一段 vlog（视频博客）！"保罗咬牙切齿地说。

这条斜坡很宽，倾斜度也不大，但是比预想中要长很多。黑暗中容易对距离产生误判，叶冬雪怀疑自己已经往下走了一百米，但理智告诉她这不大现实。一开始保罗还抱怨几句，但随着往下深入，他也紧张地闭上了嘴。

斜坡终于走到了头，脚下的地面变得平缓起来，看来这是一块平地。

就在四个人都走下斜坡，试图一觑前方的情况时，一个女人的声音突然在黑暗中响了起来："停下来，不要再往前走，停止前进，原路返回。"

大家的动作一下子僵住了，叶冬雪沉声问道："什么人？"

她还不能确定对方的身份，不想过快暴露艾丽西亚的信息，但对方比她更果断："这是最后一次警告，马上退出去，原路返回。我在这里装了不止一个C4炸弹，如果你们坚持不离开，我只能引爆它们。现在我开始倒数五声——五，四……"

叶冬雪知道自己不能再犹豫，只能大声问："艾丽西亚！是你吗，艾丽西亚·沃克？"

她的声音很大，以至四面八方都有回音传来。对面倒计时的声音果然中断了，转而说道："报上你们的身份。"

"布拉德·哈里斯让我们来找你。我们是他的朋友。"

女人的声音略微有点迟疑："我不知道布拉德有你们这样的朋友。你们是谁？布拉德在哪里？你们有暗号吗？"

"好吧……情况稍微有点复杂，希望你耐心听完。"叶冬雪叹了口气，粗略措辞了一下，"布拉德本来约了他的朋友尼克·罗德里格斯帮忙，于是尼克组建了一支小队，但我们找到布拉德时，他已经重伤濒死。临死之前，布拉德让我们去找乔治·邓迪，是乔治给了我们关于你的线索，但是最后活着到达这里的只有我们几个了。——你理解了吗，艾丽西亚小姐？"

对方在听到布拉德死讯的时候明显呼吸都粗重了起来，但她很快调整过来："所以，尼克·罗德里格斯和 G.D. 也死了？那我要怎么相信你们？"

这确实是个难题，两边没有任何直接联系，而能把他们联系起来的中间人现在也死了……甚至叶冬雪和尼克认识都还不到二十四小时！

一阵尴尬的沉默后，贝蒂的声音响了起来："艾丽西亚女士，我知道你是 FBI 的人，我是贝蒂，贝蒂·拉塞尔，尼克的朋友，尼克曾经拜托他在 FBI 的朋友帮忙找我，所以我想问问……你认识我吗？"

侧面突然有一道光射过来，打到贝蒂脸上，几乎让她睁不开眼，但那束光很快就消失了，取而代之的是头顶的好几盏灯同时照下来，这时候所有人才发现自己置身于一个不算小的空间里，头上的穹顶至少有两层楼高，四周都是灰色墙壁，粗略望去大概相当于一个室内篮球馆的面积。

而在他们的对面，也就是刚才那束光打过来的方向，大约二十米外站着一位瘦高个子的中年女性。她穿着一件黑色外套，显得颇为干练，手中的手枪依然对着众人这边，但她很快就把枪放下去了。

"贝蒂·拉塞尔，我当然认识你。你出生于 2012 年 7 月 9 日，在东哈莱姆高中毕业，你姐姐朱蒂·拉塞尔两年前死于毒品过量，你高中毕业以后在一家医院做实习护士。"女子看着贝蒂，语气平静，"别那么紧张，两年前尼克拜托布拉德查你的去向，而这件事最后是我办的。"

"所以……"

"我还有一个问题，布拉德死之前，只来得及让你们去找 G.D.。G.D. 那里有字条，这个我知道，那你们是怎么拿到暗号书的？"

这次轮到叶冬雪这边的人面面相觑："什么暗号书？"

女子皱了皱眉："……你们是怎么找到这里的？"

"有数字，有公式，代入进去不就能算出数列来吗？"这次回答的是唐怜，她的语气反而是对这个问题本身颇为不解，"还在下面备注着大写，用英文字母顺序替换一下就能发现是个地址吧？暗号书是做什么的？还要再换算一遍？"

女子看她的表情有一瞬间的呆滞："你算出来的?!"

"她心算的，还验算了两次。"保罗幽幽地解释，"她读的是麻省理工。"

"……好吧，看来布拉德和尼克真的已经死了。"女子长吁一口气，接受了这个结果，然后她从口袋里掏出一本证件，让大家看清证件上的徽章，"正如你们所说的，我是联邦调查局的探员艾丽西亚·沃克，欢迎加入这个倒霉的团队。"

"加入团队？"叶冬雪皱起眉头，"这是什么意思？我们还没有讨论过这种事……"

"都一样，女士。你们来到这里，见到我以后，就已经没的选了。"艾丽西亚嘴唇微微上翘，似乎有点幸灾乐祸，"就像我发现了事情的真相以后，也没的选一样。"

这正是所有人都关心的问题，贝蒂忍不住问："事情的真相到底是什么？布拉德说得很含糊，他说你不能在电话里直接告诉他，只能当面说……我们只知道有个'病人'是事情的关键，现在觉醒者正在满城找他！"

艾丽西亚好奇地反问："觉醒者又是什么？这是这段时间外面的新词吗？老实说，我甚至不知道今天是几号，我从12月27号开始就与外界完全失去了联系。"

"你从27号开始就一直在这里？"保罗惊讶地问。叶冬雪也顿时生出一股景仰之情来，在这种黑暗而封闭的地方独自坚守好几天，这可不是一般人能做得到的。

"为了不泄露机密，只能这样。这里是纽约地铁中心一个废弃的备用站点，已经五十年没有启用了，就连FBI里也没几个人知道，至少短期内这里是安全的。"艾丽西亚回答，"我一直等着布拉德来找我，但最后来的是你们。——说回外面的事情吧，什么是觉醒者？"

"那是山姆·范布伦建立的组织，这个名字你肯定不陌生。"叶冬雪说，"需要我稍微解释一下吗？"

艾丽西亚做了一个"请"的手势。于是叶冬雪开始叙述，当然从林恩逃出来的这段故事可以简略一些，她主要描述了纽约面临的状况，包括那个十字架，包括那些火人，包括各种各样的超能力，包括现在纽约的乱象，以及布拉德、尼克和乔治最后的情景。艾丽西亚一直没有打断她，直到叶冬雪全部说完，这个女探员才缓缓地点头。

"看来外面暂时靠不住了。"她言简意赅地总结道。

叶冬雪苦笑:"我同意。"

"所以你们更没的选。"艾丽西亚转身走向这个废弃站点的墙壁,"我们现在在同一条船上了……即使你们现在退出,觉醒者也一定不会相信。"

"……这倒是真的。"

贝蒂还想问什么,但艾丽西亚已经走到墙边,转身看向他们:"所以,见见我们的'病人'吧,也是我们的客人,不过他确实病得很重。"

因为这段时间的遭遇,叶冬雪对这位"病人"的真面目也充满了好奇,并在脑子里有过各种想象。她已经做好了看到"病人"是个堪比范布伦的神棍的心理准备,甚至面前出现梵蒂冈教皇或者一个自称耶稣的人她也可以接受。

……但总不能是孙悟空吧?

然后她就看到艾丽西亚身边本来空无一物的位置突然迸出一缕光。

这道光迅速在空气中勾勒出一个轮廓,然后光芒散去,留在原地的是一台大约可以被称为"机械"的装置,显然刚才是用了什么高科技的"隐形"技术藏匿自己。这装置从外表上看有点像一座意识流的雕塑,在侧面各有两只锐利的角,但叶冬雪完全不知道这个装置到底模仿了什么东西的外形,有什么用。

对面没让她猜太久,"雕塑"的正面突然裂开,外壳面板向两侧滑开,露出里面的内舱,一层淡蓝色的半透明膜包裹着它,将内舱映射得颇为神秘。

不过这一切都不重要了,叶冬雪盯着内舱里的那个"病人",手心在这个室内低温下依然不由自主地出汗,甚至有点眩晕。

因为那个"病人"怎么看都和人类没关系。

叶冬雪可以勉强分辨出对方的"头部",但是这无关紧要。"病人"看上去像是一条被做成标本的深海鱼,但这条"深海鱼"穿着一身带着金属光泽的铠甲,有好几根管子从内舱里插到金属铠甲上,还有两根管子插在"深海鱼"的"头上"。几根类似节肢动物的附肢的东西从铠甲里伸出来,在舱内有限的空间里轻轻摆动。

"这就是……'病人'?"最先发问的是唐怜,她的语气里也充满惊诧,"'他'……还是'它'?"

"是'他'。按照我们的划分,他们的种族也分'男'和'女',和我们一样。"

"和你们不一样,你们分几十种性别呢。""深海鱼"发出的居然是浑厚温和的中年男性声音,"而且你们星球并未形成全球统一认知,这很罕见。"

"就是这样，请容我向你们介绍——T3E-001。T3E 是取自他名字的近似发音，因为他的本名很难用地球人的声带发音。我们可以简称他为 T 先生，他是我们的'病人'，也是我们的客人。"艾丽西亚带着"吓到你们了"的略微自得的表情说，"T 先生来自金牛座许阿得斯星团——按你们东方的话说，毕星团。"

"外，星，人。"保罗那震惊的表情倒真的是很配合，就仿佛看到自己的祖母额头上长出了两只角，"你是说，真的有外星人？"

"是的，他的飞船在去年 12 月 22 日抵达地球，然后出了一些意外。"艾丽西亚说，"而觉醒者为什么要找到他，我也大致能理解。T 先生，我想现在只能依靠这些朋友了。"

"我同意你的判断，首先要告诉他们真相。"外星人不知道在用什么器官发声，反正从外表看不出来，叶冬雪甚至开始胡思乱想这会不会是个恶作剧的模型，另外有人在别处配音，还有隐藏摄像头在偷拍——当然她的理智告诉自己这是不可能的。

艾丽西亚看了一眼对面的四个人，扭头问那个外星人："那还是……你来？"

T 先生道："在这之前，我要问一下你们，你们相信有神灵吗？"

一个外星人问大家相不相信有神，这件事有点怪异，但贝蒂还是老实回答了："我相信有，我也希望有。"

"我曾经相信有，但老实说，现在我不确定。"保罗的脸色有点犹豫，"虽然我周围的人都说不要揣测主的心意，不要试图指责主做了什么，但是……如果这一切都是神的考验，那么这个神未免太残酷了。"

下一个是唐怜，唐怜这时候把手机都掏出来了，却没有回答，而是提出了一个新问题："神的定义是什么？"

T 先生反问："那你认为神的定义是什么？"

"这个世界，这个宇宙的结构不是偶然的。这些不是偶然的东西，这些力量如此之大、影响如此之大的东西来自何处？如果要问有没有一个造物主，那么我想是有的。"唐怜吐字清晰地说，"但如果你要问这个所谓造物主是不是人形，那我认为不是。"

贝蒂忍不住好奇道："这是你的意见？"

"是杨振宁先生在一次访谈里表达的意思。"唐怜回答，"爱因斯坦也说过类似的话：'我相信斯宾诺莎的神，一个通过存在事物的和谐有序体现自己的神，而不是一个关心人类命运和行为的神。'当然我个人最喜欢的是卡尔·萨根的表述：'如果你问是否可能有这样的存在：它制定了宇宙的规则，创造了地球上的生物，为人类创造文明指引方向，我觉得都是有可能的。但如果你很明确地指的是一个白发、白胡子的慈祥老人，坐在云端上，以悲悯的眼神看着地球，倾听每一个信仰他的人的祈祷，我觉得，这是不可能的。'"

一阵短暂但明显的沉默后，保罗眨了眨眼，小心翼翼地发问："有没有我能理解的表达方式？"

"好吧——或许确实有创造了宇宙、地球或人类的伟大存在，但我绝不会认为它是各种宗教或神话里描述的那种'神'。"唐怜向对面那条古怪的"深海鱼"抬起下巴示意，"就好像这位 T 先生，我甚至可以接受是他创造了地球生命甚至人类，但我不会接受他是宗教里的那种会倾听信徒祈祷的神。"

"如果我说我就是神呢？" T 先生问。

唐怜看着他，认真地说："那我要看证据。"

"你管神要证据。"保罗重复了一遍，"如果发现是真的，你会怎么办？"

"神已经可以与我们对话了，证明这是具体存在的事物，不是虚无的'概念'存在，换句话说，这个'神'完全可以理解为单纯是比我们高级的生命，而不是神话故事里无所不能，决定我们命运的存在。"唐怜回答，"所以，当然是交流、沟通、研究、学习。我们可以崇拜，但不会膜拜，就像我们在学校里对老师做的那样，如果可能的话，最好能汲取他们所掌握的知识——当然了，前提是他们愿意。"

保罗吞了口唾沫："要是他们不愿意呢？"

唐怜理所当然地一摊手："要是他们不愿意，那也没办法；但至少我们看到了可能的方向，我们可以尝试向那个方向前进，哪怕是一小步，也是向更伟大的方向的一小步。"

"哪怕是向神的方向？你不认为这是亵渎？"

"哦，我记得之前彼德森老师对你说过吧，不要用凡人的目光去判断上帝。"唐怜狡猾地眨了眨眼，只有这时候才让人感觉到她其实还很年轻，"所以，如果那位上帝确实存在，而且确实爱着人类，那我想他一定会在反感亵渎行为时明确提出来的。"

"如果他不爱人类呢？"这次是一直听着的艾丽西亚突然发问，"如果他有恶意呢？"

"那我们为什么要信仰对我们有恶意的存在？"唐怜反问，"是为了祈祷他让我们死得没那么痛苦吗？"

"好吧，我差不多明白你的意思了。"艾丽西亚最后看向叶冬雪，"叶女士，你怎么想？"

"我和小唐的想法差不多。"叶冬雪微笑道，"在我们中国的传说里，太阳如果太暴虐，是会被弓箭射下来的；龙神如果残害平民，是要被剥皮抽筋的。"

"听到你们的回答，我差不多可以放心了。"外星人"头部"有一道裂缝，看上去可能是"眼睛"，但那条裂缝现在张开了，大家才发现那是什么机械装置，随即在所有人面前出现了一面"屏幕"。"那么，就请允许我占用诸位一点时间，从头讲起。"

叶冬雪盯着那个屏幕，屏幕上的景象她记忆犹新——是那片在梦中出现的雪后荒野。

巨大的眩晕感突然扑面而来，她的身子晃了晃，唐怜连忙把她扶住："叶姐，你还好吗？"

"我还……还行，就是突然有点晕……"叶冬雪用力甩头，将那股眩晕感驱离，"不妨事！"

"看来这位女士激活的部分比较多。请放心，既然你已经进入激活状态，这就不是坏事，而且更有利于你理解眼下的状况。"T先生的声音传来，"首先，让我们追溯至地球时间12854年前。"

四周的同伴都消失了，叶冬雪完全融入了眼前这片覆盖着冰雪的原野，头顶的天空一碧如洗，阳光有点刺眼。有些地方的雪已经融化了，露出黑色山石，而在这片恍若在孕育生机的原野上，有几个黑点在远处移动，依稀能看出是人影……

她的心猛然抽紧，因为她想起了接下来会发生什么，而几乎就在她意识到这一点时，天空猛然被一个巨大的火球照亮！那块在她梦中造成了世界末日的陨石如约而至，划破天空后碎裂成无数小块，将这片荒野淹没在烈焰与爆炸中！

"12854年前，一块巨型陨石冲入地球大气层，在北美洲上空爆炸，碎片覆盖了整个北半球。"T先生的声音仿佛解说员一样环绕在四周，叶冬雪也看到周围的景象在不断切换，"爆炸的冲击让北极冰盖大量融化，直接影响了海洋环流，同时爆炸引发的烟尘也遮蔽了阳光。简单地说，这次灾难造成了整个地球的大降温，也对当时的地球生态造成了很大打击，大批野生物种灭绝，当时在北美的智人种群也几乎全部灭绝。"

"新仙女木事件？"唐怜的声音不知道在哪里响了起来，"我看到过一些报告。"

"在地球的科学界确实是这个名字。"

"什么……事件？"保罗的声音响起。

唐怜不紧不慢地解释："仙女木是一种生长在高寒地带的植物，但研究人员发现它在一段时间里广泛分布在欧洲的低纬度地区，证明当时此地的气候适合它生存，也是当时出现大降温的证据。因为之前也出现过类似事件，所以最新的这一次，也就是一万多年前的这次，就叫新仙女木事件。——还有问题吗，帕斯卡尔·保罗同学？"

"……没有了，唐老师。"

"这次事件给整个地球的智人都带来了灾难，虽然已经有部分智人部落进入了新石器时代，却依然无法面对这突如其来，而且旷日持久的严寒——这次大降温持续了超过一千年。"画面中是一群原始人在冰天雪地里跋涉，"他们赖以为生的食物极度短缺，几乎所有的部落都面临生死存亡。如果这种情况持续下去，导致智人下降到一定数量，那几乎可以肯定他们将在这一千年里灭亡，你们的现代人类文明将无法诞生，地球上出现智慧文明的时间将无限期延后。"

叶冬雪若有所思："而我们能发展出现代文明，证明中间发生了什么事，对吧？"

"完全正确。"

视角突然拉到地球之外，一直拉到了月球上，这时叶冬雪才看到月球表面有一个银白色的物体，有点像一颗悬浮在空中的白色围棋棋子。

"就在新仙女木事件发生大约六十个地球年以后，这艘飞船抵达了你们的恒星系。他们来自麒麟座环的大犬座矮星系，资料显示他们是擅长并酷爱在宇宙中航行的文明，我们称之为'旅行家'。"T先生介绍说，"根据考证，他们在七十万个地球年以前就具备了宇宙航行的能力，银河系里有超过三十个文明曾经受到过他们的帮助，其中有十九个残留到现在，地球文明也是其中之一。"

"是他们帮了当时的地球人？"

"对，因为改变星球的气候和洋流是一件后果随机性很强，风险很高的事情，当时的地球人经不起再一次气候突变，所以他们选择的方式是直接改变地球人本身。"画面中出现了无数球状物体，这些小球密密麻麻，不可胜数，宛如恒河之沙，体积小得惊人，在极微观的层面进入了原始人的身体，而那些原始人恍若不觉。

"看似空无一物的虚空，其实是由正负电子旋转波包组成的系统，这个系统蕴藏着庞大得惊人的能量，旅行家们的技术能将这种能量提取出来。现在，地球人通过体内这些量子机械，也能获得这种力量。"

唐怜好像听懂了，语气里充满惊讶："量子场论里的真空零点能？量子涨落可以被有意识地控制?!"

"是的，这是由旅行家文明首创的技术，银河系各个文明受益匪浅。"

"如果人类可以利用理论上无穷无尽的零点能的话……"

"那么就出现了地球人所谓的'魔法'。" T 先生替她说完。

叶冬雪不是很明白他俩在交流什么，但她看懂了接下来演示的画面。

近乎无中生有而且取之不竭的能量，自然能够创造各种奇迹——隔空移物、呼风唤雨、钢筋铁骨、凝聚水火……

正如今日觉醒能力的人们。

凭着这些神奇的力量，地球人度过了最初的艰难时光，在这个严酷的星球上顽强地生存下来，并且站在了生物圈顶端的位置。而教导他们如何使用力量的旅行家们，则成了被远古地球人膜拜的"神"。

"旅行家并不希望自己成为不可名状的存在，而且他们的时间不多。" T 先生继续说下去，"所以在大约两百年后，他们便选择了离开，控制量子机械的装置则被放在月球上，以免被地球人获得控制权后发生意外。地球上对神灵的崇拜以各种形式流传下来，只是没有了真正的参照物，后世的传说便逐渐走形，演化成各地所独有的神灵形态。而被神所赐予的神奇力量，就是神灵存在的绝佳证明。"

"所以，所以……这个叫作旅行家的外星文明，就是我们的神？"保罗结结巴巴地问。

"不全是。旅行家没有改变地球人的认知水平，那不符合他们的初衷，他们原本只是想让地球人活下去。现代地球文明的宗教所膜拜的，是在远古模糊不清的传闻的基础上，由后人创造的带有强烈主观色彩的偶像。或许带有一点点旅行家的成分，但已经可以忽略不计了。"

"但是在十几天前，我们都还不会魔法……不，在有可信记载的历史里，都没有人类会使用'魔法'的证据，除非我们相信那些宗教故事和神话传说。"唐怜刨根问底，"所以后来又发生了什么？"

"是的，地球人利用体内的量子机械获得力量，却认为是神、精灵、元素生物等外在因素赐予了他们力量，这个时代持续了几千年。在这几千年里，地球人真正征服了大自然，各地的部落陆续从游猎文明转变为农耕文明。如果你们对古代历史感兴趣的话，应该知道人类的固定定居点在这个时间段大量增加，工具变得更精细以利于加工，开始耕种可食用的植物，最后慢慢地出现了城邦，唯一不变的，是对神的敬畏和对魔法力量的运用。这个状态一直持续到公元前两千五百年左右。"

"公元前两千五百年……那就是大约四千五百年前？发生了什么？"

"护林员从太阳系经过。"

所谓"护林员"，是另一个外星文明，作为被旅行家帮助过而得以发展起来的星际文明，他们的爱好之一就是访问同样受到过旅行家帮助的"同类"文明，只不过地球人类的发展速度实在太慢，以至"护林员"来访时，地球人类仍处于蛮荒时期——抬抬手就能解决问题，为什么要费力去发展"技术"呢？

护林员对地球人发展太慢这一点倒没什么意见，宇宙里文明的发展历程多种多样，比地球发展更龟速的也有不少。但是对于地球人过于依赖旅行家的技术，以致无法发展出属于自己的文明来，护林员有着不同的看法。

此时距旅行家离开已经有八千年，新仙女木事件对地球的影响也早已结束，护林员认为地球人类已经不需要旅行家的外来技术，于是按照银河文明联合体的标准，将地球列为"被外来技术严重影响，急需纠正的初级文明"。他们关闭了月球上的控制装置，使地球上的量子机械就此陷入沉睡，然后心满意足地离开了。

地球人类的魔法时代就此终结于公元前两千五百年，世界各地的文明突然进入了新时代——没有外力干预，只能靠自己努力向前的新时代。

在尼罗河畔，埃及进入了第五王朝，不再修建巨大的金字塔，原来的神祇不在了，他们对太阳神拉的崇拜达到了巅峰。

在黄河之滨，五帝时代落下第一重帷幕，黄帝传位于颛顼，神与人的关联从此隔绝，留下"使复旧常，无相侵渎，是谓绝地天通"的传说。

大不列颠岛的住民们筑起巨石阵试图恢复与神灵的联系；爱琴海上的米诺斯人开始修建他们的迷宫；美索不达米亚平原上，名为拉格什的城邦抓住时机开始扩张，一度成为世界上最大的城市……

失去了传承数千年的力量，地球上的每一处文明都在想尽办法以自己的方式生存下去。有些文明失败了，只有考古学家能找到其留下的痕迹，有些文明成功了，在没有超凡力量的数千年岁月里活下来，直到如今。

直到 2030 年 12 月 24 日。

屏幕投影消失了，大家回到了这个地下空间，如果不是名为 T3E-001 的外星人还安静地待在对面，叶冬雪几乎要以为这是一场梦。

她脑子里突然又回响起了那两个声音。

本地智慧族群太弱小了，无法承受这样的灾害，文明进程就此终止的概率超过95%。

主网已经提出了警告，我们可能会对本地智慧族群的后续成长造成严重干预。

总比让这个族群灭绝要好。

我们已经留下了足够的支持，我们不能做到更多了。

那就祈祷他们好运吧，像他们所祈祷的那样。

但是有什么用呢，他们所祈祷的对象是我们。我们就是他们的神，但我们并非万能的，而且我们没有时间了。

现在她知道了，这是来自一万年前的低语，来自拯救了地球人类的旅行家。如果说真的有引领了人类的神，那就是他们；如果说真的有神谕，那也只有一句话：

"那就祈祷他们好运吧，像他们所祈祷的那样。"

但是谜底还没有完全揭晓。叶冬雪扭头看向同伴，大家的脸上依然带着惊讶、兴奋和困惑的表情，她想自己可能也差不多。

"所以……呃，我整理一下。"贝蒂有点笨拙地挥舞双手，"就是说，一万多年前，那个什么新仙女木……"

"一万多年前，一块陨石在地球上空爆炸，人类面临灭亡危机，这时候一群外星人救了我们的祖先。"唐怜替她说完整，"外星人给了我们的祖先神奇的力量，我们的祖先则视外星人为神。外星人走后的几千年里，祖先们一直在使用这种力量，但是在大约四千五百年前，另外一群外星人收回了这种力量，地球人只能在不依靠超凡力量的情况下发展文明到现在。——我说得对吗，T先生？"

"基本正确，只除了一点。你们的力量并没有被收回。"外星人说，"量子机械始终在你们体内，在地球人使用它们的数千年里，它们不断调整和进化，以适应机体发展。即使是进入休眠状态以后，它们也嵌套在人类的基因组里，与线粒体一样成为人类共生系统的一部分，并通过遗传一代代传下来。"

叶冬雪马上意识到一件事："所以，理论上现在地球上的所有人都可以使用魔法？"

"只要这些量子机械被重新激活——是的，所有地球人都可以。"

叶冬雪深深呼吸，她知道自己要触及今天这场对话最关键的部分了："那么，这些在地球人体内沉睡了几千年的量子机械，为什么会在这几天被激活？"

这一次 T 先生却没有说话，沉寂片刻后，艾丽西亚开了口："这件事的荒谬，可能会超出你们的想象。"

叶冬雪顿时好奇心大作，眉毛轻挑："试试看。"

"好吧——你们平时会看网络直播吗？"

大家没想到话题会拐到这个方向，都愣了一下，不过还是纷纷点头。

于是 T 先生又投影出一个画面，这次是无数的窗口，各种画面在叶冬雪面前一闪即逝，但她还是看清了其中的一部分，不过毫无头绪。熙熙攘攘的街道，人声鼎沸的体育场，吞吐烟雾的工厂，飞驰的列车，硝烟滚滚的战壕……都是司空见惯的场景，中间偶尔夹杂着海洋、雪山、沙漠、森林之类的画面。这些画面越聚越多，成千上万的画面堆积在一起，组成了地球的轮廓。

"这是什么，地球监视器？"

叶冬雪本来只是开个玩笑，艾丽西亚却严肃地点了点头："从公元前两千五百年起，地球人的一举一动就都在银河文明联合体的监控之下。护林员在地球上投放了大量微型监控器，会把声音和图像传回位于九千光年外的人马座旋臂，那是银河文明联合体的主要文明聚集地。"

"所以……外星人偷窥了我们四千多年。"叶冬雪带着浓郁的迷惑发问，"他们要做什么？"

"最开始是防止地球再度遭到外来文明干扰，后来逐渐变质。"T 先生浑厚的男中音再度响起来，"四千五百个地球年，这是一段非常漫长的时间，即使对比你们更先进的文明来说也是如此。要背离初衷，这个时间完全足够。"

旅行家到访的地点当然不只有太阳系。这个族群在银河系里游走了数十万年，让大量初级文明得知星河间还有其他智慧生命存在，银河文明联合体便是在这个基础上逐渐成形，旅行家种族则是这个联合体当之无愧的领袖，尽管他们对此并无兴趣。但就在大约七千个地球年前，所有的旅行家都消失了，谁都不知道他们去了哪里，最后一个与旅行家接触的族群记录下了他们的最后一句话："我们的时间不多了，我们必须启程。"

然后旅行家的飞船就消失在茫茫星海里，再也没有出现过。

失去了旅行家的银河文明联合体在之后的漫长岁月里开始分裂，最终分为五个大小不一的盟约式组织，太阳系则被划为其中一个组织的势力范围。现在地球文明与其他近百个初级文明一起，被打包出售给南冕座的一个转播主题集团……

"出售给什么?!"叶冬雪惊愕地打断外星人,"什么集团?!"

"转播主题集团。"T先生很耐心地回答,"他们负责向整个银河文明联合体的八十六个正式文明成员转播这些初级文明的景象。"

"你的意思是说,有一大群外星人,每天没事就看看地球?就像地球人没事就看看网络直播间那样?只是没有主播?"

"你可以这样理解。不过是有主播的,主播由转播集团的职员担任。"

叶冬雪真切地感受到了艾丽西亚刚才说的那句话:"这件事的荒谬,可能会超出你们的想象。"

确实很荒谬。

——一条"深海鱼"对着一块屏幕解说这就是地球人喜欢吃的炸臭豆腐,老铁给刷个火箭,我回头吃给你看,然后一群奇形怪状的生物纷纷点赞加关注……

这情景即使投稿到荒诞故事栏目可能都会被驳回,但现在有条"深海鱼"就在你面前,告诉你这是真的。

林恩市的那位邻居乔治可能会喜欢这份职业——叶冬雪突然冒出这个念头。

"……那么,这和地球上的量子机械被激活有什么联系?"唐怜的声音也有点绷不住了。

"转播集团需要业绩。而地球自从工业革命以来,出现了科技飞速发展的现象,发展轨迹与其他初级文明非常相似。"

"相似,不就证明我们发展科技是正确的道路吗?"

"确实是,但转播集团不这样看,在他们看来,地球文明的发展轨迹已经丧失了独特性,也就丧失了转播方面的竞争力。"

没有竞争力的频道是可能要被撤掉的。

主播要下岗,频道要裁员,而在南冕座转播集团,没人愿意被裁撤。

在这种压力之下,负责地球转播的频道做出了一个决定——重新激活量子机械,让地球人重新获得传说中的"魔法",从此走上截然不同的发展方向。就在一个月前的2030年11月30日,一艘来自南冕座的飞船降落月球,打开了旅行家一万年前留在月球上的控制器。

"如果你们有关注天文频道,就会知道那天出现了一次月震,而天文学家们曾认为那是一次陨石撞击。如果你们有关注时事新闻,就会知道从那天起,病因不明的发热开始在全球扩散,那是量子机械在逐步复苏。几乎所有觉醒能力的人，都经历了发热过程。"

贝蒂长长地呼出一口气："几千光年以外的外星人，为了自己的业绩，打开了地球人的隐藏能力开关，就是为了让我们重新开始使用各种超能力，供他们取乐？"

"如果事情的真相只是这样的话……"叶冬雪总觉得还有哪里没搞清楚，"觉醒者获得的神谕是怎么回事？他们又为什么一定要找到你呢，T 先生？"

"我是一名监管员。"T 先生回答，"这次操作明显是违规的，但是上报给总部需要至少二十个地球年才能有回应，在这之前地球上的局面可能会进入完全失控的状态，所以我最后决定亲自来太阳系，尝试阻止这件事，毕竟从集团过来只需要十个地球年。"

叶冬雪不知道为什么想起了自己见识过的很多公司："上报问题需要二十年才能有回复，自己亲自解决问题只需要十年是吧？！"

"不，这只是单纯的……技术问题。"

旅行家留下了海量的技术和设备，但银河系的各个文明并没有成为很好的继承者。有相当数量的技术，始终停留在可以使用却无法探究原理的阶段，还有一部分技术在旅行家离开后直接陷入瘫痪，这就导致现在的联合体文明拥有先进的宇宙旅行技术，可以跳过光速壁垒，通信速度却还是被光速卡死，只能通过设置在星际间的中转站加速，最后就形成了这个尴尬的局面——他们从遥远的宇宙深处来到地球，所花费的时间比他们传递信息花的时间更少。

正是有这样的破绽，转播频道的外星职员们十年前才冒险从南冕座启程来到太阳系。在他们的计划里，只要及时返回，就可以装作无事发生。而并不同意这个计划的 T 先生在发现他们出发后，也迅速追了上来。

"但我还是晚了一步。转播频道职员在地球人里进行了一番筛选，选中了最先被激活的一个个体，以脑电感应的方式向他发布了命令，就是山姆·范布伦听到的神谕。同时，与他类似的受害者还有至少一百名，绝大部分人都错误地运用了自己的力量。"T 先生的语气很严肃，"直接影响初级文明的走向，这是毫无异议的严重违规。"

2030 年 11 月 30 日，在大部分人都没有意识到的时候，魔法回来了，跟着来的还有似是而非的"神灵"。

接下来的事情顺理成章。转播频道职员成功地以神灵的名义发布命令，在获得"神谕"并狂热追随这些神祇的山姆·范布伦眼中，前来阻止这件事的 T 先生当然就是恶魔，只要神谕稍加提示，他就会不择手段地采取行动。那个天空中的大十字架第一次使用，并非在平安夜以后，而是在 12 月 22 日，他与其他数百名信徒合力击落了 T 先生的飞船。

而这个时候，作为罪魁祸首的转播频道职员已经驾驶飞船远遁而去。

"能根据意识提取真空零点能的量子机械，这是旅行家独有的技术之一，在他们消失后的数千年里，整个银河文明联合体都没能完全掌握这项技术，而有机会被旅行家直接在身体里植入这种技术的文明只有三个，地球是其中之一。所以对其他文明来说，这次也是一个少见的机会，可以进一步确认量子机械的性能……只是对地球人来说，就没有这么理想化了。"

好几千年没有被激活，只是作为 DNA 的共生体延续到现在，哪怕是再精密的装置也可能会出问题。但转播集团不在乎这个，山姆·范布伦也不在乎这个，他们一心要把情况往转播集团所想的方向引导——新世纪的神，新世纪的宗教，将科学视为异端，将超能力或者说"魔法"作为人们新的生活方式……至于这个过程中会出现多少问题，并不是觉醒者们会考虑的，甚至他们会把这一切都视为必要代价。

"我同意，山姆·范布伦一看就不像是会好好说话的那种人，他一定会把那套'不服从就要死'的规则贯彻到全世界吧？"保罗惊恐地说。

"他们切断了全世界的网络与通信，就是怕我将真相散播出去，但是他们其实高估了我现在的能力。"T 先生说，"我的飞船受损严重，我也受了重伤，只能在这里苟延残喘，更谈不上揭露真相。"

"但是现在除了觉醒者，全世界依然处于迷茫之中。如果坐视不理，就相当于只有山姆·范布伦一伙得到场外指导在作弊，他们的优势会越来越大。"叶冬雪皱眉道，"而且……他们一直在找 T 先生对吧？如果就这么拖下去的话，觉醒者迟早会找到这里来。如果 T 先生出了事，那就再也没有能揭穿他们的人了！"

"所以你会帮助我们揭露真相，对吗？"艾丽西亚问。

"我……我不确定。"保罗苦恼地抱着头，"我还没有消化我今天听到的事情……是真的吗，我们信仰的神不存在吗？操纵我们的是一群为了追求收视率的外星人，而且现在他们还打算把全世界都卷进去？"

"你大可以相信你心中的那个神，这没关系。"唐怜安慰他，"毕竟宗教神话里的神虽然无法证实，但也无法证伪嘛。"

"……真是谢谢你的安慰啊！"

叶冬雪捏着自己的眉心，努力整理所有信息。

所以整件事概括起来是这样的：远古时期，外星人拯救了地球人类。现在，另一批想要增加收视率的外星人激活了地球人的超能力开关，山姆·范布伦则将外星人传来的指令视为神谕，一心要带着觉醒者们创造所谓的新世界，为此可以大开杀戒，直到全世界都屈服在觉醒者的力量之下。而觉醒者这个计划的最大威胁，就是与这些外星主播来自同一处的外星人 T3E-001，只要他站出来揭露真相，必然会大幅削弱觉醒者群体的说服力，甚至可能让觉醒者成为人类的叛徒。

但问题是，现在 T 先生做不到。

"那我们又能做什么？"她终于发问，"我们又要如何阻止觉醒者？"

艾丽西亚拿出一个 U 盘："关于刚才你们看到的一切，都已经记录在这个 U 盘里了。那边的小女孩，你的手机也拍下了所有的视频吧？"

"都拍下来了。"唐怜举起手机，"现在还拍着呢。"

"我们唯一的请求就是，将这些资料公布出去。"艾丽西亚说，"让全世界的人都看清觉醒者的真面目，看清超能力和神谕的真面目！"

"这样真的合适吗？"贝蒂低声说，"'神'已经离开，这个真相会不会太残酷了？"

保罗也是满脸犹豫："现在外面的通信还中断着吧？我们要怎么公布真相……又怎么能让人相信呢？而且，如果就是有人要相信这些'神'，又该怎么办？"

沉吟片刻后，叶冬雪走上前去，接过了 U 盘。

"我同意艾丽西亚的话，我们要将真相公布，至于怎么公布，可以再想办法。"她望着身后的同伴们，语气逐渐变得坚定，"地球人的事情，地球人自己来决定。我不信所有人都会站在觉醒者那边，去信那个肆意操纵人类命运的神——至少在我们那里，神如果敢随便玩弄人民，最后一定会被砍死的。"

保罗有点面露难色："可是……"

"保罗，你愿意相信这样的神吗？"

"我当然不愿意……"保罗最后认命地看天，"好吧，自由意志，自由选择，对吧？"

贝蒂耸耸肩："你们不用看我，我绝对不会和觉醒者站在一边。"

唐怜注意到叶冬雪的视线扫到自己，忍不住抿嘴一笑："我的立场刚才就说得很清楚了啊，叶姐。"

"所以，我只担心一件事了。"叶冬雪转身看向艾丽西亚，"我们如果真的公布了这些资料，觉醒者会不会根据线索找到你们？"

"确实有这个可能。"艾丽西亚回答，"但是那有什么关系呢？他们最担心的事情已经公开，就算找到我们也没用了。"

——我总觉得不会这么简单。

叶冬雪将这句话放在心里，向艾丽西亚点点头："那剩下的就交给我们吧。"

"祝你们好运。"

叶冬雪转身向同伴们走去："是祝我们所有人好运。"

在她身后，灯光依次熄灭，这个空间再度陷入黑暗，就与他们刚来的时候一样。贝蒂打开手电筒，为这黑暗空旷的地下带来一丝光亮，但这光亮不久也消失在通道里。

空间里寂静一片。

"你认为他们能成功吗？"艾丽西亚的声音突然响起。

T先生语气平静："在你们的历史上，有很多次更加危险的局面，但依然有人能创造奇迹。"

"但也有很多次，奇迹没有发生。"

"是的，所以既然我们已经尽力，接下来就只需等待事情继续发展了。"

"你说得对。"

"哦，不对——我们还可以做一件事。艾丽西亚·沃克小姐，你愿意帮助我吗？"

"什么？……该死的，觉醒者们速度还挺快。"

"显然是他们拥有某种追踪的能力。"

说话间，又是几道灯柱乱哄哄地进入通道里。"就是这边！""感觉很强烈！"

黑暗中有火焰燃起，那是两个火人。借着火光，他们看到了站在黑暗边缘的艾丽西亚。"别动！你是什么人？"

艾丽西亚微微一笑："你们在找的人。"

接着她按下了手中的起爆器。

第十二章

有什么东西在尖啸。

声音由远及近，最后化为一声巨大的轰鸣。

地板和墙壁都在微微震动，叶冬雪猛然睁开双眼。她依然身处一座写字楼的办公间内，身体保持着入睡前的蜷缩姿势，或许是因为过度疲劳，她也没有像之前那样屡屡做梦，当然也可能是做了梦但自己不记得。

现在她只觉得全身酸痛，并且情不自禁地开始怀念当年："唉，十年前的话，这种运动量，睡一觉起来就能生龙活虎……"

这当然不是重点。她坐起身来，发现自己的同伴们都已经醒了，保罗和贝蒂在窗前一边观察外面的情况一边小声说着什么，窗外光线昏暗，不知道是黎明还是黄昏，唐怜则在鼓捣一台电脑。于是她想起来了，这几个人都正处于她刚才怀念不已的"十年前"这个年龄段，甚至还要更小一点……年轻人的光芒未免太耀眼了吧，可恶！

"叶姐，你还好吧？"唐怜注意到她这边的动静，推开椅子站起来，"保罗去楼里找了点吃的，虽然都是饼干、泡面、三明治之类的，但还能凑合吃，你也吃点吧。"

"能找到这些已经很不错了……"叶冬雪活动着自己的肩膀，"现在外面什么情况？"

说话间，又是一声急促的呼啸从窗外传来，接着便是一阵爆炸发出的轰鸣。

"应该是有一支新的美军部队进城了，正在和觉醒者交战。"唐怜回答，"打了快半小时了，现在还看不出谁占上风。"

"山姆·范布伦呢？"

"之后就没见着……也没找到我们。看来 T 先生他们至少把觉醒者追踪我们的能力掐掉了。"

叶冬雪摇摇头："希望他们没事。"

唐怜想了想："只能这么希望了。"

就在几个小时以前，他们从一个地铁站里钻了出来。但是还没走到五分钟，后方的某个街区就发生了大爆炸，随即便是一群觉醒者乱哄哄地从塌陷的地底爬出来。叶冬雪躲在一座建筑里，亲眼看到山姆·范布伦也在其中，而且额头上还有没擦干净的鲜血，比之前在广告屏里装神弄鬼的样子狼狈了许多。

算算距离，发生爆炸并塌陷的路段正是艾丽西亚和T先生藏身的地底上方，想来也只有T先生才有能力给觉醒者们造成这么大的伤害——当然也可能是艾丽西亚的C4炸药。

觉醒者们的混乱没有持续太久，他们在周围徒劳无功地搜索了一会儿，之后便只能选择离开。这里是曼哈顿，可以藏身的建筑实在太多，只靠他们十几个人是不可能搜完的。

再往后叶冬雪等人才敢偷偷摸摸地钻进一座写字楼。

这里有电，没人，还有完好的电脑。当然他们也不可能做什么黑客动作，只是找了一台性能不错的电脑开始查看艾丽西亚给的那个U盘——影像资料、文字资料，甚至还有上百G的技术资料。

"这个U盘简直是宝藏……就算只看马上就能解析使用的技术，也可以让全人类的科技水平至少快进一百年。"唐怜只粗略看了一会儿就做出结论，"而且是从二十世纪初期开始的那种一百年。"

"毕竟是外星人的技术，人家领先我们不知道多少呢。"叶冬雪很容易就接受了这件事，"所以，我们要怎么让全世界知道？"

这个问题让唐怜的情绪马上就垮了下去："是啊，没有网络啊……"

所以他们决定先睡一觉恢复体力，但是接下来要怎么做还是全无头绪——这就是叶冬雪醒来时面临的局面。

"还是没想到什么办法。"唐怜苦着脸，"网络不通，也没有卫星电话……那群觉醒者是通过什么方式互相联系的啊？"

叶冬雪看唐怜："你不是清华的高才生吗，你也不知道？"

"我没研究过这个。"唐怜委屈地说。

她们说的是中文，不过这时候贝蒂和保罗还是走了过来："怎么了，看你们的表情这么凝重？"

叶冬雪略微解释了一下："主要是关于如何将神谕的真相传达出去……"

保罗震惊地看向唐怜："你可是 MIT 的高才生啊，你也不知道吗？"

唐怜叹气："我不想聊这个……"

四个人都不是这方面的专家，只能暂时瞎猜。

"我们这附近有电台吗？"

"就算有，要怎么联络上他们？"

"卫星电话怎么样？"

"这附近上哪儿找卫星锅？"

"星链呢？"

"这里是曼哈顿，谁会用星链？"

"那个范布伦，又是怎么能在全城广告屏上直播的？"

这个问题被贝蒂提出来以后，所有人都静默了几秒。

叶冬雪敲敲自己的脑袋："还有美国总统、纽约市长……他们也成功地进行了远程直播。所以，应该是有什么通信渠道被打通了。"

"我们去找军队问问？"

叶冬雪看了保罗一眼："我觉得现在还能找到的军队，应该都顾不上搭理我们。"

就在这时候，山姆·范布伦的声音突然从窗外传了进来："我再说一次，你们的努力是徒劳的。"

叶冬雪手上的汗毛都在一瞬间立了起来。其他几个人也没好多少，他们本能地往地上一滚，躲到墙角，尽可能地不让自己的身形被外面的人发现。

"我给了你们机会，但你们不愿意抓住。"范布伦继续说，"不过没关系，所有人都会看到现实。"

"……有点不对劲。"叶冬雪不觉得这个邪教教主会有耐心专门对他们说那么多，于是她小心地支起身子看向窗外——不出所料，一块大大的电子屏上正放着山姆·范布伦那张足有三米宽的大脸。

"我理解，我非常理解……人类就是这样的生物，神的话语无法传达到你们的内心，只有事实才能让你们醒悟。"范布伦表情平静，"你们还在等待，在等待你们的军队、你们的政府、你们的国家来拯救你们，但是真正能拯救你们的，只有觉醒者。是的，城里依然有军队在活动，试图挽回局面，那么你们就好好看着吧——"

画面突然切换到了一处街角，觉醒者们正疯狂地将各种颜色的光球和光柱向对面倾泻，对面是两台美军的装甲车，紧接着又有几名觉醒者顶着对面的子弹冲了上去，前后也就十来秒钟，装甲车就被这几个觉醒者掀飞，原本依托装甲车战斗的士兵们顿时暴露在火力下，转眼就被炸得溃不成军。

镜头跟着一个觉醒者上前，走到对面的死人堆里，那个觉醒者弯腰抓起了一名士兵，那士兵还保持着意识，但是脸色苍白，表情惊恐。

"不妙。"贝蒂喃喃地道。

"你已经看到了，你们的武器对我们构不成威胁，这是神的旨意。"有着东亚面孔的觉醒者温和地说，"来吧，你还有一次选择的机会，你选哪边？"

"我……我相信神谕！"那个士兵看长相也就是二十岁出头，他面对觉醒者和镜头嘶声喊了出来，"我愿意相信神谕！我站在觉醒者这边！"

"非常好。"觉醒者将他放下来，看向镜头，面带微笑，"他已经做出了正确的选择，成为我们的同伴。你呢？"

接着镜头切回到山姆·范布伦这边，他说道："没关系，你们还可以继续犹豫，继续观望，只是你们的时间会越来越少。神是仁慈的，但神的使徒不一定是。同胞们，我希望你们做好了准备。"

屏幕熄灭了。

"这可不是开玩笑的。"叶冬雪抿着嘴，眉头皱起，"如果连军人都投降了，对所有人的士气都是沉重打击！我们必须做点什么，我们必须尽快揭穿他！"

贝蒂和保罗对视一眼："你看到没有，那个台标？"

"我看到了，他们居然还开了直播？"

叶冬雪没有问他们在说什么，因为贝蒂已经转向她，脸上露出一丝兴奋的神色："叶女士，这次他们是让电视台进行转播的，我们看到台标了，是 NBC（美国全国广播公司）电视台！"

叶冬雪和唐怜都反应过来："这个电视台就在纽约？它在什么地方？"

保罗指着窗外："就是那座！30 Rock①，洛克菲勒中心的 GE 大厦！"

就连唐怜都愣住了："这么近！"

"……冷静一点，冷静一点！你们想清楚，这很危险！"叶冬雪一瞬间也激动起来，好不容易才按捺住自己的情绪，"这么重要的地方，觉醒者们不会放着不管！就算我们混进去，能够成功直播，用不了多久他们一定会杀上门来……"

"或许有更稳妥的办法，但是我不想再等了。"贝蒂打断她，"叶女士，我们

---

① 美国全国广播公司总部洛克菲勒中心（30 Rockefeller Plaza）的简称。

一直在逃，我们的同伴、我们的朋友一直在死去……我受够了！你和唐可以离开，可以现在就去找你们的领事馆，但我不想去，我就算死，也要先看着这群浑蛋气死！"

"……那么你又为什么会觉得，我要丢下朋友不管？"叶冬雪拍拍她的头，"但是我们不能白白送死，对吧？小唐，你觉得呢？"

唐怜淡淡地道："我觉得我们肯定没时间把外星人给我们的东西都放出来……但是给我一点时间，我可以剪辑出一个三分钟的版本。"

"然后我们就要守着这个直播三分钟？"

"总比守三个小时都播不完来得好，对吧？"

天色再一次暗了下来。

这几个小时里，广告屏里的直播又出现了几次，无一例外都是觉醒者们节节胜利，抵抗者或落荒而逃，或当场投降，或全体阵亡。而他们也在这家公司的会议室里找到了一台电视机，确认 NBC 新闻频道真的在工作。

"别理画面里的事情。"叶冬雪说，"纽约这么大，他们这才播出几次？我们看到的交战位置都超过十个了，那么其他没有被播出的战场是什么样的呢？谁又知道？"

贝蒂哼了一声："就算整个纽约都投降了，只剩我一个人，我也不会放弃的。"

"只要我还在，你就不会只剩自己一人。"叶冬雪回答。

贝蒂轻轻点头。

这时候唐怜拔出 U 盘："完成了……因为想把尽量多的有用信息剪进去，多花了一点时间。"

"大家都准备好了吗？那我们就出发吧，"叶冬雪站起来，"希望他们喜欢这个新年礼物。"

GE 大厦又被称作"通用电气大厦"，算是曼哈顿的地标性高楼之一，有整整七十层，两百多米高，而作为美国三大电视广播公司之一的 NBC 总部就身处其中。叶冬雪对通用电气还有点印象——他们的公司 logo（标识）很微妙地有点像繁体的"龙"字。

挂着 NBC 牌子的一楼大门处，有几名觉醒者端着枪严阵以待。

其中一个光头显然是觉得有点冷，忍不住走动了几步，愤愤地跺脚："我们就得一直在这里吹风吗？里面的家伙什么时候出来轮换一下？"

"如果你懂技术支持的话，就可以进去轮换。"他的一个同伴无精打采地回答。

这人还准备说点什么，突然听到不远处传来好像沉闷的雷声一样的声音，他向那个方向看了一眼，似乎有什么东西一晃而过，但是天色已经暗下来，他没看清楚。

"怎么回事？"他的同伴问。

"我不确定……"光头觉醒者疑惑地说，"好像有什么影子过去了。"

"是那些觉醒了能力却依然不信奉吾主的异端吗？"同伴将自动步枪的保险打开，"慎重起见，还是去看一看——你们几个继续守着这里！"

这两个觉醒者端着枪，小心地迈步向刚才疑似发出声响的地方走去。

GE 大厦是一座巨型高楼，他们走了这么远，依然在大楼范围内，但是他们什么都没看到，唯一的发现是大楼的一处墙壁上多了两道裂纹，有微不足道的碎渣掉了下来，看上去是大楼外墙的涂料。

"这座大楼也差不多一百年了。"光头咕哝了两句，"所以刚才的到底是什么？"

他的同伴伸手试着接触墙壁，一切正常，墙面略微粗糙，然而坚硬结实，没有任何可以称得上异常的发现。

"好吧，或许是神经过敏。"同伴耸耸肩，"反正楼里还有守卫，剩下的就交给他们吧。"

不过如果他们有透视眼，就会发现在这面"正常"的墙壁里侧，遍布着密密麻麻的裂纹，一看就是被打散后临时拼凑起来的。

不过这裂纹在迅速消失，地上的碎渣也仿佛倒放录像一样凭空飞起，填补到缝隙里去，几秒钟后墙壁里侧也只剩几条不显眼的裂缝了。

贝蒂竖起大拇指："哇，你越来越熟练了！"

"差不多就可以了，我们不是来搞装修的。"保罗小声说，"赶紧上楼吧！"

还在工作的是位于八楼的一间演播厅，几个工作人员正在紧张地看着大屏幕上的分屏画面，而在他们身后有两个觉醒者坐在导播的椅子上。

"嘿，贺莉，刚才 5 号机位传回来的画面不错。"一个外表有点轻佻的青年突然开口，"把它转过来吧。"

被他叫到的是一个与他年龄相仿的鬈发女性，她闻言皱了皱眉："你确定吗，威尔森？"

青年的颧骨处贴着一片创可贴，表情淡然："我很确定。"

那个屏幕上的画面被迅速放大，是两个觉醒者正把一个老人拖出家门，并在街上对老人拳打脚踢，老人已经满脸是血，明显失去了抵抗能力，但那两个缠着白布条的觉醒者依然没有罢休。

"你要把这个画面播出去？"贺莉问，"所有人都会认为你们是暴徒！"

"还有那么多人心存侥幸，他们以为只要逃避现实，只要不做出选择，不与觉醒者公然为敌，就不会有事。"威尔森轻松地笑着，"他们错了，错得很严重。不做出选择，就意味着没有选择我们，没有选择我们，就代表着要与我们为敌——必须让愚蠢的民众意识到这件事。"

"如果与你们为敌，就算是老人和小孩你们也不放过吗？"

"教长已经说得很清楚了，神是仁慈的，但神的使徒不是。"威尔森打了个响指，"剪辑这组镜头，然后播出去吧，贺莉小姐——或者我换个人来做。"

贺莉阴着脸，本能地望了一眼不远处倒在地上的两具尸体，终于还是摇了摇头，开始操作，嘴里低声说："真是疯了……"

"你管这叫疯狂，我管这叫信仰。"威尔森回答，"我们要证明自己的虔诚，有什么比不顾后果的追随更有效呢？"

贺莉又看了一眼地上的尸体："还好老布莱克听不到这话了。"

"哈哈哈哈哈，那个老摩门教徒早就该死。"

八楼另一侧的走廊。一个中年黑人上完厕所，一脸郁闷地往回走。路上没有人监视，反正谁也跑不掉。这让他有机会躲在角落里画十字："主啊，求你快显现你的威能，驱散这些恶魔……"

"或许你的主在等着你们自己行动呢。"

一个声音突兀地响起，黑人吓了一大跳，但他马上就被一双有力的手臂勒住脖子，一下子被拖进了房间。中年黑人有一瞬间不禁停止了思考——他记得很清楚，自己的身后应该是墙壁。

"别紧张，先生，你——哦，约翰·帕德先生，对吧？我们没有恶意。"一个亚裔女性等在房间里，看着他胸前的工牌露出笑容，"能不能问一下，你的职务是什么？"

约翰·帕德吞了一口唾沫，低声回答："我……我只是个普通的后期制作员。"

他看清了，这里是电视台的一个库房，面前站的是一男三女，那个男的刚才还勒住自己的脖子，不过现在已经松开了。

他们要做什么？

"那么帕德先生，你有没有办法让一段影像播出去？"叶冬雪举起一个 U

盘，"现在 NBC 正在配合觉醒者播送纽约各地的战斗实况对吧？"

"不……不可能的！"帕德吓得说话都不利索了，"如果我擅自行动，他们会杀了我！"

"现在电视台有多少个觉醒者？"

"我……我知道的就有四个。"帕德低声说，"演播厅有两个，导播室有一个，还有一个在楼上，都是负责监视我们的……楼下还有十多个人，都有枪！我们已经有五个同事被杀了！"

"我理解，帕德先生，不要紧张。"叶冬雪说，"我们换一个思路：你可以不亲自动手，但是得教我们怎么做。"

帕德瞪着她："做不到的，我们得去导播室……那里有觉醒者守着！"

"只要动作快，还是有可能的。"叶冬雪说，"只有两个人，问题不是很大，我们之前干掉的觉醒者可不止这个数。"

"你们是反抗组织？"帕德的声音放得更低，"快走吧，电视台里也有人是觉醒者，他们非常清楚工作内容，除非把他们都解决……但这样一来，肯定会惊动更多的觉醒者！"

叶冬雪语气平静："谢谢你的关心，但是这段影像我们非播出去不可。"

帕德终于对她手里的 U 盘产生了好奇："到底是什么影像？"

唐怜打开自己的手机，调到相关视频，递给帕德："就是这段。"

帕德好奇地点下播放键。

唐怜的声音伴随着那块陨石爆炸的画面响了起来："一万多年前，一块陨石在地球上空爆炸，人类面临灭亡危机，这时候一群外星人救了我们的祖先……"

帕德一开始不以为意，但当视频画面切换到那个地下废弃车站，T 先生出现在画面里时，他的脸色变了。

"请容我向你们介绍——T3E-001……这件事的荒谬，可能会超出你们的想象……病因不明的发热开始在全球扩散，那是量子机械在逐步复苏……"

三分钟的视频并不长，帕德反复看到第四遍，终于抬起头来，声音已经嘶哑："这些都是……真的吗？"

"我们有更多证据。"贝蒂说，"但是考虑到觉醒者们的反应速度，我们只能考虑暂时播出这几分钟的片段，希望能让大家清醒一点。"

"很有说服力！"帕德激动地握拳，"现在所有人都没有信心，军队不管用，国家不管用，政府不管用，自发的抵抗也不管用……我们需要希望！只要你们给我争取两分钟时间，我就能帮你们播出去！"

叶冬雪有点意外："帕德先生，你来操作的话，不怕危险吗？"

"我怕的不是危险，是没有希望。"帕德一本正经地回答，然后他指了指叶冬雪手里的U盘，"而这个，就是希望！"

正在盯着贺莉的威尔森突然听到后面的房间传来一声巨响。

他皱了皱眉："那群废物在做什么？西里恩，你在这里看着，我去收拾他们。"

叫西里恩的是个壮汉，他闻言点了点头："小心一点。"

威尔森缓步走向那个房间，手里有电光浮现，然后他谨慎地将手伸向门把手，但是门把手在这一瞬间猛地弹了出来，重重地打在他的手指上。他痛得叫了一声，本能地将手缩回来，人也向后退去，但是他身后的墙壁猛地裂开，保罗冲出来将他的脖子勒住拖回墙壁后面，威尔森还没来得及施展自己的能力，一支棒球棒就狠狠地砸在他脸上，顿时鲜血飞溅，威尔森忍不住惨叫出声，但此时墙壁已经合拢，他的声音根本传不出去。

"好了，帕德先生，可以了。"叶冬雪终于出声阻止，"他就算没死，也要进ICU了。"

帕德这才气喘吁吁地停下动作，将球棒交给保罗。然后他望着地上那个面部已经血肉模糊，只剩微弱呼吸的人，喘息着说："谢谢你们给了我这个机会。"

保罗好奇地问道："你们有什么过节儿吗？"

"他成为觉醒者以后，试图强奸我的未婚妻麦琪，她是台里的一名灯光师。"帕德神情阴郁，"麦琪打伤了他的脸，于是他朝她开了五枪。"

保罗马上将棒球棒递回去："你要不再打两下？"

"不必了，麦琪死了以后，我唯一的心愿就是复仇……"帕德顿了一下，"但我现在有新的必须要做的事……就是帮助你们。"

"威尔森？"房间外突然传来声音，"你在哪儿？"

三个人马上停止交谈。那是另一个觉醒者西里恩听到声响，找了过来。

西里恩注意到了那个飞出来的门锁，他皱皱眉头，随即整个身体泛起金属色泽，一脚将那道门踢开。迎接他的是贝蒂连续射出的子弹，子弹打在他身上纷纷弹开，但是距离这么近，即使是觉醒者也被打得趔趄后退，于是其他人抓住了机会。

几块铁板从门内飞出，瞬间把西里恩的头牢牢包裹住，而西里恩显然没有当初那个壮汉拉维奇那样的实战经验，他在铁板里发出惊恐而含混的叫声，伸手试图撕开铁板，但这时饮水机里的水化作一道飞虹卷了过来，直接灌进了他刚刚撕开的缝隙，于是西里恩只有倒在地上徒劳挣扎的份。

"干得不错，配合很完美！"保罗兴高采烈地与唐怜击了个掌。叶冬雪耸耸肩："行吧，就当配合完美吧……"

主要还是这几个觉醒者都没什么实战经验，明显是才学到皮毛。叶冬雪突然想起，自己这边除了唐怜，其他人也是刚领悟能力不到一天罢了，那看来还是可以打个高分的。

他们闹出的动静早就惊动了演播厅里的人，有两个人大着胆子过来看，一眼就看到瘫在地上的西里恩和提着球棒的约翰·帕德："帕德！出了什么事……他们是什么人？"

帕德激动地挥了挥手上的 U 盘："我们有机会了！我们要反击，给那些觉醒者一点颜色瞧瞧！"

同事惊讶地看着他："你在发什么疯？"

"来看这个，老兄！"帕德抓住同事的衣袖，"来看这个！看看！"

几分钟后，这一层楼还活着的人分成了两组，一组在导播室，一组在演播厅。

"听着，伙计们，那些该死的觉醒者随时会来阻止我们，他们不会留情的。"帕德望着周围的几个同事，"不想干的，马上离开这层楼，他们应该顾不上找你们。"

"你别开玩笑了，帕德，帮助那群疯子已经是我职业生涯的最大污点了。"一个戴眼镜的胖子说，"现在我们还有什么可失去的？"

保罗挠挠头："呃，还有……生命？"

"那就拿去吧，见鬼！"胖子恶狠狠地回答，"这可是值得豁出命去的独家新闻！"

"好的，你是制片部的老大，你说了算。"帕德耸了耸肩。

而在演播厅里，贺莉转身看向贝蒂："你准备好了吗？"

"说实话，没有。我这辈子都没有上过电视，在 ins 软件上发的视频最多也只有十个点赞。"贝蒂撇嘴，"不过无所谓了……只有我出镜，觉醒者才会认为这是真实的，因为我们有叛徒在那边。"

叶冬雪在旁边向她竖起大拇指："我和小唐会随时注意保护你的。"

曼哈顿上城的一处小咖啡馆里，几个满身尘土的市民蜷缩在角落里，看着柜台那边的电视。这是现在唯一还在工作的电视台，尽管它播出的内容没几个人愿意看。

画面上是一处燃烧的街道，觉醒者将一个神父从旁边的教堂里拖出来，警告道："最后一次机会，神父。"

头发花白的神父有一只眼睛在不停流血，他勉强站直身子，用另一只眼瞪着对方，一言不发。

"我是认真的，这是最后一次机会，抛弃你那个不顶事的神，信我们这个。"觉醒者用枪抵着神父的头，"我知道你是个好人，你在这个社区帮助了很多人，所以我也想帮助你，给你这个机会……但只有这个机会，你听明白了吗，康纳德神父？"

神父艰难地开口："送我去见我的主。"

觉醒者翻了个白眼，然后扣动扳机。

咖啡馆里响起一片小声的惊呼和叹息。

"康纳德神父曾经还给我施洗呢。"一个黑人低声说，"我迟早要宰了那个王八蛋。"

"行了詹姆斯，你先想办法保住你的腿。"他的同伴回答。

这时候电视里的画面突然切换，变成了一个大家都很熟悉的场景，那是NBC的新闻演播厅，孔雀标志非常显眼。

"这里是 NBC 的直播室，下面播送我们最新收到的消息。"一个女声说着，镜头转向另一侧，"资料来自市民贝蒂·拉塞尔女士，还有她的伙伴。"

画面上出现的是一个满身灰土、狼狈不堪的少女，但是电视机前的黑人詹姆斯瞪圆了眼："托尼！你看到了吗？"

"别叫那么大声，我当然看到了。"托尼也瞪大眼睛，"她身后是叶女士，还有唐……见鬼，他们不是去中国领事馆了吗，怎么在 NBC？"

但是电视里并没有兴趣解释这件事，而是迅速插进了一段画面。

"一万多年前，一块陨石在地球上空爆炸，人类面临灭亡危机，这时候一群外星人救了我们的祖先……"

所有人都看得目不转睛。

"见见我们的'病人'吧，也是我们的客人……"原本空无一物的地方突然绽出一道光来。

托尼和詹姆斯不由自主地屏住呼吸，想要看看这个客人，但就在这时候，画面猛地一晃，镜头外面有什么剧烈爆炸的声音，接着整个屏幕就被一团雪花噪声覆盖，什么内容都没有了。

"见鬼！"托尼比詹姆斯还要激动地跳起来，"一定是觉醒者，是觉醒者赶过去灭口了！"

演播厅里一片狼藉。

摄像机被打成无数碎片，主持人的座位也已经化为乌有。

一个面无表情的老年黑人站在演播厅里，环顾四周："我只是打了个盹，你们就敢做这种事。"

"是那个在楼上的觉醒者。"导播室里的帕德小声对保罗说。

老人就像听到他们说话了一样，往那个方向看了一眼，顿时玻璃和墙壁一起炸开，导播室里的几个工作人员都被巨大的冲击力重重地抛到了墙上。

"我是门徒之一，赛尔莫斯。"老人说，"抛弃你们所有的幻想，把刚才播出的视频内容交给我，然后换个演播厅继续你们的工作——或者我换一批人来代替你们工作。"

人们艰难地站起来，面面相觑。

这时电梯门打开，七八个全副武装的觉醒者冲了进来："发生了什么……哦，天哪……赛尔莫斯先生，我们在楼下听到了动静，所以赶紧上来……"

显然老人对他们的威慑力很大，他们一个个话都说不清楚，不过老人没有在意："一点小意外，有人想当英雄。"

当即就有两个人举起了枪："什么英雄？给我瞧瞧！"

"没必要，我会给他们机会，就像给你们机会一样。"

那两个人干笑了两声，把枪口垂了下去："听你的，赛尔莫斯先生。"

"西里恩和威尔森已经被你们解决了是吗？不过这无所谓，他们一直表现不好，如果不是同伴，我也会动手。"赛尔莫斯悠然地看着叶冬雪等人，"我没见过你们，你们是从哪里来的？"

"看来你是个讲道理的人，赛尔莫斯先生。"叶冬雪努力让自己的声音平静一些，"但是在中国有一句话：道不同不相为谋。"

话音刚落，演播厅的地面就突然掀了起来，并且如波浪一样向赛尔莫斯涌过去，这让赛尔莫斯稍微愣了一下，但他随即便一挥手打碎了面前隆起的地面，然而之前还站在那边的叶冬雪、唐怜、贝蒂都已经不见了。

墙上的几道裂纹还没散去。

后方传来脚步声，是保罗冲出导播室，拔腿狂奔。

老人脸上的平静表情终于消失，对堵在电梯口的人吼道："追上去，干掉他们，蠢货！"

这几个人如梦初醒，连忙举枪要追，但这时天花板上的架子和投影灯突然全都塌了下来，当场就把两人砸倒在地，两人头破血流，惨叫不止，其他人吓得动作都慢了两拍。赛尔莫斯皱着眉头，大踏步地向走廊对面走去。

叶冬雪、唐怜、保罗和贝蒂在狂奔。叶冬雪冲在最前面，所有房间的墙壁在她面前轰然敞开，又在四个人都跑过去以后迅速关闭，将一些嘈杂响动关在后面。他们不敢回头，因为每个人都能肯定那个诡异而可怕的老头一定大发雷霆地在后面追。

GE大厦很大，但并不是无限的。

叶冬雪这一招可以阻拦其他觉醒者，却挡不住挥手间就能破开墙壁的赛尔莫斯，她甚至能感觉到那老头越来越近了。

"你们有什么建议吗？"她一边跑一边问，"我们这么跑下去不是办法！"

"我们或许……可以尝试一下别的逃跑方向！"贝蒂回答，"我还是很擅长捉迷藏的！"

赛尔莫斯面前的墙壁轰然裂开，但他只前进了两步就停下了脚步。

墙壁对面是公路——他一路追逐着他们来到了GE大厦的边缘，这是外墙。

他回过头，这才注意到另一侧的墙上也有还未修复的裂纹。

"该死的老鼠。"他咕哝一句，轰开这道墙壁，继续向前追去。

另一头的走廊里传来觉醒者们七嘴八舌的叫声："在那边，我看到了！""该死的，怎么跑得比蟑螂还快！"

贝蒂飞速跑过一条堆满杂物的走廊，动作迅疾宛如跑酷，然后借着冲劲在一道墙上狠狠踹了一脚。那道墙裂开了，贝蒂一头撞进去，叶冬雪接住她，然后两人脚下的地板也张开一道口子，她们一起往下落，却没有落到底，因为一架梯子就在正下方。

头顶的天花板无声合拢，连裂纹都所剩无几，只有少许尘土落下。

"叶姐，你这能力用得越来越熟练了啊。"已经在楼下房间里的唐怜夸奖说。

叶冬雪与贝蒂从梯子上跳下，叶冬雪看了看自己的手，只觉得有种无法形容的微妙——明明是刚刚获得的能力，连使用的限制和原理都不清楚，偏偏就真的好像自己与生俱来的力量一样，不到二十四小时已经运用得很顺手了。

旅行家是真的很厉害，厉害到不可思议，过了一万多年，地球人类依然被他们影响着，甚至远在几千光年外的外星人也被影响着。

但是旅行家为什么会消失？他们一万年前的对话又为什么会被自己听到？

保罗蹑手蹑脚地打开房间门，也让叶冬雪暂时收起了思绪。利用"地形改变"的能力，他们偷偷地从八楼降到七楼，接下来如果顺利的话，再往下走个两层便有机会逃离这座大厦。没能把那段视频播完确实有点遗憾，但正所谓

"留得青山在，不怕没柴烧"……

不远处的天花板上突然传来爆炸声。

"看来那个老头发现自己被骗了，正在发火。"贝蒂小声说，"我们得尽快离开这儿。"

"叶姐，我来带路吧，你这一手动静有点大，会被他发现。"唐怜说着走在最前面，她只看了一眼走廊上的消防通道图就找到一条最近的下楼的路，保罗在后面摇头："我才是消防员，怎么我找路还没她快？"

贝蒂在他心头扎了一刀："可能因为你没读 MIT。"

"MIT 很了不起吗？"保罗不满，随即变得沮丧，"好吧，确实很了不起……"

一层，再一层。

他们已经来到了第一层的大厅，虽然大门口应该还有几个觉醒者守着，不过这无关紧要，叶冬雪举起手，面前的墙壁轰然分开——

墙壁对面的街道上赫然站着两个觉醒者！

眼见墙壁裂开，这两人毫不犹豫地举枪射击，子弹呼啸着从裂缝中穿入，叶冬雪竭力闪避，但还是有一发子弹擦过了她的手臂。她感觉手臂好像被重重地打了一拳，不过她没有查看伤口的机会，连忙把墙壁合拢起来。

"他们怎么找到我们的？"贝蒂惊诧地问。

"这不重要，关键是他们找到我们了！"叶冬雪说，"换个方向，大楼这么大，我不信他们在这么短的时间里就能把整座楼都堵住！"

时间拖长了就不好说了。刚才电视台的直播应该已经有不少人看到了，山姆·范布伦既然追击 T 先生到那个地步，想来不会放过他们这群疑似从 T 先生手里拿到资料的人。

四个人狂奔过一条又一条走廊，他们早就跑出了 NBC 电视台的范围，现在也不知道自己在哪里，但就在他们眼前出现一道玻璃门，能看到外面的街道的时候，旁边的电梯门发出"叮"的一声，接着他们面前的地板便好像被炮弹炸过一样爆裂开来。

"我今年七十四岁了，没法跟你们比体力。"赛尔莫斯和其他几个觉醒者从电梯里走出来，"你们就不能体谅一下老人吗？"

叶冬雪激烈地喘息几口："我看你体力很好啊，老先生。"

老头看她一眼，伸出手来："交出来……U 盘在你们身上，对吧？"

叶冬雪让自己的语气尽量显得平静一些："或许我们在路上就丢掉了呢？"

"不，你们没有。"赛尔莫斯朝身后瞥了一眼，"卡玛尔，你给这位女士解释一下。"

一个看上去是印度裔，戴着眼镜的鬈发年轻人走上前来，随即地面上便出现了几个不到五十厘米高的小人，虽然面容模糊，但叶冬雪一眼就认出这就是自己这一行四人。

周围的环境就像电脑里的 3D 建模一样浮现出来，和 T 先生的那个光线投影还不大一样，四个小人穿过墙壁进入大厦，与员工合谋，攻击觉醒者，开始直播，逃跑……

虽然动作加速了，但真是一秒钟都没漏过，这些小人一直演示到被赛尔莫斯截住为止，谁都看得出来，他们中间根本没有丢掉 U 盘的动作。

贝蒂苦笑："有这个能力，当记者很方便吧。"

"交出来。"赛尔莫斯说，"这是最后一次机会。"

"交出来以后呢？"叶冬雪问，"你会放我们走吗？"

赛尔莫斯看了她好几秒钟。就在叶冬雪以为对方马上要翻脸的时候，老人说话了："姑娘，我曾经是个警察。我当了四十年警察，有很多罪犯问过我同样的问题。有很多次，我为了稳住他们，会说'只要放下枪，你就可以走'——但是当然走不了。"

叶冬雪感觉身后的唐怜稍微移动了一下，她暗自希望小姑娘不要因为过于紧张而做出什么刺激对方的举动。

"但今天我不会这么做。你们不是罪犯，而我也不是警察。"赛尔莫斯的背略微挺直了一些，"所以，我只会说，你们只有一次机会。放弃幻想，交出我要的东西，然后信奉吾主，这是你们唯一的机会。"

叶冬雪当然不会答应，但她一时也没有别的办法，双方竟然就在这里僵持住了。

"你知道吗？我们的耐心一般都不算好，因为奉神谕行事不能瞻前顾后。"赛尔莫斯突然说，"你们只有一次选择的机会，而且你们用来选择的时间也不多。"

叶冬雪眯起眼睛："所以你已经没有耐心了？"

"你还有十秒钟。"

伴随着这句话，所有的觉醒者都举起枪来。

"我觉得我们还有别的选择。"唐怜突然开口说，"比如大家同归于尽。"

赛尔莫斯好奇地看着她："你想做什么，孩子？"

"可能你还不知道我的能力。"唐怜声音不高，似乎在压抑着什么，"不过你至少知道 GE 大厦已经有点年头了吧？差不多有一百年？"

赛尔莫斯的手指搓动了一下，空气里有什么东西轻微爆响："所以呢？"

四周的墙壁和立柱突然发出咔嚓的响声，裂纹向四面八方扩散开来，叶冬雪诧异地望去：这并不是自己在发动能力。

"先生，我想你是用你的能力一路破坏墙壁才追过来的。"唐怜的脸色不复原本的苍白，而是变得潮红，仿佛每句话都要非常努力才说得出来，"那么……你猜现在大楼的内部结构已经被破坏多少了？"

似乎是要印证这句话，众人头顶的天花板也出现了大片裂纹，石灰块和建筑装饰材料哗哗地往下掉。赛尔莫斯的表情变得严峻起来："住手！不然我现在就杀了你！"

响动和裂纹暂时停下了。

"如果我使出全力，你猜大楼的平衡会不会被破坏？支撑墙顶不顶得住？你猜……我死之前能不能做到这一点？"唐怜开始喘息，"先生，该你选了……但你的时间也不多。"

所有觉醒者都陷入了不知所措的恐慌，他们头顶是高达两百多米的大楼，而他们身处最下层，谁也不愿意想象头上这座庞然大物垮塌下来会是什么样子，而且谁也没法保证自己能在对面那个文弱小姑娘把楼搞塌之前逃出去。

"9·11"事件里那两座楼从开始垮塌到变成废墟有多快，美国人是再清楚不过了。

赛尔莫斯盯着唐怜，沉声道："这不是一个好的选择。"

"但我们可以选择，至少这个选择不比另外两个差，对吗？"叶冬雪接过了话茬，唐怜明显承受了巨大的身体负载，不能让她再发言，"赛尔莫斯先生，我知道你最想要的是什么……折中一下，U 盘我们可以给你，但是我们不会跟你走，怎么样？"

赛尔莫斯沉默不语。

天花板和墙壁再次微微颤抖起来。

"我们的时间也不多！"叶冬雪略微提高声音，"我的同伴并不能保持这个状态太长时间，所以我没法预测她什么时候会失控，你明白了吗，赛尔莫斯先生?!那时候大家都不用选了！"

"还有手机。"赛尔莫斯终于开口，"我们都看到了，你们给电视台员工看的是手机，那里面也存了东西。把手机交出来，我承诺这次不攻击你们。"

叶冬雪皱眉："恕我直言，开口索要几个女性的手机并不绅士，手机里的个人隐私太多了。"

"那是为了防止你们外传不必要的信息。"赛尔莫斯说,"这是我能做到的最大让步。"

"那我也可以再让一步。"叶冬雪沉默片刻,从口袋里掏出手机,丢到地上,"贝蒂,给它一枪。"

贝蒂愣了一下,依言照做,手机屏幕顿时被打得四分五裂,在屏幕下的主板隐约冒出两点火花,然后再也没了声息。地面蠕动起来,几秒钟的时间便把手机残骸挤碎、覆盖,最后什么都看不出来了。

"如果这都不能接受的话,那我们不必再谈了。"叶冬雪说。

赛尔莫斯终于忍不住翻了个白眼:"你们女人就是喜欢把手机里的个人隐私看得比命重要,是吗?"

"随你怎么理解。"

"好吧,好吧,"赛尔莫斯叹了口气,"该死,给你们的手机执行死刑吧,我受够了。"

其他三个人对视一眼,都把手机丢到地上,用子弹和地板给它们举行了葬礼,然后大家谨慎地向外退去。

赛尔莫斯伸出手:"U 盘。这个我要完好的。"

叶冬雪从唐怜口袋里掏出那个 U 盘,向对面丢过去。

保罗按住大门,用力向外推开,然后四个人便马上头也不回地离开了。

留在大楼里的人不约而同地松了口气,赛尔莫斯看一眼旁边的人:"卡玛尔,去找台电脑,确认 U 盘里的内容……不要在这座大楼里做,天知道这座楼还安不安全。"

卡玛尔捡起 U 盘,转身跑向另一个方向。

"至于你们——"赛尔莫斯示意剩下的觉醒者,"去把那几个人干掉。"

"可您刚才不是说……"

"我只承诺我不攻击他们,可没说你们也不动手。"赛尔莫斯不耐烦地说,"他们一定也想到了这一点,才逃得那么快……别废话了,不然追不上了!"

其他觉醒者急急忙忙地追出门去。

叶冬雪和保罗一左一右架着唐怜在跑,小姑娘的脸色恢复了苍白,甚至比之前还要苍白一点,虚弱地喊着:"稍微慢点,我都要被你们颠吐了……"

保罗稍微放慢脚步:"上帝啊,你刚才怎么做到的?你真的能搞垮 GE 大厦?"

"老实说，基本不可能。"唐怜有气无力地回答，"大楼的结构还蛮复杂的，我又没力气真的撼动主承重墙里的钢筋……我只是勉强移动我们周围那几面墙里的钢筋罢了。"

"所以他们是被自己吓到的？"贝蒂反应过来，"那也行！我看那个老警察的年纪，说不定他当年还参加了"9·11"事件的救援，有心理阴影也是正常的！"

叶冬雪摇摇头："别放松，说不定现在有别的觉醒者已经得到消息，准备过来围堵我们了！"

"我们接下来去哪里？"贝蒂突然问，"电视台也就这样了……我们现在还能怎么办？"

叶冬雪知道这个女孩是想给自己再找一个目标，不然就会无所适从。但她还没来得及说什么，突然一梭子子弹从他们身边飞过，打在前面的建筑上，留下一排弹孔。

"他们追上来了！"保罗大叫一声，拖着唐怜往旁边躲，"我就知道！"

贝蒂拔枪还击，但是只开了几枪就终止了："没子弹了！"

"别的呢，别的武器？"

"没了！都没了！"贝蒂心烦意乱地回答，"你们还有没有别的办法？他们要追上来了！"

叶冬雪挑挑眉毛，放开唐怜的手。

"贝蒂，你和保罗带着唐怜，去中国领事馆。"叶冬雪说，"小唐是中国人，你们应该能进去。"

"叶女士，你呢？"

"现在只剩我还有点用了。"叶冬雪微微一笑，"我来断后。"

说话间她前方的地面高高隆起，挡住了后面敌人的身影。

"千万别死啊，叶女士。"贝蒂低声说。

叶冬雪只回答了一句话："快走。"

地面垒砌的土墙轰然炸裂，一个身上泛着金属色泽的壮汉冲破土墙，以千钧之势向叶冬雪撞过来，但他还没跑几步，就落入了脚下突然出现的一个大坑里，半天也没能爬出来。

叶冬雪活动了一下还在流血的手指关节，冷眼望向对面还在追过来的觉醒者。现在只剩她自己了，正好。

正好无所顾忌地大闹一场。

纽约市的街道在她的控制下仿佛有了生命，墙壁会开裂，路面会升高，平地会陷落……她在街道和建筑中间灵活穿梭，觉醒者们怒骂不已，却始终沾不到她衣服的一点边角。

叶冬雪以自己一个人的力量把这十来个觉醒者死死拖在了这个街区。

但她知道自己是有极限的。每次改变地形都会消耗一部分她的体力，而且体力恢复的速度比平时更慢，如果说一开始的疲惫程度还只是相当于简单做点有氧运动，现在差不多接近跑了一整场马拉松。

不过没关系，她还能坚持。

觉醒者中间也不乏各种能力者，但是没有一种能克制她的能力，水、火、爆炸、光、电……都拿她毫无办法，她利用街道上的建筑和地形做掩护，始终将自己隐藏在对方的视线死角里，觉醒者们想抓到她或者击中她，却始终找不到目标。

他们只能持续比消耗，耗到叶冬雪体力枯竭，再也使不出能力为止，然而即使真到了这时候，他们也不一定找得到人。

但叶冬雪算错了一点点——她没有自己想象中坚持得那么久。

突如其来的眩晕感一下子涌上来，让本来打算再次改变地形的叶冬雪身子晃了晃。她努力抬起头，四处张望，没有看到敌人，但是宛如废墟一般的街道已经变得模糊起来。

"纽约市政府应该不会要我赔钱吧？"她脑海里突然冒出这个想法。

附近传来枪声，传来吼叫声，但她耳鸣和眼花都很厉害，什么都听不清，什么都看不清。她只能把自己的身子蜷缩起来，躲到一根柱子后面，尽量不让人看到。

"只要体力稍微恢复……"叶冬雪告诉自己，"稍微恢复一点，就还有脱身的机会……试试钻进下水道……"

急促的枪声猛然响起，就在她身边不到五米的地方！

叶冬雪身子一震，望向枪响的地方，只见一个模糊的人影扑了过来。她本能地想要举起手反抗，但是双手血肉模糊，重若万钧，连抬起来都很吃力。

那个人影冲到了面前，伸手抓住她的肩膀，不过没有太用力。叶冬雪很努力才听清对方在喊什么。

"……姐！叶姐！你还好吧！"

声音很耳熟。

"她体力消耗很大……"

另一个声音比较陌生。

"没事，我们带她回去！叶姐，坚持住！"

很耳熟的声音说。

她想起来了，这个声音是余志远。

于是她放心地晕了过去。

第十三章

叶冬雪并没有昏迷很久。

她是在一阵颠簸中醒来的，在最初的迷茫后，她迅速意识到自己正在被什么人背着狂奔，而她抬起头的动作也引起了背她那人的注意。

"阿远！"那人用带着浓重粤语口音的普通话喊，"你的朋友醒过来啦！"

于是叶冬雪看到余志远提着一支步枪，从侧后方跑了过来："叶姐，你醒……"

"好了，不要每次我醒来你们都是这句话！"叶冬雪苦笑着打断他，"我说，可以把我放下来了，我能走。"

背她的人回答："冇问题啦，我的能力就是力量强化，背你这样的细妹湿湿碎啦。"

"……谢谢啊，我三十多了。"

"哈哈哈，那我要叫你姐姐吗？但是你看着就是后生女呀！"

这人一边说着一边往前跑，没有停步也没有松手，叶冬雪只能无奈地趴在他身上。余志远笑道："马上就到了，就先这么着吧！"

"到了？到哪里？"

四周和余志远明显是一队的人还有五六个，都是典型的东亚面孔，手持枪械，显得颇为精悍。这群人默契地在街道中疾步穿行，畅通无阻，没有任何人来拦他们。

说话间他们冲过一个拐角，叶冬雪突然认出了街道对面的建筑物——一座眼熟的暖灰色建筑，外墙呈半圆弧形，像是一块被切下来的蛋糕。

她见过这座建筑，就在今天天刚亮的时候。

建筑外面的公路紧邻着一条河，河上停着一艘硕大的舰船。她知道那是哈得孙河，那是无畏号航舰博物馆，河对面是新泽西州。

众人跑过这个街角，向左转。

叶冬雪看到那座灰色的建筑就在面前，早上的时候自己已经离它很近了，但直到此时，天色将晚，她才真正来到了这里。

"叶姐！"余志远指着前面兴奋地喊，"我们到了！"

"嗯，我看到啦。"叶冬雪望着那座建筑前方高高飘扬的五星红旗，长长地呼出一口气，好像要把这一路奔波的疲惫和伤痛都呼出去一样，"我们到了。"

与此同时，山姆·范布伦又回到了之前因为爆炸而塌陷下去的那处废弃车站。

太阳快要下山了，地下的光线变得很暗，但范布伦并未在意，只是问前方的两个人："怎么样？"

"我认为布朗的判断正确。"一个脸上涂着印第安人式样油彩的女人回答，"检索不到他们的残留信息核，可以判断为他们的主信息不在这里。"

"换句话说，他们逃了——至少逃了一部分。"另一个胖子补充说。

山姆·范布伦望了望这个空旷的地下空间，沉声道："把他们找出来，需要几个门徒帮忙？"

女人想了想："除了我们两个，至少还需要四个——不要找赛尔莫斯这种暴力狂来，他帮不上忙。"

"我觉得警长还蛮和蔼的。"胖子嘀咕。

"蠢货，我是说他的能力，除了把一切炸掉还能有什么用？"女人不耐烦地说，"教长，你也知道目标的能耐，得把那几个门徒都找来才可能捕捉到更多的残留信息。"

"我们现在能用于捕捉信息核的门徒一共只有六个。"山姆·范布伦说，"我可以把他们都叫来帮忙，但那样我们就会有很多工作搁置下来。——蒂卡，不要让吾主失望，不要让我失望。"

"别担心，教长，吾主一定非常乐意见到目标被擒获，这个任务远重要于其他任何工作，不是吗？"蒂卡眨眨眼，"只要能擒获目标，别的都是小事。"

范布伦不再和这个女人多说，扭头问："赛尔莫斯在哪里？"

"还没有消息，教长。"后面的觉醒者回答，"他是和卡玛尔一起离开的，我们联络不上他。"

"找到他，让他尽快与我联系。"

"明白。"

范布伦最后一次看向印第安女子蒂卡和胖子布朗："一个小时以后，其他门徒会来集合，抓紧时间。"

"交给我们吧，教长！"

现在天色真正暗下来了。

叶冬雪坐在房间里的一张凳子上，望着窗外稀稀拉拉的灯光。她捧着手里的保温杯，忍不住想掐掐自己的手看是不是在做梦，不过这其实毫无必要，已经被纱布包裹的伤口还在一跳一跳地痛，提醒她经历了多么惊心动魄的一天。这是总领馆给她和唐怜安排的房间，总领馆毕竟不是旅店，这个房间明显看得出是临时打扫过，然后给她们准备了两张可以席地而睡的毯子而已，不过至少是安全的——至少现在是。

唐怜已经蜷缩在毯子上睡熟了。

"叶姐！"身后突然传来熟悉的声音，接着肖雨晴和周楠就一前一后地冲过来把她抱住，"叶姐，你可算来了！我们吓死了啊！"

叶冬雪转过身，强忍住也要夺眶而出的泪水，狠狠地抱了她们一下："哭什么，我什么时候让你们担心过！放心好了，你们叶姐人设不崩！"

两个小丫头还是死抱着她不放，最后还是叶冬雪拍拍她们的脑袋，把两人从自己身上摘下来："好了，我现在只知道总领馆里难民很多，我和唐怜做了身份登记，他们给我们检查了身体之后也没人说撤离的事情，所以现在是什么情况？总不能让大家在这里干等吧？"

"本来确实在撤侨的，总领馆从 26 号开始就发现纽约市区情况失控，于是开始联系各种撤侨方式，但是通信恢复得很慢……后来在华盛顿的大使馆也撤过来了，大使受了重伤，现在主持事务的是一个公使。"肖雨晴连珠炮似的说着，看来已经说了好几次，"撤侨方式主要是租用船只把人员先转移到外海，然后向其他地区转移，但是后来发现整个美国都很乱，所以只能转往更远的地方……"

"欧洲也一团糟，所以现在东海岸这边主要是把我们的人转移到古巴和毛里塔尼亚。"余志远这时候从门外走进来，接上话茬，"我们国家这些年在非洲的援建效果不错，非洲国家对中国人印象很好，愿意暂时接纳撤出来的侨民。"

"毛里塔尼亚……"叶冬雪都想不起这个国家在什么地方，但感觉多半经济不发达，"条件也不好吧？他们那儿反而没乱？"

余志远在房间里找了把椅子坐下："就是这么讽刺，他们国家经济本来就不好，通信也不发达，所以反而更能适应这次变化，不就网络不通吗？当地都没几个人上网……那些邪教徒根本没把这种穷国当回事，一个下线都没有，而且我们的援建人员很快帮助当地政府稳定了局面。所以现在那边成了我们的一个重要中转基地，大家先在那边住几天，等国内紧急调来的远洋船队接人。"

叶冬雪沉吟片刻，终于还是问出了自己最关心的问题："国内现在怎么样，能联系上了是吗？"

"能联系，总领馆有卫星电话，看来那什么觉醒者还没能耐影响到天上的人造卫星，而且据说现在海底光缆也开始恢复了。国内乱了两天，不过很快就平息下来，咱中国人对这些神棍的免疫力还是很强的。"余志远笑着说，"但是我们这几天走不了，只能排队向国内发消息，报个平安什么的。叶姐你回头报个名，明天应该能轮到。"

叶冬雪有点意外："怎么会走不了？"

"觉醒者进入纽约以后，破坏了曼哈顿这边的港口，外围的长岛等地的港口也被封锁了，总领馆租用的船只不敢靠近，所以还没来得及撤走的人就被困住了。领事馆这里有快一千人，长岛那边的港口里还有三千多人，大使馆和领事馆的人分了一大半在那边。"余志远回答，"还好唐人街的华侨在帮忙，不然光是这几千人的饮食都会成为大问题。"

叶冬雪忧心忡忡地点头，突然又想起别人来："邱总他们呢？"

"沈晗的手伤势比较重，要做手术，所以到总领馆的第二天就登记上船了，邱总说要照顾他，所以跟着他一起走了。"周楠说到这里忍不住翻了个白眼，"现在他们应该已经到非洲了吧？"

叶冬雪不由得叹服："邱总这个决断，倒也挑不出毛病……"

"对啊，当时我们都没到，他给我们留了一张字条，写得非常恳切，叶姐你要看吗？"

"算了，倒也不必……还有穆宁和望美呢？李圭璋呢？"

"李圭璋没事，在厨房帮忙。穆宁和望美在一起，望美好像还蛮黏穆宁的，只要穆宁在身边她就不闹。总领馆找了一些奶粉、暖宝宝之类的东西，望美问题不大，但是……"周楠顿了一下，"叶姐，你有时间还是去看看穆宁吧，她状态不大好，我们的安慰也没什么用。"

叶冬雪心中微微叹息，但最后只能轻声回答："我知道了。"

这时候门外突然传来一阵喧哗的声响，叶冬雪本能地绷紧了身子，就连唐怜都被吵醒了，警觉地坐起来。余志远示意大家不要慌，自己小心地走出门去查看，这一走就是好几分钟。叶冬雪却放下心来，外面很明显是在欢呼，但是他们在欢呼什么呢？

余志远终于冲了回来，脸上也同样是兴奋之色："刚才接到通知，我们的船在路上了！"

肖雨晴好奇地问道："什么船？"

"国家紧急调派了几艘远洋货船，卸掉货物后正全速赶来，估计大后天就能到纽约外面，现在总领馆正在和美国政府协商临时靠港撤侨的事宜！"余志远顿了一顿，继续说下去，"还有一艘中国海军的军舰差不多也会同时到达！"

叶冬雪有点诧异："我们还有军舰在这边呢？"

"我听他们说了，这本来是我们在欧洲访问的海军编队，平安夜之后就改成了掩护撤侨舰队，毕竟地中海沿岸也有点乱套，现在是临时抽调一艘军舰过来支援……好像整个美国就纽约这里最乱，其他地方的撤侨和保护还挺顺利的！"

肖雨晴和周楠一起哀叹："早知道就去波特兰了啊！"

叶冬雪总算明白大家在庆祝什么了，祖国的后援船队很快就到，连军舰也会来，那还有什么可担心的呢？只要撑过这几天就是胜利！人最怕的就是没有希望，而现在希望已经出现了！

然而……觉醒者大举进攻纽约，其实主要是为了找到那位 T 先生，现在 T 先生生死未卜，他们会就此罢手吗？

还是会把矛头指向最后与 T 先生接触的自己这群人？

门口传来敲门声，打断了她的思绪。

周楠过去开门，只见门口站着一个三十岁出头的女性，她一头短发，戴着眼镜，显得很斯文，但可以明显看到镜片下的两个大大的黑眼圈——这是一名总领馆的工作人员。

"你们好，我是中国驻纽约总领馆一等秘书方妍。"对方扫视房间，"请问谁是叶冬雪和唐怜？"

叶冬雪站起来："我是叶冬雪。"

唐怜睡眼惺忪地擦眼睛，举手："我是唐怜。"

方妍笑着摆摆手："不要紧张，是这样的，我们之前在 NBC 的电视直播里看到了你们，知道你们被觉醒者攻击。"

余志远举手："我就是看到这个画面，才叫了一群朋友过去救援的！"

"刚才你们在登记的时候，说有很重要的事情要告知总领馆。"方妍继续说，"现在可以问问是什么事了吗？"

"你们有电脑吗？"唐怜在自己的衣服口袋里翻了一会儿，居然又摸出一个 U 盘来，看到叶冬雪诧异的目光，她咧嘴一笑，"做数据的时候一定要留备份，这是我们教授开学第一天就反复强调的。"

"电脑倒是有……"方妍看着那个 U 盘，有点迟疑，"但是……"

"你们可以找一台没有联网，也没有重要资料的电脑。"唐怜说，"这件事很难用一两句话说清楚……关键是就这么红口白牙地说，你们可能也不信。"

方妍笑道："为什么你会觉得我们不信？"

"那我简单说一下——我们遇到了外星人，外星人给了我们这个 U 盘，用来揭露觉醒者的真相。"叶冬雪看着方妍的表情，无奈地耸耸肩，"看吧，你不信。"

"……确实，只凭这句话很难相信。"方妍愣了一会儿才苦笑说，"不过觉醒者攻击你们是无可争辩的事实，你们也确实放了几十秒视频……那请你们稍等，我去请示一下。"

方妍转身出门，剩下的几个人全都把目光投在叶冬雪和唐怜身上。

"外星人?!"肖雨晴瞪圆了眼睛问，"叶姐，你们遇到了外星人?!"

"对。"

"长什么样子？"余志远问。

"老实说，有点丑……"

"他现在在什么地方？"周楠问。

"不知道，觉醒者也在找他……准确地说，觉醒者攻击纽约，很重要的一个原因就是要找到他。"叶冬雪解释道，"如果这个外星人对外界说出真相，那什么觉醒者，什么神谕都没用了。"

"所以他们断掉了通信，又不顾一切地攻击纽约市，搞出这么大阵仗来……"余志远恍然大悟，"那叶姐你们可得小心，你们接触了外星人，那个山姆·范布伦说不定会惦记上你们！"

唐怜举起手里的 U 盘晃了晃："所以我们才不会笨到把它当成秘密啊，直接上交国家不就得了？要堵知情者的嘴他们得赶快，说不定到明天知情者就变成一万人啦！"

"……好有道理！"

"那就给我们讲讲嘛！"肖雨晴双眼发光，"我想做知情者！"

叶冬雪想了想："也行，没什么不能说的，反正技术细节我又不懂，我只能跟你们说……"

她刚刚讲到"外星人是为了做直播刷火箭"时，房门又被敲响了。这次站在门外的有三个人，为首的是一个四十多岁的女性，方妍跟在她身后。

“抱歉，打扰大家了，我是中国驻美国大使馆公使夏浅。”中年女性脸上也透着一股疲惫感，但语气依然平稳镇定，只是带了一点迟疑，“我的同事跟我说，你们遇到了……外星人是吧？”

　　唐怜一副早有所料的样子：“我们有证据，可以证明给你们看。”

　　“我过来就是为了这件事。”夏浅说，“我想确认一下，这件事本身对你们会有什么影响吗？如果你们手里的证据传出去，会不会有什么问题，比如……外星人不让？”

　　“事实上，这就是外星人想让我们传出去的信息。”叶冬雪回答，“只是他因为本来就受了伤，又被觉醒者追捕，一直没找到机会，所以这件事最后落到了我们头上。”

　　“那我就明白了。”夏浅侧身让出位置，跟她过来的还有一名男性，“这是小孙，我们的技术人员，你们的资料可以交给他——”

　　“我还是跟着一起吧。”唐怜说，“这些资料是我整理的，可能需要一点解说。”

　　那个叫小孙的人三十岁上下，发际线有点高，听到这话也没犹豫：“好，那就一起。”

　　夏浅目送小孙和唐怜离开，转身看向叶冬雪：“我先代表国家感谢你们的贡献，如果有什么可以帮得上忙的地方请告诉我。”

　　“付出倒没什么，一路上其实主要是逃命。”叶冬雪谦虚两句，突然想起什么来，“夏公使，我们现在方便和国内联系吗？我和国内的家人已经失联一个星期……”

　　“哦，这没问题啊。”夏浅马上答应下来，“小方，你看看现在哪台设备有空，直接安排一下。”

　　“好的！”方妍问，“叶女士，你是想打电话，还是视频？”

　　几分钟以后，叶冬雪手里多了一部手机。她没想到自己想了无数次的机会就这么出现在面前，忍不住屏住呼吸，然后努力回忆了一下才想起登录密码。

　　以前在自己的手机上可都是自动登录的！

　　熟悉的登录画面之后，是熟悉的操作界面。接着手机卡顿了好几秒，未读消息才弹出来——实在太多了，标识未读的红色小圆点数字瞬间就变成99+，她粗略扫了一下，朋友、同事、家人发来了一大堆消息，还有一大堆群消息，就连好几年不说话的中学同学都发来了消息，她从来没发现自己的人缘好到这个地步。

出于强迫症，叶冬雪把所有留言挨个看了一遍，大部分都是得知她在美国后询问她的状况，有两个人她都想不起来是谁了，再仔细一想，是她在景区遭遇地震，组织脱险的时候加的人……那时候她还是个大学生呢！

"这么多年没说话居然也没删我啊……"叶冬雪忍不住感慨一句。

然后她点开一个对话框，发送视频请求。

现在是中国北京时间早上七点多，父母应该已经起床了，如果他们没事的话……

但是对方一直没有接，直到请求自动断掉。

叶冬雪的心里有点发沉，她犹豫着是再发一次请求，还是先联系丈夫那边。最后她深呼吸一口气，选择再次按下视频通话，这次依然响了很久无人接听。就在她以为会断掉的时候，视频接通了，然后她看到一张熟悉的大脸。

"天哪，真的是你！"那张大脸激动起来，"老婆，你还好吧，你没事吗？你在哪儿？这些天电话也打不通留言也不回……"

"赵思源！你怎么在用我妈的手机？"叶冬雪总算认出这是自己的丈夫，他显然刚醒不久，头发还乱糟糟的，"我现在在纽约的中国总领事馆，很安全，家里现在怎么样？"

但屏幕对面的丈夫压根没理她，举起手机就往另一个方向跑："妈，是冬雪！冬雪发的视频！莎莎，莎莎，来看你妈！"

然后就是一堆问候。叶冬雪望着手机里的一大堆人，好不容易才搞清了状况：现在国内还没解除紧急状态，家里人想着在一起有个照顾，于是本来就在同一个城市的两家人索性住到一起来，唯一受伤的只有丈夫，他需要在客厅睡沙发……

"咱妈刚才在哄莎莎吃早饭呢，没顾得上看手机。"丈夫解释说，"你跟老人和莎莎聊着，我下楼排队领今天的物资去。"

"外面乱吗？"

"不乱，但是在挨家挨户清点谁又获得了什么能力，谁又听到了什么神谕。我们猜可能是国家也不清楚这到底算什么情况，还在研究摸索，不过电力、通信、网络、物流什么的恢复得倒是挺快。"丈夫说到这里撇撇嘴，"你是不知道啊，这个神太不接地气了！翻来覆去就是说什么神已降临，铲除邪恶，当我们看的网络小说少啊？"

叶冬雪忍不住笑："你别说，我们这边闹得更玄乎，我知道的可比你多。"

"哦，那一会儿我回来跟你聊……莎莎，怎么还不喊妈妈？"

叶冬雪不知道，自己沉浸在与家人团聚的幸福中时，领事馆侧楼的一个房间里气氛同样热烈。

"我看不出问题，不，就应该是这样的！"房间里挤满了人，一个六十多岁，头发掉了大半的老者从电脑面前直起身，"这是真的！这就是真的！"

"我就说吧，老黄你还不信，还要自己再看一遍，浪费时间。"他身边一个戴着眼镜的微胖老者哼了一声，"不能再耽误了，上报吧！"

"我同意。"黄姓老者看向旁边的唐怜，"同学，谢谢你，你为我们国家，不，是为整个地球带来了希望！"

唐怜难得地有点脸红："没有没有，都是我应该做的……"

微胖老者换上严肃郑重的表情，对身后的夏浅说："夏公使，我和中科大的黄教授都认为，这些资料有极大的可信度和极高的实用和研究价值，必须马上传给国内！"

夏浅问："关于外星人的部分呢？"

"我和老黄不懂分辨视频，可以传给国内让专业人员判断，但是其他的部分——"微胖老者扶了扶眼镜，"要是作假能做到这个程度，那和真的也没区别了。"

夏浅郑重地点点头："我明白了，我马上联络上级。"

"要快！"黄姓老者在旁边说，"如果像唐同学说的那样，觉醒者在试图找到并摧毁它，那么这些资料留在我们手里多一秒就多一分危险！"

这时候唐怜突然从旁边冒出来："对了，黄教授，您是研究材料工程的对吗？"

"对啊。"

"我在清华和 MIT 读的也是材料工程。"唐怜小声说，"我有一些疑问想向您请教一下……"

黄姓老者有点意外："怎么，清华和麻省理工的老师还教不了你？"

唐怜摇了摇头："不，是我体内的量子机械激活以后，产生了新问题，眼下我实在没人可以问了。"

黄姓老者认真起来："说说看。"

而夏浅这时候已经下了命令："小孙，现在就开始上传数据，今晚你就盯在这里，直到数据全部上传完毕！"

"没问题！"

叶冬雪不知道这些事情，她心情愉悦地挂掉了视频。

牵挂的人都安全，那就好，剩下的就是自己要解决的事情了——她想到这里，忍不住又有点犹豫，但最后还是迈步走向一个房间。

房间里没有点灯，只能依稀看到一个人影坐在行军床上，呆呆地望着窗外。

叶冬雪坐到她的身边，她本能地往旁边移了一下，但是叶冬雪抓住了她的手。

她的手是冰凉的。

"我也不知道该怎么办。"叶冬雪轻轻地说，"我也很想小苏，他是我见过的最好的同事，也是我的朋友。我……我想象不出来，我不敢去想这件事，我现在都没法接受他再也不会出现这件事。"

对方抽了抽鼻子，没有说话。

叶冬雪将手伸过去，把她拉到自己身边，尽可能温柔地揽住她的肩。

"我这一路上都想哭，但是我不敢，因为还有很多人看着我，等着我，依靠我，我只好坚持下去。到了现在，我发现我还是很难受，但我哭不出来了。"叶冬雪叹息着，"就当是替我哭一场吧，穆宁。"

苏穆宁终于抱着叶冬雪号啕大哭。

门外的周楠擦了擦眼角，对身边的肖雨晴低声说："走吧，让叶姐陪穆宁待一会儿。"

站得稍微远一点的余志远和李圭璋也松了口气。

这个晚上，有人痛哭失声，有人如释重负，有人心急火燎。

还有人瞠目结舌。

"你再说一遍？"坐在一个咖啡厅里的山姆·范布伦瞪着面前的觉醒者，"你说谁走了？"

"罗杰·赛尔莫斯先生，还有普里塔姆·卡玛尔。"虽然是冬天，而且没有开空调，对面的人依然忍不住流汗，"我们刚刚发现了赛尔莫斯先生留下的信。"

范布伦阴沉着脸伸手："给我。"

信的内容很简单，只有两行字："这不是我想要的答案，我退出。"

范布伦盯着这两句话看了好一会儿，才把信纸放到桌上，皱起眉头："卡玛尔只是个硅谷的工程师，什么都不懂，也没有胆量，他临阵脱逃我并不意外。但是赛尔莫斯——我还没有出生的时候，他就在军队里获得勋章了，在利比亚，他一个人救下了七个战友。"

对面的觉醒者是个光头，他小心翼翼地擦汗："我也听说过他的事。他退役以后当警察，很受当地居民信任，他退休的时候还获得了市政府颁发的荣誉奖章……"

"但是他的女儿随后死于一场事故，涉事公司请了最好的律师，最后在法庭上成功翻盘，他只获得了一万美元的人道主义赔偿……一万美元。一个功勋老兵，一个救了很多人的老警察，他无辜丧命的女儿只值一万美元，而那家公司付给律师的费用是八十万美元。"山姆·范布伦用手指敲着桌面上的信纸，"所以他最后选择了跟从吾主。——我们现在都做到这一步了，是什么让他改变了主意？"

对面的觉醒者当然什么都不知道。

范布伦抬眼看他："我要知道赛尔莫斯都做了什么。你从今天他进入 GE 大厦开始，一件件说给我听。"

光头觉醒者迟疑了一下，说："一开始没什么异常，赛尔莫斯先生带着一群兄弟轻而易举就攻占了电视台，毕竟电视台里只剩下两个看守的保安了，倒是根据保安的口供把住在附近的员工抓回来费了点事……"

"这个我知道，几个摄像师现在还跟在各地同胞的身边。"范布伦打断他，"开始转播以后呢？"

"之后……那个主持人威尔森是个自大狂，获得力量后侵犯了好几个女员工，直到赛尔莫斯先生提醒他不要影响正事，他才收敛了一点。"光头努力回忆着，"再然后，赛尔莫斯先生好像也不想看到这个浑蛋，自己去了十楼养神，留下西里恩他们在八楼演播厅监视电视台的情况，我和其他几个兄弟则在一楼门口站岗……也不知道那群人怎么就混进去了。"

"他们中间有人可以改变地形，这不是你们的错，"范布伦安慰道，"然后他们袭击了八楼，趁机播出了那个视频，然后呢？"

"赛尔莫斯先生也发现了，所以果断攻击，打断了播放。"

"还是稍微晚了点。"

"是的，晚了点，已经播了快一分钟……我们听到楼上的爆炸声，赶忙冲上去看……"光头絮絮叨叨地说到最后叶冬雪等人以大楼垮塌为威胁脱身，范布伦抬起手："所以，他们确实交出了一个 U 盘？"

"对，卡玛尔拿到 U 盘以后去找电脑查看。"光头回答，"赛尔莫斯先生因为承诺了不追击那几个中国人，所以应该是跟着卡玛尔走的……"

"然后他们就退出了。"范布伦若有所思，"你知道 U 盘里是什么东西吗？"

"不就是那段没头没尾的视频？"光头一脸茫然，"说什么一万多年前……老实说，我没来得及看完。"

范布伦摇了摇头："算了，没什么……你去忙你的事情吧。"

光头离开以后，范布伦又扭头问旁边的人："蒂卡那边的进度怎么样？"

"还在追踪，没有新的进度报告。"

范布伦脸色越发阴鸷。

大约十二个小时以后，叶冬雪迎来了2031年的第二个日出。

总领馆的位置在曼哈顿岛以西，由于周围各种高楼大厦的遮挡，并不能看到太阳从长岛以东的大西洋上升起的景象，但是也能从哈得孙河对面的建筑的玻璃幕墙上看到朝阳的反光。叶冬雪昨晚睡得并不安稳，早早地便醒了，但直到望见河对岸的建筑反光，她才意识到两件事：2031年的第一天已经过去了，以及……天放晴了。

她回头望向屋内，唐怜裹着毛毯，蜷在角落里睡得正香。这小丫头昨天晚上不知道什么时候回来的，反正肯定是十二点以后。如果是之前，叶冬雪估计还会担心，但现在身处领事馆内，周围有几千名同胞，不知道为什么，她就觉得特别安心。

只要再坚持三天，只要三天，大家就能平安撤出这座已经化为修罗炼狱的城市。不管是去古巴还是去毛里塔尼亚，国家都已经在那边做好了妥善布置，会有大批远洋船队赶来接大家回家，算算时间，赶在春节之前到家或许还有实现的可能呢……

但这时候她听到房间外突然安静下来。

领事馆现在挤了几千人，可以说是远远超出了容纳能力，到处都是人来人往，熙熙攘攘，只有深夜才会安静下来。

现在太阳刚出来，没有理由大家突然安静下来，除非有什么突发情况。

叶冬雪打开门，只见走廊里一群人正围着一台电视，屏幕里赫然是山姆·范布伦那张讨人嫌的脸。

现在这张脸正说到话题的关键部分："吾主是仁慈的，但我们的耐心是有限的。要么加入我们，要么成为我们的敌人，这件事没有商量的余地，神明之意不容扭曲，不容违背，不容存有侥幸心理。抛弃你们的幻想吧，凡人不可能，也不被允许反抗神谕！"

"这人病情又加重了，不打算去看医生吗？"余志远的声音在叶冬雪背后响起，"哦，医生可能被他杀得差不多了吧？"

"他疯归疯，还挺难缠的。"叶冬雪没回头，"也不知道今天的讲话又要出什么幺蛾子……"

"在这里，我向纽约市的所有人宣告。"范布伦一字一顿地道，"你们有七十二小时来做最后的选择，七十二小时以后，凡是没有选择服从神谕的人，都将被视为异端。"

余志远好奇地道："他们不是已经在这么干了吗？"

"而这一次，对异端的惩罚将由吾主见证。"范布伦表情郑重地说，"我知道你们在想什么，在犹豫什么，这是最后的机会，这个机会是如此明显，我无法容忍你们竟敢不臣服的行为！"

说到最后两句时，范布伦青筋暴起，眼睛充血，仿佛要噬人一般，叶冬雪隔着屏幕都能感觉到一股"这家伙是来真的"的气势，但她依然疑惑："他为什么要做这种表示？他那个神……那群搞直播的外星人，要怎么见证？刷弹幕吗？"

余志远刚想吐槽，却没能发出声音来。

叶冬雪也是一样。

事实上，整个领事馆，整个曼哈顿，乃至整个纽约市的所有人，都在这一刻哑口无言。

因为人们的脑海里同时响起了一个声音，正是这些日子以来不少人都听过的神谕之声："虔诚之人方可得救，此乃信仰之道，容不得半分虚假。听闻便信者，方有福报，拘泥于亲眼所证者，愚不可及。吾将人类之裁决权交与觉醒者，切勿错失最后一次机会。"

声音消失了，叶冬雪转过身，看到余志远一脸纠结的表情，觉得好笑："你信了？"

"信他个鬼。"余志远说，"但是外星人直接下场了，这怎么搞？"

"外星人不会直接下场的。"唐怜不知道什么时候也走出了房间，估计是被神谕吵醒的，"你们没发现吗？自始至终，这群外星人只做了两件事：打开月球上的那个控制器，以及不断给我们发骚扰广播。其他事情，都是觉醒者在干。"

"确实是这样……有什么说法吗？"

"根据那个U盘里的记录，直接干涉我们的文明是明确无误违反银河文明联合体规定的行为，所以外星人不会这么做。"

余志远瞪大眼睛："他们这还不算直接干涉?!"

"不算。"唐怜回答，"控制器是旅行家设置的，量子机械是旅行家设置的，通过量子机械传递信息的功能也是旅行家设置的。对地球现存文明的破坏是觉醒者干的。从头到尾，他们都只是利用别人，'间接'行事。——别瞪我啊，外星人的判断标准和我们的不一样。"

叶冬雪领会到了唐怜的意思："所以，就算我们完全无视他们，甚至直接反抗这个神谕，他们也不会出手，只会让觉醒者来对付我们？"

"是的，而且打开控制器的外星飞船现在已经在几光年以外了，只是通过设置在太阳系里的几个中转器在遥控觉醒者而已。"唐怜很老成地叹口气，"不过把这些事说出来，范布伦也不会听吧。"

余志远的表情却没有轻松起来："范布伦会不会听不知道……我只担心一件事，刚才那堆话，其他人会不会听？"

不管是谁，突然听到自己的脑子里响起别的声音，都会本能地吓一跳吧？如果本来就对"神"有畏惧之心，想来也会开始犹豫吧？

如果发现所有人都听到了这个声音，那不管多么坚强的意志，都会有所动摇吧？

叶冬雪望向走廊上的人群，不出所料地看到一大片震惊、疑惑和惊恐的表情。

"又有新麻烦了。"她忍不住想。

第十四章

人们的意志明显动摇了。

叶冬雪能够清晰地感觉出周围气氛的变化，上千人的窃窃私语汇合成无法分辨的嗡嗡声，而其中并未包含什么兴奋情绪。

不过……情况还不是最糟的。如果在几天以前她或许也会茫然不安，但至少现在，她是除觉醒者外，这个世界上少数知道真相的人。

去他的神谕，不就是一群毫无职业道德的外星主播吗？

只不过情报已经上交国家，自己也就暂时不能将消息说出去，只能眼看着众人的情绪走向低落和混乱。

到了中午，这种低迷情绪终于迎来了一场爆发。

当时正是午饭时间，总领馆的工作人员在给新来者发食物和水——其实就是泡面、面包和矿泉水，有两个心急的人拦住了对方："小姑娘，怎么办啊？"

被拦住的正是方妍，她眨眨眼，有点困惑："什么事情啊？"

"就是那个神谕啊！"对面应该是一对夫妻，五十多岁的样子，男女都是矮胖身材，富富态态的，有点像土地公和土地婆，但表情全然不像土地公夫妇那么和蔼可亲，"我们要不要信啊，怎么信啊，国家能不能给个话？"

两人的口水都要喷到方妍的眼镜上了，方妍忍不住退了两步："请你们冷静一点，这件事我们已经上报了，相信很快就会有安排……"

"都中午了，要等到什么时候？"土地公激动地问，"那群恐怖分子，那群邪教徒，只给了我们七十二小时啊！七十二小时以后谁知道他们会做什么？"

"就是就是！"土地婆跟着鼓噪，"他们都能把话传到我们的脑子里了，七十二小时以后要是不投降，我们的头会不会爆开？"

叶冬雪刚把泡面碗端起来，听到走廊里的这阵喧闹也是摇头："想象力太丰富了，他们要是有这个能耐，早就动手了……"

那可是一群真不把别人的性命当回事的疯子啊。

方妍也没什么太好的办法，而随着这对夫妻的喧嚷，走廊里渐渐聚起了更多的人，而且逐渐开始有附和的声音："对呀对呀，国家不能不管我们吧？""有什么对策要及时说啊，国内那些官僚主义……""有没有监督举报电话？我去催问进度！""你现在打电话有什么用？那边现在是晚上十二点……"

终于有个声音响了起来："你们急个屁啊？"

那是余志远。

本来打算出门给方妍解围的叶冬雪想了想，把脚收了回来，听余志远怎么说。

土地婆不满意了："小伙子，你怎么说话的？"

"本来就是啊，阿姨。"余志远懒洋洋地回答，"你想想，七十二小时以后是哪天？得是大后天早上了对吧？"

土地婆茫然地点头："是啊。"

"那我们的船什么时候来？后天就来了啊！"余志远提醒，"那些人是要全纽约的市民在大后天做出选择，可大后天我们在哪儿？我们已经在船上，不在纽约了啊！您纠结啥，您怕啥呢还？"

人群中爆发出一阵恍然大悟的"哦哦"声，土地公和土地婆马上也跟着开心起来，但土地公还有点担心："那要是……到时候船没能来呢？或者又被挡在港口外面了呢？"

"那我们的领事馆能不先知道？"余志远提高声音，"方秘书，到时候要是出现这种情况，我们肯定也是有安排的对吧？"

方妍反应过来："嗯，对，我们到时候会根据具体情况做出安排……"

叶冬雪嘴角微微上翘：嗯，小余这人还挺有意思的，回到国内以后干脆问问他要不要来公司上班，这嘴皮子功夫至少可以当个商务代表……

但并不是每个人都认同余志远的说法和方妍的承诺。没过多久，楼下又有了喧哗声，这次是换了一群人在闹："如果是我们信奉的神错了……"

"我的大哥啊，你的神还没说话呢！"余志远双手一摊，"万一你现在跑过去，你家大天使提着剑下来砍恶魔了怎么办？这不就是1949年入国军了吗？"

那人瞪着他："我爷爷就是国军。"

"……哦，当我没说。"

叶冬雪看着那群人，其中有东亚面孔，也有黑人和白人，忍不住问旁边的肖雨晴："这群人又是怎么回事？"

"基本都是有美国户口的。一部分是华人，一部分是跟着华人朋友进来避难的。"肖雨晴有气无力地回答，"怕了，又不肯跟我们的船走，想去觉醒者那边。"

"那就让他们去好啦！"贝蒂不知道什么时候过来了，"蠢货就应该和蠢货在一起！"

"嘿，贝蒂小姐。"叶冬雪挥挥手，"你还好吧？"

"挺好的，你们领事馆里的人都很亲切。"贝蒂望着楼下乱哄哄的人群，发了一会儿呆，总领馆的工作人员正在安抚他们。她突然想起了什么："那些数据怎么样了？"

"T 先生给的数据吗？我交给了总领馆。"叶冬雪回答，"他们已经上报给国内，应该很快会有回复吧。"

"你们还能联系到国内的高层人物？"贝蒂叹了口气，"我现在都不知道我们的总统在哪儿——我是说那个副总统。"

叶冬雪笑道："他现在就是你们的新总统了。"

"那也得知道他在什么地方，能干什么吧？纽约现在这个样子，他真的就不管了吗？"

"那应该也不会……"

"你们的新任总统先生正在与我们的领导人紧急通话。"夏浅的声音突然从身后传来，叶冬雪转身看过去，只见这位颇显干练的女公使似乎又憔悴了几分，黑眼圈扑了粉都遮不住，她忍不住有点担心："您还好吧？不会又熬通宵了吧？"

她已经听朋友们说过总领馆的工作人员现在的状况了，几乎每个人都处在过劳死的边缘。

"凌晨的时候打了个盹，还能撑。再坚持坚持就过去了。"夏浅笑了笑，然后看向贝蒂，"事态确实很严峻，但我想他们会有新的应对举措，你得有点耐心。"

"希望他们真的有。"贝蒂咕哝说。

"我新得到了一个消息，已经有部分地区的网络被修复。"夏浅说，"你可以试着找个地方上网看看，联络一下家人。"

"谢谢你的关心，虽然我现在已经没有家人了，"贝蒂耸耸肩，"不过我至少可以发点牢骚。"

"啊……现在暂时不要。"夏浅连忙说，"请你在这段时间里不要发表任何与觉醒者相关的言论，我们认为他们也在监控网络，你可能会被盯上——如果暴露了你与 T 先生有关，恐怕更不妙。"

贝蒂露出心虚的表情。

叶冬雪看得嘴角一抽："你刚才就是想上网说这个对吧？"

"不，我是想试着联系几个朋友报平安。"贝蒂干笑两声，"而且我的手机不是也没了吗？我还得找你们借……"

叶冬雪目送贝蒂走远，才重新看向夏浅："夏公使，找我有事吗？"

"其实就是嘱咐这个，不要暴露你们接触过 T 先生的事情。贝蒂·拉塞尔和帕斯卡尔·保罗我们都带过话了，现在只差你这边。"夏浅指了指房间，"进去聊？"

叶冬雪一下子也心虚起来："呃，我还和几个朋友说了……"

夏浅无奈地笑了笑："那只能换到会议室了。"

于是几分钟后，叶冬雪、唐怜、肖雨晴、周楠、苏穆宁、余志远、李圭璋就和夏浅一起坐到了会议室里。

叶冬雪心里微微感慨：这些人就是一路过来，最后剩下的朋友了啊。

"首先再次感谢大家做出的重大贡献。"夏浅是带着方妍来的，两人都顶着黑眼圈，凑在一起就像通宵联机打游戏的室友，"你们冒着生命危险带回来的资料，我们已经全部传回了国内，国家紧急组织了一批专家进行研究，根据后方传来的消息，可以用四个字来形容——无价之宝。"

所有人都露出释然的表情，李圭璋眼睛都亮了："那我们是不是能有奖励啊？"

"奖励肯定有，但你也知道现在不可能发到纽约来。"夏浅回答，"你们是这两天才来的，我还是简单介绍一下情况——目前中国驻纽约总领事馆里的工作人员由纽约总领馆、中国驻美大使馆和联合国总部中国代表团的部分成员组成，最高负责人是我。"

叶冬雪注意到她的用词："部分成员？"

"是的，只有一部分。12 月 26 日，一伙觉醒者袭击了华盛顿，特勤局没能拦住他们，白宫被毁，美国总统就是在匆忙逃走的过程中被击中了直升机。在华盛顿的各国使馆也没能幸免，袭击者使用了和在纽约对抗美军时类似的战术，中国大使馆也被击中了，大使在组织紧急撤离时受了重伤，所以我作为大使馆二把手接过了担子，和其他同事一路撤退到了纽约。"

"觉醒者的战术和在纽约时用的类似……是天上的大十字架？"肖雨晴问。

"是的，而且出现了四个。"

众人本能地互相对视了一眼。

四个大十字架——觉醒者还有多少底牌？

"纽约总领馆的同事们工作很努力，我们撤过来时，他们正在全力组织华人华侨、留学生和其他中国人撤退，所以我们分成了两拨，一拨留在总领馆，一拨在纽约的其他相关机构——主要是纽约外围的港口，斯塔滕岛、长岛、布鲁克林都有，他们在那边组织同胞撤退。"夏浅说到这里，露出苦笑，"可惜，随后觉醒者进攻纽约，使得我们的疏散撤离行动只能暂时中断。"

叶冬雪表示理解："这工作量还挺大的，纽约市，还有纽约周边的人过来，这得多少人啊？"

"好几万，虽然我们试图通过广播电台告知大家可以去其他地方，但没听到广播的人还是太多了。"

明明听到了广播却还是跑进纽约的大家都尴尬起来。

"总之，就一个意思，国家不会抛下大家不管。"夏浅压低了声音，"我们现在有一个方案，就是小余今天说的，打时间差，在觉醒者规定的最后期限之前坐船出海——但是这件事现在不能公布。"

"是因为担心觉醒者知道的话会阻挠？"

"对，尤其是你们几位直接接触了外星人，我们认为，为你们的安全着想，这件事必须严格保密。"夏浅叮嘱道，"这段时间你们不要离开总领馆，大家低调一点，熬到后天就解放了！"

肖雨晴都想整个人瘫在会议室的桌子上："谁要离开啊，打死我都不会离开的！好不容易到了家了！"

"那……国家对觉醒者那边，就没有什么对策吗？"叶冬雪皱眉问，"我们在美国也有很多朋友，我们可以走，他们走不了吧？"

"你是说贝蒂·拉塞尔他们吗？如果他们愿意跟我们走，我们的船应该也能装下。"夏浅回答，"如果他们不愿意离开的话……"

她顿了顿，似乎在犹豫应不应该说出来，但最后还是开口了："现在高层正在与美国方面协调，美军可能会在我们撤退之前有大的军事行动，我们会趁那个机会出发。如果拉塞尔、保罗等人愿意的话，可以趁机逃出纽约……之后就是他们自己的事情了，我们总不能要求美国人在美国的土地上应该干什么。"

"嗯……也好，总比被觉醒者追杀强。"叶冬雪吁出一口气，"放心吧，夏公使，我们这一路上也跑累了，撤离之前哪里都不去。"

眼见这次会议要完满结束，方妍却掏出一个 U 盘递过来："还给你们。"

叶冬雪认出这正是艾丽西亚交给自己的那个："你们用完了？"

"数据都拷贝出来了，往国内传了一份，还做了不止一个备份。"方妍笑道，"所以这个还是物归原主……万一这是外星人和你们联系的信物呢？"

"就算是信物……"叶冬雪将 U 盘塞进自己的口袋，同时想起那个塌陷的地坑，摇了摇头，"这位 T 先生还有没有命在，也不好说呢。"

"他们没有再联系过你？"夏浅指了指自己的脑袋，"就是那种……嗯，那群搞直播的外星人不是都能在人的脑子里说话吗？那个 T 先生不行？"

"我觉得他可能做不到吧。"叶冬雪迟疑地回答，"我看到他的时候，他就气息奄奄的样子……反正我觉得那是气息奄奄的样子。"

夏浅和方妍都一脸遗憾。

与此同时，在皇后区的某处停车场里，山姆·范布伦正冷冷地盯着眼前的生物。

那是奄奄一息的 T3E-001。

他和他身处的装置呈现半透明状态，在空气中微微浮动，好像不是实体一样，但有蓝色液体从装置的裂缝一滴滴淌到地上，证明这并不是幻影。

"你已经了解了神灵的实质。"T 先生的声音依然浑厚平稳，"即使如此，你也要信奉你的神？是因为不相信我说的话吗？"

"不，先生，我相信你。"范布伦回答，"我也知道地球上所有的宗教流传到今天都已经面目全非，几千年来，人们按照自己的意志篡改和解释教义，不管之前开创宗教的是谁，现在这个宗教都与他无关了。既然神灵已经离开，那么崇拜神灵毫无意义。"

"所以——"

"但是，吾主不同。他是切实存在的，是切实灵验的，他就在我们身边。"范布伦的眼神中带了一丝狂热，"他是几千年来唯一出现的真神，唯一为我们指引前进方向的主宰！没有比面对真神更幸运之事了！"

"你说的这个主宰……"

"我知道你要说什么，先生，我也尊敬你这样的存在。但你是吾主之敌。"范布伦伸出手，手上有一团炽热的光球迅速成形，"还有什么要说的吗，T 先生？"

T 先生沉默了片刻，终于发出声音："我以为你们真的很看重自己的自由意志。"

"地球人类是无知、愚蠢却又自大的种族，人类需要正确的指引。"范布伦回答，"自由选择是荒谬的。因为自由是对自己存在的选择，但它又不是这个存在的基础。"

"啊，让－保罗·萨特。"

范布伦挑起眉毛："看来你真的很熟悉我们的历史。"

随后他便将手指一弹，那团光球迅疾扑向对面半透明的目标，转瞬间 T 先生的形象就在光芒中崩解，不过几秒钟时间便完全消失不见，只有地上还有极少量残留的蓝色液体证明刚才这里存在着一个特殊的物体。

"蒂卡，"范布伦开口道，"再追踪一次信息核。"

他身后的印第安女子有点意外："教长，你都把他烧得这么干净了，还不放心？"

"毕竟在某种意义上他是与吾主同等的存在，不能大意。"

"哦，好吧……"蒂卡嘀咕着闭上眼，有什么无形的东西从她体内散发出来，被扰动的灰尘在空气中形成淡淡的波纹扩散出去，过了好一会儿，她才睁开眼，"没了，一点残留都没有。看来他一路逃到这里，已经是极限了。"

范布伦仍然不放心："他一路上的痕迹都确认过了吗？"

"确认过了……你不会想要我再回去确认一遍吧，教长？"蒂卡露出痛苦的表情，"最擅长做这种事的是猎犬啊。"

"你也知道猎犬已经受了重伤。"范布伦想了想，"不过，我们一路追击他过来，他应该没有什么机会……那个 FBI 女特工呢？"

这次是另外一个人回答："她耍了一点小手段，试图引开我们的注意力，不过没有成功。我们检查了她的尸体，她中了六枪，其中两枪打在大动脉上，她当场就死了。我们搜查了她的全身，没发现任何有价值的东西。"

范布伦若有所思地点了点头，又问："有赛尔莫斯的消息了吗？"

"没有。教长，我说实话，如果警长要躲着我们，我们根本不可能找到他。"

范布伦哼了一声："那就这样吧——你们接下来暂时收缩。如果情报没错的话，军队很快就会发起反扑。"

黑人和蒂卡都吃了一惊："还会有军队来？"

"这里是纽约，是美国的心脏，政府是不可能就此放弃的！"范布伦说到这里却露出了一个冷笑，"不过没关系，那是因为他们还不够绝望……而我们会给他们这种绝望。"

"所以说给市民七十二小时，其实是让政府以为他们还有七十二小时缓冲？"

"也是让我们有个缓冲。"范布伦说，"风暴来临之前，总是有一段平静期的。做好准备吧，不要自己反而被风暴卷走！"

蒂卡和那个黑人对视一眼，一起耸肩，显然完全没领会到教长这句话的意思。

范布伦不再理会他们，迈步向前走去。

"叶姐，你有没有觉得，现在很像暴风雨来临之前的平静？"

叶冬雪诧异地扭头望了旁边的肖雨晴一眼："你又看什么奇怪的东西了？省着点流量啊，那么多人要上网呢。"

"不是啦！这是直觉，直觉嘛！"

现在是1月4日的下午。

大家在总领馆里瘫了整整一天，总算是稍微缓过来点，但随即又陷入了山雨欲来的紧张气氛中。按照总领馆的通知，今天就是撤侨船队来的日子，但是到现在为止还没收到任何消息。所有人都早早地收拾好了行李，却发现自己陷入了无事可做的境地，看来现在唯一还有事可做的就是总领馆的工作人员，他们在一遍遍地清点物资，处理和销毁数据资料。

叶冬雪最后只能溜达到大门口吹风，过了一会儿肖雨晴也跟过来，脸上同样带着上班摸鱼一般的表情，现在她们已经聊到了玄学问题："你想呀，那群觉醒者一开始跟催命一样，到处降落，到处杀人，现在突然宣布要给我们七十二小时做选择，这肯定有鬼嘛！"

叶冬雪赞同地点点头："你说得对，肯定有鬼。但是，我们现在又能做什么呢，还不是只能等？时间拖下去，对我们有利。"

"最好拖到船队来了，我们上船跑路？"

"没错！"叶冬雪一边回答，一边打量四周的环境。

周围很安静，风吹过来有点刺骨，没有觉醒者出没的迹象。几名中国人零星散布在大门四周，明显身上有枪，那是随大使馆一起从华盛顿撤出来的安全人员，现在已经不能指望美国的安保力量了，他们必须顶在前面。

不远处的哈得孙河上也静悄悄的，一艘船都看不到，有些地方的冰还没有化。如果是平时，河上一定会挤满装载游客的船只，还会有观光的直升机，就为了亲眼看看曼哈顿那些带有传奇色彩的高楼，以及河口不远处的自由女神像。

河对岸的公园里也寂静无声。纽约市的地理位置很微妙，作为纽约州最重要的一部分，却位于全州的东南边缘，硬生生从新泽西州和康涅狄格州中间"挤"了一块地，就好像是专门为了最外侧的长岛而来一样，同时完全无视一般大城市"市中心最繁华"的定律，它最繁华的曼哈顿区就大大咧咧地挨着州界，隔一条河就是新泽西州……

山姆·范布伦就来自新泽西州。

一想到这里，叶冬雪就觉得心里隐隐不安，这家伙会不会突然跳出来给大家一个"惊喜"？

说话间，河对岸的天空中突然出现了一个黑点，叶冬雪顿时紧张起来，但她随即认出那是一个穿着白色羽绒服的年轻人——是逃到总领馆避难的中国留学生，觉醒了"飞行"的能力，然而除此之外别无长处，只能让他谨慎地到处飞一飞，尽量飞高一点，看看四周的情况。没办法，不管再怎么能飞，一发子弹也能把他打下来。

留学生在总领馆门口落下，对那几名安全人员急促地说："有点不对，我得跟夏公使报告！"

叶冬雪和肖雨晴都听清楚了，肖雨晴马上脖子一缩："叶姐，我们还是先进去吧？"

叶冬雪无奈地点了点头。

片刻之后，整个总领馆都鸡飞狗跳起来，工作人员和志愿者挨个敲门："大家收拾东西，准备出发，准备出发！"

"美国人没通知我们，行动提前了！"叶冬雪刚打开门，门口的余志远劈头就是这么一句，"原本我们约好的行动时间是傍晚，晚上行动没那么显眼，结果现在美军部队就已经进城了！战斗马上就要开始，不知道觉醒者那边怎么发疯，我们得赶紧走……哎，唐怜呢？"

"她在医务室换药。"叶冬雪冷静地回答，"志远你先去叫其他人，我管唐怜，一会儿楼下集合。"

"知道了！"

一开始场面比想象中混乱，人们面露惊惶之色，在走廊上、楼梯上挤成一团，但是很快就有人站了出来，那是前一天分配好的工作人员和志愿者在维持秩序："第五组的，南楼三层第五组的到这边来，先给别人让路！""三号大巴的到齐没有？到齐了快走！""还差谁？还差谁……都这时候了上什么厕所！"

唐怜和叶冬雪望着眼前的情景，唐怜忍不住开口："怎么搞得好像要去旅游一样？"

"这样不也挺好？"叶冬雪没来由地放松下来，"走，我们先去找余组长。"

身为退伍军人的余志远被安排为一个组的组长，他的职责是领着五十个人跟大部队一起去港口——如果不出意外的话。叶冬雪和唐怜在楼下找到他的时候，他正在点数："三十七，三十八……叶姐，小唐，你们先排在队伍后面，等我点完！"

最后发现差了两个人。

余志远当时汗就下来了："还有谁啊?! 谁没到?!"

"是不是张东才和刘雨？"一个中年胖子左右看了看，"我记得他们两个说吃完饭要睡个午觉……"

余志远都要疯了："他们心这么大的吗?! 不知道今天随时可能出发吗？"

胖子翻了个白眼："这两人什么德行你是第一天知道吗……哦，你好像真的是第一天知道。算了，我去叫他们一声！"

"可别，王哥，一会儿再找不到你该怎么办？"

胖子哈哈一笑："你放心，只要大部队还在我就能跟上……我主要是想去踹门！"

余志远绝望地捂住脸："你都快五十了，王哥，不要这么中二……"

"男人至死是少年嘛！"这胖子说着居然就真的挤出人群，奔着旁边的楼栋去了。

余志远看看其他人，双手一摊："得，等吧。"

叶冬雪看到他的绝望表情也不大忍心："需要我去盯着吗？"

"千万不要，叶姐，我们就在这儿等。"余志远连忙拦住她，"到时候一个接一个地离队，上哪儿找人去？"

旁边的肖雨晴忍不住问和那胖子明显是一起的人："这位王哥说的那两个人……很招人烦？"

那个人和胖子差不多年纪，但是瘦得多，皮肤也要黝黑一些，旁边跟着的一个小伙子看起来和苏穆宁差不多大，显然这是一起出国来玩的父子俩。黝黑男子听到这句话没说话，反而是他儿子嘴快："这两人没啥，就是狗男女嘛！天天秀恩爱，看得烦死了！"

"好了，秦奕霖，少说两句！"黝黑男子喝止他，然后朝肖雨晴一本正经地点点头，"对，就是狗男女。"

叶冬雪也在张望，周楠、苏穆宁是在自己这一组的，苏穆宁还带着望美——她本来可以上大巴，但她坚持要和叶冬雪等人在一起；李圭璋应该是跟一组工作人员走；而贝蒂·拉塞尔他们……

她很快就看到了贝蒂，贝蒂也看到了她。

"叶女士！"已经恢复精神的少女跑过来狠狠地抱了叶冬雪一下，"祝你们一路顺利！"

"真的不跟我们走吗？"叶冬雪问，"接下来纽约要变成战场，太危险了。"

"我们是美国人，我们是纽约人，我们不会离开这座城市。"贝蒂指着远处，那里有一个各种肤色的人组成的小团体，叶冬雪认出了彼德森、理查德、保罗，保罗还很开心地朝这边挥手。"虽然有一群疯子夺走了我们的城市，但我们会把它夺回来的。"

叶冬雪没法再劝什么，只能也回抱她一下："千万要小心，我的朋友。"

"我会的，我的中国朋友。"贝蒂低声说，"如果能活下来，我一定会去中国看望你们。"

人群前方传来一阵骚动，那是总领馆的先遣部队开始出发了。那群美国人也跟着这股人流往外走，但是他们走的是不同方向，很快就消失在街道上。

又过了几分钟，就在余志远要发飙的时候，王姓胖子笑嘻嘻地领着两个年轻人挤了回来："没耽误大家吧？"

余志远欲言又止："快入队吧，王哥，算我求你。"

那两个年轻人满脸写着不高兴，不过也知道现在不是闹脾气的时候，乖乖地站到队伍里去了。然后叶冬雪就听到黝黑男子在八卦："所以他们在干吗？"

"打在美国的最后一炮。"胖子说，"牛吧，离谱吧？"

黝黑男人没说话，他儿子回答："牛。"

"他们还要发推特和微博纪念一下，"胖子啧啧称奇，"我以前不觉得自己老了，现在看来啊……"

"……峰！王峰！"余志远在队伍前面喊。

胖子连忙举手："到！"

余志远摇摇头，又喊："秦朝！"

"到。"黝黑男子说。

"秦奕霖！"

"到！"

余志远挨个把剩下的人头点完，确认人都在，总算松了口气："大家注意，马上轮到我们出发了，千万不要离队，有什么状况马上报告，都知道了吧！"

"知道了！"人群参差不齐地回答。

"第十七组!"门口有人在喊。这时候总领馆里的人已经走得差不多了,留在后面的那两个组显然是工作人员居多,余志远拍了拍手:"出发!动作要快!"

但他这句话喊得早了点,这一组人刚走到大门口,就看到一列美军的装甲车和悍马车队浩浩荡荡地开了过来,应该是从新泽西州那边的水底隧道过来的,不过大部分车辆都没有停,最后只有两台悍马车和一台装甲车停在了总领馆大门口。

一个发际线非常堪忧的中年男人从悍马车上跳下,中文非常流利:"你们这里的负责人是谁?"

夏浅从后方走过来:"我是公使夏浅。"

"啊,公使女士,非常荣幸见到你。"男人掏出证件,"我是 FBI 探员奥布莱恩,叫我奥布莱恩就可以了。——我和这些士兵负责护送你们去港口。"

夏浅盯着这个特工:"你们的政府没有按约定行动。"

"非常抱歉,但是也没办法,今天想撤出去的可不只是中国人,各国外交机构都在撤侨⋯⋯好吧,是有能力撤出去的都在撤。"奥布莱恩耸耸肩,"我们只能选择一个相对折中的时间段。相信我,公使女士,这已经是很合适的时间了,如果所有的船都挤在晚上,你能想象港口是什么糟糕的样子吗?"

"我们的船队预计到达时间是晚上。"夏浅沉着脸说,"也就是说,现在撤出去才最安全——你们把这个时间段分给你们的盟友了吧?"

奥布莱恩哈哈笑了两声:"我不是国务院,也不清楚他们的具体安排⋯⋯公使女士,我支持你在事后提出交涉,不过现在我们还是尽快出发比较好,你说呢?"

夏浅的眉头微不可察地一皱,最后还是点了头:"你说得对。"

总领馆的车并不多,没法塞下近千人,绝大部分人只能步行。尽管已经事先分好组按顺序出发,但这么一群人走在街上还是很引人注目。而且这趟路程并不顺利,曼哈顿岛位于纽约湾区内部,不方便让大型船队进入,最稳妥的办法就是去下城的那些小港口乘小船先出港,但奥布莱恩也否决了这个方案:"你们来晚了,公使女士,现在那几个港口挤满了人。我说过,其他国家也在撤侨。"

"那你们给中国的方案是什么?"

"我们要继续向南方赶路,过桥去布鲁克林区南侧的康尼岛。"奥布莱恩面色平静,"我向你保证,那里没人跟你们抢。"

"这里离康尼岛的直线距离超过二十千米，你要这些平民步行过去?!"

"我们已经尽力了，除了康尼岛，在长岛也有好几个接纳中国撤侨船只的港口，你的同事们现在已经在组织附近的人员了。但那里离我们更远，所以我没有推荐给你。"奥布莱恩很耐心地解释着，"公使女士，我理解你的愤怒，但我也只能执行我上级的指示……而且我们在这里每争执一分钟，危险都会上升一点，不是吗?"

"你们的安排严重违反了我们两国刚刚达成的协议。"夏浅语气冰冷，"不过你说得对，我们现在没有多余的时间争执——我们会通过适当的方式表达自己的态度。"

"我完全同意并支持你，女士，不要让白宫里的那群官僚好过……哦，好吧，现在已经没有白宫了。"奥布莱恩一本正经地附和，看不出是在嘲讽还是在赞同。

旁观了争执过程的叶冬雪暗自叹气，这种滑头的家伙是最麻烦的沟通对象，夏公使能忍住没翻脸已经是涵养很好了。她环顾四周，每个人都神情紧绷，就连刚才还在队伍里嘻嘻哈哈的中年胖子也收起了笑容。这当然可以理解，目睹街道混乱时的观感是一回事，目睹全副武装的美国大兵是另一回事。

真的要开战了，大战。战场就在身边，战争随时都会爆发。

在承平日久的国内可没有这种体验。

"我×，我现在腿都有点发软!"似乎是听到了叶冬雪的心声，跑在前面名叫王峰的胖子小声对同伴抱怨，"一会儿我要是摔下去了，你和你儿子记得扶我一下!"

"你想都别想!"叫秦朝的男子回答，"你知不知道自己现在多少斤?"

"你不是经常吹嘘自己健身吗?"

"我那是……"秦朝顿了顿，"那我也没练过负重!"

"奕霖啊，"胖子扭头看秦朝的儿子，"我跟你讲，你爸去健身房其实是为了看……"

"姓王的!"

"干吗?我们远渡重洋，他乡遇险，你要丢下我不管?那就你不仁我不义!我不但要告诉你儿子，我还要在群里乱说!"

"我觉得他们感情不错，最后肯定会帮忙的。"肖雨晴小声说。

叶冬雪表示同意，但是她马上紧张地看向这个年轻的女同事:"你可别又说什么嗑到了!"

"那怎么可能？"肖雨晴毫不犹豫地否定，"丑男没有被嗑的资格！"

王峰突然扭头看了肖雨晴一眼："这位同学，我都听到了！"

叶冬雪不禁捂住了脸。

胖子和他的同伴还在聊："曼哈顿的冬天确实冷，和我印象里的一样。"

"你哪有什么印象？你这不是第一次来美国吗？"

"我看过《萨利机长》……"

街边的一个广告电子牌突然闪了一下，接着一张脸闪现出来。叶冬雪一开始以为又是山姆·范布伦，但她随即认出这是新任美国总统，他正一脸严肃地看着镜头，和上次一样。

"女士们，先生们，我的同胞们，所有在美国国土上的人，以及在海外的美国公民，还有全世界正与恐怖活动斗争的人们，我们经历了难忘而可怕的一周，而这场灾难还没有结束。"总统语气沉重地说，"但是我们已经看到了曙光。我们通过不懈努力，接近灾难的中心，并获得了关键情报。接下来，美国政府请全世界观赏这段情报。"

画面切换，一片被白雪覆盖的大地上，天空中一团火球远远飞来。

"一万多年前，一块陨石在地球上空爆炸……"

叶冬雪看向唐怜。

这毫无疑问就是由唐怜剪辑，差点就在 NBC 电视台放完的那段视频。唐怜这时候也看过来，用口型说："我不知道！"

"叶姐……"肖雨晴小声说，"这就是你们的那个外星人情报吧？"

"确实是。"叶冬雪回答。

但这段视频应该连同其他资料一起交给了总领馆才对，为什么会被美国政府公布？

"外星人影响的是全世界，所以我们将部分情报与还能控制局面的各国政府做了交换。"夏浅不知道什么时候走到了叶冬雪身边，低声解释，"原本约定的公开时间是今晚，全球统一发布，最大限度动摇觉醒者的信心，同时美军会发起进攻，掩护我们撤离，但是……"

"但是美国人没有遵守约定。"叶冬雪说。

夏浅表情严峻："这笔账一定会算的，但我们现在必须加速前进了！"

叶冬雪跟着点头，旁边的肖雨晴一脸茫然："为什么？"

"因为觉醒者中间有人认得我们，知道这段视频与我们有关，也知道我们的目标是中国领事馆！"唐怜替叶冬雪回答，"现在他们拼命遮掩的真相被揭穿了，可能会迁怒我们！"

这时候真相揭露视频已经播完，换成了总统继续发言，无非就是表示美国将会继续伟大，现在已经有五万名美军包围了纽约市，他们将不惜一切代价夺回这座伟大的城市……

"五万美军，好几个师呢。"帝国大厦八十六层的观景台上寒风呼啸，一名穿着西服的亚裔青年恍若不觉，低头看着手机，"你们觉得怎么样？"

"有点看不起我们。"胖子布朗把自己裹在大衣里发抖，"他们至少应该派十万人来。"

"五万人是美国政府目前的极限了，布朗。其他部队应该在忙着到处救火，以及与投靠我们的叛军作战。"一直站在观景台边缘的山姆·范布伦说，"但即使如此，他们也以为这点力量就能击败我们。"

亚裔青年突然精神一振："总统先生说要进行战场直播，要让国民看到觉醒者是怎么被击败的。教长，总统是我们这边的吗？为什么会有这么愚蠢的决定？"

"他们蠢是他们的事情，我们按计划行动就行了。"范布伦说到这里，突然停下，"不过，情况现在有点小小的变化，看来赛尔莫斯被那群中国人骗了，他们成功地带了一份资料出去。虽然隐瞒事实已经不重要了，但中国人必须受到惩罚。中田，这件事你去做。"

中田微微鞠躬："明白了，一定完成——是要全部杀光吗？"

后面那句话明显带上了一丝不正常的兴奋，但范布伦没有在意："那几个从赛尔莫斯手里溜掉的家伙必须死，其他人随意。你和文森特一起去，再带一些人。中国人那边一定也有超凡异端，不要大意。"

"明白。"中田带着笑容再次鞠躬，然后就从观景台上消失了。

第十五章

一枚火箭弹呼啸着冲过人群头顶，然后直直地飞上去撞到了一座建筑上，爆炸与火光接踵而至。

人们尖叫着，跌跌撞撞地往前跑。

"这就是你们几个师的美军?!"余志远眼睛都瞪圆了，望着奥布莱恩，"你们的重火力呢? 轰炸机呢? 察打一体无人机呢? 对地导弹呢? 你们在中东和阿富汗不是用得很顺吗? 你们哪怕来点阿帕奇和黑鹰呢? "

"你也知道那是中东和阿富汗! "在爆炸声中，奥布莱恩略显狼狈地回答，"但这里是纽约，是曼哈顿! 我敢打赌，那些有钱人现在已经在列索赔清单了! 如果像在国外那样使用重武器，律师团能告死我们! "

"所以就拿士兵的命去填?!"

奥布莱恩这次没有回答，倒是人群里不知道谁阴阳怪气地接了一句: "大头兵的抚恤金肯定更便宜嘛……哦，找不到尸体的话只能算失踪，抚恤金都免了呢。"

奥布莱恩就当没听到: "我们还要再加快一点速度，看来军队推进并不顺利……"

话音未落，前方的一座大楼突然被什么力量折为两段，上半段气势汹汹地带着烟尘铺天盖地砸下来，余志远声音都变了: "后退，大家快后退! "

一群人手忙脚乱地往后退到街道拐角，紧接着便见建筑物倒塌的烟尘如沙尘暴一般从前方的街道上蔓延开去，一时间什么都看不清了。

人群中传来婴儿的啼哭声，叶冬雪挤进去把苏穆宁拉出来: "望美怎么样? "

"现在才醒，很给面子了。"苏穆宁略带疲惫地回答。

总领馆那么多人，这个小婴儿就是要赖着苏穆宁，换谁抱都哭，叶冬雪都不好使。可怜苏穆宁这小姑娘连男朋友都还没谈过，突然就成了全职奶妈，她自己也无可奈何，但也不能对这个刚出生就成了孤儿的小家伙弃之不理——她现在抱着小望美的姿势已经非常熟练了。

叶冬雪突然生出一个古怪的念头："望美会不会是用这种办法来转移穆宁的注意力，好减轻她失去哥哥的悲伤？"

……那是什么外星婴儿的设定啊！她马上把这个念头从脑海里擦掉了。

两台悍马车狼狈地从灰尘中开出来，车窗和车顶盖都铺满了灰，像是被遗弃了一百年。

"这条路走不通了！"车上的少尉大声喊，"那座楼把街道堵死了，我们得绕路！"

奥布莱恩叹了口气："我知道了，少尉，你们继续开路！"

他们依然在曼哈顿，目前正处于最繁华的下城区，这里堆满了各种大家耳熟能详的高楼大厦，其中包括号称美国第一高楼的世贸中心一号楼，现在这座高大醒目的建筑顶端正冒着黑烟，并且已经失去了它的半截天线，也不知道第一高楼的名次还能不能保住。

觉醒者们正在这座城市里大肆活动。

突然前方又传来一阵爆炸声，开在最前面的悍马车再次刹车，带着大家重新换了一条路，只是这次大兵们都兴高采烈地欢呼起来，有人把手伸出车窗比中指，就连奥布莱恩都跟着吹了一声口哨。

"你们在开心什么？那几座楼有什么问题吗？"叶冬雪望着远处坍塌的几座建筑，忍不住发问。

"那是华尔街。"

叶冬雪恍然大悟。

"前面拐个弯就是布鲁克林大桥！"有人在喊，"大家加把劲，过桥就成功了一半……"

他的喊声戛然而止，两台悍马车也紧急制动刹车，车轮在地面上拖出几条长长的黑色痕迹。

但是所有人都没有关注这一幕，他们的注意力放在了稍远一点的地方。

地上有一片尸体，血流遍地，还有十几个人被逼到角落，脸上充满惊恐的神色。叶冬雪陡然紧张起来：那是走在他们前面的一个组。

更远处站着一群人，手臂上的白布条证明了他们的身份，更远处就是布鲁克林大桥的桥头。布鲁克林大桥的桥头是由好几条道路交会而成的，这群人就挡在撤离人群要经过的这条道路与大桥之间，冷冷地看着幸存者还有刚刚从街道拐角处冲出来的叶冬雪等人，然后一个亚裔青年露出笑容："哎呀，找到你们了，运气真好。"

奥布莱恩扭头看车里的少尉："你的上司应该有命令给你吧？"

"确实有。"少尉跳下车，端起手里的自动步枪，"全体准备开火！"

两台悍马车，还有一台装甲车上的车载机枪一起对准了前方的觉醒者。

"自我介绍一下，我叫中田诚二，请诸位多关照。"亚裔青年满脸笑容地鞠躬，"觉醒者里的门徒之一，直接听从教长山姆·范布伦先生的命令。——你们之前遇到的赛尔莫斯先生，与我是同级。"

"我的天，他手上还有血呢，那些人一定是他杀的。"胖子王峰对同伴嘀咕，"这种杀完人还笑得出来，还一本正经地跟你聊天的人绝对是变态，千万要小心。"

中田直起腰来，笑容仍未消失："我奉教长的命令而来，一定要取几个敌人的性命——"

他说得文绉绉的，语气又很谦和，众人一时没有反应过来，但下一瞬间，对方已经原地消失，再下一个瞬间，他便冲到了人群里，伸手扑向叶冬雪，而手里不知何时还多了一把刀！

这次攻击势若闪电，叶冬雪虽然勉强反应过来了，但她身处人群中间，连躲都没法躲，眼看那把刀就要刺到身上，有一只手臂猛地伸出，挡在了刀刃前方！

空气中有短促的金属摩擦声响起，中田在所有人都没反应过来的时候已经挤出了人群，盯着叶冬雪和她前方的人。那是一个剃着寸头的中年男子，叶冬雪认出他正是之前守在总领馆大门口的警卫人员之一，现在这个人衣袖虽然被划破，全身却泛着熟悉的金属光泽，并且以熟练的格斗姿势迎向中田，或许这正是中田选择退缩的原因之一。

"李尚文是我们驻美大使馆的警卫，全靠他觉醒了力量，大使馆才能安全从华盛顿撤出来。"夏浅低声在叶冬雪身边解释，"考虑到觉醒者清楚你和唐怜的状况，所以特意安排了人手保护你们，放心吧，没事的！"

这时候李尚文并未发起攻击，倒是中田又冲了过来，这次同样快得几乎连看都看不见，李尚文几乎是本能地抬起手才摸到擦肩而过的对手，但就是这一"摸"，中田便好像中途被看不到的空气锤狠狠砸中了一样，一下子转了个弯，远远地摔了出去，一直摔到路边的一处绿化带里。

叶冬雪稍稍松口气，却听到对面有枪声响了起来，原来是其他觉醒者突然开火了，一时间子弹横飞，好几个人被打倒在地，顿时惊呼声、惨叫声响成一片，不少人捂着头开始乱跑。余志远手疾眼快地把打算跟着乱跑的胖子几人截住，扭头对奥布莱恩怒吼："射他们啊！"

奥布莱恩也骂了一句，拔出手枪对着前方开枪："少尉，开火！"

直到这时候，那队美军才如梦初醒一般跟着倾泻出弹药来。

觉醒者们的战术素养明显不如专业士兵，当时就被打倒了两个，但美军的战绩也仅限于此，一道无形的透明屏障将其余的子弹全都挡了下来。

一个棕色头发、身形高瘦的男子从对面抬脚向前，这自然吸引了所有的火力，但士兵们开枪空有枪声和枪口的火焰，却没有任何实际效果，所有子弹都在飞行了一段距离后失去动力，哗啦啦掉了一地。

与此同时，中田再次发起他那速度奇快的冲锋。

就连叶冬雪的注意力都被高瘦男子吸引，根本没料到中田这么快就能站起来，她的余光只来得及瞥到一丝残影，但这一次中田依然没有能够靠近她。

只有李尚文一直专心盯着中田。他再次伸手，依然是"摸"到了中田的手肘，于是中田再次飞了出去。这次他在地上滚了好几圈才爬起来，起身的时候脸上的微笑已经完全消失，换成了震怒："你这是什么鬼能力？"

李尚文一言不发，只是盯着他。

另一边的人群再次发出惊呼。这时候大部分人都已经退避到街边，大道中间只剩以叶冬雪为中心的几个人在全力对抗觉醒者，所以旁观者看得更加清楚，有两个觉醒者不知道怎么就出现在了美军悍马车的后方，直接摆脱了前方的火力阻击，这一次他们举枪瞄准的是唐怜！

唐怜面无表情，右手一摆，对面的两把枪就飞了出去。

两个觉醒者愣了一下，居然也不逃走，一起变成了经典的金属形态，正好挡下了背后两名士兵射来的子弹，然后他们一起继续冲向唐怜——依然没能成功，前方的地面猛然塌陷，两人只来得及惊呼一声就掉进了这个突兀出现的大坑里，然后地面轰然合拢，虽然不如之前平整，但至少看不出曾经有两个倒霉蛋出现过。

就连那个高瘦男子也停下了脚步，以惊讶的表情望着这边。

"文森特！"中田尖声叫道，"这两个目标很棘手啊！"

"所以教长才要我们一起行动。"高瘦男子文森特回答，"我们没有太多时间，一起动手。"

中田点头："好！"

文森特加快步伐，顶着宛如不存在的弹雨前进，他一直大踏步走到了一名美军士兵面前，士兵已经打空了所有的子弹，最后一枪几乎是贴着文森特的脸开的，但依然没有任何用处。这名士兵颇为悍勇，又不服气地拔出一把匕首刺向文森特，却无法刺出半寸。然后文森特掏出一把枪，打爆了对方的脑袋。

叶冬雪皱眉："这是什么类型的能力？"

"不知道，我们被激活量子机械的时间太短，很多东西都需要摸索。"夏浅说。

叶冬雪突然反应过来，愕然回头看向夏浅："夏公使，你怎么还在这里？快去街边躲着啊，这里太危险了，他们是冲我们来的，不是冲你！"

"我是这次纽约撤侨的最高负责人，"夏浅回答，"当然要和你们在一起……"

她没来得及说完，因为文森特已经仗着这一身刀枪不入的本事杀了过来，叶冬雪自然也毫不客气地再次操纵地形……但这一次没有成功，文森特脚下的地面纹丝不动。

"他这到底是什么能力？"叶冬雪心念电转，不过她没有太多余裕思考，其他觉醒者也发起了进攻。于是场面马上变得混乱起来，剩余的美军士兵还在努力开火阻止觉醒者们靠近，李尚文在全力与中田纠缠，而文森特已经快要来到叶冬雪面前了。

他在离叶冬雪不到十米的地方停下脚步。

不是他自己想要停下，而是因为他面前出现了一条至少五米宽、十米深的鸿沟。

他绝不怀疑如果自己蠢得想要跳过去的话，这条沟还能马上再宽五米。

"他停下来了！"唐怜松了口气，"看来他擅长的确实是把周围的动能无效化，但自己的攻击手段并不多……"

文森特毫不犹豫地举枪，但是手枪唰的一下飞走了。

"而且他也无法控制远离自己的动能。"唐怜接着总结。

文森特的表情变得有点难看了。而与此同时，中田再次狼狈不堪地从地上爬起来，喊道："文森特，把你的能力给我！只有我才能对付他们了！"

叶冬雪听得一惊："他们的能力还能互相转移?!"

文森特冷冷地回答："教长很忙。"

"我知道是你不愿意！"中田吼道，"我们在这里耽误了太长时间，他们的支援马上就到……"

"你说错了，浑球。"奥布莱恩露出狞笑，"支援已经到了。"

第一拨支援来自头顶——两架无人机从天而降，对着地面的觉醒者疯狂开火，打得地面上碎石飞溅，觉醒者纷纷抱头躲避，只有少数几个能变成刀枪不入模式的好点，但即使如此，他们被子弹扫中也会被打得整个人都飞出去。

但有两名觉醒者挣扎着往空中射出两道光束，于是无人机晃了晃，像石头那样掉了下来。

"那帮蠢货，把无人机的导弹卸掉改装机枪就是这个下场！"奥布莱恩骂道，"所有人注意，后续支援马上就到！"

但文森特抬头望向天空，眼中满是狂热之意："我们的支援也是。"

叶冬雪本能地跟着抬头仰望，只见一个巨大的十字架正高悬天际！

这十字架离地面是如此之近，从地面看去几乎已经接近几座高楼的顶端，表面繁复的花纹清晰可辨，盯久了甚至会产生花纹在流动的错觉……

叶冬雪也算是看了好几次大十字架表演，但每次都在远处，而这次是身处十字架的正下方，巨大的压迫感扑面而来。即使以叶冬雪的心性，身体也在微微颤抖，这是对无法理解的巨大物体的本能畏惧。不管人类的智慧与理智到了什么程度，都无法摆脱深植于身体里的本能；同样无法摆脱的，自远古以来就深植于身体的，还有另外一种东西。

来自旅行家的礼物。

巨大的十字架猛然迸裂，无数火球倾泻而出，将四周的建筑砸出一个又一个大洞，炽热的砖石碎片在人们的尖叫声中落下，文森特则兴奋地张开双臂："看吧，吾主的神威，可怜的异端们只有死路一条！"

叶冬雪没理他，她正竭尽全力调动自己意识中的力量，甚至连李尚文冲过来拉她避险都拉不动。她能看到文森特狂放的笑容，能看到头顶的碎石纷纷掉落，能看到远处各种火光炸裂，能看到人们纷纷抱住头寻找藏身之处，能看到唐怜和夏浅也冲过来试图拽她。

但是所有的这一切都像慢动作重放，她感觉自己在看一部精彩刺激的电影，却心不在焉看不进去，她的注意力完全在另一个地方，她在黑暗中寻找着什么东西。

终于有什么隐藏在深处的东西好像被她触碰到了。

"还不到时候，我的朋友。"一个声音突然在叶冬雪脑海中响起，那是 T 先生的声音，"还不到时候，你还没有准备好。"

"什么准备？"她在脑海中反问，但是 T 先生的声音再也没有响起，灼热的空气陡然刺痛她的肌肤，接着身边一股巨大的力量传来，那是李尚文一把扛起了她，疾步冲向开阔地带。布鲁克林大桥的桥头是多条道路的交会处，有很大一片开阔地，而且旁边就是纽约市政厅——当然现在市政厅只剩半个了。

李尚文扛着叶冬雪一口气跑出三四十米才停下来，他们刚才站立的地方已经布满掉下来的砖石，而其他人几乎都躲在街边的大楼里，至少十字架喷出的火球看上去还不足以摧毁整座建筑。叶冬雪左右看，发现唐怜居然也跟了过来，她问："小唐，你跟来做什么？"

"帮忙。"唐怜言简意赅地回答。

"你要怎么帮……"

"蠢货！"远处传来中田的喊声，"蠢货，你都已经要不行了，把能力分给我有什么关系？快一点！"

叶冬雪这才注意到，文森特被半座巨大的大理石雕像砸倒在地，现在只剩半截身子露在外面，口中吐着血沫。但就是这么个怎么看都要马上咽气的家伙，在听到中田的声音后居然强撑着举起一只手，嘴里含混不清地念了两句什么。

"非常感谢！"中田以夸张的姿态向文森特鞠躬，然后顺手从地上捡起一截断掉的钢筋，转身就继续向叶冬雪这边冲过来。

李尚文以快得惊人的速度拔枪射击，但中田这次不躲不闪，任凭子弹飞过来，然后在他面前掉落在地上。

他还真的把文森特的能力拿到手了。

叶冬雪这时才意识到李尚文身上有把手枪，之前他一直没有动用过，不过她马上也反应过来，刚才中田所在的位置正好与人群是同一方向，如果贸然开枪被他躲过，后方的人群将有极大概率被误伤。

现在李尚文终于获得了开枪自由，子弹却伤不到中田分毫。

"叶姐，退一点。"唐怜拽着叶冬雪的手臂，眼睛却盯着中田和李尚文搏斗的现场。现在中田已经冲到离李尚文非常近的距离，挥起手里的钢筋重重地砸在李尚文头上，他的速度太快，李尚文没有避开，被打得跟跄了两步，然后中田又对准他脑后发出两记重击，李尚文努力想要伸手抓住敌人的武器，这时候中田却一下子退到了十几米开外。

"我不会给你接触到我的机会。"中田胸有成竹地宣告，然后他扭头看向叶冬雪和唐怜，"现在没有什么能阻止我了，两位女士。"

叶冬雪不置可否："这一路上我听的这种话可太多了。"

"我可不是虚张声势。能操纵金属的小妹妹，对吧？我刚才看到你控制他们的枪了，我不会蠢到用这个对付你们……"中田说着丢掉了手里的钢筋，"还有会操纵地形的这位姐姐，教长专门提起过你，但是我保证，在你改变地形之前我一定能取你性命。"

叶冬雪淡淡地道："哦。"

"你们对我的攻击不会有任何效果，就像刚才攻击我的同僚一样。"中田居然从大衣里摸出一根警棍，"塑料合金，不带金属，保证令两位……很痛苦。"

李尚文向中田扑过去，但他这次根本摸不到对方的衣角，中田以比刚才更快的惊人速度冲向叶冬雪和唐怜，叶冬雪只能勉强捕捉到他的动作，并且依稀能看到他嘴角挂起的冰冷笑容。

"叶姐，再退一点……"唐怜这时又把叶冬雪往后拖了两步。

就在这两步的时间里，中田已经冲过了几十米的距离，奔到离两人只有几米的地方。

然后他凭空变成了三截，重重地摔倒在地上，开始惨叫起来。就连远处的李尚文都愣住了，搞不懂这是什么状况，但所有人都看到中田的两条腿从膝盖上方整齐地断掉了，鲜血正止不住地狂涌而出。

这时候唐怜才说出剩下的话："不然血会溅到你。"

李尚文迟疑地接近还在地上打滚的中田："他这是……"

唐怜伸出手，空气中有什么晃动了一下，抖下几颗血珠，然后出现在唐怜手心里：那是一段银灰色的蜷曲的线，不算很细，大概有两毫米粗，但是在眼下这个灰尘满天的环境里确实很难辨认。

"这是那台车上的天线，我稍微改变了一下外观。"唐怜指了指前方一台已经被碎石砸扁的悍马车，"你们听说过风筝线割喉咙的故事吧？只要把这根线横在路中间，等他自己跑过来就行了。他的速度真的挺快的，我本来以为最多把他割伤，割破血管什么的……没想到他能把自己的两条腿都切断。"

奥布莱恩气喘吁吁地走过来，嫌恶地看着地上的中田——后者现在已经没力气惨叫了，于是奥布莱恩朝他脑袋上补了一枪。

"好了，诸位朋友，我们现在要改变计划了。"觉醒者们已经或死或逃，面对重新聚过来的人群，奥布莱恩无奈地说，"我们可能无法前往布鲁克林区……"

他这句话还没说完，便从远处的布鲁克林大桥处传来一声沉闷的轰响，所有人一起看过去，只见大桥桥头的那段立交桥刚刚坍塌下去，与它一起坍塌的还有大桥的几段桥面，溅起的水花和烟尘隔着几百米都能看见，就像在为这座传奇建筑送行。

"这座大桥一百多年了吧，美国人得多伤心啊……不过这几天他们被整没的历史建筑已经够多了，可能伤心不过来。"胖子在人群里肆无忌惮地评价着，直到他的同伴忍不住踩他一脚："你少说两句，这儿还有美国人呢！"

"理论上，我们还可以继续绕路走附近的曼哈顿大桥，或者是更远一些的威廉斯堡大桥，不过现在意义不大了。"奥布莱恩指指自己塞在耳朵里的耳机，"指挥部通报，桥对岸也损失惨重，还发生了新一轮交火，我们过去也是直接进入战场。"

"你们有什么备用计划？"夏浅问。

奥布莱恩稍稍犹豫："指挥部让我们暂时等候，他们要先评估损失和整体状况。"

"那你让他们赶快，我们不想也变成他们评估的损失内容！"夏浅说着已经扭头看向其他人，"总领馆的人，马上清点人数，统计损失！刚才遭遇觉醒者的是哪个组？把他们也叫过来！伤员都统一安置，尽可能先处理一下！"

纽约的冬天夜晚来得很早，就耽搁的这一会儿工夫，天色已经阴暗下来，而这绝对不是烟尘的效果。刚才惊心动魄的火雨已经结束，天上的十字架也无影无踪，只留下满目疮痍的街区，还有黑烟、火焰、废墟——标准的战乱景象。

夏浅正在与其他工作人员核对情况，叶冬雪惊喜地发现方妍也在，只是脸色很差。

"基本统计出来了，之前遭遇觉醒者的是我们前面的两个组，也就是十五和十六组。"余志远找李尚文要了一支烟，走过来低声跟叶冬雪汇报，"更前面的组都平安过桥了，十五组被拦在桥上，四十多个人全死了，一个都没留下……十六组想逃，被一路追杀到桥下，死了三十多个，有十四人幸存，其中有两个刚才在尸堆里找到，重伤。如果不是我们赶到，他们估计也凶多吉少。"

"都是觉醒者干的？"叶冬雪努力控制自己的声音不要颤抖。

"都是。哦，还有我们十七组，刚才觉醒者那通扫射，死了两个，伤了五个。"余志远狠狠地抽了两口烟，把半截烟丢到地上踩灭，"都是血债啊……他妈的。"

"那现在我们是什么计划？"

"还在等上面通知。"余志远心烦意乱地打开手机看了一眼，又把它揣回口袋，"又没信号了，×……"

不过夏浅他们似乎有别的联络渠道，叶冬雪看到夏浅和奥布莱恩各自戴着耳机分别走到僻静处，似乎是在跟耳机那头确认什么。

过了一会儿，夏浅拍手把中国人都聚了起来。

"通知两件事。"夏浅直入正题，"第一件，我们国家已经表明了官方立场。中国政府绝不接受这种强加的威胁，不管是神还是外星人，我们都将抗争到底，觉醒者和他们背后的外星人就是我们的敌人，中央已经发布总动员令，全国从现在起进入一级战备状态。我希望大家理解，国家不是想要置大家于险地……"

"理解理解！"胖子王峰说，"我们都看到这些觉醒者是疯子了，他们根本不把普通人的命当回事，我们当然要斗到底，哪有一枪不放就投降的道理？不过夏公使，我问一下啊，我们国家对外星人这么有底气，是有什么秘密武器不？"

"咱国家是不是把战狼派过来了？"

人群里不知道谁嚷嚷了一句，这话引起一片低低的笑声，把刚才的惊恐情绪驱散了一些。夏浅想了一下，回答道："秘密武器是有的。"

这次换了其他人惊呼："真有啊？""吴京连外星人都能扛得住？""我们这么牛还跟美国搞什么贸易对抗啊，那不得直接占领华盛顿？"

"这件事，还要感谢我们队里的叶冬雪叶女士，还有唐怜唐女士。"夏浅倒是直接把两个人指出来了，"就是她们取得了外星人的情报，及时告知了我们。美国总统刚才放的资料，全是她们千辛万苦搞到手的。就是有了这些情报，我们才有了对抗外星人的底气。"

人群发出赞叹和惊讶的声音，也有人恍然大悟："我说觉醒者怎么针对她们两个女的动手呢，这是揭了他们的老底啊！"

叶冬雪露出熟练的商务式笑容。

"好了，还有一件事。"夏浅提高声音，"经过协调，我们确定了新的路线，我们不去布鲁克林了——我们去曼哈顿最南端的轮渡码头，从那里直接出港！接应我们的船队半小时后就能到达港口外！"

这可真是好消息，轮渡码头就在不到两千米外，众人顿时精神大振起来。不过奥布莱恩这时候却走过来："按照约定，我们还要会合其他撤离人员一起……你知道的，那原本是用来让其他国家撤退的港口，但有人没赶上，所以得带着他们。"

"我当然知道，他们国家调的船都已经开走了，现在只剩下以我们的名义租用的船只，出于人道主义，我们会让他们上船。但是无论如何希望他们不要迟到。"夏浅说，"既然知道了觉醒者对我们的公民有明确敌意，多停留一分钟就多一分危险。"

"哦，我会的，当然会的……我会催指挥部，指挥部会催他们，大概。"

夏浅没理会奥布莱恩的推脱:"另外,既然多出这么多人,你们是不是也应该再调一些船来?"

"呃,当然。我会……我会通知指挥部。"

周楠小声问:"还有谁要跟我们一起?"

"两个旅行团,一个是马来西亚的,一个是日本的,还有一些中资企业的留守人员,这次一并撤出去。"余志远已经打探清楚了,"加起来两百人左右。"

叶冬雪忧虑起来:"目标不小啊。"

"没办法,两个国家自己组织的撤侨力量不足,已经求到我们头上来了,总不能真的见死不救。"余志远叹了口气,"都知道纽约已经开战了,今天可能是最后的撤离机会,谁都不想放过。"

远处的使馆工作人员正蹲在那些尸体面前,似乎是在搜索什么。

"尸体带不走了,只能尽量带走一点他们的随身物品给家属。"方妍望着那边发呆,"可是……可是到时候要怎么跟家属说啊?"

叶冬雪轻轻拍她的手。

人群开始向码头移动,数量也逐渐变得多了起来。先是一群憨厚的工人大叔——这是一个中资企业的施工队;然后是一群老头老太太——这是日本的旅行团;然后又是一群施工队工人,几个程序员……

但码头上只停了一艘船。

"这怎么够?!"夏浅的语气里不可抑制地再度带上了怒气,"这最多载一百人!"

"今天还有船肯开进纽约内港就不错了……"奥布莱恩无力地辩解着,"我们还在协调,但是现在船员和船都很难找……而且你们的船不也在路上吗?"

"我们是因为你们更改计划,临时找船,速度根本没这么快……"夏浅摇摇头,下达命令,"老弱妇孺和伤员先上船,然后是普通人,最后是使馆人员……动作快!如果没有轮到就再等,我们会继续调度别的船过来!"

现在纠缠别的已经没有意义了,人们尽量降低声音,默默地走向甲板,好几个日本老头老太太上船前还给岸上的人鞠躬。叶冬雪则站在岸边,轻轻拥抱了周楠一下:"你们几个一定要互相照顾。从林恩市一路走到这里,离回家只差最后一步了,千万小心啊。"

周楠有点惊愕:"叶姐,你不跟我们走吗?"

"你叶姐留在岸上还有点用。"叶冬雪显得很轻松的样子,"你们这些什么能力都没有的弱鸡,不要拦着你叶姐大发神威。"

周楠眨了眨眼,强忍住没让眼泪落下来,旁边的肖雨晴已经哭得泪流满面:

"叶姐……"

"别说话！"叶冬雪用双手捏她的脸，"你一开口肯定就是各种花式立 flag①！"

肖雨晴还是满脸委屈："叶姐——"

"跟大部队走，跟着使馆的人走，绝对不要分散。在外面好奇心别太重。"叶冬雪松开手，看着她轻声说，"你们一定要平安回去，知道吗？"

肖雨晴点头："嗯……"

叶冬雪最后看向苏穆宁，但她想了想，什么话都没说，只是轻轻抱住女孩："坚持住，再坚持一下。"

苏穆宁轻轻点头。她怀里的婴儿发出"呀呀"的声音，似乎是有点不满大家忽视了自己，叶冬雪低下头，用手指轻轻触碰望美的脸，望美不服气地伸出手来，将她的手指抱住。

婴儿的双手微凉，但并不是之前那种酷寒。

叶冬雪突然用力拍了拍自己的脑袋："看我这记性！"

三个女孩好奇地看着她，叶冬雪把手伸到自己贴身衣服的内兜里，掏出一个日式护身符来，小心翼翼地把它挂到望美的脖子上，于是望美的注意力转移到了这个色彩鲜艳的小口袋上，试图用手拍打它。

肖雨晴想了起来："这个是……"

"是装着她妈妈的头发的护身符。"叶冬雪小声说，"小林太太给自己的女儿取名'望美'，是希望她生活在美好的世界里……现在，我们需要一点美好的希望。"

渡船这次没有鸣笛，直接驶离码头，后方的甲板上站满了人，拼命朝岸上挥手，他们知道是岸上的人选择让出逃生机会，自己去面对更凶险莫测的未来。

他们不敢出声喧哗，怕引来不必要的意外，他们只能把挥手的幅度摇得再大一些。

叶冬雪站在岸上，望着甲板上逐渐模糊的苏穆宁等人，心里突然冒出一句诗：此地一为别，孤蓬万里征。

渡船驶远了。它驶离曼哈顿的码头，驶过前方的加弗纳斯岛，一路向南驶向逐渐宽阔的哈得孙河出海口，最终在暮色中化作一个无法辨识的黑点。

"我们的船还有至少一小时才能赶到。"余志远低声说，"也是一艘小船，最多只能承载一百五十人，夏公使他们还在想办法。"

---

① 网络用语。flag，旗帜，立 flag 即立起一面旗帜，指某人为自己树立一个目标或说一句振奋的话。

叶冬雪环顾四周，从这里可以看到东侧的布鲁克林区，还有西侧的新泽西州，几个方向都有大大小小的黑色烟柱腾空而起，隐隐约约的爆炸声和枪声此起彼伏。纽约市已经开战，任何人要进入这里都需要莫大的勇气，实在不能指望能有更多船只了。

"没关系，我们先等。"她伸手捋了一下被风吹乱的头发，"都到这儿了，难道还要扭头回去？现在情况再坏也没有一开始坏，对吧？"

余志远深有同感："大部分老弱妇孺都已经被送走了，我现在还挺轻松的。"

叶冬雪还没说话，就看到那个胖子王峰走了过来："哟，两位……叶女士是吧，总领馆让我来通知大家，有伤的先去小钱那边疗伤，你看你这手上缠满绷带，要不要也去处理一下？唐怜唐同学我已经让她过去了。"

叶冬雪和余志远愣愣地听他说完，叶冬雪才接了一句："小钱，那是谁？"

"哦，他是在码头上才跟我们会合的，是中建集团的一个测绘员，叫钱竹尧，大学刚毕业，叫他小钱没问题对吧。"王峰解释，"我跟你们说，这小朋友简直就是天降神兵，他的能力是疗伤，主要是外伤，特别好使，现在夏公使正通知有伤的人都去排队呢……队伍里有'奶妈'就是让人放心，他要是早点来就好了，说不定我们能少死一点人！"

"你先去吧，叶姐，你的伤早点好的话，威力也大一点。"余志远劝了叶冬雪一句，然后扭头看王峰，"王哥，你怎么没上船？"

"都说了老弱妇孺优先，我占哪一条，占个'胖'吗？"王峰笑道，"反正国家又不是不管我们，接下来还有船的对不？"

"话是这么说，但我觉得普通人还是应该先走。"余志远掏出烟递给王峰一根，"一会儿如果觉醒者先到，你们得藏好才行。"

"哦，谢谢，我不抽……你们放心，我有自知之明，怂得很，还社恐，人多了就不自在，绝对不会凑热闹。"王峰说着掏出手机，"两位，大家也是生死之交了，交个朋友，留个微信？"

叶冬雪原先的手机已经丢在 GE 大厦了，背包里倒是有个备用手机，但余志远已经先摊手："大哥，现在没网。"

"哦，没事，我给你们的微信二维码拍个照，回去找个有网的地方加。"眼见强行交友成功，胖子收好手机迈步走开，"我再去喊一下其他的人，你们先忙！"

余志远望着胖子的背影，喃喃地道："他说他社恐……恐怖分子那个'恐'吧。"

夜幕降临。

原本应该灯火通明的曼哈顿区现在暗淡了许多，不少摩天大楼和公用照明设施都已经陷入黑暗，但是动静一点都不见少，枪炮声、爆炸声依然不绝于耳，不时还能听到战机在头顶轰鸣，看到它在夜空中划出的明亮尾焰，以及之后凌空爆炸的火光。

他们不知道周围的战局如何，只是隐隐约约感觉到不妙。北方曾经有一次巨大的轰鸣声，几乎照亮半个夜空的光芒持续了好几秒，就连地面都微微震动——那不像是美军使用的武器。

还好他们并不孤单，唐人街就在附近，不打算离开的华侨们得知总领馆的人被隔绝在这里以后还专门开车送了一些补给过来；就在不久之前，码头上又有几队与战友走散的美军加入，加上奥布莱恩带的那支小队的幸存者，合起来有快二十人，刚好能凑两个班的编制。只是新来的士兵个个面带沮丧之色，士气全无，一问就大倒苦水："我们根本不知道应该对谁开火……每个市民都可能是敌人，见鬼，觉醒者和市民一点区别都没有！有些家伙根本就不在手臂上缠布条，一样对我们发起攻击！"

"要我们严格甄别平民，掩护无辜市民逃离市区……我们只能搜查一下他有没有武器，但他在路上变成一个火人我们能怎么办?!"

"上级不许我们用重炮，还要我们夺回主要建筑物……他们干脆发给我们一根牙签算了！"

"一个班，整整一个班，就那样被干掉了，我都不知道觉醒者是怎么做到的！他们到底有什么样的能力?!"

"全连只剩下我们几个，我不知道其他人在哪里，更不知道他们是否活着。上帝啊，上帝啊……"

对于这些抱怨，大家也没什么好办法，只能招呼钱竹尧过来给他们疗伤。被大家亲切地称呼为"小钱"的是个戴着近视眼镜，好像大学生的年轻测绘员，他没学过任何医疗急救知识，偏偏他就是能疗伤——只要他把手放在伤处，就能让伤口止血、愈合，甚至一个士兵断掉的半截手臂都被他拼了回去。

"圣母马利亚在上！"一个士兵低声说，"如果这家伙说自己是圣人，我一定深信不疑地跪在他面前，吻他的脚趾……但这个中国人说他不信上帝！"

叶冬雪在旁边看钱竹尧又抚平了一个士兵头上的伤口，有点担心地问："你这样不需要付出代价吗？"

"应该……还是会有代价的。"钱竹尧有点羞涩地说，"就今天一天，我的发际线至少已经上移了三厘米。"

所有人肃然起敬。

"船来了！"岸边突然有人喊。所有人呼啦一下围过去，只见远处黑漆漆的河面上有什么光点在移动。现在的哈得孙河上没有其他船在活动，这只可能是从外面驶来的船。人群中爆发出一阵小声的欢呼，奥布莱恩也长出一口气："夏公使，祝你们一路顺风。"

夏浅跟他握手："辛苦了，奥布莱恩探员。"

"我也觉得很辛苦，等我报告给指挥部以后，就打算装死失联一段时间。"奥布莱恩咧嘴一笑，牙齿在路灯的照射下反光，"该死的，我这辈子都不会再来纽约！"

"你不喜欢纽约？"

"我为什么要喜欢纽约？我是西海岸人，我住在旧金山，天晓得他们为什么要我到东海岸来。"奥布莱恩耸耸肩，"不过没关系，等我回了加利福尼亚……"

突如其来的爆炸打断了这场谈话，西侧的公园处燃起了大火，接着便是不知道多少人在黑暗中呼啸而至，昏暗的灯光下全是拥挤的人头！

"这算什么，丧尸潮吗？"奥布莱恩叹口气，接着大声吼起来，"少尉！克劳特·伍兹少尉！把你的人聚起来，我们的任务被续上了！"

少尉骂了一句，但还是带着部下依托悍马车和旁边的小游乐场构筑起一道防线，并且按流程打开喇叭："最后一次警告，再靠近我们就开枪了！最后一次……他妈的，开火！"

枪声密集地响起，但是对面的人群并没有停下来的意思，叶冬雪很快知道了原因——像文森特那样可以让子弹失效的家伙还有好几个，正是他们冲在最前面。

夏浅大声招呼人群排好队，确定登船顺序，叶冬雪则蹲下来敲敲脚底的地面，水泥浇筑的地面在冬夜里又冷又硬。

硬就好办。

敲击地面的手指传来轻微痛感，这疼痛几乎可以忽略不计，双手的伤口都已愈合，只留下浅浅的疤痕。

已经在总领馆休息了两天，今天下午的冒险和前几日比起来真的算不上什么。

"现在我整个人都还挺精神的。"叶冬雪自言自语。

接着她屈起两根手指往地上一敲。

下一秒，十几米外的水泥地面猛然震颤，随即便陷落下去。蜂拥而至的人群刹不住车，纷纷惊呼着掉进这个大坑，大坑有四五米深，不管他们有什么样的能力，反正没法克服地心引力就绝对爬不上来！

但是更多的人绕过大坑从其他方向冲过来，其中不少人还在开枪，李尚文悄无声息地站过来，挡在了叶冬雪身前："叶小姐，你快去排队！"

"我还以为你不会说话呢！"叶冬雪没有要走的意思，只是笑了笑，"你没发现吗？我要是去排队，这防线马上就得垮。你有劝我的时间，不如替我掩护一下，我也能把他们拖得更久一点。"

李尚文"哦"了一声，然后真就不再劝了，专心地为她挡子弹。

看上去一切都很顺利。大地起伏不定，将觉醒者们一会儿抛向空中，一会儿埋入地底，只有少数几个人能冲到防线面前，然后"顺利"迎来美军士兵们的一片集火。

但那个少尉很快就打破了叶冬雪的幻想："我们的弹药快不够了！准备第二道防线！让那群中国人有什么办法都跟着使出来！"

"那就按照备用方案！"夏浅喊，"使馆人员，还有登记过的有能力的人，跟我们一起组成第二道防线，掩护群众上船！"

奥布莱恩看着几个人从卡车上卸下一箱枪械，眼皮都在跳："你们从哪里搞的枪?!"

"当然是我们唐人街自发捐赠的。"一个青年应声回答，"所有证件齐全，你要检查吗，警官？"

奥布莱恩翻了个白眼："我又不是白痴……"

那台最后幸存的悍马车以及车旁的几个士兵突然被一阵爆炸掀飞，一个全身冒着火焰的人大步走来。这次不用等谁下令，刚刚组建起的第二道防线中就有几支枪一起开火，只是用处不大，真正派上大用场的还是叶冬雪——她用五秒钟就把这个火人埋掉了，连一丝火苗都没蹿出来。

余志远啧啧称奇："叶姐这一招简直无敌啊。"

叶冬雪矜持地一笑，有点心虚地盘算：这么搞除了感觉有点累，真的没有别的代价吗？会不会也掉头发？

河面上的船越来越近，终于引起了觉醒者们的注意，开始有人向那艘船射击，虽然因为距离和能见度一时无法射中，但想来命中目标只会是时间问题。

"船不要进泊位了！太危险！"夏浅对着耳机喊，"就停在码头外面，我们现在过去！"

但她喊得晚了一点，突然从河面上另外一个位置射来一发火球，将那个码头轰得粉碎！

所有人都失神了一瞬间，呆呆地望着那个被炸毁半边，还在冒着火光的码头。那里已经无法靠近了。

"这片水域的码头不止一个，再换一个！"夏浅大声说，"往东岸走，往北边，沿途还有几个码头，我们会赶过去！"

那艘船毫不犹豫地掉转了方向，第二个火球没有击中目标，而是落在旁边的一个码头上。

"你们看清楚了吗，是从哪里来的攻击？"余志远问周围的人，但是大家都摇头，两次袭击过于突然，大家注意到的时候火球已经近在咫尺了。

"夏公使！"奥布莱恩声音嘶哑地喊，"我们会退到第二道防线，你们可以继续向北撤退……但我不能保证这道防线可以坚持多久！"

"没有支援了吗？"叶冬雪忍不住问，"这里可是纽约，你们有五万美军来解救它！就调不出任何支援了吗？"

"那是政客的口号，女士！你为什么要相信一个美国的政客，哪怕他是总统？"奥布莱恩给自己的手枪换了个弹匣，"他如果真的要收复纽约，就不应该绑住士兵的手脚……该死的，夏公使，你们有没有自己的支援？唐人街没办法了吗？"

夏浅的动作突然顿了一下，表情有点古怪："我们自己的支援？这里是纽约，你们不防着我们就不错了，还让我们自己想办法？"

"见鬼，指挥部没有通知到你那边吗？"奥布莱恩一边开枪一边回答，"觉醒者在布朗克斯那边炸了一个大十字架，至少有一个师全完了……美国政府已经通知各国，不限制他们有利于撤侨的任何行动！中国没有收到通知吗？"

"什么时候的事情？"

"十分钟前，不，或许是五分钟前……我哪能注意这么多？这重要吗？"

夏浅伸手按住耳机，显然是联络上级去了，奥布莱恩扭头看叶冬雪："女士，快跑吧，不然可能就跑不掉了！"

叶冬雪耸耸肩，操纵前方的地面弹起来把几个觉醒者扫到了河里："如果我现在跑了，那才是大家都跑不掉。"

突然远处的楼房上有火光一闪。在没人反应过来的时候，一名士兵猛地后仰，身体被拦腰截断，上半身摔出去好几米远。接着是第二个，第三个……

"重型枪械！"李尚文大喝，"全部卧倒！"

最多过了一秒钟，他们面前的车辆、石质花坛、长椅等全部粉碎，水泥地面碎石飞溅，打出来的弹孔都有碗口大，一个士兵忍不住骂出了声："他们从哪里搞到的 M61 火神炮?!"

"这次进攻纽约的军队里，至少有相当于两个团的军人向觉醒者投降了。"奥布莱恩有气无力地回答，"没有无人机挂着导弹过来给我们一击，运气就已经很不错了。"

两人对话期间，叶冬雪已经操纵地面立起来变成一面巨大的护盾，然而火神炮 20 mm 弹药的威力即使是水泥地面也阻拦不住，很快那面护盾便被打穿，象征死亡的闪光再度亮起，眼看这个方向的所有人都会被扫成碎片，奥布莱恩已经本能地捂住了脸部。

但是预料中的死亡并没有到来。

众人一起呆滞地看着眼前的景象：叶冬雪半跪于地，在她前方是高高立起然而千疮百孔的石墙；越来越多的子弹穿过石墙上的破洞飞进来，然而它们全都在叶冬雪面前停下来，就那样悬在空中，无法前进一厘米。

唐怜脸色苍白地走到叶冬雪身后，双手往上一挥，这些连一头牛都能撕碎的子弹就老老实实地飞上天际，消失在夜空里。

"我知道她能控制金属，"奥布莱恩喃喃自语，"但我没想到她能做得这么夸张……"

"别愣着!"李尚文大喝，"另一边的敌人上来了!"

但是即使所有人都行动起来，依然远远不够。刚才火神炮至少打死了一半士兵，本来就捉襟见肘的人手显得更加不足，就连余志远也捡起一支枪射击，但能开枪的人也只剩下五六个。

"继续走，不要停!"叶冬雪听到方妍在喊，"所有人都不要停下! 快跑，沿着河岸向北跑!"

她回过头，看到人群正在乱哄哄地奔走，码头的火光映照出奇形怪状的影子，场面嘈杂而混乱。夏浅倚坐在一面墙壁旁边，有一名年轻的使馆工作人员正试图把她扶起来。夏浅不知道是什么时候受的伤，上半身的衣服红了一大片——应该不是被火神炮直接扫到，不然她连完整的身体都剩不下。

这段街区是通往河边码头的必经之路，有觉醒者从其他街道的方向冲过来，他们直接撞进人群，引发了更大的混乱，但这些人似乎没有激活能力，只是单纯的暴徒，场面很快就变成了混战。

李尚文收起手枪扭头冲回去，把几个暴徒丢出人群，有两个倒霉蛋被直接丢进了还在燃烧的码头，发出一阵阵惨叫。

"不要打！"余志远大喊，"他们就是想把我们拖在这里！快往后继续撤！"

"走不掉了……"奥布莱恩自从发现对面有火神炮以后，整个人都萎靡了，"他们相信那个外星的神，不怕死，他们会奋不顾身地阻止你们离开……我想这是那个范布伦的命令。"

叶冬雪也有些无措地看着眼前的景象，她已经尽力了，唐怜已经尽力了，总领馆也尽力了，包括护送他们的奥布莱恩和美军士兵也尽力了……但他们依然被困在这里。觉醒者们显然已经在这里设下了一个包围圈，无论如何都不会让他们安然离开。

火神炮还在射击，觉醒者们还在悍不畏死地重来，而她和唐怜的体力有极限，奥布莱恩他们的子弹也有极限……极限到了以后会怎么样？

她不敢去想，她只能尽自己最大的努力，让自己无暇去考虑别的事情。

但后方的声音还是会传过来。

"小心，这人有刀！"

"会不会用枪？不会就给别人！"

"老秦，喂，老秦，你别吓我……"这是那个胖子王峰，"奕霖，搀住你爸，往后走，别管其他人！"

"老子跟你拼了！"这是那对迟到的小情侣中的男生。

"方妍！夏公使叫你！快！"

…………

突然一只手臂用力勒住叶冬雪的脖子，将她往后拖，然后两个人一起倒在了地上。觉醒者们终于还是突破到了这里。但是对这种袭击，她已经很熟练了。叶冬雪的手往地上一拍，地面便听话地凸起一块，正中袭击者的后脑，对方马上失去了知觉。

叶冬雪从地上爬起，扭头看到唐怜也被一个觉醒者拖拽，她正想上前帮忙，却见唐怜头都没回，手一挥就有一截钢筋飞起来，狠狠地抽在对方的脑袋上。

叶冬雪停下脚步，欣慰地松了口气，唐怜已经是个成熟的超能力者了，可以自己解决敌人了……

但是情况并没有好转。

越来越多的敌人正在从四面八方拥来，同时还有敌人正在远处以重火力牵制他们，甚至哈得孙河上还有来历不明的火球。

她抬头望向后方，人群显然是被困住了，觉醒者与普通人混在一起，每个人都想撤，却每个人都撤不出去。

"你们不可能全部走掉！"奥布莱恩冲着人们喊，"他们就是要拖住你们……除非你们有人留下来，反过来把他们拖住，明白吗？你们不可能全部走掉！"

人群沉寂了一两秒，然后一个略微苍老的声音响了起来："你早说不就行了？"

奥布莱恩愣了一下："什么？"

"共产党员，上前一步！"那声音吼道，"我们组成人墙，守在这里让群众先走！老杨，后面的事情你负责！"

另一个声音有点不知所措："周工，你这身体……"

"少废话！不要讨价还价，走！"

人群嘈杂起来，随即又变得有序。觉醒者们听不懂中文，不知道对面做出了什么布置，等他们反应过来已经晚了——十几个人并排站在他们面前，组成了一道屏障，然后有更多的人站到了第二排，第三排，队伍里还有人在争执："你们这些小屁孩凑什么热闹！""陈队，我虽然不是党员，好歹也是个团员啊。""周叔，我爸要是知道我丢下您跑了，那我回去也得被他打死，还不如牺牲在这儿，至少是个烈士。""女的怎么也来了，快走……""不好意思，我有超能力，你往后捎捎。"

"真有你们的……"奥布莱恩望着眼前的人群，这群人起码留下了一半，他喘了口气，又看向另一侧，"但是还不够，如果我们不搞定那几个火力点……"

火神炮不止一座。在那座大楼上至少有三座火神炮，它们轮流射击保持着对下方码头的压制，虽然唐怜能让子弹无效化，但那并不是长久之计。

头顶有什么东西呼啸而至。

叶冬雪刚刚注意到夜空中那两道明亮的痕迹，它们就一头扎进了远处藏着火神炮的那座大楼！紧接着便是惊天动地的响声，大家目瞪口呆地看着那座楼在烈焰中轰然炸裂，一半楼体灰飞烟灭，不管那里原本是有火神炮、觉醒者还是别的什么，现在都不存在了。

紧接着又是一道火光坠地，这道火光准确地落在码头附近的公园里，也就是觉醒者最密集的地方之一。土壤与碎石被炸得满天都是，冰雪则还没落地就化成了水，灼热的气浪几秒钟后席卷了整个曼哈顿南端，吹得人们的头发都飞了起来。

"上帝，那是什么？"奥布莱恩呆呆地问。

"是导弹，肯定是导弹。"一个幸存的美军士兵说，"早就该这么做了……我们的新总统终于想明白了？"

觉醒者的主力被这几发导弹一扫而空，刚才混入人群的觉醒者随即被围攻，很快就被清理干净，也没有新的觉醒者靠近。刚才断后的那排人只剩不足一半人还站着，脸上带着劫后余生的欣喜。

"别高兴得太早，我打赌他们缓过劲来还会继续进攻。"奥布莱恩抓紧时间又找了一把还有子弹的枪，"算我求你们，赶紧撤走好吗？"

"我们会抓紧时间撤退，后方也会继续提供支援。"方妍走过来扶住快要站不稳的唐怜，"无论如何，谢谢你们这一路的帮助。"

奥布莱恩有点发蒙："后方的支援？什么支援……刚才的导弹是你们发射的?!"

"中国人民解放军海军，导弹驱逐舰遵义号，刚才向纽约市曼哈顿南部区域发射了三枚'鹰击-18'反舰巡航导弹。"方妍语气平静，"这是根据现场的危险局势，以及你们政府承诺'不限制有利于撤侨的任何行动'而采取的必要手段，同时也向你们的国务院通报过了。"

"我小时候就有人渲染中美大战的末日论，我舅舅在自家后院还挖了个避难所。"奥布莱恩挠着头，把头发里的细沙抖出来一点，"但我打赌他没料到中国导弹真的会打到美国本土，还是被美国政府允许的……方小姐，我只是个FBI探员，不想理上面的事，如果你们的导弹还有剩余，我强烈建议多来几发。"

"我同意。"那个幸存的美军士兵说，"我们的人都被那些该死的政客捆住了手脚，只能指望你们了！"

"很遗憾，我想刚才属于紧急状况，我们的军舰不会贸然对美国开火，而且你们的政府应该也不乐意。"方妍说着环视四周，"我们该撤了！"

叶冬雪勉力支撑着自己迈开步伐，跟着前面的幸存者向北边走去，她小心地看了一眼地面的尸体，没有发现自己认识的人，略微松了口气。

"叶姐，你还好吧？"余志远走过来，"刚才好爽啊，真的是我们的导弹打过来了啊……"

"行了，美国人表面不说，心里一定在骂。"叶冬雪不见外地伸出手去，"搀我一下，有点脱力。"

走在他们前面的李尚文突然转身向他们扑过来。

两个人猝不及防，被李尚文一把抱住，按倒在地，接着便是一发火球从他们身后擦过，将街道旁边的建筑炸得粉碎！

叶冬雪猛然想起，来自哈得孙河上的那个威胁还没有消除！

但他是谁？他在哪里？

又是一发火球。这个位置的码头已经完全被摧毁了，但火球的攻击依然没有停止。对方的目的非常明确，就是要把这里的人赶尽杀绝。显然他在目睹了天降导弹的场景后，知道自己的同伴已经不可能完成任务，但是他没有放弃，他打算用自己的办法堵死撤退的人群。

"我们绕路！"方妍喊，"绕到楼后面去，他打不中！"

"说得对……"余志远把叶冬雪从地上拉起来，"叶姐，你怎么样，还能行吗？要不我背你！"

"我还能走，你省点体力。"

"不怕，反正再走一段路就上船了！"

叶冬雪突然意识到自己忘了什么事情。她转过身，看向漆黑一片的哈得孙河河面。

"你们还在磨蹭什么？"坐在街边的奥布莱恩问。

"不收拾掉他，我们走不了！"叶冬雪回答，"就算上船，我们的船也会经过这段水面！到时候我们就是活靶子，躲都没地方躲！"

在场的人都愣住了，最后余志远骂了一句脏话，然后问："但他在哪里？从这里看过去什么都没有！"

"我们能看到的——"说话间，又是一团火光迅速由小变大，在河面上映出一道明亮的倒影，仅仅几秒钟时间就飞到众人面前，大家狼狈地躲到一边才没有被打中。

"看到了吗？看到方向了吗？"

"我……我不是很确定。"方妍迟疑着道，"但我没记错的话，那个方向有个岛。"

"那还等什么？"奥布莱恩喊，"让你们的军舰对着那边来一发！"

方妍看了他一眼，欲言又止。

这时又有火球从河道远处发射出来，这次更多、更密，所有人脸色都变了，没人有信心能挨过这次打击。叶冬雪挣扎着跪倒在地，用最大的力气将地面掀起来组成一道屏障："大家躲过来！"

滚烫的气流就在前方肆虐，石墙很快出现了裂缝，有一瞬间叶冬雪以为它要支撑不住裂开来，但它最终还是挺了下来。众人试探着走出屏障，只见地面上全是高温灼烧后的黑色晶体，明明是气温在零摄氏度以下的冬夜，现在大家居然觉得身处蒸笼之中。

"方小姐，我劝你通知你们的人动手。"奥布莱恩龇牙咧嘴地说，"我可不在乎是哪个国家的导弹打过来，我只知道这么下去大家都得死。"

方妍将一个耳机挂在耳朵上，叶冬雪认出那是夏浅用的款式。"夏公使呢？"

"刚才应该被接走了，我暂时接替她的工作。"方妍回了一句，然后似乎是接通了耳机里的频道，"我是驻纽约总领馆一等秘书方妍……对，我们还在断后……是的，申请打击目标……"

叶冬雪望着河面，依稀觉得那个方向有点眼熟。

她来纽约的次数并不多，不过堂堂纽约市，有些景点总要去一趟的，比如帝国大厦，比如时代广场，比如中央公园，比如百老汇、华尔街、大都会艺术博物馆……

那个方向她肯定去过。

又有火球飞过来，叶冬雪知道自己无论如何也撑不起屏障了，余志远拖着她往后跑，其他幸存者也在跑，只有方妍的声音还在持续："对，目标非常确定——请遵义号立即攻击自由岛，用最强火力，饱和攻击！"

叶冬雪恍然大悟：自由女神像嘛，我就说我肯定去过！

第十六章

有什么人在哼歌。

余志远隐隐约约听到了，做出了这个判断。

不知道唱的是什么，他应该没有听过。但是这个判断让他挣脱黑暗，睁开了眼睛。

他发现自己躺在一个房间里，应该是某座大楼的一部分，头上的天花板已经四分五裂，可以看到灰色的天空，自己身下垫着一张破旧的毯子，依稀有点眼熟。

"哟，志远你醒了啊？"叶冬雪的声音从不远处传来，余志远扭头看过去，正好看到叶冬雪坐在旁边，手里拿着一个本子不知道在写什么，并且向他露出一个得意的笑容，"可算轮到我说这句话了！"

"叶姐你……你这是什么胜负欲啊！"余志远想要坐起来，却发现自己使不上力气，"我这是……怎么了？"

"你都忘了？"叶冬雪有点担心，"你还回忆得起什么？你还记得你昏过去之前发生了什么吗？"

"我……"余志远摸着头，"应该是1月4日的晚上，对吧？我们本来打算从总领馆撤退到布鲁克林区那边，但是中途被觉醒者堵住了，只能转而到下城码头坐船，结果被觉醒者包围了……哦，对了，我们的导弹打到了曼哈顿！还炸了自由女神像！"

"……这个你怎么就记得清楚！然后呢？"

"然后……哦，在自由女神像那里狙击我们的浑蛋，最后时刻射了超多的火球过来，我们慌忙撤离，冲进了旁边的巷子，再然后……"余志远苦恼地捂着头，"再然后真不记得了。"

"你想不起来也正常，因为当时有一块从大楼上落下来的水泥块正砸在你头上，这么大的水泥块。"叶冬雪比画了一下，大概有足球大小，"你当时就倒在地上不动了。"

余志远顿时震惊了："我去，我这都没死?! 就算没死，我现在也应该在ICU里插着管子吧?"

"理论上确实是这样，但当时有小钱在，就是中建集团的那个测绘员，钱竹尧，他的疗伤能力实在是离谱，据说只要还有心跳和呼吸，就算脑损伤也能救。"叶冬雪解释，"就是他把你救回来的，不然我们只能把你的尸体丢在原地了。"

"我……昏迷多久了?"

"现在是 1 月 10 日的中午。"

"……不是吧?!"

"这几天都是靠一点葡萄糖和巧克力给你吊命，你现在能有力气才怪，小钱可治不了饿。"叶冬雪把余志远扶起来，"不过你既然醒了，那正好，尽快恢复体力，我们才能进行下一步。"

"我们? 都有谁还在?"

"唐怜、小钱、李尚文李警官。我们当时不敢移动你，他把受伤的方秘书送上船后回来找我们，结果船开了，我们都没赶上。"叶冬雪一个个数着，"哦，还有一个你想不到的人。"

"谁?"

不知道什么人哼的歌突然停了，接着一个身影打开房门走进来："嘿，余，很高兴看到你还活着!"

余志远有点惊讶："贝蒂! 你怎么找到我们的?"

"那天晚上下城码头上的动静太大了，我想那是你们走的方向，就忍不住过去看看。"已经换了一件干净外套的贝蒂·拉塞尔耸耸肩，"最后发现你们几个躲在巷子里，你倒在地上，身边一大摊血。"

"然后贝蒂带我们找了个地方躲起来。"叶冬雪接着说。

余志远沉默了几秒："所以，我们错过了最后一班船。"

"至少其他人应该是成功脱险了。"叶冬雪说，"这几天我们反复检查了战场，除了当晚在码头上遇难的人外，没有发现其他同胞的尸体——你知道的，现在纽约没人会去收殓尸体。"

"也不能这么说，唐人街把你们同胞的尸体运走了。"贝蒂提醒。

"至少我们的努力是有用的。"余志远说着，心情也好了一点，"贝蒂，刚才是你在哼歌？哼的啥？我听着还挺欢快的。"

"泰勒·斯威夫特的《欢迎来纽约》。"贝蒂回答，"我是她的歌迷。"

"欢迎……现在唱这首歌真的合适吗？"

"至少能让我想起一点纽约以前的样子。"贝蒂望了一眼头顶的破洞，"现在的纽约市，可没法让人心情好起来。"

余志远忍不住问："现在纽约是什么样子？"

昏迷了将近一个星期，他是真的很好奇。叶冬雪叹了口气："我扶你出去看看就知道了。"

几分钟后，叶冬雪、余志远和贝蒂来到了这座大楼的一处平台上，隔着破了一半的落地窗，余志远认出自己依然身处曼哈顿，脚下的大厦是中城区高楼群的一部分，视野很好，但曼哈顿已经不是之前的样子了。

准确地说，整个视野所及的纽约，还有哈得孙河对岸的新泽西州，都不是之前的样子了。

原本覆盖整个城市的积雪被灰色和黑色的泥土和碎石取代，周围有至少三分之一的高楼都只剩半截，市区有数不清的黑色烟柱在升腾，就在余志远东张西望的时候，东河对岸的布鲁克林区又燃起一个巨大的火球，沉闷的爆炸声过了好几秒才传过来。

"这哪里是纽约，这简直就是斯大林格勒①。"余志远感慨道，"还是和德国人已经打了快半年的那个版本。"

"所以你明白我这个纽约人的心情了？"贝蒂说，"唱唱歌，还是有利于缓解情绪的……余，你有没有什么喜欢的歌，也哼一下？"

余志远叹了口气："算了吧，我和朋友们去 KTV，我都是狂吃水果的那个。"

贝蒂没在意，继续哼着歌离开了。

"就在自由女神像被轰平以后，那个叫奥布莱恩的 FBI 探员当天晚上也撤了，他说他会在写报告时把当时的情况渲染得再严重一些……姑且当他说的是真的吧。然后这段时间我们主要是和唐人街保持联系，了解纽约的情况。"叶冬雪耐心说着余志远昏迷后的事情，"我们的军舰发射导弹后，美国人总算开窍了，批准他们的军队在市区使用重武器。"

"哦，比起让我们中国人炸纽约，还是美国人自己来炸，心里会比较舒

---

① 后改名"伏尔加格勒"。

服？"余志远再度把视线投向窗外，"那按理说，美军的优势应该迅速扩大才对啊。觉醒者们只是血肉之躯，就算能力再强，能挡几发钻地弹？"

"因为觉醒者们也很快反应过来了。"叶冬雪叹息一声，"不知道使用了什么能力，李尚文说应该就是平安夜那天晚上造成全美通信中断的力量，第二天美军只占据了几个小时的优势，接着就是飞机、导弹密密麻麻地往下掉，我看到几个美军士兵的表情，特别绝望……坦克、装甲车也熄火开不动，最后又变成了之前的局面，只能用人命去填。"

"但是士气更低，装备弹药更缺，这样僵持下去，觉醒者那边的优势只会越来越大吧。"余志远也明白过来，忍不住摇摇头，"对了，范布伦说的那个七十二小时倒计时早就到了吧，他没变个大十字架出来把我们这些异端都干死？"

"他们在北边划定了一大块区域，以洋基体育场为中心，只要去那边就可以接受洗礼成为觉醒者，除此之外没看到别的动静。"叶冬雪拖了一把椅子过来让余志远坐下，"不过这都是美国人自己的事了，既然现在你已经恢复意识，我们就要开始准备逃了。唐人街的朋友给我们准备了两台车，我们可以去新泽西州的大西洋城，他们已经确认那里还有一艘供游客出海的大型客船，可以载三千人，只要我们在四十八小时内到达，就能保证给我们一间客房。"

"我算算啊……叶姐你，我，小唐，小钱，老李……一间客房有点挤了。"余志远咕哝。

"有就不错了。这艘船会一路南下，最终逃往佛罗里达，我们也可以选择在中途下船。"叶冬雪耸耸肩，"总之我们先离开纽约，其他的之后再说。"

"叶姐你说得对。"余志远想了一会儿，不得不承认也没有别的办法。

"所以今天你的任务就是尽量进食，恢复体力。"叶冬雪摸着余志远的头说，"可别要出发了你还虚着，那还得让李尚文扛着你跑。"

"我知道了，不就是吃嘛，这个我熟……"余志远顿了一顿，露出古怪的表情，"叶姐，你一直盘我的头做什么？"

"感受一下外星人力量的神奇。"叶冬雪笑眯眯地说，"那天晚上你可是被砸得头骨都凹下去了，流出来的不知道有没有脑浆，光线太暗了，我没看清……但你自己摸，现在是完好的一颗脑袋！甚至除了一点点失忆外，就跟受伤之前没区别！小钱太牛了！"

余志远打了个寒噤："知道了知道了，叶姐，我回头自己摸摸，你别盘了行不？当年我们班长这么盘人脑袋的时候，下一秒就要发飙的，我心虚……"

"好了好了，你在这里别动，我去给你冲一杯奶粉。"

"奶粉啊？"余志远犹豫起来，"这么听着我很像个需要人照顾的智障……"

叶冬雪眼珠一转："那我换一个？你饿不饿啊，我煮碗面给你吃？"

"……我还是喝奶粉吧，叶姐。"

叶冬雪拿着一个纸杯走过走廊，抬眼看到一个人影走过来，顿时眉毛一扬："小唐，跟你说个好消息，小余醒了，一切正常，现在看不出有后遗症的样子！"

"那很好啊！"唐怜也高兴起来，"那我们是不是该准备出发了？"

叶冬雪想了想："再观察一天吧，以防万一……有什么别的情况吗？"

"那倒没有，但李警官说，这两天美军和觉醒者都没有什么积极的行动，越是这样他越担心。"唐怜回答，"两边都不像会中途放弃的样子，尤其是现在战局还在僵持中。他担心这是反常现象。"

叶冬雪想起自己和肖雨晴的对话："暴风雨前的平静？"

"差不多就是这个意思吧。"

"李警官的担心也有道理，所以我们要随时做好出发的准备，就像在总领馆的时候一样……不过我们的行李应该早就收拾好了。"

唐怜咧嘴一笑，比出一个"V"的手势："叶姐放心，我们随时可以跑路。"

叶冬雪有点诧异地看着她："小唐，你有没有觉得自己……比之前活泼了一些？"

唐怜还真的想了想，然后同意了叶冬雪的看法："可能是吧，现在虽然累，还危险，但至少心情上是放松的。谁想要一天到晚写作业、做实验呢？"

"哎，你可是清华和麻省理工的优等生啊，我以为你会很开心地做这些事。"

"能做是一回事，想做是另一回事，"唐怜委屈地看着她，"叶姐，我觉得你对现在的大学生有很大的误解。"

叶冬雪很心虚地干笑两声，说："我们学渣对学霸的世界从来都是只能用想象的……"

接下来的时间有点无聊，直到几个小时后窗外有几架黑鹰直升机飞过。叶冬雪和余志远隔着玻璃能看到飞机上的士兵们紧绷的表情，叶冬雪向他们挥了挥手，这让士兵们的表情稍微放松了一些，还有一个士兵试图对这边举起手回应。然而就在这时，从地面上飞来一枚火箭弹，准确地击中这架直升机的尾翼，直升机冒着黑烟，盘旋着向下坠去。其他直升机马上紧张兮兮地分散开来，追着即将坠毁的同伴过去了。

"觉醒者在附近！"叶冬雪一把将余志远扶起来，"先离开这里！"

"哎，叶姐，你不用这么使劲……我走得动……"

唐怜和贝蒂已经背好背包冲了出来："刚才是哪里爆炸？"

"别慌，是窗外有一架直升机被击中了，"叶冬雪说，"李警官和小钱呢？"

"在安全通道守着！"

"那我们马上过去会合！"

一行人跌跌撞撞地跑到安全通道口，李尚文看了他们一眼，说道："小钱，扶住志远！我走前面，叶姐断后！"

这里是二十楼。余志远跟着队伍往下跑了几层楼，忍不住问："前面几天遇到攻击，你们也这么来回跑？"

"只跑了两次，加上今天这次是第三次……"小钱喘着气解释。

"你们每次都这样背着我跑？那不是很费劲？"

小钱特别老实："没有，我们直接把你丢在原地了。余哥你太沉了。"

"……你可以欺骗我一下嘛，小钱。"

"没关系啦。"唐怜在他们身后说，"你不要怕，我们讨论过，觉醒者不会直接袭击这么高的地方，所以大概率只会使用类似于远程打击这样的手段。"

余志远忍不住吐槽："远程打击我也受不了啊！"

"这不是有小钱在嘛，只要你还有一口气，他肯定能把你救回来！"叶冬雪安慰了余志远一句，然后突然心虚起来，眼睛不住地往前方钱竹尧的头顶瞟。

嗯，还好，发量好像还没有太明显的变化……

几个人一直跑到五楼才停下来休息，李尚文跟余志远解释："这里有一个露天平台，我们在这里观察外面不容易被发现，如果真的到楼下就太危险了，容易和觉醒者撞上。"

"观察哨嘛，我懂。"余志远找个地方坐下，"这里位置确实不错。"

"抓紧恢复体力，不知道什么时候我们就得出发了。"叶冬雪叹了口气，"唉，也不知道雨晴他们现在怎么样……"

"挺好的，他们已经过了佛罗里达，还在向南前进。"唐怜说，"他们的船没法横渡大西洋，只能去古巴，估计明天晚上就能到了。"

大家都愣了一下，叶冬雪连忙问："你是怎么知道的？"

唐怜掏出手机晃了晃，这是前几天总领馆分发给她的。"叶姐，你没看手机？几个小时之前网络就恢复了。"

这几天整个纽约都和平安夜那天一样处于通信中断状态，大家已经习惯了没有手机的日子，听唐怜一说全都低头翻手机。叶冬雪打开手机，果然看到一连串未读信息，还有王峰的好友申请。看来他们现在真的很安全，胖子都有闲心扫之前他拍下来的二维码了。

她算算时差，给家里发了个报平安的消息，然后开始看新闻。几天不上网，很有信息爆炸的感觉，这当然是因为美国总统亲自承认外星人存在，而各国政府也随即跟进造成的结果，这大概能算从地球人类进入现代社会以来最大的信息冲击。那几天中国网络上是清一色的感叹，在政府公告评论区里也有大量留言，支持政府的当然是绝大多数，但也有人主张差距太大，不如先跪，曲线救国，然后就不出所料地吵成一团。

叶冬雪继续翻下去，各国政府的表态这几天也陆续出现，有的国家高呼不承认外来压力，坚决捍卫人类自由；有的国家则认为与外星人不是不能商量，无非就是让主播们业绩好点；有的国家直接举了白旗，表示愿意服从外星人的指令；还有的国家在呼吁发动圣战，要将这些亵渎神灵的外星怪物及其追随者全部清理干净。甚至有几个国家已经因为立场不同自己开战了。

美国国内也分成几派，讽刺的是那几个著名的保守州此时反而表现得异常强硬：我家上帝才是唯一的神，外星杂碎没有资格窃据神的名号……叶冬雪担心这么下去，不用觉醒者再煽动什么，美国内部都能打起来。

"怕外星人的国家还是占多数啊。"钱竹尧叹了一声，挠了挠自己的头，露出半个锃亮的脑门，"他们就没想过，外星人根本不在乎他们的选择吗？"

"这世界上很多国家的人，真心信奉着神灵，他们在神面前跪拜了几千年，认为神的意志至高无上，神的恩赐和惩罚都只能接受，这已经是他们的文化和本能意识了，但我们不一样。"叶冬雪看了钱竹尧一眼，"小钱，如果你亲眼看到这些外星人，你会怎么做？"

钱竹尧想了想说："先拿手机拍个照？"

"看吧，你根本没有畏惧'神'的意识。我跟小苏说过，我们中国人是不会跪下去的。"叶冬雪的语气变得严肃起来，"我也当着外星人的面说过，我们中国的神，如果为人类带来灾害，那是要被打的。"

钱竹尧满脸崇拜："叶姐，我听唐怜和贝蒂说起的时候，还很难想象你这么和蔼的人会这么帅，现在我必须要说，能在外星人面前说这个，太帅了！"

"只要不跪下去，大家都很帅。"

但李尚文这时神情紧张地握着手机站了起来："什么？！……对，我没听清，请再说一次！"

大家被他的这个反应吓了一跳，都闭上嘴看他打电话，就连听不懂中文的贝蒂也好奇地看着他。

　　只是从李尚文嘴里冒出来的似乎都不是什么好词："确定吗？……他们没有通知我们？……他们疯了吗？纽约还有这么多人！……还有多久？预计落点在哪里？……好，好，知道了！……我尽力！……明白，争分夺秒！"

　　所有人都从李尚文的表情里看出有大事发生，但他们还不知道具体是什么。

　　"怎么了？"看李尚文挂掉电话，叶冬雪先开口问。

　　"马上撤退，坐车走！"李尚文一把扶起余志远，"还能走吧？我们路上说！"

　　"不用了，真的不用了，哥们儿，我好歹也是个精壮小伙子！"余志远连忙挣脱他的手，"我能走，我能走！"

　　李尚文也没强迫他，只是自己跑在最前面，语速又快又急："我们的导弹防御系统监测到直布罗陀海峡附近有弹道导弹发射，弹道轨迹指向北美，我们紧急联系了北美防空司令部，他们承认有一艘美军潜艇叛变到觉醒者那边，还向曼哈顿发射了一枚三叉戟 D5 洲际导弹！"

　　其他人还在震惊中，余志远抢先发问："搭载的是什么弹头？"

　　"八枚 W76 核弹头！"

　　余志远愣了愣，脱口而出："×！"

　　"怎么了，志远？"叶冬雪问，"这种导弹很厉害吗？"

　　余志远脸色铁青："当年美国炸日本的两颗原子弹，一共也就三万吨 TNT 当量！这个三叉戟上面的核弹，每枚是十万吨 TNT 当量！搭载了八枚！"

　　就连叶冬雪都有点腿软了："他们想做什么，炸平纽约市？！"

　　"纽约市会不会被炸平不知道，反正曼哈顿一定完蛋！"余志远咬牙切齿地说，"我们必须尽快离开这里……老李，我们还有多少时间？！"

　　"几分钟……不超过五分钟！"李尚文的声音因为奔跑而显得时断时续，"逃出曼哈顿是不可能了，我们只能尽快躲到地下！还要远离爆点……美军那边说落点应该是帝国大厦一带，我们还有机会！"

　　"帝国大厦太近了！"余志远几乎是在吼，"哪怕只有一枚 W76 爆炸，它的杀伤半径也超过三千米！几乎整个曼哈顿南岛都在它的威力范围内！我们没时间了！"

　　"那能怎么办？"李尚文跟着吼，"尽人事听天命吧！"

　　头上悬了一颗原子弹，这让所有人的情绪都瞬间爆炸。说话间众人已经冲到地下停车场，这里杂乱无章地停着一大堆车辆，但叶冬雪他们早就用这几天时间清理出了一条路，他们很快就找到了自己那两台车，并且陆续上车。直到这会儿，全程听大家用中文对话的贝蒂才有机会问："发生了什么事？"

"美军向纽约发射了核弹！我们只有几分钟！"叶冬雪发动引擎，"系好安全带！"

李尚文驾驶另一辆车抢先冲了出去，车内的对讲机传来他的声音："我们尽量向西南边开！争取进入荷兰隧道，存活概率大一点！"

荷兰隧道是穿过哈得孙河河底，连接曼哈顿和新泽西州的一条水下隧道。现在似乎也没有更好的选择了。

"明白，我们的车跟着你！"叶冬雪丢下对讲机，一踩油门开了出去，顺便看了一眼后视镜，后座上的贝蒂现在脸上还维持着呆滞的表情。

直到两台车冲上街道，开始火烧屁股地亡命奔逃，贝蒂才尖叫出来："核弹?! 他们用核弹炸纽约?! 开什么玩笑?!"

"我也很希望这是见鬼的玩笑！"叶冬雪收回视线专心开车，"那样我们就不用像打架输掉的野狗一样逃跑！但我们得到的情报就是有美军投靠了觉醒者，然后把核弹发射出来了！"

和贝蒂一样坐在后座的唐怜皱起眉："奇怪，如果是美军叛变……那就是觉醒者一方，现在觉醒者在纽约并未处于劣势，他们为什么要发射核弹？"

"谁知道是不是真的有人叛变？"贝蒂咬着牙说，"栽赃给别人这种事，那群政客又不是做不出来！"

叶冬雪愣了一下："你这个思路……我竟然觉得很有道理！"

两台车在街道上狂奔。

唐怜的手机一阵乱响，她低头看了一眼："消息传开了？现在所有人都知道有核弹在飞向纽约……等一下，NBC 居然还开了直播？"

"直播是怎么回事？"

"他们在帝国大厦设了两个直播机位，山姆·范布伦就在那里。"唐怜盯着手机，"旁边还有倒计时……离导弹到达还有一分十秒！"

"他们要干什么？"叶冬雪不解地摇头，"这种时候还要开直播，是想向全世界揭露美国政府的阴谋吗？那也不用自己站在高楼上吧，想死得快一点？"

"解说说，是时候展示神灵真正的力量了。"唐怜低声说，"范布伦还有什么底牌，谁都不知道。"

叶冬雪听出了唐怜的话外音，但她有点不敢相信："小唐，你是认真的？"

"嗯，我是认真的。"

这时候前面李尚文的车停了下来，三个男性依次下车，李尚文冲着后面的车吼："来不及去隧道了，这里有个地铁站，我们快点！"

叶冬雪跳下车来，忍不住向后方的天空中看。

"叶姐，你还愣着做什么？"余志远在喊。

"小唐，还有多久？"叶冬雪问。

唐怜看手机："还有三十秒。"

叶冬雪笑道："来不及了，李警官你们可以先进站，我就想看看那群邪教徒有什么本事。小钱，辛苦你多跑两步，说不定一会儿要靠你救我们呢。"

钱竹尧老老实实地向地铁站冲刺去了。

李尚文皱着眉道："你觉得范布伦能挡核弹？他真成妖怪了啊？"

"不然我想不通。"叶冬雪说，"如果核弹是觉醒者控制的，为什么要炸纽约？如果不是，为什么要开直播？"

说话间，天边出现了一个醒目的白点，这白点迅速拉出一条白色的航迹线，然后冲着地面直扑下来。

这一刻，即使是做出了决定的叶冬雪也不禁握紧双拳，脚趾在鞋子里用力蜷缩。

那可是核弹。

货真价实的，人类文明迄今为止最可怕的杀人利器，一发就能毁掉大半个城市，人类的血肉之躯不管多么强壮，在这团火球面前都不算什么。

有必要陪着一个邪教头子发疯吗？她脑子里突然出现这个念头，但是已经没有让她后悔的时间了。

这时候路边一块贴了遮阳膜的面包车后盖突然飞起来，飘到几个人面前。叶冬雪看向唐怜，唐怜只是耸耸肩："不要直视爆炸。"

天空中突然明亮无比，地面一片雪白，叶冬雪一瞬间什么都看不见了，她几乎以为这就是自己的末日，但是两三秒以后周围又恢复了可见度，只是所有东西都笼罩了一层红光，头顶有轰隆隆的沉闷雷声传来，她本能地抬头望向天空。

那应该是让所有人都终生难忘的一幕。

帝国大厦上方有一团巨大的亮红色火球，准确地说，不止一个红色火球，叶冬雪能分辨出那是好几个巨大的火球堆叠在一起，火球中气流翻滚，形成无数微小的风暴，就好像是吞吐的岩浆。这些巨大的火球凑起来几乎占据了整个天空，连那些高楼大厦也被衬托得和玩具模型没什么区别。

有那么一瞬间，叶冬雪产生了地球将要落入太阳，被太阳吞没的错觉。

这是那八枚核弹爆发后的力量，足以摧毁眼前的一切的力量。现在它们爆发出来的威力宛如烈日降世，却只能在天上不甘地滚动，只有极微小的炽热气流从头顶倾泻而下——说"极微小"也有点委屈它们，这热量大概和一个燃烧得很旺，又离得很近的大篝火堆差不多，也可以类比成家里开到最大挡的浴霸，要说不烫是不可能的，四周的冰块和积雪都已开始融化，但是比起它们本该爆发出来的威力，这热浪完全不值一提。

"真的假的？"余志远揉揉眼睛，"那个邪教教主把核弹挡下来了?!"

叶冬雪望着头顶这骇人的景象发了一会儿呆，若有所思地拿出手机。

几乎所有的网站都在直播这一幕，有的人可能就在附近，画面与叶冬雪等人此时看到的别无二致；有人是在纽约市区以外直播，或许远在海上，但依然可以清晰地看到那个翻滚的巨大火球——确实是大得如同要世界末日。

但关注度最高的还是来自 NBC 的那两个机位。

其中一个机位应该是在帝国大厦最顶部的天线下面，从这个位置仰头看去，天线仿佛已经戳进了火球表层，火球浮沉不定，随时可能落下来，把这一切都变成废墟。

另一个机位则在稍微远点的地方，将镜头拉近，可以清晰地看到画面里的山姆·范布伦。他穿着一件白色风衣，站在天线的最顶端，风衣下摆被气流吹得上下翻飞。他一只手高高举起，表情平静却又带有一丝笑意。在他手掌上方，就是那个硕大无朋的火球。

就好像这个大火球是被山姆·范布伦招来并控制住的一样。

叶冬雪突然身体一阵战栗，她想自己终于明白，觉醒者为什么要让这一幕出现了。

被激活量子机械的人遍布世界各地，而原本只是中学老师的山姆·范布伦，无论如何都不可能在一个月内将自己的影响力扩散到全球，他的追随者局限在美国国内，能通过网络吸收一点国外信徒已经是极限。

但是如果让全世界都目睹他的力量呢？

如果让全世界都亲眼看到，这个被"神"所认可的代言人，拥有如此超越常识的威能，如同神迹的场景就这样不容置疑地出现，其他人会怎么想？那些虔诚膜拜了神灵几千年的人会怎么想？

至于那是神还是外星人，还重要吗？

只要信仰建立起来，以人类的惯常做法，就有一千种理由让它高高在上！

到了那时候，山姆·范布伦就是货真价实的先知，是不容置疑的权威，他将决定信徒和异端的命运。以觉醒者之前表现出的态度和立场，这并不是一个值得期待的未来。

"这也太疯狂了……"贝蒂一会儿抬头看看头上的火球，一会儿低头看看自己的手机，"我第一次看到这样传教的！"

"但是很有效。"唐怜指了指不远处，叶冬雪看到两名满身尘土的警察，他们的手臂上没有绑布条，应该是在城市里与觉醒者们辛辛苦苦地周旋到了这个时候，但是现在，他们两个跪在地上，神情呆滞，机械地在胸前画着十字。

他们所信仰的神不会出现，而另一个可以真实地展现威能的"神"已经摆在眼前。

叶冬雪不打算责怪这两个警察，但她也不打算跪下来磕头。

这时候周围又有几个地方传来惊呼声，她的第一反应是有点意外，这附近居然还有这么多人？然后她才想起把注意力重新放到天上，于是她注意到那团巨大的火球已经明显变小了一圈，而且在以肉眼可见的速度继续缩小，不到一分钟它就从视野里完全消失，重新露出飘浮着铅灰色云彩的天空。

只有NBC那两个直播的画面里还能看到火球的存在，原本大到仿佛要吞噬半个纽约市区的核能风暴，现在已经缩到只有篮球大小，就悬停在山姆·范布伦的掌心上方。

然后这个有史以来最强大的邪教教主回头看向镜头，面带微笑地说："去年的最后一天，我向你们喊话，让你们信奉吾主，那是你们的第一次机会，在那时信主的人是有福的。几天前，我给你们七十二小时考虑，那是你们的第二次机会，在那时选择信主的人也是有福的。现在，吾主已显示了他的威能，真实的力量就摆在你们面前，你们亲眼看到了。在经历数千年的迷茫后，人类再一次有了真正的神灵指引，也有了新的未来。放弃你们的侥幸心理吧，这是你们的第三次机会，也是最后一次。"

直播画面到此结束，但离谱的是事情还没有结束，接下来弹出了一连串信息，是以各国文字进行提示，主要内容是皈依到新神这边应该如何操作——毕竟不可能全世界的人都跑到洋基体育场来登记。

"叶姐，我们现在怎么办？"唐怜问。

叶冬雪叹了口气："还能怎么办，这次没有被炸飞算运气不错，赶紧跑路吧。"

但他们还是晚了一步，两台车没能靠近荷兰隧道，他们在离隧道还有几百米的地方就看到了路障，那边远远地还有士兵把守。

"叶姐，倒车。"对讲机里传来李尚文的声音，"前面的美军手臂上绑了布条，是觉醒者。"

"投靠觉醒者的人越来越多了啊。"贝蒂嘀咕了一句。

唐怜语气平静地回答："这不奇怪，那个范布伦可以当众空手接核弹，古代神话里的神可能都到不了这个程度。以古代的标准来说，他就是神灵、半神或者先知，凡是在纽约市亲眼看到他表演的人，恐怕都会怀疑自己继续坚持下去是否正确。"

李尚文在对讲机里嘱咐："荷兰隧道被封了，我们只能试试林肯隧道，再不行就只能去北边的乔治·华盛顿桥了，越往北觉醒者越多，大家千万小心！"

"明白。"叶冬雪回答，"所以你们觉得觉醒者接下来的计划是什么，继续封锁纽约？李警官，你有头绪吗？"

"这谁能知道啊？这货还是个邪教教主，还记得我们在伯克希尔山看到的事吗？说不定他们下一秒就把自己点天灯了呢。"对讲机里换了余志远在说，"对了，老李，他们怎么叫你警官？你不是大使馆的人吗，咋就变成警察了？"

"我是武警。"李尚文无可奈何地说，"我也给他们解释了武警和警察不一样，但他们还是要这么叫……算了，不想辩解了。"

街道上行人和车辆渐多。叶冬雪都没想到纽约市还藏了这么多人，但现在这些人都在手臂上绑着布条，带着或茫然或激动期待的表情往北边走。

"要不我们也绑个布条意思一下？"对讲机里提议。

叶冬雪想了想说："也行，反正刚才的提示里没把绑布条视为必要仪式。"

贝蒂望着车窗外发呆，无意间瞥了一眼手机，突然坐直："保罗发来了视频……他拍到了范布伦的动向！"

"保罗？帕斯卡尔·保罗?!"叶冬雪惊讶地重复着这个名字，"你们还在联系？他在哪儿？"

"我们在中国总领馆就加了QQ，叶女士你没加他？"贝蒂解释一句，"他和他的老师躲在下水道里，还带了一条叫多萝西的大狗……让我看看他拍到什么了！哇哦，我建议你们都应该看看，山姆·范布伦先生真的好威风。"

"要不我拉个群吧。"唐怜提议。

几分钟后，将车停在路边的叶冬雪看到了这段视频。

之所以停车是因为林肯隧道也被觉醒者占领了，不过叶冬雪更关心这段视频的内容：山姆·范布伦和另外一个黑人在几名军人的护送下登上了一辆汽车，随即这辆汽车驶入了一支车队，车队由来自美军的悍马车和装甲车护送，浩浩荡荡地向远处开去。

然后摄像头视角下移，很显然是拍摄者把手机收回了下水道里。

"所以刚才这段视频，是保罗躲在下水道里拍的。"贝蒂叹了口气，"他是多热爱纽约的下水道啊？"

"可能他喜欢忍者神龟？"钱竹尧说了个冷笑话，但是没人理他。

叶冬雪只是皱着眉头提出问题："这个范布伦要去哪里？"

在场的人谁都没法回答——当然也有人是知道答案的。

"我们还有四十分钟抵达肯尼迪国际机场，先生。"司机说。

"很好，就这样继续驾驶。"范布伦将自己的头靠在后座靠垫上，"卡洛斯，NASA（美国国家航空和航天局）那边进度怎么样？"

"不识时务的书呆子当然是有几个的，"他身边的年轻人恭敬地回答，"但请不必担心，都处理好了，卡纳维拉尔角恭候您的光临。"

"那就好。"范布伦闭着眼说，"上飞机以后，我要睡三个小时，不要让任何消息打扰我。如此借用主的威能，总归是有代价的。"

"请您放心，不会有任何事情打扰到您。"

于是范布伦满意地点了点头，将头用力往后靠了靠，闭上眼睛，任凭车队一路向东南方向疾驰，纽约最大的机场已经为他清空跑道，世界上最好、速度最快的私人飞机正在那里等着他。

第十七章

曼哈顿是一座南北走向的狭长岛屿。它的东北方向是纽约市的布朗克斯区，东南部毗邻长岛的皇后区和布鲁克林区，西边则是新泽西州。

布朗克斯区已经完全沦为觉醒者的大本营，长岛以东就是大西洋，恐怕很难找到出海远行的船只，曼哈顿南边的出海口则明显被投靠觉醒者的军队控制……

"所以还是只能尝试走西面。"李尚文叹了口气，"但是林肯隧道和荷兰隧道都被封锁了，要怎么办，真的要闯乔治·华盛顿桥？"

除了船只，这是可以从曼哈顿西行前往新泽西州的三条路。

房间里的所有人都望着眼前的地图不说话。

"现在需要脱身的，是叶、唐、李、余、钱你们五个。"贝蒂把面前的中国人挨个点过去，"老实说，目标有点明显，不过或许我们可以考虑分开行动？"

"要不你们躲进汽车后备厢？"保罗在旁边插嘴。

贝蒂翻个白眼："也太危险了！"

"现在纽约市已被觉醒者完全封锁，只进不出，躲进汽车里也没用。"李尚文继续叹气，"再想想别的辙吧。"

现在房间里人还不少，除了五个中国人，还有贝蒂·拉塞尔和她的队友理查德，帕斯卡尔·保罗和他的老师维克托·彼德森，甚至还有一条叫多萝西的金毛大狗。彼德森一边摸着大狗的头，一边望着地图思考："其实，布朗克斯区也不是不能考虑……或许我们可以试着钻下水道？"

贝蒂摇着头："彼德森先生，不是'我们'，你这个身体状况，和保罗一起留下来比较好。"

彼德森现在肩膀还打着石膏，听到这话也只能苦笑："好吧，是你们，不是我们……不过你们可以带上保罗，我保证你们暂时找不到比他更熟悉曼哈顿下水道的人了。"

大家一起扭头看保罗："你过去都做了什么，让你的老师对你是这种印象？"

保罗抬头看天："就是……高中的时候，被拉着加入了一个小帮派……然后被警察追捕的时候，我每次都能顺利逃脱。"

"因为他记住了那几个街区所有的下水道路线。"彼德森笑眯眯地说，"说老实话，我真没想到他还能用这个技能做点好事。"

保罗双手乱摆："不，我不要，我不想被你们称赞这个！"

"之前你跟着大家一起钻地铁和下水道不是很配合吗？"

"两回事，我不想自己领路，搞得好像这是我最拿得出手的技能一样……"

就在这时，几乎所有人的手机都疯狂地响了起来，最先看到内容的是钱竹尧："呃，朋友们，我们可能要调整一下计划……我们有麻烦了。"

不用他详加说明，大家都看到了这个麻烦是什么。

手机上清楚排列着四个人的照片——叶冬雪、唐怜、贝蒂、保罗。而在照片下面，是以山姆·范布伦的名义发出的通缉令，内容很简单：这四个人还在纽约，找到他们，杀了他们，这是信奉吾主的最佳凭证。

"好极了，现在要逃命的人多了两个！"贝蒂翻了个白眼，"这个范布伦也太记仇了吧？"

很显然，让范布伦仇恨的原因就是那段揭露真相的视频，制作和播放视频的四个人谁也逃不掉。

"要是这么说的话，难道不是应该把美国总统算上吗？"保罗不甘地嚷嚷，但是随即又沮丧起来，"哦，好吧，下水道……我知道了，这是命运，我就是应该带头钻下水道。"

"是的，这是命运，但与下水道无关。"彼德森一本正经地纠正他，"这是人类几千年来面临的最大挑战，帕斯卡尔·保罗，不管你愿不愿意，你已经有幸成为全人类注视的焦点，你将代表人类开拓出一个可能的未来，这是上帝给你的命运，我对此深信不疑。"

"已经没有上帝了，老师。"保罗说，"现在只有一群外星浑蛋。"

"保罗，我说过，不要以自己的意志揣测上帝，他有他的深意。"彼德森望着自己以前的学生，笑容温和，"而你——我对你走在正确的道路上这件事，同样深信不疑。"

街道上原本稀疏的人又开始逐渐增加起来。只要干掉四个人就能证明自己的信仰，这可太清晰直白了，所有人都认为这个任务很简单，尤其是在他们都经历了来自"神灵"的巨大压力之后——那个装满核弹的东西真的差点在大家头上爆了啊！

"我就知道大路不能走了。"保罗躲过几队人，熟门熟路地掀开一个下水道井盖，"伙计们，跟上。"

"跟着呢，莱奥纳多①。"贝蒂笑眯眯地跟在后面，她的称呼引来了下方的保罗愤怒的反击："一会儿如果遇到人，什么都不要说，让我来对付，知道吗，拉斐尔？"

贝蒂耸耸肩，对后面的同伴们小声说："他好小气。"

"是你的错，贝蒂。"理查德无奈地指出，"行了，赶紧下去，别碍事。"

"好的，米开朗琪罗。"

"……你还没完了！"

虽然已经往地下钻了好几次，但叶冬雪还是第一次正式进入纽约市的下水道——不过她也不想来第二次。

这当然是一个环境恶劣的地方，空气中透着寒冷与潮湿，光线微弱，隔很远才有一盏照明灯，这让周围的环境都陷入一种微妙的黑暗里。所有人都小心翼翼地前进，贝蒂干脆掏出了两支强光手电筒，但反而让大家更糟心了，地面上除了污水还有各种散发着酸臭气味、避都避不开的污泥……可能是污泥，反正叶冬雪先这么告诉自己了。

"还好不是夏天，夏天这里的气味更可怕，还有老鼠。"保罗说，"如果大家不喜欢这里，我建议走快点。"

"你老师说你最擅长走下水道，这里你也走得下去？"贝蒂难以置信地问，"你都经历了什么？"

"别想得那么夸张，我就是因为擅长走下水道，才能以最快的速度逃脱警察的追捕！"保罗有点气急败坏地解释，"不像帮派里的其他蠢货，在这个鬼地方把自己绕晕，最后只能看到一个出口就钻出去，哪怕被当场逮捕也不愿意在这里多待一分钟！"

虽然这里的环境如此糟糕，但他们沿着沟渠旁边的小道走，还不时能看到一些帐篷和被褥，证明有人在这里活动，唯独看不到人。

"别担心，下水道里的人并不多，流浪汉一般都在地铁和公园里混日子，只

---

① 此处的莱奥纳多及下文的拉斐尔、米开朗琪罗都是指《忍者神龟》中的角色。

有到了冬天才会有人下来避寒，但也是少数。"保罗还仔细地检查了一下帐篷，"好吧，这家伙可能是个常客。"

贝蒂问："那他现在为什么不在呢？"

保罗还在挠头，叶冬雪的表情已经变得严肃："虽然我不想往这个方向想……但这个帐篷的主人现在可能在到处找我们，而且准备要我们的命。"

钱竹尧吞了一口唾沫："叶姐，你这么一说就很像恐怖片了，就是那种在下水道里追杀我们的杀人魔……"

余志远呵呵干笑了两声："正宗美式恐怖是吗？"

大家都笑不出来，在阴森逼仄的陌生环境里，随时可能跳出一个或者一群疯狂的信徒来，说砍你全家就砍你全家，这真不是闹着玩的。

"唯一希望的就是他们想不到我们在地下！"保罗走在最前面，虽然是冬天，他依然控制不住地出汗，"我们在这之前抓紧时间逃出去！"

"你这么说出来，我就有很不好的预感。"贝蒂苦着脸说，"所以我不想听你的分析。"

"不，我不是在分析，我是一紧张嘴就停不下来。"

"之前我怎么没发现你这么多话？你之前都不紧张吗？"

"因为之前我不需要负责任，你懂吗？我只需要跟着！"保罗抓着自己的头发，"但是现在不一样，我们八个人的命跟我有关系了，因为是我在带路！"

贝蒂举起双手投降："好的好的，我理解了……"

"和你理不理解无关，你理解了也不会减轻我的紧张感！"

走在后面的叶冬雪和余志远对视了一眼，余志远低声问："要不要劝劝？"

"不用吧……"叶冬雪轻声回答，"有这两人拌嘴，大家的紧张感倒是可以减轻一点，你不觉得吗？"

余志远拉着脸："我不觉得！他们语速太快，我英语没那么好，我看美剧都是要字幕的！"

这时保罗已经碎嘴到进入下一个话题："这段下水道岔路很少，如果被堵住就大大不妙……"

"这种事不必说出来！"贝蒂打断他，"电影里凡是这么说了，就一定会出事！"

"你也知道那是电影！"

这时通道对面突然出现了两个人，走在前面的保罗和贝蒂都没反应过来，后面的李尚文已经举起枪来连开两枪，那两人先后倒地，其中有一个动作快点，摔倒在地的时候刚把怀里的手枪掏出来一半。

贝蒂大大地松了口气，用力拍拍自己的胸口："好枪法，谢谢，李先生。"

"没时间说谢谢了。"李尚文说，"他们已经想起下水道了。"

"明明曼哈顿还有那么多高楼大厦，还有那么多地铁轨道，他们都搜过了吗？"保罗一边抱怨，一边加快脚步，"谁会想要钻下水道啊！"

"你有没有考虑过，可能就是有人在逆向思维？"

一群人一边听前面的两个人吵吵闹闹，一边加速飞奔。最开始他们还小心地靠着沟渠旁边的小路走，但后来也顾不得了，大家几步踏过沟渠，踩得污水啪啪作响，叶冬雪面无表情，心里一直在念："没关系没关系，情况也不是最糟的，水不是很深，这双鞋本来就穿了两年想换了……"

阴暗的空间里脚步声阵阵。

"情况不对！"在驱散第三批追杀者以后，李尚文突然开口，"保罗，你走的都是一般人不知道的路线吧，为什么他们还能陆续追过来？"

叶冬雪想了想说："可能是追杀我们的人太多，所以每个下水道口都有人钻进来碰运气？"

"我们刚才已经跑过了至少五个入口，但是只来了两拨人。"

保罗也在讶异地左右看："李说得对，路上的岔道很多……如果有那么多人下来，我们应该遇到更多人才对。"

叶冬雪苦笑："所以，要么是我们运气糟糕，有几个碰运气的觉醒者刚好找到了我们，要么……有人知道应该怎么找我们！"

曼哈顿城区，一群手臂上缠着布条的军人正用仪器探测着街道地面。

"布朗先生，热成像显示前方有大量热源反应。"一名少校恭敬地向被簇拥在中间的胖子报告，"正如你所说，他们快要无路可逃了。"

布朗依旧把自己裹在大衣里瑟瑟发抖："那个热源确定不是暖气管什么的吗？"

"肯定不是，还在移动，先生。"少校说，"请尽快下达指示，不然在前面的岔路口他们又要跑了。"

"我倒不是心慈手软，但教长不喜欢蠢货。"布朗吸溜了一下鼻子，"如果他发现我们大动干戈，最后却搞错了，那可就是觉醒者的耻辱了。——你懂吧，少校？"

少校不由得绷紧了脸："那我们应该怎么做？"

"派人下去，派你的人，少校。你的部下都是职业军人，还需要我教你们应该怎么歼灭敌人吗？"布朗翻着白眼说，"先确定是他们，然后干掉他们，我允许你们用一切手段。动作快，就像你说的，别让他们跑了！"

"不对，长官！"一名士兵突然喊起来，"他们拐弯了，他们走了另一条路！"

少校脸色一变："难道那边我们没有安排人堵截吗？"

"没有人，长官，按照市政厅的图纸，根本就没有这样一条路！他们……他们从不存在的通路离开了！"

布朗脑袋微微歪到一边，神情呆滞地迸出一个词："什么?!"

叶冬雪等人疾步穿过一条地下铁轨。

铁轨对面的墙壁轰然裂开一条通道，他们身后的墙壁则颤抖着合拢。凭着叶冬雪改变地形的能力，他们直接挪开了眼前的障碍，或者用更通俗的话说——抄近路。

"我应该早点想到这招的。"保罗拍着脑袋，"叶女士这个能力在地下简直就是无敌的，早知道我们就可以一直在地下……"

"下不为例。"叶冬雪打断他，"钻在地下的感觉太糟了，而且我还得留神分开地下的电缆和煤气管道，这没有你想象中那么安全。"

"哦，好吧……"

"保罗，你得确认你的方位没错，"贝蒂提醒道，"我没记错的话，这里已经很靠近河边了，我可不想叶女士分开墙壁的下一秒钟，我们就被哈得孙河的河水淹死。"

"我们刚刚才离开哥伦比亚大学的范围，我们……"

前方的穹顶突然被炸开一个大洞，明亮的光线一瞬间充满整个空间，接着是更明亮的闪光和轰鸣，叶冬雪仿佛又经历了之前核弹来袭的那一幕，眼前一片雪白，同时伴随着巨大的响声，她只来得及本能地将前方的地面立起来，把更多闪光和爆炸挡在墙后。

她能感觉到有人在拽着自己走。过了很长时间，她才勉强恢复了一点听力，那是余志远在喊："不要停，不要松手，继续走！"

"刚才……刚才发生什么了？"她听见钱竹尧用虚弱的声音在问。

"闪光弹，军用的！"李尚文在回答，"幸亏我们还没完全走过那个拐角，墙壁抵消了一部分冲击波，叶姐又及时挡住了后续攻击，不然我们现在全都完蛋！"

叶冬雪的视力恢复了一点，她能看到同伴们跟跟跄跄地穿行在沟渠中，狼狈无比，但是人数没有少。李尚文和余志远在关键时刻抓住了其他人，并强行将他们拽了回来。

"我们已经抄近路了，他们怎么还能追上？"她嘶哑着问。

李尚文喘着气说："他们一定有什么特殊办法能一直追着我们……"

"如果下次他们又追上来，怎么办？"

这次李尚文没有回答，叶冬雪知道自己问了也是白问，八个人里只有两个受过专业军事训练，他们身上一共只有三把手枪，而对面显然是武装到牙齿的正规军队，正常来说不存在任何对抗的可能性。

余志远低声道："办法只有一个，找到那个能追踪我们的人，然后把他干掉！"

"前提是那个人会出现在我们面前。"李尚文说。

再次出现在他们面前的依然是军人。这次叶冬雪的反应快了很多，直接竖起一堵墙，刚好将一名士兵与他的同伴隔离开来，等他的同伴炸开墙壁冲过来的时候，墙这边已经什么都没有了，他们追击的目标和自己的战友一起消失得无影无踪。

"你说'找不到'是什么意思？"布朗瞪着少校，"我都给你指出了他们的方位，怎么会找不到？"

"因为我们没有对方那种改变地形的能力。"少校赔着小心解释，"只要他们改变一次地形，我们就会失去目标……然后，又要来麻烦你，先生。"

"那你的意思呢？"布朗看了看少校，突然反应过来，低头瞪着自己脚下，"你想让我也钻进下水道？"

"我们会严密保护你，先生。目标说到底只是几个仓皇逃命的平民，我们在战斗方面有绝对优势。"少校耐心地劝说道，"我只是认为，如果你与我们一起行动，我们就可以以更高的效率完成任务。"

胖子布朗叹了口气："少校，你如果有什么计划，最好现在就说出来。反正我只下去一次。"

少校想了想说："先生，我们马上就要进入上城区了，你知道的，曼哈顿岛的北端是逐渐收窄的，他们可以活动的范围也会越来越小。"

"你可以直接说重点。"

叶冬雪等人也不知道自己在地下走了多久，但他们前方的视野突然一宽，接着便是一连串的枪声。

这是一处宽阔的平台，从周围的设施来看是还在扩建的新管道，沟渠在这里通往一个大涵洞，但由于这个季节没什么水，涵洞几乎全部露了出来。而眼下，至少一个排的军人从涵洞里钻了出来，并且连续不断地向叶冬雪他们开火！

清脆的枪声在这个密闭空间里反复回荡，形成连绵不绝的回声，水泥和土石被打得碎片四溅。

与此同时，叶冬雪意识到自己这边犯下了致命的错误。

在长期穿行于狭窄通道之后，突然进入一个相对宽敞的空间，大家本能地分散了一些。于是当对面枪声响起，每个人都下意识地找地方躲藏时，这支队伍分开了——八个人分成两组，被弹雨死死压制在相隔大约十米的两处墙壁后面，如果想冲过去与对面的队友会合，一定会瞬间被打成筛子！

"得想点办法！"余志远在叶冬雪身边喊，"最多再过一分钟，这堵墙也会被打穿！"

叶冬雪、余志远、钱竹尧被堵在一边，其他五个人在另一边。钱竹尧小心地提议："要不叶姐你先筑一道墙，大家冲过来会合，大不了受伤了我来治……"

叶冬雪一时居然心动起来。

但这时枪声停了，一个陌生的声音响起来："我希望你们这次不要打着改变地形逃走的主意，这个地方是我们精心选出来的，你们的左边通往哈得孙河，右边是曼哈顿的煤气主管道，就算你们移开墙壁，也是死路。"

"所以呢？"叶冬雪大声反问，"反正你们也打算要我们的命，听上去大家同归于尽这个主意也不错，不是吗？"

"不，说实话吧，女士，教长吩咐下来的那四个人确实要死，但你们至少可以保住其他人的性命。"那个声音说，"我已经厌倦了捉迷藏，所以我们开诚布公地聊一聊怎么样？找个大家都能接受的办法。"

叶冬雪都要被逗乐了："大家都能接受？你是说包括要死的那四个人也能接受吗？"

那个声音居然没有否认："我有一个提议，你们要不要听一听？"

叶冬雪看看对面，贝蒂、唐怜、保罗这三个预定死亡名额的人都在对面望着她，贝蒂用口型说："他疯了吗？"

"教长确实说了要那四个人的性命，但没有说是什么时候，怎么做。"见叶冬雪这边没有反应，那声音继续说下去，"所以，你们觉得这样如何？其他人我不管，那四个人交给我们带走，但是谁也不知道中途会出什么意外，对吧？如果这四个人自己逃掉，或者被什么人救走，我也不可能预料到；如果他们实在运气不好，中途都没能脱身，我大可以等教长回来亲自处决他们……嗯，那至少还有好几天吧。"

墙后的两组人交流了一下眼神。

"我们遇到了一个'圣母'？"保罗压低声音问。

"我不相信他。"叶冬雪往墙外看了一眼，发现那是一个胖胖的白人男子，他裹着大衣，被士兵们簇拥在中间，"我不相信这家伙追了我们这么久，就是为了来示好的！"

保罗赞同："我同意，尤其是他周围还有那么多人，他真的不怕有人告发他？"

"但是我们也没有别的办法脱身吧？"贝蒂小声说，"我有个主意……让我来当饵，我来吸引他的注意力。你们看到旁边这架梯子了吧，你们偷偷爬上去脱身，然后就像他说的，你们中途来救我……七个人救一个，总比四个人救四个容易，对不对？"

"但是我们都不相信那个人。"很少说话的理查德突然开口，"我不知道他是不是会遵守诺言，更何况他要的是四个，只有你出去的话，他完全有理由毁约。"

"总要赌一把！"贝蒂对自己的最后一个队友说，"不然我们就会在这里被他们用子弹堆死！更何况隔得这么远，我还可以考虑逃跑……他不一定追得上我，而且你们也一定会接应我，不是吗？只要我爬到上面那个通道就可以了！"

"就算只能用这个办法，那也不必你去。"叶冬雪说，"我比你更有把握，我还能筑墙呢。"

"不，叶女士，只能是我。"贝蒂笑道，"因为电视台播放那段视频的时候，就是我站在最前面。搞不好他们根本没记住你长什么样，但一定记住了我。"

不等叶冬雪继续反驳，贝蒂已经站起身来，向墙外大踏步走出一步。

对面所有士兵一起举枪。

"你想要的是我，对吗？"贝蒂大声说，"我叫贝蒂·拉塞尔！你认得我吗？"

胖子点了点头："我当然认得，拉塞尔小姐，我想所有觉醒者都认得你，毕竟在 NBC 电视台最出风头的就是你。"

"那么我出来了。"贝蒂举起双手，"你准备履行诺言吗？"

"我要的是四个，拉塞尔小姐。"胖子提醒说，"你一个人出来可不足以达成履约条件。"

"很遗憾，先生，你这个条件本来就无法达成。"贝蒂清了清嗓子，认真回答，"我们也看到了通缉令，你觉得我们会傻到把所有人集中到一起，方便被一网打尽吗？"

"嗯，好像我们就是这么傻。"余志远小声说。

叶冬雪拍了他一下："别闹，贝蒂这唬得还挺像样的！"

胖子果然迟疑起来，他举起一根手指说："不不，等一下，那个人呢，你那个会改变地形的朋友不是跟你在一起吗？"

"她不是那四个人中的一个。"贝蒂一本正经地说，"她只是护送我的朋友。至于其他三个人……如果我们再这么耽误下去，他们应该已经快离开纽约市了吧。"

胖子瞪着贝蒂，似乎是想从她脸上看出什么破绽来，但最后他还是认命地叹了口气："算了，就这样吧，你先过来，老实一点，我可以放你的朋友们离开。"

贝蒂深呼吸一口，抬脚慢慢向前走。

"对，不要耍花样，你先把你的枪放下……哦，还有你那个会改变地形的朋友，请站到我能看到的位置。"胖子指点着说，"我可不想一会儿她变个戏法，就把你带走了。"

余志远略一迟疑，叶冬雪已经推了他一把："别愣着，带上小钱，快跟他们走！"

然后叶冬雪也直起身子，站到了贝蒂身后。

"叶，你没必要理他。"贝蒂低声说。

叶冬雪耸耸肩："总不能真的只让你一个人面对危险吧？"

"嘿，那位女士，请你就站在原地！"胖子大声说，"我只要这位贝蒂·拉塞尔小姐！"

身后同伴们的脚步声窸窸窣窣，显然是正在爬那架梯子。

必须拖延一下，再给他们争取一点时间，然后再想办法把贝蒂救走。

叶冬雪装作不在乎的样子斜倚在墙边，目送贝蒂往前走，贝蒂确实走得很慢，现在都没走到与胖子距离的一半，但是已经有两个士兵气势汹汹地准备上前抓她了。

贝蒂看看那两个走过来的士兵，停下脚步说："嘿，先生，我的同伴们还没离开，我觉得你的人也不要太冲动。"

"都停下！"胖子下完指令，看着贝蒂撇嘴，"你想怎么样？"

"不怎么样，我会站在这里，等我的朋友们都离开，然后再被逮捕。"

胖子发出一声嗤笑："好了，够了。贝蒂·拉塞尔小姐，你以为自己在做什么，当挺身而出的超级英雄吗？你以为我真的乐意陪你在这里玩幼稚的人质游戏，嗯？"

他这话是什么意思？

叶冬雪突然意识到一丝不对，但她刚想到这里，密集的枪声就响了起来——不是来自胖子那边，而是来自身后！

胖子说的从头到尾都只是缓兵之计，他的真实意图是让部下绕到他们身后展开袭击，而且这次几乎成功了！

她本能地一挥手，一面土墙平地而起，然后她冲向前方，一把将贝蒂抱住拖回了墙后！

"事到如今我只能承认了。我不是一个喜欢毁诺的人，但是对于异端，我只想看着他们去死。我本来想尝试一些比较艺术、比较戏剧性的手段，不过看来这不适合我。"胖子的声音传来，"那位女士，你逃不掉的，如果你不是那四个人之一，我会再给你一次机会……"

叶冬雪根本没顾得上听胖子在说什么。

身后的土墙外传来撞击声，那是追兵在破墙；胖子身边的士兵在谨慎接近，动作很慢，谁都不愿意和一个能改变地形的人靠得太近。

叶冬雪也没顾得上前后的敌人。她感觉到温热的液体从手掌捂住的地方涌出，她闻到略带铁锈味的血腥气息。

她猛地把贝蒂抱在怀里，颤抖着举起自己的手掌——手掌已经被鲜血浸染。贝蒂身上至少有三处伤口，胸口有两处，腹部有一处，鲜血止也止不住地往外涌。

"我的天，你别动……小钱，小钱你快来帮忙……"

但贝蒂轻轻拉住了她的衣袖，用微弱的声音说："不，不要叫他来。"

"你会死的，贝蒂！"

"他治疗我需要很长时间……那样的话，我们会一起……死在这里……"贝蒂轻声说，"不要这样，叶，你们要活下去……"

"叶姐，你们快……"余志远急匆匆地从梯子上滑下来，但是他马上看到了被叶冬雪抱在怀里的贝蒂以及贝蒂衣服上的血，顿时愣住了。

"我还是这么蠢……姐姐和尼克一定……会笑话我的吧……会说我太天真吧……"贝蒂断断续续地说着，她的眼神已经开始涣散，脸上却露出了一丝笑容，"但是……我可以见到他们了……"

土墙轰然倒塌了一段，两名士兵破墙而入，随即被余志远开枪打倒，他们后面的士兵试图冲过来支援，但土墙无声地合拢，重新把他们关在了外面。

"你确实很天真。"叶冬雪沉默了片刻，伸出手轻轻合上贝蒂依然半睁的眼睛，手上的血沾到了贝蒂的脸颊上，那是贝蒂自己的血。

"你们在发什么呆？我没要求你们抓活的！"胖子嚷嚷着，"开枪，把他们全部干掉！刚才有人爬到二楼平台去了，你们有没有看到？别放过他们！"

叶冬雪保持着半蹲姿势，将贝蒂小心地放在地上，继续说下去："但天真不是你的错。"

"叶姐！"余志远想要冲过来拉住叶冬雪，但士兵们的子弹堵在他前进的方向，"我们必须走了！"

叶冬雪面无表情地抬起头，凝视前方。几秒钟后，平台一侧的墙壁猛然布满了巨大的裂纹，随即这面墙爆裂开来，碎石飞溅，紧接着一道巨大的水柱涌入，正如之前在地铁轨道上那样，只是这次的水流更急、更汹涌，转眼间就漫过了站在地上的人的脚面。

水流咆哮声中，胖子的尖叫传了过来："你疯了吗？你把哈得孙河引进来?!"

叶冬雪没回答他，只是冷冷地看着他。胖子身边的士兵已经顾不得继续攻击，纷纷掉头逃走，胖子也不例外。然而他们面前的地面突然隆起，像小山一样挡住他们的去路，接着整座平台的地面高高翘起，向着水流奔涌的方向倾斜过去。人们惊呼着试图抓住什么东西，但地面倾斜的角度越来越大，终于把所有人都倒进了水里。这时平台的一半都变成了蓄水池，而这个池子的水位还在急速上涨。

"不，不要杀我！"胖子在水里一边扑腾一边尖叫，"我能帮上你们！我可以帮你们找到其他门徒……我可以告诉你们山姆·范布伦在计划什么！"

整个平台只有叶冬雪和余志远脚下的地面还在水平面上方，叶冬雪没有理会水里的人在如何惊呼挣扎，只是手掌用力拍在地上。

于是地面整个翻覆过来，把那些在水中挣扎的人都压到了水平面下方，水泥、混凝土仿佛有生命一般蠕动着堆积在一起，将最后一丝裂缝也合拢了。

如果在水里的人还有人保持意识的话，他会绝望地看到那个连通了哈得孙河的裂口也在迅速合拢，就连冒险游进河道逃生的希望也彻底断绝。他们唯一的命运就是在这个完全密封的水泥棺材里溺水窒息而亡，并且给多日后发现这处变动的人们带来一丝困扰：他们是如何钻进这口密闭棺材，并让自己淹死在里面的？

涵洞里终于重新安静下来。余志远俯身抱起贝蒂的尸体，看向叶冬雪说："我想至少把她放到能看到太阳的地方。"

叶冬雪无言地点点头，跟在余志远后面就要离开，但这时突然一股熟悉的眩晕感传来，她晃了晃，扶住墙壁没有让自己摔倒。

"我很遗憾。"声音不知道从哪里传来。

"你是 T 先生？"叶冬雪分辨出来，"你在哪里？"

"我哪里都不在，我的本体已经被山姆·范布伦毁灭了，只有最后一点残存的信息核，很快也会消散。"T 先生说，"我能感觉到你们有人已经死亡了，我很遗憾。但是也因为信息核的储存点又少了一个，才能凑足充分的锚点……啊，现在不是说这个的时候。我只想问问，还有什么需要我帮助的吗？"

"你能提供给我们的，不都已经在那个 U 盘里了吗？"

"我也这么想，但是就此消散，我有点不甘心。请再想一想，想想我还能帮上什么忙，你们还有什么心愿——不过'起死回生'不在我的能力范围内。"

叶冬雪不由得苦笑，事到如今，自己还能做的事情，能让这个外星人帮忙的事情还有哪些呢？

这时她突然想起了刚发生的一件事情，问道："山姆·范布伦似乎离开了纽约市。你知道他要做什么吗？"

这段交流一直持续到一个声音从很远的地方传来。

"叶姐？叶姐？"唐怜的呼唤让叶冬雪回过神，她这才发现自己不知道什么时候已经爬到了平台上方，其他伙伴都担心地看着她。

叶冬雪摇了摇头说："我没事，只是稍微有点恍惚。"

"我们看你眼神发散，机械地跟着爬上楼梯，嘴里还在自言自语……可把我们吓坏了。"唐怜松了口气，"你没事就好。"

叶冬雪环顾四周，突然问："贝蒂呢？"

"理查德把她带走了，说是想把她和尼克，还有她姐姐葬在一起。"保罗说，"喂，你们想继续在这里吹风吗？趁觉醒者还没来，我们赶紧走啊！"

叶冬雪却没有动，只是回头望了望一片狼藉的平台，平静地说："我不想走了。"

唐怜吃惊地看她："叶姐？"

"我受够了。"叶冬雪说，"我们一直在逃，一直在逃，然后一直在死人……小林夫妇死了，小苏死了，尼克死了，现在贝蒂也死了……我们要逃到什么时候，还要死多少人？"

"这些乱七八糟的事情都是美国人自己的事，我们本来不想参与，也不应该参与。"李尚文沉声说，"不过我无所谓了，叶姐你说吧，你想做什么？"

"山姆·范布伦想要我们几个人的命，恐怕不只是因为仇恨。"叶冬雪说，"我们四个是唯一接触过外星人的人，而且在与他的'神'敌对的那个阵营，他非常害怕我们知道什么不该知道的事情，并且将它传播出去。"

保罗疑惑地问道："难道我们揭穿他的神其实是外星人，这还不够？"

"不够。"叶冬雪语气变得坚定，"但是……会够的，够到让他后悔。"

佛罗里达州是美国最南端的州，就在纽约寒风刺骨的一月初，这里依然有不低于十五摄氏度的温和气温，而如奥兰多这样的城市今天更是达到二十摄氏度，非常温暖。

位于奥兰多城以东大约七十千米处的卡纳维拉尔角也很温暖。

"你知道吗？我小时候特别沉迷于看火箭发射，我在电视上无数次看火箭从肯尼迪航天中心升空。当火箭发射的时候，我就像灵魂的一部分也跟着它飞走了，我会幻想它在宇宙里遇到什么，我会幻想我与它在一起经历这些。"山姆·范布伦出神地看着远方，那个方向是看不到尽头的大海，海浪有节奏地拍打着岸边。"我真没想到，三十年后我会真的坐着火箭前往宇宙，为的是完成吾主给予的使命。"

"那当然是你背负的使命，先生。"卡洛斯站在范布伦身后，恭敬应答，"你是吾主所选择的，将要改变地球命运的人，我对此深信不疑。"

两个人此时站在一座火箭发射架的顶端，海风吹拂着他们的衣服。

"不是改变地球的命运，是改变人类的命运。"范布伦纠正他，"人类已经在黑暗中以愚蠢的方式跋涉了数千年，他们离正确的方向越来越远，他们必须得到指引，他们必须接受指引……卡洛斯，我已经做好了全部准备，哪怕背负最大的罪孽也无所谓。"

"我会与你一起背负，先生。"卡洛斯说。

但这时一名工作人员急匆匆地跑了过来，喊道："先生，先生！"

"格拉汉姆，"卡洛斯从高处一跃而下，"什么事这么惊慌，火箭发射流程出问题了？"

"不，不是火箭……是赛尔莫斯，卡洛斯先生。"格拉汉姆擦着汗说，"他刚刚攻占了 NBC 电视台。"

"什么?!"卡洛斯拿过格拉汉姆手里的平板，一眼就看到了画面里 NBC 的台标和那张熟悉的脸，"赛尔莫斯在做什么？"

"我很确定，我们的范布伦先生还隐瞒了一些东西。"老黑人半蹲着望向前方瘫坐的蒂卡，蒂卡现在半边身子都是血，"回答我，小蒂卡，他去了哪里，他要做什么？"

"我不知道！我真的不知道，警长先生！"蒂卡尖叫着，"他没有告诉我！"

"但是他通过你和布朗来与他的神灵连接，对吗？"赛尔莫斯说，"做给我看，我要与吾主通话。"

"只有我一个人做不到，先生！"蒂卡脸色苍白，"必须再加上布朗，或者卡洛斯……"

"他们人呢？"

"布朗在追踪之前曝出录像的那四个人，卡洛斯跟着范布伦去了佛罗里达！"

赛尔莫斯眯起眼睛盯着蒂卡，突然伸手掐住她的脖子："你在说谎。"

"不，我没有，我没有……"

"我是警察，小蒂卡。你出生之前，我就在和你这样的小鬼打交道，你们说的是不是实话，我分得出来。"赛尔莫斯语气平和，但眼神锐利，"而很不巧的是，我现在已经退休了，我可以让那该死的警察守则见鬼去。回答我，蒂卡，你想失去一只手吗？还是说从手指尖开始比较有余地？"

"只靠我一个人是做不到的，先生，我向你发誓。"蒂卡颤抖着说，"每次都不止我一个人……"

赛尔莫斯沉默了数秒，将蒂卡丢回地板上，向身后耸了耸肩："这次她说的是真的，该死。"

"那我们怎么办？"画面里出现一个戴着眼镜的年轻人，"先生，我的追踪技能也就只能到这里了。"

"不要急，卡玛尔。"赛尔莫斯转向摄像机的镜头，"范布伦先生，你在看，对吧？希望你在看。我的要求就是与吾主通话，作为一个信徒，这不过分吧？我们就在这里等着，我们在 NBC 等着你答复。哦，对了，你知道我和卡玛尔也拿到了外星人的资料吧？如果你没有回复，那我就每隔一个小时在网上放出一部分，我相信全世界都会感兴趣的。"

画面在这里停止了，然后重新切换到赛尔莫斯逼问蒂卡的那部分："我很确定，我们的范布伦先生还隐瞒了一些东西……"

"这段视频是从大约二十分钟之前开始反复播放的。"格拉汉姆低声说，"我想应该有很多人都看到了。"

卡洛斯皱皱眉："纽约市的人在做什么？没有人试图阻止他？"

"我们联系不到布朗先生和穆尼诺斯先生，约尔迪先生倒是正在往曼哈顿赶，但他至少也要再过二十分钟才能到达……而且……而且约尔迪先生似乎不是特别擅长战斗。"格拉汉姆瑟缩着说，"而蒂卡女士，你也看到了……"

"约尔迪确实不擅长战斗。"范布伦这时也已经走到了两人身后，面无表情地看着这段视频，"格拉汉姆，火箭还有多久发射升空？"

"还有三十五分钟，先生。"

范布伦不满地呼出一口气。

"我去处理，先生。"卡洛斯说。

范布伦看着他："你不是也一直想去宇宙里看看吗？"

"总有机会的，对吗，先生？"

范布伦想了想，点头赞同："你说得对。我这次只是去执行吾主所托付的使命，到下一次，我们应该就可以在太空里好好休息了。"

于是卡洛斯向范布伦点点头，突然腾空而起，像一支真正的火箭那样迅速消失在天空中。

GE 大厦这时正遭遇它建成以来的最大危机。

至少有两百名觉醒者已经赶到了大楼下面，子弹、火箭弹和用特殊能力凝出的火球、光弹等各种攻击五花八门地袭向大厦，但是这些攻击都没有用，因为所有攻击都被一面无形的墙挡了下来。

"外面赶来的人数还在增加。"就在电视台演播大厅旁边，卡玛尔忧心忡忡地躲在窗户后面看着楼下喧闹的人群，"瑞德先生，你还能撑多久？"

一个坐在楼梯口玩手机的青年举起一根手指说："一个小时。"

"一个小时以后，你的这层防御就不能用了吗？"

"不，一个小时以后我就要跑了。"青年抬起头，无奈地看向卡玛尔，"听着，卡玛尔，我是因为欠了那个老头特别大的人情，所以才答应出手帮他——我本来连纽约都不想来的！"

"但你还是来了。"

"我说了，再过一个小时我就走了。"瑞德强调道，"我打赌范布伦和卡洛斯现在已经猜到我也背叛了他们，卡洛斯从卡纳维拉尔角飞回来最多只需要两个小时，我得在他来之前溜掉。我欠赛尔莫斯的情还没到我要用命还的地步。"

"但是……但是我们的计划就是等卡洛斯回来呀。"卡玛尔指出，"赛尔莫斯要借用卡洛斯的力量来实现与外星人对话，如果你不在，谁能打败卡洛斯……"

"那我不管啊，我已经事先对赛尔莫斯声明，他也同意了。"瑞德摇摇头，继续低下头玩手机，"你现在应该去问他到底有什么计划。"

"我没有计划。"赛尔莫斯从一条走廊里走出来，"我能解决卡洛斯。"

"那预祝你成功。"瑞德说，"你刚才去哪儿了？"

"去楼上解决了几个小家伙。"赛尔莫斯回答，"我还以为他们笨到不会想起从楼上空降偷袭呢。"

"好极了，接下来我只需要祈祷卡洛斯飞得慢一点就行。"

但就在这时候，从电梯门方向传来了"叮"的一声响。

演播厅里的所有人都把目光投向那边。

"开什么玩笑？"瑞德目瞪口呆地看着电梯旁边正在上升的数字，"怎么可能有其他人突破我的屏障？"

电梯门滑向两边，叶冬雪从电梯里走出来，听到这句话只是挑起眉毛："那可能是因为你忘记在地下也设置屏障了。"

"地下……见鬼，本来就没人能进地下室……"瑞德不满地咕哝着，赛尔莫斯却露出了笑容："你们来做什么？"

"和你一样，赛尔莫斯先生。"叶冬雪回答，"我要和外星人好好谈谈，而且我知道应该怎么做。"

第十八章

天空中出现了一个影子，一开始只是一个小黑点，但几秒钟后便迅速扩大变成一个人影，接着这人影重重地砸在地面上，将水泥路面砸出几条裂缝。

街道上的人群先是惊呼着散开，但很快又聚拢过来。

"卡洛斯先生！"一个棕发女子疾步跑来，"我们一直在等你！我们攻不进去！"

卡洛斯站起来看着眼前的 GE 大厦，说："只有瑞德才能做出这么坚固的屏障……我以前就觉得他这个能力很讨厌，现在我发现，这个人也很讨厌。"

"只有你才能攻破这道屏障了！"棕发女子激动地说，"请你消灭这些可耻的叛徒！"

"冷静，梅根。"卡洛斯说，"现在里面的情况怎么样？"

"三十分钟前，他们在网上公布了一份资料，是关于南冕座转播主题集团的详细情报。"棕发女子梅根说，"信徒里不少人都受到了巨大的冲击，并且在信仰上出现困惑，我们需要马上解决这个问题！"

卡洛斯皱起眉头："你们没法干扰他们的网络？"

"他们挟持了蒂卡小姐。"梅根解释道，"你知道的，蒂卡小姐的能力……"

就在这时，人群里又发出一阵惊呼，梅根低头看向自己的平板，顿时也惊叫起来："该死的，他们要开始解密了！"

画面里出现的是叶冬雪，她表情自信，手里拿着一个形状奇特的机械，那机械泛着银白色的金属光泽，结构很简单，只是由几个圆盘和管子组成，看上去有点像是从什么大型机械装置上卸下的零件，但卡洛斯的表情一下子变了。

与此同时，叶冬雪的声音传来："这就是范布伦先生用来和外星人，也就是他所信奉的'神灵'沟通的装置。之前，他需要其他觉醒者的协助才能与对方取得联系，但是我们不用，我们有更简捷的办法。"

她举起另一只手，手中是一个 U 盘，她把 U 盘拿到这装置旁边，顿时所有人都看到装置表面浮起一片波纹。"我们有另一个外星人留下的信息，虽然我不是很清楚其中的原理，但我知道这可以启动装置……唯一的问题是要与特定的外星人取得联络，也需要特定的频段，而这个频段只有那位山姆·范布伦知道。"

卡洛斯深呼吸一口气，抑制住自己的怒火："对，他们不知道频段，也就无法真正找到吾主……如果让这群异端的声音传到吾主那里，那是最大的亵渎！"

似乎是听见了卡洛斯的声音，叶冬雪露出一个微笑说："但是没关系，我们可以挨个试。"

卡洛斯猛地一拳砸在屏障上，瞬间仿佛整个大厦都摇晃起来。

"该死的，是卡洛斯，一定是他！"瑞德跳了起来，"老头子，我已经超时了，我可不想被他砸烂脑袋……我要走了！"

一道黑影猛地撞破玻璃，直直地撞进了演播大厅。

但是大厅里只有赛尔莫斯一个人，他握着一瓶可乐，安然地坐在沙发上。卡洛斯一言不发地站起来，挥拳打了过去。赛尔莫斯歪了歪头，卡洛斯的手臂轰然爆炸，冲击波将他整个人都甩了出去，但卡洛斯只飞到一半就在空中顿住，慢慢地落回地上，而他的右边衣袖已经完全破碎。

"你还是这么讨厌，老家伙。"卡洛斯说。

"在你眼里谁都讨厌，对吧，孩子？"赛尔莫斯说，"哦，你的教长除外。"

卡洛斯盯着他："我曾经视你为前辈，为偶像……你为什么要背叛我们？"

"是山姆·范布伦先背叛了我们。他隐瞒了一些事情，一些对所有人都很重要的事情。"赛尔莫斯平静地说，"卡玛尔已经看过了大部分文件，其中一个文件详细标出了那个……什么星座来着？好吧，反正是那个外星人转播集团的东西，其中提到了一些关于'控制装置'的事情，你知道那是什么吧？"

"量子机械控制装置，一万年前旅行家留给我们的东西。这一万年来它始终在月亮上。"卡洛斯也慢慢平静下来，"这些事情，范布伦都说过。"

"他有没有说过，那个外星人转播集团要求他做什么？"赛尔莫斯盯着卡洛斯，"资料里列出了过去提高'收视率'的几十种先例，范布伦要做的是哪一种？"

卡洛斯抬起下巴，傲然道："我为什么要告诉你这个叛徒？"

"范布伦在佛罗里达，他要做什么？"

"无可奉告。"卡洛斯回答，"我的耐心也已经用完了，交出那个中国女人，还有她手里的东西。"

赛尔莫斯笑着往沙发上一靠："我拒绝。你伤不到我，这个你很清楚。"

"你也伤不到我。"卡洛斯瞪着对方，"我们会这样僵持下去，但其他人不会，信徒们会把异端都揪出来！"

就在他们说话的时候，手持各种武器的觉醒者纷纷奔上楼来，在楼道里上下奔波，试图找出其他藏匿的人。赛尔莫斯回头看了他们一眼："祝你们好运，这座楼还挺高的。"

"是啊，"卡洛斯冷冷地望着他，"挺高的。"

赛尔莫斯陡然心生预感，怀疑地看向对方："你……"

这时一声巨响传来，老黑人所坐的沙发下面的地板猛然炸开，这是连见多识广的老警察都没有意料到的事，沙发在爆炸中断成几截，连带坐在上面的人一起摔到了下层——甚至不是一层，连续两层的地板都已经被炸开，赛尔莫斯重重地摔下了两层楼。

没等卡洛斯说话，下层已经有几名觉醒者冲上去，对着那个通到楼下的大洞疯狂射击。

"确实很高。"卡洛斯站在演播厅这一层的洞口边往下看，然后往后瞥了一眼，"你叫什么名字？这个主意是你想到的？"

"我叫张腾飞，卡洛斯先生。"那个亚裔青年微微弯腰，努力抑制自己的兴奋神色，"赛尔莫斯的能力是在一定范围内形成冲击波，而且可以将这个范围在自己身体周围固定住，普通攻击只能造成在他身边的爆炸，但是我想，他应该还不能连重力都一并控制了，那么七十多岁的老人摔到两层楼下面，再强壮也好不到哪里去吧？"

"非常有道理。"卡洛斯点头认可，"你带两个人去楼下确认一下，我们这位老警长身体确实很强壮，不要大意。"

"明白了，交给我处理！"张腾飞神采奕奕地应下来，然后随手指了指身后两个持枪的觉醒者，"你们两个，跟我走！"

那两个觉醒者显然对张腾飞突然指挥自己不大开心，但卡洛斯冷冷地看向他们，这两人也只能乖乖照办。

"其他人呢？"卡洛斯沉声问演播厅里的梅根，"只有赛尔莫斯吗？卡玛尔在哪里，瑞德在哪里？那个中国女人在哪里？"

梅根有点慌乱地说："我们还在找……但我们确实只看到了赛尔莫斯！"

这时候从旁边的一条过道里传来喧哗声，卡洛斯和梅根对视一眼，一起赶过去，就见两个觉醒者扶着披头散发、被五花大绑的蒂卡从一个房间里出来，那房间显然是上了锁，又被家具挡着，刚刚被发现。

卡洛斯示意旁边的人把蒂卡嘴上的胶带撕下来，问道："蒂卡，你怎么样？"

"快，快找到那个中国女人！"蒂卡没回答他，而是惶急地叫着，"这是他们的诡计……他们早就走了！老头子放的是录像！"

卡洛斯脸色一变，伸手抓住蒂卡，两人冲出大厦，转眼间飞得无影无踪，梅根只听到他说了一句："这里交给你。"

"交给我……"梅根无奈地摇摇头，"我们现在又能做什么呢？"

张腾飞带着两名觉醒者，小心翼翼地推开房门。这个房间很宽大，是常见的办公间，可以容纳十几个人工作。现在在房间的中央有几截破碎的沙发残骸，还有被砸坏的电脑桌，以及躺在这堆废墟里的人。

张腾飞听到粗重的喘息声，不禁瞪圆了眼。

看来这老黑人身体真的很强壮，居然还有一口气。他抬头看看头上的破洞，觉得如果是自己被高爆炸药从两层楼上炸下来，现在不死也应该人事不省了。

而赛尔莫斯虽然口鼻都流出血来，胡子都被染红了，依然冷冷地看着他。

"是你自己的错，老头。"张腾飞没来由地一阵心虚，想要再多说两句，"你明明有机会成为站在高处的人，你已经是神认可的门徒了……居然在这种时候选择背叛，我很难理解你的想法。"

赛尔莫斯轻咳了两声，断断续续地回答："每个人……都……是在做自己认为……正确的事。我……不需要……你的理解。"

张腾飞懒得再说，扭头示意那两个人过来："解决他。"

但这时他听到赛尔莫斯的声音："所以……我还有……一件事要做。"

下一秒钟，炽热的气流从身后爆发出来，张腾飞被这巨大的冲击力推到了空中，他惊恐不已地看着前方的墙壁直冲自己而来，而他手中的火球起不到任何缓解作用……

接着一根断裂的钢筋以更快的速度追上了他，直接插入他的后脑，又从他的鼻子上带着少许脑组织穿出来，于是他什么都不知道了。

站在张腾飞身后的两个觉醒者被波及得稍微晚一点，他们还有时间做出转身逃跑的动作，然而这一切并没有实际作用，他们脚下的地板坍塌了，他们绝望地跟着无数建筑碎片向下坠去，其中一个人之前参与了跟随赛尔莫斯追击叶冬雪等人的行动，那时候那个中国小女孩的话突然出现在他的脑海中："……你至少知道 GE 大厦已经有点年头了吧？差不多有一百年？……你猜现在大楼的内部结构已经被破坏多少了？……你猜大楼的平衡会不会被破坏？支撑墙顶不顶得住？"

"我就不应该回来……"他懊丧地想着，这也是他的最后一个念头。

站在另一座高楼顶端的卡洛斯和蒂卡听到了爆炸的巨响。他们错愕地转过身，于是看到那座马上就要迎接落成一百周年纪念的大楼晃了晃，然后就像被小孩推了一把的积木一样歪斜着倒下来，重重地砸上旁边的另一座楼，然后数不清的碎片从破裂的楼体中喷发而出，灰白浓郁的粉尘转眼间如大雾一般笼罩了半个街区……

洛克菲勒中心的地标性建筑——GE 大厦，就这么在沉闷的轰鸣声中与旁边的两座楼一起变成了碎片。

卡洛斯和蒂卡呆呆地望着眼前这一幕，看着地面上为数不多的觉醒者在粉尘大雾中仓皇退开，就像是被沙子覆盖的蚂蚁。

"赛尔莫斯这个老疯子……"蒂卡用了很大力气才憋出这一句话。

她感觉抓住自己手臂的那只手力气又大了两分，伤口有剧痛传来，但她不敢再说话，只听到卡洛斯低声问："那个中国女人在哪里？"

"我在找。"蒂卡吞了一口唾沫，小声回答，"但是需要时间……他们是地球人，信息核感知没有那么强烈……"

"加快速度。"卡洛斯冷冷地说，"教长在看着，我的耐心也有限。"

不过山姆·范布伦现在并没有在看。

他还是穿着那身风衣，悠然地坐在座位上，当然还紧紧系着安全带。他身边则坐着两名穿着全套宇航服的宇航员，他们神情紧绷。

"放轻松一点。"范布伦对着耳机里说，"这是一个神圣的任务。"

"我知道，先生，我只是忍不住要发抖……"一名宇航员颤抖的声音传来，"因为我们从没试过在没有任何飞行计划的情况下去宇宙。"

"但是我们有神的指引。"范布伦说着，望向另一侧的窗口，"这是吾主想要的世界，那么我们就必须办到。"

窗外是一片以深蓝色为底，覆盖着雪白颜色的背景。

那是从二十万米高度俯瞰所见到的地球。

曼哈顿中城，一座不起眼的小写字楼内。

叶冬雪坐在一扇拉着窗帘的窗前，手指下意识地在大腿上敲动着。

"他们还要多久？"一个沉闷的声音响起。

接着是另一个年轻一点的声音："要有耐心，肖恩，要等——我们只能继续等。"

然后是一个年轻女子的声音："反正我们除了等也做不了别的。"

叶冬雪看了这些说话的人一眼。他们全副武装，穿着作战制服，不过在这座城市里并不显眼，现在纽约市里至少还有四万名美军，其中又至少有一半在手臂上系上了布条。

不过房间里的这些人是不系布条的那一派，准确点说，他们是几个小时前才赶到纽约的一支小队。在看到范布伦的通缉令以后，中美双方都意识到这几个人一定价值非凡，并迅速组织了一支联合救援队，试图把他们救出纽约。在牺牲了一半人员后，他们终于找到了叶冬雪一行人，却发现不但没法把人带走，还得在原地守着，因为唐怜正在破解最关键的一段加密信息。

那个叫肖恩的声如其人，他身材魁梧，留着大光头，听到年轻女子的话后翻了个白眼说："佐伊，我们怎么知道那个小姑娘就能成功？她看上去比你还小！"

佐伊是个身材娇小的女性，看上去只有二十岁出头，带着一点东亚的混血特征，挂着 FBI 的证件，闻言只是耸耸肩："她在 MIT。肖恩，我们这群人里连一个常春藤的都没有。"

"麻省理工不在那个什么常春藤里面吗？"

"……这就是你不在麻省理工也不在常春藤的原因，肖恩。"

这支小队是由海豹突击队、FBI 和中国海军特战队的几名队员组成的，现在房间里有两个中国人，他们默不作声地听美国人为了解闷而斗嘴。

所有人都只能等待。

"那边的人可不可靠？"肖恩又问，"那个人叫什么来着，那个中国人……"

"姓韩。"佐伊说，"那边也有人盯着他呢，应该不会出事。"

"我相信唐。"又一个声音说，"你也相信她，对吧，叶女士？"

叶冬雪点点头，随即无奈地叹气："你完全可以现在逃生，不需要跟我们一起冒险，约瑟夫。"

她是怎么也没想到，跟着小队过来的居然是刚到纽约就跟他们分道扬镳的约瑟夫·华，他的经历也可以写一本精彩的自传：他没找到自己的某一任女友，却被觉醒者掀起的混乱卷入，无法离开，只能加入觉醒者阵营苟且偷生。混在觉醒者里的时候，他认识了一个叫韩沐辰的中国留学生，小韩因为拥有类似蒂卡·布朗那样的信息追踪能力，被选为门徒候选者，然而韩沐辰在陪着教长山姆·范布伦与外星人沟通的时候，听到了不该听的东西，所以趁着范布伦和头号门徒卡洛斯离开的机会，他拉着约瑟夫逃了出来，迎头撞上了杀红了眼的救援小队，两人在千钧一发之际没犯糊涂，开口保住了小命。

约瑟夫先喊："我认识叶冬雪和唐怜！"

韩沐辰补充："我能带你们找到他们！"

约瑟夫还是那副潦倒的样子，不过换了一身半新不旧的衣服，至少看上去不像流浪汉了。听到这话他也只能摊手："我打赌，如果离开你们，我会很快被觉醒者以叛徒的名义处决……他们现在可太恨叛徒了。"

"但是跟着我们，也会被觉醒者找上门的。"

"我也相信唐同学。"约瑟夫一本正经地说，"这一路上我也跟她聊了不少……"

叶冬雪警惕起来："聊什么？"

这位约瑟夫先生至少有三个前女友了！

"啊，主要是聊一下在异国他乡……"

小队里那个领头的上尉突然做出噤声手势，小心地凑到另一扇窗前，往外看了一眼。

"有武装人员靠近，所有人做好战斗准备。"上尉低声说。

与此同时，一直在盯着监视器的佐伊也迅速报告："红外监测发现大批武装人员，十一点方向和两点方向，各超过二十名，还在增加。"

肖恩皱眉："我们被发现了？"

"还不好说，可能只是在排除可疑目标。"上尉打开枪支保险，"佐伊，通知2号房，他们得抓紧了。"

正在解密的唐怜那一组人并不在叶冬雪这边。叶冬雪这一组人，说白了只是在被发现的时候充当一个吸引火力和争取时间的角色，虽然所有人都劝叶冬雪不要留在这个组，她还是坚持留了下来。

她心中有一团火在熊熊燃烧。

这团火从小林夫妇死的时候就开始酝酿着火星，在苏牧云死的时候化作了肉眼可见的火焰，只是当时还要带着同伴们逃生，她将这股火压了下来。接着是布拉德、G.D.、尼克、艾丽西亚……所有在路上看到的，因为这场荒唐闹剧而死的人都成为堆积在火上的柴薪。

然后她送走了几乎所有的朋友，卸下了那份责任，压抑在内心深处的冲动终于重新接触到空气，只等一点复燃的火种。

贝蒂的死就是那个火种。

叶冬雪知道，现在的自己并不是"年轻的自己"回来了，年轻时的自己可没现在这么愤怒。

"我会阻挠你们，破坏你们，干掉你们，用我最大的努力成为你们计划的障碍……不管那是什么计划。"

"敌人进入第一道防线。"佐伊紧张地说。

"猛犬一号启动！"

那真是"猛犬"——一条机器狗突然从楼宇里蹿出，背上装着一挺机枪，毫不客气地对着觉醒者一通扫射，当场打翻了好几个人，但是很快就有人反应过来，两个觉醒者把自己切换到刀枪不入模式，冲上去把机器狗直接掀翻在地，然后给它塞了一颗手雷。

"猛犬一号完了。"佐伊叹了口气，看着一片雪花的摄像头，"二十万美元，支撑了一分钟。"

"反正不是我们出钱，而且这个型号一点也不萌，不用怜惜它。"上尉不以为意，"猛犬二号和三号行动，注意包夹！"

机器狗之后是无人机，然后是塑胶炸药……

所有的陷阱发动得都很顺利，来袭的觉醒者个个人仰马翻，但是战斗小组的成员们依然表情严峻。这里的战斗显然动静太大，为觉醒者们吸引了更多的援军，于是在交火半小时以后，伴随着一声巨响，那座小楼被炸毁。

"哦，看来他们来了厉害的家伙。"肖恩望着窗外，斜对面的街道上那座楼已经消失了一半，巨大的白色粉尘正在向自己这边蔓延，"这次事件之后，纽约市百分之九十的保险公司都得破产吧。"

"别管保险公司了！"佐伊大声说，"摄像头拍到那个人了！"

从那座小楼的废墟里走出一个黑人，他正面无表情地掸着衣服上的尘土。

"是卡洛斯，米格尔·卡洛斯，范布伦的左膀右臂。"约瑟夫看着监视器里的影像说，"我没有见过他的能力，但是听其他人说，他被称为'没有红斗篷的超人'。"

"超人本来也不需要红斗篷，"肖恩咕哝着，"但是……黑人超人，好吧，至少他不叫法尔·佐德。"

"我们不需要 DC 漫画的段子。"上尉说，"肖恩，你能不能打中他？"

"距离大概只有四百码，击中没有问题。"肖恩将狙击枪架起来，"但是长官，如果他是超人，子弹真的有效吗？"

上尉果然迟疑起来："如果他也是那种钢铁之躯……"

"我有个建议。"一直没说话的中国特战队员之一开口，"我们分散开来吸引敌人的注意力，尽最大可能进行拖延，总比被他直接全灭来得好。"

上尉瞪着他："你知道你在说什么吧？如果这家伙能随随便便拆掉一座楼，我们出击暴露自己的位置就是送死。"

"当然知道，但我们有必须完成的任务，对吧？"中国特战队员说，"这是可能关系到全人类命运的任务，所以值得一死。"

"我听曾祖父说过他在朝鲜战场作战时的事，他把对面的中国人描绘成不怕死的机器人，只想着和他们连队同归于尽……我一直以为他在吹牛，但现在我不大确定了。"上尉继续瞪着对方，然后他耸耸肩，"不过你说得对，事关全人类，值得一死。"

房间里的所有人都看着他，上尉也看着自己的队员们，说道："佐伊，你继续留在这里，我们还有几架无人机，由你来给他们'惊喜'。肖恩，你去楼顶，能多打几枪就多打几枪。"

"长官，这可不是什么作战计划。"

"我知道，但是除非你有更好的计划，否则闭嘴。"

叶冬雪这时候站了起来："我有计划。"

上尉有点意外："女士，你是被保护对象，又是平民，你不应该参与到作战计划里来。"

"觉醒者不会因为我没有参战就放过我。"叶冬雪说，"这条街区除了我们和敌人，已经没有别人在了，非常适合我。"

卡洛斯突然感觉到地面微微震动起来。

接着地面直立而起，化作一面矗立的墙壁，再然后，这面高达数十米的墙壁直挺挺地往卡洛斯这边砸了下来！

觉醒者们惊呼着退走，但卡洛斯没有退，他一跃而起，像铅笔戳破纸张那样轻易将墙壁打穿一个大洞，但是墙壁后面依然是普通的街道，只不过路面被揭起厚厚一层，露出下方的土壤。墙后一个人都没有。

"这是那个会改变地形的中国女人的能力，她就在这一带！"卡洛斯却兴奋起来，"蒂卡，把她找出来！"

蒂卡因为刚才楼房倒塌的灰尘显得有点灰头土脸，但也露出激动的神色："非常近了，就在这条街上……稍微有点干扰，但我一定能找出她！"

叶冬雪就在离蒂卡不到一百米的街道拐角处保持半蹲姿势，她身前有一辆汽车作为掩护，但是由于刚才救援小队的出色表现，觉醒者们损失惨重，剩下的也大多畏畏缩缩不敢接近，以至没人发现她。

"我们已经吸引了他的注意力。"一名特战队员说，"要撤吗？"

叶冬雪回答："还不到时候。"

说话间周围的地面再次震动，就连好几座建筑都出现裂缝，眼看要倾颓下来了，蒂卡顾不上继续找人，尖叫起来："卡洛斯！"

卡洛斯飞奔而回，将她拦腰扛起，退出叶冬雪的攻击范围，但又有几个来不及逃掉的觉醒者惊叫着被重重地拍在巨石下面。

叶冬雪面无表情，心想：既然想追随你们的神来追杀异端，那么至少应该有付出生命代价的心理准备吧？

"你最好动作快一点！"卡洛斯将蒂卡丢在街道远端，"他们在拖时间！"

蒂卡双眼略微呆滞地看向四方。

叶冬雪的心一下子提到嗓子眼，因为对方伸出手，正慢慢指向一个方向——唐怜他们所在的方向！

"精确一点！"卡洛斯说，"那边有几十座楼！你以为我能在短时间内把它们都拆掉吗?!"

"不能让她指到正确的位置！"上尉在耳机里喊，"动手！"

肖恩在另一栋楼向蒂卡射出一颗子弹。距离五百五十米，雷明顿 M24 狙击步枪可以轻易命中她，但不到一秒钟后，这颗子弹便在离蒂卡只有十几厘米的位置被一只手掌拦了下来。

卡洛斯看看手里已经变形的子弹，望向肖恩那个方向。

"真是怪物。"肖恩感慨了一声，毫不犹豫地再次扣动扳机，子弹依然精确无误地瞄着蒂卡头部，却再一次被卡洛斯拦住。

"就是这样，肖恩！"上尉喊，"拖住他！我们杀不掉他，但是可以拖住他！他不敢让他的同伴死掉！"

"你说得很有道理，长官。"肖恩射出第三颗子弹，"但我不确定我能不能……"

肖恩身前的一块水泥板突然爆开，他愣了愣，随即明白了什么，毫不犹豫地往旁边一个侧滚，随即便要跳起来撤退，然而他慢了一步，第二击毁掉了他放在原地的狙击枪，第三击则击穿了他的身体。

肖恩重重地摔倒在地。

"肖恩！"上尉还在耳机里喊，"发生了什么？"

"长官，那是个怪物……"肖恩呻吟道，"他……把我……射出的子弹丢了回来……你听说过这种事吗……"

上尉沉默了两秒，然后说："坚持住，肖恩，我来想办法！"

"我……已经没救了，"肖恩喘着气说，"长官，你们……小心……"

这是肖恩的最后一句话。

过了足足十二个小时，打扫战场的人才在这座楼上发现了海豹突击队队员肖恩·斯威瑟的尸体，他趴在血泊中，眼睛还没有闭上。据在场有经验的老兵判断，有什么高速飞行的细小物体穿过他的身体，打断了他的脊椎，并因此造成了一点细微的变向，这个物体在他体内高速翻滚了几圈，搅碎了他的半个肺，在胸口炸出一个直径五厘米的创口。

即使当时就把他推进手术室，也几乎不可能把他救回来。

就在他死去的同时，救援小队的其他人已经在不同方位开火，目标无一例外是蒂卡，这让卡洛斯的脸色越发难看起来。他可以无惧子弹，他可以瞬间解决远处的狙击手，但是他很确定，自己只要敢离开蒂卡十米范围，蒂卡就会被打得满身弹孔。

这女人除了"信息追踪"，什么也不会。

最后卡洛斯只能暂时认输，他把蒂卡护送到一座楼里，对她说："你先在这里等着，我已经记清了他们的位置，等我把这些家伙全部解决，你再带我去挖藏得最深的那几只'老鼠'。"

"我能感觉到，非常近了，他们非常近！"蒂卡咬着牙，"我发誓要把他们全部挖出来……"

突然，两个人身上的手机同时开始疯狂振动，蒂卡诧异地取出手机，看到同伴们发来几乎一样的消息，那是一个直播网址。

她下意识地点了进去。

于是她和卡洛斯都看到了画面里的唐怜，唐怜手里拿着一个眼熟的装置，而现在这个装置正呈现一种奇诡的模糊状态，就好像与其他事物隔了一层水波。

卡洛斯整个身子都猛然绷紧。

"所以这个频段到底是不是那位伟大的外星神灵呢？"唐怜微微一笑，"我们现在就连线看看吧。"

然后那层水波开始出现涟漪，有光线从装置上投射出来，在空气中形成一层层半透明的蓝色同心圆。

"山姆·范布伦，"一个听不出男女的声音响起，伴随着这个声音，同心圆也在起伏不定，"你应该还没有完成我的嘱托。"

"至高无上的主，我是你的信徒蒂卡·伊琳娜。"唐怜一本正经地说着，语气里居然还有一丝惶恐，但不管什么人看到她脸上的表情，都能领会这是个恶作剧，"我们找不到范布伦，我们只能惶恐地向您寻求帮助……"

那个声音似乎有点意外："他没有告诉你们吗？"

"他略微提了一点，但并没有说自己会怎么做。我们不知道这个改变人类命运的计划要怎么完成，他就这样不见了，我们非常担心……主啊，您也知道，现在全世界都在警惕我们，与我们为敌，我们不能失去指引。"

佐伊在另一个房间里低头看手机直播，看到这一幕，忍不住抬起头来问约瑟夫："你确定她是 MIT 的学生，不是百老汇的演员？"

站在窗边的约瑟夫无辜地摊手。

"那确实是吾主的声音吗？"同样盯着直播的蒂卡低声问，"卡洛斯，只有你和教长听过吾主的声音，那真的是吾主的声音吗？"

卡洛斯一字一顿地回答："这是亵渎，这是不可饶恕的亵渎，他们竟敢欺瞒吾主！就算把这条街拆了，我也要把他们找出来！"

神是强大的，但不是万能的。

这是觉醒者们都知道的事实。

然而神纵然并非全能，也远远凌驾于地球人类之上，足以指引人类进入穷尽想象力也无法企及的天国。

这是觉醒者们都坚信不疑的事实——至少绝大部分觉醒者相信。

卡洛斯转身飞出去，用他惊人的破坏力按照蒂卡之前指示的方向开始拆街。叶冬雪不得不一次次改变地形阻挠他，救援小队的其他人也在各个方向进行袭扰，然而他们能做到的也就只是袭扰。卡洛斯肆无忌惮地在街道上飞奔，撞入一座又一座楼，将面前的敌人打得粉碎。没有人能阻止他，他身上的血迹越来越浓，宛如死神。

蒂卡躲在一座小楼的安全通道里，全然不顾外面的战况，只是盯着手机。

画面里也隐隐传来嘈杂声，显然卡洛斯找对了方向，战场已经离唐怜很近，不过唐怜在镜头中依然一点慌乱的意思都没有，倒是她旁边的两个同伴神色凝重，蒂卡认出其中一个就是通缉名单上的帕斯卡尔·保罗……然而这一切都不重要了。

"是的，你们会被豁免。"那个中性的声音说，"范布伦已经保证了，他会带给人类崭新的未来。当然这是需要付出代价的，不过我认为值得。"

"是说……所有的觉醒者都会被豁免吗？"

"这当然不可能，不然地球人全体成为觉醒者，那就不用付出任何代价了。

范布伦所认可的门徒会获得豁免，门徒会带着剩下的人类开辟新的未来。"

唐怜敏锐地捕捉到了"剩下"这个词。"教长并未提及过……这个计划会剩下多少人类呢？"

"这取决于旅行家的装置是否还能全功率启动，以及人类自身潜能的激发。"那声音全无戒心地回答，"如果范布伦将装置调至全功率，大约会有百分之一的人存活。"

唐怜沉默了好一会儿："……百分之一？"

"你们星球上有八十五亿人。"那声音毫无波动，"会有八千五百万人活下来，完全足够让你们这个种族继续繁衍下去。而且你们这些门徒都可以得到豁免，不必担心。"

"会有八千五百万人活下来……"唐怜喃喃地重复着这个数字，"所以，山姆·范布伦是去了月球，要把旅行家的装置功率调到最高，杀死地球上百分之九十九的人？"

"是的，就是这样。你们也可以试着阻止他，只要是激活了零点能的人，都可以使用旅行家的装置。但最好赶快，毕竟他启动装置以后，你们并不能保证自己是那百分之一。"

唐怜、保罗等人都愕然地看着那套浮动的同心圆。"我不明白……"

"你并不是蒂卡·伊琳娜，对吧？"那声音不紧不慢地说，"但是你们拿到了通信器并想要和我们通话，证明你们已经知道了一些事情……这并不难猜，我们已经看了你们四千五百个地球年，我们很了解地球人类。"

唐怜难以置信地问："如果我们成功阻止范布伦了呢？"

"那你们也一样会向着与之前截然不同的方向发展，我们只要看到这个就够了，范布伦也清楚这一点，但他深信自己才是最后的胜利者。我们会继续看着地球文明往前推进，发展或毁灭都无所谓，我们不在乎，但是无论如何，请开始你们的演出。"

然后这个声音就再也没有响起过。

蒂卡呆呆地盯着手机屏幕，但唐怜接下来说的话她一个字都没听进去，过了好一会儿她才意识到外面战斗的声音已经停止了，她跌跌撞撞地冲出楼道，只看到一片狼藉，街道好像刚刚经过世界大战，但是没看到卡洛斯。

蒂卡颤抖着拨打卡洛斯的手机号码，居然接通了，而对方已经恢复了一如既往的平静。"蒂卡？正好，我告诉你一声，你自己先撤退吧，不用追踪那群异端了，我也有更重要的事情要做。"

"不……等一下，卡洛斯！你知道那件事吗？"蒂卡问，"有百分之九十九的人要死！你知道吗?！"

"我当然知道，教长没有隐瞒我。"

"那是百分之九十九啊，卡洛斯！八十多亿人会死！"

"你在担心什么？你是门徒，会被豁免。"

"但我还有亲人！我有父母和兄弟姐妹，我有一家人啊！"蒂卡的声音变得尖厉起来，"卡洛斯，教长要让我们的亲人和朋友也去死吗?！"

"若他们足够虔诚，便可以在那八千五百万人之列，吾主说了，这数量已经足够多。"卡洛斯不以为意，"蒂卡，不要怀疑，不要被自己的感情左右，否则你便没资格与我们共事。"

蒂卡还要再说，卡洛斯却把电话挂掉了。

她茫然失措地抬起头，发现叶冬雪和另外一名中国士兵正站在不远处，那名士兵身上有好几处伤都在渗血，但是对准她的枪端得很稳。

"现在你知道你们的教长在做什么了。"叶冬雪开口说，"你还要继续追随他吗？"

蒂卡说不出话，颓然地坐倒在满目疮痍的街道上。

这时候余志远从另外一座楼里跑出来："叶姐，通信器停止响应，我们的活做完了！"

"效果怎么样？"

"直播间差点崩溃，还好我们提前通知平台把服务器进行了扩容和分流。"余志远回答，"至少有一亿五千万人观看了刚才的直播，现在所有的视频平台都在转发录像，几个小时以内全世界都会看到。"

叶冬雪叹了口气："那我们也没法做到更多了。"

"不……不是，你们必须阻止他！"蒂卡像突然想起什么似的，从地上挣扎起来，"你们必须马上阻止他！"

叶冬雪有点讶异："你说范布伦？他现在都坐着飞船上天了吧？我们可没法上太空，只能等各国政府想办法。"

"不是范布伦，是卡洛斯！"蒂卡急促地说，"他们有个计划，就是一旦范布伦的计划暴露了，他们就会将世界各地的航天中心全部毁掉，确保没人能去追击范布伦！"

叶冬雪愕然地重复了一遍："世界各地？"

"对，世界各地……他们在过去的一个月里，向那些航天大国派遣了专门的破坏人员，现在他们一定就潜伏在航天中心周围。"蒂卡摇着头，"但是我不知道……他们也不知道，这个计划是以八十亿人的性命为代价的！"

"我马上通知指挥部。"那个中国士兵声音嘶哑地说。

叶冬雪点点头，又看向余志远："你接下来准备做什么？"

余志远往后看了一眼，唐怜、保罗、钱竹尧、李尚文，还有负责保护他们的那部分救援队员这时都陆续从楼里出来了，他咧嘴一笑："叶姐，我猜你没打算就此功成身退，对吧？"

叶冬雪耸耸肩："你不也是？"

从窗外传来汽车引擎发动的声音。

躺在桌边，满脸鲜血的佐伊试图挣扎起身往外看，但是被约瑟夫按住了。"你的伤口在流血，那个叫钱竹尧的可没时间帮你疗伤，所以你最好在这里乖乖待着等后续支援人员过来。现在所有人都知道山姆·范布伦是个疯子了，支援应该会来得比较快吧？"

"理论上是这样。"佐伊放弃了挣扎，平静地望着眼前的男子，"嘿，约瑟夫·华，我听叶说过你的事情……你对我这么照顾，不会是想再多一个前女友吧？"

"她到底怎么说我的？"约瑟夫苦笑，"前女友这种事也不是我想的啊！"

佐伊哼了一声："你最好没有想。"

乔治·华盛顿桥上一片混乱，原本守在这里的觉醒者个个呆若木鸡，一辆越野车从他们面前开过，大模大样地驶过大桥，没人在意。

"难怪老头子豁出命也要背叛，这个山姆·范布伦可以说是人类史上最大的疯子和罪犯了，希特勒跟他比都只能算小弟。"瑞德一边开车一边感慨，"嘿，卡玛尔，我过了下个路口就要拐弯回里士满了，在前面的加油站把你放下来没问题吧？"

"你不去帮忙阻止范布伦？"坐在副驾驶座上的卡玛尔问，"你这个能力应该能帮上大忙啊？"

"我才不会去，我是门徒，会被豁免的那种，你听到了。"瑞德回答，"当然最主要的是我根本没信心和范布伦对上……卡洛斯就能把我撕成碎片了！"

"但这是事关全世界人类的大事啊。"卡玛尔忧心忡忡，"谁能阻止他？"

"这个事情嘛……"瑞德加了一脚油门，"全世界一定都在操心，一定有比我们厉害的家伙啦。"

这时两辆汽车已经驶向了肯尼迪机场。几个小时以前，山姆·范布伦从这里出发前往卡纳维拉尔角的肯尼迪航天中心，现在机场同样准备了一架高速客机，随时准备把他们送到任何要去的地方。

"我们也去卡纳维拉尔角？"余志远在车上问。

坐在前面的海豹突击队中尉关掉耳机，回答："不，我们去弗吉尼亚州的沃洛普斯岛。"

第十九章

中大西洋地区航天港位于弗吉尼亚州的沃洛普斯岛，是岛上飞行基地的一部分，目前主要用于商业航天飞行，可以执行发射卫星和空间站补给任务。

"但自从商业航天公司的业务发展起来以后，这里的发射也越来越少，最近两年只承揽了一次发射任务，知名度变得很低。"一架超音速客机的客舱里，那个海豹突击队中尉正在向众人介绍情况，"所以我们还来得及守住它。"

"佛罗里达肯尼迪航天中心附近的居民刚刚上传了视频，大约在十分钟前从航天中心传来剧烈的爆炸声，现在整个发射场一片火海。"一名鬈发队员看着平板上的画面，眉头紧皱，"根据守备部队最后的报告，卡洛斯应该是毁掉了发射场上所有的火箭和发射架。"

钱竹尧推了推眼镜，好奇地问道："他为什么会放过离纽约更近的沃洛普斯？"

"他可能根本就没想起，或者没有意识到。"回答他的是一名挂着 FBI 证件的年轻人，"米格尔·卡洛斯在一个月之前还只是宾夕法尼亚的一个普通护林员，是山姆·范布伦找到了他，并迅速将他提拔至心腹的位置。他的力量或许很强，但这不代表他会因此变得知识渊博，关于航天方面，他可能只知道休斯敦和卡纳维拉尔角，最多再加上 SpaceX（太空探索技术公司）。"

"但他迟早会想起沃洛普斯岛，对吧，蒂卡女士？"余志远看向坐在角落里的女人，"按他的飞行速度，到达沃洛普斯需要多久？"

"最多一个小时。"蒂卡回答得很快，"实际情况只会更少。"

"那么我们可能只有半个小时来构筑防御网，地面上也有大批援军正赶往航天中心，但我怀疑他们是否来得及。"中尉看着围在周围的众人，"好消息：敌人只有一个。坏消息：他是冲着我们来的。"

"所有人注意，我们的飞机将在五分钟后着陆。"这时广播里响起飞行员的声音。

"这么快？"保罗紧张地问，"我们才坐上飞机多久？十五分钟？"

"因为这个基地离纽约只有两百多英里，朋友。"

客机在沃洛普斯飞行基地降落时，已经快要天黑了。叶冬雪透过舷窗看到了这个据说很冷清的飞行基地，但这时整个基地灯火通明、车水马龙，一排又一排的战斗机正在跑道上准备起飞，周围则是全副武装的士兵和装甲车、坦克，所有部队都向岛屿南端赶去，在岛屿尽头矗立着两座火箭发射架，那就是所有人不惜代价要保卫的目标。

"纽约特别机动队？"飞机下面有一个美军军官正在等他们，"我是诺福克海军基地的尤金·罗伯逊中校，负责在这里等你们……本来应该将军亲自见你们，但是现在所有人都忙得不可开交。"

"我们完全明白，我们就是来参与阻止那个家伙的。"中尉向对方行礼，"我们随时可以投入战斗。"

罗伯逊中校一边回礼一边看向旁边，随即他便注意到了叶冬雪这边："干得漂亮，朋友们，必须感谢你们揭露了山姆·范布伦的阴谋。"

几台悍马车已经等在跑道边，中校挤到了叶冬雪他们所在的这台车上，显然把他们当成了主导力量。"雷达已经监控到了米格尔·卡洛斯，他正以2马赫的速度向我们这个方向飞过来，我们只有不到十分钟了，但无论如何我们要阻止他！"

"你们有什么具体的计划吗？"余志远忍不住问，"比如说，我们要抵抗到什么时候？这家伙根本不怕子弹，速度又快，恐怕没那么容易被干掉。"

"就在二十分钟前，联合国安全理事会发表声明，所有国家的政府将会不惜代价阻止山姆·范布伦，为此全球的航天中心都展开了行动，准备发射飞船升空前往月球，"中校指着前方，"沃洛普斯也不例外，我们的任务是坚持到两艘猎户座飞船升空。"

"如果坚持不到呢？"

"那至少也能拖住卡洛斯，为其他地方的航天中心争取时间。"中校顿了顿，似乎是想组织一下语言，"加利福尼亚的爱德华兹空军基地已经被觉醒者摧毁了，这是直播开始前的事情。加上你们都知道的肯尼迪航天中心，美国现在只剩沃洛普斯这一个地方还有机会把航天员发射出去。"

叶冬雪好奇地问道："美国不止这几个发射场吧？"

"当然不止，女士，但并非每个发射场今天都有发射计划，尤其是准备前往月球的计划，很多发射场根本没有满足条件的火箭和飞船。"中校苦笑道，"这三个航天中心是美国仅有的能在短时间内准备好的基地——当然，现在只剩一个了。"

"太危险了，太勉强了。"余志远望着远处的火箭发射架喃喃自语，"这是载人登月啊……现在连计划都来不及准备，就要把人发射出去，这简直是送死！"

叶冬雪也望着那座发射架，像是自言自语一样压低声音说："但如果不发射，地球人也一样要死……要死八十多亿人啊！"

悍马车猛地刹住，高耸的火箭发射架就在叶冬雪前方不到一百米处。但叶冬雪也只有闲暇看它几秒钟而已，因为更多的工作人员正忙着把火箭运过来——就连火箭也是从库房里现拖出来的。

"时间太紧了，太紧了！从视频揭晓真相到现在不到两个小时！"罗伯逊中校从车上跳下来，不停地擦着汗，"平时这是需要用十几个小时，甚至好几天来准备的工作，赶在卡洛斯到之前根本不可能完成……但我们只能拼一把！"

"我大致能猜到他们的真实意图。"其他人也跟着下车的时候，李尚文在叶冬雪身边低声用中文说，"其实他们能发射火箭的基地还有几个，我们面前这个基地几乎不可能发射成功，但是可以拖住卡洛斯，只要拖住他一个小时，他赶去别的地方就要晚一个小时……卡洛斯速度再快，前往别的航天中心也需要时间，说不定夏威夷或者阿拉斯加的航天中心就能赶在他到达之前成功发射火箭。"

"那他们为什么不说实话？"

"这我就不清楚了，"李尚文耸耸肩，"说不定他们认为，如果告诉我们还有几个基地，还有后路，我们就不会在这里使出全力帮忙。"

叶冬雪了然地点头："嗯，是他们的作风。不过没关系，我们无论如何也要在这里把卡洛斯拖住。"

李尚文有点哭笑不得："不是，叶姐……我的意思是，这是一场绝对会付出惨烈代价的战争，你和小唐、小钱这样的普通老百姓没必要卷进来，现在走应该还来得及。"

叶冬雪脚尖在地上一点，顿时凸出一块土墩来，她安然地坐在土墩上，似笑非笑地看着李尚文："你说谁是普通老百姓？"

李尚文苦笑着不说话了。

防空警报骤然拉响。

紧接着远处的防空火炮群向夜空中喷射出火光，炮弹在空中爆炸，叶冬雪不知道是否击中了目标，但从炮火没有间断来看应该效果甚微。然后爆炸声越来越近，逐渐换成了枪炮声，叶冬雪也终于隐隐约约看到了那个人影：他在火光与爆炸之间来回穿梭，将装甲车、坦克和火炮掀到半空中，其中还夹杂着一些人飞到空中的剪影。

这是不折不扣的人形凶兽。

"蒂卡·伊琳娜！"保罗努力控制自己的声音不要颤抖，但是他失败了，"这个怪物有弱点吧？他应该有弱点吧?!"

"很抱歉，我也不知道。"蒂卡虚弱地回答，"我唯一知道的是，教长曾经说过，在地球上没有能杀死卡洛斯的人。"

"他真的还是人吗?!"

一架战斗机旋转着撞上地面，爆出一团巨大的火球，接着坠地的是一架武装直升机，这使得空中的机群忌惮地飞远了一些。叶冬雪看着前方，火光映照之下，卡洛斯有如战神一般，他顶着不断打在他身上的弹药将一台坦克举起，远远地丢出几十米开外。

叶冬雪知道士兵们的士气已经极大地低落下去。面对这样一个对手，谁会不绝望呢？

卡洛斯也觉察到了这一点，他扭头看看远处的发射架，转身要朝那边飞过去，然而一面凭空出现的土墙挡住了他。

卡洛斯身子一僵，接着满脸怒容地看向四周。即使已经入夜，叶冬雪也能借着灯光和火光看清对方愤怒到扭曲的表情。

"嗯，计划成功。"李尚文叹着气说，"他想起我们来了。"

"看来我们揭穿范布伦老底这件事真的让他很生气。"余志远说。

"那正好，我们就是最好的诱饵。"叶冬雪一边回答，一边弯腰将双手放在地面上，层层叠叠的墙壁出现在卡洛斯面前。卡洛斯终于怒吼一声，将面前的墙一拳打穿，然后飞到空中，但他根本找不到叶冬雪的影子。

"还好只有肉体是怪物级的！"李尚文感叹一声，"没有大规模和远距离攻击手段，也没有超强的感官，既然有夜晚掩护，他又不能一拳把这个岛砸平，那我们能拖住他！"

"你的意思是让我们放风筝？"叶冬雪问，"主意不错，但我怀疑他没有这个耐心……"

找不到仇恨目标，放风筝这种事自然无从谈起，叶冬雪当然也不能真的跳出来——她或者唐怜只要让卡洛斯看到，她们应该活不过三十秒。

果然，卡洛斯能做到的也就是近乎无能狂怒地砸扁一堆倒霉的地面目标，就连在叶冬雪身边保护的中尉都没忍住说："他要是体形再大一些，就和绿巨人没区别了……如果能这么拖住他，似乎也不错？"

"我不觉得这个法子能一直奏效。"始终没说话的唐怜幽幽地冒出一句。

卡洛斯似乎是听到了这句话，他将一台悍马车丢出去后便不再搜索，而是重新飞起，直奔发射架而去，这次不管是沿途的火力阻击还是叶冬雪施展出的地形变化，都没法再让他停留一下！

"见鬼，我们接下来怎么办？"保罗惊呼，"等他拆完发射架，我们就更拦不住他了！"

叶冬雪望着那个越来越远的身影，也是无能为力，但这时一辆车停在了他们旁边，罗伯逊中校坐在驾驶位上喊："叶，上车！"

因为车身很大的关系，跟着叶冬雪上车的有一大群人，中校也懒得说什么，一打方向盘就把车往另一个方向开去，然后才来得及解释："我们有个新的临时计划……仓库里还有一枚火箭，本来是阿耳忒弥斯登月计划的备用品，但因为之前的发射计划失败了太多次，它就一直被搁置在那里！"

"计划是什么？"叶冬雪问。

"我们希望你在仓库外面立起屏障作为掩护，在黑夜里那个卡洛斯视力不好，我们尽量遮挡他的目光，尽可能不让他知道这里还有一枚火箭！"

叶冬雪好奇起来："你们有第三座发射台？"

"没有，我们准备冒险直接在实验平台上发射。"

余志远忍不住看了中校一眼："虽然我不懂火箭发射，但我觉得你们简直疯了。"

中校自嘲地笑笑："那我们不管，是山姆·范布伦先疯的。"

说话间他们已经驶近了一座高大的仓库，这里除了几盏不显眼的地灯外一片漆黑，在夜间根本看不出有一座建筑物在这儿。

中校停下车，指着前方的道路说："叶女士，就是这里，我们希望你制造一面墙，宽度能把前面的小广场全部遮住，高度……能多高就造多高！"

叶冬雪看了看环境说："我这么干了以后，你们这条路可就全废掉了啊。"

"不这么干，连以后都没有。"

后方突然传来一声巨响，所有人本能地回头看去，只见一座发射台刚刚陷入火海，它上方矗立的火箭还没来得及发射，满载的液氧煤油燃料在火海中轰然炸开，在视野中形成一朵小小的蘑菇云。

除了卡洛斯，发射架周围应该不会有任何生物活下来。

叶冬雪盯着远处那团逐渐升高和扩散的蘑菇云，将手掌贴上地面。

这确实是整个飞行基地唯一的发射机会，枪炮和爆炸声掩盖了这边仓库里运载车的轰鸣声，浓郁的夜色掩盖了这边的实验平台，而叶冬雪造出的高墙连灯光都一并遮掩住。

如果说沃洛普斯飞行基地还有一枚火箭可能飞向太空，那大概也只剩这边这枚了。

"发射倒计时，十五分钟！所有人动作快！检查燃料和连接！"

叶冬雪听着工作人员的倒计时，突然想起一个问题："旅行家的装置只有激活了能力的人才能使用，你们现在有适合的宇航员吗？"

"有两个。"罗伯逊中校的脸绷得很紧，"虽然这枚火箭可以一次性载六个人，但现在我们只找得到两个能力者。"

然而几分钟后，火箭上方传来了几声枪响，一名工程师打扮的人气急败坏地跑过来："见鬼，有个宇航员是觉醒者……他开枪打死了他的队友然后自杀了，还把飞船打出了好几个洞！就算火箭能发射，这艘飞船也没法在宇宙里工作！"

"为什么这时候还有觉醒者？！"罗伯逊中校失声喊道，"为什么这时候还有追随那个疯子的人？！"

"不奇怪，总有人认为自己是特殊的，总有人不愿承认自己做过错误的选择。"叶冬雪望着远处，"就好像真的有人会为了自己的所谓理想世界，宁可牺牲地球上八十多亿人。"

"都完了……"中校绝望地抓住自己的帽子咆哮，"都完了，我们失败了，我们没法阻止他，也没法成功发射火箭……"

"也不一定。"唐怜轻声说。

叶冬雪轻轻抓住唐怜的肩膀："你决定了吗？"

"都到这一步了，不试试的话怎么甘心？"唐怜笑道，"叶姐，这时候你就不用劝我了。"

叶冬雪也回以笑容："我不会劝你的，我要和你一起去。"

罗伯逊中校愣愣地看着这两个中国女人："你们在说什么？"

今晚没有星星，天空中阴云密布，并不是什么发射火箭的好时机，但还是有一枚火箭喷射出尾焰，试图强行冲上天去。然而一个人影攀附在火箭外壳上，一拳砸烂了发动机的外壳，地面上的人只能看着那枚火箭在天空中划出一道歪歪斜斜的轨迹，最终在空中轰然炸开。

碎片带着火焰从空中撒落，地上的所有人寂然无声。

卡洛斯很满意这个效果，他飘然落地，虽然地面的灯光依然第一时间罩着他，但没有一颗子弹飞过来。所有人的斗志都已经连同那两枚火箭一起被摧毁了。

但就在此时，远处传来沉闷的轰鸣声。

卡洛斯愕然望去，只见几千米外一团火光刚刚腾起，这火光照亮了半个夜空，照亮了上方的云层，并且以一往无前的气势直冲天际！

这里居然有第三枚能升空的火箭?!

卡洛斯呆滞了几秒钟，随即反应过来，向着那团火光猛扑过去。

那团火光很快钻入了云层，但火箭的初始速度并不是特别快，卡洛斯勉强追上了它，并努力将一只手攀在火箭外层的一个连接点上。就在这短暂的十几秒里火箭还在迅速上升，这个速度已经超过卡洛斯的最快速度，卡洛斯只能尝试着往更高处爬，他不敢直接攻击，生怕一旦被甩开就再也追不上这个越来越快的庞然大物。

"4号摄像机拍到了目标。"火箭顶部的飞船里，余志远开口道，"这家伙太执着了，简直比终结者还恐怖。"

叶冬雪望着监视器里的那个身影，也只能摇头："小唐，没问题吧?"

唐怜只是冷静地回答："交给我。"

初始是狂风呼啸，随后火箭飞出了云层，云层上方是满天繁星。火箭穿破云层直插星空，这本来应该是一幅壮美的画面，但如果这时火箭外壳上攀着一个人，而且这人还在不断地向火箭顶端爬去，那就会变成恐怖电影。

现在恐怖电影进行到了杀人狂出手的阶段。

卡洛斯终于攀爬到了一个自己觉得满意的位置，他举起拳头，用力砸向火箭外壳。上一枚火箭就是这样被他砸穿，最后凌空爆炸的。但是这次不一样。他一拳下去，不但外壳丝毫无损，连响声都没传出来。

他愣了一下，再次挥拳砸下，这次他看清了，不是外壳"丝毫无损"，而是他砸下去的时候，火箭外壳竟然像橡胶一样凹陷下去，并且将这力量以波纹的方式传遍整个火箭外壳，然后若无其事地恢复了原状！

这见鬼的火箭是什么材质?!

"回去要请中科大的黄教授吃饭。"飞船内的唐怜舒展着自己的手指说。

"呼叫冒险者一号，火箭已越过卡门线。"耳机里传来罗伯逊中校的声音，"你们怎么样？"

"我们还行。"叶冬雪回答，"不过卡洛斯还在跟着我们，我们准备进行下一步了。"

"祝你们成功。"

卡洛斯突然发现自己的手动不了了。

不只是手，这枚火箭的外壳就好像突然熔化了一样变得绵软，并不可抑制地将卡洛斯吞了进去，卡洛斯转眼就"沉"到了火箭的中心处，他能听到火箭发动机的轰鸣，感受到火箭燃料燃烧时的高温，但这一切都还在可忍受范围之内。

"想利用火箭的热量烧死我？"卡洛斯冒出这个念头，随即觉得好笑，他们怎么可能认为这样能杀死自己？

于是他用力一挣，挣脱了覆盖在自己身上的金属层，一脚踹破了前方的隔板，轻而易举地从火箭里"破壳而出"。"都是小花招，接下来看我怎么对付你们……"

可是飞船不见了。

原本应该就在旁边，固定在火箭顶端的那艘飞船不见了。

他茫然四顾。

四面八方都是星星，蔚蓝色的地球就在前方不远处，可自己离它越来越远，火箭带着自己正义无反顾地奔向不知尽头的太空深处。

卡洛斯终于反应过来，他愤怒地转身抓住火箭，想让它改变方向，这并没有什么用，火箭只是从直飞变成了一边飞一边高速旋转，卡洛斯本能地抓住一块因破碎而凸出来的隔热板，紧接着这块隔热板就从火箭外壳上被甩了出去，带着卡洛斯一起旋转，同时飞向远方。

他想停止旋转，却没有发力的点；他想飞行，却没有气流可以依靠。在这没有空气的空旷宇宙里，他连叫声都发不出来。

米格尔·卡洛斯在获得超人力量后的第四十一天，终于感觉到了恐惧。

"作战成功！"唐怜轻呼一口气，"赌赢了，他好歹还是遵循空气动力学和生物学构造的。这家伙全身上下没有一个足够强力的喷射出口，他的飞行完全是依靠操纵身边的空气，但这里是太空，没有给他利用的空气，他也就不能像在大气层里那样自由飞行！"

叶冬雪好奇地问道："他接下来会怎么样？"

唐怜又看了一眼监视器，但现在已经看不到什么东西了。"没有借力点，他失去了自己移动的能力。如果没有空气憋不死他，零下二百七十摄氏度的低温冻不死他，宇宙辐射杀不死他，一直不进食也饿不死他的话，他会就这样远离地球，因为惯性一直在太空中朝着一个方向飞行，直到被某个天体的引力俘获，成为一颗微型卫星，然后或许过几年到几百年，落到这个天体表面。不过他现在飞出去的方向，似乎在飞出太阳系之前很难遇到大型天体。"

"……虽然知道这样想不对，但我开始有点可怜他了。"余志远说。

叶冬雪打开通话器："沃洛普斯，听到了吗？米格尔·卡洛斯已经失去威胁。"

耳机里传来一片欢呼声，然后才是罗伯逊中校的声音："明白了，冒险者，剩下的事情也交给你们了，请继续战斗。"

"冒险者明白，我们会在这段时间里向汉森少校好好请教的。"叶冬雪说着看向坐在最前面的宇航员，"少校，辛苦你了，在接下来的这段时间里，你就是我们的老师。"

"放松，朋友们，这很容易。"那个宇航员扭过头来，露出面罩下一张愁苦的脸，"不就是把七个完全没有基础的人在七十二小时内训练成合格的宇航员吗？可真是——太，容，易，了！"

本·汉森，四十一岁，美国空军少校，有十二年战斗机飞行经验和七年宇航员经验，沃洛普斯飞行基地最后一个幸存的正牌宇航员。目前他担任这次飞行任务的组长，主要任务是在没有任何飞行计划和物资准备的情况下操纵这艘飞船着陆月球，并且教会飞船里的其他七个门外汉怎么当宇航员。

大概也就比电影里那种"让独自被抛弃在外星球的宇航员想办法逃生"的剧情容易一点点。

消防车正在扑灭沃洛普斯飞行基地的火，救护车则在紧张地运送伤员。

李尚文站在基地跑道边打电话。

"所以，冒险者一号飞船上有八个人，其中包括一名宇航员和七名平民，而你因为体重过重被留下来了？"

李尚文长叹一口气："是。本来飞船准载六人，因为没有装各种科研设备，所以勉强可以装下八个人，但因为必须带一个真正的宇航员帮他们，所以为了避免超重……呃，我最重嘛……"

"小李啊，你那身肌肉白练了啊。"电话那边的人也苦笑一声，"那么跟着去的七个人，他们的能力怎么样？"

李尚文老老实实回答："我觉得还是能派上用场的。叶冬雪操纵地形的能力大家都看到了；唐怜可以操纵金属，是她在最短的时间里修复了飞船的破损处；钱竹尧能疗伤；余志远本身就是退伍军人；帕斯卡尔·保罗可以操纵水……老实说我觉得他用处比较小，月亮上没水，但他轻！还有蒂卡·伊琳娜，她负责追踪山姆·范布伦。最后一个是韩沐辰……呃……"

李尚文突然想起自己还没问过，那个跟着上天的小鬼会什么。

"小韩啊，你的能力是什么？"叶冬雪问。

坐在侧面座位的一个年轻人脸色不大好，显然是还没从刚才火箭加速度飞行的负荷下缓过来，有气无力地回答："我自己没有能力……我的能力，是给其他人的能力增幅……"

"你不是能追踪什么信息吗？"余志远忍不住插嘴。

韩沐辰挠了挠头："这个能力的等级太弱了……我只是作为备选。如果没有别的能力，我现在多半也只是在底层。"

"他说的是真的。"蒂卡声音有些嘶哑地附和，"像他这种等级的信息追踪能力，信徒里至少有一百个。"

叶冬雪听明白了："所以你最强的能力是，可以让别人原有的能力变强？"

"是的，阿姨。"

叶冬雪板起脸："什么阿姨，你多大？"

"我十七。"

余志远吹了一声口哨："嚯，未成年人啊。怎么就跑到美国来，还混到觉醒者里去了？"

韩沐辰虚弱地回答："我爸妈送我到美国念高中，找了纽约一家还不错的学校，我读了一年多了……觉醒者来的时候，我觉得他们挺酷的，于是就……"

"挺酷的？"

韩沐辰嗯了一声，余志远撇嘴："没说实话……"

汉森少校拍了拍手："女士们、先生们，我们没有太多时间可以闲聊，速成班最好现在就开始。失重训练你们可以跳过了，反正返回地球之前我们都在失重；前庭训练现在也做不了……算了，我们先学在失重状态下的饮食和上厕所吧。"

所有的事情都一团糟。

他们没有接受过任何关于宇航员的专业训练，一切都要从头开始，而他们的时间还非常紧迫，紧迫到不给他们留任何实习的机会。

唯一的好消息是冒险者一号联系上了休斯敦太空中心，虽然对话并不愉快。

"这里是休斯敦，冒险者一号，我们收到了沃洛普斯中心传过来的消息，你们的情况怎么样？"

"这里是冒险者一号，我是机组指挥官本·汉森少校。休斯敦，我们有麻烦了。"汉森少校语气绝望。

休斯敦那边显然没想到这边是这个反应："请详细说明你们的情况。"

"我们需要导航，需要飞行计划，我们不可能就这样靠手动操作前往月球。"汉森回答，"此外我还需要一份六十小时宇航员速成教程。"

"我们的计算机正在计算轨道，少校，很快我们就会把飞行计划发送到飞船的计算机上，你可以开启自动导航，至于速成教程……"休斯敦的人停顿了一下，"我们会尽量提供技术支持的。"

不管怎么说，冒险者一号飞船还是努力地调整姿态，开始向着电脑设计的方向前进了。

"我们花费的时间可能比预计的更长。"汉森向队员们介绍，"我们将会先前往天宫空间站——对，你们的空间站。我们在那里做进一步的准备，中国已经发射货运飞船向空间站运送了一批物资。各国的飞船发射都太匆忙了，只能到天宫号上进行补给。"

"除了我们，还有别的飞船发射上来了？"

"在过去的几个小时里，世界各国都在想方设法发射火箭，但是有条件的和成功的不多，至少有六起发射事故。"汉森看着手里的笔记本电脑，"但还是有成功的例子：俄罗斯的东方航天发射场，欧洲空间局的圭亚那太空中心，中国的文昌航天发射场，日本的内之浦航天中心都成功将飞船发射出来了。除了我们，至少还有四支队伍。"

叶冬雪眨了眨眼，努力消化这个消息："全世界一共就五队人？没了？你们美国也没有了？你们有那么多发射场啊！不是说还有夏威夷和阿拉斯加吗？哦，还有SpaceX，他们发射了那么多星链卫星！"

汉森双手一摊："很遗憾，夏威夷和阿拉斯加的发射都失败了，猎鹰火箭根本没有登月方案，毕竟登月又不赚钱。所以我们这艘飞船就是整个美国唯一来得及发射的、有能力前往月球的飞船——至少未来两周里是这样。"

余志远看看周围："而且这艘美国飞船上只有不到一半的美国人。"

"我都不知道我是来做什么的。"保罗干笑着说。

余志远转过身跟他击掌："我也一样。"

"你们摆烂得好彻底，"叶冬雪微笑道，"小唐，你要不打开飞船外壳把他们丢出去算了。"

"叶姐，不用这么严格吧?!"

"不是我严格。"叶冬雪指了指窗外，"是这个宇宙很严格。它在告诉我们，如果不抓紧，就弄死八十多亿人给我们看。"

大家一时间都沉默了。过了好一会儿，保罗才叹了口气："八十亿人啊，八十亿啊! 他们怎么能这么轻易地做出来?"

"因为在这些外星人眼里，我们是低等生物，是不值得珍惜的生物。"叶冬雪平静地说，"他们碍于规则不能亲自动手，如果我们真的死掉百分之九十九的人，他们只会欢呼雀跃，因为这样一定收视率大涨。如果我们侥幸成功，他们也无所谓，然后他们会想新的办法来折腾我们。"

"然后还有一群死心塌地的偏执狂帮他们。"余志远说，"山姆·范布伦，还有米格尔·卡洛斯这种人，怎么就铁了心要帮外星人做这种事?"

叶冬雪突然想起在变故初始，苏牧云说过的一个笑话："可能是ETO的降临派。"

降临派如果真的存在，想必能和觉醒者相谈甚欢。

她看向另一侧："蒂卡，你怎么想? 毕竟我们这群人里最熟悉他们的就是你了。"

蒂卡摇了摇头："大概是因为他们没有在乎的人吧。卡洛斯没有亲人，他性格孤僻，小学后就没有再读书，从小跟着自己的叔叔在山里打转，我听说他是范布伦收的第一个门徒。"

"范布伦的父母健在，还有一个弟弟，但是他和家里人关系很不好，曾经为了摆脱家里选择参军，却遭到老兵欺凌而提前退伍，他为此投诉了好几年，却没有结果。退伍以后，他就再也没回过老家，找了一个学校当体育老师，在学校里是几乎没有存在感的人。"唐怜一口气说完，见大家都看着她，索性耸耸肩，"干吗? 我在到沃洛普斯的路上看的资料，FBI已经把他调查清楚了，连他小学考试成绩从没拿过B以上都知道。"

叶冬雪"嗯"了一声："一直不受重视，感受不到温情的人，生出阴暗的想法并不稀奇，但绝大部分人被道德良知和法律束缚，并不会真的去做……但很不巧，这位山姆·范布伦，就是一个愿意把阴暗心理付诸实践的人。"

尤其是当一个强大的存在给予他力量以后。

叶冬雪将目光投向窗外，他们这时跟地球的距离大约有三百五十千米，地球占据了舷窗外的绝大部分视野，但这个半球正处于夜晚，她只能看到星星点点的灯火，再远处便可以看到这颗星球的弧形边缘和包裹着它的明亮气辉。这和坐飞机的感觉不一样，这是平时只可能在科幻电影和书本上看到的画面，叶冬雪从未想过自己有一天真的会在宇宙里俯瞰这一切。

"那些科幻电影里的特效做得还真像那么回事。"她心里浮现出这个念头，但她知道，窗外并不是投影出来的画面，而是可以延伸下去的真实。她想象着自己一直往前，穿过飘浮在大陆上的云团，河流与山峦扑面而来，然后慢慢变成具体的山石、森林、积雪、河流、动物和城市，最终她会置身于大地之上，重新成为这个星球的一员。她环顾四周，望不到边际，她在这片大陆上微小如尘。

尽管在宇宙尺度上这一切都渺小到不值一提，距离再拉远一些，就连这个星球本身也会变成一粒不起眼的蔚蓝圆点，最终消失在无尽黑暗的太空中，但它们是真实存在的。

随即她注意到自己能看到北美大陆的南端，她认出了佛罗里达半岛的轮廓，这个半岛的东部某处有明亮的光点闪烁，她想了想才明白，这是肯尼迪航天中心的大火还没有完全扑灭。

她继续往南方看，与佛罗里达半岛相邻的那个大岛应该就是古巴，如果不出意外，那里现在应该有不少熟人：肖雨晴、周楠、苏穆宁、领事馆的夏浅、方妍，还有第十七组的王峰、秦朝……

他们都是真实存在的，而自己的使命就是拯救他们，拯救所有人。

时间不多了。

飞船轻微地震动了一下，汉森看了看监视器："我们已经与天宫一号轨道舱对接上了，但是因为对接口的尺寸不一致，他们是临时加工的，可能不是很稳固，所以大家千万小心，尽量不要碰到对接口上的东西。"

唐怜却无所谓："放心吧，只要有我在，对接口就会一直固定住的。"

"……你真把自己当万磁王吗？"汉森吐槽一句，"好吧，唐你就留在飞船上，其他人跟我去天宫空间站搬运物资。"

天宫空间站也和以前在电视新闻里看到的没什么区别，他们直接进入的是空间站核心舱，这里的长度不到二十米，一下子挤进来七个人，顿时显得满满当当，对面穿着蓝色工作服的中国航天员倒是不怎么在乎，飘过来和他们握手："你们好，我是天宫空间站的指令长，张北海。"

几个从对面过来的中国人一起看他，表情复杂，欲言又止。

对方早有所料，补充道："弓长张，不是立早章。"

"……我就说怎么能让你这个名字的人上太空呢？"

"我有什么办法，这个名字出名的时候我都快上初中了……哦，后来我知道还撞了一个作家的名字。"张指令长不怎么遗憾地叹了口气，"你就是叶冬雪对吧，没有经过训练，第一次上太空，有没有什么不适？"

叶冬雪想了想，指指自己的头："有点发涨发晕，不过能克服。"

"这是普遍现象，没有重力，你的血液会比平时更多地聚集在脑部。"张指令长了然地点点头，"也没有更好的办法，只能辛苦你坚持一下，大家都是这么过来的。"

保罗和蒂卡茫然地看着他们用中文对话，汉森终于忍不住开口："叶，我们是不是应该先干活？"

"哦，不好意思，我们在空间站一百多天了，第一次接待这么多客人，还包括这么多老乡，一时忘了时间。"张指令长说，"那么请跟我来，你们的物资在梦天实验舱里，天舟十九号飞船几个小时以前才送上来的。"

核心舱里还有两个中国航天员，一男一女，都过来和他们打招呼，其中一个男航天员又让大家多看了他一眼。"我叫成龙。"

"……你们怎么都取这种名字啊，航天局不怕你上来以后把空间站拆了吗？"

"爹妈取的。我爸是个影迷，当年他自己就想改名，爷爷没同意，最后折腾到我这儿了。"成龙和叶冬雪差不多年纪，性格却像二十多岁的人一样活泼，也不见外，一边做事一边就开始叹气，"唉，什么能力都没激发出来，只能在后方给你们打气，不然我就报名了！"

"你这个名字过来的话我好怕你拆飞船……哦，其他的飞船已经来过了？"

"只来了一批，就是从我们的文昌航天发射场上来的，你们知道的吧，我们国家本来就打算今年进行载人登月，各项工作都准备得差不多了，只差进一步调试，这次时间紧，干脆直接发射上来。"成龙和余志远一起往外搬着箱子，"备用飞船也一起发射上来了，一共来了十个人，他们已经先出发了，你们这是第二批。"

叶冬雪忍不住问："其他国家的呢？不是发射了好几拨吗？"

"俄罗斯的轨道参数不对，要调整姿态，不知道能不能赶上。"成龙回答，"日本的飞船在入轨的时候失联了，大家都在找。倒是欧洲空间局的三人小组应该很快能到，成员包括一个德国的，一个意大利的，一个日本的。"

余志远当时就绷不住了："这又是什么轴心国组合啊！这次登月越来越不靠谱是怎么回事！"

成龙大笑："我们也吐槽这事呢，但没办法，当时在那个航天中心满足条件的就这三个人。"

叶冬雪和钱竹尧跟在他们后面："别担心，我们这边的组合是中、美、俄，肯定输不了。"

"不要说得像真的要打起来一样……等一下，谁是俄？"

"汉森少校，他说过自己有四分之一的俄罗斯血统。"

"他们在聊什么？"保罗问韩沐辰。

韩沐辰想了想："大概算是……聊第二次世界大战？"

搬运物资的行动持续了一个多小时后宣告结束，但这时张指令长和汉森还穿着宇航服，把一些部件挂在飞船外面，于是大家只能等，这时那个叫覃静的女航天员——这个名字终于正常了——飘过来说："哎，你们要不要和地面通话？"

叶冬雪愣了一下："和地面通话？"

"对，我们和中继卫星连着呢。"覃静说，"其实在你们来之前，地面指挥中心就提出了这个想法，毕竟……你们接下来的任务很艰巨。"

余志远吞了口唾沫："都能和谁通话？"

"首先能保证的是和地面指挥中心，"旁边的成龙说，"当然了，也可以和你们的家属通话，我们会第一时间连线他们。"

"就是说，他们现在还不知道我们在天上？"

"应该是没有说。"

余志远顿时犹豫起来，看看其他人："我还没想好怎么说，要不你们先来？"

钱竹尧和韩沐辰也发起愁来，叶冬雪叹了口气说："那还是我先吧。"

现在是北京时间2031年1月15日下午2点40分，农历十二月二十二日，离除夕还有七天。

正值人们最清醒的一段时间，随时可以联系得到。

但是当丈夫的脸出现在屏幕上时，叶冬雪还是没想好该说什么，倒是对方惊喜地喊起来："莎莎，莎莎，是你妈！"

女儿开心地扑过来，先是撒娇，再是得意地展示自己最近的手工成果，闹腾了好一会儿才被外公抱到一边去了。叶冬雪看着丈夫，努力让自己显得开心一些，却始终说不出话来。

"怎么了，老婆？还有，你现在在哪儿？听说那个什么范布伦在通缉你的时候，我们都急坏了，还好你平安……"丈夫说着说着注意到了叶冬雪的情绪，脸色也严肃起来，"出了什么事？"

叶冬雪迟疑了一下："你们都知道山姆·范布伦要去月球打开外星人的装置，然后可能害死全球八十多亿人的事情了吧？"

"知道啊，从昨天开始网上全是刷这事的，大家都吓死了，还有不少人希望国家赶紧发射核弹把范布伦炸死……就算核弹能打到月亮上，月球这么大，鬼知道范布伦在哪儿啊！"丈夫说着翻了个白眼，"而且美国不是试过用核弹炸他了吗？屁事没有！"

"对，所以只能由同样激活了能力的人去对付他。"叶冬雪终于整理好了自己的情绪，露出一个微笑，"简单地说，负责这个任务的就是你老婆我。"

丈夫的表情顿时呆滞："老婆，你开玩笑吧？"

叶冬雪往身后指了指："你看，我在天官空间站，一会儿就要出发了。"

"怎么什么事都找你啊？"丈夫有点着急，"就不能换个人去吗？地球八十几亿人，就缺你一个了？"

"就现在的情况来看，确实是差我一个。"叶冬雪一本正经地回答，"范布伦已经提前我们十几个小时出发了，我们必须争分夺秒，没法等人，而我刚好又在一个航天中心。所以你懂，奉命于危难之间嘛。"

"但是……"

"我必须去，思源。"叶冬雪盯着丈夫的眼睛，"为了你，为了莎莎，为了爸妈……为了所有我们认识的人，我必须搏这一把。别劝我，你知道我决定了的事情就劝不动。"

"我当然知道，我当初就是被你这一点迷住的。"

"……我旁边还有人呢。"

"那又怎么样，你是我老婆，你马上要去执行世界上最重要的任务，我最后说两句怎么啦！"

这时女儿又扑了过来："妈妈，妈妈，马上就要过年了，你什么时候回来呀？你说了过年的时候会回来的，不许耍赖！"

叶冬雪对女儿做了个鬼脸："嗯，妈妈肯定会在过年的时候回来，我保证。"

女儿心满意足地跑开了，丈夫温柔地看着她说："不许耍赖，你和孩子保证过了。"

"我也和你保证。"叶冬雪伸出手，抚摸着屏幕上丈夫的脸，"我一定会回来。"

叶冬雪回到冒险者飞船时，看到唐怜正对着窗外的宇宙发呆。

"小唐，他们在天官那边排队和地面的家人视频呢。"叶冬雪招呼道，"你快过去呀，和家里说两句话！"

唐怜回头看了她一眼，语气平静地说："我就不去了，叶姐。"

"为什么？"叶冬雪吃惊地说道，"一会儿我们出发就没机会了！"

"我不想和家人说话。"

"……是和家里有什么矛盾吗？你之前还说自己想家呢。"

"想家是想家，但仔细想到在家里会怎么样，我还是害怕了。"唐怜盯着窗外，"矛盾……也没有什么矛盾。我只是不想被教育而已。"

叶冬雪飘到她身边，柔声问："怎么回事？"

"没什么啦……就是我爸妈爱我的方式可能有点特别吧。"唐怜淡淡地回答，"我从小记忆力就很好，脑子转得也快，一直是班上成绩最好的那个，老师很喜欢我，同学们很敬畏我，只有我爸妈——不管我做出什么成绩，他们都只会板着脸说：哦，不能骄傲，你要做到更好。从小学到高中，他们没有夸过我一次，一次都没有，我不管做什么事，他们都必然会找到理由教育我一顿。"

叶冬雪苦笑："我大致知道是怎么回事了，他们只是找不到合适的方式表达自己的爱吧。"

"对，我知道，他们当然是为我好，但我不开心啊，有哪个小孩不想被父母表扬呢？我考上清华，被选中去麻省，他们都还是那个态度，'嗯，好好努力，不能骄傲'……"唐怜说到这里露出一个得意的表情，"高考的时候，我心想反正考得再好他们也不会夸我，那我考得不好又能怎么样？于是我故意做错了几道题……"

"然后你还是考上了清华。"叶冬雪幽幽地指出，"有点'凡尔赛'了啊，小唐。"

"现在想想，有点对不起高中班主任。"唐怜不好意思地叹了口气，"她一心盼着我拿个省高考状元呢……"

"那……你要不要去给班主任打个电话？"

唐怜有点心动的样子，但最后还是摇头："不了，最多回来的时候给她报个喜讯。"

"喜欢的人呢？有没有男朋友？"

"没有啦——叶姐，我们是去战斗，但不是去送死。"唐怜认真地提醒说，"我知道前路艰险，我也知道希望所有人都活着回来有点幼稚，但我绝不会放弃，我们要在全世界的人面前完成这个奇迹……好啦，我承认，我就是想知道，如果我拯救了世界，他们会不会表扬我。"

叶冬雪轻轻抚摸她的头："如果那时候你爸妈还不表扬你，我堵到你家门口去骂他们！"

"堵谁家门口？"余志远从对接口那边飘了过来，看来是和家里人通话完毕了，"算我一个啊！"

叶冬雪笑道："到时候一定叫你。"

余志远挠了挠头："对了，叶姐，我突然想起一个问题，那些外星人不是在看地球直播吗？我们这么大张旗鼓，他们不会发现吗？不会通知范布伦吗？"

"这件事 T 先生已经说过了。他们看的并不是实时直播，总体来说要延后五十年左右。在他们那边，现在地球上还有个国家叫苏联呢。"叶冬雪回答，"而我们破解 T 先生的资料后，向南冕座飞过去只需要十年。"

唐怜目光闪动："所以，很可能他们还没看到山姆·范布伦搞事，我们就已经到了他们眼皮子底下？"

"就是这个意思。"

"我开始有点期待那个效果了。"余志远咧嘴笑，"不过这些都有个前提，那就是我们现在得先干掉范布伦。"

"我们会的。"叶冬雪说。

他们在进行一场史无前例的伟大冒险，而她希望那是一场完美的伟大胜利。

第二十章

一场完美的伟大冒险应该是什么样的？

它应该惊心动魄、跌宕起伏，应该足够煽情、足够紧张，应该有曲折、有勇气、有幸运、有牺牲——但一定会在最后关头完成目标。

但一场完美的伟大胜利不是这样的。

它应该准备充分、游刃有余，应该对所有状况都从容应对、进退自如，以最小的代价一击必杀，以压倒性的优势获得不容置疑的胜利。

人们都希望自己看到的是前者，但希望自己经历的是后者。

"不经历巨大的困难，就不会有伟大的事业。"唐怜提醒说，"这是伏尔泰说的。"

"就算是伏尔泰，我也要投反对票！"保罗说，"我就希望大家一切顺利，毫发无伤地完成任务，然后一起平安回去，有什么问题吗？最好那个范布伦直接心肌梗死死在路上，那我们现在就可以回家，不是吗？"

包括唐怜在内的所有人一起给他鼓掌。

这是冒险者一号升空后的第五十个小时。八个小时之前，他们告别了天宫空间站，空间站上的张北海、成龙、覃静一直保持敬礼姿势，直到他们从视野里完全消失。

现在冒险者一号只能靠自己了。

"目前有大约八百个卫星已经完成变轨，将镜头对准月球方向，美国的哈勃、韦布、罗曼，欧洲的盖亚，以及中国的巡天也加入了观测行列，虽然我觉得深空望远镜在这件事上根本派不上用场，因为和月球比起来飞船太小了……此外地球上还有超过三百个天文台，以及超过十万个民间天文小组都在严密监视月球。这些数字目前还在继续增加，但截至五分钟前还没有人发现范布伦所乘坐的飞船，在这个距离上，飞船实在太小了。"汉森把屏幕上的信息念给大家听，"现在已经有更多的巡天设备加入搜索行列，并且开始搜索月球背面。总之，我们先进入近月轨道，然后继续待机，确认了范布伦的位置后再着陆。"

余志远看另一边："蒂卡，你还是追踪不到吗？"

蒂卡苦笑："离得太远了。"

月球此刻还在几十万千米之外，只露出半圆形的下弦月，或许是处于浩瀚太空的原因，它看上去比在地球上看反而更小了一些。

"地面也追踪不到范布伦乘坐的那艘飞船的信号，但是他们认为，有一点可以肯定，"汉森说，"那艘飞船也必须遵循必要步骤，他们要先脱离地球引力进入月球轨道，并且在着陆之前尽量离那个装置近一些。但是他们没有飞行计划，也没有地面导航，虽然有两名宇航员同行，但是地面中心对那艘飞船能否顺利到达并不看好。"

保罗精神一振："所以他们真的可能就这么搞砸了，根本到不了目的地，最后一起死在太空里？"

"飞船搞砸了是有可能的。"叶冬雪叹了口气，"但你们想想，那可是山姆·范布伦。我觉得，就算飞船一头撞毁在月球表面，这家伙也能从飞船里爬出来继续去完成他的神给他的使命……"

飞船里一时沉默，竟然没人觉得不合理。那可是把八枚核弹都给拦下来的怪物，那么再怪物一点当然也非常合理。

"他的力量到底是怎么来的？"余志远摸着自己已经长出来一截的胡子，摆出一副思考的样子，"大家都一样激活那个什么量子机械，凭什么我就这一小撮火苗，他能够硬接核弹？"

叶冬雪倒是知道这个问题。"T先生最后的信息曾经告诉我，地球人类经过一万多年的进化，对量子机械的适应性也产生了差别，一定要说的话，大概就是'天赋'。外星人不是随便选了一个代言人，他们在激活装置后近距离观察了全世界，并最终选定了山姆·范布伦，他拥有对量子机械极优秀的适性，同时对周围不满，可以轻而易举地说服他牺牲大多数人……"

余志远黑着脸："那就是说我天赋不行呗？"

叶冬雪拍拍他的肩："加油，勤能补拙……大概。"

宇宙浩瀚无边，这是常识。即使身处飞船内，意识到这艘船前后上下左右都是浩渺太空，也很容易心里发虚，而且这件事很难习惯。

"如果飞船在中途被陨石击中怎么办？"保罗问。

汉森回答："这艘飞船可以抵挡微型陨石的冲击，再大一点的陨石都在地面计算机的监控中，我们不会遇到。"

"如果我们的飞船失去动力了怎么办？"

"地面会发射飞船来救我们——如果有人阻止了范布伦的话。"

"如果我被抛弃在月亮上了怎么办？"

"你再唠叨我们就真的抛弃你。"

"如果我们通信失灵了怎么办？"

汉森刚要瞪眼，却发现说话的是钱竹尧，只好耐心一点问道："为什么会失灵？"

"很多原因啊，太阳黑子引发的磁暴什么的。"钱竹尧说，"月球上连大气都没有，磁场也很弱，我们肯定会第一时间受到这种冲击，通信失灵也不是不可能吧？到时候我们如果已经在月球上着陆，那岂不是面对面都没法交流？"

汉森想说什么，但最后只能化成一句："你们中国人想得真多……"

"那我可以先教你们一点简单的手语，"蒂卡在旁边突然开口，"比如说'你先走''我先走'之类的。"

保罗震惊地看着她："你还会手语？"

"我在聋哑学校打过两年工。"

叶冬雪在角落里苦笑。既然已经上了太空，那么最后一步就像是人生必经的关卡，一定会来的，慌也没用。

不过……我最开始好像只是想带着同事和朋友逃离那座小城来着？叶冬雪想。

月亮越来越近了。

这颗伴随了地球几十亿年的卫星表面比印象中要暗淡许多——这是叶冬雪在近月轨道上看到它的第一印象。或许是此刻离月球过近，太阳光的反射显得没那么明显，叶冬雪可以清晰地看到平时在电视上才看得到的细节。她看到风暴洋上著名的哥白尼环形山，她看到蜿蜒的亚平宁山脉，她看到虹湾区域的"广寒宫"——这个地形是在唐怜的提醒下才看到的，可惜她很努力也没能看到嫦娥三号探测器和玉兔号月球车，虽然这两台机器现在还沉睡在那一带，但要想从超过一百千米的轨道高度看到它们，难度还是太大了一点。

"小韩——"余志远拖长声音，"该你了，该你了！逃避是没有用处的！"

韩沐辰缩在角落里做最后的挣扎："真的没什么好说的啊，要不我唱首歌吧……"

"你已经唱过两次了！"余志远指出，"连小钱都说了自己在学校里被甩了七次的事，你怕什么！"

叶冬雪继续飘在窗边，看他们玩真心话与大冒险。

等待的时间确实很枯燥，但是他们除了等待也没别的事情可做，在枯燥中就连太空都没那么可怕了。这几十个小时里唯一有所上升的就是大家的亲密度，就连蒂卡·伊琳娜都自曝了一轮初恋，但是当她说到自己的渣男前男友骗她去卖淫的时候，大家都劝她不用再说下去了……

"我只想知道那个人渣最后怎么样了。"

"死了，五年前死于吸毒过量。"蒂卡回答，"尸体在十天后才被发现，没人认领尸体，最后直接火化，埋在一个集体墓地。那里埋的几乎全是和他一样的人渣，我想他会开心的。"

"他开不开心我不知道，反正我觉得你蛮开心的……"

小韩又唱了一首歌，是去年十二月才登上中国流行音乐榜的一首新歌，虽然他唱得不错，但余志远还是很严厉地警告他："事不过三，下次你就算唱出男高音来也不行！"

然后大家再次抓阄。

韩沐辰看了一眼手里的字条，认命地翻了个白眼："算了，你们问吧……"

"其实也没什么好问的，你一个未成年人能有什么丰富的经历？"余志远瞅着这个小鬼头，似笑非笑，"我就想知道，你好好的一个高中留学生，为什么要加入觉醒者？"

韩沐辰迟疑了好一会儿，嗫嚅着还是说了那句话："觉得他们酷……"

"说实话——"余志远拉长声音。

韩沐辰又吭哧了半天，声音也小了许多，但总算是开了口："我其实一点都不想来美国，但我爸妈一定要我在美国念完大学，最好是在美国找工作，以后在这里定居。"

保罗"哇哦"了一声："现在的美国不怎么欢迎中国人，你有苦头吃了。"

"可不是吗？"韩沐辰唉声叹气，"班上一共有四个中国人，有一个天天扮小丑，还要花钱哄班上的同学开心；有一个女生找了学校篮球队的主力中锋当男朋友，算是护身符；还有一个才半学期就被欺负到退学，就剩下我一个……又不想认输，又打不过，又不想死，在学校里每一天都很煎熬。"

"那是真不容易……"余志远好奇地道，"你爸妈不知道这事？"

"他们在国内，我一开始跟他们诉苦，他们说两国文化不同，你要在自己身上找原因，争取被同学们接受。"韩沐辰回答，"然后慢慢地我就不想说了，也不想上学，天天在出租屋里打游戏……要不是觉醒者来了，我这学期搞不好要被退学。"

"嗯，一厢情愿自以为对孩子好的家长确实很难搞。"唐怜这句话让余志远用诧异的眼光看了过去，不过他还是追问下去："所以你把觉醒者视为改变你命运的契机，可以摆脱在班上被欺凌的命运，这个我可以理解。但你怎么又跟着那个约瑟夫一起逃出来了？"

"心里没底啊，我怕啊。"韩沐辰尴尬地说，"而且那个约瑟夫·华一直在我旁边说觉醒者这里那里可疑，搞得我很心慌……最后我无意间听到了山姆·范布伦和卡洛斯的一段对话，范布伦要卡洛斯尽量隐瞒消息到最后，不然信徒们可能无法接受这样的牺牲……那还能是什么好事！我当时就和约瑟夫一起跑了！"

"跑了是对的。"余志远用鼓励的语气说，"现在也不后悔吧？"

"当然不后悔，他们要搞大屠杀。"韩沐辰长长地叹了口气，"虽然我的日子确实过得很烂，虽然……虽然我真的挺烦我爸妈，我也讨厌班上的同学，但是我总不能真的看着他们死吧？"

保罗在旁边搭腔："我证明，他和他家里人视频的时候，哭得可厉害了，他爸爸妈妈也在哭，虽然我听不懂中文，但我知道他是爱他家里人的。"

韩沐辰抬起头，咧嘴一笑："我现在想开了，我是要在月球上和邪恶大魔王决战的人，全校不会有人比我更酷。"

叶冬雪赞同地飘过来摸着他的头："你是个好孩子，这一点肯定没错。"

她的目光扫视着飞船船舱里的每一个人。

这是关系到全人类命运的战斗，大家都不会退缩，但是决心不能代表一切。完成一次完美的作战，也就是"全员无一伤亡，顺利完成任务，平安返回"的机会到底有多少呢？

"所有人注意！"汉森突然喊道，"地面上发现了猎户座七号！"

猎户座七号——正是山姆·范布伦乘坐的那艘飞船。众人全都被震了一下，然后一起凑到驾驶座前面。

"中国的 FAST 追踪到了猎户座七号的信号，然后有一颗卫星发现了它。"汉森调出图像来，"基本确定猎户座七号已经坠毁在月球背面的南极 - 艾特肯盆地边缘……现在有条件的卫星都在追踪！"

"FAST 是什么？"余志远小声问。

回答他的是钱竹尧："那个是建在贵州省平塘县的 500 米口径球面射电望远镜，像口锅，一般管它叫天眼，想起来了没？"

"哦哦，你说那口锅我就想起来了……哎，小唐知道答案我不奇怪，你怎么知道的？"

"……我是贵州人，我家离那口锅直线距离就五十千米。"

"罗斯号准备下降得多一些。"通信器里传来一个带口音的声音，"我们去近距离观察一下飞船状况。"

因为大家都在近月轨道上待机，陆续又有几艘飞船赶了上来，俄罗斯的罗斯号就是其中之一。

"地面指挥中心收到，请一定要小心。"现在地面上几个航天大国已经组成二十四小时不间断应急部门，随时在线指挥和协调各国的飞船行动，刚才的回复口音也很重，从发不出"r"音来看，叶冬雪猜那是一个日本人。她不禁想象着地面上的情景，会不会像电影里演的那样，在宽广的大厅里，无数穿着白大褂的人紧张地注视着前方的监视屏，不时有人神色严峻，拿着一张写满计算结果的纸来回奔走，在大厅外则是高度戒备的警卫部队……

但事实上，地面上的阵仗远比叶冬雪想象中大，毕竟这关系到八十多亿地球人——几乎是所有地球人的命。就在登月部队待机无事可做的时候，地球上却热闹非凡，除了进入最高安保戒备状态的各大航天中心和天文台，其他地方还有无数人在痛哭流涕地祈祷，向神灵忏悔自己之前的不坚定。也有无数人在肆意妄为，觉得反正活不了多久，不如放纵自己的欲望；还有更多的人在致力于解决这些毒瘤。

那天晚上有很多类似的视频在流传：全副武装的警察甚至是军队包围了某个建筑物或某一群人，要求对方放弃抵抗立即投降，如果稍有迟疑，这边就会毫不客气地倾泻弹药，直到目标完全停止活动为止。

这种行为在平时一定会受到部分人权组织的指责，但是在这个晚上，一个为此辩护发声的组织也没有。

更多人则是在不同的地方，或抬头望着前方的大屏幕，或低头看着手机。所有的平台，所有的频道，现在只关注一件事，那就是远在三十八万千米外的战场。

如果人类社会能够幸存，这几天的事件是一定要写进历史教科书的。

"月面监测到发光现象！"广播里突然有个声音响彻船舱，"重复，月面监测到发光现象！不在南极－艾特肯盆地！各部门马上进行定位！"

叶冬雪看不见闪光，但心也跟着提了起来：什么光？现在月球表面有什么东西能发光？

"罗斯号！变轨！"地面中心惊呼，"那个闪光的轨迹是向你去的！"

"罗斯号收到，紧急制动，调整方向……"但是十几秒钟以后，那边传来嘈杂的声音，"飞船遭到攻击……飞船受损严重，我们在下降，无法控制高度……失控了，我们失控了……我们即将在月面硬着陆！朋友们，祝你们好运……"

船舱里一片寂静。过了好一会儿，才由地面中心打破了沉寂："确认闪光爆发地点，正在进一步确认可疑目标，登月各队注意安全！"

叶冬雪淡淡地道："那八成就是山姆·范布伦干的好事，他真的从坠毁的飞船里爬出来了。"

"新加坡的一个观测小组发现了范布伦。"汉森拿到了新情报，"可能是因为月球上重力比较低，他移动的速度非常快，时速达到一百五十千米。"

"确定是他，不是什么陨石？"

汉森把平板拿给叶冬雪看："不可能是别人了。"

照片上不是什么人，而是一个闪烁着光芒的十字架。

叶冬雪深呼吸一口气："诸位，先把宇航服穿上吧。"

船舱里一片手忙脚乱。宇航服有一大半是从天宫空间站那边拿过来的，胳膊上还贴着五星红旗，五个中国人心满意足地穿上，余志远忍不住用手机自拍了一张："等回到地面上，看我发在战友群里，眼红死他们……"

"我感觉到了——"蒂卡突然指着窗外的一个方向，"是那边！"

"对，那是范布伦前进的方向，登月部队都在变轨往那个方向追过去。"汉森说，"希望在他之前找到那个装置所在地吧。"

"我感应到的不是范布伦。"蒂卡的声音有点发抖，"是……是别的什么东西，但是太模糊了，我没法确定更准确的位置和距离……"

韩沐辰飘过来，握住蒂卡的手腕说："你再试试。"

蒂卡的眼神开始变得涣散，但很快又凝聚起来，这次她整个人都在颤抖："我能感觉到，一定是它，是旅行家的装置！我体内的力量因为感受到这个装置而共鸣，我想……我们可以轻易控制住它，因为它就是旅行家为了我们而准备的！"

所有人的眼睛都亮了起来。这次登月作战，阻止范布伦还在其次，最关键的还是那个"装置"！没人知道它在哪里，要怎么操控它，或者是毁掉它。这是能够决定全体地球人生死的装置，大家都觉得这种东西还是不存在比较安全。

但正是因为什么都不知道，所以大家只能以最笨的方式盯着月球直到现在！

汉森几乎要跳起来："在哪里，那个装置在哪里？有多远？"

蒂卡闭上了眼睛："在那个方向，我能看到……大约……五百英里……是一个巨大的陨石坑，坑里有两座小山……"

汉森同步直播到地面中心，地面工作人员显然开始了紧张的比对，很快汉森便举起平板问："蒂卡，你看是不是这个地方？"

蒂卡看着平板上的那张照片，果断地点了点头："就是它——装置就在这里！"

汉森冲着通话器嘶吼起来："斯克洛多夫斯卡环形山！是斯克洛多夫斯卡环形山！装置就在环形山里，那两座山中间的峡谷位置！"

几秒钟后，地面中心的声音传来："冒险者一号，地面收到，马上通知全体登月部队！"

汉森已经开始推动操纵杆："冒险者一号，现在开始变轨，准备在目标地域着陆……预计着陆时间，二十五分三十三秒！"

"各登月部队注意，以寻找旅行家的装置为第一优先，在范布伦到达之前，我们有大约两个小时……祝你们好运！"

"那个斯克洛……什么卡环形山是什么？"余志远一边往登月舱爬一边小声问唐怜，"是什么有名的人吗？"

"是居里夫人。这是她结婚之前的姓氏。"

"……西方这个女人结婚就要随夫姓的习俗太误导人了！"

就在他们前往登月舱的时候，广播里陆续传来或熟悉或陌生的声音。

"神舟二十九号开始变轨下降，预计着陆时间二十三分五十一秒。"

"塞勒涅号开始变轨下降，预计着陆时间三十分零七秒。"

"辉月号开始变轨下降，预计着陆时间二十一分十九秒。"

"曙光四号开始变轨下降，预计着陆时间五十二分十七秒，我们有一台重型月球工程车，速度可能会慢一点，我们尽快赶上。"

所有人默默地坐在登月舱的座位上，只有汉森留在驾驶舱里操作飞船。

"这样的沉默真的很让人紧张。"保罗在通信器里咕哝，"要不谁唱首歌吧？"

"我已经不想唱了……"韩沐辰生无可恋地说。

"那我先来？"保罗说，"你们要不要听一段拉丁情歌？写给月亮的。"

蒂卡忍不住看他一眼："我还以为你是个说唱歌手。"

"我曾经也以为你是印第安人。"

"我确实是。"

"四分之一的印第安人血统就不要算了吧！"

"你还记得贝蒂说过的话吗，志远？"叶冬雪一边听两人拌嘴一边说，"唱歌可以缓解情绪，这一路上只有你一句都没唱过，要不要珍惜最后这点时间？"

余志远哈哈笑了两声："我也说过好几次了，叶姐，就算到了KTV里，我也是闷头吃果盘的那个。"

"不就是觉得自己不会唱新歌，唱老歌有点土吗？"叶冬雪不以为然，"你就算唱新白娘子我都不会说你土。"

"算啦算啦……"

"歌手们，表演时间结束了。"耳机里传来汉森的声音，"现在分离登月舱，预计十五分钟后着陆……别紧张，这个过程是全自动的，你们只要记住回来的时候按哪个钮就行。"

一切都安静下来。

登月舱里没有人说话，众人只是望着舷窗外的景色发呆。叶冬雪也不例外，她出神地注视着窗外，那是由黑色的星空和灰白色的月面组成的单调世界，也是人类无数梦想的源头。

就在她胡思乱想之际，座位猛地一震，她意识到终点已经到了。

"好了，大家准备出舱！"余志远抬起手，打开了舱门，"注意，氧气筒的氧气含量只够维持六个小时，氧气不够的时候记得回月球车上取……我先去外面把月球车卸下来！"

众人纷纷解开安全带，跟着余志远爬出舱门。叶冬雪走在最后，这时她还忍不住想掐自己一把：我这就到月球了？我在月亮上了?! 我一个好好的商务公司行政部白领，现在踩在月球表面上?!

但是隔着宇航服，掐不到自己，她觉得好不真实……

"叶姐？"钱竹尧在舱门口招呼她，声音从耳机里传来，"走啊，大家都出去了。"

"哦，哦，好的，我这就来。"

外面是一片空旷的世界。头顶的漆黑夜幕中有着无穷无尽的繁星，这倒无所谓，和之前在飞船里看到的一样。而脚下是一片灰色沙尘，在宇航服的灯光照射下又呈现一点棕黄色，很像地球上的沙漠，但沙砾要粗糙得多，因为没有风来对沙石进行研磨。

地面上有几排凌乱的脚印，那是先出舱的队友们留下的，大家这时候顾不上给自己在月球上留下的第一个脚印留念，都望着一个方向，叶冬雪也随着望过去，于是她看到了目的地。

那是两座并不起眼的小山，静静地矗立在远方，在它们后方是一道巨大的阴影，这是环形山的山壁。他们身处一个直径一百多千米，深度接近三千米的巨大陨石坑内，而这只是月球诸多环形山里不那么起眼的一个。在过去的几十亿年里，没有大气层缓冲的月球遭受了数不清的陨石撞击，其中最大的陨石坑"南极－艾特肯盆地"就在猎户座七号的坠毁地点附近，约十三千米深，超过地球上的马里亚纳海沟，直径达到两千六百千米——相当于北京到拉萨的直线距离。

所以，视线所及之处也并不是什么"不起眼"的小山，放在地球上，那至少是耗尽都市白领体力才能登顶的高度，还好这次大家不需要爬山，而是要前往山后的一道峡谷。

余志远和钱竹尧已经把一台看上去很简陋的月球车卸了下来，余志远扭头招呼："蒂卡，上车，我们去找那个装置……其他人就麻烦你们先步行跟过来，运气好的话我和蒂卡就能解决问题，运气不好……喀喀喀。"

叶冬雪看他坐在座位上到处摸的样子，好奇地问道："你会开这个吗？"

"都是车，基本原理应该差不多，我好歹是汽车兵，而且我在轨道上也看了教程……"余志远一边说一边折腾操纵杆，"哦，找到了，在这里……嗯？刹车在哪儿?!"

余志远留下这么一句话，载着他和蒂卡的月球车便跑掉了。由于引力很小，轮胎在月面上带起了很高的尘土又很快落下，加上路面凹凸不平，远远看着像是一辆玩具车在雨后积水的路面上以溅水为乐。

叶冬雪和其他队友对视了一眼，保罗先在胸前画了个十字："我觉得事到如今还是要祈祷一下。"

中国最新型的宇航服重三十公斤，加上氧气筒是四十公斤，重量并不离谱，在低重力的月球上也就相当于冬天裹了一堆衣服出门的感觉，而那两座小山也不远，距离最多十五千米，如果不考虑范布伦，这就是一趟稍微辛苦一点的郊游罢了。

"叶……叶姐……不是……每个人……都和……你一样……"走了大约五千米时，钱竹尧直接扑倒在地，"我……我走不动了……"

"别这样，伙计。"保罗把他拽起来，"这才刚开始，想想我们在纽约市里逃亡的时候……"

"我没有你们那样的经历……"钱竹尧有气无力地反驳。

韩沐辰小声问唐怜："钱哥他不能恢复自己的体力吗？"

"他的能力对自己好像无效。"唐怜一本正经地回答，"是个只能为别人付出的奶妈。"

叶冬雪无奈苦笑，上前架住钱竹尧的肩膀："再坚持一下，你都走到月球上了，不多走两步不是太亏了吗？多少人这辈子能有月球漫步的机会啊！走一步，赚一步！"

"叶姐你这语气……跟我经理忽悠我干活的时候……一模一样啊！"钱竹尧喘着粗气哀叹，"叶姐你慢点……我的眼镜刚才掉下来了，我现在也没法把它戴回去……"

这确实是一般人很难想象的场景：一群从未受过专业航天训练的人，现在穿着宇航服，艰难地在月球表面跋涉，为了拯救世界而努力向前。太阳光从他们背后照过来，在月面上拖出长长的影子。

所有人的对话都一字不差地转播到了各个地面基地。还留在沃洛普斯中心的李尚文听着他们的对话，忍不住呼出一口气："傅工，您有没有看过一部好莱坞电影，叫《世界末日》？"

他旁边戴着眼镜的白大褂中年男人是中国国家航天局派到这边进行沟通协调的工程师之一，听到这话想了想，居然回忆起来了："你是说布鲁斯·威利斯演的那部 Armageddon？1998 年上映的那部？"

"对，就是那部。"李尚文苦笑，"我上大学的时候看的，看的时候我还想，太扯了，让一群普通人，而不是训练有素的宇航员去宇宙里拯救世界……现在我想跟迈克尔·贝说一声对不起，我们真的发射了一队普通人去月亮上拯救世界。"

"别这么消极，小李。"白大褂说，"他们可不是普通人。我看了他们的资料，他们每个人都很了不起。"

"您这么有信心？"

"我们必须有信心。"白大褂回答，"因为我们都知道，没有下一次机会了。就算现在又集齐了一批训练有素的宇航员，我们也没有时间把他们发射上去了。山姆·范布伦马上就要到了。"

"希望他们运气好。"李尚文叹了口气。

"至少到目前为止，他们的运气还不错。"白大褂说，"山姆·范布伦还没找过来，他们还有时间，今天外界的环境也很配合，没有观测到陨石撞击迹象，也没有太阳风暴……说实话，到了这个程度，运气那边也已经尽力了。"

刚开始的时候，叶冬雪以为自己真的可以参与一场伟大的胜利。

余志远和蒂卡已经顺利到达两座小山之间的峡谷，蒂卡迅速确定了装置的位置，应该是在地下一万米左右，就等叶冬雪过去给大家开一条道，然后大家完成任务，打卡合影留念，返回飞船……

她的余光瞥到自己的斜前方，那边也有几个宇航员，迈着和他们同样吃力的步伐向前，那是两个日本人与一个法国人，他们来自日本种子岛宇宙中心发射的辉月号飞船。内之浦航天中心发射的那艘飞船最终还是彻底失联了，这是日本方面随后发射的第二艘飞船。辉月号的着陆位置明显比冒险者一号靠前，他们的宇航员也因此省了不少体力，现在看来会比冒险者一号的船员提前至少半小时到达目的地。

耳机里传来汉森的声音，他在提示其他登月部队的飞船这时也已经全部着陆，正从不同方向赶过来，照目前的速度，很快就能在山脚下看到另外一支来自中国的小队。

一切都很顺利，有种多年前在高考考场上，明明所有的题都会，却还要提心吊胆地赶时间的那种紧迫感。

远处突然有什么东西在闪光，来自太阳照射的反方向，在黑色的太空中格外显眼，叶冬雪猛然想起了这是什么，顿时惊呼："小心！"

但是没人来得及理解这句"小心"代表什么意思，因为那团闪光已经飞到了大家面前，并以迅雷不及掩耳之势狠狠砸下！

叶冬雪眼前腾起一片尘土，这些尘土没有空气阻力，很快又散落下去，不会像在地球上那样形成尘雾。在尘土腾起的位置出现了一个直径两米的"弹坑"，有火焰在坑边燃烧，很快它们便熄灭了，这个坑看上去和月球表面的其他小型陨石坑没有区别，但叶冬雪知道它就是几秒钟前才出现的。

"怎么样？大家怎么样？"韩沐辰有点紧张地大喊，"你们没事吧！"

其他人都望着那个大坑，惊魂未定，但应该是一个人都没打着。叶冬雪抬起头望向星空，视野里一无所获。

"叶姐……"耳机里传来唐怜的声音，"这是他的攻击！"

"对，是他，他已经来了。"叶冬雪沉声回答，"地面中心，我们遭到范布伦的阻击！"

地面传回消息至少有三秒钟的时间延迟，叶冬雪在这个短暂的间隙扭头看向斜前方，刚才的火球不止一个，现在那边只有一名宇航员摇摇晃晃地站了起来，他低头看了看自己的队友，僵立两秒，随即便继续迈步向前。

"辉月号队员雅克·巴图姆信号中断，确认死亡！辉月号队员西野广信号中断，确认死亡！"地面中心惊呼声一片，"是山姆·范布伦的攻击！"

"山姆·范布伦预计在二十分钟后到达装置所在地，各部队做好交战准备！"

"曙光四号的月球车带有急救设备，注意不要卷入战斗！"

李尚文忍不住站了起来："傅工，我们真的就没有别的办法了吗？"

白大褂表情严肃，低声回答："现阶段确实没有。"

李尚文望着地面中心里奔走的人群："那我们还把月球上的状况直播到全世界，是不是太冒险了？"

"韩国有研究团队提出一个理论，认为山姆·范布伦之所以要招募信徒，是因为支持他的觉醒者可以为他提供力量，所以他才能拥有与核弹抗衡的实力。"白大褂说，"时间紧迫，什么离谱的理论都只能试试了。"

"所以，转播月球作战的实况是为了……"李尚文愣了一下，"希望大家能支持月球上的人，从而给他们力量？"

"我们希望是这样。"白大褂苦笑，"这几天我们进行了一些小规模实验，似乎确实有一定效果，所以才推广到全球。但是到底有没有用，对在月亮上的人有没有用，现在并没有确实的数据支持，只是时间紧迫，只能赌一把了。按这些美国人的说法，这时应该向神祈祷，但问题是现在我们都知道，所谓神只是一群王八蛋。"

"真讽刺，本来我们要对抗的是那群无良外星主播，结果我们自己现在得先搞一次直播……"李尚文看对方，"那傅工您还要向神祈祷吗？"

白大褂耸肩，摊手："这就是老美不理解我们的地方——在那个什么神证明他有用之前，我们才不会管他呢。"

"嗯，那个叶冬雪说过类似的话，在中国，一个神得先证明自己有用，"李尚文跟着说，"如果不但没用还有害，那就把他打下来！"

北京时间2031年1月20日，农历十二月二十七日。

凌晨3点20分。

登月部队与山姆·范布伦正面交火。

在地球上很难观测到这次交锋，三十八万千米之外的这片战场实在太小了，只有近月轨道上的几颗卫星和更近一些的几艘飞船上的留守人员还能拍到一些闪光爆炸的痕迹。

这是月球形成以来，第一次有如此多的地球人类踏足于此，他们的目标却是厮杀与活命。

一个火球轰在月面上，尘埃迅速散去，只留下一个新的大坑。坑旁的叶冬雪从地上艰难地撑起自己的身体，头盔上聚碳酸酯材质的面罩已经出现了几条擦痕和裂纹，但似乎还没破掉。这时一只手伸过来用力抓住她的胳膊："跑，叶！快跑！"

所有登月部队的成员都已经到齐，总人数并不多，大部分人都带了武器。叶冬雪侧面的两名宇航员手持步枪正在朝天上射击，她注意到这两名宇航员手臂上的五星红旗臂章。其他方向也有不少人在对天开枪，叶冬雪能看到枪口一闪即逝的火光，但听不到枪声，整个场面就像是一部诡异的无声电影。

而天上的那个十字架正在毫无顾忌地向四周喷射火球，每个火球都能在地上砸出一个几米直径的大坑。宇航员们必须惊险地避过攻击，因为几名被击中的死者已经证明，只要挨上一发就不会有别的结局。唯一值得庆幸的是，除了叶冬雪这支队伍，其他宇航员都接受过必要的军事训练，甚至有几个本身就是军人，现在的场面虽然狼狈，却还没有崩溃。

刚才挽起叶冬雪的宇航员扶着叶冬雪往前冲了十几米，便也回头对着十字架开枪，这些攻击都看不出什么效果，只是在吸引山姆·范布伦的注意力。叶冬雪没有回头，现在这里的人都可以牺牲，但自己不可以，自己必须冲进那条峡谷，因为只有自己能改变地形，进入地底。

"听着，叶，你千万不要停下！"刚才布置任务的时候，汉森就在耳机里喊着，"范布伦还不清楚情况，但他一定会警惕靠近装置的人……你动作要快！"

叶冬雪现在的位置处于范布伦视线的死角，她用在战斗中崩落的山体岩石作为掩护前进，而在她身前和身后，十几名宇航员也以同样狼狈的姿势向峡谷那边奔去，时不时有诸如火球、光弹之类的东西飞出来。范布伦面对这些位置尽量分散开的宇航员，一时没有更好的办法，毕竟一个多月前他还只是个阴沉的中学体育老师。

"叶姐！"耳机里是韩沐辰的声音，"你有没有发现……自己的力量好像变强了一点？"

叶冬雪一愣："我不知道，这一路我还没机会尝试，你发现什么了吗？"

"我尝试帮助其他人，发现离得很远也可以帮他们增幅！"韩沐辰声音急促，"我不知道是不是因为靠近了装置的关系……"叶冬雪分不清前后左右哪个是他，每个人穿的宇航服好像都差不多，她也来不及分辨衣服上是不是有国旗。

"也可能不是！"唐怜突然插进来，"范布伦的攻击威力并没有什么提升，提升的是其他人！"

"朋友们，那或许是因为地球上的人都在看着你们。"汉森说。

叶冬雪茫然地问："什么意思？"

汉森简单解释了一下"支持的人越多，力量可能就越大"的地球直播助力计划，不知道躲在哪里的余志远没忍住："这是什么全民应援活动啊！他们是不是还打算在网上转发点赞？"

"我觉得他们已经在搞了……"钱竹尧气喘吁吁地说。

"但是，整个地球的应援就这点效果？"唐怜问，"还是因为三十八万千米距离太远，增加了损耗？"

"这谁知道呢……"

叶冬雪侧身一跃，躲过飞来的一发火球，这一下惊险无比，碎石打在宇航服和面罩上有明显的触感，同时系统警报传来："警告，氧气筒出现破损，氧气含量下降！"

叶冬雪心头一紧，看向氧气读数，只见剩余可用时间从原来的三个小时飞速下降到了十二分钟，这下可真的不妙了。她抬头望向近在咫尺的峡谷，咬牙继续向那边冲去。

"小韩！"唐怜突然开口，"你过来帮我一下！"

"好的，小唐姐……哪个是你？"

"靠在这边的山脚下休息的，这边应该就我没继续往前跑了。"

"好的，我看到了，我马上过来！"

钱竹尧像找到同类一样开心："唐怜，你也跑不动了啊？"

唐怜没理他："叶姐，你们继续前进，我想试验一下刚才的一个想法。"

"你想到什么了？别冒险。"

"不是冒险。我刚才就奇怪，是什么在支持范布伦射出火球，"唐怜说，"月球上没有空气，他的火球就算是自带助燃剂也不会有这个效果……我要想办法把他的秘密搞出来！"

"千万注意安全！"

"放心吧，叶姐，我心里有数。"

叶冬雪想了想，决定相信一个学霸。接下来她把所有力气都用在狂奔上，终于赶在氧气耗尽前跑到了峡谷边缘，太阳远远地从月平线那边照射过来，给峡谷投下一层阴影。没有空气造成的光线折射和衍射，峡谷里的可见度急剧下降，叶冬雪本能地想要开灯，却被黑暗里的一双手攥住："叶姐，这边！"

"志远……你来得正好。"叶冬雪松了口气，"我的氧气筒破了，快帮我换一个！"

"明白！"

山姆·范布伦依旧穿着那件风衣站在十字架上。他表情平静地扫视四方，数十米之下的那些宇航员仍如虫豸一般四处逃窜，但他们确实接近了旅行家的遗产。

他有点烦躁。

原本应该只有自己到达月球，在最后时刻向神祈祷后，便启动装置将人类引领向新世界，而在这个过程中造成的牺牲是必须付出的代价，对此他从未怀疑过，也从不后悔。

但是那些家伙竟然真的追到了这里，追到三十八万千米之外，想要破坏神赋予他的使命。

只要自己启动遗产，全人类的命运都会被改变，他很享受这种掌控世界的感觉。不过不能再耽误了，神在将这里的事情交给自己后，已经放心地离开，而自己没有理由为了享受这种感觉，一直和虫豸纠缠下去。

"做个了结吧。"范布伦无声地说着，举起一只手，"然后，前往吾主选定的新世界。"

一个明亮的火球出现在他的头顶。

通过几个宇航员头盔上的摄像头，全世界都看到了这个巨大的火球，并且迅速想起了这是什么。

"怎么可能！"李尚文跳起来，"是……他把那个核弹带到月球上去了?!"

宇航员们几乎都本能地停下动作，望着范布伦和他头顶上的巨大火球，火球中气流翻滚，如同火山口喷涌浮动的岩浆，如同即将吞噬一切希望的死神。

范布伦微微一笑，将火球随意地掷向对面的山体。

明亮到足以致盲的亮光瞬间爆发，然后在众目睽睽之下，所有转播的画面都消失了。恐慌在一瞬间席卷全球，就连电视台主持人的声音都在发抖："我们……我们不知道发生了什么……我们在等……等前方指挥中心的消息……我们，我们要相信……"

良久的沉默之后，一个画面突然跳了出来。

画面中是一片黑褐色的高墙，这面墙被太阳照射着映出金属反光，接着它从中间一分为二，迅速缩小消失。所有人都看到墙后出现了一个新的大坑，这个坑大得简直看不到边，也深得看不到底，在这个大坑正上方，范布伦面无表情地从空中缓缓落下。

范布伦盯着墙这边，脸色严肃地说了什么话，但没人听得到。随即一个年轻且耳熟的女性声音响了起来："月球上没有空气，核弹爆炸无法形成冲击波，它的直接爆炸范围只有几百米，只要离开这个范围，能对周围造成伤害的就只剩下碎石溅射、辐射和电磁脉冲，这些都可以用一面足够坚固厚实的铁墙挡住——刚巧，这附近的铁陨石管够。"

古巴哈瓦那市，虽然正值白天，但酒吧依然人头攒动，现在所有人都在对着电视机里的这一幕尖叫欢呼，在这一片喧哗声中，电视机里主持人的声音隐隐约约传来："我们通过近月轨道的卫星得到了最新画面……还有人在与山姆·范布伦对峙！我们还没有输！就算是核弹也不能让我们的英雄放弃！"

在酒吧吧台前的周楠激动地抓着肖雨晴的手："是唐怜！那个声音肯定是唐怜！她还没死！"

肖雨晴则已经把另一只手高高举起："冲啊，小唐，干死那个王八蛋！"

坐在另一个角落的秦朝、王峰、李圭璋三人对视一眼："那个文文静静的小姑娘……把核弹生扛下来了？""今天我终于知道什么叫知识就是力量了……"

范布伦满心诧异，在他的认知中，除了被神赐予力量的自己，不可能存在能与核弹抗衡的人，但是对面那个宇航员……又或者是那几个宇航员，竟敢对抗吾主之威！

唐怜回头看了一眼身后，韩沐辰的双手正紧紧贴着她的后背，一股无法言喻的力量正源源不断地充满全身。更远的地方是几名还能勉强站着的宇航员，这几个人在她临时筑起的陨铁之墙后侥幸保住性命，她不知道其中是否有自己认识的人，似乎刚才的电磁脉冲把除自己和韩沐辰之外的人的通信设备都烧坏了，就连近月轨道上的汉森都没了声音。

"小韩，还能撑得住吗？"唐怜低声询问。刚才一人挡核弹虽然很帅气，但她知道如果没有背后这个年轻人的"增幅"，自己根本不可能做到。

韩沐辰语气里略带喘息："放心吧，小怜姐姐，再来几次都行！"

唐怜望向对面的范布伦，却稍微呆滞了一下："要是……几倍呢？"

仿佛是被刚才的事情激怒，范布伦头顶再次浮现的火球比之前大了好几倍，几乎能覆盖整个弹坑，它在月球表面冷漠地燃烧着，占据了视野里三分之二的宇宙，比太阳还要明亮。

这一幕曾经在曼哈顿通过 NBC 电视台转播到全世界，现在它通过唐怜头盔上的摄像头再次传遍全球，所有看着直播的人都鸦雀无声。沃洛普斯指挥中心里，李尚文想骂两句脏话，却发现自己喉咙干涩，发不出声音；哈瓦那的酒吧里，肖雨晴和周楠的手互相抓得紧紧的，几乎要抓破了皮；纽约长岛的一所医院里，躺在病床上的佐伊捂住了嘴，她身边的约瑟夫脸色铁青……

当初那枚装满核弹头的导弹如死神一般飞向曼哈顿时，是范布伦拦下了它们。而现在，这些死神听从范布伦的命令。

"那也能……撑得住！"韩沐辰咬着牙说，"不然……我是为了什么跑到这里来啊！"

唐怜点了点头，双手一挥，满地破碎的铁块再度凝聚，还有更多铁矿石从四面八方的地底破土而出，迅速在她身前凝成一道灰黑色的高墙，这是由过去几十亿年累积在这颗卫星上的陨铁组成的屏障。而在墙的对面，范布伦头顶那个巨大的火球正缓慢而不可阻止地坠落，然后便是耀眼到了极点的闪光。

"没信号了。"天宫空间站上，张北海烦闷地一拍舱壁，"几个核弹一起爆炸，产生的电磁脉冲太强，就连近月轨道的设备也坏掉了。"

成龙忍不住往窗外的月球方向看了一眼："他们……会没事吧？"

张北海面色严肃，没有回答。

月球的体积只有地球的四十九分之一，几发十万吨级的核弹爆炸，震动足以传遍整个星球，离爆炸地点只有几百米的地方更是地动山摇。不过到了几千米的深度，这震动就变成了隐隐传来的震颤，不会比一辆平稳行驶的汽车内部的抖动剧烈多少。

但叶冬雪还是忍不住抬头看了一眼头顶。

头上的岩石正在她的操控下合拢，下方的岩石则无声分开，露出似乎看不到尽头的幽暗的更深处，而载着他们的那块岩石一如既往地平稳下降着。这样很好，毫无痕迹，就算是范布伦也不会发现端倪。

"上面是不是有什么动静？"余志远忍不住说，"我们下降到多深了？"

"就快到了。"蒂卡喃喃自语，"我能感觉到它越来越近。"

余志远看着在头盔照明灯的映照下不断闪过的岩壁，深深地叹口气："说真的，我的幽闭恐惧症都快犯了，这么深的地方，又跟上面联系不上……"

"别想那么多。"叶冬雪说，"只要不想自己是在地下几千米，而且没有出口，那还是很放松的，我们现在可是离地球上的烦恼最远的人。"

"嗯，字面意义的最远……"余志远苦笑，他们都已经抬起了面罩的遮光层，能看到他苦笑的表情，"但叶姐你这么一说我更紧张了。唉，也不知道地面上——不对，月面上怎么样了。"

"我希望他们撑得住，不然范布伦就该来追杀我们了。"叶冬雪说到这里，心中也暗自好奇，"我们是因为可以改变地形才能到这里，范布伦打算怎么下来？"

天宫空间站里的人仍然在盯着月球方向，但是一无所获。月面核爆的闪光只持续了几秒钟就消失了，在他们的位置很难确认月表情况。

"还有希望！"反复观看绕月卫星传回的视频的覃静突然出声，"你们过来看！"

其他两个人一起挤过来，看向覃静的手指向的位置："这个是……这里被什么挡住了？"

"那个唐怜……"覃静难以抑制自己的激动心情，"可能真的撑住了！"

在绕月卫星最后发回的视频的最后一秒，在最后的几帧画面上，核弹爆发出的闪光正散布四方，但在唐怜他们原先所在的位置前方，在那道铁墙所在的位置上出现了一道阴影！

"那道墙挡住了核弹的冲击……"张北海喃喃地道，"但是能挡多久呢？"

唐怜的双手止不住地颤抖。

她前方的那道铁墙已经完全变形，象征着高温的暗红色正在逐渐消退。它刚刚经历了数千摄氏度的高温炙烤和数吨碎石的高速冲击，即使是钢铁之墙也变得软弱扭曲，唐怜一度以为自己撑不下去了，但她最终依然站在这里。

鼻子里有什么热乎乎的东西流出来，她忍不住用舌头舔了舔，带点铁锈味，带点腥味，是血没错。不过只是流点鼻血就能挡住几颗核弹，这实在太划算了。当然只靠她自己是做不到这点的，她又回头看看，两个穿着宇航服的人正狼狈地想要从地上爬起来。

一个是韩沐辰，另一个肯定是钱竹尧。

唐怜很清楚，没有韩沐辰的"增幅"，没有钱竹尧的"治疗"，自己不可能做到刚才的奇迹，但是她也很清楚，两个同伴也已经是强弩之末。

如果范布伦还能来一次，甚至几次这样的攻击，大家还能不能挡住？

她抬起头望着范布伦，范布伦头顶依然有一个巨大的火球在盘旋，就好像刚才的攻击不曾发生过一样。她吸吸鼻子，表情重新平静下来。

"那不是真正的核弹，它的爆炸结构不符合核弹的裂变形式……那只是量子机械吸收和散发能量的表现方式，和他之前构造的十字架还有火球一样。他是在曼哈顿吸收了那几枚核弹的能量，然后在这里释放出来。"她不管别人听不听得见，小声自言自语，"所以，如果我也能吸收这个能量……就还有机会！"

叶冬雪突然感觉脚下一空，她小心地控制岩块又往下降了几米，落到了一处空洞中。

这个空洞就像是面包里的气泡一样，不与外界连通，只是一个平静地放在这里的圆球空间。

叶冬雪、余志远、蒂卡望着洞内中心处，三道灯光照着那里的一个圆柱体，它大约有两米高，一米粗，通体呈银灰色，是一根朴实无华的圆柱体，连个凸起都没有。

三个人马上意识到，这就是旅行家留下的遗产，那个影响全人类的量子机械控制装置。在过去的一万多年里，它就这么静静地立在此，周围什么都没有。如果人类没有激活量子机械，天晓得什么时候才会发现它。

"我们赶上了！"余志远兴奋地挥挥拳头，"叶姐，开工吧！"

叶冬雪看看他："那要怎么操作呢？"

余志远的拳头僵在半空："啊，这——你不知道？那个外星人没跟你说？"

"他只说了个大概，所以……"叶冬雪把手掌贴在圆柱体上，"我也只能试试——"

她眼前突然浮现出一片绿色的光芒，一排又一排古怪的文字在她的视网膜上成形，她一个字也看不懂，但就像之前听到两个旅行家的对话一样，她迅速理解了这些字符的意思，随即绿光消失了。

叶冬雪抬起头，在脑海里消化着刚才得到的信息，余志远和蒂卡也一样将手掌从圆柱体上拿开，彼此交换着惊疑不定的眼神。

信息非常明确，操作也非常简单。现在他们可以控制全人类身上的量子机械，是开启到全功率，还是保持目前的水准，抑或是重新关闭，全凭他们开心，更重要的是在决定之后还可以顺便命令装置就地报废，再也无法重启。

"就连那个银河文明联合体也没有完全继承旅行家的技术，他们没有能力将这个装置复原。"叶冬雪低声说，"也就是说，我们所做出的，就是最终决定。"

"但是……"蒂卡说，"那二十四小时……"

唯一的问题在于，不管是操纵装置做出什么决定，除非是维持现状不动，否则在接下来的二十四小时里，所有量子机械都会重启。

全人类将失去异能二十四小时。

地球上的绝大部分人当然无所谓，但是他们现在在月球！

"没有异能的话,我们怎么从这里离开?"蒂卡带着哭腔说,"这里是地下一万米!外星人是想让我们留在这里当祭品吗?"

"并不是。"叶冬雪手指在圆柱体上轻敲,"在当年旅行家的设想里,我们应该是团结一致地开始建设自己的卫星了,才发现这里,然后经过慎重的评估再确定最后的处置方案,甚至我们应该先把它运出去,举办一个什么纪念仪式,而不是像现在这样,心急火燎、争分夺秒地跑下来,最后由我们三个普通人蹲在一万米的地下来决定地球人的命运,还可能把自己葬送在这里。"

蒂卡望向叶冬雪,满脸期待:"叶,你能不能用自己的能力,把这个装置带上去?"

叶冬雪闻言大为心动,但片刻的尝试之后,她只能沮丧地放弃:"不行,我很难拖动它……把它带到一万米以上需要很长的时间,但现在山姆·范布伦正在上面!他随时可能杀下来,我们没那么多时间!"

"我们不能再等了。"余志远抬头看看上面,"战友们在为我们争取时间,我们只能自己来,要么马上做出决定,要么就再也做不了决定。"

"决定其实很容易做,人类获得了全新的能力,没道理不用,不过肯定也不需要走极端去牺牲几十亿人。"叶冬雪回答,"所以维持现状当然是最好的选择。但我们不知道范布伦会不会下来,所以我们只有一个选择,就是设定装置,然后让它报废。可是之后呢?"

其他两人沉默不语。

之后他们会有二十四小时恢复成普通人,什么都做不了。这意味着他们没法离开这里,而氧气绝对撑不到二十四小时之后。

沉默持续几秒之后,余志远咳了一声:"我留下来。"

"……志远?"

"操作这个装置,一个人就可以了。"余志远说,"我留在这里,等叶姐你带着蒂卡回到月面,我再启动这个东西。我们下来用了差不多十五分钟吧?留给你二十分钟够不够?"

叶冬雪瞪着他:"你在说什么?你会死的!"

"我知道啊。"余志远微笑道,"但是比死八十五亿人强,对不对?"

"那还是我留下来!"蒂卡突然说,"我是觉醒者的一员,我必须补偿自己犯下的罪孽……"

余志远敲了敲她的面罩,蒂卡吓得一缩,引来余志远的笑声:"蒂卡,你带我们到了这里,已经完成了任务。没有你引路的话,我们只能等死。"

然后他看向叶冬雪:"叶姐,就我到这里以后啥都没干成,总得让我表现一下吧。别担心,我是当过兵的,革命军人不怕苦不怕死,早就有觉悟了。这可是真正的拯救世界,你信不信换成在我们连里,这个任务大家都抢着上? 好了,大不了叶姐你二十四小时之后再来看我,我保证哪里都不去!"

叶冬雪没理会他的俏皮话,只觉得心里发沉、发苦。

不应该是这样的。我们确实要拯救世界,但她希望的是一场完美的伟大胜利,她希望的是大家顺利完成任务,全员安然返回……她不希望再失去同伴了!

"别愣着了,叶姐,赶紧走,难道真的要在这儿浪费三条命? 没意义的。"余志远又去敲叶冬雪的面罩,但是因为面罩上有几条裂痕,他敲得很轻,"别忘了小唐他们还在上面,我们时间拖得越久他们越危险。快走快走,我只能给你二十分钟,抓紧啊!"

叶冬雪深深地呼出一口气,将对面这个年轻人的笑脸牢牢地记在心里,轻声道:"再见。"

余志远看着头顶的洞穴重新封死,又过了好一会儿才敲敲头盔,尝试接通耳机:"叶姐,叶姐? 喂,喂?"

没有回答。

他吹了一声口哨,转身找个地方坐下来,自言自语:"嗯,果然通信断了,所以现在我说啥也没人能听到了对吧?"

没有人回答他,他继续自言自语:"不过没啥可说的啊,老爹老娘肯定要伤心一下,但我至少能评个烈士吧? 唉,也不是那么不怕死,我也想发笔财啊,也想交个女朋友啊,也想回去跟战友吹牛啊……但有啥办法呢,也就我最适合死一死……"

他张开手掌,一团火苗慢慢浮现并跳动起来,像个在燃烧的小小乒乓球:"嘿,这个火球变得大了点嘛,看来我的能力也变强了……这么大点有屁用啊!你看那个山姆·范布伦! 随便丢个球出来直径都有好几米! 你咋这么不争气? 所以我的天赋就这样呗? 啊,好烦!"

过了一会儿,他低头看看手腕上的计时器,翻了个白眼:"二十分钟怎么这么久还没到? 氧气还能维持一个多小时,简直浪费……"

空寂的洞穴里没人回答他,他把手里的火球弹向那个银灰色圆柱体,火球一下子就碎了,圆柱体不为所动。

"还是贝蒂说得对,应该唱个歌换换心态。"余志远咕哝着,"所以就是不想在你们面前唱嘛，你们一个个都唱流行金曲，我喜欢唱的是四十年前的老歌，比那个新白娘子还老，这好尴尬啊……"

于是他开始唱歌。

"漂流已久，在每个港口只能稍做停留……调子起高了，我果然不适合唱歌……漂流已久，在每个港口只能稍做停留。喜乐和哀愁今生不能由我，任风带我停停走走……"他的手在空中随意给自己打着拍子，"我和我追逐的梦擦肩而过，永远也不能重逢。我和我追逐的梦一再错过，只留下我独自寂寞，却不敢回头……"

声音传不出他的面罩，就连洞穴里也没有他的声音，声音只在他自己耳边回荡，这是他一个人的歌。

月球表面，碎石与尘灰飞扬的战场。

唐怜勉强站在月面上，双手已经无法再凝聚出一道铁墙。

她知道自己尽力了，这一带的地形早就面目全非，地面上的坑都快看不到底了，那两座小山现在消失了一大半，但那个范布伦依然若无其事，甚至他头顶还能出现火球！

钱竹尧努力扶住她，但他自己的双脚也在发抖，这是体力透支的表现，而韩沐辰这时连爬都爬不起来了。

范布伦似乎有点犹豫，他没有像之前几次那样把头顶的核弹风暴砸过来，而是站在空中的十字架上望着对面。

唐怜很确定自己已经没辙了，而且对方也看得出这一点。她不禁轻轻挑起眉毛，心想：那么……他在等什么？

不过她没有等到答案，因为就在这时候，那半座残余的山体化作一支巨大的长矛，向范布伦直刺而去！

范布伦被吓了一跳，头顶的火球一晃而逝，他本人则略显狼狈地退到一边，避开了这一击，然后他才看到两名宇航员站在远处的峡谷边上——那里已经不是峡谷了，变成了近百米深的大坑，但是坑中升起一根柱子，把这两人托了起来。

"叶姐……"唐怜有气无力地喊。

叶冬雪看了她一眼："小唐吗？你没事就好。快往后退，这里交给我！"

她没有战胜范布伦的信心，她的原定计划是拖延一点时间：只要二十分钟一到，大家都变成普通人，像范布伦这种连宇航服都不穿的人是不可能在月球上生存的。

但看到远处的范布伦的脸，她又陡然生出一股怒意。

为了阻止这个疯子，到底牺牲了多少人？他还想杀多少人？

一根又一根尖锐而巨大的地刺从四面八方伸出，叶冬雪就站在其中一根巨刺上，直扑范布伦："我不会再让你杀人！"

范布伦露出一丝不屑之色，他轻轻挥手就打碎了眼前的一根几米粗的地刺，但更多、更粗大的地刺铺天盖地而来，转眼间全都撞到他身上！

密集的地刺群轰然碎裂，范布伦从满天碎片中闪出来，向叶冬雪射出一颗火球，但这火球在中途就被一面石墙拦了下来。

"月球表面一直被各种小行星和陨石撞击，又没有风化作用，这些硬石头就埋在原地。"叶冬雪轻声自语，"小唐之前说得对，果然比地球上的土墙还是要硬一些的。"

范布伦正要再攻，脚下却突然一空，他还没反应过来就已经坠入了一个深坑，接着四周的岩层便层层叠叠地将他埋了进去。没等其他人欢呼，叶冬雪已经向众人用力摆手："他肯定没死！小唐，你们先走！"

这时又有一个宇航员走过来，在唐怜身边向叶冬雪招手，只是他的通信设备坏了，叶冬雪听不到他的声音，也不知道他是谁，于是她只能问旁边的蒂卡："让他们马上撤退的手势是什么来着？"

不知道唐怜看懂没有，那个宇航员倒是看懂了，当下就毫不犹豫地扛起唐怜，然后一手提着钱竹尧，一手提着韩沐辰，一人带三人就这么往回跑了！

这次连叶冬雪都看呆了："我知道月球上重力小，但他的体力也太好了吧？"

"比想象中还容易！我爱月球的重力，三个人加起来只有半个人的重量！"帕斯卡尔·保罗带着三个人狂奔，浑然不管没人听得到他的声音，"科尔教官，也谢谢你在消防学院对我进行的体能训练！"

叶冬雪从震惊中迅速恢复过来："蒂卡，你也赶紧走。"

"不，不，蒂卡·伊琳娜不要走远！"耳机里突然插入一个有点耳熟的声音，"我是张北海！刚才的核弹爆炸导致的电磁冲击让周围的卫星和飞船设备都失灵了，现在我们紧急调了一颗中继卫星过来，你和蒂卡头上的摄像机还在实时直播全球！让蒂卡看着你，让她在远处一直看着你！要让全世界都看到你，看到你还在战斗！"

叶冬雪生出迷惑之情："这有什么用？"

地面轰然爆裂，范布伦踩在十字架上缓缓升起，脸上已经不复平静。他带着怒气一挥手，十字架顿时分解成上百个巨大的火球，向叶冬雪这边席卷而来，叶冬雪心头一跳，巨大的石墙已经随着她的心意隆起，火球炸得石屑纷飞，却始终无法撼动这座巨墙。在地球上，这样的火球足以毁灭一支军队！

"就是这个作用！"几秒钟后，张北海的声音再次传来，"让全世界的人看到你，相信你，他们的支持会让你变得更强！"

叶冬雪一时无语："……真就是应援的力量啊?!"

"好用就行！"出于距离原因，张北海的声音又过了几秒才传来，"你会越来越强，坚持住！"

范布伦沉着脸，在他身前再度出现一个十字架，继而爆炸成无数火球，但是这一次，火球没飞出多远就全部被石墙截住。范布伦还没来得及有下一步动作，石墙就突然裂开，叶冬雪大步走出，与范布伦只有咫尺之遥，然后她一拳狠狠地打在了范布伦脸上！

范布伦踉跄几步，叶冬雪过来又是一拳："这一拳……为了小苏。"

再一拳："为了尼克他们。"

再一拳："还有 T 先生他们的份。"

环形山此刻处于背阳处，光线并不好，但是一道明亮的光突然照亮了大地，范布伦头顶再次出现火球。

"你刚才说，我会越来越强吗……"叶冬雪本能地退了两步，望着那个火球，"希望真的有那么强。"

张北海望着屏幕上有点模糊不清的火球，轻声回答："是啊，希望真的有那么强。"

叶冬雪不是唐怜，她身后也没有韩沐辰和钱竹尧两个辅助。来自地球的声援能让她变得多强？她自己心里都没底。

"又是这个东西！"李尚文望着航天中心大屏幕上的火球，狠拍了一下桌子。

他身边的傅工抓住他的肩膀："相信她，对吧？那么多的难关她都闯过来了。"

"反正我相信叶姐。"哈瓦那的酒吧里，肖雨晴咬着牙说，"要是叶姐都不能信，还能信谁？"

哈瓦那的医院里，夏浅和方妍望着电视机，攥紧的拳头关节发白。

酒店里，苏穆宁默默地看着手机，她身边的小林望美发出"呀呀"的声音，苏穆宁摸摸她的头："来，望美，你也给叶阿姨加个油！"

亚特兰大的某个超市里，与店员一起看着电视直播的奥布莱恩喃喃自语："你们最好成功。"

纽约的某座破败公寓中，理查德盯着手机，手中握着一枚十字架，口中念念有词。

布里奇波特的街道上，马丁内斯望着街边的大屏幕，目光呆滞："我们当初是打算打劫这群人？"

毛里塔尼亚的某个旅馆里，手臂上还打着石膏的沈晗看了身后一眼："邱总，这你还不加油？"

"我加着呢，加着呢！"邱如山一边看着电视机一边擦脑门上的汗，"小沈，你说现在全世界得有多少人给叶姐加油？"

沈晗想了想："现在全世界如果还有没给她加油的人，可能才比较奇怪吧？"

从北京到洛杉矶，从莫斯科到巴黎，从曼谷到悉尼，从东京到里约热内卢，从开普敦到马德里；从城市到乡村，从山岭到荒漠。八十多亿双眼睛看着叶冬雪。

而叶冬雪看着范布伦投下的那颗火球。

那曾经是人类能掌握的最强大的武器，任何事物都无法阻挡它在近距离爆发时的威力。

——曾经是。

唐怜、韩沐辰和钱竹尧三人合力挡住了它。

现在叶冬雪一个人面对它。

她感受着身体里越来越充沛，几乎要冲破控制奔涌而出的力量，举起右手。

她身后的大地震颤，不知道多少岩石拔地而起，最后变成了一柄直刺天际的巨大中式古剑。

然后叶冬雪猛地将手挥下，这柄古剑重重落下，向火球斩去！

"没有用。"范布伦面带讥嘲表情，"这是吾主赐予我的力量……"

下一瞬间，那象征神力，宛若太阳的火球猛然炸裂——不是像之前那样的核爆，而是被那柄古剑斩成了碎片！

巨大的古剑也跟着粉碎，但它去势不减，残骸重重地斩落在大地上，整个月面都震颤起来，地面翻滚着如波浪一般向四面八方席卷而去，范布伦还没有任何动作就被卷入了这一层层狂涛之中，而在他前方，叶冬雪站在一座高台之上，仿佛听到了范布伦刚才的话语一般回应道："这是八十五亿凡人给我的力量。"

但最后这一幕没有被地球上的人看到。在古剑斩碎火球的那一刻，前方的通信就中断了。

"强烈的冲击再次导致前方失联……"电视台主持人不确定地说,"我们相信,战士们会像之前的无数次那样创造奇迹,不到最后一刻,他们不会放弃,我们也不能放弃……"

整个人类社会从未如此安静过。人们盯着显示"信号中断"的屏幕,一声不吭。

"那是什么?"夏威夷莫纳克亚天文台的一名实习生突然问。

"那是什么?"堪培拉斯特朗洛山天文台的一名工程师突然问。

"那是什么?"青海冷湖天文台的一名研究员突然问。

"那是什么?"天宫号上的覃静突然问。

成龙凑过来:"你看到什么了?"

覃静将望远镜让给同事。今天是农历十二月二十七日,从地球上远观月亮只有一弯残月,但是对空间站来说观测完整的月球不成问题,而他们一直关注的就是位于东面阴影中的那个区域。

斯克洛多夫斯卡环形山位于月球正面和背面的交界处,平时从地球方向很难一睹全貌,现在那个区域里多出了一道黑线。

成龙满脸不确定的样子:"那好像是……一道新的裂缝?但也太大了,按比例来算,这道裂缝至少有五百米宽,十五千米长……我去,你的意思是,这是叶冬雪那一剑砍出来的?!"

覃静望着那条黑线:"为什么不能是呢?"

月面上出现了一条新的峡谷,它形状笔直,有五百米宽,十五千米长,三千米深——考虑到环形山本身就凹进去一千多米,在外延范围还不止这个深度。

叶冬雪身子晃了一晃。

刚才的力量充沛感已经荡然无存,仿佛跑了个马拉松一样的疲惫感涌入全身。她强迫自己转过身,走向背后。刚才的位置她记得很清楚,二十分钟还没有到,她必须抓紧时间,一切都还有转机……

突然一只手从背后拽住了她。

"太遗憾了。"山姆·范布伦身上的肌肉收缩,将伤势化为无形,"吾主赐予我的是不可战胜的力量,我是不会死的,我是无敌的……"

叶冬雪没听见范布伦在说什么,她努力想要挣脱对方的钳制。范布伦露出狰狞的笑容,一把扯掉了叶冬雪的氧气筒,系统顿时疯狂报警:"警报,警报,氧气含量急剧降低，剩余可用时间为一分三十秒，请立即更换氧气……"

"人类就是这么脆弱，失去氧气就会死，失去水就会死……"范布伦咕哝着，"太热会死，太冷会死……你们为什么不肯进化？你们为什么就是不肯迈向新时代？"

叶冬雪跟跄着几乎摔倒在地，而范布伦手上又浮现一个火球，这火球不如核弹风暴那么大，但也有篮球大小。"我已经用掉了最后一枚核弹的力量，我现在要花费很多时间才能接触到旅行家的遗产，我自己都无法从地底再出来……我付出了这么大的代价，你们为什么就是不肯——为了人类牺牲？"

他的头猛地歪了一下。

蒂卡不知道什么时候摸过来，用他刚才丢下的氧气筒朝着他的脑袋来了一下，但是没有用，范布伦只回头看她，微微点头："蒂卡·伊琳娜。"

蒂卡听不到范布伦的话，但她看到范布伦的脸便吓得无法动弹，更无法回应。

"蒂卡，你也那么蠢。"范布伦轻叹一声，手中的火球砸到了蒂卡身上，蒂卡惊呼一声被火焰吞没，但是转眼间火焰又消失了。

月球上没有氧气。

"好吧，我本来想用比较仁慈的手段，但看来吾主要我严厉地惩罚叛徒。"范布伦缓缓走向蒂卡，"那么你想好死法了吗？"

有一颗石头从身后丢到了范布伦脸上，范布伦不满地看向身后又站起来的叶冬雪："你想一起？不，你要留到最后。"

在系统疯狂的报警声中，叶冬雪低头看了一眼手腕，然后将面罩的遮光层抬起来，这次范布伦终于露出惊讶的表情："是你！"

那是他再熟悉不过的，通缉令上的女人。

"时间到了。我再也救不了我的朋友了。"叶冬雪语气悲痛，"所以，你也去死吧。"

山姆·范布伦听不懂叶冬雪的话，他也不在乎对方说了什么，他不以为意地举起手要发动最后一击，但是一股突如其来的沉重感瞬间席卷了他的身体。

时间到了。

在接下来的二十四小时里，大家都是凡人。

斯克洛多夫斯卡环形山现在的温度是零下一百八十七摄氏度，但这不能马上令一个凡人死亡，这里没有空气，人体散热很慢，至少可以坚持一分钟。

问题就在于——没有空气。

山姆·范布伦没能再靠近叶冬雪半步，他只是本能地捂住了自己的喉咙，试图在这死寂冷漠的世界里呼吸到一点救命的空气，但这种无用的挣扎没有持续多久，他的动作以肉眼可见的幅度慢下来，最后他显然意识到自己的任何举动都没有用了，于是这个曾经试图杀死八十多亿人的中学体育老师努力抬起头，用充血的眼睛死死地盯着叶冬雪。

　　他张大嘴巴，似乎是想怒吼什么，但最后他只喷出来几口血沫，然而这点液体也在零气压下迅速蒸发，接着他的口鼻染上一层冰霜，这是体液中的水分蒸发在低温中凝结。

　　最后他终于不动了。

　　这一切发生得很快，但又好像持续了很久。

　　"警告，警告，氧气已经耗尽，请马上更换氧气筒。"

　　叶冬雪也感觉到呼吸困难，大自然的规律一视同仁。

　　她无力地斜斜倒在地上，透过面罩她看到蒂卡挣扎着爬起，向她跑过来。

　　"我们做到了吗？"她想，"我们胜利了吗？我们救下全世界了吗？"

　　"叶！撑住！"蒂卡手忙脚乱地去找氧气筒，"该死，这个要怎么装回去……不，它是破的……叶，我该怎么办？"

　　叶冬雪意识模糊，她望向已经只剩一片乱石的峡谷方向，在那个方向，在万米之下，还有她的朋友，而她无能为力——她现在对自己都无能为力。

　　"对不起……"她的眼泪终于涌出，"我没办法达成……我想要的胜利……"

　　一片安静中，有个声音在天宫空间站的通信频道里响起。

　　"呼叫地球，呼叫地球，这里是罗斯号，我是队员伊利亚·加布洛夫。"

　　张北海一把抄起应答器："这里是中国的天宫空间站！月球方面的通信几乎全毁了，你们怎么样？"

　　"我们也不是很好，罗斯号坠毁了，我们在坠毁前勉强往西边飞了一段距离，只有两个人幸存。"对方说，"但我们两个听到了前面的通信，我们一直在赶路，现在已经到达斯克洛多夫斯卡环形山，并与中国曙光四号飞船派出的月球车取得了联系，他们马上就到——啊，我看到月球车了，一两分钟内它就能赶过来。"

　　"环形山里的情况怎么样？"

　　"战斗已经结束了，朋友，牺牲了很多人。"伊利亚·加布洛夫回答，"我没法向你描述现场是什么样的，我们记录的视频随后会发过来。但是我们刚刚在现场发现了山姆·范布伦的尸体，他似乎和我们一样，突然失去了异能。"

"山姆·范布伦死了？你能确认吗，加布洛夫?!"张北海瞪大眼睛，"请再确认一遍，山姆·范布伦是否已经死亡？"

各大航天指挥中心一片寂静，无数酒吧、广场、街道和居民楼里一片寂静。然后那个声音通过同声传译响遍人类世界："罗斯号队员伊利亚·加布洛夫与尼古拉·博尔佐夫确认，我们发现了山姆·范布伦的尸体，山姆·范布伦已经死亡。重复，山姆·范布伦已经死亡。——是的，我确认，那个浑蛋已经下地狱了。"

那边成龙和覃静已经尖叫着抱到了一起，张北海顶着耳机里从地面传来的震耳欲聋的欢呼声，以尽量平静的语气追问道："我们非常高兴听到这个好消息，你们还有什么消息吗？"

"接下来不是特别好的消息。"加布洛夫说，"我们发现了两个幸存者，其中一位穿着中国宇航服的女性因为严重缺氧已经陷入昏迷，我们不知道她缺氧多久了，大脑会不会因此遭到损害，我们当然希望能尽快把她送到安全的地方妥善医治……但这是在月球上，朋友，你知道的，条件有限。我们只能说会尽力。"

张北海抬起头，望向自己的两个同事，成龙和覃静也失措地望向他。

在他们的驾驶舱外，在三十八万千米外的远方，只露出一点弧线的月亮静静地飘浮在黑暗的太空中，它在宇宙中显得那么小，离地球是那么远。

第二十一章（尾声）

肖雨晴按响了门铃。

十几秒钟后，房门打开了，一个头发微白的中年人笑道："小肖来得挺早。"

"不早了，都这个点啦。"肖雨晴说着侧身让出身后的人，已经蓄起胡子的韩沐辰在后面挥手："赵大哥好！"

"哟，小韩倒是稀客……"中年人看向他们更后面的位置，那里站着一个面相沉稳的汉子，"这位是……"

"这是李尚文，李警官。"肖雨晴说，"他现在真的是警官了。李警官，这位就是叶冬雪的先生，赵思源。"

李尚文走上来笑着和中年人握手："你好你好，赵哥，这么多年第一次登门，实在不好意思，我给你们带了月饼……"

"都是自己人，客气啥！"赵思源说着回头喊，"莎莎，来客人了！"

于是一个个子高挑的少女从屋里跑过来："肖阿姨好，韩叔叔好！"

肖雨晴木然地扭头看韩沐辰："每次被莎莎这么叫，我都很扎心，不知不觉她都上高中了……"

韩沐辰也一脸木然："雨晴姐你自己的孩子都上小学了，就不要试图和女高中生平辈论交了吧……"

"中年单身死宅男闭嘴！"

"你除了'单身'这条，和我有什么区别……"

两个人斗着嘴走进房门，跟在后面的李尚文注意到阳台那边有个年龄更小的少女在埋头折腾什么，"那个就是……"

"嗯，是望美。"赵思源说，"她是专门从东京过来找莎莎玩的。"

肖雨晴走过去，看莎莎和望美在研究一架天文望远镜，是可以直接导出图像的新款，现在望远镜正对着夜空中的那轮皎月，旁边的平板电脑上清晰地显示着月球角落里的一座环形山，还有环形山里一道明显的黑色裂痕。

肖雨晴静静地看了一会儿，低声说："你妈妈就在那里。"

"嗯，"莎莎点头，"可惜我们看不见，我只能装作看到她了。"

"想她吗？"

莎莎语气低落了一些："想。"

肖雨晴抱住少女，轻轻拍着少女的背，就像当年叶冬雪拍她的时候一样："我也挺想她的。"

这时赵思源把客厅里的大屏幕电视的音量开得大了一点。

"大家好，现在是北京标准时间 2044 年 10 月 4 日 22 点整，今天是国庆假期的第四天，虽然明天才是中秋佳节，但相信很多人这时已经在用各种方式眺望月亮了。我现在就在你们眺望的方向，在月球二号基地，苍穹三号舰的舰桥上。三号舰将在三十分钟后从基地出发，与近月轨道的一、二号舰会合后，前往六光年外的巴纳德星。"一个笑容甜美的女记者站在一条宽敞明亮的走廊里，她背后的舷窗外是一座略显简陋的建筑，建在一片灰色的土地上，还能看到周围坑坑洼洼的地形和更远处的环形山，"……下面我们有请本舰首席科学家唐怜博士，展望一下这次试航的结果。"

于是戴着眼镜，看上去依然文文静静、毫无威胁力的唐怜出现在镜头里，带着明显很商业的笑容回答："这是苍穹计划的第四次，也是最后一次试航，整个过程预计持续三年零五个月，我们计划验证 T 先生遗产的最后一部分，如果成功……"

"小唐又瘦了。"李尚文说。

"她忙嘛，自从加入苍穹计划，我们都五年没见过她本人了。"赵思源给他们一人一瓶饮料，"唉，时间过得真快……这就十三年了。"

其他几个人跟着感慨。

韩沐辰扭头看李尚文："对了，李警官，你刚从保密部门退下来，苍穹计划有什么能说的事没？"

"哪有那么多事，都是你们知道的。"李尚文摆摆手，"就是用 T 先生的资料展开各种研究，现在我们除了在激活量子机械方面大获成功，还摸到了星际航行的门槛，如果这次到巴纳德星的试航成功……"

"如果成功，我们就会直接向南冕座出发。我们将向银河文明联合体证明，我们不是被展览观赏的原始生物，我们是可以与他们直接交涉沟通的文明族群。"屏幕里唐怜刚好说到这里，"我们将在宇宙里为地球文明争取一席之地。"

记者问："但是民众里也有人担心，众所周知，外星人的科技领先我们好几千年，在他们眼里，我们真的有资格与他们平等对话吗？"

"地球与银河文明联合体的主要技术都脱胎自旅行家的遗产，根据 T 先生的记录，他们的文明也已经有一千多年没有任何进步，我们与他们的差距没有那么大，甚至在某些方面我们还有优势，比如量子机械。"唐怜耐心地回答，"现在地球上已经有百分之八十五的人成功激活量子机械，之后只会更多，我们在技术方面也已经达到他们的初步入门水准，单论平等对话的资格，我们信心非常充足。更重要的是，经历了十三年前的教训，我想大家都能达成一个共识——现在的我们，不需要什么外星神灵自作主张地来决定地球人的命运。"

一艘庞大的飞船尾部的发动机开始喷出尾焰，伴随着记者略显激动的旁白："是的，我们会向所有支持我们的地球人证明，我们会向那些在几十光年外观看我们的外星人证明，我们也会向过往所有牺牲的朋友证明——我们将会把命运掌握在自己手里！"

飞船从月面腾空而起，带起一片尘土。

"小唐说得对，我们和外星人的差距不大。"显然知道一些内幕的李尚文说，"我们搞不明白的很多东西，他们也没搞明白，比如说旅行家，那些外星人也不知道这个种族最后去了哪里。在我们发展了技术以后，他们只是一群抱着遗产混日子的废物罢了，真没必要太紧张。"

韩沐辰眨眨眼："按照时间来算，那些外星主播还在播几十年前的地球的时候，我们的舰队就会直接敲他们家的大门了……我还真是挺想看看他们那时候的表情的！"

"那群外星人长得奇形怪状的，有表情你也看不懂。"李尚文指出，"不过我也想看，不知道小唐他们到时候会不会开直播？"

肖雨晴这时从阳台上走回来，闻声说："那还不如等舰队回来呢，他们回来的速度比直播传回来的速度快。"

飞船在太空中完成转向，与另外两艘同样巨大的飞船遥遥相对。

"所有人注意，本舰十五分钟后跳跃至柯伊伯带，坐标已经锁定。"唐怜回到自己的工作位置，"现在进行最后一次系统检查，十分钟后进入跳跃倒计时。"

频道里响起一片应和声。

唐怜坐下来，将目光投向屏幕旁贴着的几张照片，那是她的亲人、朋友，还有在那段惊险旅程中的记录。放在最上面的是一个穿着宇航服，露出得意笑容的青年在登月舱里的自拍。

她的目光在这张照片上多停留了半秒钟，然后扭头看向旁边的座位："哎，叶姐，如果那些外星人就是要高高在上，继续玩神灵扮演游戏，我们怎么办？"

叶冬雪从显示着一串复杂数字和曲线的屏幕上抬起头，表情平静无比："那就把这些神都拽下来。"

完稿于 2022 年 9 月 7 日

图书在版编目（CIP）数据

重启黎明 / 付晓飞著 . -- 长沙：湖南文艺出版社，2024.3

ISBN 978-7-5726-1556-6

Ⅰ．①重… Ⅱ．①付… Ⅲ．①幻想小说－中国－当代 Ⅳ．① I247.5

中国国家版本馆 CIP 数据核字（2024）第 013057 号

上架建议：科幻小说

CHONGQI LIMING
重启黎明

著　　者：付晓飞
出 版 人：陈新文
责任编辑：张子霏
监　　制：邢越超
出 品 人：周行文　陶　翠
特约策划：李齐章　王　维
特约编辑：彭诗雨
营销支持：文刀刀　周　茜
装帧设计：观止堂 _ 未氓
内文排版：百朗文化
出　　版：湖南文艺出版社
　　　　　（长沙市雨花区东二环一段 508 号　邮编：410014）
网　　址：www.hnwy.net
印　　刷：三河市鑫金马印装有限公司
经　　销：新华书店
开　　本：700 mm × 980 mm　1/16
字　　数：440 千字
印　　张：24.5
版　　次：2024 年 3 月第 1 版
印　　次：2024 年 3 月第 1 次印刷
书　　号：ISBN 978-7-5726-1556-6
定　　价：56.00 元

若有质量问题，请致电质量监督电话：010-59096394
团购电话：010-59320018